GUY DE MAUPASSANT

Es geht schnell, das Leben!

Erzählungen

Aus dem Französischen und
mit einem Nachwort von Karl-Heinz Ott

| Hoffmann und Campe |

1. Auflage 2012

www.hoca.de
Satz: Pinkuin Satz und Datentechnik, Berlin
Gesetzt aus der Sabon
Einbandgestaltung: Katja Maasböl, Hamburg
Einbandabbildung: Getty Images/William Morris
Druck und Bindung: GGP Media GmbH, Pößneck
Printed in Germany
ISBN 978-3-455-40413-5

HOFFMANN UND CAMPE

Ein Unternehmen der
GANSKE VERLAGSGRUPPE

INHALT

IDYLLE

Der Zug nach Marseille hatte Genua eben verlassen und fuhr die weiten Windungen der Felsküste entlang. Zwischen dem Meer und den Bergen glitt er dahin wie eine eiserne Schlange, kroch über Strände mit gelbem Sand, den die kleinen Wellen mit einem Silbernetz säumten, und verschwand so jäh in den schwarzen Schlünden der Tunnel wie Tiere in ihrem Loch.

Im letzten Waggon saßen sich eine dicke Frau und ein junger Mann gegenüber, die sich, ohne miteinander zu reden, dann und wann anschauten. Sie war ungefähr fünfundzwanzig; sie saß am Fenster und schaute hinaus in die Landschaft. Es war eine kräftige piemontesische Bäuerin mit schwarzen Augen, einer mächtigen Brust und fleischigen Wangen. Sie hatte mehrere Pakete unter die Holzbank geschoben und hielt auf dem Schoß einen Korb.

Er war um die zwanzig, dünn, braungebrannt, mit der dunklen Gesichtsfarbe von Leuten, die unter praller Sonne auf dem Feld arbeiten. Neben sich hatte er in einem Tuch sein ganzes Hab und Gut: ein Paar Schuhe, ein Hemd, eine Hose und eine Jacke. Auch er hatte etwas unter die Bank gezwängt: eine Schaufel und eine Hacke, die beide mit einem Strick zusammengebunden waren. Er war in Frankreich auf Arbeitssuche.

Die aufsteigende Sonne warf einen wahren Feuerregen auf die Küste; es war Ende Mai, herrliche Gerüche wehten durch die Luft und drangen durch die herabgelassenen Fenster der Waggons herein. Die Orangen- und die Zitronenbäume standen in voller Blüte und verströmten ihren süßlichen, so feinen, so kräftigen, so betörenden Wohlgeruch, der sich mit dem Duft der Rosen vermischte, die wie die Kräuter dicht auf dicht entlang der ganzen Strecke in den üppigen Gärten vor den Türen der Hütten und auf dem freien Land draußen wuchsen.

Hier, an dieser Küste, sind sie daheim, die Rosen! Sie erfüllen das Land mit ihren ebenso kräftigen wie flüchtigen Aromen, machen aus der Luft den wahrsten Genuss und verwandeln sie in etwas noch Köstlicheres und Berauschenderes als Wein.

Der Zug fuhr langsam, als wollte er in diesem Garten, in dieser wohligen Trägheit verweilen. Alle Augenblicke hielt er an lauter winzigen Bahnhöfen vor ein paar weißen Häusern, dann setzte er sich, nachdem er jedes Mal lange gepfiffen hatte, wieder langsam in Bewegung. Nirgends stieg jemand ein. Man hätte meinen können, dass die ganze Welt döste und sich niemand an diesem heißen Frühlingsmorgen zu einem Ortswechsel durchringen mochte.

Die dicke Frau machte von Zeit zu Zeit die Augen zu, schlug sie aber geschwind wieder auf, wenn ihr Korb über ihren Schoß zu rutschen und auf den Boden zu kippen drohte. Jedes Mal griff sie ganz schnell nach ihm, schaute dann wieder ein paar Minuten hinaus und döste erneut ein. Schweißperlen bedeckten ihre Stirn, und sie atmete schwer, als quäle sie ein schlimmer Druck.

Der junge Mann hatte seinen Kopf gesenkt und schlief den tiefen Schlaf ländlicher Leute.

Auf einmal, bei der Abfahrt aus einem kleinen Bahnhof, schien die Bäuerin wach zu werden; sie öffnete ihren Korb und holte ein Stück Brot, harte Eier, ein Fläschchen Wein und Pflaumen heraus, schöne rote Pflaumen; und sie fing an zu essen.

Auch der junge Mann war plötzlich aufgewacht und sah ihr zu, sah ihr bei jedem Bissen zu, der von ihrem Schoß in ihren Mund wanderte. Er hatte die Arme verschränkt, die Augen blickten starr geradeaus, die Wangen waren hohl, die Lippen aufeinandergepresst.

Sie aß wie ein gefräßiges fettes Weib, gönnte sich alle paar Augenblicke einen Schluck Wein, damit die Eier rutschten, und dann hielt sie kurz inne, um durchzuatmen.

Alles ließ sie verschwinden, das Brot, die Eier, die Pflaumen, den Wein. Und als sie ihr Mahl beendet hatte, schloss der junge Mann wieder seine Augen. Da machte sie, weil ihr offenbar eng war, auf einmal die Bluse auf, worauf der Mann sie erneut anschaute.

Es machte ihr nichts aus, sie knöpfte sich auch noch das Kleid auf, der starke Druck ihrer Brüste spannte den Stoff fast bis zum Zerreißen, und es kamen zwischen ihnen ein immer größer werdender Spalt, weiße Wäsche und ein wenig Haut zum Vorschein.

Nachdem die Bäuerin es sich bequemer gemacht hatte, sagte sie auf Italienisch: »Es ist so heiß, dass man kaum atmen kann.«

Der junge Mann antwortete in derselben Sprache mit demselben Dialekt: »Wir haben schönes Wetter für die Reise.«

Sie fragte ihn: »Sind Sie aus dem Piemont?«

»Ich bin aus Asti.«

»Ich aus Casale.«

Sie waren Landsleute. Sie begannen zu schwatzen. Sie redeten lange über banale Dinge, wie es einfache Leute mit schwerfälligem, begrenztem Geist gewöhnlich tun. Sie redeten über daheim. Sie hatten gemeinsame Bekannte. Sie zählten Namen auf und freundeten sich desto mehr miteinander an, je mehr Leute sie ausmachten, mit denen sie beide schon einmal zu tun gehabt hatten. Schnelle, flinke Sätze sprudelten aus ihren Mündern, Sätze mit wohlklingenden Endungen in italienischem Singsang. Schließlich erzählten sie von sich selbst.

Sie war verheiratet; hatte bereits drei Kinder, die sie bei ihrer Schwester in Pflege gegeben hatte, weil ihr eine Stelle als Amme angeboten worden war, eine gute Stelle in Marseille bei einer französischen Dame.

Er wiederum suchte Arbeit. Man hatte ihm gesagt, hier in der Gegend ließe sich welche finden, da viel gebaut werde.

Die Hitze wurde unerträglich, sie stürzte gleichsam wie Regen von den Waggondächern herab. Eine Staubwolke wirbelte hinter dem Zug her und wehte herein; die Düfte der Orangen und Rosen wurden immer kräftiger, schienen sich zu verdichten und zunehmend schwerer zu werden.

Erneut schliefen die beiden Reisenden ein.

Fast zur gleichen Zeit machten sie die Augen wieder auf. Die Sonne senkte sich zum Meer hinab und bestrahlte seine blaue Weite mit wahren Lichtfluten. Die kühler gewordene Luft hatte etwas Erleichterndes.

Die Amme keuchte mit geöffneter Bluse, schlaffen Wangen, trüben Augen; und sie sagte mit bedrückter Stimme:

»Seit gestern habe ich keine Brust mehr gegeben; mir wird ganz schwarz vor Augen, als würde ich ohnmächtig.«

Er antwortete nicht, wusste nicht, was sagen.

Sie fuhr fort: »Wenn man so viel Milch hat wie ich, muss man die Brust drei Mal am Tag geben, sonst wird einem ganz seltsam. Es ist wie ein riesiger Druck auf der Brust; ein Druck, der mir die Luft nimmt und mir die Glieder zerquetscht. Es ist furchtbar, wenn man so viel Milch hat.«

Er stimmte ihr zu: »Ja. Furchtbar. Es muss schlimm sein.«

Tatsächlich sah sie ganz krank aus, völlig erschöpft und zitterig. Sie flüsterte: »Es reicht, wenn man draufdrückt, dann spritzt die Milch heraus, wie bei einer Fontäne. Es sieht wirklich seltsam aus. Nicht zu glauben. In Casale wollten es immer alle Nachbarn sehen.«

Er sagte: »Tatsächlich!«

»Ja, so war's. Ich würde es Ihnen gern zeigen, nur würde mir das nichts nützen. Es kommt dabei nicht genug heraus.«

Dann wurde sie wieder stumm.

Der Zug hielt an einer Station. An der Schranke stand eine Frau mit einem kleinen Kind im Arm, das weinte. Sie war dünn und sah verwahrlost aus.

Die Amme schaute zu ihr hinaus. Voller Mitgefühl sagte sie: »Wieder eine, der ich helfen könnte. Und ihr Kleines könnte mir helfen. Verstehen Sie, ich bin nicht reich, drum gehe ich ja von daheim weg, von meinen Leuten und meinem allerliebsten Jüngsten, weil ich eine Anstellung kriege; aber gern gäbe ich fünf Francs, wenn ich dieses Kind da zehn Minuten lang nehmen und ihm die Brust geben dürfte. Dann würde es sich wieder beruhigen und ich mich auch. Ich käme mir wie neugeboren vor.«

Von neuem verstummte sie. Dann fuhr sie sich immer wieder mit ihrer heißen Hand über die Stirn, an der Schweiß herabrann. Und sie stöhnte: »Ich halt es nicht mehr aus. Mir ist, als müsst ich gleich sterben.« Und mit einem unwillkürlichen Handgriff riss sie sich ihr Kleid vollends auf.

Die rechte Brust kam heraus, riesig und prallvoll mit ihrer braunen Warze. Und die arme Frau stöhnte: »O mein Gott! Mein Gott! Was soll ich bloß machen?«

Der Zug hatte sich wieder in Bewegung gesetzt und fuhr weiter durch die Blütenpracht, die den durchdringenden

Duft lauer Abende verströmte. Da und dort schien auf dem blauen Meer ein Fischerboot eingeschlummert zu sein, mit seinem weißen reglosen Segel, das sich im Wasser spiegelte, als schwimme dort noch ein umgekipptes kleineres Schiff.

Der junge, inzwischen ganz aufgeregte Mann stammelte: »Aber ... Signora ... ich könnte Ihnen ... Ihnen ... helfen.«

Sie antwortete mit brüchiger Stimme: »Ja, wenn Sie wollen. Sie würden mir einen großen Gefallen tun. Ich halte es nicht mehr aus, ich kann nicht mehr.«

Er kniete sich vor ihr nieder; und sie beugte sich zu ihm vor und führte ihm so, wie es Ammen machen, die dunkle Spitze ihrer Brust zum Mund. Als sie seine beiden Hände nahm, um ihm die Brust zu reichen, quoll aus ihr ein Tropfen Milch. Er schluckte ihn geschwind und griff nach den schweren Brüsten, um sie wie eine Frucht zwischen die Lippen zu nehmen. Und er fing gierig und gleichmäßig an zu saugen.

Er hatte seine beiden Arme um die kräftige Frau geschlungen und sie an sich gedrückt, um besser an sie heranzukommen; und er trank in langsamen Zügen mit Nackenbewegungen, wie man sie auch bei einem Säugling sehen kann.

Auf einmal sagte sie: »Es reicht mit der da, nehmen Sie jetzt die andere.«

Worauf er gehorsam die andere nahm.

Ihre beiden Hände hatte sie auf den Rücken des jungen Mannes gelegt, und sie atmete jetzt kräftig und beglückt und genoss die mit den Windstößen hereinwehenden Blumengerüche, die der fahrende Zug in die Waggons trieb.

Sie sagte: »Gut riecht es hier.«

Er antwortete nichts; immer noch trank er an dieser fleischigen Quelle und hielt dabei, wie um es noch intensiver zu genießen, die Augen geschlossen.

Doch dann schob sie ihn sachte beiseite: »Jetzt ist's genug. Es geht mir besser. Meine Lebensgeister sind zurück.«

Er war wieder aufgestanden und wischte sich mit dem Handrücken seinen Mund ab.

Während sie die beiden lebendigen Flaschen, die ihre Brust aufblähten, wieder in ihr Kleid zurücksteckte, sagte sie zu ihm: »Sie haben mir einen großen Gefallen getan. Vielen, vielen Dank, Signor.«

Und er gab in ehrerbietigem Ton zurück: »Ich habe zu danken, Signora, seit zwei Tagen habe ich nichts mehr gegessen!«

ZWEI FREUNDE

Paris war umlagert, ausgehungert und aufgebracht. Selbst die Spatzen auf den Dächern machten sich rar, und aus den Abflussrinnen stahlen sich sogar die Ratten davon. Man verschlang, was einem zwischen die Finger kam.

Als er an einem klaren Januarmorgen, die Hände in den Taschen seiner Uniformhose und mit leerem Bauch, traurig den äußeren Boulevard entlangschlenderte, stand neben Monsieur Morissot, der von Beruf Uhrmacher und in seiner freien Zeit ein Bummelant war, plötzlich ein befreundeter Kollege. Es war Monsieur Sauvage, den er am Fluss kennengelernt hatte.

Jeden Sonntag zog es Morissot, als der Krieg noch nicht ausgebrochen war, in aller Herrgottsfrühe mit einem Bambusstock in der Hand und einer Blechdose auf dem Rücken hinaus ins Freie. Er nahm den Zug Richtung Argenteuil, stieg in Colombes aus und machte sich von dort zu Fuß auf die Insel Marante hinüber. Kaum am Ziel seiner Wünsche, fing er sofort an zu angeln; er angelte, bis es Nacht wurde.

Jeden Sonntag traf er dort einen kleinen dicklichen und jovialen Mann, Monsieur Sauvage, einen Kurzwarenhändler aus der Rue Notre-Dame-de-Lorette, der ein genauso begeisterter Angler war wie er. Oft saßen die beiden einen halben Tag lang bloß nebeneinander, die Angel in der Hand, während die Füße über dem Wasser baumelten; und so kam es, dass sie sich mit der Zeit als Freunde fühlten.

An manchen Tagen redeten sie überhaupt nichts. Hin und wieder unterhielten sie sich ein bisschen; doch sie verstanden sich auch wunderbar, wenn keiner einen Ton von sich gab, schließlich besaßen sie einen ähnlichen Geschmack und die gleiche Leidenschaft.

Im Frühling, wenn morgens gegen zehn die noch junge Sonne über dem ruhig dahinströmenden Fluss Dunst aufsteigen ließ, der mit dem Wasser wanderte, und wenn sie mit der wohligen Wärme dieser neuen Jahreszeit die Rücken dieser beiden besessenen Angler bestrahlte, sagte Morissot manchmal zu seinem Nebenmann: »Ist's nicht herrlich!«, worauf Monsieur Sauvage zurückgab: »Ich kenne nichts Schöneres.« Was den zweien genügte, um sich zu verstehen und sich zu mögen.

Im Herbst, wenn der Himmel gegen Ende des Tages von der untergehenden Sonne blutrot leuchtete, scharlachfarbene Wolkengemälde aufs Wasser warf, den ganzen Fluss in Purpur tauchte, den Horizont in Flammen setzte, die Gesichter der beiden feurig rot erscheinen ließ und ein erster winterlicher Lufthauch die schon rostbraunen Blätter der Bäume leicht erzittern ließ, lächelte Monsieur Sauvage zu Morissot hinüber und sagte: »Was für ein Schauspiel!« Worauf Morissot, ohne von seinem Schwimmer aufzublicken, ganz gerührt antwortete: »Hier ist's doch viel schöner als auf dem Boulevard, oder!«

Gleich als sie sich erkannt hatten, schüttelten sie sich kräftig die Hände, tief bewegt, dass sie sich hier unter so ganz anderen Umständen wieder begegneten. Monsieur Sauvage seufzte und sagte: »Was für Zeiten!« Der trübselig dreinschauende Morissot stöhnte: »Und was für ein Wetter! Heut ist der erste schöne Tag im Jahr.«

Tatsächlich war der Himmel, soweit das Auge reichte, blau und leuchtete wie lange nicht mehr.

Sie gingen nebeneinander her, nachdenklich und traurig, bis Morissot meinte:

»Und das Angeln? He? Da denkt man doch gern dran!«

Monsieur Sauvage fragte: »Wann tun wir's wieder?«

Sie gingen in ein kleines Café und tranken einen Absinth; dann setzten sie ihren Spaziergang durch die Straßen fort.

Auf einmal blieb Morissot stehen: »Noch ein Gläschen, was?« Monsieur Sauvage war einverstanden: »Ganz wie Sie wünschen.« Und sie gingen in den nächstbesten Weinladen.

Wieder auf der Straße draußen waren sie ziemlich beschwipst, wie Leute, die sich auf nüchternen Magen einen genehmigt haben. Es war mild. Ein sanfter Wind strich um ihre Gesichter; Monsieur Sauvage, den die laue Luft vollends betrunken machte, blieb stehen: »Wenn man einfach hingehen würde?«

»Wohin?«

»Zum Angeln, wohin sonst.«

»Aber wo?«

»Auf unsre Insel natürlich. Die französischen Vorposten stehen bei Colombes. Ich kenne Oberst Dumoulin; da lässt man uns spielend durch.«

Morissot bibberte fast vor Lust: »Abgemacht. Ich bin dabei!« Und sie trennten sich, um ihre Gerätschaften zu holen.

Eine Stunde später liefen sie Seite an Seite die Landstraße hinab. Schließlich erreichten sie die Villa, in der der Oberst residierte. Er lächelte über ihr Ansinnen, ließ die beiden mit ihrem Tick jedoch gewähren. Mit einem Passierschein in Händen marschierten sie sofort los.

Bald schon hatten sie die Vorposten hinter sich, kamen durch das verlassene Colombes und erreichten die Ufer bei den kleinen Weinbergen, die sich zur Seine hinabneigen. Es war gegen elf.

Das Dorf Argenteuil, direkt gegenüber, schien wie ausgestorben. Die Anhöhen von Orgemont und Sannois überragten die ganze Gegend. Die weite, bis nach Nanterre sich hinstreckende Ebene lag mit ihren kahlen Kirschbäumen und ihrem grauen Boden völlig verödet da.

Monsieur Sauvage zeigte mit dem Finger auf die Anhöhen und flüsterte: »Dort droben sind die Preußen!« Und vor Angst waren die beiden Freunde beim Anblick dieser verlassenen Gegend wie gelähmt.

Die Preußen! Noch nie hatten sie welche gesehen, doch seit Monaten spürten sie, dass sie da waren, rund um Paris herum, ganz Frankreich verwüstend, plündernd, mordend, aushungernd, unsichtbar und übermächtig. Und es kam eine Art abergläubischen Schreckens zu dem Hass hinzu, den sie gegen dieses unbekannte und siegreiche Volk hegten. Morissot stammelte: »Was, wenn wir welchen begegnen?«

Monsieur Sauvage meinte mit jenem Pariser Spott, der ihn trotz allem nicht verlassen hatte: »Wir bieten ihnen frittierten Fisch an.«

Durch die rundum herrschende Stille jedoch verschreckt, zögerten sie, sich aufs freie Feld hinauszubegeben.

Schließlich entschied Monsieur Sauvage: »Los, gehn wir! Aber vorsichtig.« Und sie kletterten einen Weinberg hinab, geduckt, kriechend, zum Glück geschützt von Gesträuch, hinter dem sie sich in Deckung bringen konnten, während sie unruhig um sich spähten und die Ohren spitzten.

Ein Streifen freies Feld musste noch durchquert werden, um ans Flussufer zu gelangen. Sie fingen an zu rennen; und sobald sie die Böschung erreicht hatten, versteckten sie sich im Trockenschilf.

Morissot legte das Ohr an die Erde, um zu lauschen, ob irgendwo Schritte zu hören waren. Er vernahm nichts. Offenbar waren sie allein, völlig allein. Sie beruhigten sich wieder und machten sich ans Angeln.

Vor ihnen lag die verlassene Insel Marante, die sie vor dem gegenüberliegenden Ufer verbarg. Das kleine Restaurant hatte geschlossen und sah aus, als stehe es schon seit Jahren leer.

Als erster hatte Monsieur Sauvage einen Karpfen an der Angel. Morissot fing den zweiten, und dann zogen sie alle paar Augenblicke ihre Angelhaken heraus, an denen ein kleines zappelndes, silbriges Tierchen hing; ein wahres Fischwunder.

Vorsichtig ließen sie die Fische in ein engmaschiges Netz gleiten, das unter ihren Füßen im Wasser hing, und es überkam sie eine selige Freude; eine Freude, wie sie einen nur zu ergreifen vermag, wenn man endlich wieder einmal seinem geliebten, so lange vermissten Zeitvertreib nachgehen kann.

Die liebe Sonne wärmte ihnen den Rücken; sie hörten nichts mehr; sie dachten an nichts mehr; sie vergaßen den Rest der Welt; sie angelten.

Doch plötzlich ließ ein grollendes Geräusch, das mitten aus der Erde zu kommen schien, den Boden erzittern. Die Kanonengeschütze fingen wieder an zu donnern.

Morissot riss den Kopf herum und erblickte links über der Böschung die gewaltigen Umrisse des Mont-Valérien, der auf dem Haupt einen weißen Federbusch trug, eine Pulverwolke, die er soeben ausgespien hatte.

Und genau in diesem Augenblick stieg von der Anhöhe der Festung Rauch auf; und ein paar Augenblicke später folgte erneutes Donnergrollen.

Weitere folgten, und von Augenblick zu Augenblick hauchte der Berg seinen Todesatem aus, blies milchige Dämpfe aus sich hinaus, die langsam zum stillen Himmel aufstiegen und sich Wolke um Wolke übereinanderhäuften.

Monsieur Sauvage zuckte mit den Schultern und meinte: »Fangen die schon wieder an.«

Morissot, der ängstlich auf die Spule seines auf- und abtauchenden Schwimmers starrte, wurde auf einmal von einer Wut gegen diese sich bekriegenden Wahnsinnigen gepackt, einer Wut, wie man sie nur von friedseligen Leuten kennt. Er schimpfte vor sich hin: »Wie kann man bloß so schwachsinnig sein, sich gegenseitig totzuknallen!«

Monsieur Sauvage erwiderte: »Schlimmer als die Viecher.«

Und Morissot, der gerade einen Zwiebelfisch gefangen hatte, behauptete: »Und wenn man bedenkt, dass das noch so lange geht, wie es Regierungen gibt.«

Monsieur Sauvage fuhr dazwischen: »Die Republik hätte niemals den Krieg erklärt …«

Worauf Morissot ihn unterbrach: »Mit den Königen führt man Krieg draußen; mit der Republik führt man Krieg im Innern.«

Und so fingen sie an, mit dem gesunden Menschenverstand argloser und ein wenig schlichter Geister über die großen politischen Probleme zu diskutieren, wobei sie sich darin einig waren, dass man nie wirklich frei ist. Und der Mont-Valérien donnerte ohne Unterlass, zertrümmerte mit seinen Kanonenschlägen französische Häuser, löschte Menschenleben aus, zerfetzte sie, setzte so manchen Träumen, so manchen unverhofften Freuden, so manchem erhofften Glück ein Ende und schlug dort drüben, aber auch in anderen Gegenden den Herzen von Frauen, Mädchen und Müttern Wunden, die nie wieder heilten.

»So ist das Leben«, erklärte Monsieur Sauvage.

»Sagen Sie lieber: der Tod«, gab Morissot mit einem Lächeln zurück.

Als sie merkten, dass hinter ihnen jemand war, zuckten sie voller Schreck zusammen; und als sie sich umblickten, sahen sie vier Männer über sich, vier große, bewaffnete, bärtige Männer, die herausgeputzt waren wie livrierte Domestiken, mit flachen Schirmmützen auf dem Kopf, die Gewehre im Anschlag.

Die Angelruten glitten aus ihren Händen und trieben, ganz langsam, den Fluss hinab.

In wenigen Augenblicken waren sie festgenommen, wurden sie abgeschleppt, in ein Boot geworfen und auf die Insel hinübergebracht.

Und sie sahen, dass hinter dem Haus, das sie für verlassen gehalten hatten, ungefähr zwanzig deutsche Soldaten standen.

Eine Art behaarter Riese, der rittlings auf einem Stuhl saß und eine lange Porzellanpfeife rauchte, fragte sie in ausgezeichnetem Französisch: »Und, meine Herren, war der Fang gut?«

Darauf legte ein Soldat jenes Netz voller Fische, das er ordnungsgemäß mitnehmen musste, dem Offizier zu Füßen. Der Preuße lächelte: »Siehe da! Ich muss sagen: Nicht schlecht! Nur handelt es sich dabei um etwas ganz anderes. Hören Sie mir gut zu und seien Sie unbesorgt. Für mich sind Sie zwei Spione, die mir hinterherschnüffeln sollen. Ich greife Sie und lasse Sie an die Wand stellen. Sie haben so getan, als würden Sie fischen, um Ihre wahren Absichten besser zu verbergen. Sie sind mir in die Hände gefallen, Pech für Sie; sicherlich haben Sie ein Losungswort, mit dem Sie durch die Vorposten gekommen sind. Sagen Sie mir dieses Losungswort, und ich begnadige Sie.«

Leichenblass standen die beiden Freunde nebeneinander, ihre Hände zitterten ein wenig nervös, und sie schwiegen.

Der Offizier fuhr fort: »Es wird kein Mensch erfahren, und Sie können sich in aller Ruhe wieder davonmachen. Weigern Sie sich, so sind Sie tot, und zwar sofort. Sie haben die Wahl!«

Starr standen sie da, ohne den Mund aufzutun.

Der immer noch vollkommen ruhige Preuße fuhr, während er mit der Hand zum Fluss hinüberzeigte, fort: »Sie können sich sicher sein, dass Sie in fünf Minuten auf dem Grund dieses Wassers liegen. In fünf Minuten! Sie müssen doch Angehörige haben!«

Der Mont-Valérien donnerte immer weiter.

Die beiden Angler standen nach wie vor stumm da. Der Deutsche erteilte in seiner eigenen Sprache Befehle. Dann rückte er seinen Stuhl ein Stück weit weg, um nicht mehr so nah bei den Gefangenen zu sein; worauf sich zwölf Mann zwanzig Schritte von ihnen entfernt aufstellten, Gewehr bei Fuß.

Der Offizier erklärte weiter: »Ich gebe Ihnen noch eine Minute, keine zwei Sekunden mehr.«

Daraufhin stand er jäh auf, schritt auf die beiden Franzosen zu, hakte sich bei Morissot unter, ging mit ihm ein gutes Stück weg und sagte leise: »Schnell, das Losungswort? Ihr Kamerad erfährt nichts davon, ich tue so, als hätte ich Mitleid mit euch gekriegt.«

Morissot antwortete nichts.

Daraufhin nahm der Preuße Monsieur Sauvage beiseite und stellte ihm dieselbe Frage.

Monsieur Sauvage antwortete nichts.

Sie standen wieder nebeneinander.

Und der Offizier erließ einen Befehl. Die Soldaten legten an.

Da fiel Morissots Blick zufällig auf das Netz voller Karpfen, das ein paar Schritte von ihm entfernt im Gras liegen geblieben war.

Ein Sonnenstrahl ließ den Haufen immer noch zappelnder Fische erglänzen. Und Morissot wurde ganz schwach. Obwohl er sich zu beherrschen versuchte, kamen ihm Tränen in die Augen.

Er stammelte: »Lebt wohl, Monsieur Sauvage.«

Monsieur Sauvage antwortete: »Lebt wohl, Monsieur Morissot.«

Sie drückten sich die Hände und zitterten unmerklich von Kopf bis Fuß.

Der Offizier schrie: »Feuer!«

Die zwölf Schüsse hörten sich wie ein einziger an.

Monsieur Sauvage fiel wie ein Klotz voraus auf die Nase. Der größere Morissot schwankte, taumelte und sank schräg über seinen Kameraden, das Gesicht zum Himmel gewandt, während aus seiner durchlöcherten Weste Blut quoll.

Der Deutsche erteilte nochmals Befehle.

Seine Leute verschwanden; dann kamen sie mit Stricken und Steinen zurück, die sie um die Füße der beiden Toten banden; danach schleppten sie die Leichen zur Böschung hinüber.

Der Mont-Valérien hörte nicht auf zu donnern und trug inzwischen einen ganzen Berg aus Rauch auf seinem Haupt.

Zwei Soldaten packten Morissot an Kopf und Füßen; zwei andere taten es auf gleiche Weise bei Monsieur Sauvage. Die Leichen wurden einen Moment lang kräftig hin- und hergeschaukelt und dann, so gut es ging, in hohem Bogen weggeworfen; sie tauchten, mit ihren von den Steinen beschwerten Füßen voraus, aufrecht im Fluss unter.

Das Wasser spritzte auf, schäumte, kräuselte sich und kam,

während winzige Wellen sich bis zum Ufer ausbreiteten, wieder zur Ruhe. Ein bisschen Blut schwamm dabei mit.

Der immer noch ganz entspannte Offizier meinte halblaut: »Jetzt sind die Fische dran.«

Darauf ging er zum Haus zurück.

Und auf einmal sah er das Netz mit den Karpfen im Gras liegen. Er hob es auf, schaute es sich an, lächelte und rief: »Wilhelm!«

Ein Soldat mit weißer Schürze lief herbei. Und während er ihm den Fang der beiden Füsilierten zuwarf, befahl der Offizier: »Frittier mir sofort diese kleinen Viecher, solang sie noch leben. Das gibt ein Festessen.«

Dann fing er wieder an zu rauchen.

DER TEUFEL

Der Bauer stand dem Doktor gegenüber, vor dem Bett der Sterbenden. Die Alte – ruhig, schicksalsergeben und klar – schaute die beiden an und hörte sie reden. Sie lag im Sterben; sie bäumte sich nicht auf dagegen, ihre Zeit war vorbei, sie war zweiundneunzig Jahre alt.

Durch das Fenster und die offene Tür strömte die Julisonne und warf ihr warmes Licht auf den braunen, gewellten, von Holzschuhen über vier Bauerngenerationen hinweg festgestampften Boden. Mit ihr kam auch der heiße Wind herein, mit seinen Gerüchen von Gräsern, Getreide und Blättern, die in der Mittagshitze versengten. Das Zirpen der Heuschrecken drang so klar durchs Land, als würden Kinder mit Holzrätschen, wie man sie ihnen auf Jahrmärkten kauft, spielen.

Mit großer Entschiedenheit sagte der Doktor:

– Honoré, Sie können Ihre Mutter in diesem Zustand doch nicht allein lassen. Sie kann vom einen auf den anderen Augenblick sterben.

So bedauerlich er das auch fand, sagte der Bauer noch einmal:

– Muss trotzdem zu meinem Weizen hinaus; liegt schon viel zu lang draußen auf dem Boden. Ist bestes Wetter jetzt. Was meinst du, Mama?

Die im Sterben liegende, immer noch vom normannischen Geiz getriebene Alte deutete mit den Augen und mit dem Kopf ein »Ja« an und gab damit ihrem Sohn zu verstehen, dass er sich um den Weizen kümmern und sie ruhig allein sterben lassen sollte.

Was den Doktor jedoch wütend machte und ihn sogar aufstampfen ließ:

– Sie sind nichts als ein Rohling, hören Sie mir gut zu, ich erlaube Ihnen das nicht, verstehen Sie? Und wenn Sie Ihren Weizen unbedingt noch heute hereinschaffen müssen, dann holen Sie sich die Rapet, verdammt noch mal, und lassen sie Wache bei Ihrer Mutter halten. Ich will es so, verstanden? Und wenn Sie mir nicht gehorchen, lasse ich Sie wie einen Hund krepieren, wenn Sie selbst einmal krank sind, verstanden?

Der Bauer, ein großer, dürrer Mann mit behäbigen Bewegungen, fühlte sich hin- und hergezerrt von der Angst vor dem Doktor und seinem viehischen Sparzwang, weshalb er zögerte, nachrechnete und stammelte:

– Was nimmt die Rapet für die Wache?

Der Doktor schrie:

– Woher soll ich das wissen? Das kommt drauf an, wie lange Sie sie haben wollen. Machen Sie es mit ihr selber ab, verdammt! Ich aber verlange, dass sie in einer Stunde hier ist, verstanden?

Der Mann ergab sich:

– Ich geh, ich geh ja schon; nicht mehr böse sein, Herr Dokter.

Der Doktor machte sich davon und rief:

– Sie wissen es, Sie wissen es, dass ich keinen Spaß verstehe, wenn der Zorn in mir hochkocht, passen Sie bloß auf!

Sowie er allein war, beugte sich der Bauer zu seiner Mutter hinab und sagte mit gebrochener Stimme:

– Ich geh gleich die Rapet holen, so wie er's will, dieser Mann. Mach dir keine Sorgen, bis ich wieder da bin.

Und er ging aus dem Haus.

Die Rapet, eine alte Büglerin, hielt im Dorf Wache bei den Sterbenden und Toten. Wenn sie ihre Kunden in jenes Tuch eingenäht hatte, das sie nie wieder ausziehen, ging sie wieder zu ihrem Bügeleisen zurück, mit dem sie die Wäsche der Lebenden plättete. Runzlig wie ein Apfel vom letzten Jahr, bösartig, missgünstig, geiziger als geizig, so krumm, als sei sie vom ewigen Hin- und Herschieben des Bügeleisens über die Wäsche inmitten entzweigebrochen, hieß es, sie liebe den Todeskampf auf monströse und zynische Weise. Über nichts redete sie lieber als über Leute, die sie hatte sterben sehen, und über alle nur erdenklichen Varianten des Niedergangs, bei denen sie dabei war; wie ein Jäger, der von seinen Schüssen erzählt, schilderte sie mit der allergrößten minutiösen Genauigkeit die sich immer wieder gleichenden Details.

Als Honoré Bontemps zu ihr kam, bereitete sie gerade ein Stärkebad für die Krägen der Dörfler vor.

Er sagte:

– Hei, schönen Abend; wie geht's, wie steht's, meine beste Rapet?

Sie drehte den Kopf zu ihm um:

– Schon recht, schon recht. Und Ihrerseits?

– Oh, meinerseits geht schon, bloß Mama geht's nicht so.

– Der Mama?

– Ja, Mama!

– Was hat sie?

– Macht bald die Augen zu!

Die Alte zog ihre Hände aus dem Wasser, von denen bläuliche, durchsichtige Tropfen bis zu den Fingernägeln vorglitten und in den Bottich zurückfielen.

Mit plötzlicher Anteilnahme wollte sie wissen:

– Geht's ihr so schlecht?

– Der Dokter sagt, morgen lebt sie nicht mehr.

– Dann geht's ihr aber nimmer gut!

Honoré zögerte. Für das, was er ihr vorschlagen wollte, brauchte er ein paar einleitende Sätze. Weil ihm aber nichts einfiel, machte er es kurz und knapp:

– Wie viel wollen Sie haben fürs Wachen, bis es vorbei ist? Wissen ja, reich sind wir nicht. Kann mir kaum eine Magd leisten. Drum ist sie ja so runter, meine arme Mutter, zu viel geschafft, zu kaputt jetzt! Hat für zehn geschuftet, trotz ihrer zweiundneunzig. Gibt's heutzutage gar nicht mehr, so was!

Die Rapet antwortete tiefernst:

– Zwei Preise gibt's: vierzig Sous der Tag und drei Francs dazu die Nacht für die Reichen. Zwanzig Sous der Tag und vierzig die Nacht für die andern. Sie geben mir zwanzig und vierzig.

Der Bauer fing an zu überlegen. Er kannte sie gut, seine Mutter. Er wusste, wie zäh, wie robust, wie hartnäckig sie war. Es konnte noch acht Tage dauern, auch wenn der Doktor etwas anderes behauptet hatte.

Rigoros sagte er:

– Nein. Ich möcht', dass Sie mir einen festen Preis machen, jetzt sofort, einen Preis mit allem, bis zum Schluss. So hat der eine ein Risiko und der andre auch. Der Dokter sagt, dass's schnell geht. Umso besser für Sie, dumm für mich. Geht's bis morgen oder noch länger, Glück für mich, Pech für Sie!

Baff, wie sie war, schaute die Wärterin den Mann an. Für eine Pauschale hatte sie noch nie jemanden beim Ableben übernommen. Wegen des Risikos, das sie einging, zauderte sie. Sie fing an zu fürchten, man wolle sie ausnutzen.

– Ich kann nichts sagen, solang ich Ihre Mutter nicht gesehn hab, gab sie zur Antwort.

– Komm' Sie mit, komm' Sie.

Sie wischte sich die Hände ab und folgte auf der Stelle. Unterwegs redeten die beiden kein Wort. Sie lief im Trippelgang, während er seine Riesenschritte machte, als müsste er bei jedem über einen Bach springen.

Die auf den Wiesen liegenden, durch die Hitze ganz schlaff gewordenen Kühe hoben behäbig ihre Köpfe und muhten schwach zu den beiden herüber, in der Hoffnung, die zwei würden ihnen frisches Gras hinhalten.

Als sie sich dem Haus näherten, flüsterte Honoré Bontemps:

– Und wenn's schon aus wär'?

Aus seinem Ton war das unwillkürliche Verlangen herauszuhören, dass es so sein möge.

Doch die Alte war überhaupt nicht tot. Sie lag auf dem Rücken auf ihrem Strohsack, die Hände auf der violetten Baumwolldecke, magere, gichtige Hände, die wie seltsame Tiere aussahen, wie Krebse, gekrümmt vom Rheuma und von der Erschöpfung einer fast ein ganzes Jahrhundert währenden Arbeit, die sie nun hinter sich hatte.

Die Rapet trat an das Bett und schaute sich die Sterbende an. Sie fühlte ihr den Puls, tastete ihr die Brust ab, horchte auf den Atem und fragte sie etwas, um zu hören, wie sie noch redete; nachdem sie sie dann noch eine ganze Weile beobachtet hatte, ging sie mit Honoré hinaus. Ihre Meinung stand fest. Die Alte würde die Nacht nicht überleben.

Er fragte:

– Na und?

Die Wächterin gab zur Antwort:

– Na ja, zwei Tage geht das schon noch, vielleicht auch drei. Geben Sie mir sechs Francs, alles inbegriffen.

Er schrie:

– Sechs Francs! Sechs Francs! Hat wohl den Verstand verloren! Ich sag Ihnen, das geht bloß fünf, vielleicht sechs Stunden, länger nicht!

Und so verhandelten die beiden noch lange miteinander, ganz verbissen. Weil die Wärterin sich schließlich davonmachen wollte und weil die Zeit verging und weil der Weizen sich auch nicht von allein einfährt, war er am Ende einverstanden:

– Also gut, abgemacht, sechs Francs, alles inbegriffen, bis zur Aufbahrung.

– Abgemacht, sechs Francs.

Und er machte sich mit seinen langen Schritten davon, zu seinem Weizen aufs Feld hinaus, wo er in der Sonne lag, in der drückenden Sonne, die die Ernte reif werden lässt.

Die Wärterin ging ins Haus hinein.

Sie hatte sich eine Handarbeit mitgebracht; bei Sterbenden und Toten arbeitete sie ununterbrochen, sei es für sich selbst, sei es für die Familie, bei der sie gerade beschäftigt war und die ihr für diese doppelte Arbeit den Lohn aufstockte.

Plötzlich fragte sie:

– Habt Ihr schon die Letzte Ölung gekriegt, Mutter Bontemps?

Die Bäuerin machte mit dem Kopf ein Nein; worauf die bigotte Rapet sofort aufsprang.

– Gott im Himmel, ist's möglich! Schleunigst hol ich den Herrn Pfarrer!

Und sie lief, so schnell es ging, zum Pfarrhaus, so schnell, dass die Lausbuben, die auf der Straße spielten und die sie so flink vorantrippeln sahen, meinten, es sei ein Unglück passiert.

Sogleich machte sich der Pfarrer in seinem Talar auf den

Weg, gefolgt von einem Ministranten, der mit einem Glöcklein klingelte, um auf dem glühendheißen und stillen Land die Ankunft des Herrn anzukündigen. Die Männer, die etwas weiter entfernt arbeiteten, zogen ihre großen Hüte und blieben so lange reglos stehen, bis das weiße Gewand hinter einem Bauernhof verschwand; die Frauen, die Garben banden, richteten sich auf und bekreuzigten sich; aufgescheuchte schwarze Hühner flüchteten, auf ihren Beinen hin- und herwippend, den Graben entlang bis zu einem Schlupfloch, das sie kannten und wo sie mit einem Schlag verschwanden; ein auf einer Wiese angepflocktes Fohlen bekam beim Anblick des Talars Angst und begann, am Ende seines Stricks, im Kreis herumzurennen und auszuschlagen. Der Ministrant in seinem roten Gewand lief schnell; und der Pfarrer, der seinen Kopf auf eine Schulter hinabgesenkt und ein viereckiges Barrett aufhatte, folgte ihm und murmelte währenddessen seine Gebete vor sich hin; und die Rapet kam ganz gebückt und gekrümmt hinterher, als verbeugte sie sich beim Gehen; sie hatte die Hände gefaltet, so wie in der Kirche.

Honoré sah sie von weitem kommen. Er fragte:

– Wo geht er hin, unser Pfarrer?

Sein Knecht, der scharfsinniger war als er, antwortete:

– Er bringt den lieben Gott deiner Mutter, ist doch klar!

Den Bauern wunderte das nicht:

– Kann gut sein, ja!

Und er machte sich wieder an seine Arbeit.

Die Mutter Bontemps beichtete, bekam die Absolution und die Kommunion; der Pfarrer ging wieder und ließ die zwei Frauen in der brütendheißen Bauernhütte zurück.

Da musterte die Rapet nochmals die Sterbende und fragte sich, wie lange es wohl noch dauern könnte.

Langsam wurde es Abend; frischere Luft kam mit einem stärkeren Wind hereingeweht, der einen an der Wand mit zwei Nadeln angebrachten Bilderbogen hin- und herflattern ließ; bei den kleinen, einstmals weißen, inzwischen gelben und mit Fliegendreck befleckten Fenstervorhängen hätte man meinen können, sie flögen gleich weg, schlügen um sich und wollten davonstürmen, so wie die Seele der Alten.

Sie, die reglos und mit offenen Augen dalag, schien gleichgültig den so nahen Tod zu erwarten, der sich mit seinem Kommen noch Zeit ließ. Ihr kurzer Atem pfiff ein wenig in der zusammengepressten Kehle. Bald würde er ganz still stehen, und dann würde es auf Erden eine Frau weniger geben, die keinem fehlt.

Bei einbrechender Nacht kam auch Honoré zurück. Als er dann vor dem Bett stand und sah, dass seine Mutter noch lebte, fragte er:

– Wie geht's so?

So wie er es früher auch gemacht hatte, wenn es ihr nicht gutging.

Dann schickte er die Rapet fort und betonte noch einmal:

– Morgen, um fünfe, aber pünktlich.

Sie antwortete:

– Morgen, um fünfe.

Sie kam tatsächlich, als der Tag anbrach.

Honoré aß, ehe er aufs Feld ging, eine Suppe, die er sich selbst gemacht hatte.

Die Wärterin fragte:

– Und, hat es Ihre Mutter hinter sich?

Mit einem verschlagenen Augenzwinkern antwortete er:

– Geht ihr schon viel besser.

Und er machte sich davon.

Die Rapet, von Unruhe gepackt, trat zur Sterbenden hin, die noch im selben Zustand dalag, schwer atmend und beherrscht, die Augen offen und die Hände auf der Decke verkrampft.

Und der Wärterin wurde klar, dass das noch zwei Tage, vier Tage, acht Tage so weitergehen konnte; und es packte ihre knauserige Seele das Entsetzen, während in ihr zugleich eine wahnsinnige Wut gegen diesen gerissenen Hund aufkam, der sie hereingelegt hatte, und auch eine Wut gegen dieses Weib, das nicht sterben wollte.

Nichtsdestotrotz machte sie sich an ihre Arbeit, den Blick fest auf das faltige Gesicht von Mutter Bontemps gerichtet.

Honoré kam zum Frühstück heim; er wirkte zufrieden, ja fast spottlustig; dann ging er wieder. Er fuhr seinen Weizen ein, und zwar unter den allergünstigsten Umständen.

Die Rapet war der Verzweiflung nah; jede Minute, die verstrich, kam ihr inzwischen wie gestohlene Zeit und wie gestohlenes Geld vor. Sie hätte gute Lust gehabt, eine wahnsinnige Lust, diese alte, ausdauernde, starrhalsige Kuh an der Gurgel zu packen und mit einem kleinen Druck dieses bisschen kurzatmige Schnaufen, das ihr ihre Zeit und ihr Geld stahl, anzuhalten.

Dann überlegte sie sich, dass das gefährlich war; und während ihr dann weitere Ideen durch den Kopf schossen, trat sie ans Bett hin.

Sie fragte:

– Habt Ihr je schon den Teufel gesehn?

Die Mutter Bontemps flüsterte:

– Nein.

Da fing die Wärterin an zu schwätzen und ihr Geschichten zu erzählen, um die schwache Seele der Sterbenden in Angst und Schrecken zu versetzen.

Ein paar Minuten, bevor man den letzten Schnaufer tut, erscheint einem der Teufel, sagte sie, und zwar allen Sterbenden. Er habe einen Besen in der Hand, einen Topf auf dem Kopf und brülle furchtbar. Habe man ihn gesehen, sei es vorbei, man habe dann bloß noch ein paar Augenblicke zu leben. Und sie zählte all jene auf, denen der Teufel in diesem Jahr schon erschienen war: Joséphin Loisel, Eulalie Ratier, Sophie Padagnau, Séraphine Grospied.

Mutter Bontemps war am Ende ganz aufgewühlt, rutschte hin und her, bekam unruhige Hände und versuchte den Kopf umherzuwenden, um in jede Ecke des Zimmers schauen zu können.

Auf einmal verschwand die Rapet vom Bettende. Aus dem Schrank nahm sie ein Bettlaken und wickelte sich damit ein; sie setzte sich einen Topf auf, dessen drei kurze, krumme Füße wie drei Hörner aussahen, nahm einen Besen in die rechte Hand und in die linke einen Blecheimer, den sie jäh in die Luft warf, sodass er mit lautem Krach hinfiel.

Er machte, als er auf dem Boden landete, einen fürchterlichen Lärm; dann kletterte die Wärterin auf einen Stuhl, hob den am Ende des Bettes angebrachten Vorhang, gestikulierte wild, stieß unter dem eisernen Topf, der ihren Kopf verdeckte, spitze Schreie aus, und schwang gegen die alte, am Ende des Lebens angelangte Bäuerin so, wie es der Teufel im Kasperletheater macht, drohend den Besen.

Zu Tode erschrocken, mit irrem Blick unternahm die Sterbende übermenschliche Anstrengungen, um zu flüchten; sie entwand ihrer Bettdecke sogar ihre Schultern und ihre Brust, dann sackte sie mit einem großen Seufzer wieder zurück. Es war aus.

Und die Rapet stellte und legte seelenruhig alle Dinge wieder an ihren Platz, den Besen in die Ecke beim Schrank, das Bettlaken in ihn hinein, den Topf auf den Herd, den Eimer aufs Brett und den Stuhl an die Wand. Dann schloss sie mit geschäftsmäßiger Geste die weitaufgerissenen Augen der Toten, stellte ans Bett einen Teller, goss Weihwasser hinein, in das sie den über der Kommode hängenden Buchsbaumzweig tauchte, kniete nieder und fing inbrünstig an, jene Gebete für die Verstorbene zu sprechen, die sie schon aus gewerblichen Gründen auswendig kannte.

Und als Honoré abends heimkam, fand er sie betend, und er rechnete sofort nach, dass sie immer noch zwanzig Sous für sich herausgeschlagen hatte, weil sie nur zwei Tage und eine Nacht wachen musste, was im ganzen fünf Francs macht anstatt sechs, die er zahlen musste.

DAS WAISENKIND

Mademoiselle Source hatte den Jungen einst unter recht traurigen Umständen adoptiert. Sie war damals sechsunddreißig und derart entstellt (sie war vom Schoß ihres Kindermädchens in den offenen Kamin gerutscht, und ihr Gesicht wurde derart schlimm verbrannt, dass es bis heute schrecklich anzusehen war), dass sie beschloss, ledig zu bleiben, da sie nicht ihres Geldes wegen geheiratet werden wollte.

Eine Nachbarin, die während ihrer Schwangerschaft Witwe wurde, starb im Wochenbett, ohne einen Sou zu hinterlassen. Mademoiselle Source nahm das Neugeborene an sich, pflegte es, zog es auf, schickte es in ein Internat, holte es mit vierzehn wieder zu sich, um in ihrem leeren Haus jemanden zu haben, der sie mochte, der sich um sie sorgte, der ihr das Alter versüßte.

Sie bewohnte einen Landsitz vier Meilen von Rennes entfernt und lebte inzwischen ohne Magd. Seit der Ankunft ihres Waisenkinds waren die Ausgaben um über das Doppelte gestiegen, ihr Einkommen von dreitausend Francs reichte nicht mehr aus, um drei Leute zu verköstigen.

Den Haushalt und die Küche machte sie selbst, und die Besorgungen ließ sie den Kleinen erledigen, der sich auch um den Garten kümmerte. Er war lieb, schüchtern, ruhig und zärtlich. Sie empfand eine tiefe, ganz neuartige Freude, wenn sie von ihm liebkost wurde, ohne dass er sich an ihrer Hässlichkeit gestört oder sich erschreckt hätte. Er sagte Tante zu ihr, und sie behandelte ihn wie eine Mutter.

Abends saßen die beiden am Kamin, und sie reichte ihm Süßigkeiten. Sie machte Glühwein und röstete eine Scheibe Brot, eine köstliche Kleinigkeit zum Essen, bevor man zu Bett ging. Oft nahm sie ihn zwischen ihre Beine, küsste ihn und flüsterte ihm zärtliche, leidenschaftliche Worte ins Ohr. Sie nannte ihn »meine kleine Blume, mein Cherubin, mein geliebter Engel, mein himmlischer Schatz«. Er ließ es gern mit sich geschehen und verbarg seinen Kopf unter der Schulter der alten Jungfer.

Obwohl er inzwischen fast fünfzehn war, hatte er etwas Schwächliches an sich, war klein und schaute ein wenig kränklich aus.

Manchmal, wenn sie zwei Verwandte besuchte, entfernte Kusinen, die in einem Vorort verheiratet und ihre einzigen Familienangehörigen waren, nahm Mademoiselle Source ihn mit in die Stadt. Die beiden Frauen verübelten es ihr, mit Blick auf die Erbschaft, von Anfang an, dass sie dieses Kind adoptiert hatte; trotzdem war sie bei ihnen jederzeit willkommen, da die beiden nach wie vor auf ihren Anteil hofften, was in jedem Fall ein Drittel war, vorausgesetzt, ihr Erbe würde gleichmäßig aufgeteilt werden.

Sie war glücklich, sehr glücklich, immer mit ihrem Kind beschäftigt. Sie kaufte ihm Bücher, die seinen Geist verfeinern sollten, und er machte sich begierig an die Lektüre.

Er saß jetzt abends nicht mehr auf ihrem Schoß, um zu schmusen; stattdessen setzte er sich sofort auf seinen kleinen Stuhl in der Kaminecke und schlug ein Buch auf. Die über seinem Kopf am Bücherregal angebrachte Lampe schien auf seine lockigen Haare herab und auf ein Stück seiner Stirn; er rührte sich nicht, hob die Augen nicht auf, gab keinen Ton von sich; er las, vollkommen entrückt und in das Abenteuer des Buches abgetaucht.

Sie saß ihm gegenüber und schaute ihn, eifersüchtig und häufig zu Tränen gerührt, unentwegt mit leuchtenden Augen an, hin und weg von seinem Versunkensein.

Ab und zu sagte sie zu ihm: »Du überanstrengst dich noch, mein Schatz!« und hoffte, dass er aufschaute und ihr einen Kuss gab; aber er antwortete nicht, hatte es nicht einmal gehört, hatte sie überhaupt nicht wahrgenommen: Er kannte nichts anderes mehr als das, was er auf diesen Seiten erblickte.

Zwei Jahre lang verschlang er zahllose Bücher. Sein Charakter änderte sich.

Schließlich bat er Mademoiselle Source mehrfach um Geld, das sie ihm auch gab. Als er immer mehr wollte, weigerte sie sich, denn sie hielt auf Ordnung und war energisch, und sie konnte, wenn es nötig war, auch konsequent sein.

Wegen seiner inständigen Bitten bekam er von ihr eines Abends nochmals eine erkleckliche Summe; als er sie aber ein paar Tage später von neuem anflehte, blieb sie hartnäckig und gab auch nie wieder nach.

Er schien es hinzunehmen.

Er wurde wieder ruhiger, so wie er es früher war, und genoss es, mit verträumtem Blick ganze Stunden lang reglos dazusitzen. Er redete nicht einmal mehr mit Mademoiselle Source und antwortete ihr, wenn sie etwas sagte, allenfalls mit wenigen knappen Sätzen.

Trotzdem war er nett zu ihr und sorgte sich um sie; einen Kuss bekam sie aber nie wieder von ihm.

Wenn sie sich jetzt abends an den beiden Ecken des Kamins starr und schweigend gegenübersaßen, bekam sie manchmal Angst vor ihm. Am liebsten hätte sie ihn gerüttelt, damit er etwas sagte, egal was, nur damit diese schreckliche, ans Dunkel eines Waldes erinnernde Stille ein Ende hatte. Doch er schien sie nicht zu hören, während sie, eine arme, schwache Frau, vor Schreck zitterte, wenn sie fünf oder sechs Mal hintereinander etwas zu ihm gesagt hatte, ohne ein einziges Wort aus ihm herauszubekommen.

Was hatte er? Was spielte sich in diesem verschlossenen Kopf ab? Wenn sie ihm zwei oder drei Stunden so gegenüber saß, hatte sie das Gefühl, verrückt zu werden, wollte davonrennen, ins Freie hinaus fliehen, um diesem stummen, endlosen Tête-à-Tête und einer unbestimmten Gefahr, von der sie keine Vorstellung hatte, die sie aber spürte, zu entkommen.

Mit sich allein, weinte sie oft. Was hatte er? Äußerte sie einen Wunsch, tat er ihr den Gefallen ohne jedes Murren. Brauchte sie etwas aus der Stadt, erledigte er es sofort. Sie konnte sich über ihn nicht beklagen, gewiss nicht! Und dennoch …

Wieder ging ein Jahr dahin, und es schien ihr, als hätte sich in dem mysteriösen Geist des jungen Mannes erneut ein Wandel vollzogen. Sie merkte es, spürte es, erriet es. Wie? Egal! Sie war sich sicher, dass sie sich nicht täuschte; doch sie hätte nicht sagen können, in welcher Weise sich die ihr unbekannten Gedanken dieses seltsamen Jungen gewandelt hatten.

Es kam ihr so vor, als hätte er bisher einem Zaudernden geglichen, der plötzlich einen Entschluss gefasst hat. Dieser Gedanke kam ihr eines Abends, als ihre Blicke sich trafen und sie einem stierenden, sonderbaren Blick begegnete, den sie nie an ihm gekannt hatte.

Danach fing er an, sie jeden Augenblick zu beobachten, während sie sich am liebsten versteckt hätte, um diesem kalten, auf sie gehefteten Blick zu entgehen.

Ganze Abende lang fixierte er sie und wandte sich nur ab von ihr, wenn sie, mit ihren Kräften am Ende, sagte:

»Schau mich doch nicht so an, mein Kind!«

Dann ließ er den Kopf sinken.

Sobald sie ihm aber den Rücken zukehrte, spürte sie von neuem sein Auge auf sich. Wohin auch immer sie ging, er verfolgte sie mit seinem durchdringenden Blick.

Ging sie gelegentlich in ihrem kleinen Garten umher, bemerkte sie auf einmal, wie er geduckt auf einem Baumstamm hockte, wie in einem Hinterhalt; oder wenn sie, Socken stopfend, vor ihrem Haus saß und er ein paar Gemüsebeete umgrub, dann spähte er, immerzu arbeitend, unentwegt und heimtückisch nach ihr.

Sie konnte ihn noch so oft fragen:

»Was hast du, mein Kleiner? Seit drei Jahren bist du ganz anders. Ich erkenne dich nicht wieder. Sag mir, was du hast, was du denkst, ich bitte dich.«

In ruhigem, gelangweiltem Ton erklärte er dann jedes Mal:

»Aber ich hab doch nichts, liebe Tante!«

Und wenn sie nicht nachgab und ihn anflehte:

»Ach, mein Kind, antworte mir doch, antworte mir, wenn ich mit dir rede. Wüsstest du, welchen Kummer du mir machst, würdest du mir immer antworten und mich nicht so anschauen. Bedrückt dich etwas? Sag es mir, ich will dich beruhigen …«

Mit missmutiger Miene ging er weg und murmelte vor sich hin: »Glaub mir endlich, dass ich nichts habe.«

Er war nicht viel größer geworden, sah immer noch wie ein Kind aus, auch wenn seine Gesichtszüge diejenigen eines Mannes waren. Sie waren hart und trotzdem unfertig. Er wirkte unreif, unterentwickelt, wie ein Entwurf erst und unheimlich wie ein Mysterium. Er war ein verschlossenes, undurchdringliches Wesen, in dessen Sinnen sich unablässig etwas zu regen schien, etwas Köchelndes und Bedrohliches.

Mademoiselle Source spürte das alles und konnte vor Angst

nicht mehr schlafen. Furchtbare Qualen suchten sie heim und grauenhafte Albträume. Sie schloss sich in ihrem Zimmer ein und verbarrikadierte ihre Tür, von Entsetzen gepeinigt.

Wovor hatte sie Angst?

Sie wusste es selbst nicht.

Angst vor allem, vor der Nacht, vor Mauern, vor den Schatten, die der Mond durch die Fenstervorhänge warf, und vor allem Angst vor ihm!

Warum?

Was hatte sie zu fürchten? Wusste sie es …?

Sie konnte so nicht weiterleben! Sie war sich sicher, dass ihr ein Unheil bevorstand, ein grausiges Unheil.

Eines Morgens machte sie sich heimlich davon und ging in die Stadt zu ihren Verwandten. Atemlos erzählte sie ihnen die Sache. Die beiden Frauen dachten, sie sei dem Wahnsinn nahe, und versuchten sie zu beruhigen.

Sie sagte:

»Wenn ihr wüsstet, wie er mich von morgens bis abends anschaut. Er lässt die Augen nicht von mir! Manchmal würde ich am liebsten um Hilfe rufen, die Nachbarn holen, so habe ich Angst! Aber was sollte ich ihnen sagen? Er tut ja nichts, außer mich anschauen.«

Die zwei Frauen fragten:

»Ist er manchmal gewalttätig? Gibt er dir grobe Antworten?«

Sie wiederholte:

»Nein, nie; er tut alles, was ich will; er arbeitet gut und ist inzwischen auch ordentlich; aber ich halte diese Angst nicht mehr aus. Es ist etwas in seinem Kopf, da bin ich sicher, ganz sicher. Ich will mit ihm nicht mehr allein auf dem Land leben.«

Die aufgeschreckten Verwandten gaben ihr zu verstehen, dass sie sich wunderten und nichts von alldem begriffen; und sie rieten ihr, niemandem etwas von ihren Ängsten und Absichten zu erzählen; sie wollten sie aber auch nicht davon abhalten, in die Stadt zu ziehen, da sie sich dadurch erhofften, wieder an das gesamte Erbe zu kommen.

Sie versprachen ihr sogar, beim Verkauf ihres Hauses zu helfen und ein anderes in ihrer Nachbarschaft zu suchen.

Mademoiselle Source ging wieder nach Hause. Doch sie war derart durcheinander, dass sie beim geringsten Geräusch zusammenzuckte und ihre Hände bei der allerkleinsten Aufregung zu zittern anfingen.

Noch zwei Mal ging sie zu ihren Verwandten, um sich mit ihnen abzusprechen, jedes Mal fest entschlossen, nicht mehr in ihrem abgelegenen Haus zu bleiben. Schließlich entdeckte sie in dem Vorort ein Häuschen, das ihr gefiel, und sie kaufte es heimlich.

Die Vertragsunterzeichnung fand an einem Dienstagmorgen statt, und Mademoiselle Source verbrachte den Rest des Tages mit Vorbereitungen für den Umzug.

Um acht Uhr abends nahm sie wieder die Postkutsche, deren Strecke einen Kilometer von ihrem Haus entfernt verlief, und sie ließ den Kutscher dort, wo er sie immer absetzte, halten. Als er schon wieder auf seine Pferde einpeitschte, rief er ihr noch zu:

»Schönen Abend, Mademoiselle Source, und gute Nacht!«

Im Weggehen antwortete sie:

»Guten Abend, Joseph.«

Als morgens um halb acht der Briefträger mit der Post ins Dorf kam, entdeckte er auf der Kreuzung, unweit der Hauptstraße, einen großen, noch frischen Blutfleck. Er sagte sich:

»Nanu! Welcher Besoffene hat hier aus der Nase geblutet?« Doch zehn Schritte weiter sah er ein Taschentuch liegen, das auch blutig war. Er hob es auf. Es war aus feinem Stoff, und verblüfft, wie er war, ging er zum Graben hinüber, wo er einen merkwürdigen Gegenstand zu erblicken meinte.

Mademoiselle Source lag auf der Grassohle, die Brust von einem Messerstich aufgeschlitzt.

Eine Stunde später inspizierten die Gendarmen, der Untersuchungsrichter und zahlreiche Beamte die Gegend um die Leiche herum.

Die als Zeuginnen herbeigerufenen beiden Verwandten erzählten alles über die Ängste und Absichten der alten Jungfer. Der Waise wurde festgenommen. Seit dem Tod derjenigen, die ihn adoptiert hatte, weinte er von morgens bis abends und war, zumindest nach außen hin, in tiefstem Gram versunken.

Er bewies, dass er an diesem Abend bis um elf Uhr in einem Café verbracht hatte. Zehn Leute, die sich dort ebenfalls bis zu seinem Aufbruch aufhielten, hatten ihn gesehen. Der Kutscher wiederum gab an, die Ermordete an der Straße zwischen halb zehn und zehn abgesetzt zu haben. Das Verbrechen konnte nur nach zehn Uhr auf der Strecke zwischen der Hauptstraße und ihrem Haus begangen worden sein.

Der Angeklagte wurde freigesprochen.

Ein schon altes Testament, das beim Notar in Rennes hinterlegt war, machte ihn zum Alleinerben; er bekam alles.

Bei den Leuten, die ihn nach wie vor verdächtigten, stand er noch lange unter Beobachtung. Über seinem Haus, demjenigen der Toten, schien ein Fluch zu liegen. Man machte einen großen Bogen um ihn.

Aber er erwies sich als ein so guter, so offener, so vertrauenswürdiger Kerl, dass sich allmählich die fürchterlichen Zweifel zerstreuten. Er war großzügig, zuvorkommend und redete mit jedem, auch mit den einfachsten Leuten, so lange man wollte.

Der Notar, Monsieur Rameau, den seine heitere Leutseligkeit beeindruckte, war einer der Ersten, die sich ihm gegenüber versöhnlich zeigten. Eines Abends erklärte er bei einem Essen, das der Steuereintreiber gab:

»Ein Mensch, der so ungezwungen mit jedem redet und immer gute Laune verbreitet, kann kein derartiges Verbrechen auf dem Gewissen haben.«

Von einem solchen Argument überzeugt, besannen sich auch dessen Mitarbeiter eines Besseren und fingen an, sich langer Gespräche mit diesem Menschen zu entsinnen, bei denen er sie fast mit Gewalt an irgendeiner Straßenecke festhielt, um ihnen das, was ihm durch den Kopf ging, anzuvertrauen und sie zu sich hereinzubitten, wenn man an seinem Garten vorbeikam, wobei er noch schneller einen Witz auf Lager hatte als selbst der Gendarmerieleutnant und eine so ansteckende Fröhlichkeit besaß, dass man trotz der Beklemmung, die man in seiner Gegenwart verspürte, in seiner Gesellschaft unentwegt unwillkürlich lachen musste.

Alle Türen öffneten sich ihm.

Inzwischen ist er Bürgermeister der Gemeinde.

IN DER FAMILIE

Die Straßenbahn von Neuilly war gerade durch die Porte Maillot gefahren und schlängelte sich nun der großen Avenue entlang, die an der Seine endet. Die kleine, an den Waggon gekuppelte Lokomotive tutete, wenn etwas im Weg stand, spuckte ihren Dampf aus, keuchte wie jemand, der beim Laufen außer Atem gerät; und ihre Kolben machten den Krach sich überstürzender Eisenbeine. Die drückende Hitze eines zu Ende gehenden Sommertages legte sich auf die Straße, von der, obwohl kein Lüftchen sich regte, ein weißer, kreidiger, dichter, erstickender, warmer Staub aufflog, der an der feuchten Haut festklebte, sich in den Augen festsetzte, in die Lungen drang.

Die Leute kamen aus ihren Türen, um Luft zu schnappen.

Die Fensterscheiben des Waggons waren herabgelassen, und alle Vorhänge flatterten wild wegen der schnellen Fahrt. Nur wenige saßen im Innern (schließlich hielt man sich an heißen Tagen lieber auf dem Oberdeck oder der Plattform auf). Es waren dicke Damen mit lächerlichen Kleidern, Bürgerliche aus den Vororten, die jenes Vornehme, das sie nicht besaßen, durch eine peinliche Würde zu ersetzen versuchten; von ihrem Bürodasein ermattete Herren mit gelblichen Gesichtern, in sich verdrehte Gestalten, die eine der beiden Schultern ein wenig höher trugen als die andere vom vielen Über-den-Schreibtisch-Gebücktsein.

In ihren unsicheren und traurigen Mienen spiegelten sich die häuslichen Sorgen, die ständigen Geldnöte, die alten, endgültig enttäuschten Hoffnungen; denn sie alle gehören zu dieser Armee aus armen, abgewirtschafteten Teufeln, die in der Müllhaldenlandschaft an den Rändern von Paris in ihren kümmerlichen Gipshäusern wirtschaftlich dahinvegetieren.

Gleich bei der Waggontür plauderte ein kleiner, fetter, ganz in Schwarz gekleideter, mit einem Orden dekorierter Mann mit aufgedunsenem Gesicht und einem zwischen die gespreizten Beine hinabhängenden Bauch mit einem langen Hageren, der ungepflegt wirkte, einen weißen dreckigen Drillichanzug trug und einen alten Panamahut aufhatte. Ersterer sprach langsam und so stockend, dass man ihn mitunter für einen Stotterer hätte halten können; es war Monsieur Caravan, der Obersekretär beim Marineministerium. Der andere, ein ehemaliger Gesundheitsoffizier bei der Handelsmarine, hatte sich am Kreisverkehr von Courbevoie niedergelassen, wo er an der ärmlichen Bevölkerung dieser Gegend jene vagen medizinischen Kenntnisse anwandte, die ihm nach einem abenteuerlichen Leben geblieben waren. Er hieß Chenet und ließ sich als Doktor titulieren. Was seinen Ruf anbelangt, so waren darüber Gerüchte im Umlauf.

Monsieur Caravan hatte stets das Leben eines normalen Büromenschen geführt. Seit dreißig Jahren ging er verbindlich in sein Büro, jeden Morgen auf denselben Weg, traf zur selben Stunde an denselben Orten auf die stets selben Gesichter von Leuten, die anfingen, ihre Geschäfte in Angriff zu nehmen; und er kehrte von dort jeden Abend auf demselben Weg wieder zurück, wo er erneut auf dieselben Gestalten traf, die er alt werden sah.

Jeden Tag, nachdem er sein billiges Zeitungsblättchen an der Ecke Faubourg Saint-Honoré gekauft hatte, ging er zwei Brötchen holen und betrat dann das Ministerium wie ein

Schuldiger, der sich der Polizei stellt; rasch erreichte er sein Büro, voll innerer Unruhe, immerzu in Erwartung eines Vorwurfs für irgendeine Unachtsamkeit, die er hätte begangen haben können.

Nichts hatte je die gleichförmige Ordnung seiner Existenz durcheinanderbringen können; schließlich ließ er sich von nichts berühren, was nichts mit seinen Bürogeschäften, mit Beförderungsfragen und Gratifikationen zu tun hatte. Ob im Ministerium oder bei der Familie daheim (er hatte nämlich, ohne dass sie eine Aussteuer mitgebracht hätte, die Tochter eines Kollegen geheiratet), immer nur redete er von der Arbeit. Nie wäre sein durch die stumpfsinnigen und täglich gleichen Aufgaben verkümmerter Geist auf andere Gedanken, andere Wünsche und andere Träume gekommen als solche, die mit seinem Ministerium zusammenhingen. Doch etwas Bitteres vergällte ihm schon die ganze Zeit seine Zufriedenheit mit dem Angestelltendasein: dass nämlich solche Marinekommissare, die man wegen ihrer silbernen Abzeichen Klempner nannte, den Posten eines stellvertretenden Chefs oder sogar eines Chefs bekommen konnten; weshalb er jeden Abend während des Essens vor seiner Frau, die seinen Hass teilte, mächtig zeterte, um zum Ausdruck zu bringen, wie skandalös es in jeder Hinsicht ist, dass man Leuten, die für die Schifferei bestimmt sind, in Paris Sessel bereitstellt.

Inzwischen war er alt und hatte kaum gemerkt, wie sein Leben dahinging, denn die Schule war übergangslos durchs Büro fortgesetzt worden, und an die Stelle der Schulmeister, vor denen er früher gezittert hatte, waren die Vorgesetzten getreten, vor denen er sich nicht weniger entsetzlich fürchtete. Bereits auf der Türschwelle dieser Bürodespoten fing er von Kopf bis Fuß an zu zittern; und es rührten von diesem ständigen Angsthaben auch etwas Linkisches, eine unterwürfige Haltung und seine spezielle Form von nervöser Stotterei her.

Er kannte Paris nicht besser, als es ein Blinder kennen kann, der von seinem Hund jeden Tag durch dieselbe Tür geführt wird; und wenn er in seinem billigen Zeitungsblättchen von Vorfällen und Skandalen las, waren sie für ihn phantastische Märchen, die zum Vergnügen und Zeitvertreib kleiner Angestellter erfunden wurden. Als Mann der Ordnung, als Reaktionär ohne Parteizugehörigkeit, doch Feind aller Neuerungen, überflog er auch die politischen Meldungen, die sein Blatt, wie er übrigens fand, verzerrt wiedergab, da es von interessierter Seite dafür bezahlt wurde; und wenn er jeden Abend auf den Champs-Élysées seinen Weg zurückging, schaute er sich wie ein entwurzelter Reisender, der ferne Länder durchschweift, das Gewoge der vielen Flanierenden und die rollende Flut der Fahrzeuge an.

Nachdem er just in diesem Jahr seine dreißig Dienstjahre hinter sich gebracht hatte, war ihm am 1. Januar das Kreuz der Ehrenlegion verliehen worden, das in der militärisch durchorganisierten Verwaltung solche traurigen, an grüne Schreibunterlagen geketteten Galeerensträflinge für die lange und elende Knechtschaft – man spricht von *treuen Diensten* – entschädigt. Diese unverhoffte Würde verlieh ihm eine hohe und neue Vorstellung von seinen Fähigkeiten und hatte sein ganzes Verhalten geändert. Von da an hatte er seine farbigen Hosen und knallbunten Jacken abgelegt und schwarze Hosen mit langen Gehröcken getragen, auf denen sein groß herausgestelltes Ordensband besser zur Geltung kam; er rasierte sich jeden Morgen, reinigte sorgfältiger seine Fingernägel und wechselte aus einem rechtmäßigen Gefühl für das, was diesem Nationalorden, dem er nun angehörte, angemessen war, und dafür, welchen Respekt er verdiente, alle zwei Tage die Wäsche, sodass er von heute auf morgen ein anderer, herausgeputzter, majestätischer und herablassender Caravan geworden war.

Bei sich daheim sprach er in jedem zweiten Satz von »seinem Orden«. Ein derartiger Stolz war über ihn gekommen, dass er im Knopfloch anderer nicht einmal mehr das allerkleinste Bändchen ertragen konnte. Am meisten brachte ihn der Anblick ausländischer Orden in Aufwallung – »so etwas sollte man in Frankreich gar nicht tragen dürfen«; und ganz besonders regte ihn *Doktor* Chenet auf, dem er jeden Abend in der Straßenbahn begegnete und der ständig mit irgendeiner Ehrennadel geschmückt war, mal einer weißen, mal einer blauen, orangenen oder grünen.

Die Unterhaltung dieser beiden Männer lief vom Arc de Triomphe bis nach Neuilly im übrigen immer gleich ab; und an diesem Tag wie schon an den vorigen beschäftigten sie zuerst einmal jene diversen hiesigen Zügellosigkeiten, die sie beide schockierten und die der Bürgermeister von Neuilly sich mir nichts, dir nichts erlaubte. Wie es dann in Gesellschaft eines Arztes unweigerlich kommen muss, schnitt Caravan das Kapitel Krankheiten an, in der Hoffnung, auf diese Weise ein paar kleine kostenlose Ratschläge aufschnappen zu können oder, wenn man es geschickt anstellte, sogar eine Sprechstunde zu bekommen, ohne dabei seine Absichten durchblicken zu lassen. Seine Mutter beunruhigte ihn übrigens seit einiger Zeit. Sie fiel häufig und lange in Ohnmacht; und obwohl sie kurz vor ihrem Neunzigsten stand, lehnte sie es strikt ab, sich behandeln zu lassen.

Ihr hohes Alter rührte Caravan, der *Doktor* Chenet unablässig fragte: »Erleben Sie häufig, dass das vorkommt?« Und er rieb sich beglückt die Hände, nicht weil er so viel Wert darauf legte, dass die gute Frau für alle Ewigkeit auf der Welt bleiben sollte, sondern weil die lange mütterliche Lebensdauer vielversprechend für ihn selbst war.

Weiter sagte er: »Oh, in meiner Familie wird man alt; auch bin ich sicher, dass ich, wenn nicht ein Unfall passiert, erst ganz alt sterbe.« Der Schiffsarzt warf ihm einen mitleidigen Blick zu; einen Augenblick musterte er das rote Gesicht seines Gegenübers, seinen fetten Hals, seine zwischen die schlaffen, fetten Beine herabhängende Wampe, die ganze apoplektische Rundheit eines alten, schwabbelig gewordenen Angestellten; und mit einem Mal schob er den gräulichen Panamahut auf seinem Schädel hoch und gab schamlos zurück: »So sicher, mein Lieber, ist das nicht; Ihre Mutter ist spindeldürr und Sie haben einen ziemlichen Ranzen.« Caravan, bestürzt wie er war, sagte nichts mehr.

Schließlich kam die Straßenbahn an der Haltestelle an. Die zwei Kumpane stiegen aus, und Monsieur Chenet gab im gegenüberliegenden Café Globe, wo die beiden verkehrten, einen Wermut aus. Der Patron, ein Freund, streckte ihnen zwei Finger entgegen, die sie über die auf der Theke stehenden Flaschen hinweg drückten; dann gesellten sie sich zu drei Dominospielern, die dort schon seit dem Mittag saßen. Herzhafte Worte wurden ausgetauscht, mit dem unvermeidlichen »Was gibt's Neues?«. Dann wandten sich die Spieler wieder ihrer Partie zu; danach wünschte man sich einen guten Abend. Sie hielten sich die Hände hin, ohne den Kopf zu heben; und jeder ging heim zum Abendessen.

Caravan wohnte in der Nähe der Kreuzung von Courbevoie in einem kleinen, zweistöckigen Haus, in dessen Erdgeschoss ein Frisör war.

Zwei Schlafzimmer, ein Esszimmer und eine Küche, deren

mehrfach geleimte Stühle je nach Bedarf von Raum zu Raum wanderten, bildeten die ganze Wohnung, für deren Sauberkeit Madame Caravan ihre gesamte Zeit verwandte, während ihre zwölfjährige Tochter Marie-Louise und ihr neunjähriger Sohn Philippe-Auguste mit den andern Schlingeln des Viertels draußen auf der Straße in den Rinnsteinen herumhüpften.

Über ihrer Wohnung hatte Caravan seine Mutter untergebracht, die überall für ihren Geiz bekannt war und von deren Magerkeit es hieß, der liebe Gott habe seine eigenen Knauserigkeitsgrundsätze an ihr zur Anschauung gebracht. Immer schlecht gelaunt, ließ sie keinen einzigen Tag ohne Querelen und furiose Zornesausbrüche vergehen. Von ihrem Fenster herab herrschte sie die vor ihren Türen sitzenden Nachbarn an, die Obst- und Gemüseverkäufer, die Straßenkehrer und Gören, die ihr in einigem Abstand hinterherrannten und ihr, um sich zu rächen, nachschrien: »Alte Bettscheißerin!«

Ein kleines, normannisches, unglaublich nachlässiges Dienstmädchen machte den Haushalt und schlief im zweiten Stock bei der Alten, da man Angst hatte, es könnte ihr etwas zustoßen.

Als Caravan nach Hause kaum, polierte seine Frau, die an chronischer Putzsucht litt, mit einem Flanelllappen die Mahagonipartien der einsam in den Zimmern herumstehenden Stühle blank. Stets trug sie Leinenhandschuhe, schmückte ihren Kopf mit einer buntbebänderten Haube, die dauernd über ein Ohr herabrutschte, und wiederholte jedes Mal, wenn sie von jemandem beim Bürsten, Putzen oder Schrubben überrascht wurde: »Ich bin nicht reich, bei mir ist alles schlicht, mein Luxus ist die Sauberkeit, und das eine ist genauso viel wert wie das andere.«

Mit einem Sinn fürs Praktische und für klare Meinungen

ausgestattet, war sie, was ihren Mann anging, in jeder Hinsicht die Reiseleiterin. Jeden Abend sprachen sie bei Tisch und danach im Bett lange über die Bürogeschäfte, und obwohl sie zwanzig Jahre jünger war als er, vertraute er ihr alles wie einem Beichtvater an und befolgte in allem ihren Rat.

Hübsch war sie nie gewesen; inzwischen war sie hässlich, klein und ziemlich dünn. Das Unbeholfene ihrer Garderobe ließ jene schwach entwickelten weiblichen Eigenschaften erst gar nicht in Erscheinung treten, die mit einer kunstvolleren Kleidung deutlicher hervorgetreten wären. Ihre Röcke sahen ständig so aus, als seien sie verkehrt herum an; und meistens kratzte sie sich irgendwo, selbst in der Öffentlichkeit, was eine Art Manie war, die bereits etwas von einem Tick hatte. Das Einzige, was sie sich an Schmuck gönnte, waren zahllose Seidenbänder, mit denen sie jene prätentiösen Hauben umflocht, die sie daheim zu tragen pflegte.

Sowie sie ihren Mann erblickte, stand sie auf und küsste ihn auf seine Koteletten: »Hast du an das Potin gedacht, mein Freund?« (Es handelte sich um eine Besorgung, die zu erledigen er versprochen hatte.)

Doch tiefbetroffen sank er auf einen Sessel; schon zum vierten Mal hatte er es jetzt vergessen.

»Es ist furchtbar«, sagte er, »furchtbar; ich kann den ganzen Tag versuchen, daran zu denken, am Abend habe ich es vergessen.«

Und weil er untröstlich schien, munterte sie ihn auf:

»Du denkst ganz einfach morgen dran. Nichts Neues im Ministerium?«

»Doch, eine absolute Neuigkeit: Wieder wird ein Klempner stellvertretender Chef.«

Sie wurde sehr ernst:

»In welchem Büro?«

»Im Büro für Auslandseinkäufe.«

Sie meinte wütend:

»An Ramons Stelle also, genau der, die ich für dich wollte; und Ramon, was ist mit dem? Geht er in Rente?«

Er stotterte:

»Ja, Re-rente.«

Sie geriet in Rage, die Haube rutschte ihr auf die Schultern:

»Es ist aus, siehst du, in diesem Scheißladen ist nichts mehr zu holen. Und wie nennt er sich, dein Herr Kommissar?«

»Bonassot.«

Sie holte das Marinejahrbuch, das sie stets schnell zur Hand hatte, und schaute nach: »Bonassot. – Toulon. – Geboren 1851. – Kommissar-Anwärter 1871, Unterkommissar 1875. War der überhaupt auf See?«

Bei dieser Frage wurde Caravan wieder munterer. Er bekam sogar so gute Laune, dass sein Bauch sich zu schütteln begann: »Wie Balin, genau wie Balin, sein Chef.« Und er schob mit immer lauterem Lachen noch einen alten Witz hinterher, den das ganze Ministerium toll fand: »Man darf sie nie übers Meer zur Inspektion des Marinestützpunkts Point-du-Jour schicken, weil sie bereits in einer Gondel seekrank werden.«

Sie jedoch blieb so todernst, als hätte sie es gar nicht gehört, kratzte sich am Kinn und murmelte: »Wenn man bloß einen Abgeordneten in der Hand hätte. Wenn die Kammer alles wüsste, was da passiert, dann wäre der Minister schon morgen weg …«

Mitten in ihrem Satz brach Geschrei im Treppenhaus aus. Marie-Louise und Philippe-Auguste, die von der Gasse heimkamen, knallten sich auf jeder Stufe ein paar und traten sich mit den Füßen. Ihre Mutter rannte wütend hinaus, packte jeden unter einen Arm, zerrte sie in die Wohnung und schüttelte sie.

Sowie sie ihren Vater sahen, rannten sie auf ihn zu, und er umarmte sie zärtlich und lange; dann setzte er sich hin, nahm sie auf seine Knie und hielt ein Schwätzchen mit ihnen.

Philippe-Auguste war ein schlimmer Lümmel, zerzaust und von oben bis unten dreckig, mit dem Aussehen eines Deppen. Marie-Louise hatte bereits Ähnlichkeit mit ihrer Mutter, redete wie sie, benutzte ihre Worte und machte sogar ihre Gesten nach. Sie sagte sogar: »Nichts Neues im Ministerium?« Er antwortete ihr vergnügt: »Dein Freund Ramon, der jeden Monat zu uns zum Essen kommt, verlässt uns, Schatz. An seiner Stelle haben wir jetzt einen neuen stellvertretenden Chef.« Sie schaute zu ihrem Vater auf und meinte mit frühreifem Mitleid: »Da hat man dir wieder mal über deinen Kopf hinweg einen vor die Nase gesetzt.«

Ihm verging das Lachen, und er sagte nichts mehr; nach einer Weile schaute er sich nach seiner Frau, die inzwischen die Fenster putzte, um, weil er über etwas anderes reden wollte: »Geht's Mama gut da oben?«

Madame Caravan hielt mit dem Schrubben inne, drehte sich zu ihm, setzte ihre gänzlich auf den Rücken hinabgerutschte Haube wieder auf und sagte mit bebenden Lippen: »Ach ja, lass uns von deiner Mutter reden! Die hat mir was Schönes angerichtet! Stell dir vor, als Madame Lebaudin, die Frau vom Frisör, heraufgekommen ist und sich, als ich gerade einen Augenblick nicht da war, ein Päckchen Stärke ausleihen wollte, da hat deine Mutter sie fortgejagt und als Bettelweib beschimpft. Da habe ich sie mir aber vorgeknöpft, die Alte. Sie hat so getan, als wüsste sie natürlich nicht, worum es geht, so wie immer, wenn man ihr die Wahrheit ins Gesicht sagt, bloß dass sie kein bisschen schwerhöriger ist als ich, wie dir bekannt sein dürfte; alles Theater, und der Beweis: Sofort ist sie wieder in ihr Zimmer hinaufgegangen, ohne noch ein Wort zu sagen.«

Fassungslos, wie er war, schwieg Caravan, als das kleine Luder von Dienstmädchen forsch zum Abendessen rief. Dann nahm er, um seiner Mutter Bescheid zu geben, einen Besenstiel, der stets in einer Ecke stand und mit dem er dreimal an die Decke klopfte. Daraufhin begab man sich ins Esszimmer, und die junge Madame Caravan servierte die Suppe, während man auf die Alte wartete. Sie kam nicht, und die Suppe wurde kalt. Also fing man ganz langsam an zu essen; als dann die Teller leer waren, wartete man immer noch. Madame Caravan, die außer sich war, drehte sich zu ihrem Mann hin und schnauzte ihn an: »Sie macht es absichtlich, das weißt du. Und du unterstützt sie dabei auch noch ständig.« Die Augen niedergeschlagen, saß er konsterniert zwischen zwei Stühlen, hieß Marie-Louise Großmama holen und rührte sich nicht, bis seine Frau voller Wut mit dem Messergriff auf den Glasboden klopfte.

Plötzlich ging die Tür auf, und als einzige erschien, ganz außer Atem und völlig bleich, das Kind wieder; es sagte ganz schnell: »Großmama ist auf den Boden gefallen.«

Mit einem Satz war Caravan auf den Beinen, warf die Serviette auf den Tisch, rannte zur Treppe, von wo seine schweren, hastigen Schritte widerhallten, während seine Frau, die es für eine List und Tücke ihrer Schwiegermutter hielt, ganz langsam aufstand und verächtlich mit den Schultern zuckte.

Mitten im Zimmer lag die Alte der Länge nach wie tot auf dem Gesicht, und als ihr Sohn sie umgedreht hatte, sah sie mit ihrer gelben, gegerbten, runzligen Haut, ihren geschlossenen

Augen, ihren zusammengedrückten Zähnen und ihrem reglosen, mageren Leib steif und starr aus.

Vor ihr kniend ächzte Caravan: »Meine arme Mutter, meine arme Mutter!« Doch die andere, Madame Caravan, erklärte nach einem flüchtigen Blick: »Ach was! Sie ist mal wieder ohnmächtig, das ist alles; sie will uns bloß das Essen verderben, darauf kannst du dich verlassen.«

Man hievte sie aufs Bett, zog sie von oben bis unten aus, und alle, Caravan, seine Frau, das Dienstmädchen, fingen an, sie zu reiben. Doch trotz aller Anstrengung kam sie nicht wieder zu Bewusstsein. Weshalb man Rosalie zu *Doktor* Chenet schickte. Er wohnte am Fluss, Richtung Suresnes. Ein weiter Weg, das Warten dauerte lange. Schließlich kam er und sagte, nachdem er sich die alte Frau angeschaut, sie abgetastet und abgehört hatte: »Es ist vorbei.«

Von heftigen Schluchzern geschüttelt, warf Caravan sich auf die Leiche; und er küsste, von Schüttelkrämpfen gepackt, das reglose Gesicht seiner Mutter und heulte so heftig, dass die dicken Tränen wie Wassertropfen auf das Antlitz der Toten fielen. Madame Caravan bekam einen den Umständen angemessenen Traueranfall und stieß, hinter ihrem Gatten stehend, schwache Stöhnenslaute aus, während sie sich hartnäckig die Augen rieb.

Caravan, der mit seinem verquollenen Gesicht und seinen nur noch wenigen, wirr herumhängenden Haaren in seinem tiefen Schmerz unglaublich hässlich aussah, stand plötzlich auf: »Aber … sind Sie sicher, Doktor … sind Sie ganz sicher …?« Der Gesundheitsoffizier machte schnell einen Schritt auf die Leiche zu und tastete sie wie ein Händler, der seine Ware anpreist, mit professioneller Geste ab: »Schauen Sie sich das Auge an, mein Bester.« Er schob ein Lid hoch, und unter seinem Finger sah man wieder den vollkommen gleich gebliebenen Augenausdruck der alten Frau, außer dass vielleicht die Pupille ein klein wenig größer war. Caravan versetzte es einen Stich ins Herz, und es schauderte ihn bis in die Knochen. Monsieur Chenet griff nach dem starren Arm, versuchte mit Gewalt die Finger zu öffnen und sagte, als habe man es mit einer Widerspenstigen zu tun, voller Wut im Gesicht: »Schauen Sie sich doch diese Hand an, ich irre mich nicht im geringsten, Sie können beruhigt sein.«

Caravan warf sich abermals mit seinem Bauch auf das Bett und fing beinahe wie eine Kuh an zu muhen, während seine Frau immer noch ein wenig herumheulte und das Nötige zu erledigen anfing. Sie rückte den Nachttisch näher heran, auf den sie eine Decke legte, vier Kerzen daraufstellte, sie anzündete, einen Buchsbaumzweig, der hinter dem Spiegel auf dem Kaminsims stand, nahm und ihn zwischen den Kerzen in einen Teller legte, den sie, weil es kein Weihwasser mehr gab, mit normalem Wasser füllte. Nach kurzem Überlegen warf sie noch eine Brise Salz hinein und schien sich dabei sicher zu sein, es damit geweiht zu haben.

Als sie die zum Tod gehörenden Rituale hinter sich gebracht hatte, blieb sie regungslos stehen. Bis schließlich der Gesundheitsoffizier, der ihr beim Hinstellen dieser Dinge geholfen hatte, ganz leise zu ihr sagte: »Wir müssen Caravan wegschaffen.« Sie nickte, ging zu ihrem schluchzenden, immer noch auf den Knien liegenden Mann hin und zog ihn an einem Arm hoch, während Monsieur Chenet ihn am anderen fasste.

Man setzte ihn zunächst in einen Stuhl; seine Frau küsste ihn auf die Stirn und redete auf ihn ein. Der Gesundheitsoffizier leistete ihr dabei Beistand, riet zu Standhaftigkeit, Charakterfestigkeit, Schicksalsergebenheit und all dem, was man bei solchen blitzartigen Unglücksfällen nicht aufzubieten hat. Dann fassten die beiden ihn nochmals unter dem Arm und brachten ihn weg.

Er heulte wie ein großes Kind, mit einem krampfartigen Schluckauf, völlig in sich zusammengefallen, mit herabhängenden Armen und schlotterigen Beinen; und er stieg, ohne zu wissen, was er tat, die Treppe hinab, den einen Fuß mechanisch vor den anderen setzend.

Man ließ ihn in dem Sessel nieder, auf den er bei Tisch stets Anspruch erhob, setzte ihn vor seinen fast leeren Teller, in dem sein Löffel noch immer in einem Rest Suppe hing. Und da blieb er, ohne sich zu rühren, die Augen starr auf sein Glas gerichtet, derart benommen, dass ihm kein einziger Gedanke mehr durch den Kopf ging.

Madame Caravan saß in einer Ecke, plauderte mit dem Doktor, erkundigte sich nach den Formalitäten, fragte nach allem, was jetzt zu erledigen war. Schließlich nahm Monsieur Chenet, der auf etwas zu warten schien, seinen Hut, erklärte, er habe noch nicht zu Abend gegessen, weshalb er sich verabschieden und gehen wollte. Da rief sie:

»Was, Sie haben noch nicht zu Abend gegessen? Bitte bleiben Sie doch, Doktor, bleiben Sie! Wir stellen Ihnen alles hin, was wir haben; wir selbst können im Moment nicht viel essen, wie Sie sicherlich verstehen.«

Mit Bedauern lehnte er ab; sie bestand darauf:

»Aber wieso, bleiben Sie doch. In solchen Stunden ist man froh, wenn man Freunde um sich hat; und vielleicht können Sie meinen Mann sogar ein bisschen aufmuntern; er muss so dringend wieder zu Kräften kommen.«

Der Doktor gab nach und legte seinen Hut auf einer Kommode ab: »Wenn es so ist, nehme ich an, Madame.«

Sie erteilte der eingeschüchterten Rosalie Befehle, setzte sich sodann an die Tafel, »um zum Schein zu essen und dem *Doktor* Gesellschaft zu leisten«, wie sie sagte.

Man schöpfte aus der kalten Suppe. Monsieur Chenet verlangte noch ein zweites Mal danach. Dann wurde eine Schüssel Lyoner Kutteln aufgetragen, die einen Zwiebelduft verströmten, bei dem auch Madame Caravan sich entschloss, von ihnen zu kosten. »Vorzüglich«, sagte der Doktor. Sie lächelte: »Nicht wahr?« Dann wandte sie sich an ihren Gatten: »Nimm doch auch davon, mein armer Alfred, wenigstens so viel, damit du etwas im Magen hast; denk dran, wie die Nacht werden wird!«

Folgsam hielt er seinen Teller hin, so wie er auch zu Bett gegangen wäre, hätte man es ihm befohlen, so gehorsam, ohne jeden Widerstand und ohne jede eigene Meinung. Und er aß.

Der Doktor bediente sich selbst und schöpfte dreimal nach, während Madame Caravan hin und wieder ein großes Stück auf ihre Gabel spießte und es mit einer Art eingeübter Achtlosigkeit verschlang.

Als eine Salatschüssel voller Makkaroni aufgetragen wurde, flüsterte der Doktor: »Verdammt! So was Köstliches.« Diesmal bediente Madame Caravan den ganzen Tisch. Sie füllte sogar die Untertassen, aus denen sonst die Kinder schlürften, die sich unter dem Tisch mit den Füßen traten und sogar richtigen Wein tranken, da keiner ein Auge für sie hatte.

Monsieur Chenet erinnerte daran, dass Rossini dieses italienische Gericht liebte; dann sagte er auf einmal: »Mein Gott, das reimt sich ja! Man könnte ein Stück mit den Versen anfangen lassen:

Der Maestro Rossini
Liebte die Makkaroni ...«

Man hörte ihm nicht mehr zu. Die auf einmal nachdenklich gewordene Madame Caravan dachte an all die möglichen Folgen dieses Ereignisses, während ihr Gatte, der sie wie ein Idiot anstarrte, Brotkügelchen rollte, die er dann auf der Tischdecke anordnete. Da ein brennender Durst seine Kehle quälte, führte er unablässig sein bis zum Rand gefülltes Weinglas zum Mund; und sein ohnehin schon durch die Erschütterung und den Kummer verworrener Verstand begann zu flirren und schien mit dem Schwindelgefühl, das die einsetzende, mühselige Verdauung mit sich brachte, zu tanzen anzufangen.

Der Doktor soff im übrigen wie ein Loch und war sichtlich hinüber; selbst Madame Caravan fing an, unter den Auswirkungen zu leiden, die etwas so Nervenaufreibendes immer mit sich bringt; sie war aufgewühlt, um nicht zu sagen ziemlich durcheinander, und hatte, obwohl sie bloß Wasser trank, das Gefühl, dass es in ihrem Kopf reichlich wirr zuging.

Monsieur Chenet hatte angefangen, Geschichten von Abgelebten zu erzählen, die er für lustig hielt. Schließlich begegnet man in dieser Pariser Vorstadt, in der lauter Provinzler wohnen, jener bäurischen Gleichgültigkeit, jener Respektlosigkeit, jener unwillkürlichen Rohheit dem Tod gegenüber – selbst demjenigen des Vaters oder der Mutter –, wie sie auf dem Land weit verbreitet und in Paris eher selten ist. Er sagte: »Stellen Sie sich vor, letzte Woche ruft man mich in die Hurengasse, ich beeile mich, der Patient ist hinüber, und neben dem Bett leert die Familie in aller Ruhe eine Flasche Anisette, auf die der Dahinsiechende abends zuvor gerade Lust gehabt hatte.«

Madame Caravan hörte jedoch nicht zu, sondern dachte

ständig an die Erbschaft; und Caravan verstand mit seinem leeren Kopf ohnehin nichts mehr.

Es wurde Kaffee serviert, den man sehr stark gemacht hatte, um sich in jeder Hinsicht zu kräftigen. In jede Tasse goss man Cognac, der die Backen sofort rot werden und die letzten Funken Verstand endgültig ins Taumeln geraten ließ.

Dann griff der *Doktor* auf einmal nach der Schnapsflasche, rief: »Noch einen für die Verdauung!« und schenkte rundum ein. Und ohne zu reden, ganz benommen von der behaglichen Verdauungshitze, wider Willen überwältigt von jenem animalischen Wohlbefinden, für das der Alkohol nach dem Essen sorgt, ließen sich alle den mit Zucker versetzten Cognac schmecken, der am Grund der Tassen einen gelblichen Sirup bildete. Die Kinder waren eingeschlafen, und Rosalie brachte sie ins Bett.

Da langte Caravan, der mechanisch dem Bedürfnis, sich zu betäuben, gehorchte, das alle Unglücklichen umtreibt, mehrmals nach der Schnapsflasche; und seine stumpfen Augen glänzten.

Endlich stand der *Doktor* auf, um zu gehen; er fasste seinen Freund am Arm und sagte:

»Los, kommen Sie mit; ein bisschen frische Luft tut Ihnen gut; wenn's einem elend ist, darf man nicht herumhocken.«

Der andere folgte brav, setzte seinen Hut auf, griff nach dem Stock und ging mit; und so trotteten die beiden, Arm in Arm, unter einem klaren Sternenhimmel in Richtung Seine hinab.

Balsamdüfte wehten durch die warme Nacht, da zu dieser Jahreszeit in allen Gärten rundum die Blumen blühten, deren Gerüche tagsüber schlummerten, am anbrechenden Abend erwachten, sich verströmten und mit leichten Lüften vermischten, die durchs Dunkel glitten.

Die Avenue mit ihren zwei Reihen von Gaslaternen, die bis zum Arc de Triomphe reichten, lag verlassen und still da. Doch dort unten rauschte Paris in rotem Brodem. Es war eine Art ständiges Rattern, dem manchmal aus der Ferne, von der Ebene her, das Pfeifen einer herbeieilenden Dampflok zu antworten schien, die vielleicht aber auch, quer durchs Land, dem Meer zu floh.

Die frische, den beiden Männern ins Gesicht wehende Luft überraschte sie zunächst, brachte den Doktor aus dem Gleichgewicht und verschlimmerte bei Caravan den Schwindel, der ihn schon seit dem Essen nicht mehr loslassen wollte. Er ging wie in Trance, mit erschlafftem Geist, gelähmt, ohne inneres Sorgenbeben, von einer Art Gefühlsstarre ergriffen, die verhinderte, dass er litt; er empfand sogar eine Erleichterung, die durch die lauen, durch die Nacht strömenden Düfte noch gesteigert wurde.

Als sie an der Brücke waren, bogen sie nach rechts ab, und der Fluss warf ihnen einen frischen Windhauch ins Gesicht. Er strömte schwermütig und ruhig vor einem Vorhang hoher Pappeln dahin; und die Sterne schienen, durch seinen Lauf in Bewegung versetzt, auf dem Wasser zu schwimmen. Ein feiner weißlicher Dunst, der über dem anderen Ufer hing, brachte den Lungen einen feuchten Wohlgeruch; tief berührt von diesem Geruch des Flusses, der in ihm uralte Erinnerungen aufsteigen ließ, blieb Caravan schlagartig stehen.

Und er sah plötzlich seine Mutter wieder vor sich, so wie einst in seiner Kindheit, draußen vor ihrer Tür, auf die Knie gebeugt, dort drüben in der Picardie, beim Waschen an einem winzigen Bach, der durch den Garten floss, mit einem Haufen Wäsche neben sich. Er hörte ihren Klopfer in der weiten Stille der Landschaft, und ihre Stimme rief: »Alfred, bring mir die

Seife.« Und er roch den gleichen Duft des dahinrieselnden Wassers, den gleichen Nebel, der aus der feuchten Erde aufstieg, den gleichen Sumpflanddunst, dessen Dämpfe ihm unvergesslich blieben und die er just an dem Abend, da gerade seine Mutter gestorben war, wiederfand.

Er stand da, erneut von jäher Verzweiflung erfasst. Es war, als hätte sich mit einem einzigen Blitzschlag plötzlich das ganze Ausmaß seines Unglücks erhellt; und die Wiederbegegnung mit diesem umherirrenden Windhauch stürzte ihn in den schwarzen Abgrund unheilbarer Schmerzen. Er fühlte, wie sein Herz durch die Trennung von ihr für immer zerbrochen bleiben sollte. Sein Leben war inmitten entzweigeschnitten; und seine ganze Kindheit verschwunden, verschlungen von diesem Tod. Alles »Früher« war zu Ende; all die Jugenderinnerungen entwichen; von nun an konnte ihm niemand mehr alte Geschichten erzählen, von Leuten, die er einst gekannt hatte, von seinem Dorf, von ihm selbst, von den vertrauten Dingen seines vergangenen Lebens; es war ein Teil seines Daseins, das zu existieren aufgehört hatte; und auch der andere war im Begriff zu sterben.

Und es begannen die Erinnerungen vorbeizudefilieren. Er sah wieder die viel jüngere »Mama«, mit ihren abgewetzten Kleidern, die sie so lange getragen hatte, bis sie gar nicht mehr von ihr wegzudenken waren; er sah sie wieder in tausend vergessenen Situationen; mit ganz und gar abgespanntem Gesicht, ihren Gesten, ihrem Tonfall, ihren Gewohnheiten, ihren Sonderbarkeiten, ihren Wutanfällen, ihren Falten, den Bewegungen ihrer dürren Finger, all den vertrauten Haltungen, die sie nie wieder würde einnehmen können.

Und an den *Doktor* geklammert, stieß er einen Seufzer nach dem anderen aus. Seine schlaffen Beine zitterten; seine ganze fette Gestalt schüttelte sich vor Weinen, und er stammelte: »Meine Mutter, meine arme Mutter, meine arme Mutter …!«

Doch seinen immer noch besoffenen Gefährten, den es danach drängte, den Abend an einem jener Orte zu beenden, die er oft heimlich aufsuchte, machte dieser heftige Schmerzensanfall unduldsam, weshalb er ihn am Fluss ins Gras setzte und ihn beinahe im gleichen Augenblick unter dem Vorwand verließ, noch nach einem Kranken schauen zu müssen.

Caravan weinte lange; dann, als er keine Tränen mehr hatte, als all sein Leid gleichsam weggeschwemmt war, empfand er abermals Erleichterung, Ruhe und einen plötzlichen Frieden.

Der Mond war aufgegangen; er tauchte den Horizont in sein sanftes Licht. Die hohen Pappeln ragten in silbernem Schimmer empor, und der Dunst über der Ebene sah aus wie Schnee, der in der Luft hängt; der Fluss, auf dem nun keine Sterne mehr schwammen, der jedoch mit Perlmutt bedeckt schien, strömte immer noch dahin, gekräuselt von glitzernden Schauern. Die Luft war mild, der leichte Wind erfrischend. Etwas Weiches hielt Einzug in die schlafende Erde, und Caravan saugte diese Sanftmut der Nacht ein; er holte tief Atem, glaubte sich bis in die äußersten Gliedmaßen von einer Frische, einer Stille, einem übermenschlichen Trost durchdrungen.

Dennoch leistete er diesem auf ihn einströmenden Wohlsein Widerstand und wiederholte immer wieder: »Meine Mutter, meine arme Mutter«, während ihn das Gefühl, ein guter Mensch zu sein, zum Weinen anregte; doch er konnte es nicht mehr; und es überkam ihn bei den Gedanken, die ihn gerade eben noch so heftig hatten schluchzen lassen, nicht einmal mehr die geringste Trauer.

Also stand er auf und wollte heimgehen, mit bedächtigen Schritten, umhüllt von der gleichgültigen Stille der in sich ruhenden Natur und mit einem Herzen, das wider Willen befriedet war.

Als er die Brücke erreichte, sah er die Lichter der letzten, gerade zur Abfahrt bereiten Straßenbahn und dahinter die erleuchteten Fenster des Café Globe.

Da kam ihn ein Bedürfnis an, die Katastrophe jemandem erzählen zu müssen, Mitgefühl zu erregen, sich interessant zu machen. Er setzte eine bedauernswerte Miene auf, stieß die Tür zum Lokal auf und schritt zum Tresen, hinter dem immer noch der Patron thronte. Er rechnete damit, dass sein Auftritt Wirkung zeigte, dass alle sich erheben, mit ausgestreckten Händen auf ihn zukommen würden: »Sagen Sie, was ist los mit Ihnen?« Aber kein einziger bemerkte etwas von der Niedergeschlagenheit, die ihm im Gesicht stand. Weshalb er sich auf den Tresen stützte, seine Stirn in seine Hände presste und flüsterte: »Mein Gott, mein Gott!«

Der Patron sah ihn an: »Sind Sie krank, Monsieur Caravan?« Er gab zur Antwort: »Nein, mein armer Freund; aber meine Mutter ist gerade gestorben.« Der andere ließ ein geistesabwesendes »Ach!« fallen; und weil ein Gast hinten in der Ecke rief: »Ein Bier, bitte!«, fuhr er sofort in entsetzlichem Ton fort: »Jawoll, zack! ... Kommt sogleich«, eilte davon, um zu bedienen, und ließ den verdutzten Caravan sitzen.

An demselben Tisch wie schon vor dem Abendessen waren die drei wie angewachsenen Dominofreunde immer noch vollkommen in ihr Spiel vertieft. Caravan trat zu ihnen hin, auf der Suche nach Mitleid. Als keiner von ihnen ihn zu bemerken schien, beschloss er, etwas zu sagen: »In der Zwischenzeit ist mir ein großes Unglück zugestoßen.«

Sie hoben ein wenig den Kopf, alle drei gleichzeitig, ohne dabei das Auge von den Karten, die sie in den Händen hielten, zu lassen. »Und was?« – »Meine Mutter ist gerade gestorben.« Einer von ihnen flüsterte mit aufgesetzter Betrübtheitsmiene, die nur Gleichgültigkeit verriet: »Ach, du lieber Teufel.« Ein anderer, der nichts zu sagen wusste, gab, während er den Kopf schüttelte, einen trüben Pfeifer von sich. Der Dritte wandte sich wieder dem Spiel zu, als dächte er: »Wenn's nur das ist!«

Caravan hatte sich eine jener Redensarten erhofft, von denen man sagt, sie kämen von Herzen. Weil er sich aber auf diese Weise von ihnen empfangen sah, ging er von ihnen weg, völlig betreten, zumal sie angesichts eines von Schmerz verzehrten Freundes nichts aus der Ruhe brachte, auch wenn dieser Schmerz derart schwach geworden war, dass er ihn kaum noch spürte.

Er ging hinaus.

Seine Frau, die auf einem Hocker am offenen Fenster saß und die ganze Zeit an die Erbschaft dachte, wartete im Nachthemd auf ihn.

»Zieh dich aus«, sagte sie: »Wir haben zu reden, wenn wir im Bett sind.«

Er hob den Kopf und deutete mit dem Auge auf die Zimmerdecke: »Aber ... da droben ... ist niemand.«

»Entschuldige, Rosalie ist bei ihr, du wirst sie heut Nacht um drei ablösen, wenn du ein Nickerchen gemacht hast.«

Er behielt seine Unterhose an, um für alle Fälle bereit zu sein, band sich einen Schal um seinen Kopf und legte sich dann zu seiner Frau, die bereits in die Federn gestiegen war.

Eine ganze Weile saßen sie nebeneinander im Bett. Sie dachte nach.

Ihr Haar war selbst in dieser Stunde mit einem rosafarbenen Band zu einem Knoten geknüpft, der sich ein wenig zu einem

Ohr hinabneigte, gleichsam als Folge einer unerschütterlichen Gewohnheit, mit der sie alle ihre Hauben trug.

Plötzlich wandte sie ihm ihren Kopf zu: »Weißt du, ob deine Mutter ein Testament gemacht hat?« Er zögerte: »Ja ... ja ... weiß nicht ... Nein, wahrscheinlich hat sie keins gemacht.« Madame Caravan blickte ihrem Gatten in die Augen und sagte leise und aufgebracht: »Es ist eine Gemeinheit, weißt du; immerhin rackern wir uns jetzt schon seit zehn Jahren mit ihr ab und sorgen dafür, dass sie untergebracht ist und etwas zu essen hat! Deine Schwester war's nicht, die irgendetwas für sie getan hätte, und ich hätte es auch nicht gemacht, hätte ich gewusst, wie man dafür belohnt wird! Ja, es ist eine Schande für ihr ganzes Andenken! Du wirst mir wieder sagen, dass sie für Kost und Logis selbst aufgekommen ist. Was zwar stimmt. Aber die Aufopferung ihrer Kinder, das lässt sich nicht mit Geld bezahlen: Man würdigt es mit einem Testament, für die Zeit nach dem Tod. So machen es anständige Leute. Das habe ich nun also von meiner Fürsorge und meiner Schufterei! Ha! Sauber! Sauber!«

Fassungslos, wie Caravan war, sagte er immer wieder: »Meine Liebe, meine Liebe, ich bitte dich, ich flehe dich an.«

Mit der Zeit beruhigte sie sich und sagte schließlich, als sie zu einem normalen Ton zurückgefunden hatte: »Morgen früh muss man deine Schwester benachrichtigen.«

Er fuhr hoch: »Ja genau, ich hab daran gar nicht gedacht; sofort am Morgen schicke ich ihr ein Telegramm.« Doch sie bremste ihn, ganz Frau, die an alles denkt. »Nein, schick es ihr erst zwischen elf und zwölf, so haben wir Zeit und können, bevor sie kommt, noch ein paar Sachen regeln. Von Charenton bis hierher braucht sie höchstens zwei Stunden. Wir sagen ihr dann, dass du ganz durcheinander warst. Wenn man sie erst im Lauf des Morgens benachrichtigt, macht man noch nichts unrecht!«

Caravan aber schlug sich an die Stirn und sagte in jenem eingeschüchterten Ton, den er stets, wenn er von seinem Chef sprach, annahm und der ihn beim bloßen Gedanken an ihn zittern ließ: »Ich muss dem Ministerium Bescheid geben.« Worauf sie meinte: »Wozu Bescheid geben? In einer Situation wie der jetzigen ist man entschuldigt, wenn man etwas vergisst. Lass das Bescheidgeben, glaub mir; dein Chef kann überhaupt nichts sagen, du bringst ihn bloß in schlimmste Verlegenheit.« – »Stimmt vollkommen, ja, und in eine Teufelswut, wenn ich nicht auftauche. Ja, du hast recht, eine feine Idee! Wenn ich ihm erkläre, dass meine Mutter gestorben ist, muss er sein Maul halten, ob er will oder nicht.«

Begeistert von dieser kleinen Durchtriebenheit rieb der Beamte sich die Hände und stellte sich dabei seinen Chef vor, während ein Stockwerk über ihm die Leiche der alten Frau neben dem eingeschlafenen Dienstmädchen lag.

Madame Caravan wurde unruhig, als sei sie von einem Gedanken besessen, der sich schwer vermitteln lässt. Schließlich erklärte sie: »Deine Mutter hat dir doch ihre Pendeluhr geschenkt, mit dem Mädchen und einem Bilboquet drauf, oder?« Er forschte in seinem Gedächtnis nach und antwortete: »Ja, ja; sie hat mir gesagt (aber das ist schon lange her, es war, als sie zu uns gekommen ist), da hat sie zu mir gesagt: Die gehört einmal dir, die Pendeluhr, wenn du dich um mich kümmerst.«

Madame Caravan wurde wieder ruhiger und munterer: »Dann müssen wir sie uns jetzt nehmen, verstehst du, denn wenn wir deine Schwester kommen lassen, dann will sie uns daran hindern.« Er zögerte: »Du glaubst, dass ...?« Sie wurde wütend: »Klar glaube ich das; steht das Ding bereits hier, dann liegt's nicht mehr an dir und mir! Dann gehört sie uns. Genauso wie die Kommode in ihrem Zimmer, die aus Marmor: Sie hat sie mir geschenkt, mir höchstpersönlich, als sie gerade mal gute Laune hatte. Wir holen sie gleich mit der Uhr herunter.«

Caravan schaute drein, als wollte er es nicht ganz glauben. »Aber, meine Liebe, damit laden wir unserem Gewissen eine ziemliche Last auf!« Sie drehte sich zu ihm hin und schrie: »Was! Eine Last! Ändert sich an dir eigentlich nie etwas? Lieber würdest du deine Kinder krepieren lasse als dich vom Fleck bewegen. Seit dem Augenblick, wo sie mir die Kommode geschenkt hat, gehört sie uns, begreifst du das nicht? Und wenn es deiner Schwester nicht passt, soll sie es mir sagen, mir persönlich! Die kann mich mal. Und jetzt steh auf, und lass uns auf der Stelle das, was uns deine Mutter geschenkt hat, herunterschaffen.«

Zittrig und geschlagen stieg er aus dem Bett, und als er sich die Hose anziehen wollte, hinderte sie ihn dran: »Du brauchst dich deshalb nicht anzuziehen, mach schon, die Unterhose reicht; ich bleib auch so, wie ich bin.«

Und so gingen die beiden im Nachthemd aus dem Zimmer, stiegen still und leise die Treppe hinauf, machten vorsichtig die Tür auf und betraten den Raum, in dem einzig und allein die vier brennenden, rund um den Teller mit dem geweihten Buchsbaumzweig hingestellten Kerzen die Alte in ihrem ewigen Schlaf zu bewachen schienen; denn Rosalie lag, auf den Sessel hingestreckt, die Beine von sich geworfen, die Hände über ihrem Rock gefaltet, mit zur Seite gerutschtem Kopf und offenem Mund genauso reglos schlafend da und schnarchte ein bisschen.

Caravan nahm die Pendeluhr an sich. Es war einer jener

grotesken Gegenstände, wie sie die Kunst des Kaiserreichs massenhaft hervorgebracht hat. Ein Mädchen aus vergoldeter Bronze, den Kopf mit diversen Blumen geschmückt, hielt in der Hand ein Bilboquet, dessen Kugel als Pendel diente. »Gib mir das Zeug«, sagte seine Frau, »und nimm du die Marmorplatte von der Kommode.«

Keuchend gehorchte er und lud sich mit beträchtlichem Kraftaufwand die Marmorplatte auf seine Schulter.

Dann verschwand das Paar. Caravan duckte sich unter der Tür, begann zitternd die Treppe hinabzusteigen, während seine Frau rückwärts ging, ihm mit einer Hand leuchtete und unter dem anderen Arm die Pendeluhr hatte.

Als sie bei sich unten waren, gab sie einen riesigen Seufzer von sich. »Die Hauptsache ist geschafft«, sagte sie, »jetzt holen wir den Rest.«

Doch die Kommodenschubladen der Alten waren vollgestopft mit Klamotten. Man musste das Zeug irgendwo verstecken.

Madame Caravan hatte eine Idee: »Hol aus dem Flur die tannene Holztruhe; die ist keine vierzig Sous wert, man kann sie ruhig hier hereinstellen.« Und als die Truhe oben war, fing das Umräumen an.

Nacheinander nahmen sie, eins nach dem anderen, die Manschetten, die Halskrausen, die Hemden, die Hauben, all den armseligen Nippes der guten alten Frau, die hinter ihnen ausgestreckt dalag, heraus und stapelten alles systematisch in der Holztruhe auf- und nebeneinander, um Madame Braux, das andere Kind der Verstorbenen, zu täuschen, wenn sie morgen eintraf.

Als sie fertig waren, trugen sie zuerst die Schubladen hinab, dann den Rest der Kommode, die sie an den beiden Enden fassten; und alle beide suchten lange nach einem Platz, wo sie am besten stehen würde. Man entschied sich fürs Schlafzimmer, gegenüber dem Bett, zwischen den beiden Fenstern.

Als sie endlich an ihrem Platz war, füllte Madame Caravan sie mit ihrer eigenen Wäsche. Die Pendeluhr wurde auf den Kaminsims im Esszimmer gestellt; und das Paar prüfte, wie sich beides machte. Sofort waren sie begeistert: »So ist es bestens«, sagte sie. Er antwortete: »Ja, bestens.« Dann legten sie sich wieder ins Bett. Sie blies die Kerze aus; und bald darauf schliefen alle auf den zwei Stockwerken des Hauses.

Es war schon heller Tag, als Caravan die Augen aufschlug. Sein Kopf fühlte sich beim Aufwachen wirr an, und erst nach ein paar Minuten erinnerte er sich an das, was vorgefallen war. Diese Erinnerung versetzte ihm einen Stich in die Brust; und er sprang aus dem Bett, abermals tief erschüttert, den Tränen nah.

Rasch ging er ins obere Zimmer hinauf, wo Rosalie noch immer schlief, in der gleichen Haltung wie gestern Abend, so wie sie ununterbrochen die ganze Nacht über geschlafen hatte. Er schickte sie an ihre Arbeit, ersetzte die abgebrannten Kerzen, dann betrachtete er seine Mutter, wobei er in seinem Hirn solche scheinbar tiefsinnigen Gedanken wälzte, solche religiösen und philosophischen Banalitäten, wie sie bei durchschnittlichen Intelligenzen im Angesicht des Todes eben im Kopf herumspuken.

Als ihn jedoch seine Frau rief, ging er nach unten. Sie hatte eine Liste mit Dingen angefertigt, die noch im Lauf des Morgens zu erledigen waren, und sie legte ihm den Katalog hin, der ihn in schiere Panik versetzte.

Er las:

1. Beim Bürgermeisteramt melden
2. Den Leichenbeschauer kommen lassen
3. Den Sarg bestellen
4. In die Kirche gehen
5. Zum Leichenbestatter
6. In die Druckerei für die Anzeigen
7. Zum Notar
8. Zum Telegraphenamt, die Familie verständigen

Dazu noch eine ganze Menge kleinerer Besorgungen. Da nahm er seinen Hut und machte sich auf den Weg.

Jetzt, da die Neuigkeit sich verbreitet hatte, kamen die Nachbarn nach und nach und wollten die Tote sehen.

Beim Frisör im Erdgeschoss hatte sich deshalb bereits eine Szene zwischen der Gattin und ihrem Mann abgespielt, als er gerade dabei war, einen Kunden zu rasieren.

Die Frau zischelte beim Stricken eines Strumpfes: »Wieder eine weniger, und diesmal eine so Geizige, wie es von ihrer Sorte nicht viele gibt. Ich habe sie überhaupt nicht gemocht, wahrlich nicht; trotzdem muss man zur Totenschau.«

Während er das Kinn des Kunden einseifte, maulte ihr Mann vor sich hin: »Da schau hin, welche Grillen! So was kann's nur bei den Weibern geben. Es reicht wohl nicht, wenn man sich das ganze Leben lang anbellt, nicht einmal, wenn sie tot sind, können sie sich in Ruhe lassen.« Seine Gattin jedoch ließ sich nicht aus der Fassung bringen und setzte nach: »Das ist stärker als ich; ich muss da hin. Es lässt mir schon den ganzen Morgen keine Ruhe. Wenn ich sie nicht mehr anschauen würde, würde mich das mein ganzes Leben lang verfolgen. Wenn ich sie aber angucke und mir ihr Gesicht einpräge, bin ich nachher erleichtert.«

Der Mann auf dem Rasierstuhl zuckte mit den Schultern und raunte ganz im Vertrauen dem Herrn, der ihm gerade die Backe abkratzte, zu: »Sagen Sie mir bloß, welcher Teufel diese verdammten Weiber reitet! Ich hätte nicht die geringste Lust, mir einen Toten anzugucken!« Die Frau hatte es allerdings gehört, und sie gab in aller Ruhe zurück: »So ist es, so ist es.« Dann legte sie ihr Strickzeug auf den Ladentisch und ging in den ersten Stock hinauf.

Zwei Nachbarinnen waren bereits da und schwätzten mit Madame Caravan, die ihnen, was den Ablauf des Ganzen anging, jede Kleinigkeit ausmalte.

Man näherte sich dem Sterbezimmer. Auf Zehenspitzen gingen die vier Frauen hinein, besprengten die Tote nacheinander mit dem gesalzenen Wasser, knieten nieder, machten das Kreuz und murmelten ein Gebet; dann standen sie auf und schauten mit großen Augen und offenem Mund die Leiche lange an, während die Schwiegertochter sich mit einem Taschentuch ihr Gesicht bedeckte und einen verzweifelten Schluchzer von sich gab.

Als sie sich umdrehte, um wieder zu gehen, bemerkte sie, wie bei der Tür Marie-Louise und Philippe-Auguste standen, beide im Unterhemd und vorwitzig glotzend. Da vergaß sie ihren herbeikommandierten Kummer, griff sich die zwei, holte mit der Hand aus und schrie vor Wut: »Wollt ihr gefälligst verschwinden, nichtsnutziges Gesindel!«

Als sie zehn Minuten später mit einem anderen Schub Nachbarinnen die Treppe hinaufgestiegen war, abermals den Buchsbaumzweig über der Schwiegermutter ausgeschüttelt, gebetet, geheult und alle ihre Pflichten erfüllt hatte, bemerkte sie, wie ihre beiden Kinder schon wieder hinter ihr standen. Um konsequent zu sein, haute sie ihnen eine herunter; beim nächsten Mal aber beachtete sie sie gar nicht mehr; worauf die beiden Bälger jeder neuen Besucherschar hinterherliefen, sich ebenfalls in einer Ecke auf die Knie beugten und alles, was sie ihre Mutter tun sahen, in gleicher Weise nachmachten.

Ab dem frühen Nachmittag nahm die Schar der Neugierigen ab. Schließlich kam überhaupt niemand mehr. Wieder in ihrer Wohnung zurück, kümmerte Madame Caravan sich um alles, was zur Vorbereitung der Trauerfeier nötig war; und die Tote lag allein dort oben.

Das Fenster ihres Zimmers war offen. Zusammen mit ganzen Staubwolken wehte eine glühende Hitze herein, die Flammen der vier Kerzen flackerten wild neben dem reglosen Leib; auf dem Bettlaken, auf dem Gesicht mit den geschlossenen Augen, auf den beiden ausgestreckten Händen krochen kleine Fliegen herum, kamen, gingen, spazierten dort ununterbrochen auf und ab, statteten der Alten einen Besuch ab und warteten auf das, was kommt.

Marie-Louise und Philippe-Auguste streunten wieder auf der Straße herum. Bald schon waren sie von Kameraden umringt, vor allem von kleinen, aufgeweckten Mädchen, die hier sehr schnell etwas von den Mysterien des Lebens witterten. Sie fragten sie aus wie Erwachsene. »Deine Großmama ist gestorben?« – »Ja, gestern Abend.« – »Was ist das: tot?« Marie-Louise erklärte es, erzählte von den Kerzen, dem Buchszweig, dem Gesicht. Sodass bei all diesen Kleinen eine große Neugier aufkam; und sie alle wollten auch zu der Dahingeschiedenen hinaufgehen.

Sofort organisierte Marie-Louise einen ersten Kondolenzbesuch, fünf Mädchen und zwei Jungen: die größten, die abgebrühtesten. Sie verlangte, dass sie die Schuhe auszogen, um nicht erwischt zu werden; der Trupp schlich sich ins Haus und kroch leise wie eine Armee von Mäusen die Treppe hinauf.

Im Zimmer angelangt, machte die Göre ihre Mutter nach und spielte die Zeremonienmeisterin. Feierlich leitete sie ihre Kameraden an, sich hinzuknien, schlug das Kreuzzeichen, bewegte die Lippen, erhob sich, besprengte das Bett, und als die Kinder sich dichtgedrängt, erschrocken, neugierig und hingerissen näherten, um sich das Gesicht und die Hände anzusehen, fing sie plötzlich an, ein Schluchzen nachzumachen, während sie die Augen mit ihrem kleinen Taschentuch bedeckte. Dann, mit einem Schlag wieder von ihrem Schmerz befreit und diejenigen im Sinn, die noch vor der Tür warteten, zerrte sie alle eilends mit sich hinaus, um sogleich die nächste Gruppe und dann noch eine dritte mitzunehmen; schließlich kamen, bis auf die zerlumpten Bettelkinder, alle Bengel und Gören herbeigerannt, um dieses neue Spiel nicht zu verpassen; und jedes Mal fing sie mit dem Zirkus der Mutter vollkommen perfekt von vorne an.

Auf die Dauer hatte sie es dann aber satt. Ein anderes Spiel trieb die Kinder woanders hin; und die alte Großmutter war wieder allein, von allen ganz und gar vergessen.

Das Zimmer wurde dunkler, und auf dem ausgetrockneten und faltigen Gesicht ließ die lebhafte Flamme Lichter tanzen.

Gegen acht Uhr ging Caravan hinauf, machte das Fenster zu und erneuerte die Kerzen. Er trat inzwischen mit einer solchen Art von Ruhe ein, als sei er es längst gewohnt, dem Leichnam so zu begegnen, als liege er schon seit Monaten da.

Von Verwesung war noch nicht das Geringste zu entdecken, was er, als man sich zum Abendessen versammelte, auch als erstes seiner Frau mitteilte. Sie antwortete: »Wen wundert's, sie ist aus Holz; die hält sich noch ein ganzes Jahr lang.«

Man löffelte die Suppe, ohne etwas zu reden. Die Kinder, die den ganzen Tag unbeaufsichtigt waren, waren hundemüde, dösten auf ihren Stühlen ein, und alles war still.

Plötzlich wurde das Licht der Lampe schwächer.

Madame Caravan drehte sofort den Docht höher; doch das Ding gab bloß einen hohlen Ton von sich, ein längeres Gurgelgeräusch, und dann ging das Licht vollends aus. Man hatte vergessen, Öl zu kaufen! In den Laden zu gehen hätte geheißen, die Hauptspeise hinauszuschieben, weshalb man nach Kerzen suchte; aber es waren keine mehr da, außer denen, die droben auf dem Nachttisch brannten.

Resolut, wie sie war, schickte Madame Caravan Marie-Louise hoch, um schnell zwei von ihnen zu holen, und man wartete im Dunkeln.

Man achtete auf jeden Schritt, mit dem die Kleine die Treppe hinaufstieg. Daraufhin herrschte ein paar Augenblicke Stille; dann kam das Kind rasend die Treppe herabgerannt. Es riss die Tür auf, völlig verstört, noch weit schlimmer außer sich als abends zuvor bei der Verkündigung der Katastrophe. Sie flüsterte atemlos: »O Papa! Großmama zieht sich an.«

Caravan sprang mit einem einzigen Satz auf, sodass sein Stuhl gegen die Wand flog. Er stammelte: »Was sagst du? … Was sagst du da? …« Doch schlotternd vor Angst wiederholte Marie-Louise: »Groß… Groß… Großmama zieht sich … sie kommt gleich runter.«

Wie ein Irrer stürzte er die Treppe hinauf, gefolgt von seiner sprachlosen Frau; doch vor der Tür im zweiten Stock hielt er, zitternd vor Schreck, inne und traute sich nicht hinein. Was würde er zu sehen kriegen? Die abgehärtetere Madame Caravan drehte den Schlüssel um und trat ins Zimmer.

Die Kammer schien finsterer geworden zu sein; und in der

Mitte bewegte sich eine große, magere Gestalt. Da stand sie, die Alte; aus ihrem lethargischen Schlaf erwacht, hatte sie sich, noch bevor sie wieder zu vollem Bewusstsein gekommen war, zur Seite gedreht, sich auf den Ellbogen gestützt und drei von den neben dem Totenbett brennenden Kerzen ausgeblasen. Dann, als sie wieder zu Kräften gekommen war, stand sie auf und suchte ihre Kleider. Anfangs hatte sie sich gewundert, dass die Kommode verschwunden war, doch nach und nach fand sie ihre Sachen zuunterst in der Holztruhe und zog sich in aller Ruhe an. Nachdem sie dann den mit Wasser gefüllten Teller ausgeleert, den Buchszweig wieder hinter den Spiegel gesteckt und die Stühle wieder an ihren Platz gestellt hatte, war sie gerade dabei hinunterzugehen, als ihr Sohn und ihre Schwiegertochter vor ihr standen.

Caravan stürzte auf sie zu, fasste sie an den Händen und küsste sie mit Tränen in den Augen, während seine Frau hinter ihm mit verlogener Miene ständig wiederholte: »Mein Gott, was für ein Glück! Was für ein Glück!«

Doch ohne eine Miene zu verziehen, ja ohne offenbar etwas zu begreifen, starr wie eine Statue, fragte die Alte nur: »Ist das Essen bald fertig?« In schierer Panik stammelte er: »Ja klar, Mama, wir warten.« Und mit ungewohnter Beflissenheit nahm er sie am Arm, während die junge Madame Caravan die Kerze nahm, ihnen, rückwärts gehend, Stufe für Stufe auf dem Weg zur Treppe hinab leuchtete, so wie sie nachts zuvor vor ihrem Mann hergegangen war, als er die Marmorplatte hinabgeschleppt hatte.

Im ersten Stock angelangt, wäre sie beinahe mit Leuten zusammengestoßen, die gerade hinaufwollten. Es war die Familie aus Charenton, Madame Braux und ihr Mann.

Die Frau, groß, dick und mit einem Wasserbauch, der ihren

Oberkörper nach hinten drückte, riss entsetzt die Augen auf, zur Flucht bereit. Der Gatte, ein sozialistischer Schuhmacher, ein kleiner Mann mit einem Haaransatz bis zur Nase hinab, der ganz und gar einem Affen glich, murmelte ungerührt: »Na so was? Sie ist wiederauferstanden!«

Sowie Madame Caravan sie erkannt hatte, machte sie ihnen verzweifelte Zeichen; dann sagte sie ganz laut: »Ei! Wie kommt's ...! Ihr seid's! Was für eine Überraschung!«

Die verdutzte Madame Braux begriff jedoch überhaupt nichts; sie gab halblaut zur Antwort: »Wir sind wegen eures Telegramms gekommen, wir dachten, es sei zu Ende.«

Ihr Gatte, der hinter ihr stand, kniff sie, damit sie schwieg. Mit einem durchtriebenen, unter seinem mächtigen Bart versteckten Lächeln fügte er nur hinzu: »Es ist sehr nett von euch, dass ihr uns eingeladen habt. Wir sind auch sofort gekommen.« Womit er auf die Feindseligkeiten anspielte, die zwischen den beiden Ehepaaren seit langem herrschten. Als dann die Alte die letzten unteren Stufen erreicht hatte, ging er munter auf sie zu und rieb die Borstenhaare, die sein Gesicht bedeckten, an ihren Backen, während er ihr, da sie ja schwerhörig war, ins Ohr schrie: »Geht's gut, Mutter, stets wohlauf, was?«

Völlig entgeistert, da sie die Totgeglaubte quicklebendig antraf, traute Madame Braux sich nicht einmal, sie zu umarmen; mit ihrem riesigen Bauch verstopfte sie den ganzen Treppenaufgang und hinderte die anderen am Weitergehen.

Unruhig und misstrauisch geworden, doch ohne ein Wort zu sagen, musterte die Alte alle um sich herum; und ihre kleinen grauen Augen erforschten bald den einen, bald den anderen, voller sichtbarer Gedanken, die ihre Kinder verlegen machten.

Um die Sache zu erklären, sagte Caravan: »Sie war ein bisschen leidend, aber jetzt geht es ihr wieder gut, absolut gut, nicht wahr, Mutter?«

Da setzte die gute Frau sich wieder in Bewegung und erwiderte wie aus der Ferne mit brüchiger Stimme: »Es war eine Ohnmacht; ich habe euch die ganze Zeit gehört.«

Es folgte eine beklemmende Stille. Man ging ins Esszimmer; dann setzte man sich zu einem in wenigen Minuten improvisierten Abendessen zusammen.

Nur Monsieur Braux hatte seinen Gleichmut bewahrt. Sein böses Gorillagesicht schnitt Grimassen; und er ließ Sätze fallen, deren Doppeldeutigkeiten sichtbar alle peinlich berührten.

Allerdings klingelte im Flur ständig die Glocke; die wie verloren wirkende Rosalie kam Caravan holen, der beim Aufstehen die Serviette hinschmiss. Sein Schwager fragte ihn, ob er heute Empfangstag habe. Er stotterte: »Nein, Lieferanten, sonst nichts.«

Als dann ein Paket gebracht wurde, öffnete er es, ohne sich dabei etwas zu denken, und es kamen schwarzgerahmte Todesanzeigen zum Vorschein. Bis unter die Ohren rot geworden, machte er das Paket wieder zu und steckte es in seine Weste.

Seine Mutter hatte es nicht gesehen; sie schaute hartnäckig auf die Pendeluhr, deren vergoldetes Bilboquet auf dem Kaminsims hin- und herschaukelte.

Dann wandte die Alte ihr faltiges Hexengesicht, dessen Augen maliziös flirrten, ihrer Tochter zu und erklärte: »Am Montag bringst du mir deine Kleine, ich will sie sehen.« Madame Braux schrie mit strahlender Miene: »Ja, Mama«, während die erblasste Madame Caravan vor Angst schier ohnmächtig wurde.

Inzwischen fingen die beiden Männer ganz langsam an, sich miteinander zu unterhalten; und es kam, ohne jeden bestimmten Anlass, zu einer politischen Diskussion. Braux, der den revolutionären und kommunistischen Lehren anhing, erregte sich und rief mit glühenden Augen im haarigen Gesicht: »Eigentum, mein Herr, ist Diebstahl am Arbeiter; die Erde gehört allen; Erbschaft ist eine Gemeinheit und Schande …!« Doch mit einem Schlag hielt er inne, durcheinander wie ein Mann, der gerade etwas Dummes gesagt hat; dann setzte er noch in sanfterem Ton hinzu: »Aber jetzt ist nicht der Augenblick, über solche Dinge zu diskutieren.«

Die Tür ging auf; *Doktor* Chenet erschien. Eine Sekunde lang war er entsetzt, dann fasste er sich und ging auf die alte Frau zu: »Ach! Ach! Die Mama! Wieder wohlauf heute! O ja, ich habe es geahnt, schauen Sie; gerade habe ich mir noch auf dem Weg zur Treppe hinauf gesagt: Ich wette, dass sie auf ist, die Alte!« Und er klopfte ihr vorsichtig auf den Rücken: »Sie ist stabil wie die Pont-Neuf; sie trägt uns alle noch zu Grabe, ihr werdet sehen.«

Er setzte sich, ließ sich gern einen Kaffee anbieten, mischte sich sofort ins Gespräch der beiden Männer ein und pflichtete Braux bei, da er sich selbst durch die Commune kompromittiert hatte.

Als sich dann die Alte müde fühlte und gehen wollte, eilte Caravan flugs herbei. Da starrte sie ihm in die Augen und sagte: »Du schaffst mir sofort meine Kommode und meine Pendeluhr hinauf.« Während er stotterte: »Ja, Mama«, nahm sie ihre Tochter am Arm und verschwand mit ihr.

Die beiden Caravans blieben fassungslos, stumm, dem Zusammenbruch nahe in ihrem grauenvollen Desaster zurück, während Braux sich die Hände rieb und seinen Kaffee schlürfte.

Plötzlich stürzte sich die von Zorn gepackte Madame Caravan auf ihn und brüllte: »Sie sind ein Dieb, ein Gauner, eine Kanaille … Ich kotze Ihnen ins Gesicht, ich … ich …« Ihr fiel nichts mehr ein, ihr blieb die Spucke weg; er aber lachte und trank seelenruhig weiter.

Als dann seine Frau zurückkam, fiel ihre Schwägerin sofort über sie her; und alle beide, die eine mit ihrem bedrohlichen Bauch, die andere blindwütig und mager, mit schriller Stimme und zittrigen Händen, hauten mit einem Schwall von Beschimpfungen aufeinander ein.

Chenet und Braux griffen ein, wobei Letzterer seine andere Hälfte an den Schultern packte, hinausbugsierte und rief: »Hör auf mit dem Geschrei, du dumme Kuh!«

Und man hörte die beiden, als sie sich auf der Straße entfernten, miteinander zanken.

Monsieur Chenet empfahl sich.

Die Caravans standen einander gegenüber.

Dann sackte der Mann, mit kaltem Schweiß an den Schläfen, auf einem Stuhl zusammen und murmelte: »Was soll ich jetzt meinem Chef sagen?«

MUTTER SAUVAGE

I

Seit fünfzehn Jahren bin ich nicht mehr in Virelogne gewesen. Zum ersten Mal ging ich dort wieder hin im Herbst, um zu jagen, mit meinem Freund Serval, der sein von den Preußen zerstörtes Schloss wiederaufgebaut hat.

Ich liebte dieses Land über alles. Es gibt wunderbare Ecken in der Welt, die den Augen einen sinnlichen Reiz bieten. Man liebt sie geradezu körperlich. Wir – das heißt solche, die von irdischen Flecken ganz hingerissen sein können – bewahren in uns zärtliche Erinnerungen an bestimmte Quellen, bestimmte Wälder, bestimmte Teiche, bestimmte Hügel, die wir oft gesehen haben und die uns wie glückliche Vorkommnisse beseelen. Zuweilen denken wir an einen Ort im Wald oder an ein Plätzchen an einem Ufer oder an einen Obstgarten voller Wiesenblumen zurück, auch wenn wir sie nur ein einziges Mal an einem zauberhaften Tag flüchtig wahrgenommen haben, sie in uns jedoch für immer haften geblieben sind, so wie Bilder von Frauen, die wir ein einziges Mal an einem Frühlingsmorgen in hellen, durchsichtigen Kleidern auf der Straße erblickt haben und die in unserem Leib und in unserer Seele ein nie mehr zu stillendes, unvergessliches Verlangen hinterlassen, als hätte uns das Glück gestreift.

In Virelogne liebte ich die ganze Gegend mit ihren Wäldchen und Bächen, die wie Adern im Boden verlaufen und der Erde ihr Blut spenden. Man fischte in ihnen Krebse, Forellen und Aale. Ein göttliches Glück! An manchen Stellen konnte man baden, und in dem hohen Gras, das am Ufer dieser Rinnsale wuchs, konnte man nicht selten Schnepfen aufstöbern.

Ich ging so vor mich hin, arglos wie eine Ziege, und schaute meinen beiden herumschnüffelnden Hunden zu. Serval durchstöberte hundert Meter rechts von mir ein Luzernenfeld. Ich bog um die Sträucherecke des bei Saudres liegenden Wäldchens und erblickte die Trümmer eines Bauernhäuschens.

Auf einmal erinnerte ich mich daran, wie ich es zum letzten Mal im Jahre 1869, damals noch intakt, mit Weinlaub umrankt und mit herumlaufenden Hühnern, gesehen hatte. Gibt es etwas Traurigeres als ein totes Haus mit seinem aufragenden, zerstörten, unheimlichen Gerippe?

Auch erinnerte ich mich daran, wie mir dort, als ich einmal hundemüde war, ein gutes Weib ein Glas Wein zu trinken gab, und wie Serval mir die Geschichte der Leute, die dort gewohnt hatten, erzählte. Den Vater, einen alten Wilderer, hatten die Gendarmen erschossen. Der Sohn, den ich auch einmal gesehen hatte, war ein großer, kurz angebundener Kerl, von dem es hieß, dass er ein schießwütiger Wilddieb war. Man nannte sie die Wilden.

War es ein Name oder ein Spitzname?

Ich winkte Serval zu mir her. Er eilte mit seinen langen Stelzschritten herbei.

Ich fragte ihn:

»Was ist aus diesen Leuten geworden?«

Und er erzählte mir die Geschichte.

II

Als der Krieg erklärt worden war, ließ der damals dreiunddreißigjährige Sohn von den Sauvages seine Mutter allein daheim zurück. Man bemitleidete die Alte dafür nicht allzu sehr, da sie, wie man wusste, Geld hatte.

Sie blieb also ganz allein in ihrem fernab vom Dorf, am Waldrand gelegenen Haus. Angst hatte sie übrigens keine, schließlich war sie vom gleichen Schlag wie die Männer, eine rüde, großgewachsene, magere Alte, die nicht oft lachte und mit der auch nicht zu spaßen war. Überhaupt lachen die Bauersfrauen, ganz nebenbei gesagt, so gut wie nie. Das ist dort Sache der Männer! Ihr Wesen ist traurig und beschränkt, sie führen ein tristes Leben ohne Heiterkeit. Der Bauer eignet sich in der Kneipe eine lärmige Fröhlichkeit an, doch seine Lebensgefährtin bleibt ernst und sieht immerzu streng aus. Ihre Gesichtsmuskeln haben nie gelernt, wie man lacht.

Mutter Sauvage führte ihr normales Leben unter ihrem Strohdach, das bald von Schnee bedeckt sein sollte, weiter. Einmal in der Woche machte sie sich auf in die Stadt, um Brot und ein bisschen Fleisch zu kaufen; dann ging sie wieder heim in ihre schlichte Hütte. Wenn es hieß, dass Wölfe unterwegs seien, schnallte sie sich ihr Gewehr auf den Rücken, das rostige Gewehr ihres Sohnes, dessen Kolben vom vielen Gebrauch abgenützt war; es hatte etwas Sonderbares, wenn die lange Sauvage ein wenig gebückt, mit langsamen, großen Schritten durch den Schnee stapfte und der Gewehrlauf über die schwarze Kappe hinausragte, die sie über den Kopf gezogen und unter die sie ihre weißen Haare gezwängt hatte, die nie jemand zu Gesicht bekommen sollte.

Eines Tages rückten die Preußen an. Man verteilte sie auf

die Einwohner, je nach Vermögen und Möglichkeiten eines jeden.

Es waren vier korpulente Kerle mit blonden Haaren, roten Bärten und blauen Augen, die trotz der Strapazen, die sie bereits durchgemacht hatten, recht wohlbeleibt geblieben waren. Es waren gute Jungen, obwohl sie sich in einem besiegten Land befanden. Sie waren ganz allein mit dieser betagten Frau, erwiesen sich ihr gegenüber als zuvorkommend und ersparten ihr, so gut es ging, Kosten und Mühen. Man sah sie morgens alle viere, wie sie um den Brunnen herumstanden und im harten Schneelicht, die Hemdsärmel hochgekrempelt, mit üppigen Wassermengen ihre weißen und rosafarbenen nordischen Leiber wuschen, während Mutter Sauvage kam und ging und die Suppe aufsetzte. Danach sah man sie die Küche fegen, die Fenster putzen, Holz hacken, Kartoffeln schälen, Wäsche waschen und alle nur erdenklichen Besorgungen erledigen, so wie es vier brave Söhne bei ihrer Mutter daheim machen.

Doch die alte Frau dachte unablässig an den ihren, an diesen großen, mageren mit der krummen Nase, den braunen Augen und dem kräftigen Schnauzbart, der über seiner Lippe einen schwarzhaarigen Wulst bildete. Jeden Tag fragte sie die bei ihr einquartierten Soldaten:

»Wisst ihr, wohin das dreiundzwanzigste Infanterieregiment gerückt ist? Mein Junge ist bei ihm.«

Sie gaben zur Antwort: »Nein, nix wissen, gar nix wissen.« Und weil sie, die ja auch eine Mutter auf der anderen Seite hatten, ihren Kummer und ihre Unruhe nachvollziehen konnten, erwiesen sie ihr tausend kleine Gefälligkeiten. Sie hatte sie im übrigen wirklich gern, ihre vier Feinde; schließlich kennen die Bauern so gut wie keinen patriotischen Hass; so etwas findet sich in den oberen Klassen. Jene einfachen Leute, die – weil sie arm sind und ihnen jede neue Last aufgedrückt wird – am meisten dafür zahlen müssen, die man massenhaft abschlachtet, die – weil sie in der Überzahl sind – das wahre Kanonenfutter abgeben, die – weil sie die Schwächsten und Wehrlosesten sind – am grausamsten unter dem grauenhaften Elend des Krieges leiden, kennen solche kriegslüsternen Aufwallungen nicht, solche leicht reizbaren Ehrgefühle und solche angeblichen politischen Verwicklungen, die in sechs Monaten zwei Nationen zugrunde richten, die siegreiche nicht weniger als die besiegte.

Wenn man im Dorf über die bei Mutter Sauvage untergebrachten Deutschen redete, hieß es: »Die vier haben's mit ihr gut getroffen.«

Nun sah die alte Frau, als sie eines Morgens allein daheim war, von weitem einen Mann auf ihr Haus zukommen. Bald erkannte sie ihn sehr wohl, es war der Gemeindediener, der die Briefe austragen musste. Er händigte ihr ein gefaltetes Papier aus, und sie zog aus ihrem Etui die Brille, die sie zum Nähen brauchte; dann las sie:

»Madame Sauvage, dieses Schreiben enthält für Sie eine traurige Nachricht. Ihr Sohn Victor ist gestern von einer Kanonenkugel getötet worden, die ihn buchstäblich in zwei Stücke gerissen hat. Ich war ganz in der Nähe, da wir in der Kompanie Seite an Seite waren und er mir von Ihnen erzählte, damit ich Sie, falls ihm ein Unglück zustößt, noch am selben Tag benachrichtige.

Ich habe seine Uhr aus seiner Tasche genommen, um sie Ihnen zu bringen, wenn der Krieg einmal vorbei ist.

Ich grüße Sie herzlich

Césaire Rivot, Soldat 2ter Klasse der 23sten Infanterie.«

Der Brief trug das Datum von vor drei Wochen.

Sie weinte nicht. Sie erstarrte, war derart getroffen, derart benommen, dass sie noch nicht einmal Schmerz empfinden konnte. Sie dachte: »Jetzt ist auch Victor gefallen.« Dann stiegen ihr nach und nach Tränen in die Augen und Schmerz überwältigte ihr Herz. Gedanken gingen ihr durch den Kopf, einer nach dem anderen, schreckliche, quälende. Nie mehr wird sie ihn umarmen können, ihr Kind, ihren Großen, nie wieder! Die Gendarmen hatten den Vater getötet, die Preußen hatten ihren Sohn getötet … Er war von einer Kanonenkugel in zwei Stücke gerissen worden. Und ihr war, als sähe sie es vor sich, das Entsetzliche: wie der Kopf fällt, mit offenen Augen, während er noch das Ende seines großen Schnurrbarts kaut, wie er es immer, wenn er eine Wut hatte, gemacht hatte.

Was hat man mit seiner Leiche gemacht, danach? Hätte man ihr ihr Kind wenigstens gebracht, so wie man ihr ihren Mann gebracht hatte, mit seiner Kugel mitten in der Stirn.

Doch da hörte sie Stimmen. Es waren die Preußen, die aus dem Dorf zurückkamen. Geschwind verbarg sie den Brief in ihrer Tasche und empfing sie ruhig mit ihrem gewohnten Gesicht, da sie noch genug Zeit gehabt hatte, sich die Augen zu wischen. Sie lachten alle vier und freuten sich, weil sie ein schönes, wahrscheinlich geklautes Kaninchen bei sich hatten, und sie machten der alten Frau ein Zeichen, dass es etwas Gutes zu essen gebe.

Gleich fing sie mit den Vorbereitungen fürs Mittagmahl an; als aber das Kaninchen geschlachtet werden sollte, brachte sie es nicht übers Herz. Dabei war es wahrlich nicht das erste! Einer der Soldaten schlug es mit einem Fausthieb hinter die Ohren bewusstlos.

Als das Tier dann tot war, fing sie an, den roten Leib vom

Fell abzulösen; doch der Anblick ihrer blutigen Hände, dieses lauwarmen Blutes, das sie kalt werden und gerinnen spürte, ließ sie von Kopf bis Fuß zittern; und immer sah sie ihren Großen entzweigerissen, auch er voller Blut, wie dieses Tier, das noch zuckte.

Sie setzte sich mit ihren Preußen an den Tisch, konnte aber nichts essen, nicht einmal einen einzigen Bissen. Sie schlangen es hinunter, ohne auf sie zu achten. Sie sah sie von der Seite an, ohne ein Wort zu sagen, und es reifte in ihr ein Gedanke, wobei ihr Gesicht so ungerührt blieb, dass sie nichts merkten.

Plötzlich sagte sie: »Ich kenn nicht einmal eure Namen, und 's ist schon ein Monat, dass wir beisammen sind.« Nur mit Mühe verstanden sie, was sie wollte, und nannten dann ihre Namen. Das reichte ihr nicht; sie ließ sie sich auf ein Papier schreiben, mit der Adresse ihrer Familien, worauf sie sich ihre Brille auf die große Nase setzte, sich die ihr unbekannte Schrift anschaute, dann das Blatt zusammenfaltete und es in ihre Tasche steckte, zu jenem Brief, der sie über den Tod ihres Sohnes benachrichtigt hatte.

Als man mit dem Essen fertig war, sagte sie zu den Männern: »Ich will was für euch tun.«

Und sie fing an, Heu auf den Dachboden hinaufzuschaffen, wo sie schliefen.

Sie wunderten sich darüber; sie meinte, dass sie es dann weniger kalt hätten; und da halfen sie ihr. Sie pferchten die Ballen bis zum Strohdach hinauf; und sie fingen an, sich eine Art großen Raum mit vier Wänden aus warmem, duftendem Stroh zu machen, in dem sie herrlich schlafen sollten.

Beim Abendessen machte sich einer von ihnen Sorgen, weil Mutter Sauvage immer noch nichts essen wollte. Sie behauptete, sie habe Magenkrämpfe. Dann zündete sie ein schönes

Feuer an, um sich zu wärmen, und die vier Deutschen stiegen über die Leiter, die sie jeden Abend benutzten, hinauf zu ihrem Bettlager.

Sobald die Falltür zugeklappt war, nahm die alte Frau die Leiter weg, machte nochmals geräuschlos die Tür nach draußen auf und ging weitere Strohballen holen, mit denen sie die Küche vollstopfte. Sie ging barfuß durch den Schnee, so leise, dass man nichts hören konnte. Hin und wieder vernahm sie von den eingeschlafenen Soldaten tiefe, unregelmäßige Schnarcher.

Als sie fand, dass ihre Maßnahmen ausreichten, warf sie einen der Ballen in den Kamin und verteilte, nachdem er Feuer gefangen hatte, das brennende Stroh auf die anderen, bevor sie hinausging und zuschaute.

Eine gewaltige Helle erleuchtete wenige Sekunden später das ganze Innere der Bauernhütte, dann war es ein entsetzliches Flammenmeer, ein gigantischer glühender Backofen, dessen Licht durch das schmale Fenster drang und über den Schnee einen glänzenden Strahl warf.

Dann hörte man vom Speicher des Hauses herab einen mächtigen Schrei, dann ein menschliches Brüllen und Heulen, herzzerreißende, panische, entsetzliche Hilferufe. Dann, nachdem die Falltür herabgestürzt war, schwang sich ein Feuerwirbel zum First hinauf, durchstieß das Strohdach und loderte wie die ungeheure Flamme einer Fackel zum Himmel hinauf; und die ganze Bauernhütte brannte.

Von drinnen hörte man nichts mehr als das Knistern der Glut, das Bersten der Mauern, das Einstürzen des Gebälks. Mit einem Schlag krachte das Dach zusammen, und das brennende Gerippe des Hauses warf mitten aus einer Rauchwolke ganze Feuergarben durch die Luft.

Das weiße, durch das Feuer erhellte Land leuchtete wie eine rotgefärbte silberne Tischdecke.

In der Ferne fing eine Glocke an zu läuten.

Die alte Sauvage stand da, vor ihrem zerstörten Haus, ihr Gewehr in der Hand, dasjenige des Sohnes, aus Furcht, einer der Männer könnte entwischen.

Als sie sah, dass es zu Ende war, warf sie ihre Waffe in die Glut. Man hörte einen Knall.

Leute liefen herbei, Bauern, Preußen.

Man fand die Frau auf einem Baumstamm sitzend, ruhig und zufrieden.

Ein deutscher Offizier, der wie ein Sohn Frankreichs Französisch sprach, fragte sie:

»Wo sind Ihre Soldaten?«

Sie streckte ihren mageren Arm zum roten Gluthaufen hinüber, der langsam erlosch, und antwortete mit fester Stimme:

»Da drinnen!«

Man drängte sich um sie. Der Preuße fragte:

»Wie ist das Feuer entstanden?«

Sie sagte:

»Ich habe es gelegt.«

Man glaubte ihr nicht, man dachte, dass die Katastrophe sie von jetzt auf gleich wahnsinnig gemacht hatte. Als sie dann alle umringten und ihr lauschten, erzählte sie die Geschichte von Anfang bis Ende, vom Eintreffen des Briefs bis zum letzten Schrei der brennenden Männer in ihrem Haus. Sie ließ nicht das geringste aus von dem, was in ihm vorging, und dem, was sie tat.

Als sie zu Ende war, zog sie aus ihrer Tasche zwei Papiere und setzte nochmals ihre Brille auf, um sie im letzten Feuerschein voneinander unterscheiden zu können. Dann erklärte sie, während sie das eine hochhielt: »Hier, das ist der Tod von Victor.« Dann hielt sie das andere hoch und setzte, während sie mit einer Kopfbewegung auf die rote Ruine deutete, hinzu: »Hier, das sind ihre Namen, damit man ihren Leuten schreiben kann.« In aller Ruhe hielt sie das weiße Blatt dem Offizier hin, der sie an den Schultern festhielt, und fuhr fort:

»Sie werden ihnen schreiben, wie alles gekommen ist, und Sie werden ihren Eltern sagen, dass ich es war, die das getan hat. Victoire Simon, die Sauvage! Vergessen Sie das nicht.«

Der Offizier schrie auf Deutsch Befehle. Man packte sie, man warf sie gegen die noch heißen Mauern ihrer Behausung. Dann stellten sich ihr gegenüber rasch zwölf Männer auf, im Abstand von zwanzig Metern. Sie rührte sich nicht. Sie hatte verstanden; sie wartete.

Ein Befehl ertönte, dem sofort ein langes Geknalle folgte. Ein einzelner, verspäteter Schuss ging erst nach den anderen los.

Die alte Frau fiel nicht um. Sie sank zusammen, als hätte man ihr die Beine abgemäht.

Der preußische Offizier ging auf sie zu. Sie war fast entzweigerissen, und in ihrer zusammengeballten Hand hielt sie ihren blutgetränkten Brief.

Mein Freund Serval sagte noch:

»Zur Vergeltung haben die Deutschen das Landschloss zerstört, das mir gehört hat.«

Ich aber dachte an die Mütter der vier gutmütigen Jungen, die da drinnen verbrannt waren; und an den verheerenden Heroismus dieser anderen Mutter, die sie an diesem Gemäuer füsiliert haben.

Und ich hob einen kleinen Stein auf, der immer noch vom Feuer geschwärzt war.

BEI EINEM TOTEN

Er starb langsam, so wie Schwindsüchtige sterben. Jeden Tag sah ich ihn gegen zwei Uhr unter den Hotelfenstern sitzen, dem ruhigen Meer gegenüber, auf einer Spazierbank. Eine Zeit lang verharrte er reglos in der Sonnenglut und schaute schwermütig aufs Mittelmeer. Zuweilen warf er einen Blick auf die hohen Berge mit den dunstigen Gipfeln, die Menton umgeben; schließlich kreuzte er ganz langsam seine langen, dürren Beine, die bloß noch zwei Knochen glichen, um die der Stoff des Hosenbeins flatterte. Dann schlug er ein Buch auf, immer dasselbe.

Von da an rührte er sich nicht mehr. Er las und las, mit dem Auge und allen Sinnen; sein ganzer, nahezu erloschener Leib schien zu lesen, seine ganze Seele in diesem Buch zu versinken, sich in ihm zu verlieren, in ihm zu verschwinden, bis zu der Stunde, da die Luft kühler wurde und sie ihn ein wenig hüsteln ließ. Dann stand er auf und ging hinein.

Er war ein großgewachsener Deutscher mit blondem Bart, der das Frühstück und das Abendessen auf seinem Zimmer einnahm und mit niemandem sprach.

Eine unbestimmte Neugier zog mich hin zu ihm. Eines Tages setzte ich mich neben ihn und hielt, um des Anscheins wegen, einen Gedichtband von Musset in Händen.

Und ich fing an, in *Rolla* zu blättern.

Auf einmal sagte mein Nachbar zu mir in gutem Französisch:

»Verstehen Sie Deutsch, Monsieur?«

»Mitnichten, mein Herr.«

»Das ist bedauerlich. Nachdem der Zufall uns zusammenführt, hätte ich Ihnen gerne etwas ausgeliehen, Ihnen etwas Unschätzbares gezeigt: dieses Buch, das ich bei mir habe.«

»Worum handelt es sich denn?«

»Es ist ein Exemplar meines Lehrers Schopenhauer, mit seinen eigenen Anmerkungen. Die Ränder sind, wie Sie sehen, voll mit seinen Notizen.«

Ehrfürchtig nahm ich das Buch in die Hand und bewunderte die mir unverständliche Schrift, die jedoch die unsterblichen Gedanken des größten Zertrümmerers unserer Phantasiewelten, der je auf Erden gelebt hat, enthielten.

Und es blitzten die Verse von Musset in meinem Gedächtnis auf:

Ruhst du zufrieden, Voltaire,
und dein fratzenhaftes Lächeln,
huscht es immer noch
über deine ausgebleichten Knochen?

Und unwillkürlich fing ich an, den kindischen, gegen die Religion gerichteten Sarkasmus Voltaires mit der unwiderstehlichen Ironie dieses deutschen Philosophen zu vergleichen, dessen Einfluss inzwischen unauslöschlich ist.

Ob man gegen ihn protestiert oder sich aufregt, empört oder begeistert ist, Schopenhauer hat der Menschheit das Siegel seiner Verachtung aufgedrückt und sie entzaubert.

Als desillusionierter Genussmensch brachte er allen Glauben, alle Hoffnungen, alle Poesie, alle Schimären zu Fall, verdarb einem alles Streben nach Höherem, zerstörte die Zuversicht der Seelen, tötete die Liebe, vernichtete den idealischen Kult um die Frau, zersprengte die Illusionen des Herzens und erfüllte wie noch keiner vor ihm die allerhöchsten Pflichten des Skeptikers. Über alles goss er seinen Spott, alles fegte er leer. Und selbst solche, die ihn verfluchen, tragen heutzutage ganz offensichtlich etwas von seinen Gedanken in sich.

»Sie waren demnach gut mit Schopenhauer bekannt?«, fragte ich.

Er lächelte traurig.

»Bis zu seinem Tod, Monsieur.«

Und er redete über ihn, erzählte mir, welchen beinahe übernatürlichen Eindruck dieses seltsame Wesen auf alle, die in seine Nähe gerieten, machte.

Er schilderte mir eine Begegnung dieses alten Umstürzlers mit einem französischen Politiker, einem doktrinären Republikaner, der diesen Mann kennenlernen wollte und ihn in einem lauten Wirtshaus traf, wo er – hager, voller Falten, voller Hohn und von Anhängern umringt – mit einem unvergesslichen Gelächter alle hehren Ideale und jeden Glauben zerriss und zerbiss wie ein Hund, der plötzlich den Stoff zerfetzt, mit dem er spielt.

Er wiederholte mir den Ausruf dieses Franzosen, der, ganz und gar entsetzt, davonrannte und schrie:

»Ich meinte, eine Stunde lang mit dem Teufel zugebracht zu haben.«

Dann setzte er noch hinzu:

»Er konnte so angsteinflößend grinsen, Monsieur, dass einem kalte Schauer über den Rücken liefen, selbst noch, als er schon tot war. Es ist eine recht unbekannte Geschichte, die ich Ihnen, sollten Sie es wünschen, erzählen könnte.«

Und mit müder, immer wieder von Hustenanfällen unterbrochener Stimme fing er an:

– Schopenhauer war gerade eben erst gestorben, als wir beschlossen, abwechselnd zu zweit bis in den Morgen Totenwache zu halten.

Er war aufgebahrt in einem großen, ganz schlichten, weiten und düsteren Zimmer.

Auf dem Nachttisch brannten zwei Kerzen.

Als ich mit einem Kameraden die Wache antrat, war es Mitternacht. Jene beiden Freunde, die wir abgelöst hatten, machten sich davon, und wir setzten uns ans Fußende des Bettes.

Das Gesicht hatte sich noch überhaupt nicht verändert. Es lächelte. Die uns so vertraute Falte zog sich über einen Mundwinkel, und es kam uns so vor, als würde er gleich die Augen aufmachen, sich bewegen und zu reden anfangen. Sein Denken oder, richtiger gesagt, seine Gedanken umhüllten uns; mehr denn je fühlten wir uns von der Atmosphäre seines Genies durchströmt und gefangen von ihr. Seine Macht schien uns jetzt, da er tot war, noch allgewaltiger. Ein Mysterium gesellte sich zu der Gewalt seines einzigartigen Geistes.

Der Körper solcher Männer verschwindet, sie selbst aber bleiben; und in der Nacht, die dem Stillstand ihres Herzens folgt, so versichere ich Ihnen, mein Herr, sind sie furchterregend.

Schließlich redeten wir ganz leise über ihn und riefen uns seine Worte, seine Formulierungen, seine erstaunlichen Maximen in Erinnerung, die gleichsam wie Lichter in die Finsternis des sich selbst nicht kennenden Lebens geschleudert wurden.

»Ich habe das Gefühl, dass er etwas sagen will«, meinte mein Kamerad. Mit angsterfüllter Unruhe beobachteten wir dieses reglose, unentwegt lächelnde Gesicht. Zunehmend fühlten wir uns unwohler, bang und furchtsam. Ich stammelte:

»Ich weiß nicht, wie mir ist, kann dir aber sagen, dass es mir nicht gutgeht.«

Und dann merkten wir, dass der Leichnam schlecht roch.

Weshalb mir mein Kamerad vorschlug, ins Zimmer nebenan zu gehen und die Tür offen zu lassen; ich war einverstanden.

Ich nahm eine der beiden brennenden Nachttischkerzen und ließ die andere stehen, und wir setzten uns ans gegenüberliegende Ende des anderen Zimmers, sodass wir von unserem Platz aus das Bett und den Toten in vollem Lichterschein sehen konnten.

Doch er ließ uns nicht in Ruhe; man könnte sagen, dass sein immaterielles, wie losgelöstes, frei gewordenes, allmächtiges und gebieterisches Wesen um uns herumstreifte. Und manchmal wehte sogar der abstoßende Geruch des sich zersetzenden Leibes zu uns herüber und drang in widerlichen Wogen in uns ein.

Plötzlich fuhr uns der Schreck in die Knochen: ein Geräusch, ein winziges Geräusch war aus dem Zimmer des Toten gekommen. Sofort blickten wir zu ihm hinüber, und wir sahen, jawohl, mein Herr, wir sahen ganz genau, sowohl er als auch ich, etwas Weißes über das Bett gleiten, zu Boden auf den Teppich fallen und unter dem Lehnstuhl verschwinden.

Wir waren, noch bevor wir denken konnten, auf den Beinen, vor dumpfem Erschrecken dem Wahnsinn nahe, bereit zur Flucht. Dann schauten wir uns an. Wir waren furchtbar bleich. Unsere Herzen pochten derart heftig, dass sich dabei der Stoff unserer Kleider hob. Ich sagte als erster etwas.

»Hast du gesehen …?«

»Ja, ich hab's gesehen.«

»Ist er gar nicht tot?«

»Wenn er aber schon zu faulen anfängt?«

»Was sollen wir tun?«

Stockend sagte mein Gefährte:

»Man muss nachsehen.«

Ich nahm unsere Kerze, ging voraus und suchte mit dem Auge das große Zimmer bis in alle nachtschwarzen Ecken ab. Nichts rührte sich mehr; und ich näherte mich dem Bett. Doch fassungslos und voller Entsetzen hielt ich inne: Schopenhauer lächelte nicht mehr! Er schnitt, den Mund zugekniffen, die Wangen eingefallen, eine grässliche Grimasse. Ich stammelte:

»Er ist nicht tot!«

Allerdings stieg mir der entsetzliche Geruch in die Nase, verschlug mir den Atem. Ich rührte mich nicht mehr, beobachtete ihn mit stierem Blick, außer mir wie angesichts einer Erscheinung.

Daraufhin griff mein Gefährte nach der anderen Kerze und beugte sich über ihn. Dann stupfte er mich am Arm, ohne ein Wort zu sagen. Ich folgte seinem Blick und sah auf dem Boden unter dem Lehnstuhl neben dem Bett, ganz weiß auf dem dunklen Teppich, das Gebiss von Schopenhauer.

Das Geschäft der Zersetzung hatte es beim Lockern des Kiefers aus dem Mund springen lassen. –

»An diesem Tag habe ich wahrhaft Angst gehabt, Monsieur.«

Als die Sonne im glitzernden Meer unterging, stand der schwindsüchtige Deutsche auf, verabschiedete sich und ging ins Hotel zurück.

Und wieder einmal ist Lummensaison.

Von Ende April bis Mai, bevor die Pariser eintreffen, sieht man plötzlich an dem kleinen Strand von Étretat einige ältere Herren in Stiefeln und gegurteten Jagdwesten. Sie verbringen vier oder fünf Tage im Hotel Hauville, verschwinden wieder, kehren drei Wochen später zurück und reisen nach einem erneuten Aufenthalt endgültig ab.

Im nächsten Frühjahr sieht man sie wieder.

Es sind die letzten Lummenjäger, diejenigen, die von den ehemaligen übrig geblieben sind. Vor dreißig oder vierzig Jahren waren es ungefähr zwanzig, jetzt sind es bloß noch ein paar wenige besessene Schießkameraden.

Die Lumme ist ein sehr seltener Zugvogel mit seltsamen Gewohnheiten. Er lebt fast das ganze Jahre über in den Weiten Neufundlands, auf den Inseln Saint-Pierre und Miquelon; doch zur Zeit der Paarung fliegt eine Schar von Emigranten übers Meer und kommt jedes Jahr an denselben Ort, den sogenannten Lummenfelsen bei Étretat, um Eier zu legen und auszubrüten. Immer sind sie hierhergekommen, immer hat man hier Jagd auf sie gemacht, und immer sind sie wiedergekommen. Sobald die Kleinen groß sind, reisen sie wieder ab und sind weg für ein Jahr.

Warum gehen sie nie woandershin, suchen sie sich keinen einzigen anderen Platz entlang dieser langen, weißen, endlosen Felsküste, die von Pas-de-Calais bis Le Havre reicht? Welche Macht, welcher unbezwingliche Instinkt, welche jahrhundertealte Gewohnheit treibt diese Vögel an diesen Ort zurück? Welcher erstmalige Wandertrieb, welches Unwetter hatte ihre Vorfahren einst hierher, an diesen Felsen, verschlagen? Und warum sind ihre Nachkommen und deren Nachkommen und auch alle weiteren Nachkommen stets wieder hierher zurückgekehrt!?

Es gibt von ihnen nicht mehr viele: höchstens hundert, als würde nur eine einzige Familie diese Tradition beibehalten und die alljährliche Pilgerreise antreten.

Und immer im Frühling, sobald sich die kleine Wandersippe wieder auf dem Fels niedergelassen hat, tauchen auch dieselben Jäger in der Ortschaft auf. Einst hat man sie dort als junge Männer kennengelernt; jetzt sind sie alt, doch zuverlässig, was ihre regelmäßigen Zusammenkünfte anbelangt, die sie seit dreißig oder vierzig Jahren pflegen. Um nichts in der Welt möchten sie sie missen.

An einem Aprilabend in den letzten Jahren waren drei dieser alten Jagdgesellen bereits eingetroffen; einer von ihnen fehlte, Monsieur d'Arnelles.

Er hatte keinem etwas geschrieben, keinem eine Nachricht hinterlassen! Doch tot war er auch nicht, wie so viele andere; man hätte davon gehört. Des Wartens müde, begaben sich die drei schließlich zu Tisch; das Essen ging gerade auf sein Ende zu, als ein Wagen in den Hof des Hotels einbog; kurz darauf betrat der Nachzügler den Raum.

Er setzte sich, rieb sich die Hände, aß mit großem Appetit, und als einer der Kameraden sich wunderte, dass er einen feinen Mantel anhatte, gab er ihm seelenruhig zur Antwort:

– So ist's, zum Umziehen hab ich keine Zeit gehabt.

Man löste die Tafel auf und ging zu Bett, da man sich zeitig vor dem Morgengrauen aufmachen musste, um die Vögel zu erwischen.

Nichts Schöneres als eine solche Jagd, als eine solche Expedition am frühen Morgen.

Ab drei in der Früh werden die Jäger von Matrosen, die Sand an die Fenster werfen, geweckt. In wenigen Augenblicken steht man bereit und geht zur Küste hinab. Auch wenn es noch nicht dämmert, sind die Sterne schon ein bisschen blasser; das Meer lässt die Strandkiesel kollern; die Luft ist so frisch, dass man trotz der festen Kleidung ein bisschen schlottert.

Sogleich rutschen die beiden Boote, von den Männern geschoben, rumpelnd über das Gefälle aus runden Kieseln zum Strand hinab, was so klingt, als werde ein Segel zerrissen; dann schaukeln sie auf den ersten Wellen. Das braune Segel wird hochgezogen, schwillt ein wenig an, zaudert, bläht sich wieder zu einem runden Bauch und trägt die mit Teer bestrichenen Schiffsrümpfe dem großen Felsbogen entgegen, den man in der Dunkelheit nur vage erkennt.

Der Himmel wird heller; die Dunkelheit scheint sich aufzulösen; die Küste sieht immer noch wie verhüllt aus, der große weiße Felsbogen ragt senkrecht auf wie eine Steilwand.

Man fährt durch die Manne-Porte, jenen riesigen Gewölbebogen, unter dem sogar Schiffe durchkommen; man umsegelt die Landspitze von La Courtine; dann Le Val d'Antifer, das Kap gleichen Namens; und plötzlich sieht man einen Strand mit Hunderten von Möwen, die da sitzen. Das ist der Lummenfelsen.

Er ist nur ein kleiner Buckel an der Steilküste; und auf den schmalen Felsvorsprüngen sieht man die Köpfe der Vögel, die zu den Booten hinabschauen.

Da sind sie, reglos, abwartend, ohne zu wagen davonzufliegen. Ein paar, die sich auf der äußersten Kante niedergelassen haben und auf ihren Hintern sitzen, sehen wie Flaschen aus, da sie so kurze Beine haben, dass man meinen könnte, sie glitten, wenn sie gehen, wie Holztiere auf Rädchen dahin; und weil sie, wenn sie losfliegen wollen, keinen Anlauf nehmen können, müssen sie sich wie Steine fallen lassen, und zwar beinahe bis zu den Leuten hinab, die ihnen auflauern.

Sie wissen um ihre Schwäche und um die Gefahr, die sie mit sich bringt, und entscheiden sich deshalb nicht Hals über Kopf für die Flucht.

Doch die Leute auf dem Boot fangen an zu schreien und schlagen mit den Rudern gegen die Bordwände; die von Angst gepackten Vögel stürzen sich, einer nach dem andern, in den Abgrund, bis fast zu den Wellen hinab; dann machen sie sich mit hastigem Flügelschlagen davon und suchen das Weite, sofern sie nicht sogleich ein Schrothagel ins Wasser wirft.

Eine ganze Stunde lang nimmt man sie auf diese Weise unter Beschuss und zwingt damit einen nach dem andern, sich hinabzustürzen; und zuweilen bekommen auch die Weibchen in den Nestern, die von ihrem Brüten nicht im geringsten lassen wollen, Schlag auf Schlag solche Ladungen ab, die auf ihrem weißen Kleid rosarote Blutströpfchen hervorquellen lassen, während das Tier mit dem Tod ringt, ohne seine Eier im Stich gelassen zu haben.

Am ersten Tag ging Monsieur d'Arnelles mit dem gewohnten Elan zur Jagd; als man jedoch gegen zehn heimkehrte, während die strahlende Sonne schon hoch am Himmel stand und große Lichtdreiecke in die weißen Buchten der Küste warf, sah er ein wenig besorgt aus und sinnierte, ganz gegen seine Gewohnheit, vor sich hin.

Im Dorf zurück, kam eine Art Bediensteter auf ihn zu, der von oben bis unten schwarz gekleidet war, und sagte zu ihm etwas ganz leise. Er schien nachzudenken und zu zaudern, bevor er dann sagte:

– Nein, morgen.

Tags darauf ging man wieder zur Jagd, Monsieur d'Arnelles schoss diesmal oft daneben, obwohl sich die Tiere fast vor die Gewehrmündungen fallen ließen; seine Freunde lachten und fragten ihn, ob er verliebt sei oder sonst eine Unruhe sein Herz umtriebe.

Schließlich gab er es zu:

– Ja, so ist's, ich muss gleich wieder abreisen, was mir zuwider ist.

– Was, abreisen?

– Na ja, dringende Geschäfte, die mich rufen, weshalb ich nicht länger bleiben kann.

Dann redete man wieder über andere Dinge.

Kaum war man mit dem Mittagessen fertig, tauchte der schwarzgekleidete Bedienstete wieder auf. Monsieur d'Arnelles hieß ihn die Pferde anspannen; der Mann war schon dabei zu gehen, als die drei anderen Jäger sich einschalteten, ihn baten und bettelten, doch noch zu bleiben.

Einer von ihnen fragte schließlich:

– Können die denn so ungeheuer wichtig sein, diese Geschäfte, dass sie nicht noch zwei Tage warten können?

Der völlig in Verlegenheit gebrachte Jäger dachte nach und kämpfte sichtlich mit sich, untröstlich und zerknirscht, hin- und hergerissen zwischen Lust und Pflicht. Nach längerem Grübeln flüsterte er zögerlich:

– Es ist so … es ist so … ich bin nicht allein hier; ich habe meinen Schwiegersohn dabei.

Da riefen und schrien sie alle:

– Ihren Schwiegersohn? ... Wo ist er denn?

Da schien er mit einem Schlag vollends ratlos zu sein und wurde rot im Gesicht.

– Wie! Sie wissen es nicht? ... Aber ... aber ... er ist im Schuppen. Er ist tot.

Es herrschte entgeisterte Stille.

Monsieur d'Arnelles erklärte zunehmend verwirrter:

– Zu meinem Unglück habe ich ihn verloren; und als ich die Leiche zu mir nach Briseville überführte, habe ich einen kleinen Umweg gemacht, um unser Treffen nicht zu verpassen. Aber Sie werden verstehen, dass ich mich jetzt nicht noch mehr verspäten kann.

Da meinte einer von den hartgesotteneren Jägern:

– Aber ... wenn er schon tot ... ich meine ... da kann er doch auch noch einen Tag länger warten.

– Zweifellos, sagten alle.

Monsieur d'Arnelles schien von einer schweren Last befreit; immer noch ein bisschen besorgt, fragte er:

– Aber das ... ganz ehrlich ... meinen Sie das im Ernst?

Wie mit einer Stimme antworteten die drei andern:

– Bei Gott! Bester Freund, zwei Tage mehr oder weniger tun in seinem Zustand überhaupt nichts zur Sache.

Da wandte sich der auf einmal ganz ruhig gewordene Schwiegervater zum Leichenträger hinüber und sagte:

– Na gut, lieber Freund, dann also erst übermorgen.

DAS HAAR

Die Zellenwände waren nackt, mit Kalk verputzt. Ein enges, vergittertes Fenster, das so weit oben angebracht war, dass man nicht zu ihm hinauflangen konnte, erhellte den kleinen, kahlen und zugleich finsteren Raum; der Wahnsinnige saß auf einem Strohstuhl und starrte uns an, mit wirrem, unruhigem Blick. Er war auffallend hager mit seinen hohlen Wangen und seinen fast grauen Haaren, die innerhalb weniger Monate weiß geworden waren. Seine Kleider schienen zu groß für seine dürren Glieder, für seine eingefallene Brust, für seinen ausgemergelten Bauch. Man spürte, wie dieser zerrüttete Mann von seinen Gedanken zernagt wurde, von einem einzigen Gedanken, wie eine Frucht von einem Wurm. Sein Wahnsinn, seine fixe Idee saß dort, in diesem Kopf, hartnäckig, quälend, ihn verzehrend. Sie fraß auch seinen Körper immer mehr auf. Sie, diese unsichtbare, diese ungreifbare, diese unfassbare, diese körperlose Idee höhlte seinen Leib aus, saugte an seinem Blut, löschte das Leben aus. Was für ein Mysterium, dieser von einem Traumbild getötete Mensch! Er schmerzte einen, machte einem Angst und erregte Mitleid, dieser Besessene! Was für ein seltsames, schreckliches, tödliches Trugbild hatte sich hinter dieser Stirn eingenistet und durchfurchte sie mit tiefen Falten, die sich ständig in Bewegung befanden?

Der Arzt sagte zu mir: »Er hat fürchterliche Wutanfälle und ist einer der eigenartigsten Geisteskranken, die mir je zu Gesicht gekommen sind. Er ist von einem erotischen und makabren Wahn besessen. Es ist eine Art Nekrophilie. Er hat übrigens ein Tagebuch verfasst, mit dem er uns so vollkommen klar, wie man es kein zweites Mal auf der Welt erlebt, die Krankheit in seinem Hirn anschaulich macht. Sein Wahn wird hier sozusagen regelrecht greifbar. Falls Sie dieses Dokument interessiert, können Sie es sich ansehen.« Ich folgte dem Doktor in sein Sprechzimmer, und er gab mir das Tagebuch dieses unseligen Mannes. »Lesen Sie«, sagte er, »und dann sagen Sie mir, was Sie darüber denken.«

Und das war in dem Heft zu lesen:

Bis ich dreiundzwanzig war, lebte ich friedlich vor mich hin, ohne noch die Liebe kennengelernt zu haben. Das Leben fand ich recht einfach, ganz in Ordnung und ganz angenehm. Ich war wohlhabend. Ich mochte so viele Dinge, dass ich mich für nichts wirklich begeistern konnte. Das Leben war schön! Ich wachte jeden Tag gutgelaunt auf, machte nur das, wozu ich Lust hatte, und ging zufrieden ins Bett, mit der lässigen Zuversicht, dass das Morgen und die Zukunft überhaupt sorgenfrei bleiben.

Ich hatte ein paar Geliebte, ohne je wirklich verliebt oder gar verrückt danach gewesen zu sein, eine von ihnen besitzen zu wollen. Es war gut so, wie es war. Wirkliche Liebe ist zwar schöner, aber auch schrecklich. Wer die Liebe wie alle Leute erlebt, muss wohl ein glühendes Glück empfinden, doch vermutlich ein kleineres als das meine, da die Liebe mich auf ganz fassungslose Art und Weise heimgesucht hat.

Wohlhabend, wie ich war, sammelte ich alte Möbel und alte Dinge; und oft stellte ich mir dabei die mir unbekannten Hände vor, die diese Dinge berührt, die Augen, die sie wertgeschätzt, die Herzen, die sie geliebt hatten, da man schließlich auch Dinge ungemein lieben kann! Oft schaute ich mir stundenlang, ja

Stunden über Stunden eine Taschenuhr aus dem vergangenen Jahrhundert an. Sie war, mit ihren Mustern und ihren Goldverzierungen, so wunderbar, so wunderschön. Und sie ging noch immer wie an jenem ersten Tag, da eine Frau sie in ihrem verzückten Drang, ein so edles Schmuckstück besitzen zu wollen, gekauft hatte. Sie hatte nie zu gehen aufgehört, nie aufgehört, ihr mechanisches Leben fortzuführen, und sie behielt ihr regelmäßiges Tick-Tack immerzu bei, schon seit einem ganzen Jahrhundert. Wer hatte sie wohl zuerst an ihrer Brust getragen, unter einem wärmenden Kleid, wo das Herz der Uhr gegen das Herz dieser Frau pochte? Welche Hand hatte sie mit den Spitzen ihrer ein wenig warmen Finger gehalten und sie hin- und hergewendet, wieder und wieder, und dann jene aus Porzellan gearbeiteten Schäfer abgewischt, die durch die Feuchtigkeit der Haut beschlagen wurden? Welche Augen hatten auf dem beblümten Zifferblatt danach geschaut, wann die erwartete Stunde gekommen sein wird, die so ersehnte, göttliche Stunde?

Wie sehr hätte ich sie gerne kennengelernt, sie gesehen, jene Frau, die sich diesen erlesenen Gegenstand auserkoren hatte! Sie ist tot! Ich bin besessen von dem Verlangen nach Frauen aus vergangenen Zeiten; ich liebe aus der Ferne all jene, die einmal geliebt haben! Die Geschichte vergangener Zärtlichkeiten macht mich traurig. Ach, die Schönheit, dieses Lächeln, die ersten Berührungen, die Hoffnungen! Müsste nicht all das von ewiger Dauer sein?

Wie habe ich geweint, ganze Nächte lang, geweint um die armen Frauen, die früher gelebt haben, so schöne, so zärtliche, so liebenswerte Frauen, deren Arme sich öffneten für einen Kuss und die nun tot sind! Ein unsterblicher Kuss! Er geht von Lippe zu Lippe, von Jahrhundert zu Jahrhundert, von Äon zu Äon. – Die Menschen empfangen ihn, geben ihn und sterben.

Das Vergangene zieht mich an und die Gegenwart schreckt mich, weil die Zukunft der Tod ist. Ich trauere um alles, was gewesen ist, ich beweine alle, die gelebt haben; ich möchte die Zeit anhalten, die Stunde stillstehen lassen. Doch sie verrinnt, sie verrinnt, sie geht vorbei, sie raubt mir von Sekunde zu Sekunde ein wenig von mir selbst und opfert es dem Nichts des morgigen Tages. Und ich werde niemals nochmals leben.

Lebt wohl, ihr, die ihr gelebt habt. Ich liebe euch.

Doch ich brauche nicht bedauert zu werden. Ich habe sie gefunden, die, auf die ich gewartet habe; und ich habe durch sie unglaubliche Wonnen genossen.

Ich schlenderte eines Morgens, als die Sonne schien, durch Paris, bestens gestimmt, leichtfüßig, und schaute mir mit diesem ziellosen Interesse des Flaneurs die Schaufenster an. Da sah ich auf einmal bei einem Antiquitätenhändler eine italienische Kommode aus dem 17. Jahrhundert. Sie war wunderschön, ein rares Stück. Ich schrieb sie einem venezianischen Künstler namens Vitelli zu, der seinerzeit eine Berühmtheit war.

Dann ging ich weiter.

Warum hat mich der Gedanke an diese Kommode so heftig verfolgt, dass ich umkehrte? Wieder hielt ich vor dem Geschäft, um sie mir nochmals anzuschauen, und ich merkte, wie sie mich in Versuchung führte.

Was für eine sonderbare Sache, die Versuchung! Man betrachtet ein Ding, und nach und nach verfolgt es einen, macht einen unruhig, bannt einen wie das Gesicht einer Frau. Sein Reiz erregt uns durch und durch, ein seltsamer Reiz, der von seiner Form ausgeht, von seiner Farbe, seinem Aussehen; und man liebt es bereits, begehrt es, will es. Ein Besitzbedürfnis ergreift einen, ein anfangs noch sanftes, gleichsam scheues Bedürfnis, das jedoch heftiger wird, Gewalt annimmt, unbändige. Die Händler scheinen diese insgeheime, immer größer werdende Gier am Leuchten der Augen ablesen zu können.

Ich kaufte die Kommode und ließ sie sofort zu mir bringen. Ich stellte sie in mein Schlafzimmer.

Ach, ich bedauere all jene, die nicht diese Flitterwochen des Sammlers mit den kleinen Dingen, die er gerade gekauft hat, kennen. Man streicht sacht über sie, als seien sie aus Fleisch und Blut; man nähert sich ihnen ständig, denkt an sie die ganze Zeit, egal wohin man geht, egal was man macht. Die geliebte Erinnerung an sie verfolgt einen auf der Straße, in Gesellschaft, überall; und wenn man dann wieder heimkommt, sieht man sie sich an mit der Zärtlichkeit eines Verliebten, noch bevor man die Handschuhe und den Hut abgelegt hat.

Gewiss habe ich diese Kommode acht Tage lang immer von neuem bewundert. Alle paar Augenblicke habe ich ihre Türen geöffnet, ihre Schubladen herausgezogen; ich habe sie voller Verzückung berührt und alle intimen Freuden, sie besitzen zu dürfen, genossen.

Dann aber habe ich eines Abends beim Abtasten ihres Umfangs eine Wand bemerkt, hinter der ein Versteck sein musste. Mein Herz fing an zu pochen, und ich verbrachte die Nacht damit, dem Geheimnis auf die Spur zu kommen, ohne es aufdecken zu können.

Es gelang mir tags darauf, als ich eine Klinge in einen Spalt des Rahmens steckte. Ein Brett glitt zur Seite, und ich entdeckte, dass ganz unten auf schwarzem Samt ein wunderbarer weiblicher Haarzopf aufgerollt dalag!

Ja, ein Haarzopf, ein riesiger Zopf aus blondem, beinahe rotem Haar, der an der Kopfhaut abgeschnitten worden sein musste und mit einer goldenen Kordel zusammengebunden war.

Sprachlos stand ich da, zitternd, verwirrt! Ein kaum wahrzunehmender, so alter Duft, dass er nur der Seelenhauch eines Dufts zu sein schien, entwich diesem geheimnisvollen Fach und dieser erstaunlichen Reliquie.

Ich langte nach ihr, behutsam, geradezu andächtig, und zog sie aus ihrem Versteck. Sofort entrollte sie sich, breitete ihre goldenen Wellen aus, die bis zum Boden reichten, dicht und leicht, geschmeidig und schimmernd wie der Schweif eines Kometen.

Ein seltsames Gefühl überkam mich. Was war das? Wann? Wie? Warum waren diese Haare in dieser Kommode eingeschlossen? Welches Abenteuer, welches Drama verbarg sich hinter diesem Souvenir? Wer hatte sie abgeschnitten? Ein Liebhaber, am Abschiedstag? Ein Ehemann, am Tag der Rache? Oder sogar diejenige, die sie auf ihrem Haupt getragen hatte, an einem verzweiflungsvollen Tag?

War es zu der Stunde, da sie ins Kloster eingetreten war, sich vom Auf und Ab der Liebe losgesagt und ihn der Welt der Lebenden als Pfand hinterlassen hatte? War es zu der Stunde, da sie den Sarg dieser jungen und schönen Toten zunageln sollten und derjenige, der sie vergötterte, ihren Kopfschmuck behalten wollte, das Einzige, was er von ihr noch behalten konnte, den einzigen lebendigen Teil ihres Leibes, der nicht verwesen würde, den einzigen, den er noch lieben und streicheln und in seinem Leidensfuror noch küssen konnte?

War es nicht seltsam, dass dieser Haarzopf so erhalten geblieben war, obwohl er nicht mehr Teil jenes Leibes war, dem er entspross?

Er glitt mir durch die Finger, kitzelte mit einzigartiger Zartheit meine Haut, mit der Zartheit einer Toten. Ich fühlte mich so gerührt, dass ich hätte weinen können.

Lange, lange habe ich ihn in meinen Händen gehalten, bis mir schien, als würde er mich ganz unruhig machen, so als wäre in ihm etwas von der Seele übrig geblieben. Und ich legte ihn auf den von der Zeit ausgeblichenen Samt zurück, und ich schob das Fach zu, und ich verschloss die Kommode, und ich ging aus dem Haus, auf die Straßen hinaus, um vor mich hin zu sinnieren.

Ich ging so dahin, voller Trauer, aber auch voller Unruhe, einer Unruhe, wie sie einem nach einem Liebeskuss bleibt. Mir schien, als hätte ich zu einer früheren Zeit gelebt, als hätte ich diese Frau gekannt.

Und die Verse von Villon kamen mir auf die Lippen, gleich einem Schluchzen:

Sagt mir, wo sind sie alle hin,
Die überirdisch schön man nannte?
Flora, die edle Römerin,
Thaïs und ihre Blutsverwandte,
Als Archipiada bekannte,
Und Echo, die so wunderbar
Durch Widerhall den Rufer bannte?
Wo ist der Schnee vom vorigen Jahr?

Wo ist, die Königin Blanche hieß,
Die süßer sang als die Sirene?
Wo Bertha, Beatrice, Alice,
Wo Haremburgis, die von Maine,
Jeanne d'Arc, die Heldin der Lorraine,
Vom Feind verbrannt mit Haut und Haar?
Maria, heilige Himmelsschöne,
Wo ist der Schnee vom vorigen Jahr?

Als ich wieder daheim war, überkam mich ein unnachgiebiges Verlangen, meinen sonderbaren Fund wiederzusehen; und ich nahm ihn wieder heraus, ich roch an ihm, ich befühlte ihn, ein langer Schauer fuhr mir durch alle Glieder.

Ein paar Tage lang musste ich ihn immer wieder anschauen und in die Hand nehmen. Ich drehte den Schlüssel des Schränkchens mit jenem Zittern um, mit dem man die Tür der Geliebten öffnet, schließlich empfand ich in den Händen und im Herzen ein wirres, unvergleichliches, unentwegtes, sinnliches Verlangen, meine Finger in dieses zauberhaft sich anschmiegende Haar zu stecken.

Wenn ich aufgehört hatte es zu liebkosen, wenn ich es wieder in der Kommode verschlossen hatte, dann spürte ich es immer noch und immerzu, als sei es ein lebendes Wesen gewesen, das sich im Verborgenen aufhält und gefangen ist; ich spürte es und verlangte wieder nach ihm; erneut empfand ich das herrische Bedürfnis, es mir wieder zu nehmen, es zu betasten, mich durch die kalte, glatte, verstörende, beängstigende, verlockende Berührung bis zum Wahnsinn in Wallung zu bringen.

So lebte ich ein oder zwei Monate dahin, ich weiß es nicht mehr. Es beherrschte mich, es verfolgte mich. Ich war glücklich und wie unter Folter, wie in Erwartung des Liebesakts, wie nach solchen Liebesgeständnissen, die der Umklammerung vorausgehen.

Ich schloss mich allein mit ihm ein, um ihn auf meiner Haut zu spüren, um meine Lippen in ihn hineinwühlen, ihn küssen, in ihn hineinbeißen zu können. Ich schlang ihn um mein Gesicht, saugte ihn in mir auf, vergrub meine Augen in seinem goldenen Gewoge, um durch ihn hindurch das Tageslicht vergoldet zu sehen.

Ich liebte ihn! Ja, ich liebte ihn. Ich konnte nicht mehr ohne ihn sein, keine einzige Stunde verbringen, ohne ihn stets aufs Neue anschauen zu müssen.

Und ich war in Erwartung … ich war in Erwartung … wessen? Wusste ich es nicht?

Von ihm.

Eines Nachts schrak ich jäh auf, mit dem Gefühl, dass ich mich nicht allein in meinem Zimmer befand.

Doch ich war allein. Aber ich konnte nicht wieder einschlafen; und als mich ein Schlaflosigkeitsfieber immer unruhiger machte, stand ich auf, um das Haar zu berühren. Es schien mir weicher als sonst, viel beseelter. Kommen die Toten wieder? Die Küsse, mit denen ich es erwärmte, machten mich vor Glück ohnmächtig; und ich trug es in mein Bett, und ich legte mich hin und presste es auf meine Lippen, so wie eine Geliebte, die man gleich besitzen wird.

Die Toten kommen wieder! Sie ist gekommen. Ja, ich habe sie gesehen, ich habe sie in meinen Armen gehalten, ich habe sie gehabt, so wie sie einst als Lebende war, groß, blond, füllig, mit kühlen Brüsten, die Hüften wie eine Leier geformt; und ich bin mit meinen Liebkosungen diese ganze gewellte und göttliche Linie, die vom Hals bis zu den Füßen reicht, hinabgeglitten und bin allen ihren Fleischeskurven gefolgt.

Ja, ich habe sie gehabt, jeden Tag, jede Nacht. Sie ist wiedergekommen, die Tote, die schöne Tote, die Angebetete, die Geheimnisvolle, die Unbekannte, jede Nacht.

Mein Glück war so groß, dass ich es nicht mehr verbergen konnte. Es überkam mich bei ihr eine alles Menschliche überflügelnde Verzückung, tiefe, unsagbare Freude darüber, die Unfassbare, die Unsichtbare, die Tote zu besitzen! Kein einziger Liebender erlebte je eine glühendere, entsetzlichere Wollust!

Ich habe mein Glück nicht geheim halten können. Ich liebte sie so heftig, dass ich sie nie mehr verlassen wollte. Ich trug sie immer bei mir, überall. Ich bin mit ihr durch die Stadt spaziert wie mit meiner Frau und habe sie ins Theater ausgeführt, in vergitterte Logen wie meine Geliebte …

Doch man hat es gesehen … man hat es erraten … man hat sie mir weggenommen … Und man hat mich ins Gefängnis geworfen wie einen Übeltäter. Man hat sie weggenommen … oh Elend! …

Das Manuskript endet hier. Und auf einmal, als ich die verstörten Augen wieder dem Arzt zuwandte, erhob sich in der Anstalt ein entsetzliches Geschrei, ein Geheul voll ohnmächtiger Wut, voll verzweifeltem Verlangen.

»Hören Sie?«, sagte der Doktor. »Er muss fünfmal am Tag duschen, dieser obszöne Verrückte. Nicht nur der Sergeant Bertrand trieb Liebe mit Toten.«

Voller Staunen, Schrecken und Mitleid stammelte ich:

»Aber … dieses Haar … gibt es das tatsächlich?«

Der Arzt stand auf, öffnete einen Schrank voller Phiolen und Instrumente und warf mir, quer durch sein Sprechzimmer, einen langen blonden Haarschweif zu, der gleich einem goldenen Vogel zu mir flog.

Ich zitterte, als ich ihn weich und leicht in meinen Händen spürte. Und ich blieb mit klopfendem, zwischen Ekel und Verlangen hin- und hergerissenem Herzen sitzen, mit einem Ekel wie bei der Berührung mit Dingen, die bei einem Verbrechen benutzt worden sind, und vor Verlangen wie angesichts einer Verlockung durch etwas Schändliches und Mysteriöses.

Der Arzt fügte noch mit einem Schulterzucken hinzu:

»Der menschliche Geist ist zu allem fähig.«

Als wir um drei Uhr morgens aus dem Hafen von Cannes ausgelaufen waren, konnten wir noch einen Rest von der leichten Brise mitnehmen, die die Buchten während der Nacht zum Meer hinaushauchen. Dann strömte ein Wind von der offenen See her, der die Jacht mit ihren vollen Segeln der italienischen Küste zu trieb.

Es ist ein rundum weißer Zwanzigtonner mit einem kaum sichtbaren goldenen Streifen, der um ihn herum verläuft wie eine dünne Schnur um einen Schwanenflügel. Seine Segel aus feinem, neuem Stoff sehen unter der Augustsonne, die ihre Glut aufs Wasser wirft, wie Flügel aus silberner Seide aus, die unter dem blauen Firmament ausgespannt werden. Seine drei vorderen Segel eilen voraus, luftige Dreiecke, die der Wind aufbläht, während die große Fock schlaff von jenem spitzen Pfeil herabhängt, der seine achtzehn Meter hohe, leuchtende Spitze in den Himmel bohrt. Ganz hinten scheint das letzte Segel, der Fockmast, zu schlafen

Und bald schon schlafen alle an Deck. Es ist ein Sommernachmittag auf dem Mittelmeer. Das letzte Lüftchen ist verschwunden. Die wütende Sonne breitet sich am Himmel aus und verwandelt das Meer in eine träge, bläuliche Fläche ohne jede Regung und ohne jedes Gekräusel. Selbst sie ist unter einem glitzernden, dunstigen Daunenbett, das aussieht wie Wasserschweiß, eingeschlafen.

Trotz der Zeltbahnen, die ich anbringen ließ, um mich zu schützen, ist die Hitze unter diesem Tuch so heftig, dass ich in die Bootskabine hinabsteige und mich auf eine Liege werfe.

Unter Deck ist es immer frisch. Das Boot ist tief und dafür gemacht, auf nördlichen Meeren zu segeln und schweren Stürmen zu trotzen. Es können sich, was Mannschaft und Mitfahrer angeht, auf dieser kleinen schwimmenden Bleibe bis zu sechs oder sieben Leute aufhalten und acht Gäste um den Kabinentisch sitzen.

Das Innere ist aus lackierter Kiefer mit Einfassungen aus Teakholz, aufgehellt durch kupferne Schlösser, Beschläge und Leuchter, aus jenem gelblichen und strahlenden Kupfer, das den Luxus solcher Jachten ausmacht.

Wie bizarr diese Veränderung ist, nach dem Gelärme von Paris! Ich vernehme nichts mehr davon, rein gar nichts, nichts. Alle Viertelstunde einmal hüstelt und spuckt der am Mast dösende Matrose vor sich hin. Die kleine, an der hölzernen Zwischenwand hängende Pendeluhr macht einen Krach, der einem in dieser Stille zwischen Himmel und Meer schrecklich vorkommt.

Und auf einmal vermittelt mir dieses winzige Ticken, das als Einziges die unendliche Ruhe der Elemente stört, das überwältigende Gefühl grenzenloser Einsamkeiten, in denen das Murmeln der Wellen bereits wenige Meter über ihrer Oberfläche erstirbt und in der Stille des Universums unhörbar verhallt!

Es ist, als senkte sich etwas von der ewigen Ruhe des Weltraums herab und breitete sich an diesem brütend heißen Sommertag aus übers reglose Meer. Es hat etwas Erdrückendes, Unwiderstehliches, Einschläferndes, etwas so Vernichtendes, als berührte man die unendliche Leere. Jeder Wille verschwindet, alles Denken lässt nach, Schlaf bemächtigt sich des Leibes und der Seele.

Der Abend kam, als ich aufwachte. Während der Dämmerung trieben uns, völlig unverhofft übrigens, noch ein paar frische Böen der untergehenden Sonne entgegen.

Wir waren recht nah an der Küste, draußen vor einer Stadt, vor San Remo, doch ohne Hoffnung, sie noch erreichen zu können. Andere kleine oder größere Städte, die sich an die hohen, grauen Berge schmiegen, ähneln einem Haufen weißer Wäsche, die man zum Trocknen an den Stränden aufgehängt hat. Einige Dunstfelder rauchten über den Abhängen der Alpen und löschten die Täler aus, während sie zu den Gipfeln hinaufstiegen, deren Kämme unter einem rosa- und lilafarbenen Himmel eine unendliche, gezackte Linie zeichneten.

Und die Nacht senkte sich auf uns herab, die Berge verschwanden, ganz nah am Wasser wurden entlang der weiten, langen Küste Lichter angezündet.

Ein guter Küchenduft drang aus dem Inneren der Jacht, der sich angenehm mit dem frischen Geruch der Meerluft vermischte.

Nach dem Abendessen legte ich mich aufs Deck. Dieser ruhige Tag, an dem man sich dahintreiben ließ, hatte meinen Geist gereinigt, als habe man mit einem Schwamm eine schmutzige Fensterscheibe abgewischt; und es stiegen zahllose Erinnerungen in mir auf, Erinnerungen an das Leben, das ich gerade hinter mir gelassen, an Leute, die ich gekannt, die ich beobachtet, die ich geliebt hatte.

Alleinsein auf See, unter freiem Himmel, in einer warmen Nacht – nichts lässt den Geist so sehr herumwandern und die Phantasie so sehr herumvagabundieren. Ich fühlte mich überreizt, als vibrierte etwas in mir, als hätte ich schweren Wein getrunken, Äther geschnüffelt oder mit einer Frau geschlafen.

Eine kleine, nächtliche Kühle befeuchtete die Haut mit

einem kaum spürbaren Geniesel salzigen Nebeldunsts. Der wohlige Schauer dieser lauen Luftabkühlung lief einem über die Glieder, drang in die Lungen, beglückte Leib und Geist in ihrer Reglosigkeit.

Sind sie glücklicher oder unglücklicher, solche Wesen, die ihre Empfindungen über die gesamte Oberfläche ihres Körpers empfangen, durch ihre Augen, ihren Mund, ihren Geruchssinn und ihr Gehör?

Vielleicht ist es eine seltene und bedenkliche Fähigkeit, wenn eine nervöse und krankhafte Erregbarkeit der Außenhaut und aller anderen Organe aus den allerkleinsten Eindrücken ein Gefühl entstehen lässt und einem aufgrund der Wärme oder Frische des Windes, der Gerüche der Erde und der Farben des Tages Leiden, Trauer oder Freuden verursacht.

Keinen Theaterraum betreten zu können, da der Kontakt mit der Menge den ganzen Organismus auf unerklärliche Weise in Aufruhr versetzt; auf keinen Ball gehen zu können, da einem die banale Fröhlichkeit und die herumwirbelnden Walzerbewegungen wie ein Angriff vorkommen; sich wegen der Einrichtung, wegen der Vorhänge und Lichtverhältnisse in einem Haus wie zum Heulen oder grundlos fröhlich zu fühlen und durch das Zusammenspiel von Eindrücken zuweilen körperliche Genüsse zu erleben, die sich Leuten mit einem gröberen Organismus nicht vermitteln – ist das ein Glück oder ein Unglück?

Ich weiß es nicht; doch wenn das Nervensystem nicht bis zur Qual oder bis zur Ekstase erregbar ist, sorgt es nur für mittelgroße Erschütterungen und gewöhnliche Genüsse.

Dieser Meeresdunst streichelte mich wie etwas Beglückendes. Er breitete sich bis zum Himmel aus, und voller Wonne betrachtete ich jene wie in Watte gehüllten Sterne, die ein wenig bleich am dunklen, weißlich schimmernden Firmament hingen. Die Küste war hinter jenem Dunst verschwunden, der über dem Wasser schwebte und die Sterne mit einem Nimbus umgab.

Es war, als wollte eine überirdische Hand die Welt in eine feine, wollene Hülle packen, um sie auf eine Reise zu schicken, mit unbekanntem Ziel.

Und plötzlich wehte durch dieses schneeige Dunkel eine ferne Musik übers Meer, von der man nicht wusste woher. Ich meinte, in den Lüften ein Orchester zu vernehmen, das durch die endlosen Weiten irrte, um für mich ein Konzert zu geben. Diese gedämpften, doch deutlichen Klänge, die durch die sanfte Nacht ein opernhaftes Gewisper schickten, waren von berückender Schönheit.

In meiner Nähe mischte sich eine Stimme dazwischen.

»Siehst du«, sagte ein Matrose, »heut ist Sonntag und gleich hört man die Musik von San Remo herüber, die sie im Park spielen.«

Ich lauschte so erstaunt, dass ich meinte, das Spielzeug eines betörenden Traums zu sein. Ich lauschte lange und hörte mit unendlichem Entzücken, wie der nächtliche Gesang durch diese Weiten schwebte. Doch da, mitten in einem Stück, schwoll er an, wurde lauter, schien auf uns zuzueilen. Was eine so wunderbare und überwältigende Wirkung besaß, dass ich mich aufrichtete, um zu horchen. Ganz gewiss kam er näher, zunehmend deutlicher und lauter, von Augenblick zu Augenblick. Er kam auf mich zu, doch wie? Auf welchem Geisterfloß sollte er erscheinen? Er kam näher, so geschwind, dass ich im Dunkeln unwillkürlich um mich blickte, mit zu Tränen gerührten Augen; und auf einmal wurde ich von einem warmen Wind überflutet, der einen ganzen Schwall wilder Düfte aus

Myrte, Minze, Melisse, Immortellen, Pistazien, Lavendel und Thymian mit sich führte, lauter Gewächse, die auf den Bergen unter der Sommersonne verdorrten.

Es war der mit den Gerüchen der Küste beladene und mit den Düften der Berggewächse vermischte Landwind, der nun aufkam und diesen vagabundierenden Zusammenklang aufs Meer hinaustrieb.

Ich atmete tief ein, derart berauscht von Empfindungen, dass ich ganz benommen war und meine Sinne zu delirieren begannen. Ich wusste tatsächlich nicht mehr, ob ich Musik einatmete oder Düfte hörte oder unter freiem Himmel träumte.

Diese Blütenbrise trieb uns ins offene Meer hinaus und verströmte sich durch die Nacht. Die Musik wurde langsam wieder schwächer, bis sie ganz verstummte, während das Boot im Dunst verschwand.

Ich konnte nicht schlafen, und ich fragte mich, wie ein heutiger Dichter aus jener Schule, die man die symbolistische nennt, dieses verwirrende Vibrieren der Nerven in Worte gefasst hätte, von dem ich gerade ergriffen wurde und das mir in klarer Sprache nicht vermittelbar schien. Sicherlich hätten ein paar emsige Experimentierer, die sich in vielfältiger künstlerischer Formensprache und Wahrnehmungsgenauigkeit üben, diese Aufgabe dadurch ehrenwert erledigt, dass sie in wohlklingenden Versen mit ebenso absichtsvollen wie unverständlichen, jedoch vernehmbaren Assonanzen diese unbeschreibliche Mischung aus duftenden Klängen, sternenbeglänztem Dunst und einer durch die Nacht wehenden, von Musik getränkten Meeresluft zum Ausdruck gebracht hätten.

Ein Sonett ihres großen Meisters Baudelaire kommt mir in den Sinn:

Es ist Natur ein Tempel, dessen Pfeiler leben
Und dann und wann ein Wort von dunkelm Sinn verwehen;
Drin muss der Mensch durch einen Wald von Bildern gehen,
Die aufmerksamen Augs ihm traute Blicke geben.

Wie langer Widerhall, der ferne sich vermenge
Und sich in tiefen Einklangs Dämmertöne bricht
– Weit wie die Nächte sind und grundlos wie das Licht –
Antworten sich im Ruf die Düfte, Farben, Klänge.

Da gibt es Düfte, die wie Haut von Kindern frische,
Süß wie Oboen, grün wie eine junge Wiese
– Und andere, verderbt und reich, gebieterische,

Die wie Unendliches in letzte Gründe dringen;
So Amber, Moschus und der Weihrauch, alle diese,
Die unseres Fleisches und des Geists Entrückung singen.

Hatte ich nicht gerade eben diesen geheimnisvollen Vers bis ins Mark durchlebt:

Antworten sich im Ruf die Düfte, Farben, Klänge.

Und nicht nur in der Natur spielen sie ineinander, sondern sie tun es auch in uns selbst und vermischen sich durch den Widerhall des einen Organs im andern, wo

Sich in tiefen Einklangs Dämmertöne brechen,

wie der Dichter es ausdrückt.

Dieses Phänomen ist übrigens auch in der Medizin bekannt. Gerade in diesem Jahr wurde darüber eine ganze Reihe von Artikeln verfasst, in denen man es mit dem Begriff des Farbenhörens charakterisiert. Man hat nachgewiesen, dass bei sehr nervösen, übererregbaren Naturen in dem Augenblick, da einer ihrer Sinne einen Schock bekommt, der sie zu sehr verstört, die dadurch hervorgerufene Erschütterung sich wellenförmig auf die benachbarten Sinne überträgt, die sie wiederum auf ihre Weise weitergeben. So erzeugt die Musik bei manchen von ihnen ein Farbensehen. Es handelt sich um eine Art Empfindungsansteckung, die in jedem normalen Gehirnapparat nervlich überreizter Leute stattfindet.

Von daher lässt sich auch jenes berühmte Sonett von Arthur Rimbaud verstehen, das von den Farben der Vokale handelt – ein wahres Glaubensbekenntnis, das sich die Schule der Symbolisten zu eigen gemacht hat.

A schwarz, E weiß, I rot, Ü grün, O blau, Vokale,
Einst künd ich den verborgnen Grund, dem ihr entstiegen.
A, schwarzbehaartes Mieder glanzvoll prächtiger Fliegen,
Die summend schwärmen über stinkend grausem Mahle.

Der Schatten Golf. E, Weiß von Dämpfen und von Zelten,
Speer stolzer, weißer Gletscherkönige, Rausch von Dolden,
I, Purpur, Blutsturz, Lachen, wie's von Lippen, holden,
In trunkner Reue strömt und in des Zornes Schelten.

Ü, Kreise, grüngefurchter Meere göttlich Beben,
Der Almen Friede, wo die Herden weidend leben,
Friede, den Alchemie in Denkerstirnen gräbt.

O wunderbares Horn, voll seltsam schriller Weisen,
Stillschweigen drin die Welten und die Engel kreisen :
– O Omega, Strahl, der ihr Auge blau umwebt.

Hat er unrecht, hat er recht? Für den Steinklopfer auf der Straße, ja selbst für viele unserer großen Männer ist dieser Dichter ein Verrückter oder ein Scharlatan. Für andere hat er eine absolute Wahrheit entdeckt und zur Sprache gebracht, auch wenn die Erkunder ungreifbarer Wahrnehmungen in ihren Ansichten über jene Nuancen und Bilder, die in uns die rätselhaften Schwingungen der Vokale oder eines Orchesters hervorrufen können, notgedrungen stets ein wenig voneinander abweichen müssen.

Wenn von der Wissenschaft – gerade von der heutigen – anerkannt wird, dass Töne, die auf bestimmte Organismen Auswirkungen haben, einen Farben sehen lassen, und wenn G rot sein kann und F lila oder grün, warum sollten dann nicht dieselben Klänge in unserem Mund Geschmäcker und in der Nase Gerüche erzeugen? Warum sollten die ein wenig Hysterischen unter den Empfindsamen nicht mit ihren Sinnen alles gleichzeitig ausschöpfen, und warum sollten nicht auch die Symbolisten delikate Empfindungen für Wesen ihrer Art, für unheilbare und begnadete Dichter, zutage fördern? Es ist weit eher eine schlichte Frage künstlerischer Pathologie als eine veritable Frage der Ästhetik.

Sollten also lediglich ein paar jener eigenwilligen Schriftsteller, die durch stete Übung nervenkrank geworden sind, für solche Reize empfänglich sein, von denen jeder eine Art Konzert in ihnen hervorruft, an dem alle Wahrnehmungsvermögen beteiligt sind?

Und ist es nicht genau das, was ihre bizarre Klangpoesie zum Ausdruck bringt, die schließlich, obwohl sie etwas Unvorstellbares besitzt, das gesamte Spektrum an Wahrnehmungen zu besingen versucht und die weit eher durch den Dunstkreis der Wörter als durch ihre übliche Bedeutung oder durch rationale Zusammenhänge jenen unübersetzbaren Sinn erhellen will, der für uns im Dunkeln bleibt?

Immerhin sind Künstler ständig mit den Grenzen ihrer Ausdrucksmittel und all dem konfrontiert, was noch ungesagt und noch unbekannt ist, was uns aufwühlt und nur in Bildern zu uns spricht. Man hat seit der Antike auf diesen Feldern bereits alle Blumen gepflückt.

Und jetzt überkommt sie in ihrer Ohnmacht auf einmal das noch wirre Gefühl, es könnte für den Menschen eine Erweiterung der Seele und der Sinne geben. Allerdings zeichnet sich das Vorstellungsvermögen durch fünf halb offene Tore mit Vorhängeschlössern aus, die man die fünf Sinne nennt, und es sind genau diese Tore, an denen jene, die von der neuen Kunst gebannt sind, mit aller Kraft rütteln.

Der Verstand, dieser blinde und emsige Unbekannte, kann ohne die Sinne nichts wissen, nichts begreifen, nichts erforschen. Sie sind seine einzigen Zulieferer, die alleinigen Vermittler zwischen dem Universum, der Natur und ihm. Er kann nur mit Botschaften arbeiten, die er von ihnen empfangen hat und die wiederum selbst diese Botschaften nur ihrer Beschaffenheit, ihrer Empfindungsfähigkeit, ihres Fassungsvermögens und Feinheit gemäß aufnehmen können.

Die Fähigkeiten des Denkens hängen demnach ganz offensichtlich von den Fähigkeiten der Organe ab, während deren Umfang durch ihre Anzahl begrenzt wird.

Im übrigen hat Monsieur Taine diesen Gedanken meisterlich ausgeführt und entwickelt.

Sinne besitzen wir fünf an der Zahl, fünf und nicht mehr. Sie offenbaren uns ein paar Eigenschaften der uns umgebenden stofflichen Welt, indem sie sie deuten, wobei diese Welt nicht nur vermutlich, sondern sogar ganz gewiss zahllose andere Phänomene, die wir nicht wahrnehmen können, im Verborgenen hält.

Angenommen, der Mensch wäre ohne Ohren erschaffen worden, würde aber dennoch ungefähr so leben wie jetzt, nur dass das Universum für ihn stumm bliebe, so könnte er nicht das geringste von den Geräuschen und der Musik erahnen, die aus Schwingungsübertragungen bestehen.

Wären ihm jedoch noch weitere leistungsfähige und feinsinnige Organe mitgegeben, die ebenfalls die Fähigkeit besäßen, das Wirken und die Eigenschaften von all dem Unerforschten, das uns umgibt, in Sinneswahrnehmungen zu verwandeln, um wie viel mannigfaltiger wäre dann der Bereich unseres Wissens und unserer Gefühle!

In eben diesen undurchdringlichen Bereich sucht jeder Künstler einzudringen, wenn er seine Gedankenmechanik drangsaliert, ihr Gewalt antut, sie bis zum Gehtnichtmehr strapaziert. Sind sie nicht alle, die sich dabei erschöpften – Heine, Baudelaire, Balzac, der dem Tod entgegenvagabundierende Byron, Musset, der untröstlich war, da er das Unglück besaß, ein großer Dichter zu sein, Jules de Goncourt und so viele andere –, sind sie nicht alle an demselben Unterfangen zerbrochen, jene stofflichen Grenzen, die unseren Geist in ein Gefängnis sperren, zu sprengen?

Ja, unsere Organe sind die Nahrungsspender für die künstlerische Imaginationskraft und auch deren Regenten. Es ist das Ohr, das den Musiker hervorbringt, das Auge, das den Maler ausmacht. Alle wetteifern sie mit dem Wahrnehmungsvermögen des Dichters. Beim Romancier nimmt im allgemeinen den obersten Rang das Sehvermögen ein. Es beherrscht ihn so sehr, dass man beim Lesen jedes durchkomponierten und echten Werkes das Besondere und die Eigenheiten des Schriftstellerauges leicht erkennen kann. Die ausufernde Beschreibung von Details, deren Wichtigkeit oder Beiläufigkeit, das Eingreifen in das Geschehen und der unverwechselbare Ton, mit dem der Schriftsteller es tut, weisen mit allergrößter Wahrscheinlichkeit auf alle Arten und Abarten von Kurzsichtigkeit hin. Das Zusammenraffen des Ganzen, die Relation zwischen großer Linie und kleinteiliger Beobachtung, ja das Weglassen solcher kleiner Kennzeichen, die für eine Figur oder ein Milieu meist charakteristisch sind – verraten sie nicht den gleichermaßen weiten wie entspannten Blick des Weitsichtigen?

ADIEU

Die zwei Freunde waren gerade mit ihrem Essen fertig. Durch das Fenster des Cafés schauten sie auf den Boulevard, der vor Leuten bloß so wimmelte. Sie spürten den trockenen Wind vorüberwehen, der in milden Sommernächten durch Paris strömt, die Vorbeiziehenden den Kopf hochhalten lässt und ihnen Lust macht aufzubrechen, irgendwohin, und sei es unter Laubkronen, und der sie von mondbeglänzten Flüssen, Glühwürmchen und Nachtigallen träumen lässt.

Der eine der beiden, Henri Simon, meinte mit einem tiefen Seufzer:

Mein Gott, ich werde alt! Es ist traurig. Früher, an ähnlichen Abenden, hatte ich den Teufel im Leib. Und jetzt bedaure ich bloß noch, dass es vorbei ist. Es geht schnell, das Leben!

Er war bereits ein bisschen dicklich, etwa fünfundvierzig und fast schon kahl.

Der andere, Pierre Carnier, kaum älter, doch viel dünner und viel agiler, antwortete darauf:

– Ich, mein Lieber, bin alt geworden, ohne es im geringsten zu merken. Ich war immer lustig, munter, voller Kraft, voller Energie und all das. Und jetzt, wo man sich jeden Tag im Spiegel anschaut, merkt man gar nicht, wie das Alter in einem arbeitet, da es ja ganz langsam und gleichmäßig abläuft und das Gesicht so schleichend verändert, dass man die Übergänge nicht wahrnimmt. Nur deshalb gehen wir nicht aus Verdruss über diese Verwüstungen schon nach zwei oder drei Jahren ein. Man dürfte, um sich ihrer bewusst zu werden, einmal ein halbes Jahr lang sein Gesicht nicht anschauen – und dann würde einen der Schlag treffen!

Und erst die Frauen, mein Freund – wie können sie einem leidtun, diese Armen! Ihr ganzes Glück, ihre ganze Ausstrahlung, ihr ganzes Leben stecken in ihrer Schönheit, die gerade einmal zehn Jahre anhält.

Ich dagegen bin älter geworden, ohne etwas davon zu merken; ich hielt mich noch nicht einmal für richtig erwachsen, als ich schon fast fünfzig war. Ich hatte nicht das geringste Zipperlein, alles lief gut, ich war glücklich und zufrieden.

Mein Zerfall wurde mir auf so schlichte und schreckliche Weise klar, dass ich ein halbes Jahr lang ganz niedergeschlagen war; und dann habe ich meine Konsequenzen gezogen.

Ich bin oft verliebt gewesen, wie alle Männer, am allermeisten aber ein einziges Mal.

Ich habe sie am Meer kennengelernt, in Étretat, ungefähr vor zwölf Jahren, kurz nach dem Krieg. Nichts Schöneres als dieser Strand, vor allem morgens, wenn man badet.

Er ist flach, hufeisenförmig, von steilen weißen Klippen flankiert, die einzigartige Höhlungen besitzen, Pforten genannt, von denen eine riesige ihr mächtiges Bein ins Meer hinausstreckt, während eine andere, ihr gegenüber, geduckt und rundlich ist; eine Schar Frauen taucht auf, die sich auf der schmalen, aus Kieselsteinen bestehenden Landzunge zusammendrängt, wodurch diese Felsecke wegen der vielen hellen Kleider auf einmal wie ein leuchtender Garten aussieht. Die pralle Sonne brennt auf den Küstenabhang, auf Sonnenschirme in allen Farben und das türkisgrüne Meer hinab; und all das ist heiter und bezaubernd und lächelt einem entgegen. Man sucht sich ein Plätzchen in der Nähe des Wassers und schaut den Badenden zu. Sie gehen hinein, einen Bademantel aus Flanell über sich geworfen, dessen sie sich, bei den Schaumkronen der bescheidenen Wellen angelangt, mit charmanter Geste entledigen; und sie trippeln hinein ins Meer, mit winzigen Schritten, und halten, wegen eines wohligen Kälteschauers und um kurz den Atem anzuhalten, hin und wieder inne.

Nur wenige halten dem prüfenden Blick stand, dem sie beim Baden ausgesetzt sind. Hier nämlich kann man sie beobachten, von den Waden bis zu den Brüsten. Wenn sie wieder aus dem Wasser kommen, sieht man auch ihre weniger schönen Stellen, obwohl das Meerwasser ein ausgezeichnetes Mittel gegen erschlaffende Haut sein soll.

Als ich diese junge Frau zum ersten Mal sah, war ich hin und weg. Sie sah gut aus, sie hatte etwas Straffes. Schließlich gibt es Wesen, deren Charme uns auf der Stelle überwältigt. Es ist, als finde man die Frau, die zu lieben man auf die Welt gekommen ist. Es war wie ein Schock, wie ein Erdbeben.

Ich ließ mich ihr vorstellen, und es hatte mich derart erwischt, wie ich es noch nie erlebt habe. Sie hat mich wahnsinnig gemacht. Es ist entsetzlich und göttlich, von einer Frau derart besessen zu sein. Es ist fast eine Qual und ein unsägliches Glück zugleich. Ihr Blick, ihr Lächeln, die von einem leichten Wind durchwehten Haare in ihrem Nacken, all die winzigen Linien ihres Gesichts, die kleinsten Regungen in ihren Zügen machten mich verrückt. Sie beherrschte mich durch ihre ganze Person, durch ihre Gesten, durch ihre Haltung, selbst durch die Dinge, die sie trug und dadurch zu etwas Behexendem machte. Es ging mir durch Mark und Bein, wenn ich auf einer Kommode ihren durchsichtigen Schleier liegen sah oder ihre über einen Sessel geworfenen Handschuhe. Ihre Kleider hatten etwas Unvergleichliches. Keine hatte Hüte wie sie.

Sie war verheiratet, doch der Gatte tauchte immer nur

samstags auf, um dann am Montag gleich wieder abzureisen. Er ließ mich, ganz nebenbei gesagt, kalt. Ich war auf ihn nicht im geringsten eifersüchtig, warum, weiß ich auch nicht; nie war mir im Leben jemand gleichgültiger, nie hatte ich jemanden weniger beachtet als ihn.

Wie ich sie liebte, diese Frau! Und wie schön, graziös und jung sie war! Die Jugend, Eleganz und Frische in Person. Nie zuvor wurde mir so bewusst, was für ein bezauberndes, zartes, edles, liebenswertes Wesen eine Frau ist, voller Charme und Anmut. Nie zuvor hatte ich begriffen, welche verführerische Schönheit sich in der Wölbung einer Wange, in einem Lippenspiel, in den rundlichen Falten eines kleinen Ohrs und in der Gestalt dieses närrischen Organs, das man Nase nennt, verbirgt.

Das Ganze dauerte drei Monate, dann ging ich nach Amerika, mit verzweifeltem, gebrochenem Herzen. Doch meine Gedanken waren ständig bei ihr, unablässig, mit aller Macht. Sie beherrschte mich aus der Ferne nicht weniger, als sie es aus der Nähe getan hatte. Jahre vergingen. Keine einzige Erinnerung wollte schwinden. Immerzu hatte ich ihr betörendes Bild vor Augen und im Herzen. Meine zärtlichen Gefühle für sie blieben, eine Zärtlichkeit, die inniger geworden war, so etwas wie die geliebte Erinnerung daran, was mir im Leben als das Schönste und Verlockendste begegnet war.

Zwölf Jahre sind eine Kleinigkeit im Leben eines Mannes! Man merkt kaum, wie sie vergehen! Sie kommen eins nach dem andern, diese Jahre, mal langsamer, mal schneller, gemächlich oder in aller Eile, jedes ist lang und doch so schnell zu Ende! Und sie häufen sich so rasch, sie lassen so wenige Spuren zurück, sie verflüchtigen sich so vollkommen, dass man beim Blick zurück auf die durchlaufene Zeit überhaupt nichts mehr von dem erkennt und begreift, was einen so alt gemacht hat.

Nur kam es mir tatsächlich so vor, als trennten mich von diesem wundervollen Sommer am Kieselstrand von Étretat kaum ein paar Monate.

Im letzten Frühjahr machte ich mich auf zu einem Essen bei Freunden nach Maisons-Laffitte. In dem Augenblick, da der Zug losfuhr, stieg eine dicke, von vier kleinen Mädchen umringte Dame in meinen Waggon. Ich warf dieser unglaublich dicken, runden Glucke mit ihrem Vollmondgesicht, den ein Hut mit Bändeln schmückte, kaum einen Blick zu.

Vom schnellen Gehen erschöpft, schnaufte sie schwer. Und die Kinder fingen an zu plappern. Ich schlug meine Zeitung auf und begann zu lesen.

Als wir gerade Asnières hinter uns hatten, sagte meine Nachbarin auf einmal zu mir:

– Entschuldigen Sie, mein Herr, sind Sie nicht Monsieur Carnier?

– Ja, Madame.

Da fing sie an zu lachen, das zufriedene und doch ein wenig traurige Lachen eines rechtschaffenen Weibs.

– Erkennen Sie mich nicht mehr?

Ich stutzte. Bis ich tatsächlich das Gefühl hatte, dieses Gesicht irgendwo schon einmal gesehen zu haben. Nur wo? Und wann? Ich antwortete:

– Ja … und nein … Sicher kenne ich Sie, aber ich komme nicht auf Ihren Namen.

Sie wurde ein bisschen rot.

– Madame Julie Lefèvre.

Nie hat mir etwas einen solchen Schlag versetzt.

Mir war für einen Augenblick, als sei alles zu Ende für

mich! Es war mir, als würde ein Schleier vor mir zerrissen, und als müsste ich schreckliche und herzzerreißende Dinge entdecken.

Sie war es! Dieses fette, gewöhnliche Weib? Sie? Und sie hatte, seit ich fortgegangen war, diese vier Küken ausgebrütet. Wobei mich diese Kleinen nicht weniger als ihre Mutter staunen machten. Sie stammten von ihr; sie waren schon groß, sie hatten ihren Platz im Leben. Wogegen sie selbst überhaupt nicht mehr zählte, sie, dieses Wunder an koketter, liebreizender Grazie. Gestern erst, so kam es mir vor, hatte ich sie noch gesehen, und so finde ich sie wieder! War das möglich? Ein gewaltiger Schmerz stach mir ins Herz, und zugleich begehrte es gegen die Natur als solche auf, eine instinktive Empörung gegen ihr brutales, infames Zerstörungswerk.

Entgeistert schaute ich sie an. Dann nahm ich ihre Hand; und Tränen stiegen mir in die Augen. Ich weinte um ihre Jugend, ich beweinte ihren Tod. Denn ich kannte sie überhaupt nicht, diese dicke Dame.

Sie, ebenso bewegt, stammelte:

– Ich habe mich ziemlich verändert, oder? Was will man machen, alles vergeht. Sie sehen, ich bin eine Mutter geworden, nichts als eine Mutter, eine gute Mutter. Adieu, was sonst noch war, es ist vorbei. Mein Gott! Ich hatte mir gedacht, Sie würden mich niemals wiedererkennen, sollten wir uns je wieder begegnen. Sie selbst haben sich, ganz nebenbei gesagt, auch verändert; es hat eine Weile gedauert, bis ich mir sicher war, dass es keine Täuschung sein kann. Sie sind grau geworden. Bedenken Sie: Es sind zwölf Jahre her! Zwölf Jahre! Meine Älteste ist schon zehn …

Ich schaute das Kind an. Und ich entdeckte an ihm etwas von dem alten Charme ihrer Mutter, aber auch etwas Unentschiedenes, kaum noch Geformtes, erst noch Entstehendes. Und es kam mir das Leben so geschwind wie ein vorbeifahrender Zug vor.

Wir erreichten Maisons-Laffitte. Ich küsste meiner alten Freundin die Hand. Mir fielen nur schreckliche Banalitäten ein. Ich war viel zu durcheinander, um etwas zu sagen.

Abends dann, ganz allein, bei mir daheim, schaute ich mich lange in meinem Spiegel an, sehr lange. Es endete, während ich in Gedanken den braunen Schnauzbart, meine schwarzen Haare und das jugendliche Aussehen meines Gesichts wiedererblickte, mit der Erinnerung daran, wer ich gewesen war.

Nun bin ich alt geworden. Adieu.

EIN HAARZOPF, EIN GEBISS UND DIE VON DEN TOTEN ERWECKTE MUTTER

Nachwort von Karl-Heinz Ott

Die Provinz und Paris

Als Guy de Maupassant im Sommer 1850 auf Schloss Miromesnil in der Normandie zur Welt kommt, geht das Gerücht um, seine Eltern hätten sich kurz zuvor nur deshalb ein Schloss gemietet, damit ihr Kind einen Adelstitel tragen kann. Auch heißt es, die Mutter habe den Vater erst geheiratet, nachdem es ihm vor Gericht gelungen sei, sich mit Verweis auf einen nobilitierten Vorfahren Gustave *de* Maupassant nennen zu dürfen. Auch gibt es Gerüchte, die besagen, Maupassants tatsächlicher Vater sei ein ganz anderer Gustave, nämlich Gustave Flaubert. Völlig aus der Welt gegriffen ist das nicht. Denn sein bereits toter Onkel, der Bruder der Mutter, war dessen allerengster Freund. Auch der Briefwechsel, den die Mutter mit Flaubert zeitlebens pflegt, dreht sich vor allem um das Wohl des Kindes und um die Frage, was aus ihm einmal werden soll. Dass die Mutter sich etwas Künstlerisches wünscht und sogar ein bisschen hofft, ihr Kleiner werde es einmal zum Schriftsteller bringen, will sie dabei nicht verhehlen.

Als er vier Jahre alt ist, ziehen die Maupassants in ein Herrenhaus um, das etwas südlicher, in der Nähe von Fécamp, ebenfalls in Meeresnähe liegt. In dem Roman *Ein Leben* lesen wir: »Es war eines dieser weiten normannischen Häuser mit einem Gehöft und einem Schloss aus weißen, grau gewordenen Steinen, so groß, dass man ganze Völkerschaften darin hätte unterbringen können … Im Erdgeschoss betrat man einen riesigen Raum mit Wandteppichen, auf denen Bäume zu sehen waren, in denen Vögel herumspazierten. Das gesamte Mobiliar war mit Tapisserien ausstaffiert, mit lauter Illustrationen zu La Fontaines Fabeln … Jenseits des Grundstücks dehnte sich eine endlose, unbewirtschaftete Ebene aus, auf der Stechginster wuchs und durch die Tag und Nacht ein pfeifender Wind galoppierte. Dann ging es plötzlich an einer hundert Meter abfallenden weißen Steilwand senkrecht zur Küste hinab.«

Und in der Erzählung *Der Horla* heißt es: »Ich liebe das Haus, in dem ich aufgewachsen bin. Von meinen Fenstern aus sehe ich, wie die Seine hinter der Straße an unserem Garten entlangfließt, ganz nah von hier, die große und breite Seine, die mit ihren vorbeiziehenden Schiffen von Rouen nach Havre strömt … Ich liebe dieses Land, in dem meine Ahnen geboren und gestorben sind und mit dem man das, was man denkt und isst, verbindet, und auch die örtlichen Redensarten, den Tonfall der Bauern, die Gerüche der Erde, der Dörfer und auch der Luft.«

Auch wenn man diese Erzählerstimme nicht unbedingt mit dem biographischen Ich gleichsetzen darf und ebenfalls nicht weiß, was dabei romanesker Phantasie und was der Realität geschuldet ist, steht dennoch fest, dass Maupassant sich zeitlebens nach der Normandie zurücksehnt und sich dort, als er längst in Paris wohnt, sogar ein Haus kauft. Während seiner Kindheit sind er und sein jüngerer Bruder meist mit der Mutter allein, da der Vater nicht nur ständig auf der Jagd nach Bekassinen und Hasen, sondern auch nach Frauen ist. Weshalb die Ehe schließlich geschieden wird. Keineswegs zufällig treten Waisen und vaterlose Kinder in Maupassants Geschichten genauso häufig wie Bäuerinnen, Landpfarrer, Bürgermeister und kleine Beamte auf. Nachdem sein Vater sich endgültig davongemacht hat, wird für ihn neben der Mutter zusehends jener andere Gustave, der nicht Maupassant, sondern Flaubert heißt, zur wichtigsten Figur in seinem Leben. »Ich umarme Sie mit der Liebe eines Sohnes«, beendet Maupassant bald seine Briefe an ihn, und Flaubert schreibt gelegentlich zurück: »Mäßigen Sie Ihr Gemächt und bleiben Sie fröhlich und arbeitsam.«

Nach der Schulzeit zieht Maupassant nach Paris und nimmt eine Stelle im Marineministerium an. Doch die Büroarbeit ödet ihn schon nach kurzer Zeit an. In einem Brief an die Mutter klagt er: »Das Leben ist hart, kompliziert und versperrt für einen armen Hund wie mich, der bis sechs Uhr im Büro arbeitet und sich dann sogleich an seine andere Arbeit macht!« Das einzig Vorteilhafte daran ist, dass sich das, was er dort erlebt, literarisch ausbeuten lässt. Nicht nur in der makaber-komischen Geschichte mit dem Titel *In der Familie*, auch in Dutzenden anderer stehen subalterne, nach kleinen Aufstiegen süchtige Beamte im Mittelpunkt, die in den Vororten wohnen und sich, weil sie im Ministerium arbeiten, ein bisschen wichtig vorkommen, obwohl ihr Leben, aus einem winzigen Abstand besehen, aus nichts anderem als banaler Tristesse besteht.

Doch immerhin kann Maupassant nun regelmäßig Flaubert treffen, der teils bei seiner Mutter daheim in der Nähe von Rouen, teils in Paris lebt. Beide stammen sie aus der Normandie, beide bleiben sie Junggesellen, und beide können sie sich ein Leben ohne die reale oder auch nur gefühlte Anwesenheit der Mutter kaum vorstellen. Und was ihr libidinöses Leben angeht, so sorgt beider Mutterbindung dafür, dass in ihrem Leben nie eine andere Frau eine so große Rolle einnehmen wird wie sie. Und sie beide haben auch die Syphilis. Nachdem

Maupassant es mit siebenundzwanzig Jahren von seinem Arzt erfährt, schreibt er an einen Freund: »Ich hab die faule Scheiße! Endlich! Die richtige!! Keinen billigen Tripper, keine Pfaffenpisse, keine bürgerlichen roten Warzen, nein, nein, ich hab die große Syphilis, an der Franz I. gestorben ist. Und ich bin verdammt stolz darauf, und ich scheiße auf alles Bürgerliche. Halleluja! Ich habe also die Syphilis, jetzt muss ich nicht mehr Angst haben, dass ich sie noch kriege.«

Daraufhin schreibt er ein Theaterstück, das im Bordell spielt und über dessen Uraufführung man in den Tagebüchern der Brüder Goncourt unter dem Eintrag vom 31. Mai 1877 lesen kann: »Heute Abend ließ der junge Maupassant in einem Atelier der Rue de Fleurus ein obszönes Stück aus seiner eigenen Feder aufführen, mit dem Titel *Feuille de rose*, das er selbst mit seinen Freunden gespielt hat. Es ist schaurig, wie diese jungen Männer sich als Frauen verkleiden, mit dem Bild eines großen, einen Spalt weit geöffneten Geschlechts auf ihrem Trikot; man fühlt sich, ohne zu wissen wie, unwillkürlich abgestoßen von diesen Schauspielern, die sich betatschen und untereinander Liebesgymnastiken nachäffen. Das Stück beginnt damit, dass ein junger Seminarist Kondome auswäscht, und es endet mit einer nahezu naturgetreuen Wichserei. Ungeheuerlich daran war, dass auch der Vater des Autors, der Vater von Maupassant, bei der Vorstellung zugegen war. Tags darauf, als Flaubert mit Begeisterung über die Vorstellung spricht, charakterisiert er es mit dem Satz: ›Ja, das ist sehr frisch!‹«

Kaum jemand, so scheint es fast, hat diese Krankheit im 19. Jahrhundert nicht: Schubert, E.T.A. Hoffmann, Alphonse Daudet, Heinrich Heine, Chopin, George Sand, Nietzsche, van Gogh, Gauguin und Monet haben sich mit ihr angesteckt, und auch der misanthropische Philosoph Schopenhauer, dem Maupassant in der Erzählung *Bei einem Toten* ein skurriles Denkmal setzt. Allerdings wird Maupassant seine eigene Krankheit nie öffentlich machen. Anders als die Brüder Goncourt, denen jede Art von Tratsch und Klatsch notierens- und kommentierenswert erscheint, hält er sein Werk von allem Privaten frei. Umso mehr suchen Interpreten in seinen Geschichten die zehn Jahre später einsetzende Zerrüttung auszumachen und sie in seiner Vorliebe für Gestalten zu entdecken, die von Ängsten und Albträumen geplagt werden und allmählich in den Wahnsinn abgleiten. Und vor allem handeln viele seiner Geschichten von der Angst, das Leben zu verpassen. Aus Panik, schneller, als man denkt, alt zu werden oder im Abseits der Welt zu verkümmern, gieren nicht wenige seiner Figuren nach einer Intensität, die für sie vor allem in erotischen Eroberungen besteht. Was nicht nur für seine Männerfiguren, sondern auch für seine Frauen gilt. »Sollte sie sterben, ohne all den verderblichen Taumel erlebt zu haben, ohne sich auch nur ein Mal, ein einziges Mal, ganz und gar in die Fluten der Pariser Wonnen gestürzt zu haben?«, heißt es in der Geschichte *Ein Pariser Abenteuer* von einer verheirateten Frau, die zwei Kinder hat und immer unruhiger wird, weil sie zunehmend das Gefühl bedrückt, dass ihr nie etwas wirklich Aufregendes widerfahren ist, weshalb sie sich nach ein paar exzessiven Erlebnissen sehnt, und zwar in Paris, das ihr aus der Ferne wie ein Paradies erscheint, in dem es wunderbar verdorben zugeht.

In der fiktiven Gestalt des Gilles de Vaudoré zeichnet der ultrakatholische Schriftsteller Léon Bloy in seinem 1886 erschienenen Roman *Der Verzweifelte* ein wüstes Bild von Maupassant. Er sei ein unentwegt mit erigiertem Glied herumstreunender Bastard in der Nachfolge de Sades, dem menschliche Größe nichts, Hurerei dagegen alles bedeute. Die

Weiber aus aller Herren Länder liefen ihm nach, obwohl er ein herzloser, unverbesserlicher Geck aus der Provinz sei, der den Pariser spiele, heißt es in dem Roman. Dabei schaue er mit seinem Schnauzer und seinem Blick, der etwas von einer verdutzten Kuh und einem pissenden Hund besitze, unverschämt idiotisch drein. Wobei Bloy am Ende seiner perfiden Charakterzeichnung reichlich rachsüchtig hinzusetzt: Jene tugendhaften Menschen, die er in seinen Schriften lächerlich macht, werden bei seinem Tod noch einmal an ihn denken!

In einem Brief an seine zeitweilige Geliebte Gisèle d'Estoc, die für ihre Libertinage bekannt ist, schreibt Maupassant: »Sie wollen, dass ich Ihnen ein paar Dinge über mich erzähle. Anders als Sie glauben, werden Sie keine Freude daran haben. Ich habe Ihnen schon gesagt, dass ich nicht im geringsten dafür gemacht bin, Frauen hinterherzurennen, außer solchen, die von sich aus lüstern und hemmungslos sind. Was die anderen angeht, so haben sie mich spätestens nach vierzehn Tagen satt. Was erwarten Sie von mir? Sie glauben an alles Mögliche, an alles, woran man glauben kann, ich aber an gar nichts. Ich bin der am meisten desillusionierende und desillusionierteste Mensch, den es gibt; der am wenigsten sentimentale und der am wenigsten poetische. Für mich gehört die Liebe zu den Religionen, und die Religionen gehören für mich zu den größten Dummheiten, die über die Menschheit gekommen sind.«

In seiner *Traumdeutung* berichtet Freud von einer Patientin, die sich Vorwürfe macht, weil – wie es dort heißt – »eine ihrer Töchter ein schlechtes Buch von Maupassant in die Hand bekommen hat«. So populär Maupassants Geschichten bald schon sind, so sehr gelten sie in manchen Kreisen als frivol und nicht jugendtauglich. Tatsächlich steht das, was aus christlicher Sicht als Sünde und Unzucht gilt, dort nicht selten im Mittelpunkt, vor allem in Geschichten, die in Paris spielen und in denen auch die misogynen Töne kaum zu überhören sind. Die Bordelle sind dann nie weit, und süffisante Männergespräche in nächtlicher Runde handeln dabei meist von nichts anderem als Skandälchen und Affären. Was auch einer der Gründe dafür ist, dass diese Erzählungen, rein literarisch gesehen, selten die Intensität jener anderen besitzen, die auf dem Land spielen und die sich durch etwas Gnadenloses und Groteskes auszeichnen. Was nicht zuletzt an deren Frauenfiguren liegt, die – wie man es nicht bloß in *Der Teufel* und in *Mutter Sauvage* sehen kann – in ihrer Sturheit, ihrer Willenskraft und Sonderbarkeit weit eindrucksvoller sind als die leicht unglücklichen Damen aus den besseren Pariser Kreisen. Während Flauberts Madame Bovary die Langeweile auf dem Land zusetzt und sie sich deshalb in amouröse Abenteuer stürzt, sind Maupassants Städter immer schon damit beschäftigt, das Gefühl von Stillstand erst gar nie aufkommen zu lassen. Was die Männer in aller Regel dadurch zu erreichen versuchen, dass sie manisch hinter Frauen her sind, und zwar am liebsten hinter verheirateten.

Zweifellos nimmt diese ein wenig blasierte, stets erotisch aufgeladene Welt in Maupassants Werk einen nicht unbeträchtlichen Raum ein. Doch es ist keineswegs der ganze Maupassant und auch nicht der beste. In seinen ländlichen Geschichten begegnet man weder erotomanen Hasardeuren noch überhaupt Leuten, die nicht wissen, wie sie ihre Tage – und vor allem ihre Nächte – verbringen sollen. Zwar neigt Maupassant genauso wenig wie Flaubert dazu, das Landleben zu beschönigen, und sie beide wollen – anders als etwa Balzac oder Dickens – mit ihrer Literatur auch nicht ans Mitleid oder an eine Moral appellieren, doch mit ihren dörflichen Figuren zeigen sie gerade dann, wenn sie etwas Bizarres besitzen, deutlich mehr Erbarmen als mit all jenen, die in der Großstadt auf ihre Kosten kommen wollen.

Wenn Sartre in seinem 1947 erschienenen Manifest *Was ist Literatur?* Maupassant als Inbegriff des bürgerlichen Erzählers, wie er das 19. Jahrhundert prägt, ausweist und ihm vorwirft, dass er in seinen Geschichten nur eine impertinente Pariser Gesellschaft aus Dandys, Don Juans und anderen wohlhabenden Tagedieben auftreten lässt, während die Unterdrückten und Revoltierenden – wie es bei Sartre heißt – schlafen, dann kann man sich schwer des Eindrucks erwehren, dass dabei jene zahllosen anderen Erzählungen, die in der Normandie oder im Süden oder in Zügen und auf Bahnhöfen spielen, so gut wie nicht zur Kenntnis genommen oder bewusst ausgeblendet werden. Auch begegnet man bei Maupassant nicht wenigen Gestalten, die keineswegs in den Pariser Prachtvierteln, sondern jenseits der Banlieue wohnen, draußen in Gegenden, wo sich auch die Müllhalden befinden. Es sind kleine Beamte, die nicht viel zu lachen haben, eine Familie durchbringen müssen und gar nicht das Geld für nächtliche Ausschweifungen besäßen. Ihre Tage verbringen sie mit einer Arbeit, die schon früh in ihrem Leben für einen Anflug von Erschöpfung sorgt, die sich der bitteren Ahnung verdankt, dass sich an ihrem Alltag wahrscheinlich nie mehr wirklich etwas ändern wird. Im Unterschied zu Balzac oder Baudelaire, aus deren Werken der zwielichtige Glanz von Paris überhaupt nicht wegzudenken ist, rückt Maupassant die weit weniger glitzernde Peripherie und die wie aus einer anderen Zeit sich in die Gegenwart hinüberrettende Provinz geradezu ins Zentrum.

Als Maupassant 1879 seine erste große Erzählung mit dem Titel *Fettklößchen* veröffentlicht, rühmt Flaubert sie als »ein Meisterwerk der Komposition, der Komik und der Beobachtung«. Sie erscheint in der von Émile Zola herausgegebenen Novellensammlung *Die Abende von Médan*, was heißt, dass man Maupassant spätestens von da an als Vertreter der naturalistischen Schule wahrnimmt. Was auf den ersten Blick auch überhaupt nicht falsch ist, zumal Flaubert als der *spiritus rector* jenes sogenannten realistischen Romans gilt, mit dem man die Phantastereien der Romantik hinter sich lassen und sich dem Leben, so wie es ist, zuwenden will. Mit ihrem Anspruch, die Welt in ihrer ganzen Unbarmherzigkeit schonungslos abzubilden, sehen sich die Naturalisten als Vollender dieses Projekts. Ein äußerst nüchterner Empirismus und ein spürbares Mitgefühl für die armen Teufel, denen die Wirklichkeit den schlechteren Part zugewiesen hat, sollen dabei zusammenspielen. Was wiederum heißt, dass alles Artistische und Abgedriftete in dieser Literatur nichts mehr zu suchen haben.

In einem Brief an den Schriftsteller Paul Alexis, der ebenfalls zum Kreis um Zola gehört, bekennt Maupassant allerdings bereits Anfang 1877, also zu einer Zeit, da er erst wenig veröffentlicht hat: »Weder glaube ich an den Naturalismus noch an die Romantik. Diese Worte bedeuten meines Erachtens absolut nichts. Ich glaube nicht, dass das Natürliche, das Reale, das Leben die *conditio sine qua non* für ein literarisches Werk bilden. Das Wesentliche hängt von etwas Namenlosem und Unnennbarem ab, das wie die Elektrizität zu spüren, aber nicht zu analysieren ist. Ich liebe die Weite sich plötzlich öffnender

Horizonte, so wie ich die wirkliche, beißende und dem Fleischlichen nahe Leidenschaft liebe. Wozu sich bescheiden? Der Naturalismus ist genauso begrenzt wie das Phantastische.«

Bemerkenswerterweise ruft Maupassant in diesem Brief einen schon damals seit fast dreihundert Jahren toten Bühnendichter, nämlich Shakespeare, herbei, um zu veranschaulichen, was für ihn große Literatur ist. Was bei einem Schriftsteller, der vor allem Kurzgeschichten veröffentlicht, auf den ersten Blick erstaunen mag, auf den zweiten jedoch nicht ganz so verwunderlich ist. Schließlich fließen bei Shakespeare – wie nie zuvor bei einem abendländischen Autor – das Tragische und Burleske, Komische und Groteske, Welthaltige und Phantastische unmittelbar ineinander. Auch wenn Maupassants Geschichten bei weitem nicht so ausufernd wie dessen Stücke sind und sie auch nicht deren üppigen Figurenaufwand kennen, sondern auf kleinstem Raum mit nur einem einzigen oder allenfalls zwei Protagonisten auskommen, spielen sich in ihnen nicht selten Dramen ab, die bei allem Makabren auch etwas Lächerliches, bei aller Grausamkeit etwas Bizarres, bei allem Haarsträubenden etwas Verrücktes besitzen.

Während Zola die fotografische Wirklichkeitsabbildung zum Ideal seines Schreibens erhebt, erklärt Maupassant im Vorwort zu seinem 1888 erschienenen Roman *Pierre et Jean*: »Der Realist will uns nicht das fotografische Abbild des alltäglichen Lebens, sondern den ergreifendsten Blick auf es bieten, einen Blick, der mehr beweist als die Wirklichkeit selbst. Alles zu erzählen wäre unmöglich, denn um die Vielzahl jener unbedeutenden Ereignisse aufzulisten, die unser Dasein ausmachen, bräuchte man mindestens ein dickes Buch pro Tag.« Und er fügt hinzu: »Insofern sich der Romancier von gestern auf die hervorstechenden Lebenskrisen und Zuspitzungen im

Seelen- und Gemütsleben konzentriert und von ihnen erzählt hat, befasst sich der Romancier von heute mit der Geschichte unseres gewöhnlichen Innenlebens und unserer üblichen Gefühls- und Geisteszustände. Um dabei die beabsichtigte Wirkung zu erzielen, sprich: den Eindruck schlichter Realität zu vermitteln, braucht er nur auf eine unwiderlegbare Wahrheit zurückzugreifen.« Diese Wahrheit, so argumentiert er gegen jede Art von simplem Realismus, unterliege freilich nicht den Kriterien messtechnischer Nachprüfbarkeit. Um jedes veristische Missverständnis auszuräumen, zitiert Maupassant einen Satz des klassizistischen Dichters Boileau, der lautet: »Das Wahre muss nicht immer das Wahrscheinliche sein.«

Dass Maupassant das Reale viel weiter fasst, als es im gewöhnlichen Sprachgebrauch der Fall ist, lässt sich allein schon an seiner Vorliebe für alles Überspannte, Halluzinatorische und Obsessive sehen. Nicht nur seine häufigen Bezugnahmen auf E.T.A. Hoffmann, Edgar Allan Poe und Baudelaire, auch seine Faszination für alle Arten von Nervenkrankheiten, Wahnsinnsanwandlungen und seelischen Fieberphantasien zeigt, wie fern ihm eine rein naturalistische Kunstauffassung ist. Insofern man ihn – keineswegs zu Unrecht – zu den realistischen Erzählern zählt, hat das mehr mit jenem literarischen *effet de réel*, von dem Roland Barthes spricht, zu tun als mit der Überzeugung, die Wirklichkeit lasse sich eins zu eins aufs Papier bannen. »Denn wie könnte man«, fragt Maupassant, »von etwas ergriffen sein, wenn man es überhaupt nicht glauben kann?« Um deutlich zu machen, was er damit meint, verweist er auf Alexandre Dumas, dessen abenteuerliche Phantastereien und märchenhafte Historiengemälde in seinen Augen kaum als ernst zu nehmende Projektionsflächen für unsere tatsächlichen Konflikte und Katastrophen dienen können.

Maupassant selbst redet von der *illusion complète du vrai*, also von der »vollkommenen Illusion des Wahren«, womit er eine Formulierung wählt, die eine weitreichende Doppelbedeutung besitzt. Denn zum einen verlangt er damit vom Schriftsteller, dass seine Geschichten einen realistischen Eindruck erwecken, zum anderen bedeutet es aber auch, dass die Vorstellung, das Wahre lasse sich gleichsam mit Händen greifen, selbst eine Illusion ist. Womit Maupassant jedes fixe Bild von der Wirklichkeit ebenso infrage stellt wie Flaubert, der in einem Brief an den zum Naturalisten-Kreis gehörenden Schriftsteller Léon Hennique, der ein Pamphlet gegen die Romantiker veröffentlicht hat, erklärt: »Wovon reden Sie eigentlich? Von welcher Schule? Diese Manie zu meinen, dass man die Natur entdeckt und dass man wahrer als die Vorgänger ist, macht mich rasend. Es gibt nichts Wahres! Es gibt nur verschiedene Weisen des Sehens.«

Immer wieder wehren Flaubert und Maupassant sich gegen den Einordnungs- und Abgrenzungsdrang solcher Schriftsteller und Literaturrichter, die mit Hilfe von Etiketten nach Ordnung und Orientierung gieren. Es kommt ihnen absurd vor, eine Schule gründen zu wollen, die nach literarischen Vorgaben funktionieren soll. Das Einzige, was die beiden anstreben, ist eine Sprache, die so natürlich wie nur möglich klingt, nichts Verschwiemeltes kennt und ohne rhetorischen Firlefanz auskommt. Weshalb Maupassant ganz im Sinne Flauberts, der um die Suche nach dem richtigen Wort geradezu einen Kult macht, behauptet: »Was immer man sagen möchte, es gibt nur ein einziges Wort, um es auszudrücken, nur ein einziges Verb, um es zum Leben zu erwecken, und nur ein einziges Adjektiv, um es zu kennzeichnen. Man muss so lange suchen, bis man dieses Wort, dieses Verb und dieses Adjektiv gefunden hat, und darf, um Schwierigkeiten auszuweichen, sich nie mit einem Ungefähr zufriedengeben und nie auf einen – auch noch so vorteilhaften – Schwindel und auf sprachliche Clownerien zurückgreifen.« Was keineswegs heißt, dass dieses eine, einzig richtige Wort die Dinge objektiv benennt. Vielmehr bedeutet es, dass innerhalb einer Erzählung oder eines Romans jedes einzelne Wort und jeder einzelne Satz seinen notwendigen Platz besitzen muss und keine andere Instanz als das Kunstwerk selbst dafür den Maßstab abgibt. Es ist das Plädoyer für eine Sprache, die ohne Schlacken und Schnörkel auskommt, und es ist das Plädoyer für eine Literatur, deren Kriterien nicht in der äußeren Wirklichkeit, sondern in deren innerer Stimmigkeit zu finden sind.

Dabei sollte sich Maupassant, was in aller Regel kein Gütezeichen ist, schon bald als veritabler Vielschreiber erweisen. Auch wenn Flaubert seinem jugendlichen Freund rät: »Man halte sich von den Zeitungen fern!«, kann er es sich allein aus finanziellen Gründen nicht leisten, den zurückgezogenen, nur seiner Kunst lebenden Schriftsteller zu spielen. Er hat gar keine andere Wahl, als im *Gil Blas*, in *Le Figaro* und *Le Gaulois* seine Geschichten zu veröffentlichen. Und er liefert dort nicht nur Erzählungen, sondern auch Reiseberichte ab und Kolumnen, die sich mit so diversen Themen wie Scheidungen, Dreierbeziehungen, korsischen Banditen, Geld und Ruhm, aber auch mit Schriftstellern wie Turgenjew, Swinburne und Balzac beschäftigen. Zuweilen lassen sich bei Maupassant die Genres gar nicht fein säuberlich trennen, schließlich lesen sich manche seiner Feuilletons beinahe wie Geschichten, während seine Geschichten oft etwas von Reiseschilderungen besitzen oder aus Gesprächen bestehen, in denen es um Ansichten geht, wie man sie auch in einer Glosse persiflieren könnte. Ohnehin fließen in seine Erzählungen und Artikel allerlei Stilmittel und

Gattungen ein, vom Tagebuch über den Brief, den Monolog und Dialog bis zum Bericht und zur Farce.

Maupassant schreibt allerdings nicht nur für Zeitungen, er findet in ihnen auch seine Stoffe. Und zwar unter der Rubrik Vermischtes, die in Frankreich den Titel faits divers trägt. In einigen seiner Geschichten spielt er darauf sogar ausdrücklich an, so etwa in *Das Verbrechen des Papa Boniface*, wo es vom zeitungslesenden Protagonisten heißt: »Die Politik ließ ihn kalt; auch über den Handelsteil ging er hinweg, doch an den vermischten Nachrichten begeisterte er sich.« Mordfälle, Verbrechen und allerlei Skurrilitäten bilden auch die Themen von Maupassants Geschichten, wobei er literarisch die Mitte zwischen Edgar Allan Poes leicht halluzinatorischen Seelenerkundungen und einem recht nüchternen, nicht selten brutalen Realismus hält.

Was an Maupassant immer wieder erstaunt, ist seine unerschöpfliche Stofffülle. Es muss einen nicht wundern, dass Film, Funk und Fernsehen, das Theater und die Oper, aber auch Maler und Schriftsteller sich bei ihm bis heute großzügig bedienen. Josef von Sternbergs *Shanghai Express* mit Marlene Dietrich liegt die Erzählung *Fettklößchen* zugrunde, Jean Renoir hat *Eine Landpartie* verfilmt, Buñuel sich in *Eine Frau ohne Liebe* und Godard sich in *Masculin, Féminin* an Maupassant'schen Vorlagen orientiert. Auch Claude Chabrol und Max Ophüls haben auf ihn zurückgegriffen, wobei Ophüls sogar meinte: »Maupassant wäre heutzutage Filmautor.« Was zwar durchaus denkbar wäre, dabei jedoch übersehen wird, dass seine Erzählungen gerade in ihrer Knappheit kleine Kompositionen *sui generis* sind, die sich nur unter literarischen Verlusten in ein anderes Medium transportieren lassen. Denn sie müssen dabei notgedrungen verwässert werden, und zwar schon deshalb, weil ein Film, der sich an ihre Lakonie hielte, niemals anderthalb Stunden dauern könnte. Was auf der Leinwand in epischer Breite ausgeschmückt werden muss, findet bei Maupassant auf bloß wenigen Seiten statt.

Wenn Maupassant über Flaubert sagt: »Bei ihm ist die Form das Werk selbst«, so trifft das auf ihn selbst keineswegs weniger zu. Aufgrund dieser kleinen, kompakten Form wird Maupassant häufig unterschätzt, vor allem von Leuten, die meinen, drei Dutzend Erzählungen zusammengenommen seien unterm Strich nach wie vor weniger wert als ein einziger Roman. Auch Maupassant selbst trägt diese Angst mit sich herum und fürchtet, dass er nicht als richtiger Schriftsteller gilt, solange er keine Romane veröffentlicht. Womit er sich nachweislich getäuscht hat, und zwar nicht nur deshalb, weil einige seiner Geschichten zum Besten gehören, was dieses Genre je hervorgebracht hat, sondern auch deshalb, weil eine gewisse üppige Freskenmalerei, ohne die ein Roman kaum auskommt, seine Sache nicht ist. Seine unverwechselbare Stärke dagegen liegt in Geschichten, die oft weniger als zehn oder höchstens fünfzig Seiten aufweisen und im Allegro-Tempo strikt linear dahineilen.

Kurz nachdem Flaubert im Mai 1880 beerdigt worden ist, bittet Maupassant beim Ministerium um einen dreimonatigen Urlaub, der ihm auch gewährt wird. Daraufhin reist er nach Korsika und schreibt Reiseberichte für seine Pariser Zeitschriften. Weil er sich nach seiner Rückkehr ein weiteres Büroleben noch weniger als bisher vorstellen mag, gibt er Anfang 1882 seine Arbeit beim Ministerium ganz auf und lebt fortan als freier Schriftsteller. Nahezu alle paar Tage erscheint von ihm von da an eine Geschichte oder eine Glosse, und es vergehen meist keine zwei Jahre, in denen er nicht auch noch einen Roman vorlegt. Voller Stolz kann er eines Tages seinem Verleger berichten, dass auf der Strecke zwischen Paris und Lyon in allen größeren Bahnhöfen seine Bücher ausliegen. Und trotzdem ist Maupassant kein volkstümlicher Schriftsteller. Zwar überfordert er seine Leser mit seinem im schönsten Sinne schlichten Stil keineswegs, doch seine Geschichten bieten auch nicht das, was er als »literarischen Sirup für die Damenwelt« und als »tarte à la crème« verhöhnt. Ein Happy End bieten sie so gut wie nie, und selbst wenn dabei, rein äußerlich gesehen, wenig Aufregendes geschieht, können sich seine Figuren am Ende noch weniger in der Welt aufgehoben fühlen, als es zuvor schon der Fall war.

Auch wenn Maupassants Geschichten wie vollkommen leicht dahingeschrieben wirken, verdanken sie sich der Kunst einer Kunstlosigkeit, die sich den Anschein des Mühelosen gibt. Zu weiten Teilen kommen sie mit einem Wortschatz aus, den jedes Kind kennt. Dabei vermag Maupassant wie kaum ein anderer Schriftsteller mit zwei, drei schlichten Eingangsätzen – bei einem Maler würde man sagen: mit wenigen Pinselstrichen – eine Stimmung zu erzeugen, die uns sofort in diese Welt hineinzieht. Mit größtmöglicher sprachlicher Ökonomie erzählt er lediglich das Nötigste. Umwege und Nebenschauplätze kennen seine Geschichten ebenso wenig wie gedankliche Abschweifungen und retardierende Momente. Und ganz anders als das Gros jener Kurzgeschichten, die im 20. Jahrhundert geschrieben werden, wollen sie auch nie rätselhaft oder bedeutsam wirken. Ihre Spannung verdankt sich nichts Enigmatischem, sondern reiner Transparenz. Jeder Satz ist wie klares Wasser, ohne alles Geheimnistuerische und Anspielungsverliebte. Auf engstem Raum entfaltet Maupassant ungeheuerliche Dramen, wie man es bei deutschsprachigen Erzählern selten erlebt und wie es in dieser Radikalität vielleicht nur bei Friedrich Hebbels anfangs ganz und gar idyllisch anmutender, doch mit einem Schlag ins Monströse umkippender Erzählung *Die Kuh* der Fall ist.

»Wenn der Schriftsteller sich für einen Stoff entschieden hat«, heißt es im Vorwort zu *Pierre et Jean*, »wird er sich nicht die Zufälle und Nichtigkeiten eines Lebens herausgreifen, sondern sich charakteristische Details, die nötig sind für seinen Gegenstand, herauspicken und den gesamten Rest beiseitewerfen.« Als Maupassant gegen Ende seiner ins Poetologische übergehenden Reiseschilderung mit dem Titel *Die Nacht* den Unterschied zwischen kurzsichtigen und weitsichtigen Schriftstellern erklärt, weiß man sofort, zu welchen er sich selbst zählt. Denn von den Kurzsichtigen heißt es dort, sie wollten sich nicht das geringste entgehen lassen und alles festhalten, während die anderen über tausend Kleinigkeiten hinwegsähen und damit einen gleichermaßen weiten wie entspannten Blick bewiesen.

Der ganz alltägliche Schrecken

Maupassant stirbt im Sommer 1893, mit dreiundvierzig Jahren, als Insasse einer Nervenanstalt. Den Großteil seines Werks hat er zwischen 1880 und 1890 verfasst. Es besteht aus etwa dreihundert Erzählungen, sechs Romanen, drei Bänden mit Reisebildern, sieben Theaterstücken, knapp fünfzig Gedichten und über zweihundert feuilletonistischen Artikeln. Seinen letzten Roman kann er nicht mehr zu Ende bringen, da die Syphilis ihn regelrecht in den Wahnsinn treibt.

Vor seiner Einlieferung besucht er am Neujahrstag seine

Mutter, die sich über den Winter in Nizza aufhält, und bekommt bei ihr einen Zusammenbruch. Daraufhin fährt er, gegen ihren Willen, in sein Domizil nach Cannes zurück und unternimmt einen Selbstmordversuch, indem er sich mit einem Rasiermesser die Kehle aufritzt. Als er ein Jahr später seine letzten Monate hinter verschlossenen Türen verbringt, notiert Edmond de Goncourt in seinem Tagebuch: »Schlechte Neuigkeiten von Maupassant, Niedergeschlagenheit und Gereiztheit. Glaubt, von den Ärzten verfolgt zu werden, dass sie ihm im Korridor auflauern, um ihm Morphium zu spritzen, dessen Tropfen ihm Löcher in den Kopf machen. Besessen von der Idee, dass man ihn entführt, dass sein Bediensteter ihm sechstausend Francs gestohlen hat: sechstausend Francs, die sich nach ein paar Tagen in sechzigtausend verwandeln. Seinen Arzt erkennt er nicht mehr. Maupassant redet den ganzen Tag mit imaginären Personen, und immer sind es Bankiers, Börsenmakler, Geldmenschen. Doktor Blanche gibt uns zu verstehen, dass er etwas immer Animalischeres bekommt.«

Obwohl er alles Persönliche aus seinem Werk herausgehalten hat, sind die Themen Zerrüttung und Tod in ihm unentwegt anwesend. Sein jüngerer Bruder wurde schon einige Jahre zuvor in eine Anstalt eingeliefert und lebt inzwischen nicht mehr, und auch die Mutter leidet an Nervenkrisen. Doktor Blanche, bei dem Maupassant in Behandlung ist, gilt als der berühmteste Pariser Nervenarzt neben Charcot, an dessen berühmter Psychiatrie namens Salpêtrière im Jahre 1885 auch Sigmund Freud tätig war. Charcot selbst geistert sogar ein paar Mal durch Maupassants Geschichten, was insofern nicht wundernimmt, als Phänomene wie Panik, Verfolgungswahn, Doppelgängerphantasien und überhaupt alles, was mit geistiger Verwirrung und seelischer Zerrüttung zu tun hat, in ihnen einen gewaltigen Platz einnehmen. Damit hängt auch alles Erotische zusammen, das bei Maupassant nicht selten etwas Destruktives besitzt, und sei es deshalb, weil das, was in diesen Geschichten anfangs häufig nach Lust und Glück aussieht, sich meist jäh ins schiere Gegenteil verkehrt. Erregende Begegnungen enden in schlimmsten Enttäuschungen, vielversprechende Zufälle in Schreckensszenarien. Selbst wenn das Leben danach scheinbar so wie bisher weitergeht, ist nichts mehr, wie es war. Vor allem ist dann das Vertrauen geschwunden, dass alles noch einmal gut werden könnte.

Der Erzähler Maupassant ist ein Psychologe, der sich gern den Anschein gibt, als interessiere ihn vor allem das, was sich auch ohne tiefsinnigen Anspruch unter der Rubrik *Vermischtes* finden lässt. Weder stellt er Diagnosen noch fängt er an zu deuten, und dennoch ist er besessen von jenem bedrohlichen Rumoren, das in den ungreifbaren Regionen unseres Inneren stattfindet. So ist etwa in dem Roman *Bel-Ami* vom »unterschwelligen Kampf zweier Wesen« die Rede, »die Seite an Seite leben, aber eigentlich nichts voneinander wissen, sich jedoch ständig verdächtigen, beschnüffeln und einander auflauern, ohne je den schlammigen Grund der Seele zu kennen.« Und in einem Artikel mit dem Titel *Das Phantastische* erklärt er: »Heutzutage bemühen sich wache Schriftsteller darum, die dunklen Willenstätigkeiten, das abgründige Geheimnis unbewusster Gedanken, die mehr dem Instinkt als der Vernunft geschuldeten Beweggründe unseres Handelns und die unfassliche Grenze, an der das bewusste Wollen sich mit einer Art von sinnlich-körperlichem, animalischen Wollen vermengt, zu erkunden und auseinanderzufalten.«

Das Surreale findet bei Maupassant dort statt, wo Kräfte am Werk sind, die wir kaum im Griff haben und die von heute auf morgen in Gestalt hysterischer Anfälle und irrer Anwandlungen oder in Gestalt von Zusammenbrüchen oder Amokläufen durchbrechen können. Womit der Alltag unversehens etwas Gespenstisches bekommt und das Gespenstische auf einmal sichtbare Gestalt annimmt. Maupassant schildert derartige Phänomene so selbstverständlich, als seien sie das Natürlichste der Welt, so wie Blitz, Hagel und Ungewitter, Erdbeben und Flutkatastrophen. Dass Wahnsinn und Normalität alles andere als zwei klar geschiedene Realitäten sind, scheint für ihn offenkundig zu sein. »Der menschliche Geist ist zu allem fähig«, lässt er im letzten Satz seiner Erzählung *Das Haar* einen Nervenarzt mit fatalistischem Schulterzucken sagen.

Anders als E.T.A. Hoffmann und Edgar Allan Poe bedarf der Realist Maupassant für die Darstellung menschlicher Schaurigkeiten keiner dunkel dräuenden Kulissen, keiner halbverfallenen Schlösser, keiner gespenstischen Stimmungen in nächtlichen Einöden und keiner wie auch immer gearteten mysteriösen Atmosphäre. Der Wahnsinn findet bei ihm im Alltag statt. Was die Sache nur erschreckender macht. Er kann närrische Züge annehmen und ins Lächerliche umkippen, sich aber auch in Mord und Totschlag austoben. Es braucht dafür keine Figuren, die von vornherein etwas Sonderbares an sich haben, und auch keiner zwielichtigen Umgebung, die sofort an etwas Dämonisches denken lässt. Während Poe mit Titeln wie *Der Mord in der Rue Morgue* oder *Die Grube und das Pendel* den Leser sofort auf etwas Gruseliges und Grauenhaftes einstimmt, klingen diejenigen von Maupassant meist so arglos, dass kein Mensch etwas Böses oder Bizarres erwartet. Zwischen Titel und Geschichte besteht bei ihm in aller Regel eine Diskrepanz, die nicht frei von Ironie ist. So würde man bei *Idylle* niemals an eine Amme denken, die während einer

Zugfahrt am Mittelmeer entlang zu stöhnen anfängt und sich schließlich in aller Öffentlichkeit von einem jungen Mann von dem unerträglichen Druck erlösen lässt, der auf ihren prallvollen Brüsten lastet. Auch bei *Das Waisenkind* würde man eher auf ein Rührstück als eine infame, nie wirklich aufgeklärte Mordgeschichte schließen, die in ihrer Bestialität an Kleists Erzählung *Der Findling* erinnert, in der sich ebenfalls eine bemitleidenswerte Kreatur in ein Monster verwandelt. Allerdings spielt bei Maupassant oft auch ein bisschen Grand Guignol mit, selbst dann, wenn es eigentlich nichts zu lachen gibt. Was keineswegs heißt, dass Maupassant das Schreckliche nicht ernst nimmt. Ganz im Gegenteil könnte man sogar sagen, dass es bei ihm nur deshalb zu ertragen ist, weil dem Schauder auch eine Spur von voyeuristischem Grusel beigemischt ist. Wovon das Geschichtenerzählen ja überhaupt lebt und was Maupassant auch nicht im geringsten zu kaschieren sucht.

Roland Barthes behauptet, Maupassant habe wie kein anderer die Katastrophe zum Zentrum seiner Erzählungen gemacht. Und zwar nicht die episch ausgewalzte, geschichtlich und gesellschaftlich hergeleitete, sondern jene jäh hereinbrechende, die etwas Unfassbares, Schicksalhaftes, Endgültiges besitzt. »Es sind«, schreibt Barthes in seinem 1956 erschienenen Artikel *Maupassant et la physique du malheur*, »schreckliche Geschichten, in denen das Unglück stets so pur auftritt, dass man es als moderne Form des Tragischen begreifen könnte.« Es ist eine ganz banale, alltägliche Form des Tragischen, ohne alle antike Größe und ohne jede bebende Rhetorik. Häufig handelt es sich um die nahezu unscheinbare Tragik von Leuten, die weder hochfahrenden Hoffnungen noch kühnen Träumen nachhängen und die weder hehre Ideale vor sich hertragen noch meinen, je etwas Großes im Leben vollbringen zu müssen. Es sind schlichte Beamte, die pünktlich zur Arbeit erscheinen und auch wieder pünktlich zu Hause sind; es sind Junggesellen, die sich amüsieren wollen; es sind Gattinnen, die gern ein bisschen mehr vom Leben hätten, aber nicht die Chuzpe von Madame Bovary besitzen. Über die meisten von ihnen bricht früher oder später ein Unglück herein, das ihr Leben, von außen besehen, oft nicht einmal verändert, jedoch das ganze Ausmaß ihrer immer schon glücksfernen Existenz wie mit einem Schlag offenbart.

Es ist keine metaphysische Unbehaustheit, an der diese Figuren leiden, sondern eine ganz gewöhnliche, beinahe unmerkliche. Oft braut sich um sie herum das Unwetter gar nicht erst langsam zusammen, sondern kommt ohne Vorbereitung, von jetzt auf gleich, mit einem Schlag. Selbst wenn es Gründe für die Katastrophe gibt, merken sie zuweilen nichts davon, so wie etwa in der Geschichte *Mutter Sauvage*, in der die gleichnamige Hauptfigur von heute auf morgen einen tödlichen Plan fasst, ohne sich auch nur das allergeringste anmerken zu lassen. Manchmal erfährt man überhaupt nicht, welche Gründe es sind, die zur Katastrophe führen, wie etwa in der Geschichte *Das Waisenkind*, in der wir lediglich Zeugen einer zunehmenden Entfremdung zwischen Pflegemutter und Stiefkind werden, ohne je zu erfahren, was dabei eigentlich vor sich geht. In der Erzählung *In der Familie* folgen gleich zwei Katastrophen aufeinander, wobei manche Figuren die erste fast als Glück empfinden und selbst die Unglücklichen bald nicht mehr wissen, was an ihr furchtbar sein soll, bis dann bei der zweiten die Gefühle bei allen durcheinandergeraten und am Ende keiner mehr weiß, welche der beiden Katastrophen in Wirklichkeit die schlimmere ist: der Tod der Mutter oder ihre plötzliche Wiederauferstehung.

Im Vorwort zu *Pierre et Jean* heißt es: »Das Leben setzt sich aus den unterschiedlichsten, unvorhergesehensten, gegensätzlichsten Dingen zusammen; es ist brutal, folgenlos, zusammmenhanglos, voller unerklärlicher, unlogischer und widersprüchlicher Katastrophen, die der Rubrik *Vermischtes* angehören.« Einzig gewiss ist, dass man sich an nichts festhalten kann, am allerwenigsten an solchen Augenblicken, die etwas Schönes, Hoffnungsvolles, Glückverheißendes aufblitzen lassen. Was aber die eigentliche und dabei ganz unspektakuläre Katastrophe unterhalb aller Katastrophen ausmacht, bringt eine Figur in der Erzählung *Einsamkeit* auf den Punkt, wenn sie sagt: »Unser ganzes Leiden im Leben kommt daher, dass wir auf ewig allein sind und dass unser ganzes Tun und unser ganzer Eifer darauf abzielen, der Einsamkeit zu entrinnen.« So gesellig, so familiär eingebunden und so wohlsituiert Maupassants Gestalten im einzelnen auch sein mögen, so sehr haben sie etwas Verlorenes an sich, und zwar keineswegs im sichtbaren Sinne, sondern auf stille Weise. So wirkt etwa der Vater aus der Geschichte *In der Familie* trotz seiner resoluten Frau und trotz der Kinder, die er gern auf den Schoß nimmt, selbst wie ein dick und schwer gewordenes altes Kind, das sich mit gleichbleibender Mühe durch die Welt schleppt. Auch die beiden friedseligen Angler in der Geschichte *Zwei Freunde*, die ganze Tage lang am Fluss nebeneinander sitzen, wirken fast wie Beckett-Gestalten, bei denen man rätselt, ob sie tief einsam oder bloß ein bisschen kurios sind.

In der Erzählung *Das Haar* lässt Maupassant einen Mann, der sich am Vergangenen festkrallen will, sagen: »Die Gegenwart schreckt mich, weil die Zukunft der Tod ist. Ich möchte die Zeit anhalten, die Stunde stillstehen lassen. Doch sie verrinnt, sie verrinnt, sie geht vorbei, sie raubt mir von Sekunde zu Sekunde ein wenig von mir selbst und opfert es dem Nichts des morgigen Tages. Und ich werde niemals nochmals leben.« Weil er sich an einem Frauenzopf, den er im Geheimfach einer antiquarischen Kommode entdeckt hat, wie an etwas Lebendigem festhält und weil er mit ihm sogar wie mit einer wirklichen Frau verkehrt, wird dieser Mann in eine Nervenanstalt eingeliefert, wo man ihn mit kalten Bädern malträtiert. Doch im Grunde verbirgt sich hinter seiner nekrophilen Erotik ein nachvollziehbares Verlangen. Denn wenn das Leben nirgends einen Halt besitzt und schon zweimal kein Glück bereithält, muss man sich an irgendetwas klammern. Bei den einen ist es eine Religion, bei den andern sind es andere Glaubenssysteme, bei diesem Mann ist es das Haar einer Toten. Es wird für ihn zum Fetisch und zum Inbegriff der Erfüllung. Überhaupt ist dieser Mann ein Sammler erlesener alter Dinge, die einst anderen gehört haben. Sei es eine Uhr, deren Ticken die Vergänglichkeit versinnbildlicht, ihren Besitzer jedoch überlebt hat, oder ein Haarzopf, der als seltsam lebendiger und zugleich gespenstischer Teil einer Frau überdauert, die dieser Mann nie gekannt hat, die er aber über alles liebt, und sei es deshalb, weil niemand ihm ihr Haar mehr wegnehmen kann. Er ist eine Art Skalp, eine Reliquie, ein erotischer Ersatz für eine wirkliche Frau.

Im Bild eines solchen Ersatzes wird allerdings auch etwas Entscheidendes über das Geschichtenerzählen selbst gesagt. Denn auch das Erzählen hält fest, was nicht festzuhalten ist, nämlich das verwehende, dem Tod preisgegebene Leben. Weshalb Geschichten auch etwas Tröstliches besitzen, selbst dann, wenn sie von nichts anderem als der Vergänglichkeit und von Katastrophen handeln. In der Erzählung *Bei einem Toten* begegnen wir einem Schwindsüchtigen, der vielleicht nur noch wenige Wochen zu leben hat. Er sitzt auf einer Bank, schaut aufs Meer hinaus und hält ein Buch in Händen. Es ist das reinste Friedensbild. Was immer in diesem Buch stehen mag, es hält der Furie des Verschwindens Gedanken und Bilder entgegen, die vermutlich auch nur von Vergänglichem handeln, jedoch dadurch die Zeit bezwingen, dass sie von einem Leben erzählen, das es nicht mehr gibt.

Baudelaire spricht von den *images consolatrices*, von den tröstlichen Bildern, die in Gestalt von Dichtungen und Gemälden dem steten Schwinden des Augenblicks ein Innehalten abtrotzen. In Maupassants *Mutter Sauvage* heißt es: »Zuweilen denken wir an einen Ort im Wald oder an ein Plätzchen an einem Ufer oder an einen Obstgarten voller Wiesenblumen zurück, auch wenn wir sie nur ein einziges Mal an einem zauberhaften Tag flüchtig wahrgenommen haben, sie in uns jedoch für immer haften geblieben sind, so wie Bilder von Frauen, die wir ein einziges Mal an einem Frühlingsmorgen in hellen, durchsichtigen Kleidern auf der Straße erblickt haben und die in unserem Leib und in unserer Seele ein nie mehr zu stillendes, unvergessliches Verlangen hinterlassen, als hätte uns das Glück gestreift.« Womit Maupassant auf Baudelaires berühmtes Gedicht *À une passante (An eine Vorüberziehende)* anspielt, das vor Augen führt, wie das Schöne in seiner Flüchtigkeit nur Trauer hinterlässt.

»Es geht schnell, das Leben!«, heißt es in der Erzählung *Adieu*. Schneller, als man denkt. Wieder einmal sorgt in ihr eine unverhoffte Begegnung dafür, dass ein in die Jahre gekommener Mann, der sich immer noch jung fühlt, diese Gewissheit fortan nicht mehr ausblenden kann. Denn eines Tages sitzt er im Zug einer dicken Frau gegenüber, die er nicht mehr als seine einstige Geliebte erkennt. Zwölf Jahre sind es her, dass die beiden zusammen waren, doch diese zwölf Jahre haben aus ihr, wie es scheint, ein ganz anderes Wesen gemacht. Was ihn vollkommen erschüttert. Abends steht er dann daheim vor dem Spiegel, in dem er sich selbst sucht, so wie er in seiner Jugend war. Dass die Zeit rast, hat er lange nicht bemerkt. An diesem Tag wird ihm klar: Ein Wiederfinden gibt es nicht, es gibt nur die Kluft zwischen dem Einst und dem Jetzt, eine Kluft, die mit jedem Augenblick größer wird. Festhalten kann man sich nur an einem Fetisch, und bestehe er auch nur aus einem Bild, das man sich von jemandem gemacht hat und das mit der Wirklichkeit schon längst nicht mehr übereinstimmt.

In *Die Nacht* schildert Maupassant, wie ihn einmal auf dem Mittelmeer Klänge, die aus der Ferne herüberwehten, in einen geradezu halluzinatorischen Zustand versetzten. Die Realität schien dabei in die Schwebe zu geraten, die Zeit schien wie aufgehoben. Er habe sich, so schreibt er, in diesen Augenblicken wie das Spielzeug eines betörenden Traums gefühlt, in einem Zustand, der ihn das Bodenlose nicht mehr als Gefahr, sondern als Anflug von Glück erleben ließ. Und er beschreibt, wie seine Sinne in einen Taumel gerieten und zugleich wie nie zuvor geschärft wirkten, während sie alle ineinanderspielten und das Gefühl reiner Gegenwart erzeugten. Mitten auf dem nächtlichen Meer schien er von aller Erdenschwere erlöst und mit dem Unendlichen vereint. Wenige Jahre später, in der Pariser Nervenanstalt, drängten sich ihm dann Bilder und Klänge auf, die ihn nur noch in Angst versetzten. Wie sehr die Delirien des Schönen und des Schrecklichen ganz nahe beieinanderliegen können, hat Maupassant in seinen Geschichten dutzendfach beschrieben. Es bedurfte dafür keiner Gruselromantik, sondern bloß ganz gewöhnlicher, alltäglicher Begebenheiten.

ZUM AUTOR UND HERAUSGEBER

Guy de Maupassant wurde als Sohn einer lothringischen Adelsfamilie 1850 auf Schloss Miromesnil bei Dieppe geboren. Er studierte einige Zeit Jura in Paris, nahm am deutsch-französischen Krieg von 1870/71 teil und war ab 1871 Beamter in Pariser Ministerien. Mit zahlreichen Erzählungen und Romanen gilt er neben Balzac, Flaubert und Zola als einer der großen französischen Erzähler des 19. Jahrhunderts. Er starb 1893 in Paris.

Karl-Heinz Ott wurde 1957 in Ehingen an der Donau geboren. Er veröffentlichte die Romane *Ins Offene* (1998), *Endlich Stille* (2005), *Ob wir wollen oder nicht* (2008) und *Wintzenried* (2011) sowie den Essay *Tumult und Grazie. Über Georg Friedrich Händel* (2008). Für seine Werke wurde er u.a. mit dem Thaddäus-Troll-Preis, dem Alemannischen Literaturpreis, dem Candide-Preis, dem Preis der LiteraTour Nord und dem Johann-Peter-Hebel-Preis ausgezeichnet. Karl-Heinz Ott lebt in Freiburg.

TEXTNACHWEISE

Übersetzung der Erzählungen aus: Guy de Maupassant: *Contes et nouvelles* (2 Bde.). Bibliothèque de la Pléiade. Texte établi et annoté par Louis Forestier. Éditions Gallimard, Paris 1974/1979.

Villons *Ballade des dames du temps jadis* wird in der Übertragung von Martin Remané wiedergegeben (*Die Lebensbeichte des François Villon*. Rütten & Loening, Berlin 1976, S. 80ff.).

Baudelaires Gedicht *Correspondances* aus *Les Fleurs du Mal* wird in der Übertragung von Carlo Schmid wiedergegeben (Charles Baudelaire: *Die Blumen des Bösen*. Insel Verlag, Frankfurt/M. 1976, S. 18).

Rimbauds Gedicht *Voyelles* wird in der Übertragung von Walther Küchler wiedergegeben (Arthur Rimbaud: *Sämtliche Dichtungen*. Verlag Lambert Schneider, Heidelberg 1978, S. 107).

SUSAN ELIZABETH
PHILLIPS

DIE TRAUMWELT

ROMAN

ERSCHIENEN BEI HESTIA

Aus dem Amerikanischen übersetzt
von Edith Walter

Titel der Originalausgabe
GLITTERBABY

Printed in Germany
ISBN 3-7770-0405-7

PUBLISHED BY ARRANGEMENT WITH
DELL PUBLISHING CO., INC., NEW YORK, N.Y.

Umschlaggestaltung: Graupner & Partner, München
Umschlagillustration: © The Image Bank
Fotograph: Javier Romero
Satz: MPM, Reitmehring
Druck und Bindung: May + Co. KG, Darmstadt

In Liebe für Lydia

Dank der Autorin

So viele Leute haben mir direkt oder indirekt bei diesem Buch geholfen. Mein besonderer Dank gilt den folgenden:

Allen aus der Welt der Mode und des Films, die meine Fragen so freundlich beantwortet haben: David Price, Calvin Klein Ltd., Ford Models, Inc., dem Produktionsstab und Ensemble von *Flanagan*.

Meiner Lektorin Maggie Lichota und meinem Agenten Steven Axelrod, zwei Menschen, die Schriftsteller wirklich mögen.

»The Group«, Dionne Brennan Polk und Mary Shukis, die mich von Anfang an unterstützten. Rosanne Kohake und Ann Rinaldi für ihre klugen Ratschläge. Barbara Bretton und Joy Nobisso für ihre Hilfe.

Freunden und Nachbarn, die mir ihr spezielles Wissen vermittelten: Simone Baldeon, Thelma Canty, Don Cucurello, Dr. Robert Pallay, Joe Phillips und dem Personal der öffentlichen Bibliothek von Hillsborough.

Ty und Zachary Phillips, den besten Kindern der Welt.

Ganz besonders danke ich Bill und Dr. J. für die Inspiration.

Susan Elizabeth Phillips

1

Glitter-Baby war wieder da. Sie blieb unter dem bogenförmigen Eingang der Galerie stehen, damit die Gäste der Vernissage Zeit hatten, sie zu erkennen. Leises Partygeplauder vermischte sich mit dem Straßenlärm, während die Besucher mehr oder weniger interessiert die neue Kollektion afrikanischer Primitiver betrachteten, die an den stuckierten Wänden der renommierten Galerie Orlani hing. Es duftete nach Joy, der zur Zeit so beliebten Parfüm-Création, und es roch intensiv nach Geld. Sechs Jahre waren vergangen, seit Glitter-Babys Gesicht eines der berühmtesten in ganz Amerika gewesen war. Sie fragte sich, ob man sich ihrer noch erinnerte, und was sie tun sollte, wenn man sie nicht erkannte?

Sie blickte in einstudierter Pose gelangweilt vor sich hin, die Lippen leicht geöffnet, die ringlosen Hände locker an den Seiten hinunterhängend. In den schwarzen Riemchensandalen mit den hohen bleistiftdünnen Absätzen maß sie weit über einsachtzig, eine schöne Amazone mit einer dichten Haarmähne, die ihr über die Schultern fiel. Für New Yorks Spitzenhaarkünstler, die nur mit ihrem Vornamen firmierten, war es ein Spiel gewesen, mit einem einzigen Wort die richtige Bezeichnung für ihre Haarfarbe zu finden, und sie hatten sich eine ganze Menge einfallen lassen: Champagner, Karamel, Toffee, aber sie hatten nie das Gefühl, die richtige Nuance getroffen zu haben.

Tatsächlich spielte ihr Haar in allen diesen Tönen, war ein Gespinst aus sämtlichen Schattierungen von Blond. Es war aber nicht nur ihr Haar, das Männer zu Dichtern werden ließ; alles an Glitter-Baby schien zu Superlativen zu reizen. Eine berühmte Moderedakteurin hatte die Iris von Fleur Savagars Augen »golden, schildpattfarben und smaragdgrün gesprenkelt« genannt.

Sechs Jahre später, an diesem Septemberabend 1982, war sie schöner denn je. Sie sah auch gelangweilt und ein bißchen gönnerhaft aus. In den nicht haselnußbraunen Augen war ein Hauch von Hochmut, das wie von Bildhauerhand geformte

Kinn verriet Arroganz. Aber das war nur Pose, denn im tiefsten Innern hatte Fleur Savagar schreckliche Angst, und im Moment hätte sie am liebsten kehrtgemacht und wäre davongelaufen. Statt dessen atmete sie einmal tief und ruhig ein und aus. Sie lief nicht mehr weg; das hatte sie hinter sich. Sie hatte es sechs Jahre getan, war gelaufen und gelaufen. Jetzt war es genug. Sie war nicht mehr neunzehn. Glitter-Baby war erwachsen, und nie wieder würde sie jemand verletzen können.

Sie beobachtete die Menge einige Minuten. Ein paar von den Anwesenden hatte sie ziemlich gut gekannt, andere nur flüchtig. Diana Vreeland in einem Abendcape von Yves Saint-Laurent betrachtete einen Bronzekopf von Benin, während Mikhail Baryshnikov Mittelpunkt einer kleinen Gruppe von Frauen war, die sich mehr für russischen Charme als für afrikanische Primitive interessierte.

Obwohl sich noch ein paar fersenfreie hochhackige Schuhe und Discokleider aus der vergangenen Saison herübergerettet hatten, stellte Fleur fest, daß die meisten jungen Frauen trugen, was im Augenblick als schick galt — ins Weibliche variierte Smokings, eine Mode, die der Mann, der ihr Kleid entworfen hatte, »Mannweiber auf Abwegen« nannte. Selbstverständlich trug man in der Galerie Orlani Jäckchen aus russischem Luchs zum Smoking und von Peretti entworfene Handtäschchen aus zwanzigkarätigem Goldgeflecht; natürlich von Tiffany.

Fleurs Kleid war ganz anders. Darauf hatte ihr Modeschöpfer besonders geachtet. »Du mußt elegant sein, Fleur. Eleganz, Eleganz, Eleganz in dieser trostlos tristen Ära.« Er hatte schwarzen Samt schräg zugeschnitten und ein Kleid mit klaren Linien geschaffen — mit hohem Kragen und ärmellos. Hoch über dem Knie hatte er den Rock bis zum Knöchel diagonal aufgeschlitzt und in die Öffnung wasserfallartige Volants aus feinstem schwarzem *point d'esprit* eingearbeitet.

Und dann hatte man sie bemerkt, fing an, sich zu ihr umzudrehen, und sie dachte nicht mehr an ihr Kleid und nicht mehr an ihre Füße. Sie nahm wahr, wie Neugier im Bruchteil einer Sekunde in Erkennen umschlug, und atmete langsam aus. Eine kurze Stille trat ein, und dann schwenkte ein bärtiger Fotograf seine Hasselblad hastig von der französischen Schauspielerin zu Fleur und schoß das Bild, das am nächsten Tag die ganze Titelseite von *Women's Wear Daily* einnahm.

Am entgegengesetzten Ende des Raums kniff Adelaide

Abrams, New Yorks bekannteste Klatschkolumnistin, die Augen zusammen und starrte zu dem überwölbten Eingang hinüber. Das konnte nicht sein! War sie schon ganz von der Rolle? Lieber Gott, wenn sie sich jetzt irrte, brachte sie sich um. Sie machte einen raschen Schritt nach vorn und prallte mit einem millionenschweren Grundstücksspekulanten zusammen, stürmte weiter, ohne sich zu entschuldigen, und sah sich wild nach ihrem Fotografen um. Wo war er? Ich bring ihn um! dachte sie. Wenn ich ihn finde, bring ich ihn um. Und dann mich. Mistkerl! Scheiße. Die Schnepfe von *Harper's Bazaar* marschierte schon schnurstracks zum Eingang. Adelaide Abrams holte tief Atem, galoppierte an zwei verblüfften Damen der Gesellschaft vorbei und setzte zum Endspurt mit dem Ziel Fleur Savagar an.

Fleur hatte das Wettrennen zwischen *Harper's* und Adelaide Abrams beobachtet und wußte nicht, ob sie erleichtert sein sollte oder nicht, als sie sah, daß Adelaide gewann. Adelaide war ein schlaues altes Huhn, und es würde nicht leicht sein, sie mit Halbwahrheiten und vagen Antworten abzuspeisen, besonders nicht nach all dem Klatsch.

»Fleur mein Gott sind das wirklich Sie ich kann einfach nicht glauben was ich mit eigenen Augen sehe mein Gott sehen Sie wunderbar aus!« rief Adelaide ohne Punkt und Komma und in einem einzigen Atemzug.

»Hallo, Adelaide!« Fleur hatte eine musikalische Stimme, der man den Mittelwesten kaum anmerkte, und niemand, der sie hörte, hätte vermutet, daß Englisch nicht ihre Muttersprache war. Sie bückte sich, und die beiden Frauen legten die Wangen aneinander. Als Fleur sich aufrichtete, war ihre Kinnspitze auf gleicher Höhe mit dem Scheitel von Adelaides sorgfältig mit Henna gefärbtem Haar.

Entschlossen zog Adelaide sie in den hintersten Winkel des Raums, so daß die anderen Presseleute nicht an sie herankonnten, und sah sie dann vorwurfsvoll an. »Neunzehnhundertsechsundsiebzig war ein schlimmes Jahr für mich, Fleur. Das Klimakterium hatte mich am Wickel. Hoffen Sie zu Gott, daß Sie nie durchmachen müssen, was ich durchmachen mußte. Es hätte mir sehr geholfen, wenn Sie mir Ihre Geschichte anvertraut — mir ein paar Zeilen geschrieben und erzählt hätten, was passiert war. So mußte ich mich ständig fragen, warum das berühmteste Model der Welt, das noch sein ganzes Leben vor sich hatte, plötzlich auf und davon ging. Ich hätte alles leichter ertragen. Wenn ich nur die Story gehabt hätte, wäre ich trotz der Hitzewallungen glücklich gewesen.«

Fleur lachte und nahm ein Glas Champagner vom Tablett eines vorübereilenden Kellners. »Sie haben sich überhaupt nicht verändert, Adelaide«, sagte sie. »Und Sie werden mir meine Geheimnisse auch nicht in Ihrer bewährten Rolle der jüdischen Mama abschwatzen.«

»Ach, zum Teufel!« Adelaide zuckte mit den Schultern. »Einen Versuch ist es allemal wert. Sie wären überrascht, wenn Sie wüßten, wie viele Leute, die's eigentlich besser wissen müßten, sich auf diese Weise ausquetschen lassen. Die Dummen werden eben nie alle.«

Sie griff sich jetzt auch ein Glas von einem vorüberschwebenden Tablett.

»Mich quetscht niemand mehr aus. Das habe ich hinter mir.«

Adelaide sah sie nachdenklich an. »Sie sind keine Närrin, Fleur. Sie waren nie eine. Ich erinnere mich noch genau an die erste Story, die ich über Sie geschrieben habe. Sie waren siebzehn und zum erstenmal Titelbild der *Vogue*. Dieses Bild vergesse ich nie, und wenn ich hundert Jahre alt werden sollte. Es war zeitlos. Dieser Knochenbau — und diese wunderbaren großen Hände — ringlos, die Nägel nicht lackiert —, mit denen Sie Ihr Haar zusammenrafften und in die Höhe hielten. An dem Tag, an dem wir uns kennenlernten, schoß man Pelzaufnahmen von Ihnen. Und in den Pausen verzogen Sie sich in eine Ecke, um Geometrie oder Biologie oder was Ähnliches zu lernen, während die Szene neu ausgeleuchtet wurde. Erst siebzehn, und Sie trugen einen Chinchillamantel, für den ich ein paar Jahre meines Lebens gegeben hätte, und Diamantenklunker von Harry Winston, die bestimmt eine Viertelmillion wert waren. Sie saßen in der Ecke mit einem Schulbuch auf den Knien und einem großen Stück Kaugummi im Mund. Ich weiß auch noch, was Belinda damals getan hat. In dem Moment, in dem sie den Kaugummi entdeckte, griff sie Ihnen in den Mund und holte ihn raus. Das werde ich nie vergessen.«

Über Belinda wollte Fleur am allerwenigsten sprechen, obwohl sie wußte, daß es unvermeidbar war. Auf jeden Fall konnte sie es noch eine Weile hinausschieben. »Ich war fast die ganze Zeit in Europa, Adelaide«, sagte sie. »Es gab da einiges, über das ich mir klarwerden mußte.«

»Das kann ich verstehen. Sie waren sehr jung und hatten alles andere als eine normale Kindheit gehabt. Es war Ihr erster Film, und die Leute in Hollywood sind nicht immer feinfühlig, anders als wir New Yorker. Aber als Sie endlich zurückkamen, wollten Sie mit niemandem reden. Sechs Jahre, Fleur. Worüber muß man sechs Jahre lang nachdenken, um sich Klarheit zu verschaffen?«

»Über meine Probleme eben.«

Fleur sagte es leichthin, doch ihr Gesicht hatte jenen abweisend verschlossenen Ausdruck, den Adelaide aus jahrelanger Erfahrung kannte. Sie war in eine Sackgasse geraten. Schnell änderte sie die Richtung. »Gut. Dann verraten Sie mir jetzt mal Ihr Geheimnis, Sie rätselhaftes Wesen. Ich hätte geschworen, daß Sie nicht noch schöner werden könnten, für mich nur wieder einmal ein Zeichen dafür, wie wenig ich weiß. Sie sehen jetzt noch viel besser aus als mit neunzehn. Ich wünschte, wir alle hätten dieses Glück.«

Fleur lächelte und nahm das Kompliment gelassen hin. Sie war ein fast völlig uneitler Mensch, weil sie nie begriffen hatte, wieso alle wegen ihres Aussehens aus dem Häuschen gerieten. Sie fand ihr Gesicht zu kräftig, zu ausgeprägt, den Knochenbau, von dem Fotografen und Moderedakteurinnen so begeistert waren, zu männlich. Ihre Körpergröße und ihre großen Hände und Füße waren ihrer Ansicht nach einfach unmöglich.

Adelaides nächste Frage traf sie wie ein Regenguß aus heiterem Himmel. »Haben Sie Belinda gesehen?«

»Tut mir leid, Adelaide, aber über Belinda spreche ich nicht. Was zwischen uns passiert ist, geht nur sie und mich etwas an, machen Sie draus, was Sie wollen. Über *Sunday Morning Eclipse* habe ich ebenfalls nichts zu sagen — ebensowenig über alles andere, das sich vor sechs Jahren ereignet hat. Mit der Vergangenheit habe ich abgeschlossen.«

Adelaide seufzte tief und gepeinigt auf. »Sie waren ein so liebes Kind, Fleur. Ich weiß nicht, was mit Ihnen geschehen ist. Aber schön, sprechen wir eben über etwas anderes. Zum Beispiel, was für Pläne Sie für Ihr restliches Leben haben und woher Ihr Kleid stammt. So etwas hat seit Jahren niemand mehr getragen. Es erinnert mich daran, was Mode früher einmal war.« Sie wies mit einer ruckartigen Kopfbewegung hinter sich und schnaubte geringschätzig. »Frauen im Smoking. Daß ich das noch erleben mußte! Und ja kein Wort der Kritik darüber. Gott behüte! Dann heißt es sofort, daß man verkalkt und verknöchert ist und nicht mehr weiß, was läuft.«

Fleur lachte spitzbübisch. »An dem Tag, an dem Sie nicht mehr wissen, was läuft, gehen in der Hölle alle Feuer aus. Und danke für das Kompliment, das Sie mir über mein Kleid gemacht haben. Es ist wirklich schön, nicht wahr? Der Mann, der es entworfen hat, kommt später auch her — falls Sie ihn also kennenlernen möchten ... Jetzt entschuldigen Sie mich bitte, da sind ein paar Leute, denen ich guten Tag sagen muß. Und ich glaube, ich sollte auch mit der Dame von *Harper's* ein paar Worte reden, bevor sie Ihnen mit ihren Blicken ein Loch in den Rücken brennt.«

Sie wollte gehen, aber Adelaide packte ihren Arm und hielt sie auf. Diesmal war sie ehrlich besorgt. »Einen Moment, Fleur. Bevor Sie sich umdrehen, sollten Sie wissen, daß Belinda eben hereingekommen ist.«

Fleur überkam ein seltsames Schwindelgefühl, als sei sie zu schnell aufgestanden. Das hatte sie nicht erwartet. Wie dumm von ihr. Verdammt! Sie war nicht bereit — es war zu früh. Sie drehte sich langsam um und wußte, ohne es sehen zu müssen, daß fast alle Augen auf sie gerichtet waren.

Belinda lockerte ihr Halstuch, das sich in den Kragen ihres goldfarbenen Zobels schmiegte, als sie Fleur entdeckte. Sie schien zu erstarren, ihre Finger blieben wie gelähmt auf dem Knoten des Halstuchs liegen, ihre Lippen waren leicht geöffnet, die unvergeßlichen hyazinthblauen Augen weiteten sich.

Belinda. Fünfundvierzig und noch immer schön, obwohl man ihr jetzt ansah, wie sorgfältig zurechtgemacht sie war. Ihr blondes Haar war jetzt eine Nuance heller, aber noch genauso frisiert wie früher: kinnlang und seitlich gescheitelt wie bei Grace Kelly in dem hervorragenden Film *Bei Anruf Mord* — eine Frisur aus den fünfziger Jahren, die, weil Belinda sie trug, nie unmodern wirkte. Obwohl von Zobel umhüllt wie von einem Kokon, sah Fleur, daß Belinda so schlank war wie früher. Die Haut unter ihrem Kinn war noch straff, und die kniehohen weichen Lederstiefel schmiegten sich an schlanke, wohlgeformte Waden.

Belindas Finger begannen auf jene merkwürdige Weise zu flattern, die für sie charakteristisch war. Ohne den Umstehenden auch nur die geringste Aufmerksamkeit zu schenken, ging sie direkt auf Fleur zu. Sie zog die Handschuhe aus, stopfte einen in die Manteltasche und merkte nicht einmal, daß ihr der zweite hinunterfiel. Dann streckte sie die Hand aus.

»Fleur.«

Es folgte ein Augenblick so vollkommener Stille, wie man ihn oft inmitten einer größeren Menschenansammlung erlebt.

»Hallo, Belinda.« Fleur nahm die ausgestreckte Hand nicht.

Doch Belinda war hartnäckig. Sie wich nicht. Obwohl ihre Hand angefangen hatte zu zittern, streckte sie sie noch ein bißchen weiter aus. »Die Leute beobachten uns, Liebling«, sagte sie leise. »Wahren wir wenigstens den Schein.«

»Ich spiele niemandem mehr etwas vor, Mutter.« Fleur wandte sich ab und ging.

Die Hand linkisch ausgestreckt, blieb Belinda stehen, aber ihr wurde nicht einmal bewußt, daß sie lächerlich gemacht worden war. Sie konnte nur an ihre Tochter denken.

Glitter-Baby.

Der Name war in einer Redaktion erfunden worden. Ein perfekter Name für ihre wunderschöne Fleur, das Geschöpf, das sie geschaffen hatte. Das Geschöpf, das Alexi vernichten wollte. Aber Fleur war nie Alexis Tochter gewesen, Fleur war Flynns Tochter — ihre Tochter — und auf ganz besondere Weise auch die Tochter von Jimmy.

Sie griff unter ihren Mantel und berührte das kleine Amulett, das sie jetzt wieder an einem Kettchen unter dem Kleid trug. Flynn hatte es ihr während jener goldenen Tage im Garden of Allah geschenkt, aber angefangen hatte es dort nicht.

Der Anfang ... Sie erinnerte sich so deutlich an ihn wie an die Zeitung, die sie heute morgen gelesen hatte. An den Tag, an dem alles begann.

Es war ein Donnerstag im September und sogar nach kalifornischen Maßstäben ungewöhnlich heiß. Es war der Tag, an dem sie James Dean begegnet war ...

Das Baby des Barons

»Hier bin ich — noch immer unfähig, mich selbst zu verstehen. Noch immer weiß ich nicht, wer ich bin. Suche noch immer nach meiner Seele.«

Errol Flynn:
My Wicked, Wicked Ways

2

Man schrieb 1955, und Jonas Salk war der Mann, den Amerika vergötterte. Kinder durften wieder in den städtischen Freibädern schwimmen und in Sommerlager fahren, ohne daß die Eltern die Geißel der Kinderlähmung fürchten mußten, die sie bisher bedroht hatte. Gott segne Jonas Salk, er hatte Amerika von der Angst befreit.

Im Weißen Haus saßen Ike und Mamie Eisenhower, Anthony Eden regierte in Downing Street Nr. 10 (und die meisten Leute fanden es ganz und gar nicht richtig, daß Churchill nicht mehr da war), und Juan Peron war in Paraguay untergetaucht.

Walt Disney kreierte Mützen mit Mäuseohren und Mützen aus Waschbärenfell, Madison Avenue setzte auf Deo-Rollstifte und Filterzigaretten. Ganz Amerika putzte sich die Zähne mit Ipana, kaufte Polaroid-Land-Kameras und benutzte »Modess — weil . . .«

Für Heirat und Ehe standen die Sterne nicht günstig. Prinzessin Margaret entschloß sich, ihre königlichen Geburtsrechte doch nicht ihrer Liebe zu opfern und ersparte Group Captain Peter Townsend auf diese Weise ein Leben, das wahrscheinlich sehr unglücklich geworden wäre; und Joe diMaggio und die blonde Sexbombe Marilyn Monroe machten Schluß miteinander. Das Mausoleum und Joes Trauerrosen lagen noch in weiter Ferne.

Es war Marilyn, an die Belinda Britton dachte, als sie in Schwab's Drugstore auf dem Sunset Boulevard ein Exemplar von *Modern Screen* aus dem Zeitschriftenständer nahm. Sie konnte es kaum erwarten, Marilyns neuesten Film *Das verflixte siebente Jahr* zu sehen. Als sie die Zeitschrift durchblätterte, wünschte sie sich, daß nicht Tom Ewell Marilyns Partner wäre. Er war nicht besonders attraktiv. Ihr wäre lieber gewesen, wenn wieder Robert Mitchum die männliche Hauptrolle gespielt hätte, wie in *Fluß ohne Wiederkehr*; auch Rock Hudson hätte ihr gefallen — oder noch besser: Burt Lancaster.

Vor einem Jahr war sie in Burt Lancaster schrecklich verliebt gewesen. Als sie *Verdammt in alle Ewigkeit* sah, hatte sie das Gefühl gehabt, sie und nicht Deborah Kerr liege von Wellen umspült mit ihm am Strand, und ihre Lippen seien es, die er küßte. Sie hätte gern gewußt, ob Deborah Kerr den Mund geöffnet hatte, als Burt sie küßte. Irgendwie glaubte sie es nicht so recht. Deborah schien nicht dieser Typ zu sein. Hätte sie die Rolle gespielt, hätte sie die Lippen geöffnet, damit Burt Lancasters Zunge eindringen konnte. Wetten daß?

»Entschuldigen Sie, Miss, könnten Sie mir ein Exemplar von *Reader's Digest* reichen?«

Belinda holte das Magazin vom Ständer und tauschte dann ihr *Modern Screen* gegen eine Nummer von *Photoplay* mit Kim Novak auf dem Cover aus. Auf dem Weg zur Kasse wurde ihr bewußt, daß sich ihre Tagträume schon lange nicht mehr mit Burt Lancaster oder Tony Curtis oder allen übrigen beschäftigt hatten. Sechs Monate, um genau zu sein. Sechs Monate war es her, seit sie jenes magische Gesicht gesehen hatte, gegen das all die anderen gutaussehenden Gesichter verblaßten und bedeutungslos wurden.

Zwei Wochen nachdem sie das Gesicht zum erstenmal gesehen hatte, war sie nach Hollywood gefahren, ohne das Ende ihres letzten Schuljahrs abzuwarten. Zum Teufel damit, auch wenn sie die Drittbeste ihrer Klasse war. Ein High-School-Diplom war die unwichtigste Sache der Welt, wenn man sich vom Leben nur eins wünschte: ein Filmstar zu werden. Durch *ihn* hatte sie den Mut gefunden, diesen Weg zu gehen.

Während sie sich an der Kasse hinter der Frau anstellte, die den *Reader's Digest* gekauft hatte, überlegte sie, ob ihre Eltern sie überhaupt vermißten. Es war eine dumme Frage. In der Öffentlichkeit, vor ihren Freunden, würden sie ein Lamento um die Tochter anstimmen, doch insgeheim waren sie froh, daß sie fort war. Aber sie durfte sich nicht beklagen, sie schickten ihr hundert Dollar monatlich, damit sie keine »niedrige« Arbeit annehmen mußte, was sie als Schande empfunden hätten, hätten Freunde oder Bekannte davon erfahren.

Ihre Eltern hatten beide die Vierzig schon hinter sich gehabt, als sie geboren wurde. Dr. Britton hatte eine gutgehende Arztpraxis in Indianapolis, Mrs. Britton übte Wohltätigkeit in Krankenhäusern. Edna Cornelia, wie sie die Tochter tauften, kam beiden höchst ungelegen. Sie waren weder grausame noch herzlose Menschen, kauften ihr wunderschöne Puppenhäuser, Puppenteeservices aus feinem Porzellan und jedes Spiel, um das sie bat. Als sie älter wurde, gaben sie ihr ein großzügiges Taschengeld und erlaubten ihr immer, in das zwei Blocks entfernte Kino zu gehen, aber sie redeten nicht viel und spielten überhaupt nicht mit ihr.

Das Ergebnis war, daß sie mit einem Gefühl leichter Panik aufwuchs, mit dem Gefühl, irgendwie unsichtbar zu sein. Andere Leute sagten ihr, sie sei ungewöhnlich hübsch, ihre Lehrer sagten, sie sei intelligent, aber ihre Komplimente bedeuteten ihr nichts. Wie konnte jemand, der unsichtbar war, etwas Besonderes sein?

Mit neun Jahren machte Belinda eine magische Entdeckung. Wenn sie in der letzten Reihe des Palace-Theaters saß, vergaß sie alles, was sie bedrückte. Sie brauchte sich nur einzubilden, sie sei eine jener wunderbaren Frauen, die vor ihr über die Leinwand flimmerten, die Gesichter und Körper überlebensgroß.

Sie schwor sich, daß auch sie es eines Tages schaffen werde, zu diesen schönen, angebeteten Frauen zu gehören. Auch sie wollte einen Platz auf der Leinwand einnehmen. Sie würde alle Hindernisse überwinden.

Sie überwand natürlich keins, denn sie war noch ein Kind, und Kinder blieben bei ihren Eltern, bis sie erwachsen waren, selbst wenn die Eltern sich nicht besonders viel aus ihnen machen.

»Sie schulden mir fünfundzwanzig Cents, Schönheit.« Der Kassierer war ein gutaussehender, Kaugummi kauender Blondschopf, ganz offensichtlich ebenfalls ein Schauspieler ohne Engagement. Bewundernd musterte er Belindas Figur; sie trug ein modisches, sehr schmal geschnittenes marineblaues Baumwollkleid mit weißen Besätzen und einem mohnroten Lackledergürtel.

Sie zog sich jedoch nicht immer so elegant an, wenn sie zu Schwab's ging. Manchmal trug sie ihre engsten schwarzen dreiviertellangen Sporthosen, ein rückenfreies Oberteil mit Nackenband, viel nackte Haut um die Taille herum, eine dunkle Brille und die hochhackigsten Schuhe, die sie besaß. So angezogen, kämmte sie sich das Haar auf der rechten Seite nach hinten und hielt es dicht über dem Ohr mit einem kleinen pinkfarbenen Kamm zusammen. Regisseure suchten ständig nach neuen Typen, und sie wollte einfach jederzeit bereit sein.

Sie hatte feine, zarte Züge und hielt peinlich genau darauf, sie durch ein entsprechendes Make-up aufs vorteilhafteste zu betonen. Passend zu ihrem mohnroten Gürtel hatte sie heute einen mohnroten Lippenstift aufgetragen und ein wenig Crème Rouge direkt unter die Wangenknochen getupft, um ihre Konturen hervorzuheben; den Trick hatte Bud Westmore, der Maskenbildner der Stars, in einem Artikel verraten, der im *Movie Mirror* erschienen war. Ihre hellen Wimpern tönte sie mit dunkelbraunem Mascara, um ihre ungewöhnlich sprechenden hyazinthblauen Augen — das absolut Schönste an ihr — am besten zur Geltung zu bringen; Augen von so intensivem Blau und von solcher Unschuld, daß man sie nur schwer vergessen konnte.

Als sie sich vom Tresen abwandte, entdeckte sie in einer der hinteren Nischen einen jungen Mann, der mit einem Buch vor der Nase bei einer Tasse Kaffee saß. Belindas Herz schlug einen Purzelbaum, obwohl sie sich sagte, daß sie wieder nur eine Enttäuschung erleben werde.

Es passierte ihr oft, daß sie jemandem begegnete, der aussah wie *er.* Sie dachte so viel an ihn, daß es fast an der Tagesordnung war. Einmal war sie beinah eine halbe Stunde hinter einem Mann hergelaufen und hatte dann erst festgestellt, daß er eine große, häßliche Nase hatte, die nicht in das Gesicht ihrer Träume paßte.

Von Erregung, von Erwartung getrieben, ging sie langsam auf die Nische zu. Seine Hand mit den bis ans Fleisch abgebissenen Nägeln griff nach der Packung Chesterfield, die offen vor ihm lag, und schnippte eine Zigarette heraus. Belinda hielt den Atem an, wartete darauf, daß er aufblickte, und ihr Herz klopfte so laut, daß sie glaubte, das Dröhnen lösche die ganze Welt aus — nur nicht den Anblick des Mannes vor ihr.

Die Zigarette unangezündet im Mundwinkel, blätterte er eine Buchseite um und öffnete dann mit dem Zeigefinger die Streichholzschachtel. Belinda stand schon fast neben seiner Nische, als er das Buch weglegte, sich aufrichtete und ein Streichholz anzündete. Im selben Moment sah er auf, und Belinda blickte durch einen grauen Rauchschleier in die kühlen blauen Augen von James Dean.

Zugleich fühlte sie sich zurückversetzt ins Palace-Theater in Indianapolis. Man spielte *Jenseits von Eden.* Sie saß in der letzten Reihe, als das Gesicht, das sie jetzt vor sich hatte, auf die Leinwand katapultiert wurde. Mit der hohen, intelligenten Stirn und den rastlosen blauen Augen hatte es sich in ihr Leben gedrängt. Ein wahres Feuerwerk brannte in ihr ab, Feuerräder drehten sich, und sie hatte das Gefühl gehabt, als habe man ihr die Luft aus dem Körper gepreßt.

Der böse Junge Jimmy Dean mit dem schwelenden Blick und dem schiefen Grinsen. Bad Boy Jimmy, der die Welt nicht ernst nahm und nur lachte, wenn man ihm sagte, er solle sich zum Teufel scheren. Seit sie ihn damals im Palace-Theater auf der Leinwand gesehen hatte, war er alles für sie. Das helle Leuchtfeuer, der Rebell, der Ruf, der Geist. Sein leicht seitlich geneigter Kopf, die lässige Schulterhaltung drückten aus, daß da ein Mann aus eigener Kraft lebte und nur sich selbst verantwortlich war. Sie hatte die Botschaft empfangen, abgewandelt und sich selbst angepaßt und hatte das Filmtheater als Frau verlassen, die aus eigener Kraft lebte und nur sich selbst verantwortlich war. Zwei Wochen später verlor sie auf dem Rücksitz eines Oldsmobile 88 ihre Jungfräulichkeit; der Junge hatte einen mürrischen Mund, der sie an Jimmys Mund erinnerte. Dann fuhr sie nach Hollywood und änderte unterwegs ihren Namen in Belinda, um Edna Cornelia für immer abzuschütteln.

Jetzt stand sie vor ihm und wußte nicht einmal, wie sie dahingekommen war. Ihr Herz führte einen verrückten Tanz auf, während sie sich verzweifelt wünschte, nicht gerade heute das brave marineblaue Baumwollkleid, sondern die wadenlange schwarze Hose und das freche rückenfreie Oberteil mit Nackenband zu tragen. »Dein — dein Film war wunderbar, Jimmy«, sagte sie leise, und ihre Stimme klang gepreßt wie eine zu straff gespannte Geigensaite. »*Jenseits von Eden* — ich liebe den Film.« . . . und ich liebe dich. Mehr als du dir vorstellen kannst.

Die Augen mit den schweren Lidern blinzelten in den Rauch der Zigarette, die zwischen den mürrischen Lippen hing. »Ach ja?«

Er hatte mit ihr gesprochen! Sie konnte es kaum glauben. »Ich b-bin dein gr-größter Fan«, stotterte sie. »Weiß gar nicht mehr, wie oft ich mir *Jenseits von Eden* angesehen habe.« . . . o Jimmy, du bist alles für mich. Das einzige, was ich habe. »Es war wunderbar. Du warst wunderbar.« Sie sah ihn anbetend an, und ihre hyazinthblauen Augen schickten zeitlose Botschaften der Liebe und Bewunderung aus.

Dean zuckte mit den zarten, schmalen Schultern, die noch immer über das Buch gebeugt waren.

»Ich kann's kaum erwarten, bis *Denn sie wissen nicht, was sie tun* anläuft. Die Premiere ist in einem Monat, nicht wahr?«

. . . steh auf und nimm mich zu dir mit, Jimmy. Bitte! Nimm mich mit und schlaf mit mir.

»Ja.«

Ihr Herz raste so, daß ihr schwindlig wurde. Niemand verstand ihn so gut wie sie. »Die *Giganten* sollen ja eine Riesensache werden, hab ich gehört.« . . . lieb mich, Jimmy. Ich will dir alles geben.

Er grunzte etwas Unverständliches und schaute auf das Buch hinunter, das er las. Der Erfolg hatte ihn gegen Blondinen mit hyazinthblauen Augen, die ihn anhimmelten, immun gemacht.

Sie zog sich langsam zurück. Der Gedanke, daß sein Benehmen ruppig und rüde war, kam ihr gar nicht. In ihren Augen war er ein Gigant, ein Gott. Er durfte sich über Regeln und Vorschriften hinwegsetzen, die für andere galten. »Danke«, murmelte sie und setzte flüsternd hinzu: »Ich liebe dich.«

Dean hatte es nicht gehört. Und wenn er es gehört hatte, interessierte es ihn nicht. Man hatte es ihm schon zu oft gesagt.

Den Rest der Woche verbrachte Belinda damit, sich die magische Begegnung immer wieder in Erinnerung zu rufen — was sie gesagt hatte, was sie hätte sagen sollen, was sie das nächstemal sagen wollte. Es würde ein nächstes Mal geben, das wußte sie. Seine Außenaufnahmen in Texas waren beendet, also kam er bestimmt wieder in Schwab's Drugstore. Sie würde von nun an jeden Tag hingehen, bis sie ihn wiedersah. Wenn es dann soweit war, würde sie sich ihm gegenüber in die Nische setzen. Sie würde auch nicht mehr stottern wie eine Schwachsinnige, würde besser darauf vorbereitet sein zu sagen, was sie sagen wollte. Männer hatten sie immer gemocht, und Jimmy würde bestimmt keine Ausnahme sein. Sie würde auch so sexy angezogen sein wie möglich.

Doch es war das brave marineblaue Futteralkleid, das sie am nächsten Freitagabend trug, als sie dem Mann, mit dem sie verabredet war, die Tür des kleinen, schäbigen Apartments öffnete, das sie mit zwei anderen Mädchen bewohnte. Sie hatte sich zu dem Kleid entschlossen, weil es im Rücken eine lange Reihe kleiner, widerspenstiger Knöpfe hatte und sie es dem Oktopus, mit dem sie ausging, so schwer wie möglich machen wollte.

Vor einem Monat hatte Belinda ihre erste Chance bekommen. Sie und ein paar Dutzend anderer Mädchen waren vom Assistant Casting Director der Paramount zum Vorsprechen eingeladen worden. Ihr und ein paar anderen hatte man eine kurze Szene zu lesen gegeben. Seither schwankte Belindas Stimmungsbarometer zwischen himmelhoch jauchzend und zu

Tode betrübt. Sie war dort eins der hübschesten Mädchen gewesen, doch sie wußte nicht, ob sie dem Mann gefallen hatte. Nach dem Vorsprechen hatte sie Billy Greenway kennengelernt.

Billy war der Chefbote des Besetzungsbüros der Paramount. Bisher war sie dreimal mit ihm ausgegangen und hatte ihn einmal mit ihren Brüsten spielen lassen. Als Gegenleistung hatte er versprochen, ihr eine Kopie des Memos mit dem Ergebnis des Probesprechens zu besorgen. Gestern hatte er angerufen und gesagt, er habe, was sie wolle.

»Hi, Baby.«

Er kam herein, zog Belinda an sich und küßte sie lange und viel zu stürmisch. Als sie ihn leicht von sich stieß, hörte sie in der Brusttasche seines karierten Sporthemds ein Rascheln. »Ist dies das Memo, Billy?«

Er zog sie wieder an sich, küßte ihren Nacken und atmete ihr dabei so laut und schwer in die Ohren wie die ungehobelten Jungen in Indiana, über die sie längst hinausgewachsen war. »Ich hab dir doch gesagt, daß ich's mitbringe. Sind deine Freundinnen heut zu Hause?«

»Ja, in der Küche. Los, zeig mir das Memo, Billy.«

»Später, Baby.« Seine Hände glitten zu ihren Hüften hinunter.

Sie stieß ihn noch weiter weg als vorher und warf ihm ihren eisigsten Blick zu. »Ich mag es nicht, wenn man mich anfaßt. Denk bitte dran, daß du mit einer Dame ausgehst.«

Mit einem kleinen Triumphgefühl stellte sie fest, daß er verlegen wurde. Er kam aus einer armen Familie, und eins von den Dingen, die er an ihr am meisten mochte, war die Tatsache, daß sie »Klasse« hatte, wie er es nannte. Trotzdem war ihr klar, daß sie das Papier erst bekommen würde, nachdem sie irgendeinen Preis dafür entrichtet hatte. Sie ging zu dem abgesplitterten hellen Couchtisch hinüber und griff nach ihrer Handtasche.

»Wohin gehen wir eigentlich heut abend? Du hast es mir noch gar nicht gesagt.«

»Es sollte eine Überraschung sein. Hast du Lust auf eine kleine Party im Garden of Allah?«

»Im Garden of Allah?« Belinda war gleich Feuer und Flamme. In den vierziger Jahren war das Garden eines der berühmtesten Hotels von Hollywood gewesen. Sogar jetzt stieg noch so mancher Star dort ab.

»Wie bist du denn an eine Einladung zu einer Party im Garden gekommen?«

»Ich habe Mittel und Wege. Außerdem hab ich mir von meinem Kumpel das Auto geliehen. Es ist ein großer Wagen mit weichen Sitzen, wenn du weißt, was ich meine.«

»Das kommt darauf an.«

»Worauf?«

»Auf das, was du für mich in der Tasche hast, Billy.«

Er lächelte durchtrieben. »Ich zeig es dir, nachdem wir im Canyon eine Weile angehalten haben.«

Mit einer Hand das plüschbezogene Steuer haltend, die andere auf ihre Schulter gelegt, fuhr er durch die gewundenen Nebenstraßen des Laurel Canyon, bis er einen einsamen Platz gefunden hatte. Dort stellte er den Motor ab und drehte dann den Zündschlüssel einmal kurz um, damit sie Radio hören konnten. Perez Prado spielte *Cherry Pink and Apple Blossom White.*

»Belinda, du weißt, daß ich ganz verrückt nach dir bin«, sagte Billy und vergrub das Gesicht an ihrem Hals.

Warum nur gab er ihr das Memo nicht einfach so und fuhr dann mit ihr zu der Party im Garden? Warum zwang er sie, das alles über sich ergehen zu lassen? Doch sie wußte, daß das reines Wunschdenken war. Sie bekam das Memo, dessen war sie sicher, doch vorher mußte sie Billy wenigstens ein kleines bißchen von dem geben, was er wollte. Außerdem war es das letztemal nicht schlimm gewesen. Sie hatte die Augen zugemacht und sich vorgestellt, es sei Jimmy.

»Ich bin verrückt nach dir, Baby«, murmelte er an ihrem Hals. »Total verrückt.«

Seine Küsse wanderten über ihre Wange zu ihren Lippen, und dann stieß er ihr, bevor sie richtig Atem holen konnte, die Zunge in den Mund.

Auf der Innenseite ihrer Lider erschien Jimmys Gesicht, und ihre Spannung löste sich ein wenig. Bad Boy Jimmy, nimmst dir, was du willst, ohne zu fragen . . . Sie stöhnte leise auf, als sie die rauhe Zunge spürte. Bad Boy Jimmy, wie süß. Mach's mir mit der Zunge, Jimmy. Tu's . . .

Seine Hände tasteten wie im Fieber auf ihrem Kleid herum, kneteten ihre Brüste, verbrannten ihr die Haut durch den Stoff und durch ihren weißen Baumwoll-BH. Dann zupften sie an den Knöpfen. »So ein Mist, Belinda . . .«

»Pst, sag nichts. Bitte sag nichts.«

Die Zunge tief in ihrem Mund, arbeitete er an den Knöpfen. Sie fühlte kalte Luft auf ihrem Rücken und den bloßen Schultern, als er ihr das Kleid bis zur Taille abstreifte. Dann rutschte auch ihr BH bis zur Taille hinunter, und Billy löste sich von ihr.

Sie wußte, daß er sie jetzt ansah, und kniff die Augen noch fester zusammen. Findest du meine Brüste schön, Jimmy? Ich mag es, wenn du sie ansiehst. Ich mag es, wenn du sie anfaßt.

Warm strich sein Atem über ihre Haut, dann schlossen sich seine Lippen heiß und feucht um eine Brustwarze. Sie fühlte eine Hand auf ihrem Knie, die auf dem Strumpf nach oben und über den Strumpfhalter höher glitt, bis sie bloße Haut an der Innenseite ihrer Schenkel berührte. Sie öffnete die Schenkel für ihn. Ein Finger streichelte sie durch das Nylon, ließ nicht ab, bis sie lichterloh brannte, und schob sich dann langsam unter das Gummiband. Ja.

Faß mich an, Jimmy. Faß mich hier an. Mein schöner Jimmy. O ja ... Er nahm ihre Hand, zog sie zwischen seine Beine, begann zu reiben. Sie riß die Augen auf. »Nein!«

Billy stöhnte. »Komm schon, Belinda! Faß ihn nur an.«

»Nein.« Sie entzog sich ihm und begann ihre Kleidung in Ordnung zu bringen. »Du glaubst doch nicht wirklich, ich würde so weit gehen, nicht wahr, Billy? Ich bin nicht wie die anderen Flittchen, mit denen du dich sonst triffst.« Sie griff hinter sich, um ihr Kleid zuzuknöpfen.

»Das weiß ich, Baby«, sagte er gepreßt. »Du hast wirklich Klasse. Aber ich mag es nicht, wenn du mich bis zum Wahnsinn reizt und dann einen Rückzieher machst.«

»Du hast dich selbst verrückt gemacht, Billy. Und wenn es dir nicht gefällt, brauchen wir uns ja nicht mehr zu treffen.«

Das war ihm nicht recht, das wollte er nicht, genau wie sie vorhergesehen hatte. Er startete den Motor und bog auf die dunkle Straße ein. Die Musik im Radio verklang, und die Nachrichten kamen. Zornig schaltete er das Radio aus. Belinda ignorierte ihn. Sie drehte den Rückspiegel zu sich herum, kämmte sich und trug frischen Lippenstift auf. Billy schmollte während der ganzen Fahrt durch den Laurel Canyon und auch noch, als er nach rechts in den Sunset Boulevard einbog. Er sah sie erst an, als er auf dem Parkplatz des Garden of Allah anhielt. Dort griff er in die Tasche, holte das Blatt Papier heraus, das sie haben wollte, und faltete es auseinander. »Was hier steht, wird dir nicht gefallen, Baby«, sagte er.

Belinda Britton, las sie. *Schöne Augen, schöne Brüste, kein Talent.*

3

Das Garden of Allah war früher Hollywoods beliebtester Tummelplatz der Stars. Ursprünglich Haus und Heim von Alla Nazimowa, der großen russischen Filmdiva, war es Ende der zwanziger Jahre in ein Hotel umgewandelt worden. Anders als das Beverly Hills oder das Bel Air, hatte es von Anfang an nie als ganz respektabel gegolten. Es wirkte irgendwie schäbig und heruntergekommen. Aber die Stars kamen trotzdem, fühlten sich geradezu magnetisch von den fünfundzwanzig spanischen Bungalows und der Party angezogen, die dort ohne Unterbrechung lief.

Tallulah Bankhead hüpfte nackt um den Pool, der die Form des von der Nazimowa so geliebten Schwarzen Meeres hatte. Scott Fitzgerald lernte Sheilah Graham in einem der Bungalows kennen. Die Männer wohnten zwischen zwei Ehen dort: Ronald Reagan, als es mit Jane Wyman zu Ende war; Fernando Lamas, nachdem er mit Arlene Dahl gebrochen hatte. Während des goldenen Zeitalters konnte man sie alle im Garden finden: Bogart und sein Baby, Ty Power, Ava Gardner. Sinatra war da und Ginger Rogers. Die Marx Brothers. Dorothy Parker und Robert Benchley. Drehbuchschreiber saßen auf weißen Gartenstühlen neben ihren Haustüren und tippten den ganzen Tag. Es gab auch Musik. Rachmaninoff probte in einem Bungalow, Benny Goodman in einem anderen. Woody Herman, Strawinsky und Leopold Stokowski wohnten dort. Und es gab immer eine Party.

An diesem Abend im September 1955 lag das Garden in Agonie. Die weißen Stuckmauern waren schmutzig und hatten Rostspuren von den schmiedeeisernen Lampenarmen, die Möbel in den Bungalows waren schäbig, und am Tag vorher hatte im Pool eine tote Maus geschwommen. Ironischerweise war die Miete für einen Bungalow hier genauso teuer wie im Beverly Hills, obwohl das Ganze vier Jahre später der Spitzhacke zum Opfer fallen sollte. Aber an diesem Septemberabend 1955 war das Garden noch immer das Garden, und noch immer tummelten sich dort ein paar Stars.

Billy hielt Belinda die Wagentür auf und streckte die Hand aus. »Komm nur, Baby, die Party wird dich aufheitern. Bestimmt sind ein paar Leute von der Paramount da. Wahrscheinlich auch welche von den anderen Studios. Ich werde dich mit ihnen bekanntmachen.«

Sie hielt das Papier mit geballten Händen auf ihren Knien fest. »Laß mich bitte ein bißchen allein, Billy. Ich komme nach.«

»Okay, Baby.« Er schlug die Tür zu und beugte sich zum offenen Fenster hinunter. »He, es gibt noch andere Studios. Du wirst es ihnen schon zeigen!«

Der Kies knirschte unter seinen Schuhen, als er sich entfernte. Das Geräusch verklang allmählich, und Belinda zerknüllte das Memo voller Zorn. Billy hatte recht. Es gab andere Studios. Paramount war ohnehin nur noch zweitklassig. Ja, sie würde es ihnen zeigen! Eine Unverschämtheit zu sagen, sie habe kein Talent. Dann sackte sie auf ihrem Sitz zusammen. Und wenn sie recht hatten? Wenn sie davon geträumt hatte, ein Filmstar zu werden, hatte sie nie daran gedacht, daß schauspielerisches Talent dazugehörte.

Ein Wagen fuhr mit laut plärrendem Radio auf den Stellplatz neben ihr. Belinda warf einen Blick hinüber. Das Pärchen hatte sich nicht einmal die Zeit genommen, den Motor abzustellen, bevor es mit dem Petting begann. Oberschüler, die sich auf dem Parkplatz des Garden of Allah versteckten.

Und dann war die Musik zu Ende, und die Nachrichten fingen an.

Es war die erste Meldung.

Der Sprecher wiederholte sie ruhig, als sei es ein ganz alltägliches Ereignis und keine Katastrophe — nicht das Ende von Belindas Leben, das Ende von allem. Sie schrie, es war ein langer, entsetzlicher Schrei und um so schrecklicher, weil er sich nur in ihrem Kopf abspielte.

James Dean war tot.

Ohne zu wissen, was sie tat, rannte sie über den Parkplatz und achtete nicht darauf, wohin sie lief. Es war ihr egal. Sie zwängte sich durch die Hecke, rannte einen Pfad hinunter und versuchte der furchtbaren Qual zu entkommen, an der sie zu ersticken drohte. Sie lief am Swimmingpool vorbei und kam am Ende des Pools zu einer großen Eiche, an der ein Telefonkasten hing. Darüber ein Schild mit der Aufschrift: FOR CENTRAL CASTING ONLY. Belinda lief, bis sie neben einem der Bungalows vor einer langen Stuckmauer stand. Es war dunkel, die Musik der Party weit entfernt. Sie fiel schlaff gegen die Mauer und weinte, bis sie glaubte, das Herz müsse ihr brechen, weinte um ihre toten Träume.

Jimmy war tot. Auf der Straße nach Salinas in einem silbernen Porsche, den er *Little Bastard* genannt hatte, tödlich verunglückt. Wie konnte das passieren? Jimmy kam aus Indiana, genau wie sie. Er hatte gesagt, alles sei möglich, und jetzt war er tot. Ein Mann lebte aus eigener Kraft und war nur sich selbst verantwortlich; und das gleiche galt für eine Frau. Ohne Jimmy konnten sich ihre Träume nicht mehr erfüllen.

»Meine Liebe, Sie machen einen ganz furchtbaren Krach. Wären Sie mir sehr böse, wenn ich Sie bäte, mit Ihrem Kummer woanders hinzugehen? Außer Sie sind sehr hübsch, natürlich. Wenn das der Fall ist, sind Sie herzlich eingeladen, hereinzukommen und ein Glas mit mir zu trinken.« Die Stimme, tief und mit leicht britischem Akzent, drang über die Stuckmauer zu ihr.

Belinda hob ruckartig den Kopf. »Wer sind Sie?«

»Das ist eine interessante Frage.« Kurze Stille, nur unterbrochen von leisem Plätschern im Swimmingpool. »Sagen wir einfach, ich bin ein Mann großer Gegensätze. Ich liebe Abenteuer, Frauen und Wodka. Nicht unbedingt in dieser Reihenfolge.«

Da war etwas an dieser Stimme ... Belinda wischte sich mit dem Handrücken die Tränen ab und sah sich nach einer Tür in der Mauer um. Sie entdeckte die Umrisse in einiger Entfernung und ging ohne zu zögern darauf zu, angezogen von der Stimme und von der Möglichkeit, ein bißchen Ablenkung von ihrem schrecklichen Schmerz zu finden.

Die Mitte des Patio war von blaßgelbem Licht überflutet, das aus dem Bungalow ins Freie fiel. Belinda blieb stehen und sah zu der dunklen Gestalt des Mannes hinüber, der allein im Schatten saß. »James Dean ist tot«, sagte sie. »Mit dem Auto tödlich verunglückt.«

»Dean?« Der Mann hob den Arm, und sie hörte das leise Klirren von Eiswürfeln. »O ja, Dean. Ein undisziplinierter Bursche. War immer für einen Krach gut. Was ich ihm ganz nebenbei nicht übelnehme. Ich habe zu meiner Zeit auch ganz hübsch gewütet. Setzen Sie sich, meine Liebe, und trinken Sie etwas.«

Sie rührte sich nicht von der Stelle. »Ich habe ihn geliebt.«

Er schnaubte verächtlich. »Liebe ist, wie ich im Lauf der Jahre entdeckt habe, ein vergängliches Gefühl und wird am besten mit einem guten Fick befriedigt.«

Belinda war geschockt. Noch nie hatte jemand in ihrer Gegenwart ein solches Wort benutzt. Sie erwiderte das erste beste, das ihr einfiel. »Ich hab nicht einmal das gehabt.«

Er lachte. »Das, meine Liebe, ist die wahre Tragödie.«

Sie hörte ein leises Knarren, der Mann stand auf und kam auf sie zu. Seiner Silhouette nach war er sehr groß, wahrscheinlich über einsachtzig, ein bißchen rundlich um die Mitte, hatte breite Schultern und hielt sich sehr aufrecht. Er trug eine weiße Segeltuchhose und ein hellgelbes Hemd mit einem locker gebundenen plastronartigen Tuch im Ausschnitt. Belinda merkte sich jede Einzelheit — die Segeltuchschuhe, die Armbanduhr mit einem Lederband und den khakifarbenen Stoffgürtel. Dann hob sie den Blick und sah in die weltmüden Augen von Errol Flynn.

Bis zu dem Abend, an dem Belinda ihn kennenlernte, hatte er schon drei Ehefrauen abgelegt und mehrere Vermögen durchgebracht. Er war sechsundvierzig, sah jedoch zwanzig Jahre älter aus. Der berühmte Schnurrbart war angegraut; das hübsche Gesicht mit dem feinen Knochenbau und der schönen Nase hatte Hängebacken und tiefe Falten bekommen, war vom ausschweifenden Leben — von Drogen, Wodka und Zynismus — zerstört. Dieses Gesicht war eine Landkarte seines Lebens. Vier Jahre später starb er an einer Vielzahl von Leiden, die die meisten Männer viel früher umgebracht hätte. Aber die meisten Männer waren nicht Flynn.

Über zwei Jahrzehnte hinweg hatte er auf der Leinwand den verwegenen Kerl gemimt, mit Bösewichtern gekämpft, Kriege gewonnen und schöne Damen aus großer Bedrängnis errettet. Captain Blood, Robin Hood, Don Juan — Flynn hatte sie alle gespielt. Und manchmal, wenn Lust und Laune ihn ankamen, war er sogar gut gewesen.

Lange bevor er nach Hollywood kam, hatte Errol Flynn Abenteuer erlebt, die genauso gefährlich waren wie jene, die er auf der Leinwand zu überstehen hatte. Er war Entdecker, Seemann, Goldgräber gewesen. Er hatte Sklaven aus Neuguinea verkauft. An der Ferse hatte er eine Narbe, die von Kopfjägern stammte; am Unterleib eine andere, die er bei einem Streit mit einem indischen Rikschakuli davongetragen hatte. Das behauptete er wenigstens. Bei Flynn wußte man nie, woran man war.

Und immer gab es Frauen in seinem Leben. Sie bekamen nie

genug von ihm, und Flynn empfand das gleiche für sie. Jung mochte er sie am liebsten. Je jünger, um so besser. Es war, als könne ihm der Blick in ein junges Gesicht, das Verschmelzen mit einem jungen Körper ein wenig von seiner verlorenen Unschuld wiedergeben. Was es ihm tatsächlich einbrachte, waren nur Schwierigkeiten.

1942 wurde er wegen Notzucht mit Minderjährigen verhaftet und vor Gericht gestellt. Der Zusatz »mit Minderjährigen« war entscheidend. Im Lauf des Prozesses erwies es sich, daß die Mädchen willig mitgemacht hatten, doch im Kalifornien des Jahres 1942 kam es darauf nicht an; es war ungesetzlich, mit Minderjährigen unter achtzehn sexuell zu verkehren, ob sie willig waren oder nicht. Auf der Geschworenenbank saßen jedoch neun Frauen, und Flynn wurde freigesprochen. Trotzdem kam er nie darüber hinweg, zur phallischen Witzfigur geworden zu sein; er haßte seinen Ruf, arbeitete aber gleichzeitig hart daran, den Mythos seiner Heldentaten aufrechtzuerhalten.

Der Prozeß heilte ihn nicht von seiner Faszination für junge Mädchen. Er hatte ihn nur vorsichtiger gemacht, denn die Mädchen fanden auch noch den Sechsundvierzigjährigen unwiderstehlich, obwohl er Alkoholiker und von seinem zügellosen Leben gezeichnet war.

»Kommen Sie, meine Liebe, setzen Sie sich zu mir.«

Er berührte ihren Arm, und Belinda hatte das Gefühl, als sei die Welt plötzlich mit einem schrillen Quietschen stehengeblieben. Dankbar ließ sie sich in den Sessel fallen, zu dem er sie führte; hätte sie auch nur eine Sekunde länger stehen müssen, hätten die Knie unter ihr nachgegeben. Er reichte ihr ein Glas, und sie nahm es mit zitternden Händen entgegen. Es war kein Traum. Es war Wirklichkeit. Es geschah jetzt — in dieser Minute. Sie und Errol Flynn waren allein. Sie sah ihn mit einem bohrenden Blick an, um sich zu überzeugen, daß sie es sich nicht einbildete.

Er lächelte ihr zu — es war ein schiefes Lächeln, spitzbübisch, weltmännisch, die berühmte linke Braue ein bißchen höher als die rechte. »Wie alt sind Sie, meine Liebe?«

Die Stimme gehorchte ihr nicht sofort. »Achtzehn«, sagte sie, als sie sie wiedergefunden hatte.

»Achtzehn. So, so.« Seine linke Braue schob sich noch ein bißchen höher. »Ich nehme nicht an ... Nein, natürlich nicht.«

»Was nehmen Sie nicht an?«

Er zupfte an seiner Schnurrbartspitze und lachte um Entschuldigung bittend leise in sich hinein. Es war ein charmantes und entwaffnendes Lachen. »Sie haben nicht zufällig Ihren Geburtsschein bei sich?«

»Meinen Geburtsschein?« Sie sah ihn erstaunt an. Was für eine seltsame Frage! Und dann fielen ihr die alten Geschichten von seinem Prozeß wieder ein, und sie mußte lachen. »Ich habe meinen Geburtsschein nicht bei mir, aber ich bin wirklich schon achtzehn.« Ihr Lachen wurde herausfordernd übermütig. »Ist das denn wichtig, Mr. Flynn?«

Das Antwortlachen kam von einem abgeklärten Flynn. »Natürlich nicht.«

Eine Stunde lang tauschten sie Höflichkeiten aus. Flynn erzählte ihr eine Geschichte über John Barrymore und Anekdoten über die Hauptdarstellerinnen seiner Filme. Belinda erzählte ihm von Paramount. Er bat sie, ihn Baron zu nennen, das war ein Spitzname, den er besonders gern hörte. Sie sagte, ja, gern, sprach ihn aber weiterhin mit Mr. Flynn an. Als die Stunde um war, nahm er sie bei der Hand und führte sie ins Haus. Ein wenig verlegen fragte sie, ob sie das Bad benutzen dürfe.

Nachdem sie die Toilettenspülung betätigt und sich die Hände gewaschen hatte, untersuchte sie den Inhalt seiner Hausapotheke. Errol Flynns Zahnbürste. Errol Flynns Rasierapparat. Errol Flynns Rasiercreme. Errol Flynns Pillen, Tabletten und Zäpfchen ließ sie unbeachtet. Als sie das Schränkchen schloß, sah sie im Spiegel, daß sie hochrote Wangen und vor Erregung glänzende Augen hatte. Sie war mit einem großen Star zusammen. Vor zwei Jahren hatte sie ihn in *Der Freibeuter* und kurz darauf in *Gekreuzte Klingen* mit Gina Lollobrigida gesehen. Keiner verstand es, ein historisches Kostüm zu tragen, wie Errol Flynn.

Er wartete im Schlafzimmer auf sie — in einem burgunderfarbenen Morgenmantel, aus einer kurzen Bernsteinspitze rauchend. Auf dem Tisch stand eine frische Flasche Wodka. Sie lächelte unsicher, wußte nicht recht, was tun. Er schien amüsiert und auf irgendeine Weise, die sie nicht beschreiben konnte, mit ihr zufrieden. »Im Gegensatz zu dem, was du gelesen haben magst, bin ich kein Mädchenschänder, meine Liebe«, sagte er.

»Das habe ich auch nicht geglaubt, Mr. Flynn — Baron.«

»Gut, dann bist du also absolut sicher, daß du weißt, was jetzt kommt — was du hier tust?«

»O ja.«

»Gut.« Er zog ein letztes Mal an der Zigarette und legte dann die Bernsteinspitze in den Aschenbecher. »Hast du Lust, dich für mich auszuziehen?«

Sie schluckte hart. Noch nie hatte sie sich einem Mann ganz nackt gezeigt. Sie hatte die Schlüpfer ausgezogen, ihr Kleid aufgeknöpft, wie heute abend mit Billy, aber das hatten immer die Jungen getan. Sie selbst hatte sich noch für keinen ausgezogen. Klar, Errol Flynn war kein Niemand. Er war ein sehr berühmter Filmstar.

Sie begann an den unzähligen Knöpfen auf ihrem Rücken zu fummeln. Als sie endlich alle offen hatte, ließ sie das Kleid über ihre Taille hinuntergleiten, wagte jedoch nicht, Flynn anzusehen. Statt dessen dachte sie an seine wunderbaren Filme — *Patrouille im Morgengrauen, Der Held von Burma, Der Verrat des Surat Khan* mit Olivia De Havilland. Den letzten Film hatte Belinda im Fernsehen gesehen. Ihr wurde bewußt, daß sie ihr Kleid noch in der Hand hielt, und nervös sah sie sich nach einer Möglichkeit um, es irgendwo hinzulegen. Am anderen Ende des Zimmers entdeckte sie einen Schrank. Sie ging hin und holte einen Bügel heraus. Nachdem sie das Kleid aufgehängt hatte, schlüpfte sie aus den Schuhen.

Dann überlegte sie, was sie als nächstes ausziehen sollte. Sie warf einen hastig verstohlenen Blick zu Flynn hinüber und fühlte ein angenehmes leichtes Prickeln auf der Haut, als sie sah, daß er sie aufmerksam beobachtete. Liebevoll glättete ihre Phantasie die Fältchen um seine Augen und retuschierte die Hängebacken, so daß er genauso vor ihr saß wie auf der Leinwand. Sie erinnerte sich, wie gut er in *Gegen alle Flaggen* ausgesehen hatte. Er hatte einen britischen Marineoffizier gespielt, und Maureen O'Hara war eine Piratin namens Spitfire gewesen. Belinda griff unter den Spitzenrand ihres Schlüpfers und machte die Strapse auf. Dann zog sie die Strümpfe aus, faltete sie ordentlich zusammen und legte sie auf einen Stuhl neben dem Schrank. Als nächstes kam der Strumpfbandgürtel an die Reihe. *Land der Gottlosen* war vor kurzem im Fernsehen gelaufen. Wieder war Olivia De Havilland seine Partnerin gewesen. Sie hatten wunderbar zusammengepaßt. Er so männlich und Olivia De Havilland immer ganz Dame.

Plötzlich kam es Belinda zu Bewußtsein, daß sie fast nackt war, nur noch Unterrock, Höschen, BH und am Arm ihr Bettelarmband trug. Sie wollte es abnehmen, doch sie stellte sich ziemlich ungeschickt an, weil ihre Hände so stark zitterten. Als sie die Schließe endlich offen hatte, legte sie das Armband zu ihren Strümpfen auf den Stuhl.

»Bist du nervös, meine Liebe?«

»Ein bißchen.« Sie wünschte, er käme zu ihr und erledigte den Rest, doch er machte keine Anstalten, sich aus seinem Sessel zu erheben.

Sie zog den Unterrock über den Kopf, und plötzlich fiel ihr ein, daß er noch verheiratet war. Sie hatte *Herr der rauhen Berge* im Palace gesehen. Das war der Film, bei dem er Patrice Wymore, seine derzeitige Ehefrau, kennengelernt hatte. Belinda fand, daß sie bildhübsch war und ein Riesenglück hatte, mit einem Mann wie Errol Flynn verheiratet zu sein. Aber da er nicht bei Patrice, sondern mit ihr hier war, mußte an den Gerüchten über eine Trennung etwas dran sein. Sie hatte genug Filmzeitschriften gelesen, um zu wissen, wie schwer es war, in Hollywood eine glückliche Ehe zu führen.

Sie zog zuerst das Höschen und dann erst den BH aus. Sie wußte nicht genau, warum. Vielleicht weil ihre Brüste das Beste an ihr waren und sie sich das Beste bis zuletzt aufhob. Als sie nackt war, sah sie an der Richtung, die Flynns Blicke nahmen, daß sie auch ihm gefielen.

»Komm her, meine Liebe.«

Aufgeregt und verlegen ging sie auf ihn zu. Er erhob sich, streckte die Hand aus und berührte ihr Kinn. Das Gefühl seiner Hand auf ihrer Haut war wie ein elektrischer Stromstoß, und ihr stockte fast der Atem, weil es sie so erregte. Sie wartete darauf, daß er sie küßte, doch das tat er nicht. Statt dessen glitten seine Hände auf ihre Schultern. Zuerst durchfuhr sie Enttäuschung wie ein Stich. Sie wollte von ihm geküßt werden wie Olivia De Havilland und Maureen O'Hara und all die anderen glitzernden Frauen, die er auf der Leinwand geliebt hatte. Dann öffnete er seinen Morgenmantel, und sie sah, daß er darunter nackt war. Ihre Augen weigerten sich zu registrieren, wie schlaff seine sonnenbraune Haut war, und richteten sich auf die sonst so schwammigen, glücklicherweise jetzt angespannten Brustmuskeln.

»Leider wirst du mir ein bißchen helfen müssen. Wodka und zuviel Liebe sind nicht immer die besten Gefährten.«

Sie sah ihm in die Augen. »Aber natürlich«, sagte sie. Sie war stolz darauf, ihm helfen zu dürfen. Nur wußte sie nicht recht, was er von ihr erwartete.

Mit der Unsicherheit junger Mädchen vertraut, schien er ihr Zögern zu verstehen und machte ihr einen bestimmten Vorschlag. Sie war geschockt, zugleich aber auch fasziniert. So also liebten berühmte Männer. Es war seltsam, schien ihr jedoch auch irgendwie angemessen.

Langsam kniete sie nieder.

Es dauerte lange, und sie wurde müde, aber endlich zog Flynn sie in die Höhe und legte sie aufs Bett. Die Matratze sackte nach unten, als er sich auf Belinda hievte. Sie wartete darauf, daß er sie küßte, doch zu ihrer Enttäuschung tat er es wieder nicht. Bestimmt war das ihre Schuld, nicht die seine, und daher nahm sie ihm nicht übel, daß der ersehnte Kuß ausblieb.

Sie spürte einen leichten Druck auf ihren Beinen und öffnete sie schnell für ihn. Ihr fiel auf, daß er die Augen geschlossen hatte, doch sie hielt die ihren weit offen, weil sie jede Sekunde genießen, sich jede Sekunde einprägen wollte. Gleich würde Errol Flynn es mit ihr tun. Errol Flynn. Sphärengesang schien in ihrem Herzen zu erklingen. Sie fühlte, wie er eindrang. Zustieß. Es war wirklich Errol Flynn!

Ihr Körper explodierte.

Irgendwann in dieser Nacht fragte er sie, wie sie heiße, und bot ihr dann eine Zigarette an. Sie nahm sie, obwohl sie nicht rauchte. Es war richtig aufregend, an das Kopfbrett des Bettes gelehnt, neben ihm zu sitzen und zu rauchen. Sie machte nur ganz kurze Züge, um nicht zu husten.

Flynn erzählte ihr von seiner Jacht »Zaca« und ein bißchen über seine letzten Reisen. Belinda wollte ihn nicht aushorchen, interessierte sich aber für seine Frau. »Patrice ist sehr schön«, sagte sie zögernd.

Flynn nickte. »Eine wunderbare Frau. Ich habe sie sehr schlecht behandelt.« Er leerte sein Glas, griff über Belinda hinweg nach der Flasche, die auf dem Nachttisch stand, bohrte seine Schulter in ihre Brust und schenkte sich nach.

»Frauen schlecht zu behandeln ist eine üble Gewohnheit von mir. Ich weiß nicht, warum ich's tu, ich will es gar nicht, kann es aber anscheinend nicht lassen. Ich bin eben weder für die Ehe noch für die Treue geschaffen.«

»Werden — Sie sich scheiden lassen?« Verlegen klopfte sie die Asche von ihrer Zigarette ab.

»Wahrscheinlich. Obwohl der Himmel weiß, daß ich es mir nicht leisten kann. Die Steuer will fast eine Million von mir, und mit den Alimenten bin ich so im Verzug, daß ich die Übersicht verloren habe.«

Belindas Augen füllten sich mit Tränen des Mitleids. »Es ist einfach nicht fair, daß ein Mann wie Sie sich wegen solcher Dinge Sorgen machen muß. Nicht, nachdem Sie den Menschen über Jahre hinweg so viel Freude bereitet haben.«

Flynn tätschelte ihr Knie. »Du bist ein liebes Ding, Belinda. Und schön bist du auch. Du hast etwas in deinen Augen, das mich vergessen läßt, wie alt ich bin.«

Sie nahm sich die Freiheit, die Wange an seine Schulter zu legen. »So dürfen Sie nicht reden. Sie sind nicht alt.«

Er lächelte und küßte sie auf den Scheitel. »Liebes Mädchen.«

Noch in derselben Woche zog Belinda in Flynns Bungalow im Garden of Allah. Er sagte, wenn er sie um sich habe, fühle er sich wieder jung. Ende Oktober schenkte er ihr einen goldenen Talisman, um ihren ersten gemeinsamen Monat zu feiern. Es war eine in einen Wunschknochen gefaßte kleine Scheibe; auf einer Seite war in der Mitte das Wort LUV eingraviert, auf der anderen Seite oben ein I und unten YOU. Wenn sie den Talisman mit der Fingerspitze anstieß, drehte er sich um sich selbst, und die drei Worte bildeten den Satz I LUV YOU — ich liebe dich. Sie wußte, daß es ihm nicht ernst war, trotzdem bedeutete ihr das Geschenk sehr viel, und sie trug es mit Stolz, um der Welt zu zeigen, daß sie zu Errol Flynn gehörte.

Wenn sie mit ihm zusammen war, hatte sie nicht mehr das Gefühl, unsichtbar zu sein, und sie merkte, daß sie, vom Abglanz seines Ruhms getroffen, aufblühte. Noch nie war sie sich so hübsch, so klug, so wichtig vorgekommen. Sie schliefen lange, verbrachten ihre Tage auf der »Zaca« oder am Pool, ihre Nächte in Clubs und Restaurants. Sie lernte zu rauchen, zu trinken und die Berühmtheiten, die sie trafen, nicht mehr anzustarren, gleichgültig, wie aufgeregt sie innerlich war.

Manchmal liebten Flynn und sie sich nachts, aber noch öfter redeten sie nur miteinander, und es tat ihr weh, wie traurig und voller Sorgen er unter der Maske des Leichtsinns und der Rücksichtslosigkeit war, mit der er sich der Welt präsentierte. Sie widmete sich ausschließlich der Aufgabe, ihn glücklich zu machen.

Sie sah *Denn sie wissen nicht, was sie tun* und dachte wieder an Jimmy. Vielleicht mußte ihr Traum nicht sterben, vielleicht konnte sie weiterträumen. Das ganze Leben lag noch vor ihr, und plötzlich hatte sie das Gefühl, alles sei möglich. Sie lernte jetzt Studiobosse kennen, nicht nur die zweiten oder dritten Assistenten des Chefs der Besetzungsbüros. Sie mußte die Kontakte nutzen, sich auf den Augenblick der Trennung von Flynn vorbereiten, denn daß er sich eines Tages einer anderen zuwenden würde war unvermeidlich. Darüber machte sie sich keine Illusionen. Sie war nicht bedeutend genug, um ihn lange zu halten.

Flynn kaufte ihr einen gewagten lippenstiftroten französischen Bikini, saß in der Badehose neben dem Pool, trank Wodka und sah ihr zu, wenn sie sich im Wasser tummelte. Obwohl im Garden niemand mutig genug war, einen dieser neuen Bikinis zu tragen, hatte Belinda selbst keine Hemmungen. Sie mochte es, wenn Flynn sie beobachtete; sie liebte es, daß er sie, wenn sie aus dem Wasser kam, mit einem großen Badetuch erwartete und fest abrubbelte. Sie fühlte sich geborgen, beschützt und bewundert.

Eines Vormittags zog Belinda, als Flynn noch schlief, den roten Bikini an und tauchte in den Pool. Außer ein paar Kindern, die am flachen Ende spielten, war niemand da, und sie durchschwamm das Becken ein paarmal der Breite und dann der Länge nach. Sie behielt unter Wasser die Augen offen, um das Monogramm von Alla Nazimowa zu betrachten, das die Diva unter dem Wasserspiegel in den Stein meißeln ließ. Als Belinda auftauchte, sah sie vor sich zwei auf Hochglanz polierte Schuhspitzen.

»*Tiens!* Mir scheint, im Pool des Garden of Allah hat sich eine Meerjungfrau niedergelassen. Eine Meerjungfrau mit Augen, die noch blauer sind als der Himmel.«

Wassertretend blinzelte Belinda gegen die Vormittagssonne, um den Mann zu sehen, der über ihr stand. Er war unverkennbar Europäer. Sein austernweißer Anzug glänzte seidig und war so tadellos gebügelt, wie nur ein erstklassiger Diener es zustande bringt. Der Mann war mittelgroß, schlank und wirkte irgendwie aristokratisch. Sein dunkles Haar war sehr sorgfältig geschnitten, um zu verbergen, daß es allmählich dünner wurde. Er hatte kleine, leicht schrägstehende Augen und eine breite Nase mit einem kleinen Höcker unterm Nasensattel. Er war nicht hübsch, aber imposant, und der Geruch von Geld und Macht umwehte ihn wie der Duft eines teuren Eau de Cologne. Belinda schätzte ihn auf Ende Dreißig oder Anfang Vierzig; seinem Akzent nach Franzose, hatte er jedoch etwas an sich, das ihrer Vorstellung von einem Franzosen nicht entsprach. Vielleicht war er ein europäischer Filmproduzent oder -regisseur, und sie lächelte ihn strahlend an.

»Keine Meerjungfrau, Monsieur. Nur ein ganz gewöhnliches Mädchen.«

»*Ordinaire?* Auf keinen Fall, sondern *très extraordinaire.*«

Sie nahm sein Kompliment anmutig entgegen und antwortete in ihrem besten High-School-Französisch: »*Merci beaucoup, Monsieur. Vous êtes trop gentil.*«

»Sagen Sie, *ma petite* Meerjungfrau, verstecken Sie einen Fischschwanz unter dem *charmant* roten Bikini?«

Seine Augen funkelten belustigt, doch Belinda spürte etwas Berechnendes hinter seiner Unverfrorenheit; sie war nicht spontan.

»*Mais non, Monsieur*«, antwortete sie ruhig, »nur zwei ganz gewöhnliche Beine.«

Er hob die Brauen. »Vielleicht, Mademoiselle, überlassen Sie es mir, das zu beurteilen ...«

Sie sah ihn einen Moment ohne Hast an, tauchte dann unter und schwamm mit langen, sauberen Zügen zur Leiter am anderen Ende des Pools. Als sie herauskletterte, war er verschwunden. Aus irgendeinem Grund war sie jedoch kaum überrascht, als sie eine halbe Stunde später den Bungalow betrat und die beiden Männer Bloody Marys trinkend beieinandersitzen sah.

Der Vormittag war nicht Flynns beste Zeit, und neben dem gepflegten Fremden wirkte er zerknittert und alt, obwohl er Belindas Schätzung nach kaum zehn Jahre älter war als sein Gast. Trotz seines verkaterten Aussehens war Flynn jedoch der Hübschere. Sie ging zu ihm, setzte sich auf die Armlehne seines Stuhls und legte ihm die Hand auf die Schulter. Er schlang den Arm um ihre Taille. »Guten Morgen, meine Liebe. Wie ich höre, habt ihr euch schon kennengelernt.«

Sie nickte und wünschte, sie hätte den Mut, ihn auf die Wange zu küssen, doch ihre gelegentlichen nächtlichen Intimitäten gaben ihr, wie sie glaubte, nicht das Recht zu so vertraulichem Benehmen. »Wir haben uns am Pool getroffen.«

Der Fremde musterte ihre langen sonnengebräunten Beine, die unter dem kurzen Frotteemantel vorschauten, den sie sich rasch übergeworfen hatte. »Also doch kein Fischschwanz.« Er seufzte und erhob sich dann höflich. »Alexi Savagar, Mademoiselle.«

»Guten Tag.«

»Er stellt sein Licht unter den Scheffel, meine Liebe. Unser Gast ist in Wahrheit Alexi Nikolai Vasily Graf Savagarin. Hab ich das richtig hingekriegt, mein Alter?«

»Wie Sie sehr gut wissen, hat meine Familie den Titel in St. Petersburg zurückgelassen, *mon ami*«, entgegnete Alexi mit leichtem Vorwurf, doch Belinda fühlte, daß er sich insgeheim freute, den Titel von Flynn zu hören. »Wir sind jetzt hoffnungslos französisch.«

»Und reich wie Krösus. Ihre Familie hat ihre Rubelchen nicht bei Mütterchen Rußland zurückgelassen, nicht wahr?« Flynn wandte sich Belinda zu. »Alexi ist nach Kalifornien gekommen, um ein paar alte Autos für seine Sammlung zu kaufen und nach Paris zu verschiffen.«

»Was für ein Bauer Sie sind, *mon ami*. Einen Alfa Romeo von 1927 kann man wohl kaum ein ›altes Auto‹ nennen. Außerdem bin ich in Geschäften hier.«

»Alexi mischt in der Elektronikindustrie mit und macht seine Familie noch reicher. Was war das für ein Ding, von dem Sie mir vorhin erzählten? Hatte irgendwas mit Radioröhren zu tun, oder?«

»Ich habe vom Transistor gesprochen. Er wird die Radioröhre ersetzen.«

»Transistor. Richtig. Und wenn sich damit Geld machen läßt, sitzt Alexi auf einem ganzen Berg dieser kleinen Dinger, darauf könnte ich wetten. Aber glaubst du, er schlägt mir vor, mir was von seinem Profit zu leihen, damit ich einen Film produzieren kann?« Obwohl er Belinda ansah, hatte sie das Gefühl, daß er eigentlich zu Alexi sprach.

Alexi war offensichtlich belustigt. »Ich habe mein Vermögen nicht damit gemacht, daß ich gutes Geld dem schlechten nachwerfe. Aber falls Sie sich endlich entschließen würden, sich von der ›Zaca‹ zu trennen, könnte man darüber reden.«

»Die ›Zaca‹ kriegen Sie nur über meine Leiche«, antwortete Flynn mit einem Hauch von Schärfe im Ton.

»Wie es aussieht, werde ich da wohl nicht allzulange warten müssen, *mon ami*.«

»Ersparen Sie mir Ihre Predigten. Belinda, mach uns zwei frische Bloody Marys.«

»Aber gern.« Sie nahm die beiden Gläser und ging in die kleine Kochnische, die zum Wohnzimmer hin offen war. Keiner der beiden Männer machte sich die Mühe, leiser zu sprechen, und so hörte sie, während sie die Gläser spülte und frischen Tomatensaft eingoß, zwangsläufig, worüber sie sich unterhielten. Zuerst über Transistoren und Alexis Geschäfte, dann gingen sie zu persönlicheren Dingen über.

»Verglichen mit Ihrer letzten kleinen Freundin, ist Belinda eine entscheidende Verbesserung«, sagte Alexi. »Diese Augen sind absolut *extraordinaire.* Aber ein bißchen alt scheint sie mir zu sein. Über sechzehn, nicht wahr?«

»Wer wirft hier mit Steinen, Alexi?« Flynn lachte. »Ich rate Ihnen, sich ihretwegen keine Flausen in den Kopf zu setzen, Sie würden damit nur Ihre Zeit vergeuden. Belinda ist meine Freude. Ähnlich einem treuen Hund, aber schön und stubenrein — gewissermaßen. Sie bewundert nur, mein Alter. Sie nörgelt nie, macht mir nie Vorwürfe, weil ich zuviel trinke, läßt sich meine Launen gefallen und ist überraschend intelligent. Gäbe es mehr Frauen wie Belinda, gäbe es mehr glückliche Männer.«

»*Mon Dieu!* Das klingt, als bereiteten Sie sich darauf vor, wieder zum Altar zu schreiten. Sind Sie sicher, daß Sie sich das leisten können?«

»Sie ist nur ein Zeitvertreib«, antwortete Flynn leicht aggressiv. »Aber ein verdammt erfreulicher.«

Belindas Wangen brannten, als sie den Männern die Drinks brachte.

»Hier bist du ja, Liebling. Alexi und ich haben eben über dich gesprochen.«

Als Belinda den Bungalow betreten hatte, hatte sie eine unterschwellige Spannung zwischen den beiden Männern gespürt, und jetzt schien diese Spannung noch gewachsen, obwohl keiner von beiden seine Haltung deutlich verändert hatte. Beide schienen, was sie vorher nicht bemerkt hatte, wachsam und wie auf dem Sprung dazusitzen.

»Wenn ich dem Baron glauben darf, sind Sie ein Ausbund an weiblicher Tugend, Mademoiselle«, sagte Alexi. »Intelligent, liebevoll, schön — obwohl er mich in dieser Hinsicht natürlich schamlos belügen kann, da ich ja nicht alle Ihre Reize kenne.«

Flynn nahm Belinda sein Glas ab und trank genießerisch. »Ich dachte, Sie haben sie am Pool getroffen.«

»Sie war unter Wasser. Und jetzt, wie Sie sehen ...« Er zeigte achselzuckend auf den Frotteebademantel.

Die beiden Männer wechselten einen langen Blick. War das eine Herausforderung, die sie in Alexis Augen aufblitzen sah? Sie hatte plötzlich das Gefühl, daß die beiden ein altes, ihnen vertrautes Spiel spielten, das sie absolut nicht verstand.

»Belinda, Liebling, zieh das bitte aus, ja?« sagte Flynn und zerdrückte dabei eine leere Zigarettenpackung.

»Was?«

»Deinen Bademantel. Zieh ihn aus, sei lieb.«

Sie sah von einem zum anderen. Flynn war dabei, eine neue Zigarette in die Bernsteinspitze zu stecken, und Alexi beobachtete sie mit einem, wie ihr schien, Schimmer von Mitleid, der sich jedoch hinter einer belustigten Miene versteckte.

»Sie haben sie in Verlegenheit gebracht, *mon ami.*«

»Unsinn. Das macht Belinda nichts aus.« Flynn stand auf, kam zu ihr und hob ihr Kinn, wie er es in seinen Filmen so oft bei Olivia De Havilland getan hatte. »Sie tut alles, worum ich sie bitte. Nicht wahr, Liebling?« Er küßte sie leicht auf die Lippen.

Sie nickte und legte nach einem kurzen Zögern die Finger auf den Gürtel des Bademantels. Flynn berührte mit dem Handrücken ihre Wange. Langsam löste sie den Knoten und ließ den Bademantel auf den Boden fallen.

»Zeig dich Alexi, meine Liebe. Ich möchte, daß er sich sehr gut anschaut, was er mit all seinem Geld nicht kaufen kann.«

Sie sah Flynn unglücklich an, doch er merkte es nicht. Er beobachtete Alexi mit einem Ausdruck vagen Triumphs. Während sie langsam auf den Franzosen zuging, fühlte sie die Luft kühl auf der Haut, und das kleine Bikini-Oberteil schmiegte sich klamm an ihre Brüste. Sie sagte sich, es sei kindisch, so verlegen und gehemmt zu sein. Es war nicht anders, als stünde sie am Rand des Pools. Doch egal, was sie sich einreden wollte, sie wußte, daß es anders war, und sie brachte es nicht fertig, Alexi Savagar in die schrägen russischen Augen zu sehen.

»Ihr Körper ist bezaubernd, *mon ami*«, sagte er. »Meinen Glückwunsch. Ich finde sogar, Mademoiselle, daß Sie für dieses abgeschlaffte Matinee-Idol viel zu schade sind. Ich glaube, ich werde Sie ihm stehlen.« Er sagte es leichthin, doch als sie ihn ansah, hatte sie den beunruhigenden Eindruck, daß seine Worte ernst gemeint waren.

»Das glaube ich wieder nicht.« Sie bemühte sich, so kühl und überlegen zu sprechen wie Grace Kelly in *Über den Dächern von Nizza*, aber es gelang ihr nicht. Irgend etwas an ihm machte ihr angst. Vielleicht war es die Aura der Macht, die ihn umgab, die Autorität, die er mit der gleichen Lässigkeit zur Schau trug wie seinen austernweißen Anzug. Sie bückte sich, um ihren Bademantel aufzuheben, aber als sie sich aufrichtete, fühlte sie Flynns Hand auf ihrer bloßen Schulter, die sie daran hinderte, den Mantel wieder anzuziehen.

»Achte gar nicht auf Alexi, Belinda. Unsere Rivalität ist sehr alt, sie reicht bis in unsere Jugend zurück.« Er ließ die Hand ihren Arm hinuntergleiten, schlang dann besitzergreifend seinen Arm um ihre bloße Taille und legte den kleinen Finger in die Vertiefung ihres Nabels. »Er erträgt es nicht, mich mit einer Frau zu sehen, die er nicht haben kann — erträgt es nicht, seit ich ihm seinerzeit alle ausgespannt habe. Mein Freund ist ein schlechter Verlierer.«

»Alle haben Sie mir nicht ausgespannt. Ich erinnere mich an ein paar, die sich mehr für mein Geld als für Ihr hübsches Gesicht interessierten.«

Flynns warme, besitzergreifende Hand legte sich auf das winzige lippenstiftrote Bikinihöschen. »Aber die waren alt. Überhaupt nicht unser Typ.«

Belinda holte tief Atem. Gegen ihren Willen blickte sie auf und sah Alexi in seinem Sessel lehnen, ein Bein über das andere geschlagen, ein Bild aristokratischer Lässigkeit. Dann hob er den Kopf, sah ihr direkt in die Augen, und einen Herzschlag lang vergaß sie, daß Flynn im Raum war.

4

Sie sahen Alexi während des nächsten Monats häufig. Er begleitete sie auf ihren Kreuzfahrten mit der »Zaca«, lud sie zum Dinner in die besten Restaurants von Südkalifornien ein und wurde allmählich zu einem festen Bestandteil von Belindas Leben. Manchmal schenkte er ihr Schmuck, edlen, kostbaren Schmuck, den sie jedoch nie anlegte. Sie trug nur den Talisman, den sie von Flynn bekommen hatte.

Alexi hatte für diesen Talisman nur Hohn und Spott übrig. »Was für ein vulgäres Spielzeug. Belinda verdient wahrhaftig etwas Besseres.«

»Etwas viel Besseres«, entgegnete Flynn. »Aber das kann ich mir nicht leisten, alter Junge. Nicht alle Leute sind mit einem silbernen Löffel im Mund geboren.«

Die beiden Männer hatten sich vor fast zehn Jahren auf der Privatjacht des Schahs von Persien kennengelernt. Flynn war von Alexi Savagars Intelligenz und aristokratischer Abstammung sofort tief beeindruckt gewesen und hatte die Freundschaft des Jüngeren gesucht. Doch mit den Jahren hatte Flynns Bewunderung abgenommen und war nicht mehr ungetrübt. In mancher Beziehung war der Franzose so, wie Flynn gern gewesen wäre, und wenn sie beisammen waren, wurde er sich seiner früheren Fehler und verlorenen Möglichkeiten nur allzu bewußt.

Alexi Savagar nahm das Leben sehr ernst, so heiter und charmant er sich auch geben mochte. Er war eine gefährliche Mischung aus Aristokrat und Geschäftsmann, beide skrupellos, und beide hatten gute Gründe, Errol Flynn nicht zu mögen. Der Aristokrat blickte hochmütig auf Flynn hinab, weil dieser schlechte Manieren hatte und ungebildet war, und der Geschäftsmann verachtete ihn wegen seines Playboylebens und des Fehlens jeder Selbstdisziplin. Dennoch trafen die beiden Männer sich immer wieder. Eine Zeitlang sagte sich Alexi bei jedem Besuch, daß es der letzte sei, bis er sich endlich eingestand, daß er gar nicht den Wunsch hatte, die Beziehung zu beenden. Außerdem war Flynn nie eine ernst zu nehmende Gefahr für ihn gewesen. Bis zu jenem Augenblick, in dem Alexi im Pool des Garden of Allah eine Meerjungfrau entdeckt hatte.

Nicht zum erstenmal reichte die Rivalität der beiden Männer bis ins Schlafzimmer. Sie hatten den gleichen Geschmack — junge Mädchen mit dem Schmelz der Unschuld auf den Wangen. Auf den ersten Blick schien Flynn mit seinem ungewöhnlich guten Aussehen und seinem sexuellen Magnetismus deutlich im Vorteil zu sein, doch Alexis Reichtum war ein starkes Aphrodisiakum, und mit seinem Charme brachte er es fertig, besser aussehende Männer langweilig erscheinen zu lassen. Häufiger als Flynn sich selbst eingestand, hatten Frauen, für die er sich interessierte, die Arme seines Rivalen den seinen vorgezogen. Belinda war für ihn nur ein neues Pfand in ihrem Spiel. Er ahnte nicht, daß Alexi etwas ganz anderes in ihr sah.

Es ist lachhaft, sagte sich Alexi am Ende der ersten Woche. Seine heftige, instinktive Reaktion auf Belinda Britton hatte ihn selbst überrumpelt. Sie war ein dummes Kind mit einer albernen Besessenheit für Filmstars. Abgesehen von ihrer Jugend, die er vielleicht noch mehr genoß als Flynn, hatte sie nichts Ungewöhnliches an sich. Dennoch kamen ihm seine weltgewandteren Gefährtinnen im Vergleich mit ihr plötzlich alt und müde vor.

Anfangs hatte er versucht, sich einzureden, daß die Anziehungskraft, die sie für ihn besaß, eine weitere Form der Rivalität zwischen Flynn und ihm war, doch als seine Gefühle mit jedem Tag stärker wurden, begriff er, daß es nicht so war. Er fand die Aura verruchter Unschuld, die sie umgab, einfach unwiderstehlich. Sie war die perfekte Kombination von Hure und Kind, ihr Körper üppig und erfahren, ihre Seele unberührt. Aber was ihn an ihr anzog, reichte tiefer als sexuelles Verlangen. Sie glich einem Kind, das mit leuchtenden Augen dem Leben entgegenfieberte und darauf vertraute, daß es ein gutes Leben werden würde. Er stellte fest, daß er derjenige sein wollte, der ihr die Welt zeigte; er wollte derjenige sein, der sie beschützte und ihr Geborgenheit schenkte, der sie zu der idealen Frau formte, die sie werden konnte. Wenn er sie ansah, schien sich der in langen Jahren in ihm aufgestaute Zynismus aufzulösen. Sie brachte ihn dazu, wieder wie ein Junge zu fühlen, vor dem ungetrübt und vielversprechend das Leben lag.

Flynn teilte ihnen mit, er wolle für eine Woche nach Mexiko. In dem Bewußtsein, daß sich an Belindas Bewunderung für ihn nichts ändern werde, bat er Alexi, sich um sie zu kümmern. »Aber gern«, antwortete Alexi und sah sie lächelnd an. »Doch an Ihrer Stelle würde ich es mir zweimal überlegen, bevor ich das Feld räume.«

Flynn lachte. »Belinda will nicht einmal die kleinen Kinkerlitzchen tragen, die Sie ihr geschenkt haben, nicht wahr, meine Liebe? Ich denke nicht, daß ich mir große Sorgen machen muß.«

Belinda lachte, als sei alles nur ein herrlicher Spaß, doch insgeheim fühlte sie sich ein wenig unbehaglich. Noch nie hatte jemand sie mit so großer Höflichkeit und Ergebenheit behandelt wie Alexi Savagar, und wenn er in der Nähe war, konnte sie nur an ihn denken. Das war ihr unangenehm und brachte sie in Verwirrung.

In der nächsten Woche war Alexi ihr aufmerksamer Begleiter. Mit halsbrecherischer Geschwindigkeit fuhren sie in seinem feuerwehrroten Ferrari umher. Belinda ertappte sich dabei, daß sie seine Hände beobachtete, die fest und zuverlässig zupackten und den Wagen in jeder Situation beherrschten. Wie war es wohl, wenn man eine so große Selbstsicherheit besaß?

Am Abend gingen sie ins Ciro oder zu Chasen's. Alexi schien alle Welt zu kennen und unterhielt Belinda mit Klatsch und Anekdoten über Stars, die sie amüsieren sollten. Manchmal sprachen sie französisch, wobei Alexi nur ganz einfache Wörter verwendete, damit sie ihm folgen konnte. Er erzählte ihr von seiner Oldtimer-Sammlung, schilderte ihr die Schönheiten von Paris, und eines Abends, als sie mit dem Ferrari hoch auf dem Hügel parkten, so daß die Lichter der Stadt sich wie ein funkelnder Teppich zu ihren Füßen ausbreiteten, erzählte er ihr von seiner Familie.

Sein Vater hatte seine Mutter Solange 1911 in Paris kennengelernt, sie rasch geheiratet und schnell auf den Familienbesitz in der Nähe von St. Petersburg gebracht. Solange hatte achtzehn Monate dazu gebraucht, ihren Mann davon zu überzeugen, daß Rußland in immer größere Schwierigkeiten geraten mußte. Kurz vor Ausbruch des Ersten Weltkriegs kehrten die beiden mit dem größten Teil des Savagarin-Vermögens im Gepäck nach Paris zurück. Zur Belohnung für ihre weise Voraussicht ließ Nikolai Savagarin sich von ihr überreden, seinen Familiennamen in Savagar abzukürzen, damit sie sich müheloser in die französische Gesellschaft eingliedern konnten. Alexi kam 1917 zur Welt, ein Jahr vor Kriegsende und eine Woche bevor sein Vater ums Leben kam. Nikolai hinterließ sein gesamtes Vermögen dem Sohn. Obwohl Alexi zu einem Mann von großer Kultur und untadeligem Geschmack herangewachsen war, war er im tiefsten Innern ganz Russe geblieben. Belinda ahnte die Skrupellosigkeit hinter seinem Charme, die sie zugleich faszinierte und erschreckte.

Überrascht stellte sie eines Tages fest, daß sie mit ihm über sich sprechen konnte, ihm von ihren Eltern erzählte und wie einsam ihre Kindheit gewesen war. Während er sehr aufmerksam zuhörte, was sie schmeichelhaft fand, vertraute sie ihm an, daß sie davon träumte, ein berühmter Star zu werden, und sagte ihm Dinge, die sie noch keinem Menschen gesagt hatte. Es war jedoch Alexi, der auf Flynn zu sprechen kam.

»Er wird Sie verlassen, *ma chère*, ich hoffe, das wissen Sie.«

»Ich weiß es«, antwortete sie. »Ich habe mir nie angemaßt zu glauben, ich könnte ihn halten.« Sie versuchte es Alexi zu erklären. »Ich bin einfach dankbar, daß ich das Glück hatte, im

Leben eines so berühmten Mannes eine Rolle zu spielen. Wenn auch nur eine kleine. Wahrscheinlich wird es bald zu Ende sein. Ich nehme an, er will mich Ihnen überlassen, damit er mit einer anderen Frau zusammensein kann, vielleicht sogar mit seiner eigenen.« Sie sah Alexi flehend an. »Bitte sagen Sie es mir nicht, wenn Sie wissen, daß es so ist. Ich will es nicht hören. Er kann eben nicht anders. Ich versteh das.«

»Soviel Hingabe und Bewunderung.« Alexis Lippen zuckten leicht. »Mein Freund hat Glück, wie immer. Ein Jammer, daß er es nicht zu schätzen weiß. Vielleicht haben Sie das nächstemal bei der Wahl eines Gefährten eine glücklichere Hand.«

»Das klingt ja so, als hielten Sie mich für ein Flittchen, das von einem Mann zum anderen zieht«, fauchte Belinda. »Das gefällt mir nicht.«

Der Blick von Alexis seltsamen schrägen Augen schien durch ihre Kleidung zu dringen, durch ihre Haut, zu einer Stelle in ihrem tiefsten Innern, die so geheim war, daß nur er wußte, daß es sie gab. »Eine Frau wie Sie, *ma chère*, wird immer einen Mann brauchen.« Er nahm ihre Hand, spielte mit ihren Fingerspitzen, und ihr liefen kleine Schauer den Rücken hinunter. »Sie gehören nicht zu diesen aggressiven modernen Frauen. Sie sind eine Frau, die behütet und beschützt, die zu etwas Kostbarem und Erlesenem geformt werden muß.« Einen Herzschlag lang glaubte sie, Schmerz in seinen Augen zu sehen, dann verlor sich dieser Eindruck wieder, und er sagte schroff: »Sie verkaufen sich zu billig, Mademoiselle.«

Sie riß ihre Hand weg. Wie konnte er so etwas sagen! Er verstand überhaupt nichts. Wie konnte er denken, es sei billig, wenn sie sich Flynn hingab?

Als Flynn aus Mexiko zurückkam, reiste Alexi noch am selben Tag nach San Francisco ab, und Belinda war überrascht, wie sehr er ihr fehlte. Jetzt fühlte sie sich manchmal einsam, was wirklich albern war, denn sie hatte ja Flynn. Doch als Alexi zehn Tage später wieder auftauchte, freute sie sich geradezu unvernünftig, ihn wiederzusehen. Zwischen den beiden Männern in den Nobelrestaurants der Stadt sitzend, hatte sie das Gefühl, die bedeutendste Frau der Welt zu sein.

Alles fand kurz nach Weihnachten ein Ende mit Schrecken, als Flynn dieses Spiels überdrüssig wurde. Sie saßen bei einem Bankett im Romanoff's, als Flynn eine Zigarette in seine Bernsteinspitze steckte und erklärte, er fahre für ein paar Monate nach Europa. Er vermied es dabei fast ängstlich, Belinda anzusehen, und sie begriff, daß er ohne sie reisen wollte.

Etwas in ihrer Brust schwoll riesengroß an und drohte sie zu ersticken. Sie hatte es doch nicht anders erwartet, warum war sie nicht besser darauf vorbereitet? Aber der Schmerz war unerträglich. Plötzlich schossen ihr Tränen in die Augen, und sie sah die umstehenden Tische nur noch verschwommen. Doch genau in dem Augenblick, in dem die Beherrschung sie völlig zu verlassen drohte, fühlte sie im Oberschenkel einen heftigen Schmerz. Sie brauchte nur eine Sekunde, um zu begreifen, daß Alexis Hand sie unter dem Tisch wie eine Eisenklammer gepackt hatte, weil er nicht dulden wollte, daß sie sich demütigte. Seine Kraft schien auf sie überzugehen, und sie schaffte es irgendwie, den Rest des Abends durchzustehen. Als Flynn drei Tage später abreiste, nahm Alexi sie in die Arme und erlaubte ihr endlich zu weinen. Später las sie in der Zeitung, daß Flynns neue Begleiterin erst fünfzehn war.

Obwohl ihr klar war, daß Alexi seine kalifornischen Geschäfte längst erledigt haben mußte, kehrte er nicht nach Paris zurück, und sie war ihm dafür dankbar. Die Miete für den Bungalow war bis Ende Januar bezahlt — nicht von Flynn, wie sie vermutete, doch sie fragte nicht —, und sie verbrachten fast jeden Abend zusammen und tranken, bevor er ging, oft im Patio noch ein Glas Champagner. Eines Abends beugte er sich ganz unerwartet zu ihr hinüber und küßte sie leicht auf die Lippen.

»Nein! Fassen Sie mich nicht an!« Wütend über die Vertraulichkeit, die er sich herausgenommen hatte, sprang sie auf. Alexi war nicht Flynn und sie kein Flittchen. Sie lief ins Wohnzimmer und nahm eine Zigarette aus dem Porzellankästchen auf dem Couchtisch.

Jahrelang geübte eiserne Selbstbeherrschung und Selbstdisziplin zerbrachen in Alexi Savagar. Er stürmte hinter ihr her ins Wohnzimmer. »Du kleine dumme Gans!«

Erschrocken über den gehässigen Ton seiner Worte, fuhr sie herum, sah seinen Gesichtsausdruck und wich einen Schritt zurück. Die glatte gallische Maske war verschwunden und hatte ein Gesicht bloßgelegt, das in seiner Nacktheit atavistisch war und die Merkmale unzähliger Generationen russischer Vorfahren trug.

»Wie kannst du es wagen, mich abzuweisen?« zischte er. »Nicht einmal daran denken darfst du! Weißt du, was du bist?

Sie knüllte das Papier zusammen und warf es zornig auf den Boden. Hol ihn der Teufel! Nach allem, was er ihr gestern abend angetan hatte, war sie froh, daß er fort war. Sie hoffte, ihn nie wiedersehen zu müssen. Er war schlecht, ein widerwärtiges Ungeheuer, das ihr etwas Schreckliches zugefügt hatte. Sie schwang die Beine über die Bettkante, und plötzlich schien sich ihr der Magen umzudrehen. Sie ließ sich auf das Kissen zurückfallen, machte die Augen zu und gestand sich ein, daß sie Angst hatte. Alexi hatte sich jetzt so lange um sie gekümmert, daß sie sich, ohne es zu merken, daran gewöhnt hatte.

Den Unterarm auf die Augen pressend, versuchte sie ihre Ängste mit Vernunft zu zerstreuen. Sie hatte es vor Alexi und auch vor Flynn allein geschafft, sie würde es wieder schaffen. Sie rief sich James Deans Gesicht in Erinnerung — das widerspenstige Haar, die mürrischen Augen, den rebellischen Mund. Denk an Jimmy, sagte sie sich und wurde allmählich ruhiger. Ein Mann lebt aus eigener Kraft und ist für sich selbst verantwortlich — und eine Frau auch. Während sie mit Flynn zusammen war, hatte sie ihren Ehrgeiz, ihre Ziele vergessen. Höchste Zeit, daß sie ihr Leben wieder selbst in die Hand nahm.

Sie verbrachte den Rest des Monats damit, alte Kontakte neu zu knüpfen. Sie telefonierte ein paarmal, schrieb an die Studiochefs, die sie durch Flynn kennengelernt hatte, und begann von neuem die Runde durch die Studios zu machen. Nichts geschah.

Die Miete für den Bungalow im Garden of Allah wurde fällig, und sie sah sich gezwungen, wieder in ihr altes Apartment zu ziehen. Für sie war das die endgültige Trennung von Flynn, und sie hatte das Gefühl, ihr Leben sei nicht vor-, sondern rückwärts gelaufen. Jede Minute, die sie in dem Apartment verbrachte, war eine Qual. Sie stritt mit ihren Mitbewohnerinnen, bis die ihr sagten, sie solle wieder ausziehen, und dann ignorierte sie sie. Sie waren dumme Kühe und mit so wenig zufrieden.

Die Katastrophe kam in einem hellblauen Briefumschlag. Es war ein Brief ihrer Mutter, die ihr mitteilte, sie und der Vater seien der Meinung, es schade Belinda nur, wenn sie ihre Torheiten weiterhin unterstützten. Ein letzter Scheck liege bei. Belinda machte einen halbherzigen Versuch, einen Job zu finden, obwohl sie sich krank fühlte, rätselhafte Kopfschmerzen sie plagten und ihr Magen ständig rebellierte, als schleppe sie eine Grippe mit sich herum, die nicht ausbrach. Da sie jedoch für jeden

Job zu ungeschickt war, gab sie nach drei demütigenden Unterredungen ihre Bemühungen auf.

Sie unternahm einen verzweifelten Versuch, ihre Pechsträhne zu überwinden, und gab zwanzig kostbare Dollar für Schauspielunterricht bei einem kleinen, rundlichen Mann aus, der in seinem Inserat als Empfehlung anführte, er habe Mr. Belasco gekannt. Er sprach mit den Schülern über Rhythmus und Charakter, emotionale Erinnerung und beherrschte Energie, lauter Dinge, die sie nicht verstand. Sie ging zweimal hin und blieb dann weg.

Die Erkenntnis, daß sie von Flynn schwanger war, überfiel sie nicht blitzartig. Sie sickerte nur langsam in ihr Bewußtsein ein, bis der Tag kam, an dem sie es nicht einmal schaffte, sich anzuziehen und die Runde bei den Agenten zu machen. Zwei Tage lang lag sie in ihrem billigen Hollywood-Bett, starrte zu der fleckigen Zimmerdecke hinauf und bemühte sich zu begreifen, was ihr geschehen war.

Sie erinnerte sich, wie entsetzt man in Indianapolis über Mädchen geredet hatte, die »zu weit« gegangen waren, erinnerte sich an Gerüchte über Mußehen oder, was noch schlimmer war, uneheliche Kinder. Aber das passierte nur Mädchen, die von der »falschen Seite der Gleise« stammten, nicht Dr. Brittons Tochter Edna Cornelia. Anständigen Mädchen widerfuhr so etwas nicht. Sie heirateten zuerst und bekamen dann ein Baby. Es andersherum zu machen, war eine unvorstellbare Schande.

An Abtreibung dachte Belinda nicht, und zwar aus dem einfachen Grund, weil sie nicht wußte, daß es so etwas gab. Hinterhofoperationen gehörten in eine Welt, mit der sie nie in Berührung gekommen war. Sie dachte daran, sich mit Flynn in Verbindung zu setzen, verwarf die Idee aber sofort wieder. Erstens hatte sie keine Ahnung, wo er sich aufhielt, und zweitens war er auch noch verheiratet, konnte ihr also nicht helfen. Statt dessen beschäftigte sie sich in Gedanken immer häufiger mit Alexi Savagar.

Nachdem sie zu einem Entschluß gekommen war, brauchte sie nur zwei Tage, um seine Spur zu finden. Sie wartete, bis ihre Mitbewohnerinnen das Apartment verlassen hatten, und führte dann eine Reihe von Ferngesprächen, die sie nicht bezahlen konnte; sie rief jedes Hotel in New York City an, das Earl Wilson in seiner Zeitungskolumne erwähnt hatte und an das sie sich erinnerte. Am zweiten Tag erfuhr sie, daß Alexi vor einer

Woche aus dem Pierre abgereist war und als Nachsendeadresse das Beverly Hills Hotel angegeben hatte. Sie rief im Beverly Hills an und hinterließ ihm die Nachricht, daß Miß Britton Mr. Savagar um fünf Uhr in der Polo Lounge erwarte.

Es war ein kühler Tag; sie fuhr mit ihrem zerbeulten Studebaker bis zu Schwab's, ließ ihn dort stehen und nahm ein Taxi, das sie unter der Markise über dem eleganten Eingang des Beverly Hills absetzte.

Obwohl sie mit Flynn ein paarmal in der Polo Lounge gewesen war, fühlte sie noch immer ein seltsames Prickeln, wenn sie hineinging. Sie nannte dem Maître d'hôtel Alexis Namen, und er führte sie zu einer der geschwungenen Polsterbänke gegenüber dem Eingang, einem Vorzugsplatz in der vielleicht berühmtesten Cocktaillounge der Welt.

Sie bestellte einen Martini, obwohl sie ihn gar nicht so besonders gern trank, doch es galt als schick, und sie wollte Alexi damit beeindrucken. Während sie auf ihn wartete, versuchte sie sich über ihre Nervosität hinwegzuhelfen, indem sie die anderen Gäste beobachtete.

Um sechs Uhr schlenderte Alexi in die Polo Lounge, und Belindas Herz schlug einen Purzelbaum. Er blieb einen Augenblick am Eingang stehen und wechselte mit dem Maître d' ein paar Worte, bevor er auf die Polsterbank zuging, auf der sie saß. Er trug einen wie stets untadeligen perlgrauen Seidenanzug, und ein paar Leute grüßten ihn, als er an ihren Tischen vorbeikam. Sie hatte vergessen, wieviel Aufmerksamkeit er auf sich zog.

Wortlos glitt er neben Belinda auf die Bank, die Seide seines Anzugs raschelte, und der Duft eines teuren Eau de Cologne umwehte ihn dezent. Er wandte den Kopf und musterte sie. Seine Miene war so unergründlich wie immer. Freute er sich, sie zu sehen, oder nicht? Leichtes Frösteln überlief sie. Warum wußte sie nie, was er dachte?

»Château Haut-Brion 1929«, sagte er zum Kellner. Dann zeigte er auf den Martini, den Belinda nur halb getrunken hatte. »Nehmen Sie das mit. Mademoiselle trinkt mit mir Wein.«

Der Kellner ging, und Alexi hob langsam Belindas Hand an die Lippen und küßte sie. Sie wollte lächeln, mußte dann aber an ihr letztes Zusammensein und an den Kuß denken, der alles andere als sanft gewesen war.

»Du scheinst nervös zu sein, *ma chère.*«

Die Zeit der Zweifel war längst vorbei, vertrieben von der kleinen Ansammlung sich rücksichtslos vermehrender Zellen in ihrem Leib, und sie zwang sich, lässig mit den Schultern zu zucken. »Ein bißchen bin ich's vielleicht. Es ist so lange her. Du — du hast mir gefehlt.« Plötzlich konnte sie nicht mehr verheimlichen, wie ungerecht sie sein Verhalten fand. »Wirklich, Alexi! Wie konntest du nur so einfach verschwinden? Nicht einmal angerufen hast du mich!«

Er sah sie leicht belustigt an. »Du hast Zeit zum Nachdenken gebraucht, *chérie*. Mußtest herausfinden, wie es dir gefällt, allein zu sein.«

»Es gefällt mir überhaupt nicht«, antwortete sie heftig.

»Das habe ich auch nicht angenommen.« Er betrachtete sie mit so konzentriertem Gesichtsausdruck, daß sie das Gefühl hatte, zwischen zwei Glasplättchen gepreßt und unter ein Mikroskop geschoben worden zu sein. »Erzähl mir, was du in dieser Zeit der inneren Einkehr für Erkenntnisse gewonnen hast.«

»Ich habe«, antwortete sie wohlüberlegt, »erkannt, daß ich mich auf dich verlassen hatte, von dir abhängig geworden war. Kaum warst du fort, ging alles schief, und du warst nicht da, um mir zu helfen. Ich fürchte, ich bin nicht so selbständig, wie ich dachte.«

Der Kellner brachte den Wein, entkorkte ihn und schenkte Alexi eine Kostprobe ein. Er trank, nickte zerstreut und wartete, bis sie allein waren, bevor er sich ihr wieder zuwandte. Rückhaltlos berichtete sie ihm, was sich in den letzten zwei Monaten alles ereignet hatte — die Demütigung beim Schauspielunterricht, die vergeblichen Versuche, das Interesse auch nur eines einzigen Produzenten zu wecken, die Tatsache, daß ihre Eltern sie nicht mehr unterstützen wollten; sie sagte ihm alles, bis auf eins — das Wichtigste.

»Wieviel doch in so kurzer Zeit passieren kann«, sagte er. »Gibt es vielleicht noch etwas, das ich eigentlich wissen müßte? Eine weitere Katastrophe, die du mir zu Füßen legen willst?«

Sie schluckte trocken. »Nein, nichts. Aber ich habe kein Geld mehr, Alexi, und muß Entscheidungen treffen. Dazu brauche ich deine Hilfe.«

»Meine Hilfe?« Zum erstenmal, seit er neben ihr saß, verhärtete sich sein Gesichtsausdruck. »Warum wendest du dich nicht an deinen früheren Liebhaber, Belinda? Bestimmt wird er dir helfen, auf seinem weißen Hengst schwertschwingend angeprescht kommen und alle Bösewichter erschlagen, die dir übelwollen. Warum gehst du nicht zu Flynn, Belinda?«

Sie biß sich fest in die Innenseite ihrer Wange, um nicht mit allem herauszuplatzen, was sie nicht sagen durfte. Sie wußte instinktiv, daß sie Alexi aus seiner Bitterkeit befreien mußte, sonst würde er ihr nie helfen. Er verstand Flynn nicht. Hatte ihn nie verstanden. »Diese Zeit im Garden«, begann sie bedächtig, »war so anders als alles, was ich bis dahin erlebt hatte. Und irgendwie seid ihr beide auf eine ganz seltsame Art in meiner Phantasie miteinander verschmolzen. Ich bildete mir ein, alle guten Gefühle kämen von Flynn, aber als du fort warst, merkte ich, daß sie auch von dir gekommen waren.« Sie hatte vorher eingeübt, was sie sagen wollte, doch jetzt weckten die Worte ein gewisses Unbehagen in ihr, weil ihr klar wurde, daß sie mehr Wahrheit enthielten, als ihr bewußt gewesen war. »Ich brauche Hilfe«, sagte sie schroff. »Und ich weiß nicht, an wen ich mich sonst wenden könnte.«

»Ich verstehe.«

Aber er verstand nichts — überhaupt nichts. Sie senkte den Kopf und begann mit ihrer Serviette zu spielen, um ihn nicht ansehen zu müssen. »Ich — ich habe kein Geld, und ich kann nicht nach Indianapolis zurück. Ich — ich wäre dir dankbar, wenn du mir etwas leihen könntest — nur für ein Jahr oder so, bis ich's geschafft habe, die Studios auf mich aufmerksam zu machen.« Sie trank einen Schluck von dem Wein, den sie nicht mochte. Sie brauchte das Geld. Dann konnte sie irgendwohin gehen, wo niemand sie kannte, und das Kind zur Welt bringen. Wenn sie Geld hatte, konnte sie auch in Ruhe nachdenken, was sie hinterher tun sollte.

Er sagte kein Wort, und ihre Nervosität wuchs. »Ich weiß wirklich nicht, an wen ich mich wenden könnte, und ich würde lieber sterben, als nach Indianapolis zurückzugehen. Das mußt du mir glauben.«

»Lieber tot als in Indianapolis«, sagte er leicht belustigt, und sie schöpfte ein wenig Hoffnung. »Was für eine kindische Dramatik — ganz meine süße Belinda. Sag mir, was bietest du mir als Gegenleistung für meine *largesse?*«

»Was du willst«, antwortete Belinda.

Er schien neben ihr zu erstarren, und ihr wurde klar, daß sie einen furchtbaren, einen entsetzlichen Fehler gemacht hatte.

»Wie ich sehe«, zischte er, »verkaufst du dich schon wieder!

Sag mir, Belinda, was unterscheidet dich von diesen aufgetakelten jungen Frauen, die der Maître d' am Hoteleingang abweist? Was unterscheidet dich von den Huren?«

Ihre Augen trübten sich, weil sein Angriff so ungerecht war. Es hatte keinen Sinn. Er würde ihr nicht helfen. Wieso war sie so überzeugt gewesen, daß er es tun werde, und warum fühlte sie sich so verraten und betrogen? Sie stand auf und griff nach ihrer Handtasche. Doch bevor sie einen Schritt machen konnte, hielt Alexi sie am Arm fest und zog sie sanft auf die Bank zurück.

»Es tut mir leid, *chérie*, ich habe dich schon wieder verletzt. Aber du wirfst immer wieder mit Messern nach mir und mußt schließlich wissen, daß ich früher oder später anfange zu bluten.«

Sie senkte den Kopf, damit niemand die Tränen sah, die ihr über die Wangen liefen und dunkle Flecken auf den hellen Kostümrock tupften. »Vielleicht kannst du von Menschen etwas annehmen, ohne auch etwas für sie zu tun«, sagte sie, während sie am Verschluß ihrer Handtasche herumfummelte, um ein Taschentuch herauszuholen. »Ich kann es nicht. Wenn mich das in deinen Augen zur Hure macht, kann ich es auch nicht ändern. Ich wünschte nur, ich hätte dich nie um Hilfe gebeten.«

»Bitte wein nicht, *chérie*. Ich komme mir wie ein Ungeheuer vor.« Ein gefaltetes Taschentuch fiel ihr in den Schoß. Sie umschloß es mit der Hand, so daß nur die eine Ecke sichtbar war, und hob es an die Augen, versuchte sich so unauffällig wie möglich die Tränen abzuwischen.

Alexi lehnte sich zurück. »Für dich ist alles ganz einfach, nicht wahr?« sagte er. »Vielleicht war es bei mir, als ich noch ein Kind war, genauso, obwohl ich's nicht glaube.« Seine Stimme klang plötzlich heiser. »Wirst du auf deine Phantasien verzichten, *chérie*? Deine Zuneigung mir schenken?«

Er tat, als sei alles ganz unproblematisch, doch er mußte wissen, daß es nicht so war. Er faszinierte sie. Er beschützte und, sie gab es zu, reizte sie sogar. Und die Leute sahen sie immer an, wenn sie zusammen waren. Aber sein Gesicht war genauso groß wie das ihre. Es war nie in vielfacher Vergrößerung so oft auf einer Leinwand zu sehen gewesen, daß die ganze Welt es kannte.

Er nahm eine Zigarette aus seiner silbernen Tabatiere und zündete sie an. Eine Sekunde lang kam es ihr so vor, als zitterten seine Finger, die das Feuerzeug hielten; doch dann brannte die

Flamme ruhig, und Belinda sagte sich, sie müsse sich geirrt haben. »Ich werde dir helfen, *chérie*«, erklärte er, »obwohl eine innere Stimme mir zuflüstert, daß ich es nicht tun sollte. Sobald ich hier meine Geschäfte erledigt habe, fliegen wir nach Washington und heiraten dort in der französischen Botschaft.«

»Heiraten!« Sie meinte nicht richtig gehört zu haben. »Nein, das — das glaub ich dir nicht! Was spielst du für ein Spiel mit mir?« Endlich hob sie wieder den Kopf, blickte zu Alexi auf und war fast bestürzt über das, was sie sah. Die ernsten Linien um seinen Mund waren weich geworden, und seine Augen waren voller Gefühl. Zum erstenmal, seit sie ihn kannte, kam er ihr verletzlich vor.

»Kein Spiel, *chérie*. Ich will dich — nicht als Geliebte, ich will dich zur Frau. Dumm von mir, *non?*«

»Aber warum Heirat? Ich habe dir schon gesagt . . .«

»*Ça suffit!* Wiederhol ja nicht dein Angebot!« Von seiner Leidenschaftlichkeit erschreckt, wich sie leicht vor ihm zurück, weil sie plötzlich erkannte, wie sehr er sie liebte. »Als Geschäftsmann lasse ich mich nie auf Risiken ein, und du bietest mir keine Sicherheiten, *chérie*, nicht wahr?« Er fuhr mit dem Finger den Stiel des Weinglases herauf und hinunter. »*Hélas*, ich bin auch Russe . . . Eine Filmkarriere ist nicht das, was du dir wirklich wünschst, wenn dir das im Moment auch noch nicht klar ist. In Paris wirst du deinen Platz als meine Frau einnehmen. Es wird ein neues Leben für dich sein. Ein fremdes Leben, ich weiß, aber ich werde dich führen, und du wirst zum Stadtgespräch werden — Alexi Savagars blutjunge Frau.« Er lächelte. »Es wird dir gefallen, immer Mittelpunkt zu sein.«

Ihre Gedanken rasten. Das Baby. Sie mußte ihm von dem Baby erzählen. Es wäre unrecht, es nicht zu tun. Sie konnte sich nicht vorstellen, Alexis Frau zu sein, immer unter den forschenden Blicken dieser seltsamen schrägen Augen zu leben. Stadtgespräch von Paris, hatte er gesagt. Alexi war reich und bedeutend, in seiner Welt eine Berühmtheit. Aber sie konnte ihre Träume nicht aufgeben. Sie wollte ein Star werden.

»Ich weiß nicht, Alexi. Ich habe nicht gedacht . . .« Sie fühlte, wie er sich zurückzog, sein Gesicht sich wieder verhärtete. Wenn sie ihn jetzt abwies, wenn sie auch nur noch eine Sekunde zögerte, würde sein Stolz es nie zulassen, daß er ihr verzieh. Sie hatte nur diese einzige Chance.

»Aber ja, Alexi!« Sie lachte übertrieben hoch und unnatürlich. »Ja, o ja, natürlich heirate ich dich.«

Einen Moment saß er völlig reglos da, dann zog er ihre Hand an die Lippen. Lächelnd küßte er den hämmernden Puls auf der Innenseite, dicht über dem Gelenk. Sie erwiderte sein Lächeln, achtete nicht auf ihr wild klopfendes Herz und nicht auf das dumpfe Brausen in ihren Ohren, als ihr das Blut in den Kopf schoß, und sie hörte nicht auf die Stimme in ihrem Innern, die fragte: Was hast du getan?

Alexi bestellte eine Flasche Dom Perignon. »Wir trinken auf das Ende der Phantasterei«, sagte er und ließ sein Glas an das ihre klingen.

»Auf uns, Alexi«, erwiderte sie nervös.

5

Sie heirateten zwei Wochen nach ihrem Wiedersehen in der Polo Lounge, und zu Belindas gelinder Überraschung fanden Hochzeit und Hochzeitsnacht in der richtigen Reihenfolge statt. Sie wurden in Washington in der französischen Botschaft getraut und begaben sich dann sofort in das Haus des Botschafters, das er ihnen gewissermaßen als Hochzeitsgeschenk über das Wochenende zur Verfügung gestellt hatte.

Belindas Nervosität nahm zu, als sie im Badezimmer des Botschafters aus der Wanne stieg und sich mit einem weichen muskatbraunen Badetuch abtrocknete. Sie hatte es bisher noch nicht über sich gebracht, Alexi von dem Baby zu erzählen. Wenn sie Glück hatte und das Baby klein war, würde er vielleicht glauben, es sei sein Kind, das zu früh zur Welt gekommen war. Wenn er das nicht glaubte, würde er sich bestimmt scheiden lassen, doch das Kind würde seinen Namen tragen und sie nicht mit dem Makel der unehelichen Mutter leben müssen. Dann konnte sie nach Kalifornien zurückkehren und ganz von vorn anfangen — diesmal mit Alexis Geld.

Trotz des Unbehagens, das sie empfand, waren die vergangenen Wochen wunderbar gewesen. Alexi behandelte sie wie eine Königin und bewies ihr jeden Tag aufs neue, wie sehr er sie liebte — nicht nur durch die Geschenke, mit denen er sie überschüttete, nein, auch durch die unendliche Geduld mit den dummen kleinen Fehlern, die ihr in seiner Welt immer wieder unterliefen. Er wurde nie zornig, nahm ihr einfach nichts übel. Es war ein tröstlicher Gedanke.

Sie sah zu dem in Silberpapier verpackten Kleiderkarton hinüber, der auf dem Waschbecken lag. Er enthielt etwas, das sie heute nacht anziehen sollte. Sie hoffte auf ein schwarzes Negligé mit vielen Spitzen — ein Nachthemd, wie Kim Novak es tragen würde. Doch was immer es war, Belinda wußte, daß es eine Unsumme gekostet hatte. Alexi kaufte nur das Beste.

Als sie den Karton auspackte und den Inhalt sah, hätte sie am liebsten aufgeschrien vor Enttäuschung. Das lange weiße Baumwollgewand, das zwischen Wolken aus Seidenpapier lag, glich eher einem Kindernachthemd als dem Negligé ihrer Phantasie. Zwar war der Stoff weich und fein, doch das Hemd selbst war hoch geschlossen, mit einem kleinen Spitzenrand und rosafarbenen Bändern vom Hals bis zur Taille, die, zu Schleifen gebunden, dafür sorgten, daß das Hemd nicht aufklaffen konnte. Als sie es aus dem Karton nahm, fiel etwas auf den Boden. Sie bückte sich und hob einen weißen Baumwollschlüpfer mit Spitzenrüschen an den Beinlingen auf. Wollte Alexi sie zum Narren halten? Doch dann erinnerte sie sich an seinen Stolz und an die Tatsache, daß sie nicht als Jungfrau zu ihm kam ...

Es war nach Mitternacht und die Vorhänge im Schlafzimmer geschlossen. Mit den mattgrünen Brokattapeten, dem dicken jadegrünen Teppichboden und dem polierten Holz, das im Licht der crèmefarbenen seidenen Lampenschirme schimmerte, war der Raum zwar elegant, aber irgendwie leblos. Vielleicht kam es Belinda aber auch nur so vor, weil sie unbewußt diesen geschmackvoll ausgestatteten Raum mit der herrlich protzigen spanischen Einrichtung des Bungalows im Garden of Allah verglich.

Alexi stand in einem blaßgoldenen Morgenmantel in der Nähe des Fensters. Als sie ihn betrachtete, wurde ihr bewußt, daß sie ihn noch nie anders als in einem Anzug gesehen hatte. Alexi mit den schmalen Augen und dem dunklen, allmählich dünn werdenden Haar. Auf der Leinwand könnte er nur einen Schurken spielen, nie einen Helden, dachte sie. Aber einen mächtigen Schurken, der über Imperien herrschte und mit einer kleinen Geste das Schicksal eines Menschen verändern konnte. Er drehte sich um und sah sie an. Sie begann nervös zu werden, als das Schweigen im Raum andauerte und immer lastender wurde.

»Das Nachthemd ist nicht gerade das, was ich erwartet hatte, Alexi«, sagte sie, um sich ein wenig von ihrer inneren Spannung zu befreien.

Seine Miene war verschlossen und abweisend wie immer. »Du hast Lippenstift aufgelegt, *chérie?*«

»Ja. Stimmt etwas nicht?«

Er nahm ein Taschentuch aus der Tasche seines Morgenmantels. »Komm ans Licht!«

Alexi hob leicht ihr Kinn und wischte ihr mit dem Taschentuch sanft den Lippenstift ab. »Kein Lippenstift im Schlafzimmer, *mon amour*, du bist auch ungeschminkt schön genug.« Er trat zurück und zog mit den Augen langsam jede Linie ihres Körpers nach; auf ihren scharlachrot lackierten Zehennägeln blieben seine Blicke haften. »Setz dich aufs Bett.«

Sie gehorchte. Er ging zu ihrem Kosmetikköfferchen und lee te es auf die Kommode aus. Dann suchte er den Nagellacken ferner heraus und kam damit zu Belinda zurück. Er kniete vo ihr nieder, stellte ihren rechten Fuß auf seinen Oberschenke und begann, sehr sorgfältig den Nagellack zu entfernen. Als er fertig war, nahm er ihren linken Fuß, biß leicht in den Spann und berührte ihn dann mit der Zunge. »Trägst du den Schlüpfer, Belinda?«

Verlegen senkte sie den Blick und nickte.

»*Bon*. Dann bist du meine süße Braut, die für mich bereit ist. Du bist scheu, unerfahren und hast vielleicht auch ein bißchen Angst. Genauso soll es sein.«

Sie nickte, da sie tatsächlich Angst hatte. Alexi behandelte sie, als ob sie noch unschuldig sei — seine sanften Worte, das jungfräuliche Nachthemd, die verbotenen Kosmetika. Verstand er denn nicht, daß das nichts an dem ändern konnte, was geschehen war? Er konnte ihre Zeit mit Flynn nicht auslöschen. Die Erinnerung an den Abend, an dem er so brutal über sie hergefallen war, drängte sich in ihre Gedanken, obwohl sie sich sagte, daß sie albern war. An jenem Abend war er Flynns wegen vor Eifersucht außer sich gewesen, doch jetzt, da sie seine Frau war, würde er sie nie wieder verletzen. Ob er wohl vermutete, daß auch Flynn bei ihr nicht der erste gewesen war?

Er streckte ihr die Hand entgegen. »Komm, *chérie*, ich warte schon so lange darauf, dich lieben zu dürfen.« Sie ließ sich von

von jeder *gaucherie*, die Belinda sich im Lauf eines Tages zuschulden kommen ließ. Jeden Abend um sieben versammelten sie sich im großen Salon, wo Solange ein Glas weißen Wermut trank, eine Gauloise nach der anderen rauchte, in einem stakkatoartigen Französisch auf ihren Sohn einredete und ihre Schwiegertochter völlig ignorierte.

Alexi küßte Belindas Klagen fort. »Meine Mutter ist eine verbitterte alte Frau, die viel verloren hat«, flüsterte er, mit den Lippen ihren Hals liebkosend. »Dieses Haus ist ihr Königreich, mehr ist ihr nicht geblieben.« Seine Küsse wanderten zu ihren Brüsten. »Sei nett zu ihr, *chérie*. Um meinetwillen.«

Und dann wurde plötzlich alles anders.

Eines Abends beschloß Belinda, Alexi mit einem durchsichtigen schwarzen Negligé zu überraschen, das sie sich am Nachmittag gekauft hatte. Als sie es ihm vorführte und vor dem Bett eine Pirouette drehte, wurde sein Gesicht starr und blaß. Ohne ein Wort zu sagen, verließ er das Zimmer. Sie wartete im Dunkeln, wütend auf sich, weil sie nicht begriffen hatte, daß er sie nur in den schlichten weißen Nachthemden sehen wollte, die er für sie ausgesucht hatte. Die Stunden schleppten sich dahin, aber er ließ sich nicht blicken. Als er bis zum Morgen nicht zurückgekommen war, weinte sie, bis ihr Kissen zum Auswringen naß war.

Am nächsten Abend ging sie zu ihrer Schwiegermutter. »Alexi ist verschwunden. Ich will wissen, wo er ist.«

Die antiken Rubine an Solanges Handgelenk blitzten und schienen Belinda zu verhöhnen. »Mein Sohn sagt mir nur, was er für richtig hält.«

Er kam zwei Wochen später wieder. Es war inzwischen Anfang April. In einem Balmain-Kleid, das ihr in der Taille schon zu eng war, stand Belinda auf der Treppe und sah zu, wie er dem Butler seine Mappe überreichte. Er schien um zehn Jahre gealtert zu sein. Sie machte einen Schritt vorwärts, und er blickte auf, entdeckte sie und verzog zynisch den Mund wie damals, als sie sich kennengelernt hatten. »Meine liebe Frau«, sagte er ironisch, »so schön wie eh und je.«

In den nächsten Tagen wurde ihre Verwirrung immer größer. Waren andere dabei, war alles genauso wie früher. Er behandelte sie ehrerbietig und höflich und schenkte ihr sogar einen Schmuckkasten aus Jade, den der Zarenadler zierte. Waren sie jedoch allein, war alles anders. Er quälte sie im Bett, war nicht mehr zärtlicher Geliebter, sondern nur rücksichtsloser Eroberer, und schenkte ihr keine Erfüllung, so daß Lust schließlich zu Schmerz wurde. Ende der Woche kündigte er an, daß sie eine Reise machen würden, aber er sagte ihr nicht, wohin.

Er ließ den Daimler samt Chauffeur zu Hause und nahm einen 1933er Hispano-Suiza aus seiner Sammlung. Er fuhr sehr konzentriert, und Belinda war froh darüber, weil ihr erspart blieb, Konversation zu machen. Sie sah aus dem Fenster, während die langen Pappelalleen, die in der Nähe von Paris die Seine begleiteten, allmählich zurückblieben und nach und nach die kahlen Kreidehügel der Champagne auftauchten. Trotz des stillen Zaubers der Landschaft gelang es Belinda nicht, sich zu entspannen. Ihrer Berechnung nach war sie jetzt vier Monate schwanger, und die Anstrengung, Alexi zu täuschen, zehrte an ihrer Kraft. Sie tat so, als habe sie regelmäßig ihre Periode, versetzte heimlich die Knöpfe an ihren neuen Röcken und stellte sich nie in helles Licht, wenn sie nackt war. Sie tat alles, was sie konnte, um den Zeitpunkt hinauszuschieben, an dem sie ihm von dem Baby erzählen mußte.

Sie erreichten Burgund am Spätnachmittag. Der Gasthof, in dem sie übernachten wollten, war sehr hübsch, mit einem roten Ziegeldach und Geranientöpfen auf den Fensterbänken, aber Belinda war sogar zu müde, das einfache, jedoch ausgezeichnet schmeckende Abendessen zu genießen, das man ihnen vorsetzte.

Am nächsten Tag fuhren sie an Frauen vorbei, die in der Seine ihre Wäsche wuschen, und dann weiter ins Burgundische hinein. Auf einer mit wilden Blumen überwucherten Anhöhe picknickten sie. Sie aßen einen mit frischem Kerbel, Schnittlauch und Estragon gewürzten Salat, den Alexi im Nachbardorf fertig in einer Schüssel gekauft hatte. Dazu frisches Sesambrot und einen rinnenden Saint-Nectaire-Käse. Zu trinken gab es einen herben jungen Wein, das einzige, das Belinda hinunterbrachte, auch wenn sie sich leicht schütteln mußte, als sie trank. Und wieder fiel kein einziges Wort zwischen ihnen. Nach dem Essen hängte sich Belinda ihre Wolljacke um die Schultern und ging ein Stück spazieren, um dem drückenden Schweigen zu entrinnen.

»Gefällt dir die Aussicht, *mon amour?*« Sie zuckte zusammen, als er plötzlich hinter ihr auftauchte und ihr die Hände auf die Schultern legte.

»Ja, sie ist sehr hübsch.«

»Macht es dir Freude, mit deinem Mann zusammenzusein?«

»Selbstverständlich, Alexi. Ich bin immer gern mit dir zusammen.«

»Besonders im Bett, *n'est ce pas?*«

Sie sagte nichts, und offensichtlich erwartete er auch keine Antwort, denn er begann sie auf verschiedene Weingärten aufmerksam zu machen. Nach und nach schien er wieder zu dem Alexi zu werden, der ihr die Sehenswürdigkeiten von Paris gezeigt hatte, und sie entspannte sich.

»Schau mal dort hinüber, *chérie!* Siehst du die grauen Gebäude? Das ist das Kloster de l'Annonciation. Ein Nonnenkloster und eine der besten Schulen Frankreichs.«

»Tatsächlich?« Belinda interessierte sich mehr für die Weingärten. Obwohl sie Religionsunterricht genommen hatte, um sich, weil Alexi darauf bestanden hatte, auch kirchlich trauen lassen zu können, betrachtete sie sich nicht als Katholikin.

»Einige der besten Familien Europas lassen ihre Kinder bei den Nonnen erziehen«, fuhr Alexi fort. »Die Schwestern nehmen sogar Babys auf, obwohl männliche Kinder mit fünf Jahren zu den Mönchen ins nahe Langres geschickt werden.«

Belinda war entsetzt. »Warum sollte eine reiche Familie ihre Babys ins Kloster stecken?«

»Es gibt keine andere Lösung, wenn die junge Mutter unverheiratet ist und ein passender Ehemann nicht gefunden wird. Die Schwestern behalten die Babys, bis jemand sie heimlich adoptiert.«

Daß er über Babys sprach, machte Belinda nervös, und sie versuchte das Thema zu wechseln, doch Alexi ließ sich nicht ablenken. »Die Schwestern sorgen gut für sie«, sagte er. »Sie bekommen das beste Essen. Sie werden nicht im Stich gelassen, sie bleiben nicht den ganzen Tag unbeachtet in ihren Kinderbetten liegen wie in anderen Anstalten.«

»Ich kann mir nicht vorstellen, daß eine Mutter ihr Baby fremden Leuten überläßt, wenn es nicht unbedingt sein muß.« Es schien plötzlich unangenehm kühl zu werden. Belinda zog ihre Wolljacke an. »Gehen wir, Alexi, mir ist kalt.«

Er rührte sich nicht. »Du kannst es dir nicht vorstellen, weil du noch immer denkst wie die *bourgeoisie*. Aber als meine Frau mußt du dir eine andere Denkweise angewöhnen. Du bist jetzt eine Savagar.«

Mit einer unbewußten Geste legte sie schützend die Hände auf ihren Leib und drehte sich um. »Was meinst du damit, Alexi?«

»Ich meine, daß dein Bastardkind sofort nach der Geburt zu den Schwestern ins Kloster de l'Annonciation kommt und dort erzogen werden wird.«

»Du weißt es?« flüsterte sie.

»Aber natürlich.«

Das Licht schien aus dem Tag zu entweichen, und alle Alpträume fielen über Belinda her. »Dein Leib ist geschwollen«, sagte er mit vor Verachtung eiskalter Stimme. »Und auf deinen Brüsten sieht man blaue Adern durch die Haut. An dem Abend, an dem du in diesem durchsichtigen schwarzen Nachthemd vor mir standest, war mir, als würden mir Scheuklappen von den Augen gerissen. Wie lange, glaubst du, hättest du mich noch täuschen können?«

»Nein!« Plötzlich ging das alles über ihre Kräfte, und sie tat, was sie sich geschworen hatte, nie zu tun. »Das Baby ist kein Bastard!« rief sie. »Es ist dein Baby! Es ist dein . . .«

Er schlug ihr mit aller Kraft ins Gesicht und packte sie dabei am Arm, damit sie dem Schlag nicht ausweichen konnte. »Erniedrige dich nicht selbst mit Lügen, die ich, wie du sehr gut weißt, nie glauben werde.« Sie versuchte sich loszureißen, doch er hielt sie unbarmherzig umklammert. »Wie mußt du an dem Tag in der Polo Lounge über mich gelacht haben, als du deine albernen Sorgen vor mir ausgeschüttet, aber mit keinem Wort die eine wirklich wichtige erwähnt hast. Du hast mich in die Falle gelockt wie einen dummen Schuljungen! Hast mich zum Narren gemacht!«

»Es tut mir leid, Alexi«, sagte sie unter Tränen. »Ich hätte es dir sagen müssen, doch dann hättest du mir nicht geholfen, und ich wußte nicht, was ich sonst tun sollte. Ich werde fortgehen. Nach unserer Scheidung wirst du mich nie wiedersehen.«

»Scheidung? O nein, *ma petite*. Es wird keine Scheidung geben. Hast du nicht verstanden, was ich dir über das Kloster de l'Annonciation gesagt habe? Hast du nicht begriffen, daß du jetzt diejenige bist, die in der Falle sitzt?«

Plötzlich erinnerte sie sich wieder, was er gesagt hatte, und eine dunkle Wolke der Angst hüllte sie ein. »Ich werde nie zulassen, daß du mir mein Baby wegnimmst!« rief sie schluchzend.

Sein Gesichtsausdruck wurde böse und hart, und von einer

Sekunde zur anderen mußte sie die monatelang zärtlich gehegten Illusionen begraben, fielen die törichten Luftschlösser in Trümmer, die sie sich zusammengeträumt hatte. »Es gibt keine Scheidung, und wenn du mir wegläufst, bekommst du keinen einzigen Sou von mir. Und du kannst ohne das Geld anderer Leute nicht gut überleben, nicht wahr, Belinda?«

»Du kannst mir das Baby nicht wegnehmen! Es gehört mir.«

»Du irrst, meine Liebe«, sagte er mit geradezu tödlicher Ruhe. »Dem Gesetz nach ist dein Bastard mein Kind. Das französische Gesetz räumt dem Vater die absolute Erziehungsgewalt über seine Kinder ein. Und, Belinda, ich warne dich, wenn du je einem Menschen ein Sterbenswort von deiner Torheit sagst, mache ich dich fertig. Verstehst du mich? Dann wirst du bettelarm dastehen.«

»Alexi, tu mir das nicht an«, wimmerte sie.

Aber er hatte sich schon umgedreht und ging zum Auto.

Sie fuhren direkt nach Paris zurück. Und wieder sprachen sie kein Wort miteinander. Als Alexi mit dem Hispano-Suiza durch das Tor in die Zufahrt einbog, sah Belinda zu dem Haus hinauf, das sie jetzt haßte. Wie ein riesiger grauer Grabstein ragte es vor ihr auf, ein Monument, das an eine Vergangenheit erinnerte, die keinerlei Bedeutung für sie hatte. Blindlings tastete sie nach dem Türgriff, riß die Tür auf und sprang aus dem Wagen.

Im nächsten Moment war Alexi an ihrer Seite. »Haltung, Belinda! Du schadest nur dir selbst, wenn du dich gehenläßt.«

Tränen schossen ihr in die Augen. »Warum hast du mich geheiratet, Alexi?«

Er sah sie an, ließ eine Sekunde nach der anderen verstreichen, und mit jeder ging ein Stückchen Hoffnung verloren. »Weil ich dich geliebt habe«, sagte er mit bitter verzogenem Mund.

Sie warf den Kopf zurück, und eine Locke fiel ihr über die Wange. »Dafür hasse ich dich! Hasse dich für immer und ewig!« stieß sie hervor, riß sich von ihm los und rannte wie gehetzt die Zufahrt hinunter auf die Rue de la Bienfaisance.

Alexi drehte sich um, sah ihr nach und versuchte sich zu erinnern, warum er sie je geliebt hatte. Doch auf der Anhöhe über dem Kloster de l'Annonciation war auch der letzte Rest von Zärtlichkeit erstorben, den er vielleicht noch für sie empfunden hatte.

Belinda flüchtete in die Laubschatten in der Nähe des schmiedeeisernen Tors, wo die alten Kastanienbäume ihre volle Blütenpracht entfaltet hatten. Blütenblätter tropften auf den Gehsteig und lagen wie unzählige sterbende weiße Schmetterlinge im Rinnstein. Als sie in die Straße einbog, wirbelte der Fahrtwind eines Autos die Blüten vom Gehsteig auf, und Belinda schien sekundenlang in eine weiße Wolke gehüllt. Alexi blieb reglos stehen und beobachtete sie — Belinda, einen herzzerreißenden Augenblick in einer wirbelnden Wolke aus Kastanienblüten gefangen, die von der Erde aufstieg, anstatt vom Himmel zu fallen.

Es war ein Bild, das er nie vergessen sollte. Belinda in Blüten — dumm, oberflächlich und so qualvoll jung.

Belindas Baby

»Egal, was andere tun müssen,
ich muß kämpfen.«

Errol Flynn:
My Wicked, Wicked Ways

6

Er war abschreckend häßlich, hatte einen schmutzigen, verfilzten Bart und trug ein langes, schmutzstarrendes Gewand. Zur Abwechslung herrschte einmal Stille im Speisesaal des Klosters de l'Annonciation, und es wurde nicht wie sonst am Morgen in fünf Sprachen durcheinandergeschwatzt. Die Mädchen drängten sich enger zusammen, und von köstlichen Angstschauern durchrieselt, wünschten sich einige, sie hätten zum Frühstück nicht so viel *bouillie d'avoine* gegessen.

Eines der jüngeren Mädchen quietschte kurz und schrill auf, als der alte Mann den Arm hob und mit der scheußlichen schwarzen Peitsche knallte. Sogar die älteren Mädchen, die noch gestern abend erklärt hatten, sie seien über kindischen Mummenschanz viel zu erhaben, um sich vor dem *fouettard* zu fürchten, bekamen strohtrockene Kehlen.

Bitte, ehrwürdige Mutter Oberin, laß es nicht mich sein! Ich käme mir so gedemütigt vor. Bitte laß es nicht mich sein.

Sie wußten natürlich, daß sie es nicht sein würden. Es war nie eine von ihnen. An jedem vierten Dezember suchte sich der *fouettard* das allerschlimmste Mädchen aus, denn ihm waren die gebündelten Birkenzweige zugedacht, die er im Sack hatte. Alle wußten, wer dieses Mädchen sein würde. Einige schauten schon zu ihm hinüber, ein paar mitleidig, die anderen gönnerhaft herablassend.

Sie stand ein bißchen abseits, in der Nähe der Weihnachtskränze aus Plastik, die an den Wänden des Speisesaals hingen. Obwohl sie wie ihre Klassenkameradinnen eine blaukarierte Schuluniform mit weißer Bluse und dunklen Kniestrümpfen trug, schaffte sie es, anders auszusehen. Zum Teil lag das an ihrer Größe. Zwar war sie erst dreizehn, aber sie überragte alle. Sie hatte auch riesige Hände, Füße so groß wie Paddelboote und ein Gesicht, das für ihren Kopf viel zu wuchtig war. Ihr streifiges Blondhaar war zu einem unordentlichen Pferdeschwanz zusammengezurrt, der ihr weit über die Schultern hinunterhing. Die helle Haarfarbe kontrastierte auffallend mit den dichten schwarzen Brauen, die über der Nasenwurzel fast zusammenstießen und aussahen, als seien sie mit einem dicken Stift nachgezogen worden. Ihr Mund nahm die ganze Breite ihres Gesichts ein, und wenn sie ihn aufmachte, sah man nur zwei silberne Zahnspangen. Ihre Arme und Beine waren lang und linkisch, schienen nur aus spitzen Ellenbogen und Knubbelknien zu bestehen, von denen eins aufgeschürft und mit einem schmutzigen Pflaster verklebt war. Während die anderen Mädchen zierliche Schweizer Armbanduhren trugen, hatte sie einen unförmigen Männerchronometer am knochigen Handgelenk, dessen Lederarmband so lose saß, daß das Zifferblatt immer wieder nach innen rutschte.

Aber es war nicht nur ihre Größe, die sie von den anderen unterschied. Es war die Art, wie sie dastand, das Kinn vorgereckt, mit den komischen grünen Augen alles trotzig anfunkelnd, was ihr nicht gefiel — in diesem Fall den *fouettard*. Irgend etwas in ihrer Miene schien zu sagen: Gib du mir nur deine Birkenzweige! Trau dich! Gleichzeitig drückte ihre Haltung jedoch aus, daß sie sich, auch wenn er es tat, keinen Pfifferling darum scherte. Niemand außer Fleur Savagar brachte ein solches Benehmen fertig.

Im Winter 1969 hatte man in den fortschrittlicheren Gegenden Frankreichs den *fouettard* längst geächtet — den Bösen mit der Rute —, der französischen Kindern, wenn sie nicht artig waren, ein Bündel Birkenzweige vor die Füße legte, anstatt ihnen Weihnachtsgeschenke zu bringen. Aber im Kloster de l'Annonciation änderte sich nichts so leicht, obwohl an dem Tag, an dem der *fouettard* kam, die Schwestern in der Krankenabteilung von kleinen Mädchen mit Kopf- oder Bauchschmerzen förmlich überrannt wurden. Die Tradition wurde weiterhin gepflegt, und mit der Zeit war sogar der Brauch entstanden, das unbotmäßigste Mädchen mit einer Handvoll Birkenzweige zu bestrafen. Etwas so Beschämendes mußte ja Umkehr und Besserung nach sich ziehen. Unglücklicherweise hatte sich das nicht bewahrheitet.

Zum zweitenmal knallte der *fouettard* mit der Peitsche, und zum zweitenmal zuckte Fleur Savagar nicht mit der Wimper, obwohl alle im Kloster wußten, daß sie guten Grund hatte, sich zu fürchten. Im Januar hatte sie die Schlüssel des alten Citroën der Mutter Oberin geklaut, damit geprahlt, daß sie den Wagen fahren könne, und dann prompt die Garagenmauer gerammt.

Im März hatte sie sich den Arm gebrochen, als sie auf dem altersschwachen Pony des Klosters ohne Sattel akrobatische Übungen versuchte, und hatte sich dann eigensinnig geweigert zuzugeben, daß sie verletzt war. Wäre ihr Arm nicht so schlimm angeschwollen, daß sie die Schuluniform nicht mehr anziehen konnte, wäre es vielleicht nie herausgekommen. Danach kamen der Zwischenfall mit dem Feuerwerk, die Zerstörung des Geräteschuppens, und ganz zuletzt war sie auch noch einen halben Tag mit allen Sechsjährigen verschwunden.

Der *fouettard* zog das verhaßte Bündel Birkenreiser aus einem alten Jutesack, den er auf dem Rücken trug, und sah der Reihe nach alle Mädchen an, bis sein Blick schließlich auf Fleur haftenblieb. Er ging auf sie zu und legte die Zweige vor die Spitzen ihrer abgestoßenen braunen Schnürhalbschuhe. Soeur Marguerite, die das Ganze für eine barbarische Sitte hielt, wandte die Augen ab, doch die anderen Nonnen schüttelten den Kopf und gaben besorgt klingende Gluckslaute von sich. Sie machten sich mit Fleur so große Mühe, schienen jedoch nie etwas zu erreichen. Sie war wie Quecksilber, das durch ihr diszipliniertes Dasein rann: unbeständig, impulsiv, sehnsüchtig dem Leben entgegenfiebernd. Sie liebten sie sehr, weil sie am längsten bei ihnen war und weil man sie einfach lieben mußte. Aber sie war für sie auch ein nie versiegender Quell der Sorge. Was sollte aus ihr werden, wenn sie einmal nicht mehr ihrer strengen Kontrolle unterstand?

Als Fleur sich bückte, um die Birkenreiser aufzuheben, hielten die Nonnen Ausschau nach einem Zeichen der Reue, der Zerknirschung. Sie war jetzt dreizehn und kein Baby mehr, ganz gewiß zu groß, um mit dem Rock über dem Kopf, ungeniert die Schlüpfer zeigend, auf dem Ahornbaum zu schaukeln, wobei erschwerend hinzukam, daß gerade in diesem Moment der arme Père Etienne aus seinem Auto gestiegen war.

Fleur blickte auf die Birkenzweige in ihrer Hand und schien sich kurz vergangener Missetaten zu erinnern. Auf einmal hob sie den Kopf, lächelte reihum alle übermütig an und bettete die Zweige in die Armbeuge wie einen Rosenstrauß, der einer Schönheitskönigin überreicht worden war. Sie warf Kußhände in die Runde und verbeugte sich ein paarmal, bis alle Mädchen kicherten.

Als Fleur der Meinung war, nun müßten alle verstanden haben, daß ihr der blöde *fouettard* und seine blöden Zweige gestohlen bleiben konnten, verließ sie den Speisesaal durch die Seitentür und nahm in der Halle ihren alten Wollmantel vom Haken. Dumme Gänse! Sie haßte sie alle. Mit dem Handrücken schob sie den Riegel an der Hintertür zurück und lief ins Freie.

Der Morgen war kalt, und ihr Atem schwebte als frostige Wolke vor ihr her, als sie über den hartgefrorenen Boden lief und die grauen Backsteingebäude hinter sich ließ. Im Laufen zog sie ihren zerbeulten blauen Hut aus der Tasche und setzte ihn auf. Er ziepte an dem Gummiband, mit dem sie den Pferdeschwanz zusammengedreht hatte, und der Kopf tat ihr davon weh, aber sie kümmerte sich nicht darum. Sie trug den Hut gern. Belinda hatte ihn ihr vergangenen Sommer gekauft.

Fleur durfte ihre Mutter nur zweimal im Jahr sehen, den ganzen August und in den Weihnachtsferien. In genau vierzehn Tagen würden sie in dem mit rosafarbenem Stuck üppig verzierten Hotel bei Antibes beisammen sein, in dem sie jedes Jahr Weihnachten feierten. Seit dem 31. August, an dem Belinda sie wieder im Kloster abgeliefert hatte, hatte Fleur die Tage auf ihrem Kalender mit einem orangefarbenen Buntstift angestrichen. Die Zeit, die sie mit Belinda verbringen durfte, war ihr das Liebste auf der ganzen Welt.

Fleur hatte ihren Vater nie gesehen. Er hatte sie ins Kloster gebracht, als sie erst wenige Wochen alt gewesen war, und war nie wiedergekommen. Sie war auch nie in dem Haus in der Rue de la Bienfaisance gewesen, in dem sie alle ohne sie lebten — ihre Großmutter, ihr Vater, ihre Mutter und ihr Bruder Michel. Das sei nicht ihre Schuld, sagte die Mutter.

Als sie an den Zaun kam, an dem der Klosterbesitz endete, ging sie langsamer und stieß einen schrillen Pfiff aus. Früher, ohne die lästigen Zahnspangen, hatte sie besser pfeifen können.

Sie trat an den Zaun, der Braune wieherte, schob den Kopf über den Pfosten und schmiegte das weiche Maul an ihre Schulter. Er war ein *Selle Français*, ein französisches Reitpferd, das dem benachbarten Weinhändler gehörte, und Fleur fand, daß er das schönste Tier auf der ganzen Welt war. Sie strich ihm über die Stirn und preßte die Wange an seinen Hals. Sie hätte alles darum gegeben, ihn reiten zu dürfen, aber die Nonnen ließen sie nicht, obwohl der Weinhändler es erlaubt hatte. Sie hätte sich über das Verbot ohne weiteres hinweggesetzt, fürchtete jedoch, daß die Nonnen, wenn ihnen das zu Ohren käme, ihr auch verbieten würden, das Pferd zu besuchen, und diesen Gedanken konnte sie nicht ertragen.

Eines Tages würde sie eine berühmte Turnierreiterin sein und viele Preise gewinnen, und alle Leute auf den Tribünen würden applaudieren, wenn sie sie sahen. Sie war jetzt schon die beste Sportlerin der Schule. Sie lief schneller als alle anderen, schwamm weiter und war die beste Feldhockeyspielerin, die sie je gehabt hatten. Sie war so gut wie ein Junge, das konnte jeder sehen. So gut wie ein Junge zu sein, war sehr wichtig für sie. Väter liebten Jungen, und vielleicht würde ihr Vater ihr erlauben, nach Hause zu kommen, wenn sie die Mutigste, Schnellste und Stärkste war — genau wie ein Junge eben ...

Für Fleur zog sich die Zeit bis zu den Weihnachtsferien endlos hin. Als endlich der Tag da war, an dem ihre Mutter sie abholen sollte, hatte sie schon Stunden vorher gepackt und wartete.

Als Belinda kam, hielten sich ungewöhnlich viele Nonnen in der Halle auf. Fleur sprengte der Stolz fast das Herz, als ihre schöne Mutter sich unter sie mischte; es sah aus, als habe sich ein Paradiesvogel zwischen Mauerseglern niedergelassen. Alles an Belinda war farbenfroh, modisch, hatte Stil und kostete ein Vermögen. Sie war jetzt zweiunddreißig, und ihre Züge hatten alle Weichheit verloren. Sie war ein kostspieliges Juwel, dem Alexi Savagar einen vollkommenen Schliff gegeben hatte.

Wie ein zu groß geratener Bernhardinerwelpe rannte Fleur tolpatschig durch die Halle und warf sich ihrer Mutter in die Arme. Belinda wich einen kleinen Schritt zurück und fand ihr Gleichgewicht wieder. »Komm schnell«, flüsterte sie Fleur ins Ohr.

Fleur winkte hastig, packte dann die Hand ihrer Mutter und zog sie zur Tür, ehe die Schwestern sich ihnen in den Weg zu stellen vermochten. Belinda konnte es nicht ausstehen, wenn sie sie mit einer Aufzählung von Fleurs jüngsten Missetaten bombardierten. »Weißt du, was ich am liebsten zu ihnen sagen würde?« meinte sie hinterher. »Ich möchte ihnen sagen: ›Hört zu, ihr alten Krähen, meine Tochter ist ein wilder, freier Geist, und ich will, daß sie es bleibt.‹«

Fleur war hingerissen, wenn die Mutter so etwas sagte. Wenn sie sagte, Fleur liege die Wildheit im Blut.

Am Fuß der Freitreppe stand ein silberfarbener Lamborghini. Als Fleur auf den Beifahrersitz glitt und die Tür hinter sich zuzog, atmete sie tief den süßen, vertrauten Duft des Parfüms ein, das zu ihrer Mutter gehörte wie ihr Lachen; es hatte, fand Fleur, einen romantischen Namen — Shalimar.

»Hallo, Baby!«

Mit einem kleinen Aufschluchzen ließ Fleur sich in Belindas Arme fallen, kuschelte sich an den Nerz, an Shalimar, an alles eben, das ihre Mutter war. Sie wußte, sie war inzwischen zu erwachsen, um zu weinen, aber sie schien nicht anders zu können. Es tat ganz einfach gut, wieder Belindas Baby zu sein.

Belinda und Fleur liebten die Côte d'Azur hauptsächlich deshalb, weil sie kaum Ähnlichkeit mit dem übrigen Frankreich hatte. Sie waren von ihrem rosafarbenen Stuckhotel bei Antibes über die berühmte Corniche du Littoral — die Serpentinenstraße, die sich um die Küstenklippen herumschlängelt und auf der Fleur immer reisekrank wurde — nach Monaco gefahren. Belinda sagte ihr, sie werde sich besser fühlen, wenn sie nicht aus dem Seitenfenster, sondern geradeaus schaue, aber die Aussicht war so schön, daß Fleur den Rat immer wieder vergaß.

In Monte Carlo gingen sie auf den Markt am Fuß des Palasthügels, wo Fleur, wieder völlig genesen, von einem Stand zum anderen hüpfte und auf alles zeigte, was sie zum Lunch gern essen wollte.

Nachdem sie aber doch eine Auswahl getroffen hatte, zerrte Fleur die Mutter den steilen Pfad hinauf, der zum Palast führte. Sobald Belinda zurückblieb, tanzte sie um sie herum und schwatzte zwischen zwei Bissen ihrer Mohnsemmel mit Schinken munter drauflos. Sie beherrschte vier Sprachen, aber am stolzesten war sie auf ihr Englisch. Es war ein makelloses Amerikanisch. Eines Tages würden sie und Belinda in Kalifornien leben, und wenn es soweit war, wollte sie darauf vorbereitet sein. Sie wünschte, sie und Belinda könnten jetzt sofort nach Kalifornien gehen, doch wenn Belinda sich von Alexi scheiden ließe, hätte sie kein Geld. Außerdem würde Alexi nie in eine Scheidung einwilligen.

»Ich wollte, ich hätte einen amerikanischen Namen«, sagte Fleur, biß wieder ein Stück von ihrer Semmel ab und kratzte gleichzeitig an einem Mückenstich auf ihrem Oberschenkel. »Ich hasse meinen Namen, wirklich, ich hasse ihn. Besonders seit ich *Frankie* von Carson McCullers gelesen habe. Diese

Frankie ist mir so ähnlich, daß ich beim Lesen eine Gänsehaut gekriegt habe. Fleur ist ein so absolut lächerlicher Name für jemanden, der so groß ist wie ich. Mir gefällt auch Holden sehr gut — von Holden Caulfield, aber das ist ein Jungenname.«

»Halt!« Belinda ließ sich auf eine Bank sinken und versuchte zu Atem zu kommen. »Frankie ist ein scheußlicher Name und Holden auch. Ich habe dich Fleur genannt, weil ich eine weibliche Variation eines Namens suchte, den jemand trug, den ich sehr gern gehabt habe.« Sie zündete sich eine Zigarette an. »Fleur Deanna. Ein schöner Name für ein schönes Mädchen.«

Fleur grinste. Belinda glaubte, sie sei schön. Das war noch eine Eigenschaft, die sie an ihrer Mutter liebte. Sie sagte immer wieder solche Dinge, obwohl sie nicht wahr waren. Ihre Gedanken schweiften plötzlich ab.

»Kennst Du Rainier, den Fürsten?«

»Ich hab ihn im Herbst kennengelernt. Er war zum Dinner bei uns.« Belinda schob sich die Sonnenbrille wieder auf die Nase.

»Reich mir ein paar Oliven, Liebling.« Belinda zeigte auf eine kleine Pappschachtel. Ihre Fingernägel waren perfekt mandelförmig zugefeilt, und ihr Nagellack hatte die Farbe reifer Himbeeren.

»War er dabei?« fragte Fleur.

»Alexi hat Grundbesitz in Monaco. Natürlich war er dabei.«

»Nicht er. Ich habe nicht Alexi gemeint. Ich meinte Michel.« Sie sprach den Namen französisch aus.

»Michel war da. Er hatte Schulferien.«

»Ich hasse ihn. Ich hasse ihn wirklich!«

Belinda stellte den Karton mit den Oliven auf die Bank zurück, ohne ihn zu öffnen, und zog ausgiebig an ihrer Zigarette.

»Wenn das eine Sünde ist, ist es mir egal«, fuhr Fleur fort. »Ich glaube, ich hasse ihn sogar noch mehr als Alexi. Michel hat alles. Es ist nicht fair.«

»Mich hat er nicht, mein Schatz, vergiß das nicht.«

»Und ich habe keinen Vater. Aber es ist trotzdem noch nicht ausgeglichen. Michel darf wenigstens nach Hause kommen. Darf so oft mit dir zusammensein.«

»Ach, laß doch, Baby. Wir sind hier, um es uns gutgehen zu lassen und fröhlich zu sein. Die ernsten Dinge wollen wir ganz schnell vergessen, ja?«

Fleur ließ sich nicht ablenken. »Ich verstehe Alexi einfach

nicht. Ich verstehe nicht, wie jemand ein kleines Kind so sehr hassen kann. Wenn er mich jetzt nicht leiden könnte — schön und gut, jetzt bin ich erwachsen. Aber was kann ich ihm als Baby so Schreckliches angetan haben?«

Belinda seufzte. »Wir haben schon so oft darüber gesprochen. Es liegt nicht an dir, sondern an ihm. So ist er eben. Gott, ich wünschte, ich hätte etwas zu trinken!«

Belinda hatte es ihr ein paar dutzendmal erklärt, aber Fleur verstand es noch immer nicht. Wie konnte sich ein Vater so sehr Söhne wünschen, daß er die einzige Tochter wegschickte und nie wiedersehen wollte. Fleur, sagte Belinda, erinnere ihn ständig an sein Versagen, und Alexi ertrage es nicht, versagt zu haben. Doch auch nachdem Michel geboren worden war, änderte er sich nicht. Das komme daher, sagte Belinda, daß sie keine Kinder mehr kriegen könne.

Fleur hatte sich Bilder ihres Vaters aus den Zeitungen ausgeschnitten. Sie bewahrte sie ganz hinten in ihrem Schrank in einem braunen Kuvert auf, und wenn sie abends im Bett lag, stellte sie sich manchmal vor, daß eine Nonne sie ins Büro hinunterholte und Alexi dort auf sie wartete. Er sagte ihr, daß er einen schrecklichen Fehler gemacht habe und gekommen sei, um sie nach Hause zu holen. Dann umarmte er sie, drückte sie an sich und nannte sie »Baby« — wie die Mutter ...

»Ich hasse ihn«, sagte sie. »Ich hasse sie beide.« Und um ganz gerecht zu sein: »Ich hasse auch meine Zahnspangen. Kein Mädchen im Kloster mag mich, weil ich häßlich bin.«

»Das ist nicht wahr, Liebling. Du tust dir nur selbst leid. Denk doch an das, was ich dir immer wieder sage. In ein paar Jahren werden alle Mädchen so aussehen wollen wie du. Du mußt nur noch ein bißchen erwachsener werden.«

Im Handumdrehen hatte Fleur ihre schlechte Laune wieder abgeschüttelt. Sie liebte ihre Mutter. Liebte sie wirklich.

Belinda hatte ihr schon oft die Wahrheit sagen wollen. Hatte ihr sagen wollen, daß ein Mann wie Alexi Savagar nie ihr Vater sein konnte, daß sie Errol Flynns Tochter war. Aber sie schwieg aus Angst. Sie hatte vor langer Zeit auf dem Hügel über dem Kloster de l'Annonciation gelernt, daß man sich Alexi Savagar nicht widersetzen durfte. Nur ein einziges Mal war sie ihm wirklich überlegen gewesen — nur ein einziges Mal war er der Hilflose gewesen und nicht sie —, und das war, als Michel geboren wurde.

7

In dem Sommer, in dem die Jungen von Châtillon-sur-Seine Fleur entdeckten, war sie gerade sechzehn.

Sie hatte sich in der *boulangerie* ein Eclair geholt und schleckte an der Schokoladenglasur herum, die in der Julihitze schmolz, und im nächsten Moment fiel ein brauner Tropfen auf ihr weißes Baumwollkleid. Es war lächerlich, daß die Nonnen die Mädchen auch bei dieser Hitze zwangen, Kleider zu tragen, wenn sie ins Dorf gingen. Fleur schwitzte im Nacken. Seit einiger Zeit trug sie keinen Pferdeschwanz mehr, sondern hielt das aus dem Gesicht gekämmte Haar hinter den Ohren mit braunen Plastikkämmen fest und ließ es offen über den Rücken hängen. Aber wenn es so heiß blieb, kehrte sie wohl am besten zu ihrem Pferdeschwanz zurück.

»*Salut, poupée*!«

Sie blickte auf, das Kinn mit Schokolade verschmiert. Im Haustor der benachbarten *pharmacie* lungerten drei Jungen herum. Sie rauchten Zigaretten und hatten ein Kofferradio dabei, aus dem in voller Lautstärke Elton Johns *Crocodile Rock* dröhnte. Einer der Jungen warf seine Zigarette weg und trat sie mit der Schuhspitze aus. »*Hé poupée, irons voir par ici!*« Er unterstrich seine Worte mit einer leichten Kopfbewegung.

Fleur schaute über die Schulter zurück, um zu sehen, welche von ihren Klassenkameradinnen hinter ihr stand.

Die Jungen lachten; einer gab seinem Freund einen leichten Rippenstoß und zeigte auf ihre Beine. »*Regardez-moi ces jambes!*«

Fleur blickte hinunter, um zu sehen, was nicht in Ordnung war. Ein Schokoladenklecks zierte den blauen Lederriemen ihrer Gesundheitssandalen. Sie hob den Kopf, und der größte Junge blinzelte ihr zu. Endlich begriff Fleur. Sie bewunderten ihre Beine. *Ihre* Beine.

»*Qu'est-ce que tu dirais d'un rendez-vous?*« fragte er.

Eine Verabredung. O Gott! Sie ließ das Eclair fallen und lief die Straße entlang zur Brücke, wo alle Mädchen sich treffen sollten. Das streifige Blondhaar wehte wie eine Pferdemähne hinter ihr her, und die Jungen lachten und pfiffen.

Ins Kloster zurückgekehrt, rannte sie in ihr Zimmer und musterte sich im Spiegel. Es waren dieselben Jungen, die sie früher *l'épouvantail* — Vogelscheuche — genannt hatten. Was war passiert? Sie fand ihr Gesicht unverändert — dichte, wie mit einem Stift nachgezogene Brauen, zu weit auseinanderstehende grüne Augen, ein Mund, der die ganze Breite ihres Gesichts einnahm. Sie hatte endlich aufgehört zu wachsen, maß aber fast einsachtzig. Die Zahnspangen trug sie nicht mehr. Vielleicht lag es daran.

Da sie nicht wußte, was sie sonst denken sollte, tat sie den Zwischenfall mit einem Achselzucken ab, doch als sie das nächstemal nach Châtillon-sur-Seine ging, passierte das gleiche. Es dauerte nicht lange, bis die anderen Mädchen es auch merkten und sie mit neuem Respekt ansahen. Schließlich lief Fleur nicht mehr weg, wenn die Jungen sie riefen, doch sie beachtete sie auch nicht.

Sie und Belinda verbrachten den August auf Mykonos, der griechischen Insel, die sie am meisten liebten. Als sie an ihrem ersten Morgen bei strahlendem Sonnenschein am Strand spazierengingen, erzählte Fleur ihrer Mutter, was geschehen war.

»Es ist mir irgendwie unheimlich, daß sie hinter mir herrufen, Belinda. Ich denke immer, sie machen sich über mich lustig, aber wenn ich ihre Gesichter sehe . . .«

Sie suchte nach Worten, um zu erklären, was sie meinte, doch es war schwer zu beschreiben.

Belinda trank einen Schluck von der Bloody Mary, die sie sich mitgenommen hatte. »Wenn du ihre Gesichter siehst, dann wird dir klar, daß sie sich nicht über dich lustig machen, meinst du das?«

»Ich glaub ja.«

»Armes Baby, es ist schwierig, nicht mehr das häßliche junge Entlein zu sein, nicht wahr? Besonders für jemanden wie dich, der sich so in diese Idee verrannt hatte.« Sie legte Fleur den Arm um die Taille, und ihr Hüftknochen streifte dabei den Oberschenkel ihrer Tochter, die ja viel größer war als sie. »Das einzige Problem mit deinem Gesicht war, daß die Proportionen noch nicht stimmten, weil du noch nicht erwachsen genug warst. Das habe ich dir seit Jahren gepredigt. Du bist dickköpfig, Baby. Du glaubst, was du glauben willst, und hörst auf niemanden sonst. Aber dafür kannst du natürlich nichts, es liegt dir im Blut.«

Belinda sagte das so, daß Fleur das Gefühl hatte, ihre Dickköpfigkeit sei etwas, auf das sie stolz sein sollte. Sie warf sich in den Sand und lehnte sich an einen Felsvorsprung. Belinda ließ sich neben ihr nieder.

»Hast du mal ein Buch mit dem Titel *Lieben ohne Furcht* gelesen?« fragte Fleur. »Ein Mädchen aus dem Kloster hat es. Da ist ein Kapitel drin, das ›Der Liebeskuß‹ heißt. Es ist ekelhaft.« Sie schauderte. »Ich kann mir nicht vorstellen, daß irgend jemand so etwas tut.«

Belinda antwortete nicht.

Fleur grub die Füße in den Sand. »Ich glaube nicht, daß ich jemals Spaß am Sex haben könnte. Das ist mein Ernst, Belinda. Ich werde nie heiraten. Ich mag Männer nicht einmal.«

»Du kennst doch keine Männer, Liebling«, sagte Belinda trocken. »Glaub mir, du wirst deine Meinung ändern, sobald du nicht mehr in diesem gottverlassenen Kloster steckst.«

»Das glaub ich nicht. Gibst du mir eine Zigarette?«

»Nein. Und Männer sind wundervoll, Baby. Richtige Männer natürlich. Mächtige, bedeutende Männer. Wenn du am Arm eines bedeutenden Mannes ein Restaurant betrittst, sehen dich alle Leute an. In ihren Augen steht Bewunderung. Du merkst ihnen an, daß sie denken, du müßtest etwas ganz Besonderes sein, weil ein solcher Mann dich liebt.«

Fleur fühlte ein unangenehmes Prickeln im Magen. »Ist es so, wenn du mit Alexi zusammen bist? Läßt du dich deshalb nicht von ihm scheiden?«

Belinda seufzte und hielt das Gesicht in die Sonne. »Es ist das Geld, Schätzchen. Nur darum geht es, wie ich dir immer gesagt habe. Ich bin leider keine sehr tüchtige Frau und wüßte nicht, wie ich unseren Lebensunterhalt verdienen könnte.«

Fleur stand auf. Sie dachte an so vieles, aber sie sprach es nicht aus. »Gehen wir zurück«, sagte sie. »Ich möchte ausreiten, bevor es noch heißer wird.«

»Du und deine Pferde.« Belinda sah sie mit nachsichtiger Belustigung an. »Da haben dich die Nonnen ganz schön drangekriegt, nicht wahr?«

Fleur schnitt eine Grimasse. Vor ein paar Jahren hatten die Nonnen sie mit ihrer Liebe zu Pferden erpreßt. Sie hatten ihr gesagt, wenn sie eine Woche lang ihre Schularbeiten zufriedenstellend erledige, dürfe sie Samstagnachmittag reiten gehen. Innerhalb von drei Monaten war aus der schlechtesten die zweitbeste Schülerin der Klasse geworden, und in diesem Dezember hatte ein anderes Mädchen die Birkenzweige bekommen.

Sie verbrachten ein paar Tage mit einer Pariser Bekannten von Belinda, die unerwartet auftauchte. Es war Madame Phillipe Jacques Duverge, vor ihrer Heirat Bunny Gruben aus White Plains, New York. Anfang der sechziger Jahre war sie ein berühmtes Casimir-Model gewesen und auch heute noch sehr schön. Bunny sah Fleur immer auf eine Art an, die in Fleur ein unbestimmtes Unbehagen auslöste.

Ihre Zeit auf Mykonos verging viel zu schnell, und ehe sie sich dessen versahen, standen sie vor dem Tor des Klosters de l'Annonciation und hielten sich weinend in den Armen. Als Fleur ihre Mutter abreisen sah, hatte sie das Gefühl, ein Stück von ihr sei gestorben. Es sollte nach so vielen Jahren nicht mehr so schwer sein, doch das war nicht der Fall. Sie versuchte sich aufzuheitern, indem sie sich immer wieder sagte, daß das ihr letztes Jahr im Kloster war. In diesem Jahr würde sie ihr *bac** ablegen, dieses so wichtige Examen, das ihr Zugang zu den französischen Universitäten verschaffen würde. Allerdings hatte sie nicht die Absicht, an einer französischen Universität zu studieren. Belinda hatte ihr versprechen müssen, mit Alexi zu reden, damit er ihr erlaubte, in die Vereinigten Staaten zu gehen.

»Er sollte mich ziehen lassen«, sagte sie. »Dann ist er mich für immer los, und darüber kann er sich doch nur freuen. Sag ihm das, Belinda.«

Belinda schien zu zweifeln, doch Fleur war optimistisch. Sie konnte sich nicht vorstellen, daß ihr Vater etwas dagegen haben könnte, einen ganzen Ozean zwischen sich und die ungeliebte Tochter zu legen. Er haßte sie, und mehr gab es dazu nicht zu sagen. Deshalb war sie auf den Brief nicht vorbereitet, den sie ein paar Wochen später von Belinda bekam.

Baby,
ich hab es leider nicht geschafft. Alexi lehnt es ab, Dich an einer amerikanischen Universität studieren zu lassen, und hat Dich schon an einem privaten Mädchen-College in der Schweiz angemeldet. Wieder bei Nonnen, leider.

* *bac* — etwa dem deutschen Abitur entsprechend

Es tut mir so leid, Baby! Ich weiß, wie sehr Du es Dir gewünscht hast, aber ich glaube nicht, daß es allzu schlimm und traurig werden wird. Die Ferienordnung ist flexibler, so daß wir häufiger zusammensein können.
Bitte, Baby, sei nicht traurig. Eines Tages wird für uns alles wahr werden. Du wirst sehen.
Ich habe Dich sehr lieb,

Belinda

Fleur knüllte den Brief in der Faust zusammen. Sie hatte mit Belindas »eines Tages« keine Geduld mehr. Schuft.

Sie riß noch in derselben Nacht aus. Es war eine Riesendummheit, impulsiv und nicht geplant. Die Polizei griff sie vor Tagesanbruch auf. Als sie im Polizeirevier von Dijon auf den Flur trat, wurde sie von einem Blitzlicht geblendet.

Alexi Savagar war zu intelligent, um zu glauben, er könne Fleurs Existenz jahrelang geheimhalten. Statt dessen hatte er es sich angewöhnt, ein bißchen traurig dreinzuschauen, wenn jemand ihren Namen erwähnte. Das Resultat war, daß man allgemein annahm, seine Tochter sei behindert, vielleicht sogar geistig zurückgeblieben — solche Tragödien gab es in den besten Familien, doch das vierspaltige Foto auf der Titelseite von *Le Monde* machte der unfrommen Mär ein für allemal ein Ende. Das erstaunlich schöne junge Mädchen mit dem großzügig geschnittenen Mund und den erschrockenen Augen konnte niemand für eine Familienschande halten.

Alexi war wütend. Er knallte Belinda, die eben eine Tasse Kaffee trank, die Morgenzeitung aufs Bett und drohte, er werde ihr verbieten, ihre Bastardtochter noch einmal wiederzusehen. Doch es war zu spät. Die Leute hatten schon angefangen, Fragen zu stellen. Vielleicht wäre die Sache wieder in Vergessenheit geraten, hätte Solange Savagar sich nicht ausgerechnet diesen Zeitpunkt zum Sterben ausgesucht. Unter normalen Umständen wäre Alexi erleichtert gewesen. Sie hatte seit fast einem Jahr unerträgliche Schmerzen gelitten und war immer schwieriger geworden. Aber der Zeitpunkt war, wie gesagt, sehr unglücklich. Er würde sich den wildesten Spekulationen aussetzen, wenn die Tochter, von der jetzt ganz Paris wußte, bei der Beerdigung ihrer Großmutter nicht anwesend wäre. Notgedrungen befahl er Belinda, ihren Bastard kommen zu lassen.

Als die Limousine durch das große grünlackierte schmiedeeiserne Tor an der Rue de la Bienfaisance fuhr, dachte Fleur an die Kleidung, die sie trug. Es war lächerlich; ihr ganzes Leben sollte sich von jetzt an ändern, und sie zerbrach sich den Kopf über ihre Kleider. Aber das war noch immer besser, als sich zu übergeben, wonach ihr eigentlich zumute war.

Sie hatte sich für Schwarz entschieden. Einerseits hatte es einen Todesfall gegeben, und niemand sollte glauben, sie sei gefühllos; andererseits hätten die Nonnen sie in etwas anderem nicht vor die Tür gelassen. Doch sie hatte kein Kleid, keinen Rock und keine Bluse aus ihrem Schrank gewählt, denn »er« sollte sich auf keinen Fall einbilden, daß sie ihn beeindrucken wollte. Ihr wurde schon bei dem Gedanken übel.

Sie trug eine Maßhose aus schwarzer Wolle, einen Kaschmirpullover mit Kapuze und ihren alten Tweedblazer mit dem schwarzen Samtkragen. Zwei von ihren Freundinnen hatten sie überreden wollen, sich das Haar aufzustecken, aber das hatte sie abgelehnt.

Die Limousine hielt vor der Haustür, und der Chauffeur stieg aus. Fleur schluckte trocken. Sie wünschte sich, noch so gläubig wie als Kind zu sein, dann hätte sie jetzt beten können. Sie wußte, daß ihr übel werden würde. Das Haus war so riesengroß und abschreckend, wie Belinda es ihr geschildert hatte. Ein Hausmädchen führte sie durch eine endlos scheinende Halle in einen kleinen Salon, wo Belinda sie erwartete — elegant in einem schwarzen Dior-Kostüm, einen diskreten Diamantschmuck am Revers und flachen schwarzen Pumps mit einer birnenförmigen Öffnung an den Zehen. Jetzt hätte Fleur gern ein Kleid angehabt.

»Baby!« In ihrer Hast, ihr Glas abzusetzen, verschüttete Belinda etwas von ihrem Drink auf die Tischplatte. Sie umarmten sich, und als Fleur den Duft von Belindas Shalimar einatmete, fühlte sie sich besser. Belinda schmiegte eine Hand an ihre Wange. »Ich bin so glücklich, daß du hier bist. Aber es wird nicht leicht sein, Baby. Alexi ist immer noch wütend wegen des Fotos. Geh ihm aus dem Weg, und hoffen wir das Beste.«

Fleur sah die Schatten unter den Augen der Mutter und spürte, daß ihre Hand leicht zitterte. »Das mit dem Foto tut mir leid. Ehrlich. Ich wollte dir keinen Kummer machen.«

»Das weiß ich doch. Es ist einfach so, daß er unmöglich ist, seit Solange krank wurde. Wenn ich ehrlich sein soll — ich bin froh, daß die alte Hexe tot ist. Sie wurde allmählich zur Plage, auch für ihn. Michel ist der einzige, der wirklich um sie trauert.«

Michel. Fleur hatte gewußt, daß er hier sein würde. Selbstverständlich hatte sie es gewußt. Sie hatte sich nur nicht erlaubt, daran zu denken. Belinda drückte ihr ganz fest die Hand.

»Alexi hat ihn vor vierzehn Tagen, als schon feststand, daß sie nicht mehr lange leben würde, aus der Schule nach Hause geholt. Michel war auch bei ihr, als sie starb.«

Hinter ihnen öffnete sich mit einem leichten Klicken die Tür.

»Belinda, hast du Baron de Chambray angerufen? Er hat Mutter besonders gern gehabt.« Eine leise Stimme, voller Autorität. Eine jener Stimmen, die es nie nötig hatten, laut zu werden.

Er kann mir nichts mehr antun, dachte Fleur. Nie mehr. Belinda war neben ihr erstarrt, und Fleur hatte das seltsame Gefühl, die Mutter beschützen zu müssen. Sie sah heute so zerbrechlich aus, und Fleur duldete nicht, daß man ihr angst machte. Langsam drehte sie sich um und sah ihren Vater an.

Die Zeitungs- und Illustriertenfotos hatten nicht gezeigt, wie gut er mit seinen sechsundfünfzig Jahren noch aussah. Er war sehr gepflegt, Hände und Fingernägel makellos, das dünne stahlgraue Haar hervorragend frisiert. Seine Krawatte war dunkelgolden wie guter alter Sherry, und dazu trug er einen dunklen dreiteiligen Anzug von hervorragender Qualität und Machart. Es hieß, er sei nach Pompidou der mächtigste Mann in Frankreich, und genauso sah er aus, ein reicher Mann, Herrscher über ein Industrie-Imperium, Erbe alten russischen Blutes.

»Das also ist deine Tochter, Belinda.« Er schnaubte leise und elegant. »Sie kleidet sich wie ein Streuner.«

Dieser Mistkerl! Fleur reckte ihr Kinn. »Aber zum Unterschied von anderen habe ich ein besseres Benehmen.« Sie sprach absichtlich Englisch. Indiana-Englisch. Kraftvoll, klar und verächtlich.

Belinda stockte der Atem, doch Alexis einzige Reaktion auf Fleurs Unverschämtheit bestand darin, daß er sie bedächtig von Kopf bis Fuß musterte; er ließ sich Zeit, suchte nach einem Makel, nach verräterischen Zeichen dieser oder jener Schwäche. Fleur war sich nie größer, häßlicher und linkischer vorgekommen, aber sie hielt stand und musterte ihn nicht weniger scharf.

Von ihrem Platz an Fleurs Seite beobachtete Belinda das Duell zwischen den beiden und war plötzlich unendlich stolz.

Das war ihre Tochter: stark, mutig und bildschön. Sollte Alexi sie doch ruhig mit seinem Sohn vergleichen.

Belinda wartete darauf, daß er die Ähnlichkeit erkannte, und wußte genau, wann es geschah. Ihre Hände zitterten nicht mehr, und zum erstenmal seit langer, langer Zeit war sie in seiner Gegenwart ganz ruhig. Als er sie schließlich ansah, erwiderte sie den Blick mit einem kleinen, triumphierenden Lächeln.

Es war Flynn, der Alexi aus Fleurs Gesicht ansah, der junge, unverdorbene Flynn, die Züge weicher und abgewandelt in die eines schönen Mädchens — seiner Tochter. Sie hatte die gleiche kräftige Nase und den gleichen großzügig geschnittenen vollen Mund. Sogar ihre Augen waren in Form und Stellung den seinen ähnlich; nur das Goldgrün war Fleurs ureigenste Farbe. Ohne ein Wort zu sagen, machte Alexi auf dem Absatz kehrt und verließ den Salon.

Fleur stand im Schlafzimmer ihrer Mutter am Fenster und beobachtete Alexi, der eben in den von seinem Chauffeur gesteuerten Rolls eingestiegen war. Der silberfarbene Wagen glitt lautlos über die Zufahrt, passierte das große schmiedeeiserne Tor und bog in die Rue de la Bienfaisance ein. Die Straße der Barmherzigkeit. Was für ein dummer Name! Hier gab es keine Barmherzigkeit, nur einen schrecklichen Mann, der sein eigen Fleisch und Blut haßte.

Sie durfte nicht mehr daran denken, wie gräßlich ihr Vater gewesen war, sonst fing sie wieder an zu weinen, und sie war jetzt siebzehn, zu alt für Babytränen. Sie schlüpfte in bequeme Slipper, schlich aus dem Schlafzimmer, durchquerte das Wohnzimmer ihrer Mutter und trat auf den Flur. Nachdem sie sich ein paar Minuten umgesehen hatte, entdeckte sie eine Hintertreppe, die in den Garten führte. Als ihre Augen sich an das Sonnenlicht gewöhnt hatten, zwang sie sich, sich auf die geometrisch angeordneten Blumenbeete und die streng zugeschnittenen Sträucher zu konzentrieren. Was für ein Glück für sie, daß man sie weggeschickt hatte! Wenn sie sich vorstellte, wie es sein mußte, von jemandem erzogen zu werden, bei dem sogar im Garten Strenge und Förmlichkeit vorherrschten, bekam sie eine Gänsehaut. Wie schön war dagegen der Klostergarten! Im Kloster durfte eine Katze in einem Blumenbeet schlafen. Viele Katzen. Und es gab Unkraut, Frösche und ...

Verdammt, verdammt, verdammt! Sie rieb sich mit dem Ärmel ihres Pullovers die Augen. Sie war siebzehn und heulte wie ein kleines Kind. Wie konnte sie so dumm gewesen sein, die ganz, ganz winzige Hoffnung zu hegen, daß es anders sein würde? Was hatte sie eigentlich erwartet? Hatte sie geglaubt, er werde so sein wie die Jungen in Châtillon-sur-Seine? Hatte sie geglaubt, er werde einen Blick auf sie werfen, auf die Knie fallen und sie um Verzeihung bitten?

Sie holte tief Atem und versuchte sich abzulenken, indem sie die umliegenden Gebäude betrachtete. Am Ende des Gartens stand ein langes T-förmiges Haus, grauer Stein wie das Haupthaus, aber nur ebenerdig und fensterlos. Es sah wie eine riesige Garage aus. Noch einmal fuhr sie sich über die Augen und bog dann in den Weg ein, der zu dem Nebengebäude führte. Sie entdeckte eine unverschlossene Seitentür und ging hinein.

Es war, als sei sie in eine große Schmuckschatulle geraten. Noch nie hatte Fleur etwas Ähnliches gesehen. Reglos stand sie da und sah sich um. Der Fußboden war aus schimmerndem schwarzem Marmor, die Wände mit schwarzer moirierter Seide bespannt. Ins Mauerwerk integrierte kleine Punktstrahler funkelten wie Sternenbündel an der Decke, einem von van Gogh gemalten Nachthimmel vergleichbar, und jedes Bündel war direkt auf eins von mehreren Dutzend der schönsten Automobile gerichtet, die Fleur je gesehen hatte.

Ihr auf Hochglanz polierter Lack erinnerte an alte Edelsteine — Rubine, Smaragde, Amethyste und Saphire. Einige Automobile standen auf dem Marmorfußboden, doch die meisten thronten auf verschieden hohen Sockeln.

Fleur ging weiter und entdeckte, als sie näher kam, daß bei jedem Wagen eine schlanke Acrylsäule mit einer Silberplakette stand, in die Marke, Typ und Baujahr eingraviert waren. Fleur schlenderte durch die Reihen dieser edelsten Produkte der Automobilindustrie.

Isotta-Fraschini Typ 8, 1932; Stutz Bearcat, 1917; Hispano-Suiza Typ 68, 1931; Bugatti Brescia, 1921; Bugatti Typ 13, 1912; Bugatti Typ 59, 1935; Bugatti Typ 35 . . .

Sie merkte, daß alle Automobile in der Längsachse des T-förmigen Gebäudes das rote Oval von Bugatti trugen. Dann entdeckte sie eine hellerleuchtete Plattform, die etwas größer war als die anderen und sich genau in der Mitte des Raums befand. Sie war leer und wirkte irgendwie nackt. Neugierig ging Fleur darauf zu, um zu lesen, was auf der Plakette stand.

BUGATTI TYP 41 ROYALE ...

»Weiß er, daß du hier bist?«

Sie fuhr herum und sah sich dem schönsten jungen Mann gegenüber, dem sie je begegnet war. Eigentlich war er noch ein Junge, mit Haaren wie feine gelbe Seide und mit zarten Gesichtszügen. Er trug einen ausgeblaßten grünen Pullover und eine zerdrückte Chinesenhose, die an der Taille von einem übertrieben breiten Cowboygürtel gehalten wurde. Er war klein, reichte ihr wahrscheinlich kaum bis ans Kinn, feinknochig wie eine Frau und hatte lange, spitze Finger mit bis auf die Haut abgebissenen Nägeln. Sogar von da, wo sie stand, sah sie, daß er dunkle Schatten unter den Augen hatte — Augen, die so leuchtend blau waren wie die ersten Hyazinthen im Frühling.

»Wer bist du?« fragte Fleur. Aber sie wußte die Antwort. Sie hätte ihn überall erkannt. Es war, als habe jemand Belindas Gesicht einem jungen Mann aufgestempelt. Die alte Bitterkeit stieg ihr wie Galle in die Kehle.

Er kaute an den Resten eines Daumennagels. »Ich bin Michel. Ich wollte nicht spionieren.« Er lächelte sie traurig und liebenswürdig an. »Du bist wütend auf mich, nicht wahr?«

»Ich mag keine Schnüffler.«

»Ich habe nicht geschnüffelt, aber das ist wahrscheinlich nicht wichtig. Wir dürften beide nicht hier sein. Er würde glatt ausflippen, wenn er es wüßte.«

Er sprach das gleiche amerikanische Englisch wie sie. »Das ist mir total schnuppe«, sagte sie aggressiv. »Ich fürchte mich nicht vor ihm.«

»Weil du ihn nicht kennst.«

»Da kann ich ja von Glück reden — im Unterschied zu anderen«, antwortete sie, so gehässig sie konnte.

»Vielleicht hast du recht.« Er ging zur Tür und knipste auf einer Schalttafel ein Deckenlicht nach dem anderen aus. »Geh jetzt lieber. Ich muß abschließen, bevor er dahinterkommt, daß wir hier waren.«

Sie nahm sich Zeit, um ihm zu beweisen, daß sie sich von ihm nicht herumkommandieren ließ, und als sie endlich die Tür erreichte, sah sie finster auf ihn hinunter. »Ich wette, du tust immer schön brav alles, was er von dir verlangt, oder? Du schaust mir nämlich ganz so aus. Wie ein ängstliches Kaninchen.«

Er sagte nichts. Sie kehrte ihm den Rücken und ging hinaus. Sie haßte ihn, weil er so klein, so zart und so hübsch war, daß es aussah, als könne ein Windhauch ihn umblasen. Sie dachte an all die Jahre, in denen sie so hart daran gearbeitet hatte, die Mutigste, die Schnellste und die Stärkste zu sein. Es war ein Witz auf ihre Kosten, nur fand sie ihn nicht sehr komisch.

Als Fleur gegangen war, blieb Michel noch lange reglos stehen. Er hätte erst gar nicht darauf hoffen dürfen, daß er und seine Schwester Freunde sein könnten, aber er hatte es sich so sehr gewünscht, sich etwas gewünscht, das einen winzigen Teil der schmerzlichen Leere füllen konnte, die der Tod seiner Großmutter in ihm hinterlassen hatte.

Seine Großmutter hatte ihn erzogen. Sie sagte, er sei ihre Chance, die Fehler wiedergutzumachen, die sie in der Vergangenheit begangen habe. Sie war diejenige gewesen, die versucht hatte, ihm zu erklären, wie es um seine Eltern stand. Eines Nachts hatte sie gehört, wie Belinda Alexi ins Gesicht schrie, daß sie schwanger sei und ihn dafür hasse. Sie werde, hatte sie geschrien, diesem Kind genausowenig Liebe geben wie er dem Säugling, den er ins Kloster abgeschoben hatte. Seine Großmutter erzählte ihm, sein Vater habe über Belindas Drohungen nur gelacht und gesagt, er glaube keine Sekunde, daß sie imstande sein werde, ihrem eigenen Fleisch und Blut zu widerstehen. Dieses Baby, hatte er gemeint, werde ihr helfen, das andere zu vergessen.

Aber der Vater hatte sich geirrt. Solange war dabeigewesen, als man Michel zum erstenmal seiner Mutter brachte. Belinda hatte sich damals abgewandt und wandte sich auch heute noch von ihm ab. Es war seine Großmutter, die ihn gewiegt hatte, seine Großmutter, die schließlich den Burgfrieden zwischen seinen Eltern erzwungen hatte, dem sie sich nur widerwillig unterwarfen. Um der Familie Savagar Peinlichkeiten zu ersparen, hatte Belinda eingewilligt, sich in der Öffentlichkeit mit ihrem Sohn zu zeigen; als Gegenleistung durfte sie zweimal im Jahr ihre Tochter besuchen. Aber der Burgfrieden wirkte sich nicht auf die Beziehung zwischen Belinda und Michel aus. Sie sagte ihm, er sei das Kind seines Vaters und beachtete ihn nicht mehr — tat so, als sei er unsichtbar.

Schon als kleiner Junge hatte Michel begriffen, daß der Unfriede in seiner Familie irgendwie mit seiner Schwester, der geheimnisvollen Fleur, zusammenhing. Jahrelang hatte er versucht, etwas über sie zu erfahren, doch seine Großmutter sagte ihm nicht, warum Fleur schon als Baby ins Kloster verbannt worden war. Vielleicht wußte sie es gar nicht, und wenn sie es gewußt hatte, hatte sie ihr Geheimnis mit ins Grab genommen.

Eigentlich sollte er, das war ihm klar, dankbar sein, daß die Großmutter endlich von den Schmerzen erlöst war, die ihr die letzten Monate zur Qual gemacht hatten, doch selbstsüchtig wünschte er sie sich zurück. Sie sollte wieder ihre am Mundstück mit Lippenstift verschmierten Gauloise paffen, während sie ihm, der vor ihr kniete, das Haar streichelte und ihm sagte, wieviel er ihr bedeute und daß er etwas ganz Besonderes sei. Sie allein hatte ihm die Liebe geschenkt, die alle anderen im Haus an der Rue de la Bienfaisance ihm vorenthielten.

Verächtlich betrachtete er die klassischen Automobile, die seines Vaters ganze Leidenschaft waren. Manchmal kam er hierher, weil er etwas suchte, das ihn mit seinem Vater verband, doch die Autos waren leblose Relikte aus der Vergangenheit, kalt wie Alexi. Michels Leidenschaft galt ganz anderen Dingen.

Er verließ die Garage und ging durch den Garten zur Küchentreppe, über die er in seine Zimmer gelangte, die ganz hinten im Dachgeschoß des Hauses lagen. Diese Zimmer hatte er sich selbst ausgesucht und nach und nach, über einen Zeitraum von Monaten hinweg, alles hinauftransportiert, was ihm gehörte, bis keiner mehr so recht wußte, wieso der Erbe der Savagar-Millionen unter dem Dach hauste. Oben angekommen, holte er den Schlüssel aus der Tasche. Als er aufsperrte, überfiel ihn wie immer das Gefühl, endlich zu Hause zu sein.

Er schloß die Tür hinter sich und begann sich auszuziehen. Das Zimmer war ordentlicher als sonst, da er vage gehofft hatte, es seiner Schwester zeigen zu können. Nackt bis auf die Unterhose, griff er nach einem kragenlosen Van-Heusen-Hemd aus den vierziger Jahren, das er in einem Secondhandshop in Boston aufgestöbert hatte, ganz in der Nähe der vornehmen Internatsschule, die er besuchte. Bis auf die beiden letzten ließ er alle Knöpfe offen, legte sich aufs Bett, verschränkte die Arme hinter dem Kopf und sah zu dem riesigen weißen Fallschirm hinauf, den er über seinem kleinen Eisenbett wie einen Baldachin an der Decke befestigt hatte. Unter dem Fallschirm fühlte er sich geborgen. In seinem Zimmer konnte er er selbst sein, sicher vor der Verachtung des Vaters und der Gleichgültigkeit der Mutter.

Die schräge Zimmerdecke hatte Michel selbst bemalt, hellblau, mit dicken weißen Wolken, deren Ränder so mit dem Blau verschmolzen, daß man nicht wußte, wo die Wolken zu Ende waren und der Himmel begann. Er hatte die Ziegelwände weiß gestrichen, die jetzt den neutralen Hintergrund für Dutzende gerahmter Fotografien bildeten.

Michel wurde es nie müde, die Fotografien zu betrachten, und während er sich jetzt mehrere schreiendbunte Satinkissen hinter den Rücken stopfte, ließ er die Blicke über seine Sammlung schweifen. Allmählich löste sich seine innere Anspannung. Direkt vor sich hatte er Lauren Bacall in Helen Roses klassischem rotem Etuikleid aus *Warum hab ich ja gesagt?* Es war ein absolut vollkommenes Rot, spielte weder ins Orangefarbene noch ins Violette, sondern leuchtete so satt wie ein Lippenstift aus den dreißiger Jahren. Neben ihr schwang sich Carroll Baker in *Die Unersättlichen* von einem Kristallüster, angetan mit Edith Heads herrlich bunten Perlenschnüren und Straußenfedern. Über seinem Schreibtisch hing Rita Hayworth in Jean Louis' berühmtem Gilda-Kleid und neben ihr Shirley Jones in dem köstlich grellpinkfarbenen Slip aus *Elmer Gantry.* Von Greta Garbo bis Sandra Dee entzückten Michel die Frauen und ihre herrlichen Kostüme, und er fühlte sich rein und gut.

Er griff nach dem Skizzenblock, der neben dem Bett lag, und schlug eine leere Seite auf. Mit einigen wenigen kräftigen Strichen seines Bleistifts konnte er Menschen nach Lust und Laune verändern. Als er klein war, hatte er weiche, hübsche Kleider für seine Mutter entworfen. Er zeichnete sie immer in einem Park oder neben einem sich drehenden Karussell, einen Arm ausgestreckt und die Hand eines sehr kleinen Jungen haltend. Jetzt zeichnete er eine andere weibliche Gestalt, hoch gewachsen und dünn, mit kühnen, kräftigen Brauen, einem großzügigen, lächelnden Mund. Als er die Gestalt eben in ein wallendes Gewand aus durchsichtigem Material hüllen wollte, klingelte das Telefon. Er griff nach dem Hörer, und das nicht zugeknöpfte Van-Heusen-Hemd klaffte über der knochigen Brust des Sechzehnjährigen auseinander. »*Allô.*«

»*Allô, chéri.*«

Als er die Stimme am anderen Ende der Leitung hörte, fühlte Michel, daß seine Finger, die den Hörer umschlossen, zu zittern begannen.

»Ich habe eben erst erfahren, daß deine Großmutter gestorben ist. Das tut mir leid. Es muß sehr schwer für dich sein.«

Michel wurde die Kehle eng, so stark berührten ihn Wärme und Mitgefühl in der Stimme des Anrufers. »Danke, André.«

Es folgte eine kurze Pause, dann: »Kannst du dich heute abend hinausstehlen? Ich — ich möchte dich sehen. Möchte dich trösten, *chéri*.«

Michel lehnte sich in die Kissen zurück, schloß sekundenlang die Augen und dachte an Andrés geschickte Hände und seine leichten, heilenden Zärtlichkeiten. Ehe er André kennengelernt hatte, war er Gefangener verstohlener Experimente mit Jungen seines Alters gewesen, schmutzigen Akten, die ihm das Gefühl gaben, unrein und abnormal zu sein. André hatte ihn gelehrt, wie schön die Liebe zwischen zwei Männern sein konnte, und hatte ihn von seiner Scham befreit.

»Ich käme gern«, sagte er weich. »Du hast mir gefehlt.«

»Und du mir. England war gräßlich. Danielle bestand darauf, übers Wochenende zu bleiben, obwohl ich zurück wollte. Der arme Edouard hatte sich erkältet und war die ganze Zeit unmöglich.«

Michel zuckte zusammen. Er wollte nicht an Andrés Familie erinnert werden — an seine Frau Danielle und seinen Sohn Edouard, der Michels bester Freund gewesen war, bis Michels Zartheit und Edouards Leidenschaft für Fußball sie getrennt hatten. André sollte ihm allein gehören. Und bald war es soweit. Bald würde André seine Familie verlassen und die Stellung aufgeben, die er seit fünfundzwanzig Jahren bei Alexi Savagar innehatte, die Arbeit, die ihn ausgelaugt und ihm Schlafstörungen eingebracht hatte. Dann erst würde alles vollkommen sein.

André und Michel wollten in Südspanien in einer kleinen Fischerhütte zusammenleben. Seit Monaten träumte Michel davon. Am Vormittag würde er die Hausarbeit erledigen, die Terrakottafußböden putzen und die Kissen auf Sesseln und Sofas aufschütteln. Überall würden Körbe und irdene Krüge mit Blumen stehen. Am Nachmittag würde er, während André ihm Gedichte vorlas, schöne Kleider entwerfen und nähen — er hatte sich das Maschinennähen selbst beigebracht —, und nachts würden sie einander in den Armen halten und sich lieben, während die Wellen des Golfs von Cadiz vor ihren Fenstern sanft an den Sandstrand schlugen.

»Ich könnte dich in einer Stunde treffen«, sagte er leise.

»*Bon*. In einer Stunde dann.« Andrés Stimme wurde plötzlich tiefer. »*Je t'adore, Michel*.«

Michel drängte die Tränen zurück. »*Je t'adore, André*.«

8

Belinda bestand darauf, daß Fleur sich zum Abendessen umzog. Obwohl sie automatisch protestierte, war sie insgeheim froh, daß die Mutter nicht nachgab; und sie freute sich noch mehr, als sie das Kleid sah, das auf sie wartete. Es war das eleganteste Kleid, das sie je besessen hatte, ein langärmeliges Futteralkleid mit einem Muster kleiner, sich überlappender Blätter aus echten Perlen auf den Schultern. Belinda steckte ihr das Haar auf und befestigte ihr dann große Ohrringe aus Onyx an den Ohrläppchen.

»So«, sagte sie und trat zurück, um ihr Werk zu bewundern. »Und jetzt soll er dich noch einmal eine Streunerin nennen.«

Sogar Fleur mußte zugeben, daß sie gut aussah, aber als sie bei Tisch Platz nahmen, war ihr nicht klar, ob Alexi es überhaupt bemerkte.

Sie aßen *potage parmentier*, weißen Spargel, und *coquilles Saint-Jacques*. Es war eine bedrückende Mahlzeit, bei der kein Wort gesprochen wurde, und der einzige Umstand, der es Fleur leichter machte, war Michels Abwesenheit. Sie warf einen verstohlenen Blick zu ihrer Mutter hinüber. Belinda war nervös und gereizt, trank viel Wein, aß aber kaum etwas.

Fleur halbierte eine Muschel mit der Gabel und zerteilte sie dann noch einmal, damit sie ihr nicht im Hals steckenblieb. Belinda drückte eine Zigarette auf ihrem Teller aus, und als ein Diener ihn wegnahm, gelang es Fleur nur mit größter Mühe, ihre Übelkeit zu unterdrücken. Wenn nur nicht alles so weiß wäre! dachte sie. Der Tisch war weiß gedeckt, und an jedem Ende standen Leuchter mit handgezogenen elfenbeinfarbenen Kerzen. In schweren Alabastervasen waren Dutzende weißer Rosen. Ihr Duft vermischte sich mit dem Geruch der Speisen, und das Ergebnis war widerlich. Sogar das Essen war weiß — die Crèmesuppe, der Spargel, die Muscheln. Fleur legte die Gabel aus der Hand. Da sie alle schwarz angezogen waren, sahen sie aus wie Raben, die sich an einer Totenbahre niedergelassen hatten, mit Belindas blutigroten Fingernägeln als einzigen Farbtupfern. Ungeschickt griff Fleur nach ihrem Wasserglas.

»Da du keinen Hunger zu haben scheinst, sollst du dir jetzt deine Großmutter ansehen, Fleur.« Alexis Stimme kam so unerwartet, daß Fleur zusammenzuckte.

Belinda ließ ihre Gabel fallen. »Um Himmels willen, Alexi, es ist doch nicht nötig ...«

»Du hast einen anstrengenden Tag hinter dir, Belinda. Ich schlage vor, daß du hinaufgehst und dich ausruhst.«

»Nein, ich — ich bin nicht müde. Ich ...«

Fleur ertrug den ängstlichen Ausdruck im Gesicht ihrer Mutter nicht und stand abrupt auf. »Ich geh mit dir, Alexi.«

Er nickte langsam. Ein Diener zog ihren Sessel zurück. Belinda saß wie erstarrt da, das Gesicht so weiß wie die Rosen vor ihr.

Die Halle des großen Hauses schien eher zu einem Museum als zu einem Wohnhaus zu gehören. Ihre Schritte klangen übermäßig laut, das Gebäude wurde von der gewölbten Decke zurückgeworfen und schien gegen die Fresken zu prallen, hin und her geworfen zu werden, bis es nichts Menschliches mehr hatte. Fleur spürte, wie ihre Hände feucht wurden. Dieses Haus hatte wirklich etwas Unheilvolles, Unheimliches.

»Solange du hier bist, wirst du mich *papa* nennen«, sagte Alexi plötzlich. »Hast du mich verstanden?«

Sie blieb stehen und wandte sich ihm zu. Obwohl ihre Schuhe flache Absätze hatten, war sie ein Stück größer als er. »Ich verstehe dich sehr gut — Alexi.« Sie starrte ihn finster an, damit er sie auf keinen Fall mißverstand.

Er verzog auf unangenehme Weise die Lippen. »Denkst du wirklich, daß du dich mir widersetzen kannst? Denkst du, ich würde so etwas erlauben?«

»Es bleibt dir kaum etwas anderes übrig. Du brauchst doch bei der Beerdigung eine Tochter an deiner Seite, oder?« Sie zitterte jetzt, und er sah es vermutlich, doch im Augenblick war ihr das egal.

»Willst du mir etwa drohen?«

»Ich habe mein Leben lang mit Leuten zu tun gehabt, die mich tyrannisieren wollten. Mich gegen sie zu behaupten, habe ich schon sehr früh gelernt.«

»Und du hältst mich für jemanden, der dich tyrannisieren will?«

»Nein, Alexi«, sagte sie ruhig. »Ich halte dich für ein Monster.«

Einen Augenblick standen beide stocksteif da. Dann nickte er langsam, als hätten sie eine Übereinkunft getroffen, und er ging den Rest des Weges schweigend voraus.

Eine zweiflügelige vergoldete Tür führte in den großen Salon. Alexi öffnete einen Flügel und ließ Fleur vorausgehen. Der Raum war leer bis auf einen schwarzen glänzenden Katafalk mit dem Sarg, der in einem Meer von weißen Rosen fast unterging. Daneben stand ein kleiner ebenholzschwarzer Stuhl. Fleur hatte schon einmal eine Tote gesehen — als Schwester Madeleine gestorben war —, trotzdem war sie von der Stille tief ergriffen, die von der Gestalt in dem mit weißer Seide ausgeschlagenen Sarg ausging. Solange Savagars runzliges Gesicht kam ihr vor wie aus altem Kerzenwachs modelliert.

»Ich will, daß du deine Großmutter als Zeichen der Ehrerbietung auf die Lippen küßt.«

Fleur hätte um ein Haar laut aufgelacht. Das konnte nicht sein Ernst sein. Sie drehte sich um und wollte ihm sagen, er solle sich zum Teufel scheren, schluckte jedoch die Worte hinunter, als sie seinen Gesichtsausdruck sah. Sie kannte diesen Ausdruck, hatte ihn in den Gesichtern ihrer Mitschülerinnen gesehen, eine herablassende Selbstgefälligkeit, die die Mächtigen sich nur gegen die Schwachen erlauben. Sie begriff, daß das, was er von ihr verlangte, nichts mit Ehrerbietung zu tun hatte. Er stellte ihren Mut auf die Probe. Es war eine Herausforderung, *un défi*. Und sie sah seinem Gesicht an, daß er keine Sekunde lang glaubte, sie könnte dieser Herausforderung gewachsen sein.

Tränen brannten unter ihren Lidern. Dieser Schuft! Wie sehr sie ihn haßte! Daß sie so hassen konnte, hätte sie nie gedacht. Langsam ging sie auf den Sarg zu, kämpfte gegen die Schwäche an, kämpfte gegen das Verlangen an, der stillen Gestalt den Rücken zu kehren und zu rennen — fort aus dem stillen Haus, fort aus der Straße der Barmherzigkeit, fort von Alexi Savagar, zurück in die erstickende, tröstliche Geborgenheit des Klosters. Lieber Gott, ich weine ja! Bleib nicht stehen . . . Wenn sie jetzt stehenblieb, würde sie keinen Schritt weitergehen können. Sie wollte es ihm zeigen. Sie wollte ihm ihren Haß ins Gesicht schleudern und zusehen, wie er daran würgte. Er sollte sehen, wen er verstoßen, was er weggeworfen hatte. Sie beugte sich vor, und ihre Lippen berührten die kalten, leblosen ihrer Großmutter . . .

Plötzlich hörte sie hinter sich einen scharfen Zischlaut, dann packte er sie bei den Schultern und riß sie vom Sarg weg. »Nein!« Er stieß einen obszönen Fluch aus und schüttelte sie so heftig, daß ihr Kopf haltlos hin und her flog. *»Salle garce!* Du bist wie er. Um deinen Stolz zu wahren, würdest du alles tun.« Er schüttelte sie wieder, so daß sich ihr Haar löste und über den Rücken fiel.

Sie weinte, wußte nicht, was sie sagte, und es war ihr auch egal. Er stieß sie auf den Stuhl neben dem Sarg und wischte ihr mit der bloßen Hand die Lippen ab, verschmierte Lippenstift auf ihrer Wange und auf seinen Fingern.

»Laß mich los, du Schuft!« Sie schluchzte, bemühte sich aufzustehen. »Faß mich nicht an! Ich hasse dich! Ich ertrage es nicht, von dir angefaßt zu werden!«

Seine Hand auf ihrem Mund war nicht mehr so grob, und er umklammerte auch ihren Arm nicht mehr so fest. Er sagte etwas, sagte es ganz leise, so daß sie es kaum hörte; doch die geflüsterten Worte klangen wie *pur sang*. Ihre ganze Kraft schien sie zu verlassen, und sie hörte auf, sich gegen ihn zu wehren. Nur einen Moment. Nur bis sie sich besser fühlte. Sehr sanft begann er mit den Fingerspitzen ihren Mund zu streicheln. Er zog die Linie nach, die ihre Lippen bildeten, wo sie aufeinanderlagen, dann schlüpften seine Finger in ihren Mund und strichen über ihre Zähne.

»Enfant. Pauvre enfant.« Es klang so weich wie ein Wiegenlied. »Du bist in etwas hineingeraten, das du nicht verstehst — nicht verstehen kannst.«

Sie vermochte sich nicht zu bewegen, obwohl sie gern zurückgewichen wäre, sie ekelte sich vor seinen Fingern zwischen ihren Lippen. Irgendwie mußte sie ihm zu verstehen geben, wie sehr sie ihn haßte. Doch seine Berührung war so sanft. Berührten Väter so ihre Töchter? Väter, die ihre Töchter liebten?

»Du bist ungewöhnlich schön«, sagte er leise. »Nicht einmal das Bild in der Zeitung hat mich darauf vorbereitet . . .« Liebevoll wickelte er sich die Haarsträhnen um die Finger, die an ihrer nassen Wange klebten. Nur ganz leicht. Es tat nicht weh. »Ich habe schöne Dinge immer geliebt«, fuhr er leise fort. »Elegante Kleidung. Schöne Frauen. Und Autos, ganz besonders Autos. Je älter ich werde, um so wichtiger werden sie für mich.«

Sie spürte, daß seine Finger die Konturen ihres Gesichts nachzeichneten. Was redete er da? Warum konnte sie sich nicht bewegen? Sie roch sein herbes Eau de Cologne, und er begann wieder zu sprechen.

»Wie die Frauen habe ich früher auch die Autos wahllos geliebt, doch seit zehn Jahren bin ich nur von einem besessen — dem Bugatti. Kennst du den Bugatti?«

Was fragte er sie da? Sie konnte sich nicht auf seine Worte konzentrieren, während er ihr Gesicht streichelte und sie mit einem Zauber bannte, den sie nicht abschütteln konnte. Er wartete, seine Augen blickten durch sie hindurch. Sie schüttelte den Kopf — nickte — wußte nicht, was sie tat.

»Der Bugatti ist ein geniales Automobil«, sagte er, »es hat nicht seinesgleichen.« Seine Fingerspitzen strichen über die Clips aus Onyx an ihren Ohrläppchen und zupften zart daran. Langsam schloß er die Augen. »Ettore Bugatti nannte seine Wagen *pur sang* — reines Blut, wie ein Rassepferd. Ich habe die schönste Sammlung von *pur sang* Bugattis, die es auf der Welt gibt, doch mir fehlt das Kronjuwel — der Bugatti Royale.«

Seine Stimme war weich und liebevoll. Sie hypnotisierte Fleur. »Ettore Bugatti hat die Royales in den dreißiger Jahren gebaut, nur sechs Stück. Einer war während des Kriegs in Paris, und ich gehörte zu den drei Männern, die ihn in den Kloaken von Paris vor den Deutschen versteckten. Dieser Wagen wurde zur Legende, und ich bin fest entschlossen, ihn zu besitzen. Ich muß ihn haben, weil er der allerbeste ist. *Pur sang*, verstehst du mich, *enfant?* Das Beste nicht zu besitzen ist ein Zeichen von Schwäche.« Er streichelte ihre Wange.

Sie nickte, obwohl sie überhaupt nichts verstand. Es interessierte sie nicht. Die alten Phantasien waren zurückgekehrt, hielten sie fest, und ihr wurde ganz warm ums Herz ... Er hatte sie gesehen, und er wollte sie. Nach all diesen Jahren wollte er sein Baby wiederhaben ...

»Du erinnerst mich an diesen Wagen«, flüsterte er. »Nur bist du nicht *pur sang*, nicht wahr?«

Zuerst glaubte sie, sie spüre seine Finger auf ihrem Mund, dann wurde ihr klar, daß es seine Lippen waren. Ihr Vater hatte sich über sie gebeugt und küßte sie. Ihr Vater ...

»Alexi!« Ein schriller, ein schrecklicher Schrei — ein Schrei, wie ihn ein verletztes Tier ausstieß. Fleur sprang vom Stuhl auf. Belinda stand in der Tür, das Gesicht vor Angst und Schmerz verzerrt. »Du elender Lump!« schrie sie. »Laß sie sofort los! Ich bring dich um, wenn du sie noch einmal anfaßt! Geh weg von ihm, Fleur. Er ist ein Ungeheuer. Du darfst dich nicht von ihm anfassen lassen!«

Zum erstenmal seit sie denken konnte, war Fleur auf die Mutter böse. »Er ist mein Vater!« rief sie. »Du hast nicht das Recht . . .«

Belinda sah aus, als sei sie geschlagen worden, und Fleur fühlte sich innerlich ganz krank. Was redete sie da? Was stimmte nicht mit ihr? Er war ein Ungeheuer. Sie riß sich los und lief zur Mutter. »Es tut mir leid. Ich hab's nicht so gemeint.«

»Wie kannst du nur?« Belindas Stimme war kaum lauter als ein Flüstern. »Du siehst ihn ein einziges Mal und hast alles vergessen?«

Unglücklich schüttelte Fleur den Kopf, doch die Wahrheit war, daß sie vergessen hatte, weil sie vergessen wollte, wenn auch nur einen Herzschlag lang.

»Komm jetzt mit mir hinauf«, sagte Belinda mit steinerner Miene.

Fleur zögerte, nicht weil sie sich der Mutter widersetzen wollte, sondern weil sie das Gefühl hatte, ihr begreiflich machen zu müssen, was geschehen war.

»Geh mit deiner Mutter, *chérie.*« Weich wie Seide war seine Stimme. »Morgen nach der Beerdigung haben wir noch genug Zeit, miteinander zu reden. Wir müssen Pläne für deine Zukunft machen.«

Belinda grub die Fingernägel in Fleurs Arm, und Fleur war tief unglücklich und hatte ein schlechtes Gewissen, weil die Worte ihres Vaters ein so süßes, prickelndes Gefühl in ihr ausgelöst hatten.

Am selben Abend öffnete ein Hausmädchen Alexi schweigend die Tür eines kleinen Ziegelhauses am Rand des Faubourg St.-Germain. Auch er sagte nichts, als er an dem Mädchen vorbei ins Wohnzimmer ging, wo er sich aus einer Karaffe, die auf einem silbernen Tablett stand, einen Cognac einschenkte. Alexi machte es sich in einem Lehnstuhl gemütlich und rieb sich die Augen. Der Tag war anstrengender gewesen als erwartet.

Er ließ den Cognac im Glas kreisen und erlaubte sich endlich, über Fleur nachzudenken. Er hätte besser auf sie vorbereitet sein müssen. Das Zeitungsfoto hatte ihre Schönheit zwar mehr als ahnen lassen, doch woher hätte er wissen sollen, wie sie wirklich war? Sie war eine Studie aus Gegensätzen, ein Kind auf der

Schwelle zur Frau, diszipliniert und dennoch unberechenbar, sich ihrer starken sinnlichen Ausstrahlung überhaupt nicht bewußt. Diese Ungerechtigkeit war fast mehr, als er ertragen konnte. Und der Triumph in Belindas Gesicht war für ihn eine Qual gewesen. Wie konnte sie Flynn ein solches Kind schenken, während der Sohn, den sie ihm geboren hatte ...

Doch der Gedanke an Michel führte ihn auf einen Weg, dem er nicht folgen wollte. Er trank den Cognac aus und stand stirnrunzelnd auf. Er würde bei Fleur so vorgehen wie damals bei ihrer Mutter. Das würde seine Zeit dauern, wenn er es richtig machen wollte. Aber heute war er ja kein ungeduldiger junger Mann mehr.

Die Schlafzimmertür im ersten Stock war nicht ganz geschlossen, und ein Lichtkeil lag quer über dem Teppich. Alexi stieß die Tür ganz auf und trat ein.

Sie lag auf dem Bett und las eine Illustrierte. Das Oberteil ihres schlichten weißen Unterkleides hing schlaff herunter, da ihre zarten Brüste die Körbchen nicht ganz ausfüllten. Für den Bruchteil einer Sekunde wußte er nicht mehr, wie sie hieß.

»Alexi, ich hatte das Warten schon fast aufgegeben. O Liebling, ich bin so glücklich, daß du doch noch gekommen bist!«

Ihre Begrüßung hatte einen ganz leisen Unterton von Verzweiflung, der ihm verriet, daß sie befürchtete, er werde ihrer allmählich müde. Sie legte die Zeitschrift weg, sprang aus dem Bett und lief auf ihn zu. Sie hatte kinnlanges, glattes helles Haar und einen babyfeinen Pony. In dem noch ganz kindlichen Gesicht war keine Spur von Make-up, und als sie ihm die Arme um den Hals schlang, duftete sie nach Seife und nicht nach Parfüm. Alles an ihrer Erscheinung war darauf berechnet, ihm zu gefallen. Er löste sich aus ihrer Umarmung. »Ich bin müde, Anne-Marie.«

Er merkte, daß seine Schroffheit sie erschreckt hatte. Sie wich ein paar Schritte zurück, doch das Lächeln klebte noch immer an ihrem Gesicht fest. »Armer Alexi. Laß dir von mir beim Ausziehen helfen, dann reibe ich dir den Rücken mit Lotion ein.«

»Nein.«

Ihr Lächeln zerbrach. Fast sah er die Gedanken hinter ihrer Stirn arbeiten, als sie zum Bett zurückging und überlegte, was sie tun konnte, um sein Interesse von neuem zu wecken. Im Bett setzte sie sich im Türkensitz genau in die Mitte, das Unterkleid hoch auf die Schenkel zurückgerutscht, so daß er den Zwickel ihres baumwollenen Schulmädchenschlüpfers sah. Er betrachtete sie mit Widerwillen. Unter dem so unschuldig aussehenden

Kleidungsstück gab es für ihn keine Geheimnisse mehr, er sah nur einen flachen, fast nach innen gewölbten Bauch und ein Büschel des rötlichen Schamhaars, das ihn früher fasziniert hatte.

Er schenkte sich einen zweiten Cognac ein, was er sich sehr selten erlaubte, und ließ sich in einen mit Kissen vollgestopften Sessel fallen.

Wieder wanderten seine Gedanken zu Fleur. Er schloß die Augen und sah ihr Gesicht so deutlich vor sich, als sei es auf die Innenseite seiner Lider aufgedruckt, so unvorstellbar schön, so unglaublich unschuldig. Und dann sah er aus einem unerklärlichen Grund auch Belinda — nicht wie sie heute war, mit Schmuck behängt und spröde, sondern wie sie während der ersten Monate ihrer Ehe gewesen war, als die Welt ihnen allein gehört hatte und das Leben ein einziges Versprechen schien.

Ein paar Meilen entfernt stand Belinda am Fenster ihres Schlafzimmers und beobachtete durch die Bäume die auf der Rue de la Bienfaisance vorbeihuschenden Scheinwerfer.

Es schien so, als sollten ihr nur noch Erinnerungen bleiben. Zwar war sie erst sechsunddreißig, doch wie eine alte Frau lebte sie in der Vergangenheit. Jene sonnigen, nach Chlor duftenden Tage im Garden of Allah, als sie die Frau gewesen war, die Errol Flynn liebte, waren in ihr lebendiger und realer als die Gegenwart.

Flynn. Seit fast vierzehn Jahren tot. Wie war das möglich? Er war gestorben, ohne je von Fleur erfahren zu haben. Mascaragefärbte Tränen liefen ihr über die Wangen und tropften auf den Kragen ihres eisblauen Hausmantels. Sie hatte jene ersten Tage in Paris nie vergessen können, die Flitterwochen mit Alexi und die Nächte in dem großen Schlafzimmer, als er sie so zärtlich geliebt hatte. Manchmal lag sie im Bett und träumte mit geschlossenen Augen davon, wie es gewesen war, als Alexi Savagar sie liebte.

Jetzt wollte er ihr Fleur stehlen. Ihr Baby. Ihr wunderschönes Baby, das im Nebenzimmer schlief. Warum hatte er sie nicht genug lieben können, um ihr Fleur zu verzeihen? Doch heute abend hatte sie Fleur verteidigt. Heute abend hatte sie ihr Baby vor seiner Gehässigkeit beschützt. Mit einem einzigen Telefonanruf hatte sie alles geändert.

Sie hörte das Geräusch, auf das sie gewartet hatte, Alexis Schritte auf der Treppe, aber sie ging nicht sofort zur Tür.

Zuerst füllte sie ihr Glas zur Hälfte mit Scotch und tauchte dann die Hand in die Lache kalten Wassers im Eisbehälter, um den letzten Eiswürfel herauszufischen. Als sie endlich ihre Schlafzimmertür öffnete, war er schon ein ganzes Stück daran vorbei.

»Alexi.« Er drehte sich um, und sie sah, daß er abgespannt aussah. »Mir sind die Zigaretten ausgegangen. Hast du eine für mich? Ich brauche eine Zigarette.« Als sie auf ihn zuging, rutschte ihr auf einer Seite der Hausmantel von der nackten Schulter.

»Du bist betrunken.«

»Nur ein bißchen.« Der Eiswürfel klirrte gegen das Glas. »Nur gerade so viel, daß ich mit dir reden kann.«

»Geh ins Bett, Belinda. Ich bin heut abend zu müde, um dich zu befriedigen.«

»Ich will nur eine Zigarette.«

Er beobachtete sie scharf, während er sein silbernes Zigarettenetui aus der Tasche nahm und aufklappte. Sie ließ sich Zeit mit der Auswahl, als enthalte das Etui mehrere Sorten, und als sie die richtige gefunden hatte, zog sie sie heraus und ging an ihm vorbei in sein Schlafzimmer.

Alexi folgte ihr. »Ich kann mich nicht erinnern, dich eingeladen zu haben«, sagte er hart.

»Entschuldige«, antwortete sie sarkastisch. »Ich vergesse immer wieder, daß hier Niemandsland ist. Oder sollte ich sagen Kein-Frauen-Land.« Sie nahm das Feuerzeug aus der Tasche ihres Hausmantels und sah zum Bett hinüber. »Nein, das ist auch nicht ganz richtig, oder? Wie sollen wir dein Schlafzimmer nennen, Alexi? Kinderland?«

»Geh, Belinda«, sagte er tonlos. »Du siehst heut abend alt und häßlich aus. Wie eine verzweifelte Frau, die weiß, daß ihre Reize stumpf und verbraucht sind.«

Sie schloß die Augen; sie durfte sich von seinen Worten nicht verletzen lassen. Sie mußte stark sein, durfte keine Sekunde vergessen, wie unvorstellbar widerwärtig es von ihm gewesen war, Fleur zu küssen. Seine Lippen auf Fleurs Mund — eine Obszönität.

Er warf sein Jackett auf einen Stuhl. »Langweile mich nicht mit deinen Szenen, Belinda. Ich kenne sie alle. Empörte Mutter, empörte Ehefrau. Was soll's denn heute sein? Empörte Hure? Es ist sehr lange her für dich, *non?*«

Sie durfte nicht auf seine Worte hören, durfte nicht an das

denken, was er sagte. Er trug Hosenträger unter dem Jackett, daran mußte sie denken. Wie lange trug er schon Hosenträger? »Ich überlasse dir meine Tochter nicht«, sagte sie.

»*Deine* Tochter? Du meinst wohl *unsere* Tochter.«

»Wenn du sie anrührst, bring ich dich um, Alexi!«

»*Bon Dieu, chérie*. Ich glaube, der Alkohol hat dich um das letzte bißchen Verstand gebracht.« Er warf die Manschettenknöpfe auf die Kommode. »Jahrelang hast du mich gebeten, sie in unsere Familie aufzunehmen. Ist das vielleicht gelogen?«

Sie dachte an seine unzähligen halbwüchsigen Geliebten und fühlte, daß sie die Beherrschung verlor.

Ein schmales, grausames Lächeln umspielte seine Lippen, und sie wußte, daß er wieder einmal ihre Gedanken gelesen hatte. »Was hast du nur für eine dreckige Phantasie, Belinda? Eine Phantasie, direkt aus der Gosse. Hat Flynn dir beigebracht, so zu denken, oder ist das nur das Ergebnis deiner bourgeoisen Erziehung?«

Sie bemühte sich, ruhig zu sprechen, zwang sich, daran zu denken, daß er von dem Telefonanruf nichts wußte. »Sei nicht allzu zuversichtlich, Alexi. Du hast mich jetzt nicht mehr so fest in der Hand wie früher. Und auch über Fleur kannst du nicht mehr uneingeschränkt bestimmen. Nun, da sie älter geworden ist, scheinen die Dinge sich ins Gegenteil zu verkehren.«

Seine Finger blieben für den Bruchteil einer Sekunde wie erstarrt auf dem Hemdenknopf liegen, den er gerade öffnen wollte. »Wie meinst du das?«

Belinda straffte sich. »Ich meine damit, daß ich, was Fleur betrifft, Pläne habe, und bevor du versuchst, dich einzumischen, will ich dir sagen, es ist mir egal, wenn die ganze Welt erfährt, daß Alexi Savagar die Tochter eines anderen großgezogen hat.«

Das stimmte nicht. Es war ihr nicht egal. So gern sie es auch in die Welt hinausgeschrien hätte, Fleur würde nie verstehen, warum sie Alexi nicht verlassen hatte, wenn er nicht ihr Vater war. Und wie sollte sie es ertragen, wenn die Liebe ihrer Tochter in Haß umschlüge?

Alexi lachte. »Willst du mich erpressen? Das könnte mich beunruhigen, wenn ich nicht wüßte, wie sehr du den Luxus liebst. Ich habe dir schon einmal gesagt, daß du keinen Sou mehr von mir bekommst, wenn jemand die Wahrheit über Fleur erfährt. Ohne mein Geld gehst du vor die Hunde, Belinda. Du könntest dir nicht einmal ein Paar Strümpfe kaufen, von deinem Scotch ganz zu schweigen.«

Belinda ging langsam auf ihn zu. »Wir werden sehen, Alexi. Du wirst vielleicht nach all den Jahren feststellen, daß du mich doch nicht so gut kennst, wie du glaubst.«

»Oh, ich kenne dich.« Seine Finger glitten ihren Arm entlang. »Ich kenne dich besser als du dich selbst, *chérie*.«

Forschend musterte sie sein Gesicht, suchte nach einer Spur von Nachgiebigkeit. Aber alles, was sie sah, war sein Mund, der sich auf die Lippen ihrer Tochter preßte. Der Zorn überflutete sie von neuem — der Zorn, die Angst und jenes andere Gefühl — das Gefühl, dem sie keinen Namen geben wollte — die beschämende, brennende Eifersucht.

9

Am Tag nach Solanges Beerdigung weckte Belinda Fleur in aller Herrgottsfrühe und flüsterte ihr zu, daß sie gleich nach dem Frühstück mit ihr nach Fontainebleau zu Bunny Duverge fahren wolle. Auf der Fahrt durch die stillen Vorstadtstraßen von Paris erzählte sie Fleur rasch, was sie und Bunny nach den gemeinsamen Ferientagen auf Mykonos ausgeheckt hatten.

»Ich glaub's nicht«, sagte Fleur zum fünftenmal. »Ich glaub es einfach nicht. Das ist verrückt.« Sie streifte die Schuhe ab und stemmte die Füße gegen das Armaturenbrett. Der Druck schien ihre flatternden Magennerven zu beruhigen. »Erzähl das Ganze noch einmal. Aber diesmal ein bißchen langsamer, zum Mitdenken, ja?«

Belinda grub in ihrer Handtasche nach einer Zigarette, und ihr Blick suchte ängstlich den Rückspiegel. »Bunny hat mich sofort angerufen, als ich wieder in Paris war«, sagte sie. »Und sie hat von nichts anderem geredet als von dir — was für ein ungewöhnliches Gesicht du hast, wie schön dein Haar ist und so weiter und so fort. Natürlich habe ich mich geschmeichelt gefühlt, aber ihr Mann ist häufig verreist, und ich hatte immer den Eindruck, daß sie nichts Rechtes mit sich anzufangen weiß, daher habe ich sie nicht allzu ernst genommen. Dann erzählte sie mir, sie habe die Fotos, die sie am Strand von dir gemacht hatte, an Gretchen Casimir geschickt. Ich fand das natürlich ziemlich aufregend, konnte mir aber sehr gut vorstellen, was Alexi dazu sagen würde, wenn er es durch Zufall erfahren sollte. Obwohl Casimir eine der berühmtesten Agenturen in New York ist, ist seiner Meinung nach der Beruf des Models für eine Savagar bestimmt völlig indiskutabel. Also bat ich Bunny, um Gottes willen keiner Menschenseele etwas davon zu sagen, weil ich Zeit zum Nachdenken brauchte.«

»Aber das ist doch lächerlich!« rief Fleur. »Wer hat je von einem Model gehört, das über einsachtzig groß ist?«

»Du bist einsneunundsiebzig und einen halben Zentimeter, also übertreib nicht. Laut Bunny sind dein Gesicht und deine Figur der Traum einer jeden Modelagentur. Und Bunny weiß Bescheid.«

»Bunny spinnt«, sagte Fleur unglücklich. »Hör zu, Belinda, ich versteh nicht, warum wir uns aus dem Haus schleichen mußten, besonders nachdem Alexi gesagt hat, daß er mit mir reden will. Ich — ich denke, er hat mich ein bißchen gemocht. Vielleicht hätte er es sich anders überlegt und mir erlaubt, in den Staaten zu studieren.«

Es war falsch gewesen, das zu sagen. Fleur sah, wie Belindas Hände sich um das Lenkrad krampften, und fühlte sich gräßlich. Sie hatte Belinda zu erklären versucht, daß sie an dem Abend müde und erregt gewesen sei. Sie hatte ihr gesagt, daß sie Alexi noch genauso haßte wie bisher — sie war nicht so dumm, daß ein paar Minuten Freundlichkeit und ein paar nette Worte all die Jahre ungeschehen machten, in denen er sie ignoriert hatte —, aber es schadete doch nichts, wenn sie mit ihm sprach?

Belinda blieb allen Argumenten gegenüber unzugänglich. Sie sagte, Alexi werde versuchen, sie einander zu entfremden und schließlich zu trennen.

»Hör zu!« Wieder blickte Belinda in den Rückspiegel. »Jahrelang hast du mich gebeten, Alexi zu verlassen, damit wir zusammensein können. Jetzt habe ich es getan.«

»Heißt das, daß du dich scheiden lassen willst?«

»Nein, nicht unbedingt scheiden lassen. Das wäre im Moment zu schwierig. Es ist eher eine Trennung. Aber, Baby, sie wird nicht funktionieren, wenn wir uns nicht selbst ernähren können. Gretchen Casimir war sehr hartnäckig. Aufgrund der Fotos, die Bunny ihr von dir geschickt hat, möchte sie jetzt richtige Testfotos von dir machen lassen. Ich hab ihr gesagt, das sei unmöglich, weil mein Mann nie damit einverstanden wäre. Aber sie hat mich immer wieder angerufen. Fleur, sie hat mir für den Fall, daß die Testfotos gut ausfallen, astronomische Summen genannt.«

Fleur sagte nichts. Das Ganze war schwer zu begreifen. Die Aussicht, nicht ins Kloster zurück zu müssen, war unwiderstehlich, aber Belindas Pläne kamen ihr unmöglich vor. Models waren schöne, weltgewandte Frauen und nicht linkische, zu lang geratene siebzehnjährige Mädchen.

Das Gut der Duverges lag etwas südlich von Fontainebleau. Es bestand aus einem zweihundert Jahre alten Château, einem Karpfenteich und einer Galerie alter Meister — Bunny Gruben hatte an dem Tag ihr Glück gemacht, an dem sie zu Bergdorf hineingegangen war, um Pralinen zu kaufen, und mit Phillipe Jacques Duverge wieder herauskam.

Sie hieß Belinda und Fleur überschwenglich willkommen, beförderte sie ins Haus und erklärte, daß ihr Mann in Saudi-Arabien sei und bis November bleibe, so daß sie ganz unter sich wären. »Nur wir drei Pfarrerstöchter, wenn das kein Spaß wird.«

Fleur hatte den vagen Verdacht, daß es auch anders kommen konnte, doch sie erwähnte es nicht vor Bunny.

Am Ende der ersten Woche war es Fleur klar, daß sie ihre Gastgeberin nicht ausstehen konnte. Bunny hielt ihr endlose Vorträge über das richtige Make-up, die richtige Art zu gehen, erklärte ihr, wer in der New Yorker Modeszene wer war und redete ununterbrochen über ihre Karriere als Model. Je mehr Zeit Fleur mit ihr verbrachte, um so größer und linkischer kam sie sich vor. Bunny entrüstete sich, weil Fleur sich nicht für Kleider interessierte und ein geradezu unheimliches Talent hatte, gegen kleinere Möbelstücke zu stoßen. Fleur sagte, sie könne nichts dafür, sie sei ein Mensch, der sich nur im Freien wohl fühle. Bunny verdrehte die Augen.

Sie fand auch Fleurs amerikanischen Akzent abscheulich. »Als ob sie in Nebraska geboren wäre, Belinda«, klagte sie mehr als einmal. »Ein französischer Akzent wirkt auf Amerikaner unglaublich anziehend.« Trotzdem schwor sie tausend heilige Eide, daß Fleur das »gewisse Etwas« hatte. Als Fleur sie fragte, was das sei, wedelte Bunny unbestimmt mit der Hand in der Luft und sagte, das sei etwas, das man nicht fassen und nicht erklären könne.

In der zweiten Woche bestellte sie den berühmtesten Coiffeur von Paris ins Haus und ließ ihn absolute Geheimhaltung schwören. Er umkreiste Fleur, tippte sich mit einem Finger auf die Wange und begann dann an ihrem Haar herumzuschnipseln, einen Viertelzentimeter hier, einen halben dort. Als er fertig war, fand Fleur, daß ihr Haar genauso aussah wie vorher, aber Bunny hatte Tränen in den Augen und nannte ihn Maestro.

Zu Fleurs größter Überraschung schien Belinda alles ernst zu nehmen, was Bunny sagte, und fauchte manchmal richtig, wenn Fleur einen Witz machte. Natürlich waren Fleurs Witze nicht immer sehr lustig, aber sie war oft nervös und dachte, mit einem Lachen wäre alles leichter zu ertragen. Sie machte sich um ihre Zukunft und auch um Belinda Sorgen. Ihre Mutter war noch nervöser als sie, schreckhaft und gereizt, und sah sich ständig um, als erwartete sie, daß Alexi im nächsten Moment hinter einer Tür hervorgeschossen kam. Fleur versuchte sie zu beruhigen. »Was kann uns schon passieren, Belinda? Wenn Alexi uns aufspürt, kann er mich schlimmstenfalls in die Schule zurückschicken. Sorg dich doch nicht so!«

»Du verstehst nicht, Baby. Wenn er etwas von der Sache mit Casimir erfährt, wird er sie verhindern. Er wird versuchen, dich mir wegzunehmen. Du kennst ihn nicht. Er hat ein unglaubliches Ego. Wir müssen in New York fest im Sattel sitzen, bevor er es erfährt. Baby, das ist die einzige Chance, die wir je haben werden.«

Fleur fühlte sich unbehaglich, wenn Belinda so redete. Es fiel ihr immer noch schwer zu glauben, daß es allen so ernst war, und sie fand es beklemmend, daß Belinda ihre Zukunftshoffnungen nur an sie knüpfte. Das einzig Gute daran war, daß sie zusammensein konnten und Belinda keinen Tropfen mehr getrunken hatte, seit sie hier waren. Darüber war Fleur sehr froh. Ihrer Meinung nach hatte Belinda ein bißchen zuviel getrunken.

Erst die Ankunft von Gretchen Casimirs Starfotografen aus New York brachte Fleur zu der Einsicht, daß sie vielleicht doch mehr auf das hören sollte, was Bunny Duverge ihr predigte ...

Gretchen Casimir betrachtete wie hypnotisiert die Fotos, die verstreut auf ihrem Schreibtisch lagen. Obwohl sie diese in der vergangenen Woche schon ein paar dutzendmal angesehen hatte, fühlte sie auch jetzt noch die gleiche Erregung, die sie gepackt hatte, als sie sie zum erstenmal aus dem großen Umschlag zog — dieses komische Gefühl im Magen war für sie ein sicheres Zeichen, daß sie durch Zufall auf etwas Wichtiges gestoßen war. Dafür war sie Bunny etwas schuldig.

Das Mädchen war atemberaubend. Fleur hatte ein Gesicht, wie es vielleicht nur alle zehn Jahre eines gab. Wie das Gesicht von Suzy Parker, Jean Shrimpton oder Twiggy würde Fleurs Gesicht das Aussehen eines Jahrzehnts bestimmen. Sie hatte etwas an sich, das Gretchen an Jean Shrimpton oder an die große Veruschka erinnerte, obwohl sie irgendwie unschuldiger, erwartungsvoller wirkte.

Sie blickte in die Kamera, ihre kühnen, fast maskulinen Züge von einer Mähne streifigen Blondhaars umrahmt, das sich in alle Richtungen bauschte. Es war ein magisches Bild. Es existierte auf der Welt keine einzige Frau, die nicht alles darum gäbe, auch so auszusehen. Gretchen legte das Porträt aus der Hand und griff nach der ihrer Meinung nach schönsten Ganzaufnahme. »Mädchen aus den Bergen von Kentucky« nannte sie dieses Foto. Fleur war barfuß, ihr Haar zu einem einzelnen Zopf geflochten, und ihre großen Hände hingen seitlich locker hinunter. Sie trug ein baumwollenes Futteralkleid, das ins Wasser getaucht worden war, so daß der Saum schwer und zipflig ihre Knie umspielte. Ihre Brustwarzen hatten sich aufgerichtet, und unter dem nassen Stoff zeichnete sich die endlose Linie von Hüfte und Bein deutlicher ab, als wenn sie nackt gewesen wäre. Die Leute bei *Vogue* würden in Verzückung geraten.

Gretchen Casimir war eine ehrgeizige Frau, die aus eigener Kraft Karriere gemacht hatte. Mit einem schwer erarbeiteten Stipendium hatte sie Mount Holyoke absolviert, es in nicht ganz zwei Jahren bei *Vogue* von der Redaktionsassistentin zur stellvertretenden Ressortleiterin in der Moderedaktion gebracht und dann zur Erleichterung einiger Leute bei Condé Nast, die eine Rivalin auf Anhieb witterten, ihre Stellung aufgegeben, um sich selbständig zu machen. Aus einem winzigen Ein-Zimmer-Büro hatte sie Casimir Models zu einer Organisation ausgebaut, die fast das gleiche Prestige hatte wie die mächtige Agentur Ford. Aber »fast« war für Gretchen Casimir nicht gut genug, und sie gab ganz offen zu, daß sie sich nicht zufriedengeben werde, ehe Eileen Ford im Staub vor ihr lag.

Fleur Savagar würde das für sie bewerkstelligen.

Fleur konnte nicht still sitzen, während das Taxi sich durch den dichten Spätnachmittagsverkehr schlängelte. Sie rutschte von einem Fenster zum anderen, beugte sich über Belinda, drehte sich um, schaute durch die Heckscheibe hinaus und preßte das Gesicht an die zerkratzte Plastikscheibe, die sie vom Fahrer trennte. Alles war schmutzig und schön und wundervoll. New York war genau das richtige für sie.

»Ich kann's noch gar nicht glauben, Baby«, sagte Belinda und drückte ihre vierte Zigarette aus. »Ich kann noch nicht glauben, daß wir es geschafft haben. Guter Gott, Alexi wird wütend sein, wenn er es erfährt. Seine Tochter, ein Model. Ich würde alles darum geben, sein Gesicht zu sehen; er findet Schauspieler vulgär. Aber wir werden sein Geld nicht brauchen, was könnte er uns also tun? Au! Paß doch auf, Baby!«

»Entschuldige.« Fleur zog ihren Ellenbogen ein. »Schau, Belinda, der East River. Was für ein schöner Fluß.«

Das Taxi hielt vor einem luxuriösen Hochhaus. Fleur sah die in das Oberlicht des Eingangs geschnittene Hausnummer an und runzelte die Stirn. Sie wußte, daß Belinda Gretchen gebeten hatte, ihnen für die ersten Monate eine bescheidene Bleibe zu besorgen, doch dieses Gebäude konnte man wahrhaftig nicht bescheiden nennen. Sie fühlte sich auch nicht wohler, als der Portier ihr Gepäck auf einem Karren an den frischen Schnittblumen vorbei in den Lift brachte, den vor ihnen jemand benutzt hatte, der intensiv nach Joy duftete.

Ihr Magen machte einen kleinen Sprung, als der Lift nach oben schoß. Was würde geschehen, wenn sie es nicht schaffte? Wenn die Testaufnahmen ein Flop waren? Der Lift hielt, sie stieg aus, und ihre Füße versanken in einem dicken selleriegrünen Teppichboden, als sie hinter dem Portier und Belinda durch den kurzen Korridor trottete.

Vor einer paneelierten Tür blieb der Portier stehen, schloß auf und stellte ihre Koffer ab. Belinda betrat die Wohnung als erste. Als Fleur ihr folgte, merkte sie, daß es irgendwie komisch roch. Es war ein vertrauter Geruch und doch ... Sie blickte Belinda über die Schulter und sah, daß das große Wohnzimmer ein Meer aus voll erblühten weißen Rosen zu sein schien.

»Nein!« stieß Belinda erstickt hervor, und Fleur hatte das merkwürdige Gefühl, daß sie diesen Laut schon einmal gehört hatte, daß sie all das schon einmal erlebt hatte — in einem früheren Leben. Das Apartment — die Rosen — und Alexi Savagar, der sie in der Mitte des Zimmers mit einem Cognacglas in der Hand erwartete.

»Willkommen in New York, meine Lieblinge.«

Glitter-Baby

»Mein Leben lang habe ich meine Mutter gesucht und habe sie nie gefunden.«

Errol Flynn:
My Wicked, Wicked Ways

10

Alexi gab Fleur einen Kuß auf die Wange. Sie bemühte sich zu denken, wie schrecklich es war, daß er ausgerechnet jetzt hier auftauchte, da alles so gut zu gehen schien, aber der leichte Druck seiner Wange, seine Haut, die sich ein wenig rauh anfühlte an ihrer Haut, lenkten sie ab. Sein Kuß war anders als der von Belinda.

»Ich hoffe, du hattest einen angenehmen Flug, Fleur.« Sein Blick schweifte von ihren Jeans, die in hohen Lederstiefeln steckten, zu ihrem alten Tweedblazer. Er zog zwar mißbilligend die Brauen hoch, sagte jedoch nichts.

»Was tust du hier?« flüsterte Belinda erstickt.

»*Quelle question!* Meine Frau und meine Tochter ziehen aus, um die Neue Welt zu erobern, muß ich dann nicht hier sein und sie willkommen heißen?« Er sah Fleur mit einem entwaffnenden Lächeln an, als wolle er sie ermuntern, mit ihm zu lachen.

Fleur verzog tatsächlich ein wenig den Mund, aber als sie sah, wie blaß Belinda war, überkam sie wieder das komische Gefühl, die Mutter beschützen zu müssen. Sie schob die Hand in die ihre und hielt sie fest. »Ich gehe nicht zurück, Alexi«, sagte sie. »Und du kannst mich nicht zwingen.«

Er schien belustigt. »Wie kommst du darauf, daß ich das will?«

Fleur spürte, wie Belinda erstarrte, und drückte ihr noch fester die Hand. »Ich werde bei Gretchen Casimir als Model arbeiten. Sie hat mir einen Vertrag gegeben.«

»Ich weiß, und einen sehr großzügigen noch dazu«, sagte er. »Meine Anwälte haben ihn geprüft, und er scheint recht fair zu sein.«

Fleur kam sich allmählich ein bißchen idiotisch vor. »Du hast davon gewußt?«

»*Chérie*, ich möchte nicht unbescheiden erscheinen, aber es gibt kaum etwas, das meiner Aufmerksamkeit entgeht. Und ganz gewiß nicht etwas so Wichtiges wie das künftige Wohlergehen meiner einzigen Tochter.«

»Glaub ihm nicht, Fleur!« rief Belinda. »Deine Zukunft und dein Wohlergehen sind ihm völlig gleichgültig.«

Alexi seufzte. »Bitte, Belinda, steck deine Tochter nicht mit deiner Paranoia an.« Er ging zu der kleinen Kommode hinüber und stellte sein Cognacglas neben eine mit Rosen gefüllte Vase. »Genug davon. Jetzt möchte ich euch euer Apartment zeigen. Ich hoffe, es gefällt euch. Wenn nicht, suche ich euch etwas anderes.«

Fleur konnte ihre Überraschung nicht ganz unterdrücken. »Du hast diese Wohnung für uns ausgesucht?«

»Ein Geschenk des Vaters für seine Tochter.« Bei dem Lächeln, mit dem er sie ansah, wurde sie innerlich ganz weich. »Eine kleine Gabe mit meinen besten Wünschen für ihre künftige Karriere. Ich glaube, es ist höchste Zeit für mich, mit der Wiedergutmachung zu beginnen.«

Belinda stieß einen leisen unartikulierten Laut aus, und ihre Hand schloß sich wie im Krampf um die von Fleur.

Alexi blieb einen Monat in New York. Er bewohnte eine Suite im Carlyle Tower. Da Gretchen Casimir mit den Testfotos ihrer geheimnisvollen Entdeckung viel Staub aufgewirbelt hatte, fing Fleur fast sofort zu arbeiten an. Doch wenn sie freihatte, verbrachte sie viel Zeit mit Alexi. Überraschend tauchte er mit Karten für Theater oder Ballett in der Wohnung auf oder hatte einen Tisch in einem Restaurant reservieren lassen, wo man ganz einfach gegessen haben mußte, weil der Koch traumhafte Speisen zauberte. Einmal fuhren sie nach Connecticut, um dem Gerücht nachzugehen, daß dort auf einem Besitz der Fairfields ein Bugatti aus dem Jahr 1939 versteckt sei.

Belinda bat Fleur, sich nie allein mit Alexi zu treffen. Fleur wollte sich auflehnen, doch irgend etwas in Belindas Gesichtsausdruck machte es ihr unmöglich, also erklärte sie sich einverstanden. Obwohl er Belinda nie eigens in seine Einladungen einbezog, begleitete sie die beiden auf Schritt und Tritt, rauchte eine Zigarette nach der anderen und sprach sehr wenig.

Eines Nachmittags verlor Belinda eine Plombe aus einem Zahn und ließ sich einen Zahnarzttermin geben. Während sie beim Zahnarzt war, rief Alexi an und sagte, er fliege noch am selben Abend nach Paris zurück und wolle sich von Fleur verabschieden. Sie wußte, daß es nicht sehr fair gegen ihre Mutter war, nachdem sie ihr versprochen hatte, ihn nie allein zu sehen, sagte jedoch, sie wolle sich im Park mit ihm treffen.

Sie hatte schon früher immer wieder Andeutungen gemacht und gehofft, Alexi werde ihr eines Tages erklären, warum er sie praktisch verstoßen hatte, doch er war immer ausgewichen. Heute fragte sie ihn direkt.

»Es war kindische Eifersucht«, sagte er, ihre Hand streichelnd. »Die bemitleidenswerte Unsicherheit eines Ehemannes im mittleren Alter, der seine zwanzig Jahre jüngere Frau wahnsinnig liebte. *Amusant*, nicht wahr? Ich hatte Angst, sie würde ihre ganze Liebe dir zuwenden, du würdest in ihrem Herzen meinen Platz einnehmen, also ließ ich dich, nachdem du geboren warst, einfach verschwinden. Unterschätze nie die Macht des Geldes, *chérie*.«

»Aber ich war ein Baby, Alexi.« Sie hielt die Augen gesenkt, weil sie fürchtete, die Tränen nicht zurückhalten zu können, wenn sie ihn ansah. »Wie konntest du einem Baby so etwas antun?«

»Es war gewissenlos, das wußte ich damals schon, glaub ich. Und es war nicht ohne Ironie, nicht wahr? Es hat mir deine Mutter mehr entfremdet, als ein kleines Kind es je gekonnt hätte. Als Michel zur Welt kam, war es schon egal.« Er küßte die Innenseite ihrer Hand und preßte ihr die Lippen so fest ins Fleisch, als sei er ihr Liebhaber. »Ich bitte dich nicht, mir zu verzeihen, *chérie*. Es gibt Dinge, die nicht möglich sind. Ich bitte dich nur, mir einen kleinen Platz in deinem Leben einzuräumen, bevor es für uns beide zu spät ist.«

Er griff in die Tasche, holte sein Taschentuch heraus, hielt es ihr an die Nase und befahl ihr, sich zu schneuzen, als sei sie ein kleines Kind. Seine Geschichte unterschied sich von der, die Belinda ihr erzählt hatte, aber sie wünschte sich so sehr einen Vater, daß es ihr egal war.

»Ich verzeihe dir, *papa*«, sagte sie, obwohl es nicht die ganze Wahrheit war.

Nachdem Alexi nach Paris zurückgekehrt war, schien Belinda zum Leben zu erwachen. Sie lachte wieder, nahm Einladungen an, und sie rauchte nicht mehr soviel. Fleurs erste Titelseite erschien an den Zeitungskiosken, Belinda kaufte zwei Dutzend Exemplare und stellte sie überall in der Wohnung auf. Die Nummer erzielte die höchsten Verkaufszahlen in der Geschichte des Blattes, und Fleurs Karriere hatte einen kometenhaften Start. Belinda begann von Hollywood zu sprechen.

Das *People Magazine* brachte eine Story über Fleur, und irgendwann während des Interviews sagte Belinda: »Mein Baby leuchtet nicht nur, es glitzert.« Mehr brauchte *People* nicht. Die Schlagzeile auf der Titelseite lautete: *Glitter-Baby Fleur Savagar — ein Meter achtzig hochkarätiges Gold.* Als Fleur las, wie sie genannt wurde, sagte sie, sie wolle nie wieder unter Menschen gehen. Belinda lachte und antwortete, es sei zu spät, Gretchen habe eigens einen Presseagenten angeheuert, der dafür sorgen sollte, daß der Name nicht in Vergessenheit geriet.

Sie flogen nach San Francisco und auf die Bahamas. Fleur posierte in Istanbul in Kaftans und in Freizeitkleidung in Abu Dhabi. Sie drehte ihre ersten Fernsehspots und warb für ein Parfüm, das, wie sie Belinda erklärte, wie Solanges Beerdigung roch. Gretchens Presseagent fing an, sie *Das Gesicht des Jahrzehnts* zu nennen, und außer Fleur selbst widersprach niemand dieser Behauptung.

Die ersten Filmangebote kamen, aber Gretchen fand, sie seien nicht gut genug und riet Belinda, sie abzulehnen. Belinda tat es, war jedoch hinterher tagelang niedergeschlagen.

»Du ahnst nicht, wie groß die Versuchung war, Baby. Ich habe schon so lange von Hollywood geträumt. Doch Gretchen hat recht. Dein erster Film muß etwas Besonderes sein.«

Fleur fing an zu denken, daß alles ein bißchen zu schnell passierte, aber sie holte tief Atem und hielt durch.

Time brachte sie auf der Titelseite und überschrieb seine Story: *Glitter-Baby ist groß, schön und reich.* Jetzt, sagte Fleur zu Belinda und meinte es todernst, sei es endgültig aus. Von nun an gehe sie wirklich nie wieder unter Menschen.

Nach der Schlagzeile in *Time* kam ein Problem auf sie zu, auf das weder Belinda noch Fleur vorbereitet gewesen waren, und das dramatische Formen annehmen konnte — wer sollte die Verantwortung für die Verwaltung der Riesensummen übernehmen, die Fleur verdiente? Zuerst waren sie schlicht und einfach dankbar gewesen, daß sie keine Geldsorgen hatten, doch allmählich wurde ihnen klar, daß der Umgang mit Geld Fähigkeiten voraussetzte, die keine von ihnen besaß.

»Was sollen wir tun?« jammerte Belinda, und ihre Hände flatterten nervös über einen Papierstapel. »Ich verstehe nichts von Zahlen, und jeder rät uns etwas anderes. Steuerabschreibungen,

Grundbesitz, Aktien und Wertpapiere — das ist alles so kompliziert. Langfristig. Kurzfristig. Anpassung an die Inflation. Ehrlich, Baby, das kann und muß ich Alexi zugute halten, er hat mich nie mit solchen Dingen behelligt.«

Fleur versuchte zu helfen, war jedoch beruflich zu sehr in Anspruch genommen. Belinda gab ihr eine lange Liste mit Fragen, die sie Alexi stellen sollte, wenn sie miteinander telefonierten, und seine Antworten waren so kurz und bündig und so hilfreich, daß sie sich immer mehr auf seinen Rat verließen und die ganze Angelegenheit schließlich in seine erfahrenen Hände legten. Jetzt konnten sie sich der erfreulichen Aufgabe widmen, Geld auszugeben, anstatt sich den Kopf zu zerbrechen, wie sie es am gewinnbringendsten anlegen sollten.

Obwohl Fleur nicht viel darüber sprach und ganz besonders nicht mit Belinda, fand sie ihre eigentliche Arbeit, das Modellstehen, langweilig. Doch sie meinte, das sei ein geringer Preis für das Glück, in New York leben zu dürfen. Die ganze Stadt war ein wirbelndes Kaleidoskop aus Farben und Gefühlen, die eigens für sie geschaffen schienen.

»Ein bißchen weiter nach rechts, Schätzchen.«

Sie legte den Kopf schief und lächelte in die Kamera. Der Nacken tat ihr weh, und außerdem hatte sie Periodenkrämpfe, aber Fleur jammerte nicht.

»Schön so. Das ist schön, mein Schatz.«

Sie saß auf einem Schemel vor einem kleinen Tisch mit einem Spiegel, der leicht schräg stand wie eine Staffelei. Ihre champagnerfarbene Seidenbluse war am Hals offen, und darunter blitzte und funkelte eine herrliche Kette quadratisch geschliffener Smaragde. Unter dem Tisch und von der Kamera nicht einzusehen, trug Fleur abgeschnittene, vorn geflickte Jeans und rosafarbene Saunaschuhe aus Gummi.

Der Fotograf nahm die Kamera herunter. »Ihre Brauen müssen in Ordnung gebracht werden.«

Der Maskenbildner sprang von seinem Hocker auf, reichte ihr ein winziges Kämmchen und betupfte dann ihre Nase mit einem kleinen, sauberen Schwamm. Sie beugte sich ihrem Spiegelbild entgegen und brachte die dichten Brauen in Ordnung. Vor kurzem hatte sie Dinge wie Augenbrauenkämme noch komisch gefunden, jetzt dachte sie nicht mehr viel darüber nach.

»Nancy, ist das Kleid schon gekommen?«

Aus den Augenwinkeln sah Fleur, wie der Art Director den Telefonhörer auflegte und sich an die Stylistin wandte, die ratlos den Kopf schüttelte. »Nein, noch nicht.«

Fleur lächelte ihr mitfühlend zu. Das fehlende Kleid hatte Nancy den ganzen Vormittag beschäftigt. Es war ihre Aufgabe, dafür zu sorgen, daß Kleider und Accessoires rechtzeitig zur Verfügung standen und während der Aufnahmen immer ordentlich aussahen.

Nancy schob die Hand unter den Kragen der champagnerfarbenen Bluse und kontrollierte den durchsichtigen Streifen, den sie Fleur auf den Hals geklebt hatte, damit das Smaragdhalsband höher lag. »Der Schlamassel mit dem Kleid tut mir ehrlich leid«, sagte Nancy. »Man hatte mir versprochen, der Kurierdienst werde es um zehn Uhr abholen.«

Der Art Director knallte den Plastikbecher mit Kaffee, den er sich eben erst geholt hatte, auf den Tisch. »Scheiße! Sie hatten eine Stunde Zeit. Ruf die Scheißkerle an und sag ihnen, sie sollen gefälligst ihre Ärsche bewegen.«

Fleur sah zu dem hölzernen Klappsessel hinüber, auf dem Belinda saß und eine Illustrierte las. Selbstverständlich runzelte sie unwillig die Stirn. Sie mochte es nicht, wenn in Fleurs Gegenwart geflucht wurde.

»An die Smaragde habe ich schon zwei ganze Filme verschossen«, verkündete der Fotograf. »Sollen wir jetzt Pause machen, da wir ohnehin unterbrechen müssen?«

Der Art Director nickte. »Zehn Minuten, dann nehmen wir die Saphire. Nancy, wenn du mit Fleur fertig bist, zeigst du mir, was du für den Fall mitgebracht hast, daß wir das Kleid nicht kriegen.«

Die untersten Blusenknöpfe öffnend, stand Fleur auf und tappte über das Parkett des Studios, ging um Nancys Bügelbrett herum und verschwand in einer winzigen mit einem Vorhang verschließbaren Zelle, wo sie die Bluse aus- und ihr hauchdünnes Sporthemd anzog. Nachdem sie Bluse und Smaragde Nancy übergeben hatte, goß sie sich einen Becher Kaffee ein und schlenderte zu Belinda hinüber, die ein Inserat studierte.

Fleur fühlte noch immer eine ganz besondere Wärme in sich, wenn sie daran dachte, wie sehr Belinda sich verändert hatte. Die kleinen nervösen Gesten waren verschwunden, und wenn nicht gerade von Alexi gesprochen wurde, war sie zuversichtlicher und selbstsicherer, als Fleur sie je erlebt hatte. Hübscher auch — sonnengebräunt von den Wochenenden in ihrem Strandhaus auf Fire Island und gesund.

»Telefon, Fleur!« rief Nancy. »Paris.«

Fleur stürzte ans Telefon. »*Allô, papa!*« Sie stand mit dem Rücken zu Belinda.

»Wie geht es meinem Glitter-Baby?«

Sie rümpfte die Nase. »Gut, und zieh mich bitte nicht auf. Du weißt, daß ich diesen Namen hasse.«

»Tut mir leid«, sagte Alexi. »Ich konnte nicht widerstehen. Du fällst so nett auf jede Neckerei herein.«

»Wie hast du mich hier gefunden?«

»Gretchen hat mir deine Nummer gegeben. Ich wollte dir nur sagen, daß du eine Überraschung vorfindest, wenn du heute nach Hause kommst. Ein verfrühtes Geburtstagsgeschenk. Es ist eine kleine Radierung, die ich entdeckt habe. Das Mädchen erinnert mich an dich.«

Fleur zog die Stirn in Falten. »Ich dachte, du gibst mir dein Geburtstagsgeschenk, wenn du nach New York kommst.«

»Ich weiß, daß ich das gesagt habe. Aber ich habe leider eine schlechte Nachricht.«

Sie wußte, was jetzt kam. Warum war sie nur so fest überzeugt gewesen, daß es diesmal nicht geschehen würde? »Du kommst nicht.«

»Tut mir leid, *chérie*. Etwas Unerwartetes ... Vielleicht nächsten Monat. Wenn du nach Paris kommen könntest, wäre es etwas anderes. Doch wie die Dinge liegen ...«

Sie wickelte sich die Telefonkordel um die Finger und bemühte sich, wie nebenbei zu sagen: »Vielleicht könnte ich kommen. Ich muß am Montag nicht arbeiten. Vielleicht könnte ich übers Wochenende hinüberfliegen.«

»Du weißt, daß das nicht geht, *chérie*. Ich werde mich nicht über die Wünsche deiner Mutter hinwegsetzen, und sie hat uns beiden unmißverständlich klargemacht, daß du nicht nach Paris darfst.«

»Nächsten Monat werde ich neunzehn, bin also eigentlich kein Kind mehr.«

»Ich verbiete es, *chérie*. Solange deine Mutter nicht einverstanden ist, darf ich dir nicht erlauben, mich hier zu besuchen. Wir müssen warten, bis ich nach New York komme.«

»Aber das kann Monate dauern. Das ist wirklich nicht fair. Ich will nicht ...« Sie unterbrach sich und begann dann ruhiger von neuem: »Das ist jetzt das drittemal, daß du absagst, Alexi.« Sie wußte, daß er es nicht mochte, wenn sie ihn beim Vornamen nannte, aber es war ihr egal.

»Das weiß ich«, sagte er mit einer Spur von Kälte in der Stimme. »Und du darfst mir glauben, daß es mich sogar noch mehr schmerzt als dich. Wenn deine Mutter vernünftig wäre, steckten wir vielleicht nicht in dieser Situation.«

»Ich spreche noch einmal mit ihr.«

»Du kannst es ja versuchen, *chérie*, aber ich denke, du weißt selbst, daß es sinnlos sein wird. Deine Mutter ist eine verbitterte Frau. Sie benutzt dich, um mich zu verletzen.«

Fleur sagte nichts. Sie haßte es, wenn Alexi Belinda kritisierte, obwohl sie sich wegen dieser Sache schon ein paarmal mit ihrer Mutter gestritten hatte.

»Sag, Fleur, wie geht es ihr?« fuhr er fort. »Trinkt sie sehr viel?«

Fleur preßte den abgeschabten rosa Gummizeh ihrer Saunaschuhe gegen das Bein des Telefontischchens. »Ich habe es dir schon ein paarmal gesagt — sie trinkt nicht mehr.«

»Auf jeden Fall tut sie's so, daß du es nicht merkst. Paß auf sie auf, *chérie*. Paß für mich auf sie auf.«

Am anderen Ende des Studios warf Belinda die Illustrierte auf den Boden und ging ins Badezimmer. Sie schloß ab, machte die Augen zu und lehnte die Wange an die kühle weiße Wand. Obwohl sie die Unterhaltung nicht gehört hatte, konnte sie erraten, was die beiden sprachen.

Sie hatte eine Zeitlang gebraucht, um dahinterzukommen, daß Alexi Reisen nach New York plante, um mit Fleur zusammensein zu können, und im letzten Moment absagte. Das gehörte zu seinem Konzept. Heute abend würde Fleur sie um Erlaubnis bitten, nach Paris fliegen zu dürfen, und sie würde diese Erlaubnis nicht geben. Obwohl Fleur es wahrscheinlich nicht aussprechen würde, würde sie vermutlich denken, daß Belinda neurotisch und unvernünftig war, eine eifersüchtige Mutter, die ihre Tochter von einem zärtlichen und liebevollen Vater fernhielt. Verdammt!

Zu Fleurs Gunsten mußte sie sagen, daß sie länger durchgehalten hatte, als Belinda erwartet hätte; sie hatte sogar jetzt ihre Zurückhaltung gegen Alexi nicht ganz aufgegeben. Belinda wußte, daß er es spürte und daß es ihm nicht gefiel. Aber er konnte nicht viel dagegen tun. Er rief Fleur jede Woche ein paarmal an, schickte ihr Geschenke, die darauf berechnet waren, sie seine Nähe fühlen zu lassen, und hielt sich räumlich von ihr fern. Belinda wußte, daß sie Fleur nicht nach Paris lassen durfte, wo Alexi die Oberhand hätte. Hier konnte sie sie besser beschützen. Doch wie sollte sie ihr die Gründe erklären? Dein Vater — der nebenbei gar nicht dein Vater ist — will dich verführen? Fleur würde es nie und nimmer glauben.

Fleur versuchte ihre Enttäuschung zu verbergen, als sie auflegte. Diesmal war sie ganz sicher gewesen, daß es klappen würde. Sie wollte Alexi sehen. Sie brauchte ihn. Hinter sich hörte sie ein leises Geräusch und sah, als sie sich umdrehte, einen jungen Mann in Jeans und einem NYU-T-Shirt, der ihr einen Kaffeebecher entgegenhielt. Er war der Assistent des Fotografen, ein Junge namens Chris Malino und der Grund dafür, daß sie sich auf den heutigen Fototermin gefreut hatte.

»Danke.« Sie nahm ihm den Becher ab und sah ihn mit ihrem — wie sie hoffte — freundlichsten und ermutigendsten Lächeln an. Er war ihr gegenüber immer noch schüchtern, wie übrigens viele junge Männer ihres Alters. Es war so frustrierend. Sie war noch derselbe Mensch wie früher, doch nur die älteren oder die, die selbst berühmt waren, schienen sich nicht einschüchtern zu lassen. Von ihnen fühlte Fleur sich jedoch eingeschüchtert, und sie ging nur mit ihnen aus, wenn Gretchen und Belinda sie zwangen, was viel häufiger passierte, als ihr lieb war.

Was sie sich wünschte, war die Möglichkeit, sich regelmäßig mit jemandem zu treffen, für den sie keine Designerfummel anziehen mußte, dem sie auch in Jeans gefiel, der nicht nur über Agenten, Verträge und die Schickeria redete und der keine Fotografen von *Women's Wear Daily* im Schlepp hatte. Aber Männer, wie sie sich sie wünschte, baten sie nicht, mit ihnen auszugehen. Wahrscheinlich dachten sie, sie werde ohnehin ablehnen. Doch mit Chris Malino sollte es anders laufen, das hatte sie fest beschlossen. »Kein Mumm, kein Ruhm.« Das war ihr neuestes Lieblingswort.

Er hatte ihr schon bei ihrer ersten gemeinsamen Arbeit gefallen; damals hatten sie Aufnahmen für ein Bademoden-Inserat gemacht. In Montauk im März. In den Pausen hatte er ihr Decken und heißen Tee gebracht. Sie hatte ihn mit Fragen ermutigt, über sich zu sprechen, und schließlich war er aufgetaut und hatte ihr erzählt, daß er die Filmakademie besuchte. Sie sah ihn gern an, wenn er sprach. Mit seinem zottigen blonden Haar und den unregelmäßigen Zügen war er nicht so hübsch wie die männlichen Models, mit denen sie zusammenarbeitete. Doch er gefiel ihr, die Models nicht. Irgend etwas in seinem offenen, freundlichen Gesicht machte sie innerlich froh.

»Wie geht's in der Schule?« fragte sie. Es war kein besonders origineller Anfang, doch im Augenblick fiel ihr nichts Besseres ein.

Er zuckte mit den Schultern, und sie wußte, daß er versuchte, sich so lässig zu geben, als sei sie ein x-beliebiges Mädchen aus seinem Kurs. Es gefiel ihr. »Immer derselbe alte Trott.«

»Zum Beispiel?«

»Du weißt schon. Kracauer lesen und die Russen studieren. *Panzerkreuzer Potemkin* — Einzelbild um Einzelbild. Solches Zeug eben. Du weißt schon.«

Sie wußte es nicht, nickte aber trotzdem. »Ich habe dir die Essays von Bazin zurückgebracht, die du mir geliehen hast.«

Sein Gesicht strahlte vor Begeisterung, und er gab seine gekünstelte Lässigkeit auf. »Wie haben sie dir gefallen?«

»Sie sind ein bißchen schwer zu verstehen, wenn man nichts über die Ästhetik des Films weiß, aber es war gut für mich, etwas zu lesen, das mich forderte. Seit ich nicht mehr mit meinem Tutor arbeite, ist mein Gehirn zu Haferschleim geworden.«

Er hakte einen Daumen in die Tasche seiner Jeans und zog ihn dann wieder heraus. »Magst du die Jets?«

Im ersten Moment wußte sie nicht, wovon er sprach. »Oh, das Footballteam!« Du hast noch einen weiten Weg vor dir, Fleur. Jetzt redest du wirklich wie ein Idiot. »Ich verstehe nicht viel von Football. In Frankreich wird nur europäischer Fußball gespielt. Aber ich wüßte gern darüber Bescheid, wenn nur jemand die Geduld aufbringen könnte, mir das Spiel zu erklären.« Lächle, dumme Gans, lächle. Und steh nicht so ellenlang herum. Sie ließ sich in einem Klappsessel nieder. Er ächzte, als sie sich setzte.

»Stimmt, du bist ja Französin. Das hatte ich vergessen, weil du keinen Akzent hast.« Er blickte auf den Belichtungsmesser hinunter, den er in der Hand hielt. »Hör zu, Fleur, ich habe für Sonntag in vierzehn Tagen zwei Karten für ein Spiel der Jets. Ich meine, ich würde natürlich verstehen, wenn du etwas anderes vorhättest, ich weiß ja, daß viele Typen mit dir ausgehen möchten, aber . . .«

»Ich habe nichts anderes vor«, sagte sie hastig und sprang wieder vom Sessel auf. »Ich weiß, daß alle glauben, ich ginge ununterbrochen mit irgendwelchen Berühmtheiten aus, aber das stimmt nicht.«

»Na ja, ich sehe doch immer wieder Fotos von dir in der Presse, mit Filmstars und den Kennedys und so . . .«

»Das sind keine richtigen Verabredungen. Gretchen und meine Mutter arrangieren sie wegen der Publicity.«

»Heißt das, daß du gern mitkommen würdest?«

Fleur lachte übermütig. »Und wie!«

Sie lächelten sich gegenseitig an, als plötzlich Belinda hinter Fleur auftauchte. »Liebling, Nancy braucht dich. Du mußt dich fertigmachen.«

»Okay.« Fleur nickte Chris zu. »Ich werde vor dem Spiel ein bißchen über Football nachlesen.«

»Um was für ein Spiel geht es, Baby?« erkundigte sich Belinda höflich.

»Das Spiel der Jets, Mrs. Savagar«, antwortete Chris. »Am Sonntag in zwei Wochen spielen sie gegen die Steelers, und Fleur hat gesagt, sie möchte es sich mit mir ansehen.«

»Tatsächlich, Baby?« Belinda zog sorgenvoll die Stirn in Falten. »Ich wünschte, du hättest mich vorher gefragt. Leider wirst du Chris enttäuschen müssen. Ausgerechnet an diesem Wochenende haben wir schon eine Menge vor. Hast du vergessen, daß du Geburtstag hast?«

Fleur hatte es vergessen. Gretchen Casimir gab bei P. J. Clarke eine Riesenparty für sie, und ihr Begleiter stand schon fest — Shawn Howell, ein zweiundzwanzigjähriger Filmstar, mit einem IQ, der den Jahren entsprach, die er zählte. Bei ihrer ersten Verabredung hatte er sich den ganzen Abend bitter beklagt, daß »alle« nur hinter ihm her waren, um ihn zu bumsen, und außerdem hatte er sie damit angeödet, daß er ihr in allen Einzelheiten erzählte, warum er aus der High School abgehauen war: Alle Lehrer waren Schleimer und Schwule. Hinterher hatte sie Gretchen gebeten, keine weiteren Verabredungen mit ihm zu arrangieren, doch Gretchen hatte darauf bestanden. Geschäft war Geschäft und Shawn Howell heiß.

Als sie versucht hatte, ihrer Mutter klarzumachen, was sie empfand, war Belinda so verwirrt gewesen, als spreche sie plötzlich arabisch.

»Aber, Baby, er ist ein Star! Wenn du mit ihm gesehen wirst, bist du gleich doppelt soviel wert. Du meine Güte, in ganz Amerika gibt es wahrscheinlich kein Mädchen, das nicht mit dir tauschen wollte.«

Als sie sich beklagte, daß er immer wieder versuchte, ihr die Hand unter den Rock zu schieben, hatte Belinda nur gelächelt.

»Er ist ein berühmter Mann, Baby. Berühmtheiten darfst du

nicht mit demselben Maß messen wie andere Leute. Sie brauchen nicht nach denselben Regeln zu leben. Ich bin sicher, daß du mit ihm fertig wirst.«

Fleur sah die Enttäuschung, die Chris deutlich ins Gesicht geschrieben stand, und sie wußte, daß sie nicht weniger enttäuscht aussah. »Aber, Belinda«, protestierte sie, »die Party ist Samstagabend, und die Jets spielen erst am Sonntagnachmittag. Wir können trotzdem gehen.«

Belinda drückte ihr die Hand. »Ich glaube nicht, daß das eine sehr gute Idee wäre. Wir werden erst spät nach Hause kommen, und du brauchst dann deine Ruhe. Tut mir leid, Chris. Vielleicht ein andermal.«

»Klar, Mrs. Savagar.« Er nickte Fleur zu. »Ein andermal.«

Fleur nickte ebenfalls. »Aber klar.« Doch es würde kein anderes Mal geben. Chris hatte seinen ganzen Mut gebraucht, um sie einmal einzuladen, und er würde es nie wieder tun.

Erst am Abend hatte Fleur Gelegenheit, mit ihrer Mutter über das Geschehene zu sprechen. Belinda hatte die Antiquitäten und Brokatstoffe verbannt, mit denen die Wohnung ursprünglich ausgestattet gewesen war, und hatte sie in einem streng sachlich modernen Stil eingerichtet, so verschieden vom Haus in der Rue de la Bienfaisance wie nur möglich.

Fleur fand den Raum kalt, ihr hatten die Antiquitäten besser gefallen. Doch die neuen Möbel störten sie nicht annähernd so wie die überdimensional vergrößerten Aufnahmen ihres Gesichts, die Belinda an einer langen Wand aufgehängt hatte. Fleur bekam jedesmal ein gruseliges Gefühl, wenn sie die ansah. Es waren Fotos von ihr — und auch wieder nicht. Es war, als hätten Make-up und Kleider eine Hülle gebildet, die hautnah ihren Körper umschloß, und die Fotografen hätten nur diese Hülle festgehalten. Die Fotos schienen nichts mit ihr zu tun zu haben, außer daß sie sich immer leicht schizophren vorkam, wenn sie sie betrachtete.

Obwohl sie sich bemühte, leise zu sein, hörte Fleur, wie Belinda die Wohnungstür öffnete und schloß, als sie von ihrer Dinnerparty zurückkam. Fleur hatte gebeten, zu Hause bleiben zu dürfen, und ausnahmsweise hatte Belinda es erlaubt.

»Noch nicht im Bett?« Sie warf ihre mit Perlen besetzte Tasche auf die Glasplatte des Couchtischs und ließ sich neben Fleur auf das Sofa fallen.

»War's nett?« fragte Fleur und beugte sich über ein Kissen, um ihrer Mutter einen flüchtigen Kuß auf die Wange zu geben.

»Sehr nett. Alle haben nach dir gefragt. Liza Minelli war da. Sie hat anderthalb Stunden gesungen, obwohl sie auch Gast war. Du meine Güte, die hat vielleicht einen phantastischen Busen!«

»Den hast du auch.« Fleur grinste und blickte auf ihre alles andere als spektakulären Brüste hinunter, die unter der zu kleinen gestreiften Schlafanzugjacke, die sie zu den abgeschnittenen Jeans trug, noch flacher wirkten. »Ich weiß nicht, warum ich nicht deine Brust geerbt habe, anstatt die von Alexi.«

Belinda griff nach ihrer Handtasche, um eine Zigarette herauszunehmen, und fummelte, von plötzlicher Verlegenheit befallen, ungeschickt am Verschluß herum. Fleur wünschte, sie hätte den Mund gehalten. »Du hast morgen früh einen Termin, Liebling. Hast du das vergessen? Geh jetzt lieber ins Bett.«

»Ich wollte noch mit dir reden.«

»Ist etwas passiert?«

»Passiert eigentlich nicht. Ich möchte nur ...« Fleur zupfte einen losen Faden aus den ausgefransten Jeans. Sie haßte Auseinandersetzungen mit Belinda. Sie waren nicht sehr häufig, aber wenn sie nicht einer Meinung waren, fühlte Fleur sich immer schuldig. »Ich möchte über das mit dir sprechen, was heute geschehen ist, Belinda«, sagte sie.

Belinda seufzte, und ihre Schultern sackten kaum merklich nach vorn. Sie warf die Zigarettenpackung ungeöffnet auf den Tisch. »Liebling, das haben wir doch schon im Taxi besprochen. Ich weiß, du denkst, es sei gemein von mir, dich nicht nach Paris reisen zu lassen, aber ich kann nicht anders.« Sie streckte die Hand aus und legte sie Fleur auf den Oberschenkel. »Es tut mir leid. Ich weiß, mit Alexi zusammen zu sein, bedeutet dir sehr viel, aber ich kann es nicht erlauben. Es ist nicht gut für dich. Ich erwarte nicht einmal, daß du es verstehst.«

»Es geht nicht um Paris, Belinda. Ich bin nicht sehr glücklich darüber, aber ich ertrage es nicht, dich immer so elend zu sehen, wenn das Thema zur Sprache kommt. Ich bin bereit, die Sache eine Zeitlang auf sich beruhen zu lassen, auch wenn ich der Meinung bin, daß du schrecklich unvernünftig bist und total überreagierst, wenn es sich um Alexi handelt.«

Belinda sah Fleur an, und ihr Gesichtsausdruck verlor ein wenig von seiner angespannten Wachsamkeit. »Ich liebe dich, Baby. Es gibt wohl auf der ganzen Welt keine zweite Tochter, die so verständnisvoll wäre. Manchmal fällt es mir schwer zu glauben, daß du erst achtzehn bist. Ich werde es irgendwie wiedergutmachen.«

»Ich bin nicht verständnisvoll«, erwiderte Fleur böse. »Ich habe nur gesagt, ich lasse es vorläufig auf sich beruhen.« Sie zog die Beine unter sich und lächelte die Mutter dann um Entschuldigung bittend an. »Tatsache ist, daß du es sehr schnell und absolut perfekt wiedergutmachen kannst. Es hat mit Chris zu tun.«

Belinda sah sie verdutzt an. »Mit dem Assistenten des Fotografen?«

Fleur nickte. »Ich wollte wirklich gern mit ihm ausgehen und war nicht besonders begeistert über die Art, in der du ihm erklärt hast, das sei nicht möglich.«

»Chris ist ein Niemand, Fleur. Warum, um Himmels willen, möchtest du denn mit ihm ausgehen?«

»Weil ich ihn mag. Weil ich gern mit ihm rede. Du hättest nicht so abweisend sein dürfen. Ich hatte plötzlich das Gefühl, wieder zwölf Jahre alt zu sein.«

»Ich verstehe«, sagte Belinda kalt. »Du meinst, ich habe dich blamiert.«

Irgendwo im tiefsten Innern fühlte Fleur ein nervöses Flattern. »Aber nein, natürlich nicht. Selbstverständlich hast du mich nicht blamiert.«

Belinda rührte sich nicht, schien sich jedoch trotzdem auf unerklärliche Weise von Fleur zurückgezogen zu haben. Fleur streckte die Hand aus, bis ihre Fingerspitzen Belindas Rock streiften. »Vergiß, daß ich es erwähnt habe. Es ist wirklich nicht wichtig.«

Außer daß es wichtig war. Warum gab sie nur so leicht auf?

»Aber natürlich ist es wichtig«, antwortete Belinda. »Ich weiß, es fällt dir manchmal schwer zu akzeptieren, daß du nicht so leben kannst wie eine ganz normale Achtzehnjährige, doch du darfst nie vergessen, du bist eben nicht wie deine Altersgenossinnen. Du bist etwas Besonderes.«

Belinda war jetzt nicht mehr kalt und abweisend. Sie legte Fleur die Hand auf den Unterarm, und Fleur fühlte eine so ungeheure Erleichterung, als sei sie in letzter Sekunde vom äußersten Rand einer hohen Klippe zurückgerissen worden.

»Du mußt mir noch mehr vertrauen, Baby. Mir glauben, daß ich das Rechte tue. Ich habe ganz klare Vorstellungen, wenn es um dich geht. Du wirst berühmt sein, berühmter, als du es dir je erträumt hast. Du wirst nie erleben, wie es ist, übergangen zu werden, unsichtbar zu sein.«

Fleur lachte unsicher auf. »Ich bin zu groß, um unsichtbar zu sein.«

Belinda lächelte nicht einmal. »Ich will dich nie unglücklich sehen, Baby. Ich möchte nicht, daß du meinst, ich mische mich in dein Leben ein. Wenn es dir so wichtig ist, ruf Chris morgen früh an und sag ihm, daß du mit ihm ausgehst.«

Das war genau das, was sie gern getan hätte, doch auf einmal schien es nicht mehr richtig zu sein. »Ich — ich glaube nicht . . .«

Belinda preßte ihr die Lippen auf die Wange. »Ich liebe dich, Baby. Du bist das wunderbarste Baby auf der ganzen Welt.«

Fleur umarmte die Mutter hastig und fest. Sie wollte es wiedergutmachen. Sie würde auf der Party sehr nett zu Shawn Howell sein. Und sie würde Chris morgen früh nicht anrufen.

Nachdem Fleur ins Bett gegangen war, saß Belinda noch lange auf dem Sofa, rauchte, betrachtete Fleurs Bilder an der Wand, und die Kehle wurde ihr eng vor Entschlossenheit. Sie würde Fleur vor allen beschützen — vor Alexi, vor kleinen Niemanden wie Chris, vor jedem, der sich ihnen in den Weg stellte. Es würde nicht leicht sein, aber sie würde es schaffen.

Niedergeschlagenheit hüllte sie plötzlich ein wie Nebel. Sie griff nach dem Telefon neben ihr und wählte rasch eine Nummer. Eine verschlafene Männerstimme meldete sich. »Ja?«

»Ich bin es. Hab ich dich geweckt?«

»Ja. Was willst du?«

»Ich möchte dich heut noch sehen.«

Ein großes, lufthungriges Gähnen. »Wann kommst du?«

»Ich fahre gleich los und bin in einer halben Stunde bei dir.« Als sie den Hörer schon auflegen wollte, hörte sie noch einmal seine Stimme.

»He, Belinda?«

»Ja?«

»Wie wär's, wenn du deinen Schlüpfer zu Hause ließest?«

Lächelnd legte sie auf.

Es dauerte eine Ewigkeit, ehe sie ein Taxi fand, daher war fast eine Stunde vergangen, als er ihr die Tür öffnete und sie einließ. Er war nackt und trug nur eine knappe weiße Unterhose. Als er ihr den Rücken zukehrte, um den Riegel vorzuschieben, sah sie, daß die Hose hinten so fadenscheinig war, daß sein heller Hintern durch den Stoff schimmerte.

»Hallo, Baby!«

»Hallo, Liebling.« Sie glitt in seine Arme und strich mit den Händen über seine harten Rückenmuskeln. Sein Kuß schmeckte schal wie abgestandenes Bier, als sie ihm die Zunge in den Mund schob. Sie fühlte ein Zupfen an ihrem Patchworkrock, und dann fuhr seine Hand über ihre bloße Haut. Er warf sich zwischen ihre Schenkel wie ein Kind, das in eine Wundertüte greift. Keine Zartheit, keine Zärtlichkeit, doch das hatte sie von Anfang an gewußt. Trotzdem war es sehr schön.

»Du hast einen phantastischen Körper, Belinda«, sagte er.

»Für eine so alte Schachtel, meinst du wohl?«

»Das hast du gesagt, nicht ich.« Er preßte den Unterleib gegen ihren nach oben gerutschten Rock und fummelte ungeduldig an ihrer Bluse.

Sie machte sich von ihm frei und sagte: »Laß mich das tun, bevor du sie zerreißt.«

Durchtrieben blinzelte er unter seinen schweren Lidern hervor. »Und hättest du das nicht gern? Würde es dir keinen Spaß machen, wenn ein Filmstar dir die Kleider vom Leib reißt?«

»Hmmm . . .« Langsam ließ sie sich in seine Arme zurücksinken. »Vielleicht sollten wir es einmal auf deine Weise versuchen, Shawn.«

11

Hollywood wußte nicht, was es mit Jake Koranda anfangen sollte. Man wußte, was man mit ihm tun wollte, aber Wollen und Können klafften in diesem Fall weit auseinander. Sie wollten, daß Koranda über den Lauf einer .44er Magnum hinweg einen Penner anstarrte. Sie wollten, daß er im Kampf gegen eine Bande von Desperados Colts mit Perlmuttgriffen benutzte und eine großbusige Frau verprügelte, ehe er aus dem Saloon hinausmarschierte. Sie wollten Jake Koranda verwegen und gemein. Zwei Eastwoods waren besser als einer, egal von welcher Seite man es betrachtete.

Obwohl Jake jünger war als Clint Eastwood und nicht so gut aussah, hatte er das gleiche wilde Image des Gesetzlosen, das einem männlichen Publikum genausogut gefällt wie dem weiblichen. Jake war ein echter Mann, kein Schlaffi, der einen Haarfön in der Hüfttasche mit sich herumträgt. Er war Anfang der siebziger Jahre als Schauspieler ganz groß herausgekommen, als er in einer Billigproduktion eines Western einen Tramp namens Bird Dog Caliber spielte; der Film hatte, bevor das Jahr um war, brutto dreißig Millionen eingespielt. Es folgten zwei weitere Caliber-Filme, jeder blutiger und brutaler als der vorhergehende, und eine Flut von Action und Abenteuerfilmen, die ungefähr nach derselben Schablone gedreht wurden, außer daß jetzt schnelle Wagen an die Stelle schneller Pferde traten. Dann wurde Koranda stur. Er sagte, er brauche mehr Zeit, um eigene Stücke zu schreiben.

Die Moguln trommelten mit den manikürten Fingernägeln auf den Schreibtisch, starrten grimmig auf den Kalender und träumten dabei von mehr Caliber-Filmen. Sie schmeckten fast den Bodensatz, fühlten die schwarze Tinte unter ihren Fingerspitzen — ein größeres Büro, einen neuen Rolls. Dann schüttelten sie betrübt den Kopf und fragten sich, was sie tun sollten, wenn ihr bester Action-Darsteller seit Eastwood Stücke schrieb, die in College-Anthologien endeten? Schauspieler hatten dumm zu sein, um Himmels willen! Und Koranda hatte das gleiche Problem wie Eastwood — verdammter Komödiant, der nicht vor der Kamera bleiben wollte, wohin er gehörte. Eastwood war wenigstens praktisch veranlagt, aber Koranda ... Der verdammte Pulitzerpreis hatte ihn ruiniert.

Als Koranda anfing, mit seinem ersten Drehbuch hausieren zu gehen, hatten die Moguln ihm verächtlich den Rücken gekehrt. »Dieses hochgestochene Zeug ist das richtige für New York City«, sagten sie ihm, »aber das amerikanische Durchschnittspublikum will Titten und Kanonen.« Koranda sagte ihnen, was sie ihn konnten, und ging zu den Brüdern Spano, die ihm versprachen, sein Drehbuch *Sunday Morning Eclipse* zu produzieren, wenn er dafür in einem teuren Cops- und Gangsterfilm die Hauptrolle übernahm. Die Moguln beteten darum, daß sein Film kläglich unterging. Wenn das nicht der Fall war, konnten sie ihren neuen Rolls vergessen.

Der Projektionsraum war von Dick Spanos Zigarre und einem besonders stark riechenden Zigarillo vernebelt, den der Assistent rauchte, der neben ihm saß. »Ich möchte die Savagar noch einmal sehen!« rief Dick Spano. Der Assistent warf dem

Mann, der vor ihm auf dem Sitz lümmelte, einen nervösen Blick zu und wartete auf die nächste Explosion. Seit drei Tagen sahen sie sich Probeaufnahmen an, und Koranda war der einzige, der bis jetzt durchgehalten hatte.

Johnny Guy Kelly, der legendäre silberhaarige Regisseur, riß die Lasche von einer Büchse mit Saft aus gepreßten Orangen und zeigte damit auf die Leinwand. »Jako, mein Junge, wir wollen dich nicht unglücklich machen, aber ich glaube, du hast dein geniales Gehirn bei deiner letzten Freundin im Bett vergessen.«

»Sie ist für die Rolle der Lizzie nicht die richtige«, sagte Koranda. »Das fühl ich im Bauch.«

Johnny Guy nahm einen Schluck aus der Dose. »Schau dir doch mal die Tante dort oben richtig an, und dann sag mir, daß du nur im Bauch was spürst und nicht auch woanders. Die Kamera liebt sie, Jako. Und sie liest ihren Text sehr ordentlich.«

»Sie ist ein Model, um Christi willen!« brüllte Koranda. »Keine Schauspielerin! Ein Glamourgirl mehr, das glaubt, es kann in Hollywood groß absahnen.« Er drehte sich zu Dick Spano um. »Hast du noch mal wegen Amy Irving nachgefragt?«

Dick Spano schüttelte den Kopf. »Die Irving ist nicht frei, und selbst wenn sie's wäre, muß ich dir sagen, daß mir im Moment die Savagar hundertmal lieber ist. Sie ist heiß. Sie ist auf allen Titelblättern, die Illustrierten reißen sich um sie. Sie hat eine eigene Kleiderkollektion, ihre eigene Haarpflegeserie, ihr eigenes Parfüm. Die Produzenten sind seit zwei Jahren hinter ihr her, und alle warten darauf, für welchen Film sie sich entscheiden wird. Da wird uns die PR praktisch frei Haus geliefert.«

Koranda nahm das Bein vom Sessel vor ihm. »Scheiß auf die PR. Beleidigt es denn nicht ihr empfindliches Ego, daß wir nicht besonders viel bezahlen?«

»Ein niedriges Budget, aber ein hohes Prestige, Jake«, erwiderte Johnny Guy. »Sie hat ein paar kluge Leute hinter sich, und sie haben lange auf den richtigen Film gewartet. Sie brauchen auch einen Hauptdarsteller, der für ihr Mädchen groß genug ist.«

Koranda sagte nichts. Dick Spano wechselte einen langen Blick mit Johnny Guy Kelly. Sie wußten aus Erfahrung, daß die rauhen Ecken und Kanten von Jakes Herkunft nie abgeschliffen worden waren. Das war eine seiner Eigenschaften, durch die er zum Kassenschlager geworden war — das Publikum ahnte, daß in Jake Koranda viel von Bird Dog Caliber steckte —, doch sie konnte ihn auch unausstehlich machen, wenn er eins seiner Projekte gefährdet sah.

Die wesentlichen Elemente von Jakes Lebenslauf kannte man aus der Boulevardpresse, obwohl er sein Privatleben geradezu fanatisch abschirmte und sich weigerte, Interviews zu geben. Als John Joseph Koranda geboren, wuchs er im schlimmsten Teil von Cleveland auf. Seine Mutter rackerte sich als Putzfrau ab, tagsüber in Privathäusern, abends in Büros. Als Jugendlicher war er häufig mit dem Gesetz in Konflikt gekommen: Auf seinem Konto hatten kleine Diebstähle, Ladendiebstahl und ähnliches gestanden, und mit dreizehn hatte er ein Auto geknackt. Er wich jedoch immer aus, wenn man ihn fragte, wie er davon losgekommen war. »Ein kleiner Penner, der beim Basketball Glück hatte«, sagte er nur schulterzuckend. Er lehnte es auch ab, über seine kurze Ehe oder über seine Zeit in Vietnam zu sprechen. Er sagte, sein Leben gehöre ihm, und er schulde keinem eine Erklärung.

»Tut mir leid, Jake«, sagte Spano schließlich, »du bist überstimmt. Wir machen ihr heute nachmittag ein Angebot.«

Koranda stand auf und ging langsam zur Tür. »Macht, was ihr wollt«, sagte er, »aber erwartet nicht, daß ich darüber glücklich bin. Und erwartet nicht, daß ich den roten Teppich ausrolle, wenn sie kommt.«

Johnny Guy schüttelte den Kopf hinter ihm her und schaute dann wieder auf die Leinwand. »Ich hoffe nur, unser Napfkuchen dort kann ein bißchen Hitze vertragen.«

Fleur unterschrieb den Vertrag für *Sunday Morning Eclipse*, hin und her gerissen zwischen Aufregung und nervenzerfetzender Angst. Ihr Job als Model langweilte sie immer mehr, aber ob sie wirklich filmen wollte, wußte sie nicht. Trotzdem hatte sie seit fast sechs Monaten Schauspielunterricht genommen. Daß Glenda Jackson sie nicht unbedingt für eine geniale Begabung hielt, war zwar offensichtlich, aber so schlecht, daß sie sich blamiert hätte, war sie auch wieder nicht.

Belinda blieb von solchen Sorgen verschont. Ihr Baby ging endlich nach Hollywood. Ihr Baby wurde ein Star. *Sunday Morning Eclipse* war Jake Korandas erstes Drehbuch, der Film, über den in diesem Jahr am meisten gesprochen wurde, und ihr Baby würde der Star dieses Films sein. Sie sagte es wieder und immer wieder, bis Fleur ihr erklärte, sie müsse sich übergeben, wenn sie es auch nur noch einmal zu hören bekäme. Belinda lachte und tätschelte ihr die Wange. Ihr Baby würde Liebesszenen mit Jake Koranda spielen. Glückliches, glückliches Baby.

Das war die zweite Sache. Fleur war von Jake Koranda bei weitem nicht so fasziniert wie Belinda. Ganz im Gegenteil, sie hatte eine Todesangst vor ihm, behielt das aber für sich. Er wirkte irgendwie brutal. Sie versuchte sich einzureden, das sei nur sein Film-Image. Im Lauf der Jahre hatte Belinda sie in jeden Film gezerrt, den er gemacht hatte, und sie hatte sie alle abscheulich gefunden. Ständig prügelte er Frauen oder stieß jemandem seinen Revolver in den Bauch, und etwas an der Art, wie er es machte, gab ihr den Gedanken ein, daß er seinen Spaß daran hatte. Darüber hinaus hatte Parker Dayton, ihr Agent bei den Verhandlungen mit Spano Productions, ihr gesagt, Jake Koranda sei absolut dagegen gewesen, daß man die Rolle mit ihr besetzte. Als ihre Maschine über dem Flughafen von L.A. kreiste, sagte sich Fleur, daß Jake Koranda möglicherweise klüger war, als er aussah.

Die männliche Hauptrolle in *Sunday Morning Eclipse* hatte er für sich selbst geschrieben — eine Rolle, die ganz anders war als die, die er gewöhnlich spielte, obwohl es auch darin nicht ohne Gewalttätigkeit abging. Er spielte den entlassenen Infanteriesoldaten Matt, der aus Vietnam in seine Heimat Iowa zurückkehrt und von den Erinnerungen an ein Massaker wie in My Lai gepeinigt wird, das er miterlebt hat. Als er nach Hause kommt, ist seine Frau von einem anderen schwanger, und sein Bruder ist in einen Bauskandal verwickelt — er hat für den Bau einer neuen Schule schlechtes Material geliefert. Matt fühlt sich zu Lizzie, der jüngeren Schwester seiner Frau, hingezogen, die während seiner Abwesenheit erwachsen geworden ist. Lizzie war die Rolle, die Fleur spielen sollte. Unberührt von Napalmgeruch und dem Sittenverfall in seiner Familie, bringt sie es fertig, Matt ein Gefühl der Unschuld zurückzugeben. Als sie in einen spielerischen Streit darüber geraten, wo man die besten Hamburger bekommt, nimmt er sie auf der Suche nach einem altmodischen *root-beer**-Stand auf eine wochenlange Odyssee

* root beer. amerik. Limonade aus Kräutern oder Wurzeln

kreuz und quer durch Iowa mit. Dieser *root-beer*-Stand wird zum tragikomischen Symbol für die verlorene Unschuld eines Landes und zu einem persönlichen Symbol für Matt, als er entdeckt, daß Lizzie weder so arglos noch so jungfräulich ist, wie er glaubte. Fleur fand das Drehbuch tragisch und komisch zugleich, doch so gut sie es auch fand — sie hatte immer noch das Gefühl, in etwas hineingestoßen zu werden, für das sie noch nicht bereit war.

Bei den Verhandlungen über *Sunday Morning Eclipse* hatte sie nur eine einzige Schlacht gewonnen. Sie sagte Belinda, daß es ihr egal sei, was sie mit der Nacktszene machten, die im Film vorkam — ob sie ein Double spielen ließen oder sie ganz strichen —, sie jedenfalls spiele sie nicht. Wenn Fleur nur daran dachte, fühlte sie sich schon krank. Belinda versuchte drei Tage lang, sie zum Umdenken zu bewegen. Sie erklärte ihr, sie sei prüde, es sei die reinste Heuchelei, nachdem sie so oft für Bademoden posiert habe, aber Fleur blieb fest. Bademoden waren Bademoden, und nackt war nackt. Am Ende gab Belinda nach.

Eigentlich war es ein alter Streit zwischen ihnen. Mehrere berühmte Fotografen hatten sie schon gebeten, für künstlerische Aktfotografien Modell zu stehen, doch sie hatte sich immer geweigert, gleichgültig, wie sehr Belinda und Gretchen sie unter Druck setzten. Belinda sagte, nun ja, Fleur sei eben noch Jungfrau. Tatsache aber war, daß Fleur die Vorstellung nicht ertrug, ein Aktbild von ihr könnte neben den anderen an der Wohnzimmerwand hängen, und noch schrecklicher war der Gedanke, ihr nackter Körper könnte zu den überlebensgroßen Proportionen einer Filmleinwand aufgebläht werden.

Die Limousine setzte sie vor der Tür des in spanischem Stil erbauten Beverly-Hills-Hauses ab, das Belinda gemietet hatte. Fleur wußte schon, daß es sechs Schlafzimmer, vier Wohnebenen, zwei Whirlpools und viel mehr Räumlichkeiten hatte, als sie brauchten, aber Belinda hatte ihr gesagt, das sei nötig, denn schließlich müßten sie etwas darstellen. Sie wies darauf hin, daß sie sich nicht einschränken mußten, da Fleur schon fast zwei Millionen Dollar verdient hatte, die Alexi vorsichtig und gewinnbringend für sie anlegte. Als Fleur dem Vater bei einem ihrer Telefonate erzählt hatte, wie groß das Haus war, hatte er erwidert: »Vergiß nicht, daß es in Südkalifornien für vulgär gilt, nicht zu protzen. Hör auf deine Mutter, und du wirst einen tollen Erfolg haben.«

Das war eine ziemlich gemeine Bemerkung, aber Fleur ging nicht darauf ein. Sie hatte sich mittlerweile damit abgefunden, daß die Probleme zwischen ihren Eltern zu vielschichtig waren, um von ihr entwirrt und gelöst zu werden.

Eine Haushälterin öffnete ihr und führte sie durch das einstöckige Haus mit den Terrakottaböden und den riesigen Fensterfronten nach hinten hinaus, mit Ausblick auf die Pools. Fleur vermißte Belinda, und das nicht zum erstenmal an diesem Tag. Doch sie verstand, warum Belinda für zwei Wochen im Golden Door gebucht hatte, denn obwohl sie es nie aussprach, wußte Fleur, daß der Film ihrer Mutter eigentlich viel mehr bedeutete als ihr selbst.

»Ich muß so gut wie möglich aussehen, Baby«, sagte sie am Telefon zu Fleur. »Sie sollen noch nachträglich merken, was sie sich 1955 entgehen ließen.«

Trotzdem wünschte Fleur, die Mutter wäre hier, um ihr die Eingewöhnung zu erleichtern und sie von ihrer Nervosität abzulenken.

Es klingelte, und die Haushälterin erschien und meldete, draußen warte etwas auf Fleur. Fleur schaute aus der Haustür hinaus. In der Mitte der Zufahrt stand ein crèmefarbener Porsche mit einer riesigen silbernen Schleife auf der Motorhaube.

Sie raste zum Telefon und erwischte Alexi im letzten Moment, bevor er zu einer Dinnerparty aufbrach. »Er ist herrlich!« rief sie. »Was für eine wundervolle Überraschung! Es wird mir eine Todesangst einjagen, ihn zu fahren.«

»Vergiß nicht, daß du es bist, die den Wagen beherrscht, *chérie*, nicht umgekehrt.«

Sie lachte. »Und das von einem Mann, der bereit ist, ein Vermögen auszugeben für einen Bugatti Royale, der während des Krieges in den Kloaken von Paris versteckt war.«

»Das, mein Liebes, ist etwas anderes.«

»Heuchler.«

Die Dreharbeiten hatten schon ein paar Wochen vor Fleurs Ankunft in Kalifornien begonnen. Obwohl sie erst in fünf Tagen gebraucht wurde, war sie so früh gekommen, um ein paarmal zusehen zu können, ehe sie selbst vor die Kamera mußte. Sie fuhr durch das große Tor auf das Studiogelände und ließ sich vom Posten den Weg zu dem Studio zeigen, in dem heute gedreht wurde. Nicht einmal das Vergnügen, den Porsche zu fahren, hatte sie beruhigt. Wenn sie sich nicht gerade auf die Schaltung konzentrieren mußte, redete sie mit sich selbst. Sie sagte sich ständig vor, daß sie heute nur zusehen wollte. Sie brauchte nichts zu tun. Und wenn sie vor die Kamera trat, würde auch das nichts Neues für sie sein. Sie hatte Dutzende von Fernsehspots gedreht und war mit der technischen Seite des Filmemachens vertraut.

Trotzdem war sie nervös.

Sie trug heute morgen ein pfingstrosenfarbenes Pulloverkleid von Sonia Rykiel und dazu pink- und beigefarbene Riemchensandalen aus Eidechsenleder mit fast acht Zentimeter hohen Absätzen. Jake Koranda war groß, aber die Absätze würden den Unterschied zwischen ihnen ungefähr ausgleichen.

»Fleur, Schätzchen! Wie schön, dich zu sehen!«

Dick Spano begrüßte sie an der Tür mit einem Kuß und einem bewundernden Blick auf die langen Beine, die das knielange Pulloverkleid freiließ. Fleur hatte in New York ein paarmal mit Spano gesprochen und war zu dem Schluß gekommen, daß sie ihn trotz seines ältlichen, ein bißchen öligen Aussehens mochte. Er war ihr offen und aufrichtig vorgekommen, und außerdem liebte er Pferde. Er legte ihr den Arm um die Schultern und führte sie zu einer schweren Tür.

»Sie wollen eben eine Szene drehen. Komm mit rein.«

Fleur erkannte die hell ausgeleuchtete Szene als die Küche von Matts Haus in Iowa. In der Mitte stand Johnny Guy Kelly in ein ernstes Gespräch mit Lynn Davids vertieft, die winzige braunhaarige Schauspielerin, die Matts Ehefrau DeeDee spielte. Dick Spano winkte Fleur in einen Regiestuhl im seitlichen Off, direkt hinter den Kameras. Als sie sich setzte, mußte sie sich zwingen, nicht rasch einen Blick hinter sich zu werfen und nachzusehen, ob auf der Lehne ihr Name stand.

»Fertig, Jako?«

Fleur beobachtete Jake Koranda, der aus dem Schatten auftauchte. Das erste, was ihr auffiel, war sein unmöglicher Mund, weich und mürrisch verzogen wie der eines Babys. Doch dieser Mund war das einzig Babyhafte an ihm. Er ging lässig, mit schlenkernden Armen und leicht hängenden Schultern, so daß er einem Cowboy ähnlicher war als einem Stückeschreiber und Filmstar. Das glatte braune Haar trug er kürzer als in den Caliber-Filmen, wodurch er größer und dünner als auf der Leinwand wirkte. Seine Züge waren auch gröber, und er sah bei weitem nicht so gut aus wie in seinen Filmen, doch vielleicht lag das einfach an ihrem Vorurteil gegen ihn. Aber auch in Wirklichkeit sah er nicht freundlicher aus als auf der Leinwand.

Johnny Guy bat um Ruhe, und sofort war es auf der Szene mäuschenstill. Lynn stand mit gesenktem Kopf da und sah Jake nicht an. Er lehnte mit einer Schulter am Türrahmen und starrte sie finster an, ganz mürrischer Mund und harte blaue Augen. Johnny Guy rief: »Action!«

»Du kannst nichts dafür, du bist nun mal ein Flittchen, nicht wahr?«

Als Fleur diese Zeile hörte, wollte sie sich sofort wieder in ihren Porsche setzen und nach Hause fahren. Sie drehten eine von den gewalttätigeren Szenen des Films — Matt hatte eben von DeeDees Untreue erfahren. Im Schneideraum sollten später kurze Schnitte des Massakers eingeschoben werden, das Matt in Vietnam miterlebt hatte, Schattenbilder, die ihn quälten, bis er die Beherrschung verlor und in einem makabren *déjà vu* der brutalen Gewalt, deren Zeuge er geworden war, blindwütig auf DeeDee einschlug. Es war jene Szene im Film, die Fleur am wenigsten mochte, weil sie, ihrer Ansicht nach, übertrieben gewalttätig war. Doch was konnte man von einem Mann erwarten, der seinen Ruf mit zwei Colts begründet hatte, deren Griffe mit Perlmutt besetzt waren.

Jake ging langsam durch die Küche, sein ganzer Körper eine einzige Drohung.

»So war es nicht, Matt.« Mit einer kleinen, hilflosen Geste berührte DeeDee die Halskette, die er ihr vorher geschenkt hatte. Sie war so winzig neben ihm, eine zarte kleine Engelspuppe mit Pausbacken und hohem Haarknoten, die gleich zerbrochen werden würde.

»Schnitt!« rief Johnny Guy. »Wir haben beim Fenster einen Schatten.«

Fleur lockerte den Griff, mit dem sie die hölzerne Armlehne ihres Sessels umklammerte, doch gerade als sie sich entspannen wollte, hörte sie Jakes zornige Stimme. Sie klang nicht viel anders als die von Matt.

»Ich dachte, wir wollten versuchen, das in einem Take zu drehen, Johnny Guy. Was ist los, zum Teufel?«

Es gab eine kurze Diskussion, die Fleur nur zum Teil mitbekam. Wäre ich nur nicht ausgerechnet heute hergekommen, dachte sie und begann sich zu wünschen, sie müßte überhaupt nie mehr hierherkommen. Sie war für einen Film noch nicht bereit, und vor allem wollte sie nicht mit Jake Koranda drehen. Warum konnte es nicht Robert Redford sein? Oder Burt Reynolds? Jemand, der nett war. Sie gab sich die größte Mühe, sich die angenehmen Seiten des Films und ihrer Rolle zu vergegenwärtigen. Wenigstens hatte sie keine Szenen, in denen Koranda sie schlug.

Doch irgendwie war das kein großer Trost, besonders wenn sie an die Szenen dachte, die sie mit ihm drehen mußte ...

Johnny Guy forderte Ruhe, und wieder krampften sich Fleurs Finger um die Armlehnen des Sessels.

»Du kannst nichts dafür, du bist nun mal ein Flittchen, nicht wahr?«

Dieselben groben Worte, dasselbe brutale Vorgehen, wieder stürzte sich Matt auf DeeDee und riß ihr die Halskette ab. DeeDee schrie und wehrte sich. Er schüttelte sie heftiger, und sein Gesichtsausdruck war so gemein und bösartig, daß Fleur sich immer wieder sagen mußte: Er spielt ja nur. O Gott, hoffentlich spielt er nur! Er stieß DeeDee gegen die Wand und schlug blindlings auf sie ein. Fleur konnte es nicht mehr mit ansehen. Sie machte die Augen zu und versuchte an etwas anderes zu denken; doch alles, woran sie wirklich denken konnte, war, daß sie jetzt nicht hiersein wollte.

»Schnitt!«

Lynn Davids hörte auch nicht auf zu weinen, als die Szene abgedreht war. Fleur überlegte, ob sie nicht schnell auf der Toilette verschwinden könnte, doch sie wußte nicht, wo sie war, und fragen wollte sie nicht, um nicht aufzufallen. Sie schlug die Augen auf und sah, daß Jake Lynn in den Armen hielt und ihr Kopf an seiner Brust lag. Also das find ich nett von ihm, dachte sie. Vielleicht ist er gar nicht so schlimm.

Johnny Guy stürzte auf die beiden zu. »Bist du okay, Lynnie?«

»Laß uns gefälligst einen Moment in Ruhe, verdammt!« fauchte Jake ihn an.

Da siehst du, wie nett er ist, dachte Fleur.

Johnny Guy nickte, machte kehrt und ging. Im nächsten Moment entdeckte er Fleur und umarmte sie heftig, was ziemlich komisch wirken mußte, da sie fast einen Kopf größer war als er. »Du bist genau das richtige Labsal für meine müden Augen. Schön wie ein texanischer Morgen nach einem Frühlingsregen.«

Fleur ließ sich von Johnny Guys routiniertem Charme des ewig großen Jungen nicht einwickeln. Er hatte den Ruf, einer der besten Regisseure in der Branche zu sein, und sie mochte ihn, seit sie ihn in New York kennengelernt hatte und er die Rolle mit ihr durchgegangen war. Da er wußte, daß sie als Schauspielerin unerfahren war, hatte er ihr Hilfen gegeben, war jedoch nie belehrend oder herablassend gewesen.

Er machte sie mit der Crew bekannt, und sie versuchte sich zu konzentrieren, aber Namen und Gesichter huschten zu schnell an ihr vorüber, es war unmöglich, sich alle zu merken. »Wo steckt übrigens deine hübsche Mutter?« fragte Johnny Guy und machte sie auf ein Kabel aufmerksam, über das sie sonst gestolpert wäre. »Ich hab gedacht, sie würde dich heute begleiten.«

»Sie kommt erst nächste Woche.«

»Ich kenne sie seit den fünfziger Jahren, aus dem Garden of Allah. Sie war damals mit Errol Flynn zusammen.«

Fleur sah ihn neugierig an. Belinda hatte ihr von jedem Filmstar berichtet, den sie irgendwann kennengelernt hatte, doch Errol Flynn hatte sie nie erwähnt. Johnny Guy mußte sich irren.

Er schien sich in seiner Haut plötzlich nicht mehr ganz wohl zu fühlen und sagte hastig: »Komm, Darling, du mußt auch noch Jake und Lynnie kennenlernen.«

Das war nun so ungefähr das letzte, was Fleur sich wünschte, doch Johnny Guy steuerte so zielbewußt auf die beiden zu, daß ihr für Einwände keine Zeit blieb. Die Sache wurde ihr noch unangenehmer, weil Lynn Davids noch immer Tränen in den Augen zu haben schien. Fleur berührte Johnny Guys Arm. »Warum warten wir nicht . . .«

»Jako, Lynnie, hier ist jemand, den ihr kennenlernen müßt.« Er schob Fleur nach vorn und stellte sie den beiden vor.

Lynn nahm sie wenigstens mit einem schwachen Lächeln zur Kenntnis, aber Jake musterte sie nur mit seinen Bird-Dog-Caliber-Augen, studierte ihr Gesicht und streifte ihr Pulloverkleid von Sonia Rykiel mit einem verächtlichen Blick. Fleurs einzige Genugtuung lag darin, daß sie dank ihrer hohen Absätze genauso groß war wie er und ihm genauso verächtlich und ohne mit einer Wimper zu zucken direkt in die Augen sehen konnte. Es folgte ein verlegenes Schweigen, das schließlich von einem jungen Mann mit einem sogenannten Dreitagebart gebrochen wurde. »Wir müssen die Szene noch einmal drehen, Johnny Guy«, sagte er. »Tut mir leid, aber wir hatten ein Problem. Es ist inzwischen behoben.«

Jake Koranda schoß an Fleur vorbei in den Vordergrund der Dekoration. »Was, zum Teufel, ist mit euch allen los?« schrie er. »Kriegt ihr Typen endlich was in den Kasten oder nicht? Wir wollten diese Szene ganz ohne Probleme drehen, könnt ihr euch daran erinnern? Wie oft müssen wir sie euretwegen noch wiederholen?«

Tiefe Stille und dann eine anonyme Stimme: »Tut uns leid, Jake, aber wir konnten wirklich nichts dafür.«

»Faule Ausreden!« Koranda hieb mit der Faust in die Luft, und Fleur erwartete, daß er im nächsten Moment seine Colts zog. »Sorgt dafür, daß jetzt jeder seinen Kram beieinander hat. Wir machen es noch ein einziges Mal, dann ist Feierabend.«

»Nur immer mit der Ruhe, Junge«, sagte Johnny Guy. »Als ich's das letztemal nachprüfte, war noch immer ich hier der Regisseur.«

»Dann tu gefälligst deine Arbeit«, sagte Koranda eisig.

Johnny Guy schwieg einen Augenblick und sagte schließlich gelassen: »Ich will so tun, als hätte ich das nicht gehört, und es dem Vollmond zuschreiben, Jako. So, und jetzt machen wir weiter.«

Fleur schlich sich so unauffällig wie möglich weg. Wutanfälle waren ihr nicht neu — sie hatte in den letzten Jahren ein paar miterlebt, die es in sich gehabt hatten —, doch sie waren ihr noch immer peinlich. Als sie sich setzte, fragte sie sich, was Belinda denken würde, wenn sie ihr Idol in Aktion sähe. Sie wußte jedoch, daß das eine dumme Frage war. *Berühmtheiten sind keine gewöhnlichen Menschen, Baby. Sie leben nach eigenen Gesetzen, brauchen sich nicht an die üblichen Regeln zu halten.*

Nach einer weiteren kurzen Verzögerung begannen sie die Szene zum drittenmal zu drehen. Diesmal schaute Fleur nicht zu, es reichte ihr, DeeDees Schreie zu hören. Sie konnte sich erst entspannen, als es vorbei war und Jake und Lynn sich zurückgezogen hatten.

Nach einer kurzen Pause drehten sie Großaufnahmen. Ein Bote richtete Fleur aus, daß die Garderobiere sie erwarte. Als sie zurückkam, machte die Crew Lunchpause. Lynn und Jake saßen ein bißchen abseits von den anderen und aßen Sandwiches. Sie trugen beide Jeans, und Fleur fühlte sich wie eine aufgetakelte Außenseiterin.

»Setzen Sie sich zu uns«, sagte Lynn. »Tut mir leid, daß wir nicht früher miteinander reden konnten.«

Sie ging zu ihnen hinüber. »Das ist schon okay. Sie waren ziemlich beschäftigt.« Lynn runzelte die Stirn, und Fleur bedauerte, daß sie die Szene überhaupt erwähnt hatte.

Jake stand auf, packte den Rest seines Sandwichs ins Papier, und Fleur mußte sich zwingen, nicht einen Schritt zurückzuweichen. Noch nie hatte ein Mann sie so eingeschüchtert wie er. Aber das lag wahrscheinlich nur daran, daß er so groß war. Sie war es nicht gewohnt, so große Männer um sich zu haben. Plötzlich merkte sie, daß sie wieder seinen unmöglichen Mund anstarrte. Er hatte einen schiefen Schneidezahn mit abgebrochener Ecke. »Wir sehen uns später, Lynn«, sagte er. »Ich will draußen ein paar Körbe werfen.«

Er ging, ohne Fleur die geringste Beachtung zu schenken. Es folgte eine verlegene Pause, und dann reichte Lynn ihr das halbe Sandwich herüber. »Essen Sie's, damit ich nicht zunehme. Es ist Lachs mit kalorienarmer Mayonnaise. Sie sehen nicht so aus, als hätte sie Gewichtsprobleme.«

»O doch, die hab ich«, sagte Fleur, einen Bissen hinunterschluckend. »Mein Körper möchte gern etwas über hundertdreißig Pfund wiegen, aber wegen der Kamera dürfen es nicht mehr als hundertzwanzigeinhalb sein, und das ist bei meiner Größe ziemlich schwierig. Ich esse leidenschaftlich gern Brot und Eiscreme, also ist es ein Problem.«

»Gut, dann können wir Freundinnen sein.« Lynn grinste und zeigte eine Reihe kleiner, gerade gewachsener Zähne. »Ich halte es nicht aus, mit Frauen zusammenzusein, die essen können, soviel sie wollen.« Sie unterhielten sich eine Weile über die Unberechenbarkeit von Gewicht, Knochenstruktur und Größe, und erst dann kam Fleur zaghaft auf den Film zu sprechen. Lynn war begeistert, für sie war die Rolle der DeeDee eine richtige Herausforderung.

»Die Kritiker behaupten, daß die Frauenrollen in Jakes Stücken nicht so gut sind wie die der Männer«, meinte Lynn, »doch die DeeDee halte ich für eine Ausnahme. Sie ist dumm, aber auch verletzlich. Jede Frau hat ein bißchen was von einer DeeDee in sich.«

Fleur nickte. »Es ist eine gute Rolle. Gradliniger als die der Lizzie. Ich muß ehrlich zugeben, ich bin ein bißchen nervös und ziemlich unsicher . . .« Sie verstummte. Das war wohl nicht die richtige Methode, das Zutrauen eines Menschen zu wecken, mit dem man so eng zusammenarbeiten sollte.

Lynn jedoch schien nichts Merkwürdiges daran zu finden. »So geht es den meisten Schauspielern am Anfang. Wenn Sie erst mal mittendrin sind, kommt die Sicherheit ganz von selbst. Reden Sie mit Jake über die Lizzie. Er hat in dieser Beziehung eine Menge los.«

Fleur schnitt eine Grimasse. »Nach allem, was ich gehört habe, wird Jake nicht besonders daran interessiert sein, überhaupt mit mir zu sprechen. Es ist ja kein Geheimnis, daß er nicht gerade vor Freude an die Decke gehüpft ist, weil man mir die Rolle gegeben hat.«

Lynn steckte das letzte Stückchen Sandwich in den Mund. »Wenn er sieht, daß Sie mit Leib und Seele dabei sind, wird er seine Einstellung ändern. Lassen Sie ihm Zeit.«

»Aber gern«, sagte Fleur, und es klang ein bißchen zynischer als beabsichtigt, »Zeit und viel, viel Abstand.«

Lynn warf ihr einen scharfen Blick zu. »Jake ist der anständigste Kerl, den Sie sich vorstellen können, Fleur.«

»Sie hätten mich wirklich überzeugen können.«

»Wie meinen Sie das?«

»Ich meine, daß ich nicht sehr beeindruckt davon war, wie er Sie heute behandelt hat.« Und das, dachte sie, ist noch weit untertrieben.

Lynn überlegte einen Moment und schien dann zu einem Entschluß zu kommen. »Hören Sie, Fleur, Jake und ich waren vor Jahren ein Paar. Von seiner Seite aus war es keine sehr ernste Sache, aber wir haben einander ziemlich gut kennengelernt. Als wir nicht mehr miteinander schliefen, wurden wir gute Freunde, und ich vertraue ihm. Er hat etwas in mir aufgerührt, das mir passierte, als er diese Szene schrieb. Er wußte, daß sie bei mir schlimme Erinnerungen wecken würde, und wollte sie daher so schnell wie möglich im Kasten haben — um meinetwillen.«

»Das tut mir leid«, sagte Fleur. Hoffentlich merkte man ihr den Mangel an Überzeugung nicht an. »Männer wie Jake flößen mir immer Unbehagen ein.«

Lynn lächelte übermütig. »Und genau das macht Männer wie Jake unwiderstehlich.«

Das war nicht unbedingt das Wort, das Fleur benutzt hätte, doch ließ sie es unwidersprochen.

In den nächsten Tagen ging sie Jake Koranda aus dem Weg, aber obwohl sie sich vornahm, ihn nicht zu beobachten, ertappte sie sich immer wieder dabei, daß sie ihn anstarrte, wenn er es nicht merkte. Er und Johnny Guy hatten oft Meinungsverschiedenheiten, sprachen manchmal sogar gegen ihre eigene Überzeugung. Anfangs waren ihr die Auseinandersetzungen unangenehm, doch dann merkte sie, daß Konflikte die beiden Männer zu beflügeln schienen. Nach seinem Wutausbruch am ersten Tag war sie erstaunt, als sie merkte, wie beliebt Jake bei der Crew war. Er war immer kameradschaftlich ungezwungen, außer bei ihr. Zwar nickte er ihr am Morgen kurz zu, doch dann ignorierte er sie, als sei sie nicht vorhanden. Sie war froh, daß sie ihre erste Szene mit Lynn zu drehen hatte.

Am Abend vorher lernte sie ihren Text auswendig und ließ sich von der Haushälterin abhören. Da sie um sieben Uhr morgens in der Maske sein mußte, duschte sie, telefonierte mit Belinda und ging um zehn ins Bett. Als sie eben das Licht ausmachen wollte, rief der Regieassistent an und teilte ihr mit, man habe den Plan geändert und wolle als erstes die Eröffnungsszene mit Matt und Lizzie drehen.

Es war Mitternacht, als sie ihren Text gut genug beherrschte, um wieder ins Bett gehen zu können, doch war sie jetzt so nervös, daß sie nicht einschlief. Als sie das letztemal auf ihre Digitaluhr sah, zeigte sie 3.18.

Sie drehten an diesem Morgen auf dem Gelände, auf dem die Kulisse des Farmhauses stand, und als Fleur in der Maske saß, kam Johnny Guy zu ihr, um die erste Szene mit ihr zu besprechen. Sie werde, erklärte er ihr, auf der Veranda auf einer Schaukel sitzen, aufblicken und Matt entdecken, der am Ende der Zufahrt stand. Dann müsse sie laut seinen Namen rufen, von der Schaukel springen, über die Veranda auf den Hof rennen und sich Matt in die Arme werfen. Der schwierigste Teil der Szene mit ihrem ersten Dialog sollte am Nachmittag gedreht werden.

Fleur hörte aufmerksam zu, doch es fiel ihr schwer, sich zu konzentrieren. Sie war völlig erledigt, weil sie zuwenig geschlafen hatte und wußte, sie würde entsetzlich schlecht sein. Es wäre nicht so schlimm, dachte sie, wenn ich nicht am ersten Tag gleich mit Jake arbeiten müßte. Sie hatte inzwischen gesehen, was für ein Perfektionist er war. Kein Wunder, daß er sie für diesen Film nicht haben wollte. Und sie fand ihr erstes Kostüm einfach gräßlich. In Wirklichkeit war es Anfang Mai, doch die Szene spielte im August, und sie hatten sie in einen zu knappen weißen Bikini mit kleinen roten Herzen und in ein blaues Männerarbeitshemd gesteckt, das an der Taille verknotet war. Das Bikinihöschen war so geschnitten, daß sie aussah, als bestehe sie nur aus Beinen.

Um das Gegensätzliche in Lizzies Wesen hervorzuheben, hatte man ihr das Haar zu einem lockeren Zopf geflochten, der ihr über den Rücken hinunterhing. Der Haarstylist hatte ihr auch noch eine rote Schleife ans Zopfende binden wollen, aber Fleur hatte sich erfolgreich dagegen gewehrt. Sie würde keine Schleifchen im Haar tragen und Lizzie ebensowenig. Er widersetzte sich ihr nicht, doch wenn er es getan hätte, hätte sie ihm gezeigt, daß Jake Koranda hier nicht der einzige war, der Wutanfälle bekommen konnte. Das war nur ein Beweis dafür, wie nervös sie war. Gerade als sie zum viertenmal ins Badezimmer wollte, rief der Regieassistent nach ihr.

Fleur nahm ihren Platz auf der Schaukel ein und versuchte sich auf das zu konzentrieren, was sie tun sollte. Lizzie hatte Matt noch nicht gesehen, wußte jedoch, daß er zu Hause war. Sie erwartete ihn, durfte es aber nicht zeigen. Lizzie durfte vieles nicht zeigen — wie sehr sie ihre Schwester haßte, zum Beispiel, und wie leidenschaftlich sie den Mann ihrer Schwester begehrte . . .

Obwohl sie es nicht wollte, schaute sie doch wieder zu Jake hinüber, der in der Soldatenuniform, die er am Anfang des Films trug, in der Nähe eines Trailers stand. Könnte er Leidenschaft und Begierde in ihr wecken? Was für eine blöde Frage, sie mochte ihn doch nicht einmal, um Himmels willen. In einer Zeitschrift hatte sie gelesen, daß er neun Jahre älter war als sie — achtundzwanzig zu neunzehn —, doch auch wenn er neun Jahre jünger gewesen wäre, hätte sie ihn zu alt gefunden.

Er schob eine Hand in die Tasche, lehnte sich mit einer Schulter an den Trailer und stemmte die Schuhsohle gegen den Reifen, lässig, sexy, als posiere er für PR-Fotos. Fehlen nur die Zigarette zwischen seinen Lippen und die zusammengekniffenen Augen, dann wäre er Bird Dog wie er leibte und lebte, dachte sie. Sie begann wieder an Begierde zu denken. Begierde und Jake Koranda. Das klang wie eine Schlagzeile im *National Enquirer*.

»Showtime, meine Lieben!« rief Johnny Guy durch sein Megaphon. »Bist du bereit, Fleur, Schätzchen? Legen wir mal deine Positionen fest.«

Sie folgte seinen Anweisungen und prägte sich sorgfältig den Weg ein, den sie nehmen sollte, wenn sie Matt entgegenlief. Dann kehrte sie zu ihrer Schaukel zurück und wartete nervös, während die Crew die letzten Vorbereitungen traf. Erregung —

sie mußte sich mental darauf einstellen, Erregung zu empfinden. Aber nicht zu früh. Es durfte keine erwartungsvolle Erregung sein. Warte, bis du ihn siehst, ehe dein Gesicht ausdrückt, was du fühlst. Denk nicht dran, daß dir jemand zuschaut. Denk nicht an die anderen. Konzentrier dich nur auf Matt. Auf Matt, nicht auf Jake.

»Action!« rief Johnny Guy. Sie hob den Kopf. Entdeckte Matt. Matt! Er war wieder da! Sie sprang auf, lief über die Veranda, nahm die hölzernen Stufen mit einem Satz, der Zopf schwang wild von einer Schulter zur anderen. Sie mußte zu Matt. Mußte ihn berühren. Er gehörte ihr, nicht DeeDee. Sie rannte über den Hof, Erregung durchpulste sie. So war es richtig. Sie fühlte es. Sie würde also doch nicht so schlecht sein. Da stand er, direkt vor ihr. »Matt!« Sie rief noch einmal seinen Namen, streckte die Hände nach ihm aus, berührte seine Uniform und warf sich ihm in die Arme.

Er taumelte zurück, und sie krachten beide zu Boden.

Explosionsartiges Gelächter von der Crew. Fleur lag lang ausgestreckt auf Jake Koranda, nagelte ihn mit ihrem halbnackten Körper auf dem Boden fest und fühlte sich schlimmer gedemütigt als je zuvor. Sie wollte sterben, sich in eine Ecke verkriechen und sterben. Sie war ein Elefant, ein großer, tölpelhafter Elefantenriese und hatte sich zum Narren gemacht.

»Gibt es Verletzte?« fragte Johnny Guy, als er zu ihnen kam und ihr beim Aufstehen half.

»Nein, ich — ich bin in Ordnung.« Sie hielt den Kopf gesenkt und wischte sich den Schmutz von den Beinen, wollte Zeit gewinnen, um sich zu erholen. Jemand von den Make-up-Leuten brachte ihr ein feuchtes Tuch, und sie säuberte sich, ohne zu Jake aufzusehen. Jetzt konnte er triumphieren, weil er das richtige Gespür gehabt hatte, als er sie für die Rolle nicht haben wollte. Aber verdammt, sollte er doch denken, was er wollte! Warum war Belinda nicht hier? Sie brauchte ihre Mutter.

»Wie isses mit dir, Jako?«

»Ich bin okay.«

Johnny Guy tätschelte Fleur den Arm. »Das hast du gut gemacht, Schätzchen«, sagte er grinsend. »Ein Jammer, daß dieser Junge zu schwach ist, um einer richtigen Frau standzuhalten.«

Sie wußte, daß er ihr helfen wollte, aber es funktionierte nicht. Sie fühlte sich groß und tolpatschig und ganz schrecklich und spürte, daß alle sie anstarrten. »Es — es tut mir leid«, sagte sie steif. »Ich fürchte, ich habe das Kostüm kaputtgemacht. Der Schmutz geht nicht raus.«

»Wir haben ausreichend Ersatz. Geh und zieh dich schnell um.«

Nach viel zu kurzer Zeit saß sie schon wieder auf der Schaukel. Sie versuchte sich zu konzentrieren, sich in die gleiche Erregung hineinzusteigern wie vorhin. Sie sah Matt, sprang auf, lief die Stufen hinunter und über den Hof. *Bitte, lieber Gott, laß mich ihn nicht wieder umrempeln!* Sie zögerte unmerklich und ließ sich dann vorsichtig in seine Arme gleiten.

Johnny Guy fand es unmöglich.

Sie drehten noch einmal, und Fleur stolperte auf den Verandastufen. Beim viertenmal schlug ihr die Schaukel gegen die Waden. Beim fünftenmal schaffte sie es ohne Hindernisse bis zu Jake, hielt sich im letzten Moment jedoch wieder zurück. Ihr wurde von Minute zu Minute elender, und das Arbeitshemd war schon durchgeschwitzt.

»Du stellst keine Beziehung zwischen euch her, Schätzchen«, sagte Johnny Guy, nachdem Jake sie losgelassen hatte. »Da läuft nichts mehr zwischen euch. Achte nicht so sehr auf deine Füße, mach's so wie das erstemal.«

»Ich will's versuchen.« Sie ging wieder auf die Veranda und wußte, daß keine Macht der Erde sie noch einmal dazu bringen konnte, sich mit voller Wucht in Jake Korandas Arme zu werfen. Die Brust wurde ihr eng, als ob sie gleich anfangen würde zu weinen, und sie schluckte trocken.

»He, wart einen Moment!« Langsam drehte sie sich um und sah, daß Jake hinter ihr herkam. »Ich hab beim erstenmal das Gleichgewicht verloren«, sagte er kurz. »Es war meine Schuld, nicht die deine. Das nächstemal fang ich dich auf.«

Na und ob. Sie nickte und wollte weitergehen.

»Du glaubst mir nicht, oder?«

Sie blieb stehen und drehte sich wieder zu ihm um. »Ich bin nun mal kein Leichtgewicht.«

Er verzog den Mund zu einem gockelhaft eitlen, aufreizenden Grinsen, das sich auf Bird Dog Calibers Gesicht recht sonderbar ausnahm. »He, Johnny Guy!« rief er über die Schulter zurück. »Gib uns ein paar Minuten, ja? Unser Kraftpaketchen glaubt, sie hätte *meine* Kraft gebrochen.«

»Kraftpaketchen!« Das war doch die Höhe. Am liebsten hätte sie ihn in das alberne Gesicht geschlagen. »Das war ziemlich gemein, Mr. Koranda, selbst von Ihnen.« Sie reckte das Kinn in die Höhe, machte kehrt und wollte wieder gehen.

»Ach ja?« Er packte ihren Arm, bevor sie den ersten Schritt getan hatte, und zog sie nicht zu sanft an die Seite des Hauses, wo die Crew sie nicht sehen konnte. »Du hast mich herausgefordert, Kraftpaketchen. Ich wette mit dir um zehn Dollar, daß du mich nicht mehr umschmeißen kannst.«

Erst hinter dem Haus, knöcheltief im Unkraut, ließ er sie los. Sie stützte eine Hand in die Seite und versuchte streng auszusehen. »Das ist lächerlich. Ich lasse mich doch mit Ihnen nicht auf einen Ringkampf ein.«

»Was ist los? Hat Glitter-Baby Angst, ihr Haar durcheinanderzubringen? Oder fürchtet sie, daß sie gewinnen könnte?«

Ihr Zorn ging mit ihr durch. »Sie Mistkerl! Sie sind widerwärtig. Noch widerwärtiger als die Kretins, die Sie auf der Leinwand darstellen. Sie sind wirklich unglaublich, und ich muß mir das von Ihnen nicht gefallen lassen.«

Er blinzelte nicht einmal. »Zehn Piepen, Kraftpaketchen. Nimm die Herausforderung an oder halt den Mund!«

Er reizte sie absichtlich, sie wußte es, doch plötzlich war es ihr egal. Seit Wochen drehten sich ihre Gedanken um ihn, ob sie wollte oder nicht, und jetzt würde sie ihm das dumme Grinsen von den Lippen wischen. »Okay, Koranda, Sie haben es so gewollt.« Sie trat ein paar Schritte zurück und sah ihm starr in die Augen.

»Jetzt fürchte ich mich aber, Kraftpaketchen, fürchte mich richtig.« Er trat selbst zurück, legte einen größeren Abstand zwischen sich und sie, und sie sah, daß er sein Gewicht verlagerte. Das würde ihm kaum was nützen.

»Ich zittere richtig vor Angst, Kindchen«, spottete er.

O Gott, wie sie ihn haßte! Seinen unverschämten Mund haßte! »Ich warne Sie, Koranda . . .«

»Na, komm schon, Kleine! Versuch's doch mal!«

Da griff sie an, stürmte auf ihn zu, grub die Füße in den Sandboden, ruderte mit den Armen, lief so schnell sie konnte. Es war, als ob sie gegen eine Mauer prallte.

Wenn er sie nicht aufgefangen hätte, hätte der Rückschlag sie umgeworfen, und diesmal wäre sie allein gestürzt. Als ihr bewußt wurde, daß er sie fest an sich drückte, riß sie sich los und bemühte sich, zu Atem zu kommen. Das Kinn tat ihr von dem Zusammenprall mit seiner Schulter weh, und über der linken

Brust hatte sie starke Schmerzen. Schon wollte sie die Hand heben, um sich die Stelle zu reiben, dann sagte sie sich, lieber sterben, als ihn merken lassen, daß sie sich weh getan hatte. Sie machte kehrt und stapfte davon.

»He, Fleur!« Mit seinem wiegenden Cowboygang kam er hinter ihr her. »War das deine stärkste Leistung? Was ist los? Hast du Angst, dir deinen weißen Bikini noch einmal dreckig zu machen?«

Sie sah ungläubig zu ihm auf. Der ganze Körper tat ihr weh, in ihrem Kinn hämmerte es, und sie litt noch immer an Atemnot. »Sie sind total verrückt«, stieß sie hervor. »Und das können Sie schriftlich von mir haben.«

»Doppelt oder nichts. Und diesmal mit längerem Anlauf.«

Sie konnte nicht anders. Sie rieb sich die Brust. »Ich denke, ich passe.«

Er lachte. Es klang nett, und sie war erstaunt. »Okay, lassen wir's. Aber du schuldest mir einen Zehner.«

Er machte ein so selbstzufriedenes Gesicht, daß sie schon den Mund öffnete, um seine Herausforderung anzunehmen. Dann gewann ihre Vernunft die Oberhand, und sie sah ein, daß er, gewollt oder ungewollt, das Richtige für sie getan hatte. »Sie halten sich für absolut super, nicht wahr?« fragte sie.

»Liest du keine Kritiken, Kindchen? Ich bin ein junges Genie. Das ist die Wahrheit, egal, welche Zeitung du liest. Sie schreiben es alle.«

Sie schenkte ihm ihr süßestes Lächeln. »Glamourgirls können nicht lesen. Wir gucken uns nur Bilder an.«

Er lachte und ging weg.

Sie drehten die Szene beim nächsten Take, und Johnny Guy sagte, sie sei genauso, wie er sie haben wolle, aber als er die anschließende Szene mit ihnen probte, war es wieder vorbei mit dem Gefühl flüchtiger Zufriedenheit, das sie empfunden hatte. Noch immer in Matts Armen liegend, sollte Lizzie ihn begrüßen und ihm einen geschwisterlichen Kuß geben. Es folgte ein kurzer Dialog, dann sollte Lizzie ihn wieder küssen, aber diesmal nicht mehr so geschwisterlich. Matt sollte zurückweichen, und dann hatte die Kamera zu zeigen, wie ihm ganz allmählich bewußt wurde, welche Veränderung mit ihr vorgegangen war, seit er sie das letztemal gesehen hatte.

Mit dem geschwisterlichen Kuß wurde sie sehr gut fertig. Für den Dialog brauchten sie mehr Takes, als ihr lieb war, weil sie ein bißchen steif wirkte, doch allzu schlecht war sie sicher nicht, denn Lizzie fühlte sich in dieser Situation bestimmt auch nicht besonders wohl. Sie machten Lunchpause und drehten hinterher noch die Großaufnahmen. Als sie fertig waren, hatte Fleur das dritte Hemd durchgeschwitzt.

Mit dem nächsten Kuß, dem nicht so geschwisterlichen, würde sie Schwierigkeiten haben. Sie wußte es und hatte nicht einmal eine nebelhafte Vorstellung, was sie dagegen tun sollte. Sie hatte Männer schon vor der Kamera und im Off geküßt, aber sie wollte Jake Koranda nicht küssen.

Der Regieassistent rief nach ihr. Jake war schon an seinem Platz und redete mit Johnny Guy. Während Johnny Guy erklärte, wie er sich die Szene vorstellte, starrte Fleur unverwandt auf Jakes Mund, diesen weichen, mürrischen Babyschmollmund. Als ihr klar wurde, was sie tat, gähnte sie und fragte vor lauter Verlegenheit die Requisite, wie spät es sei.

»Hoffentlich halten wir dich nicht auf«, sagte Jake sarkastisch. Der Blick, den er als Antwort erhielt, sollte vernichtend sein. Dann wandte sie ihre Aufmerksamkeit wieder Johnny Guy zu.

»Was wir hier brauchen ist ein richtiger Zungenkuß mit weit geöffnetem Mund, Schäfchen. Du weißt doch, wovon ich spreche, oder? Lizzie muß Matt damit wachrütteln.«

Fleur grinste Johnny Guy an und streckte den Daumen in die Höhe. »Schon kapiert.« In ihrem Magen führten Millionen von Schmetterlingen einen Kriegstanz auf. Sie war nicht unbedingt ein As im Küssen. Ein Mann, mit dem sie ein paarmal ausgegangen war, hatte ihr erklärt, er denke, sie sei frigide.

Jake legte die Arme um sie, die Hände flach auf ihre bloße Haut dicht über dem Bikinihöschen, und zog sie an sich. In diesem Moment wurde ihr bewußt, daß sie schon den ganzen Tag immer wieder mit seinem Körper in Berührung gekommen war.

»Deine Füße, Schatz.«

Fleur schaute hinunter. Sie waren genauso groß wie immer.

»Komm ein bißchen näher, Schäfchen.«

Erst jetzt merkte sie, daß sie, obwohl Jake sie fest an seine Brust preßte, mit ihrer unteren Hälfte so weit wie möglich von ihm abgerückt war. Hastig änderte sie ihre Haltung. Da er Schuhe trug und sie barfuß war, war er mindestens zehn Zentimeter größer als sie.

Es ist Matt, dachte sie, als Johnny Guy zur Seite trat. Du hast schon andere Männer gehabt, aber Matt ist der einzige, den du wirklich willst. Johnny Guy rief: »Action!«, und sie strich mit den Fingerspitzen über Matts Uniformjacke, dann sah sie zu ihm auf. Lieber Gott! Sie machte schnell die Augen zu und berührte mit den Lippen seinen weichen, warmen Mund. Sie zuckte nicht sofort wieder zurück, sondern ließ die Lippen, wo sie waren, verzweifelt bemüht, nur an Matt und Lizzie zu denken.

Johnny Guy war alles andere als beeindruckt. »Also, da war wirklich nicht viel dahinter. Ich schlage vor, wir versuchen es noch einmal.«

Beim nächsten Take wollte sie Leidenschaft vortäuschen, indem sie mit den Händen Jakes Uniformärmel hinauf und hinunter fuhr. Johnny Guy nahm sie beiseite. »Du mußt dich entspannen, Schatz. Denk nicht an die Leute, die dir zusehen. Vergiß sie. Die haben nichts anderes im Kopf, als möglichst früh zum Abendessen nach Hause gehen zu können. Also ein bißchen mehr Feuer.«

Die Leute, die zusahen, waren nicht das Problem, aber das sagte sie Johnny Guy nicht.

Auf dem ganzen Weg zu ihrer Markierung redete sie mit sich selbst. Was sie zu tun hatte, war reine Technik, so als ob sie eine Tür öffnen müßte. Sie mußte ganz locker sein. Sich entspannen, verdammt! Sie glaubte, der nächste Kuß sei viel besser ausgefallen, aber Johnny Guy schien nicht ihrer Meinung.

»Könntest du den Mund nicht doch ein bißchen öffnen, Schäfchen?«

Vor sich hin murmelnd, kehrte sie in Jakes Arme zurück und blickte dann hastig zu ihm auf, um zu sehen, ob er sie vielleicht doch verstanden hatte. »Schau mich nicht hilfeflehend an, Kindchen, ich bin hier der passive Teil.«

»Ich suche keine Hilfe.«

»Wir drehen!« rief Johnny Guy. Sie tat ihr Bestes, doch als der Kuß vorbei war, seufzte Jake. »Du schläferst mich ein, Fleur. Soll ich Johnny Guy um eine Pause bitten, damit wir hinterm Haus trainieren können?«

»Da passe ich lieber«, fauchte sie. »Mir tut von unserem letzten Training jetzt noch alles weh.«

Er grinste, bückte sich dann und flüsterte ihr ins Ohr: »Ich hab einen Zwanziger, der mir sagt, daß du es schaffst, mich zu wecken, Fleur.«

Es war ein Flüstern, wie sie es noch nie gehört hatte — sexy, schwül, im Tonfall leidenschaftlicher Begierde.

Der nächste Take war besser. »Den lassen wir kopieren«, sagte Johnny Guy. Aber Jake behauptete, sie schulde ihm zwanzig Dollar.

12

Als Fleur nach Hause kam, duftete es überall nach Shalimar. Belinda wollte eben mit einer chinesischen Schale, in der große Blüten schwammen, in den Patio gehen. »Ich konnte nicht länger bleiben«, gestand sie Fleur und nahm sie, nachdem sie die Schale in die Mitte des Patiotisches gestellt hatte, fest in die Arme. »Du hast mir zu sehr gefehlt, Baby. Außerdem fühle ich mich phantastisch und bin bereit, allen gegenüberzutreten. Ich denke, ich habe nur ein paar Tage Ruhe und Erholung gebraucht.«

»Du siehst auch phantastisch aus«, antwortete Fleur. Es war die Wahrheit. Im Vergleich zu Belinda fühlte sie sich schmutzig.

»Seh ich so gut aus, daß sie es bereuen werden, von mir keine Notiz genommen zu haben, als ich achtzehn war?«

»Du wirst ihnen das Herz brechen. Jetzt möchte ich kurz in den Pool hüpfen und ein paar Runden schwimmen. Dann können wir reden.«

Während Fleur ein paar Längen schwamm, arrangierte Belinda den von der Haushälterin gedeckten Tisch nach ihrem Geschmack um. Fleur duschte rasch, schlüpfte in T-Shirt und Shorts, steckte sich zwei lavendelfarbene Plastikkämme ins nasse Haar und tappte barfuß hinaus, wo Belinda ihren Lieblingssalat aus Garnelen, Melonenstücken und frischer Wasserkresse auf Keramikteller häufte.

»Gib mir viel, ich bin halb verhungert«, sagte sie.

»Du bist immer halb verhungert.« Prüfend betrachtete Belinda die Figur ihrer Tochter. »Es ist eine Sünde, wie gut du auch ohne Make-up aussiehst. Wenn ich dich nicht liebte, müßte ich dich hassen. Jetzt setz dich und erzähl mir alles haarklein.«

Fleur berichtete, was sich während der vergangenen Woche ereignet hatte, dazu noch einiges von dem, was sie an diesem Tag mit Jake Koranda erlebt hatte. Nur von dem Kuß sagte sie nichts. Gewöhnlich erzählte sie ihrer Mutter alles und wußte selbst nicht recht, warum sie ausgerechnet diese Sache verschwieg, nicht aber den Sturz und die Episode hinter dem Farmhaus.

»Ich hab's gewußt!« rief Belinda. »Er ist einer der Größten in der Branche, aber er hat verstanden, wie peinlich dir das war. Ich habe gewußt, daß er so sein würde. Du solltest öfter auf mich hören, Fleur. Ich bin eine gute Menschenkennerin.«

Rosa, die Haushälterin, trat mit dem Telefon in der Hand an den Tisch. »Mr. Savagar ist am Apparat.« Und als Fleur die Hand ausstreckte, schüttelte sie den Kopf. »Nein, für Mrs. Savagar.«

Belinda zuckte verblüfft die Schultern, nahm dann ihren Ohrring ab und griff nach dem Telefonhörer. »Was gibt es, Alexi?« Sie trommelte mit den Fingernägeln auf die gläserne Tischplatte. »Nun, und was erwartest du von mir? ... Du bist doch nicht etwa überrascht ... Nein, das habe ich natürlich nicht ... Mach dich nicht lächerlich ... Ja, ich ruf dich an, wenn ich etwas höre.«

Als sie auflegte, fragte Fleur, was passiert sei.

»Michel ist aus der Klinik verschwunden, und Alexi wollte wissen, ob er sich mit mir in Verbindung gesetzt hat.«

»Du scheinst dir keine Sorgen zu machen.«

Belinda steckte den Ohrring wieder fest und schob einen Stengel Wasserkresse beiseite, um eine Garnele aufzuspießen. »Du weißt, wie ich zu Michel stehe. Mir ist klar, daß ich es nicht sagen sollte, aber ich fühle nun einmal eine gewisse Befriedigung, wenn ich sehe, was für eine Enttäuschung Michel für ihn ist. Sogar deinem Vater muß inzwischen aufgegangen sein, daß er das falsche Kind weggegeben hat. Meine Tochter ist schön und erfolgreich. Sein Sohn ein homosexueller Schwächling.«

Fleur war der Appetit vergangen, und sie legte die Gabel aus der Hand. Vor einigen Monaten hatten sie erfahren, daß Michel ein homosexuelles Verhältnis mit einem von Alexis ältesten Freunden und geschätztesten Angestellten hatte. Der Sohn des Mannes hatte die Affäre aufgedeckt. Der Mann erlitt einen tödlichen Herzinfarkt, und Michel beging einen Selbstmordversuch.

An die ganz offen zur Schau getragene Homosexualität in der Modebranche gewöhnt, hatte Fleur die ganze Sache damals für absolut lächerlich gehalten, aber Alexi war vor Wut außer sich gewesen. Er hatte es abgelehnt, Michel in seine Schule in Massachusetts zurückzuschicken und ihn statt dessen in einer Schweizer Privatklinik untergebracht. Als es passiert war, hatte Fleur sich gesagt, daß sie eigentlich Mitleid mit ihrem Bruder haben müßte, und irgendwie tat er ihr auch leid, aber sie sah auch eine furchtbare rächende Gerechtigkeit darin, daß er jetzt der Ausgestoßene war.

Der Projektionsraum in Culver City stank nach Dick Spanos Zigarren und dem durch nichts zu vertreibenden Zwiebelgeruch der Fastfood-Behälter. Die Beine gegen die Lehne des Vordersitzes gestemmt, eine Flasche mexikanisches Bier in der Hand, lümmelte Jake auf seinem Lieblingssitz am Ende der Reihe und sah sich die Schnellkopien an. Als Schauspieler tat er es meist nicht, doch als unerfahrener Drehbuchautor wollte er wissen, wie seine Dialoge klangen und wollte den Szenenablauf beobachten, um zu sehen, was eventuell umgeschrieben werden mußte.

»Da hast du Nägel mit Köpfen gemacht, Jako!« rief Johnny Guy von der anderen Seite des Raums, als der erste Dialog zwischen Matt und Lizzie über die Leinwand flimmerte. »Wenn dir dran liegt, schreibst du wie der Teufel. Versteh gar nicht, warum du deine Zeit an die Schwulen aus New York verplemperst.«

»Sie schmeicheln meinem Ego, Johnny Guy.« Jake behielt die Leinwand im Auge, als Lizzie Matt zu küssen begann. »Verdammt!«

Schweigend verfolgten die Männer die Kußszene, einen Schnitt nach dem anderen. »Gar nicht schlecht«, meinte Dick Spano am Ende.

»Sie ist auf der richtigen Spur«, sagte Johnny Guy.

»Na ja.« Jake trank sein Bier aus und stellte die Flasche auf den Boden. »Sie ist okay, bis auf den Kuß. Aber ich sag euch schon jetzt, die schwierigeren Passagen schafft sie nie.«

»Jake, warum bist du eigentlich so wild drauf, der Kleinen das Leben schwerzumachen? Es nützt dir nichts. Sie hat einen hieb- und stichfesten, nach allen Seiten hin abgesicherten Vertrag.«

»Ich hab einfach ein ungutes Gefühl, Johnny Guy. Ich glaub eben nicht, daß sie's in sich hat, die Lizzie zu spielen. Sie ist munter und hält sich tapfer, aber sie ist völlig unerfahren und als Schauspielerin nicht routiniert genug, um das zu verbergen.«

»Du bist ein Pessimist, Jako.« Johnny Guy schälte ein Milky Way aus der Hülle. »Sie arbeitet hart, und die Kamera liebt sie. Sie wird gut ankommen.«

Jake rutschte auf seinem Sessel noch tiefer und konzentrierte sich wieder auf die Leinwand. Johnny Guy hatte in einem recht. Die Kamera liebte Fleur. Ihre Züge verwischten sich nicht, und ihre Haut schien auf merkwürdige Weise das Licht zu verändern. Ihm gefielen auch die hinreißend langen Beine — die Beine eines Chorusgirls — und die Art, wie sie ging. Sie war nicht anmutig auf die übliche Weise, aber ihre weiten, ausgreifenden Schritte hatten etwas Rührendes.

Trotzdem war sie nicht die richtige Besetzung für die Lizzie, er wußte es. Die Unschuld war da und auch die Sinnlichkeit, jedoch unbewußt und weit entfernt von Lizzies manipulierbarer Sexualität. Wie sollte sie je die letzte Liebesszene zustande bringen? In dieser Szene mußte Lizzie Matt beherrschen. Sie mußte erfahren und durchtrieben sein, seine letzten Illusionen über ihre Unschuld zerstören. Fleur Savagar gab sich redlich Mühe, empfand jedoch nicht, was sie spielen sollte, und deshalb klang es nicht echt.

Nicht einmal sich selbst gestand Jake gern ein, wie wichtig es für ihn war, daß dieser Film ein Erfolg wurde. In den letzten Jahren hatte er eine ganze Reihe von Drehbüchern geschrieben, aber alle waren im Papierkorb gelandet. Es war ihm schwergefallen, seine Worte in filmgerechte Bilder zu transponieren, doch bei *Sunday Morning Eclipse* war er endlich zufrieden gewesen. Er wollte verschiedenen Leuten in dieser Stadt beweisen, daß ein Riesenpublikum über Fünfundzwanzig nur darauf wartete, endlich wieder ins Kino gehen zu können. Er hatte auch für sich selbst eine Rolle schreiben wollen, die ihm mehr abverlangte als Gesichtsausdruck eins und Gesichtsausdruck zwei, obwohl er der erste war, der zugab, daß er für seine Schauspielkunst nie einen Preis bekommen würde.

Jake hatte sein erstes Stück in Vietnam geschrieben, heimlich daran gearbeitet und es kurz vor seiner Heimkehr beendet. Nach seiner Entlassung aus dem Militärhospital in San Diego hatte er es umgeschrieben und an dem Tag, an dem sein Wehrdienst zu Ende ging, nach New York geschickt. Ein Talentsucher sah ihn, bevor er in den Osten zurückkehrte, bat ihn, eine kleine Rolle aus einem Paul-Newman-Western zu lesen und gab ihm am nächsten Tag einen Vertrag. Die Dreharbeiten hatten eben begonnen, als der Off-Broadwayproduzent ihm schrieb, er wolle sich mit ihm über sein Stück unterhalten. Es gelang ihm, den Mann zu vertrösten, bis der Film abgedreht war. Dann reiste er im Güterwaggon nach Osten.

Das war der Anfang seines Doppellebens. Der Produzent wollte Jakes Stück aufführen. Das bedeutete zwar kein Geld, aber viel Ruhm. Doch auch den Leuten in Kalifornien gefiel, was er im Film gezeigt hatte, und er bekam ein Angebot für eine größere Rolle. Ablehnen? Unmöglich. Zuviel Geld für einen Jungen, der auf der falschen Seite von Cleveland aufgewachsen war. Er lernte zu balancieren — die Westküste brachte ihm Geld ein, der Ostküste gehörte seine Liebe.

Es dauerte nicht lange, und er bekam nicht mehr die Neben-, sondern die Hauptrollen, unterzeichnete den Vertrag für den ersten Caliber-Film und begann ein neues Stück zu schreiben. Bird Dog löste eine wahre Lawine von Fanpost aus, die das Studio förmlich unter sich begrub; für das Stück bekam er den Pulitzerpreis. Er dachte daran, Hollywood aufzugeben, doch trotz des ehrenvollen Preises brachte ihm das Stück nicht einmal halb soviel ein wie sein nächster Film. Also drehte er diesen Film und war bis heute dabeigeblieben. Er bedauerte es nicht — oder nur ganz selten, solange man damit einverstanden war, daß er sich die Presse vom Leib hielt.

Und wieder konzentrierte er sich auf die Leinwand. Obwohl er das Kraftpaketchen heute nach Strich und Faden aufgezogen hatte, hatte er das Gefühl, daß sie überhaupt nicht wußte, wie verdammt schön sie wirklich war. Ihm war aufgefallen, daß sie nie an ihrem Haar herumzupfte oder in einen Spiegel schaute, wenn man ihn ihr nicht vor die Nase hielt, und nicht einmal dann verschwendete sie eine Sekunde damit, sich selbst anzuhimmeln. Sie hatte ihn heute überrascht. Sie war intelligenter, als er erwartet hatte. Und auch verletzlicher.

Vielleicht war er nicht fair zu ihr. Vielleicht war das Problem einfach dies, daß sie der echten Liz überhaupt nicht ähnlich sah. Amy Irving war ihr ähnlich, und daran lag möglicherweise sein Vorurteil gegen die Besetzung. Zu verdammt viele Erinnerungen, die alle nach Vietnam führten — die Sounds von Otis

Redding und Creedence Clearwater —, der Alptraum, dem er nicht entrinnen konnte.

Er lenkte sich mit oberflächlicheren Erinnerungen ab — mit Erinnerungen an die trägen Morgen, an denen Liz und er sich geliebt hatten, anstatt zu den Vorlesungen zu gehen; Erinnerungen an die Abende, an denen sie von der Bibliothek nach Hause schlenderten und sie immer zwei Schritte machen mußte, wenn er einen machte... Er sah sie auf der Tribüne sitzen, wenn er Basketball spielte, das schwarze Haar von der silbernen Spange gehalten, die er ihr geschenkt hatte. Die ganze amerikanische Heile-Welt-Scheiße. Er stand abrupt auf, marschierte aus dem Projektionsraum und bedachte, bevor er zur Tür kam, einen Abfallkorb mit einem gezielten Fußtritt.

Johnny Guy griff nach einer neuen Dose mit frischgepreßtem Orangensaft und sah zu Dick Spano hinüber. »Halt mich bitte nicht für schwul oder was Ähnliches, Dicky, mein Junge, aber ich habe in letzter Zeit schon ein paarmal am hellichten Tag wunderschön von Clint Eastwood geträumt.«

Am nächsten Morgen schickte Belinda Fleur mit einem Kuß in die Maske und wartete dann im Hintergrund des Tonstudios, bis sie seine Schritte hörte. Als er näher kam, schienen die Jahre zu schrumpfen.

»Ich liebe Ihre Filme.« Sie machte einen Schritt auf ihn zu und verstellte ihm den Weg. »Und besonders die Caliber-Filme.«

»Besten Dank. Das hört man gern.«

»Ich bin Belinda Savagar, die Mutter von Fleur.« Sie streckte die Hand aus, und als er sie nahm, wurde ihr schwindlig, als sei ihr Kopf plötzlich ganz blutleer.

»Mrs. Savagar — freut mich, Sie kennenzulernen.«

»Bitte nennen Sie mich Belinda. Ich wollte mich nur bei Ihnen bedanken, weil Sie gestern so nett zu Fleur waren. Sie hat mir erzählt, wie Sie ihr geholfen haben.«

»Der erste Tag ist hart.«

»Aber nicht alle sind so nett, dem Rechnung zu tragen.«

Er tat ihr Kompliment mit einem Schulterzucken ab, und sie merkte, daß er weitergehen wollte. »Entschuldigen Sie, wenn ich Ihnen anmaßend erscheine«, sagte sie hastig, »aber Fleur und ich möchten Ihnen richtig danken. Wir grillen am Sonntagnachmittag ein paar Steaks und braten ein paar Eier. Nichts

Großartiges, Mr. Koranda. Nur einfache, herzhafte Indianakost.«

Sein Blick glitt über die marineblaue Tunika von Yves St.-Laurent, die sie zur weißen Gabardinehose trug. »Sie sehen nicht so aus, als kämen Sie aus Indiana, Belinda.«

»Oh, aber ich bin dort geboren und aufgewachsen, eine echte Hoosier*, und stolz darauf.« Sie bedachte ihn mit einem übermütigen Lächeln unter den Wimpern hervor. »Wir zünden die Holzkohle gegen drei Uhr an.«

Sie merkte, daß er kurz zögerte. »Tut mir leid, aber diesen Sonntag hab ich schon was vor«, sagte er. »Glauben Sie, Sie könnten die Holzkohle eine Woche schwelen lassen?«

»Schon möglich.«

Er ging lächelnd weiter, und sie wußte, daß sie es richtig gemacht hatte.

Fleur sah zornig auf ihre Mutter hinunter. Belinda ruhte auf einer Liege in der Nähe des Pools, weißer Bikini, goldenes Fußkettchen, ölglänzende Haut und riesige Schildpattsonnenbrille, unter der sie die Augen geschlossen hatte. Es war Sonntagnachmittag, fünf nach drei, und Fleur war sehr erregt. »Ich kann nicht glauben, daß du das getan hast, Belinda. Ich kann's wirklich nicht! Seit du's mir gesagt hast, bring ich es nicht fertig, ihm in die Augen zu schauen. Ich meine, du hast ihn in eine lächerliche Lage gebracht — von mir ganz zu schweigen. In bin sicher, daß er Besseres zu tun hat, als seinen einzigen freien Tag bei uns zu verbringen. Guter Gott!«

Belinda rührte sich nicht. Sie spreizte nur leicht die Finger, damit die Sonne auch ihre Innenseite bräunen konnte. »Sei nicht albern, Baby. Er wird sich großartig amüsieren, dafür werden wir schon sorgen.«

Fleur packte das Netz und marschierte zum Pool. Es war schlimm genug, daß sie mit Jake vierzehn Stunden am Tag zusammensein mußte. Aber jetzt auch noch am Sonntag!

Belinda schob sich die Sonnenbrille ins Haar und musterte die schäbige Kehrseite von Fleurs ältestem schwarzem Badeanzug. »Zieh doch einen Bikini an!« sagte sie. »Dieser Anzug ist gräßlich.«

* *Hoosier* — Bauer; *Hoosier-State* — Spitzname von Indiana

»Mir gefällt er.«

Jake kam vom Haus her auf sie zu. Fleur ließ das Netz fallen und sprang kopfüber ins Wasser. Es war dumm und kindisch, aber sie konnte nicht anders. Sie war einfach nicht imstande, ihm gegenüberzutreten. Sie bekam kaum noch Luft, war fast in Panik. Ihre Hand berührte den Beckenboden, und sie wünschte jetzt, sie hätte einen Bikini angezogen, zwei winzige Stückchen Nylon, die nichts seiner Phantasie überließen. Sie hatte es tun wollen. Sie hatte es so sehr gewollt, daß sie zu ihrem alten schwarzen Einteiler gegriffen hatte; sie sollte er nicht in dieselbe Kategorie einordnen wie die Frauen, die ihn mit Blicken anschmachteten. Lynn nannte das den »Koranda-Sexeffekt«.

Als sie auftauchte, sah sie, daß er sich in dem Sessel neben Belinda niedergelassen hatte. Er trug eine sackähnliche Marinebadehose, ein graues T-Shirt und Laufschuhe, die schon bessere Tage gesehen hatten. Sie hatte schon festgestellt, daß er nur in den Kostümen, die er im Film trug, ordentlich aussah. Privat achtete er überhaupt nicht auf seine Kleidung. Fleur hätte sich nicht einmal im Traum vorgestellt, daß ein Mann so viele ausgefranste Jeans und verwaschene T-Shirts besitzen konnte. Und er sah in allen phantastisch aus.

Er legte den Kopf in den Nacken, lachte über etwas, das Belinda ihm erzählte, und Fleur brannte vor Eifersucht. Belinda wußte immer, was sie sagen sollte. Die Männer redeten sofort ganz locker und zwanglos mit ihr. Fleur wünschte sich sehnlich, sie hätte das Talent ihrer Mutter geerbt.

Sie tauchte wieder unter. Warum hörte sie nicht auf, um sich selbst herumzuschleichen wie die Katze um den heißen Brei, und gestand sich nicht einfach ein, daß sie unglaublicherweise ganz schrecklich und fürchterlich in Jake Koranda verliebt war? Die meisten Mädchen machten das viel früher durch, doch sie war immer ein Spätzünder gewesen. Es war eine kindische Verliebtheit. Sie würde sie ertragen, würde versuchen, sich nicht lächerlich zu machen und die Sache hinter sich bringen. Wenn *Eclipse* abgedreht war und sie ihn nicht mehr sah, würde die Verliebtheit vergehen. Jeder machte das irgendwann einmal durch; es gehörte zum Erwachsenwerden. Natürlich erlebte es nicht jeder mit einem millionenschweren Schauspieler und Stückeschreiber, den Frauen aus aller Herren Länder anhimmelten. Aber hatte sie es sich denn schon irgendeinmal selbst leichtgemacht?

Sie tauchte gerade auf, als Belinda die Beine von der Liege schwang. »Komm her und leiste Jake ein bißchen Gesellschaft, Fleur«, sagte sie. »Ich muß mir im Haus was überziehen, sonst kriege ich einen Sonnenbrand.«

»Bleib, wo du bist, Fleur.« Jake stand auf, zog sich das T-Shirt über den Kopf, schleuderte die Schuhe weg und sprang in den Pool. Direkt vor ihr tauchte er wieder aus dem Wasser. »Du hast dir das Haar naß gemacht, Kindchen. Ich dachte, New Yorker Glamourgirls sehen sich das Wasser nur an.«

Er war unwiderstehlich mit den unzähligen glitzernden Wassertropfen im Gesicht und dem Grinsen, das durch seinen schiefen Zahn etwas Verwegenes bekam. Irgend etwas in ihr tat verdammt weh. Ihre Antwort kam schnell und scharf. »Das beweist nur, wie wenig Sie über New Yorker Glamourgirls wissen.«

Sie tauchte unter und wollte zur Leiter schwimmen, doch er packte ihren Fußknöchel und hielt ihn fest. »Weißt du nicht, daß ich ein Superstar bin?« fragte er und zog sie an die Wasseroberfläche. »Mädchen laufen mir gewöhnlich zu und schwimmen nicht von mir weg.«

»Nun, Super-Glamourgirls lassen eben das erste und tun das zweite«, erwiderte Fleur.

Diesmal ließ er sie los, als sie tauchte und zur Leiter schwamm. »Nicht fair!« rief er. »Du schwimmst besser als ich.«

»Das hab ich gemerkt. Ihre Form stinkt zum Himmel.«

»Du bist zu aggressiv, Kindchen.« Er kletterte neben ihr aus dem Wasser. »Und du hast ein böses Mundwerk.«

»Dadurch kommt mein liebes, freundliches Wesen besser zur Geltung.« Sie wickelte sich in ein Badetuch und verknotete es unter der Brust, dann setzte sie sich in den Sessel, in dem vorher er gesessen hatte.

»Korrigier mich, wenn ich unrecht habe, Fleur, aber du scheinst alles andere als entzückt zu sein, mich heute hier zu sehen.«

Sie hätte wissen müssen, daß er sie direkt darauf ansprechen würde. Wenigstens hatte er nicht gemerkt, wie sehr sie sich tatsächlich freute. »Tut mir leid. Ich glaub, ich hab nur schlechte Laune. Die Szene, die ich morgen mit Ihnen und Lynn zu drehen habe, macht mir Sorgen.« Das wenigstens war nicht gelogen.

»Laufen wir ein Stück, damit wir Appetit auf die Steaks bekommen, die Belinda uns versprochen hat.«

Fleur war sofort einverstanden, sie war froh, auf diese Weise etwas von ihrer nervösen Energie abbauen zu können. Seit sie in Kalifornien war, war sie jeden Tag gelaufen, und sie fühlte sich hinterher immer richtig wohl. Manchmal lief sie allein, manchmal im Studio mit Lynn, wenn sie mit dem Drehen fertig waren.

Belinda kam in einem hauchdünnen Spitzending in den Patio zurück, und Jake rief: »Haben Sie was dagegen, wenn ich Ihre Tochter für eine Weile entführe? Ich muß sie ein Stück durch die Prärie jagen, damit sie ein bißchen abspeckt.«

»Lauft nur zu«, antwortete Belinda mit einem fröhlichen Winken. »Ich hab hier ein neues Buch von Jackie Collins, in das ich mich vergraben möchte.«

Jake verzog das Gesicht, und Fleur lachte, dann rannte sie ins Haus, um in Shorts und Laufschuhe zu schlüpfen.

Er wartete an der Straße auf sie. »Glaubst du, du kannst mit mir Schritt halten, Fleur? Oder muß ich den Babysitter spielen?«

»Sie sind ganz schön eingebildet, wissen Sie das?«

»Das ist nichts Neues, Kindchen.«

Sie lächelte und machte ein paar Übungen, um die Beinmuskeln zu lockern. »Lynn hat mir erzählt, daß sie im College Basketball gespielt haben. Und ich habe Sie an dem Korb beim Parkplatz trainieren sehen.«

»Ich spiele noch zweimal die Woche. Wenn ich's nicht tu, fällt mir das Schreiben schwer. Beim Spielen krieg ich einen klaren Kopf.«

Sie ließen es mit einem leichten Trab angehen. Da es Sonntag war, war die Armee mexikanischer Gärtner nicht angetreten, die die nie benutzten Rasenflächen vor den Häusern von Beverly Hills in makellosem Zustand hielten, und die Straße wirkte noch verlassener als sonst. Fleur mußte gegen einen Hauch von Enttäuschung ankämpfen. Die ganze Welt sollte sehen, wer an ihrer Seite lief.

»Leg doch einen Zahn zu, um Himmels willen«, knurrte er. »Wir könnten genausogut spazierengehen.«

Sie bogen auf einen asphaltierten Fahrradweg ein, ein Wegstück, das sie besonders gern hatte. »Und jetzt erzähl mal«, sagte er. »Was ist an der morgigen Szene so problematisch für dich?«

Sie atmeten jetzt beide schwer — sie schwerer als er, doch machte ihr das schnellere Tempo nichts aus. Sie versuchte es ihm zu erklären und gleichzeitig ihren Atem zu kontrollieren.

»Ach, ich weiß nicht recht. Nur kommt mir Lizzie so berechnend vor.«

»Das ist sie auch, Fleur. Ein berechnendes kleines Miststück.« Er fing an, sein T-Shirt durchzuschwitzen.

»Ich versteh ja, wieso sie sich in ihn verliebt hat — warum sie mit ihm ins Bett gehen möchte, aber ich versteh nicht, wieso sie so berechnend vorgeht.«

»Das liegt seit Urzeiten im Wesen der Frau. Die meisten Frauenfreundschaften zerbrechen an einem Mann.«

»Aber, aber, Koranda, das ist wirklich prähistorischer und chauvinistischer Käse.« Ihr fiel ein, wie eifersüchtig sie selbst noch vor einer Weile gewesen war, als Jake mit Belinda gelacht hatte. »Frauen haben Besseres zu tun, als sich um einen Typ zu streiten, der es wahrscheinlich gar nicht wert ist.«

»He, ich bin hier derjenige, der für die Realität zuständig ist. Du bist nur das Mundstück.«

Sie holte gewissermaßen die zweite Luft aus ihren Lungen. »DeeDee scheint mir ein runderer Charakter zu sein als Lizzie. Sie hat Stärken und Schwächen. Man möchte sie trösten und schütteln, und alles zur gleichen Zeit.« Sie unterbrach sich gerade noch rechtzeitig, ehe sie damit herausplatzte, daß die DeeDee besser geschrieben war; obwohl es stimmte.

»Sehr gut. Du hast das Drehbuch gelesen.«

»Seien Sie nicht so gönnerhaft. Ich spiele die Lizzie, und sie beunruhigt mich.«

»Das soll sie auch. Hör zu, Fleur, soviel ich weiß, hast du ein sehr behütetes Leben geführt und deshalb möglicherweise nie jemanden kennengelernt, der so ist wie Lizzie, aber solche Frauen hinterlassen bei einem Mann sichtbare Spuren.«

»Warum?«

»Wen interessiert das? Allein der Endeffekt zählt.«

»Das haben Sie noch von keinem Ihrer anderen Charaktere gesagt, ob sie nun gut oder schlecht sind — warum also sagen Sie es von Lizzie?«

»Gib's auf, Kindchen. Ich bin schon ein bißchen länger auf der Welt als du.« Er lief schneller und zog davon.

»Und Sie haben einen Pulitzerpreis!« rief sie ihm nach. »Alles was ich habe, sind *Cosmo*-Titelblätter.«

Er wurde langsamer. »Das habe ich nicht gesagt.« Sie liefen Seite an Seite weiter, um einen kleinen Park herum, der genauso unbelebt war wie die ganze Gegend. Als sie zur Straße kamen, blieb Jake zurück. »Gehen wir ein Stück, Fleur.«

»Sie brauchen bei mir nicht Babysitter zu spielen, Koranda.«

»He, sei nicht gemein, okay?«

Sie zuckte mit den Schultern und ging langsam weiter. »Reden wir Tacheles«, sagte er. »Bist du auf Lizzie wütend oder weil du nicht weißt, wie du die Rolle anpacken sollst?«

»Sie sind hier für die Realität zuständig. Suchen Sie sich's aus.«

Er nahm den Saum seines T-Shirts und wischte sich damit das Gesicht ab. »Okay, fangen wir mit deiner Darstellung an. Du bist schön auf der Leinwand. Dein Gesicht ist Magie; du hast hinreißende Beine. Johnny Guy schreibt jeden Abend den Drehplan um, damit du mehr Großaufnahmen bekommst. Der Mann hat Tränen in den Augen, wenn er sich die Schnellkopien ansieht.« Er lächelte sie an, und sie fühlte, daß ihr Zorn ein wenig nachließ. »Du bist auch ein großartiges Mädchen. Du hörst dir die Meinungen anderer an, bist gewissenhaft, und ich schwöre, daß ich dich keiner Bosheit für fähig halte. Und das ist der Grund, warum mir nicht wohl war bei dem Gedanken, daß du die Lizzie spielen solltest. Sogar aus deinen Probeaufnahmen konnte ich herauslesen, was ich dir eben gesagt habe. Lizzie ist ein Raubtier. Ihr ganzes Wesen widerspricht deiner Natur.«

»Ich bin Schauspielerin, Jake. Dazu gehört, daß man fähig ist, eine völlig wesensfremde Rolle zu spielen.« Schon während sie das sagte, kam sie sich wie eine Heuchlerin vor, aber das würde er nie erfahren.

Er fuhr sich mit den Fingern durch die Haare, so daß sie an den Seiten wie Spikes in die Höhe standen. »Schau mal, Fleur, es fällt mir schwer, über Lizzie zu sprechen. Die Figur geht auf ein Mädchen zurück, das ich gekannt habe. Mit dem ich vor langer Zeit verheiratet war.«

Sie fühlte, daß er zornig war, weil sie diesen wenn auch sehr kleinen Teil seiner Lebensgeschichte aus ihm herausgelockt hatte. Jake — die Greta Garbo unter den Schauspielern. Fleur sagte sich, sie sollte es dabei belassen und keine Fragen mehr stellen, die sie nichts angingen. »Wie war sie?«

»Jesus!« Er ging noch ein paar Schritte weiter, blieb dann stehen und stützte eine Hand in die Hüfte. »Sie war ein männerfressendes Geschöpf. Zermalmte mich zwischen ihren hübschen kleinen Zähnen und spuckte mich wieder aus, ohne sich das Gesicht schmutzig zu machen.«

»Aber irgendwas muß sie doch gehabt haben, sonst hätten Sie sich nicht in sie verliebt.«

»Laß das sein. Bitte!«

»Sagen Sie's mir, Jake.«

»Ich hab gesagt, laß sein. Sie war 'n großartiger Fick, okay?«

Fleur ballte die Hände, schob sie in die Taschen ihrer Shorts, und Jake starrte sie wütend an.

»Du hast gefragt, Kindchen. Sie war allererste Sahne. Von Küste zu Küste konnte ihr keine das Wasser reichen. Tausende zufriedener Kunden fanden zwischen ihren Beinen das Glück, und der Slowakentölpel aus Cleveland fiel auf sie rein wie der Idiot, der er ja war.«

Jetzt spürte sie seinen Schmerz. Er traf sie wie ein Schlag ins Gesicht, und ohne zu merken, daß sie es tat, streckte sie die Hand aus und berührte seinen Arm. »Tut mir leid. Ehrlich. Tut mir leid, daß ich gebohrt habe.«

Er riß den Arm weg, und sie liefen schweigend zum Haus zurück. Fleur machte sich auf dem ganzen Weg Vorwürfe, weil sie so dumm und unsensibel gewesen war, und dann begann sie sich zu fragen, wie eine Frau Jake Koranda je wieder loslassen konnte, wenn sie ihn hatte. Was für ein Mensch war seine frühere Frau?

Jakes Gedanken gingen ähnliche Wege. Auch er dachte an Liz. Er hatte sie zu Beginn seines zweiten Collegejahres kennengelernt. Auf dem Rückweg vom Basketballtraining war er zufällig in eine Probe des Universitätstheaters geraten, und sie hatte auf der Bühne gestanden — das schönste Mädchen, das er je gesehen hatte. Er lud sie noch am selben Abend ein, mit ihm auszugehen. Aber sie sagte nein. Das passierte ihm nicht sehr oft, und er war überrascht. Doch wahrscheinlich wußte sie nicht, daß er zum Basketballteam gehörte. Er sorgte dafür, daß sie es erfuhr, doch sie blieb bei ihrem Nein.

Er entdeckte, daß ihre Familie in Youngstown ein Stahlwerk besaß und eine Menge Geld hatte. Da warf er ihr vor, sie sei ein Snob. Sie antwortete, er habe den Ruf, die Mädchen so oft zu wechseln wie seinen Spielerdreß, und solche Typen möge sie nicht. Durch ihren Widerstand wurde sie für ihn nur noch begehrenswerter. Sie glich einem winzigen dunkelhaarigen Kätzchen, weich und angenehm duftend, und nachts schlief er mit dem Gedanken ein, daß er sie streichelte.

Er begann, sich in den Trainingspausen vor dem Theater herumzudrücken. Als er hörte, daß sie im nächsten Semester einen Kurs für Stückeschreiber belegt hatte, beschwatzte er den Kursleiter so lange, bis der ein Auge zudrückte und Jake die erforderlichen Voraussetzungen erließ, so daß er denselben Kurs besuchen konnte wie sie. Dieser Kurs veränderte sein Leben. Als er seine erste Arbeit schrieb, schienen ihm die Worte zuzufliegen, aus ihm herauszuströmen.

Der Professor war beeindruckt. Und Liz ebenfalls. Auf stundenlangen Spaziergängen redeten sie und Jake über ihre Vergangenheit und über ihre Zukunftshoffnungen. Seine Armut schreckte sie nicht ab, sondern faszinierte sie. Manchmal fuhren sie in ihrem leuchtendblauen Mustang nach Columbus und picknickten am Fluß. Er hatte das Gefühl, sie beschützen zu müssen. Sie lasen Gibran und sprachen über »Kunst« und »Realität«. Nach und nach baute er alle Mauern ab, die er in den Seitenstraßen von Cleveland um sich gezogen hatte. Sie war sensibel, verletzlich. Sie haßte den Sport, sah aber zu, wenn er spielte, und machte sich hinterher darüber lustig, wie albern und sinnlos alles war. Er lachte mit ihr. Sie liebten sich. Danach gingen sie Eis essen und sprachen über ihre körperliche Liebe, nannten sie eine religiöse Erfahrung.

Obwohl sie noch so jung waren, schien es für Liz selbstverständlich zu sein, daß sie heiraten würden, besonders als ihr Vater drohte, ihr kein Geld mehr zu geben. Sie flunkerte Daddy vor, sie sei schwanger, und er verfrachtete sie beide nach Youngstown, wo er sie Hals über Kopf verheiratete. Als er erfuhr, daß die Schwangerschaft Schwindel gewesen war, blieben seine Schecks aus. Jake, der auch schon vorher in einem Speiselokal gearbeitet hatte, arbeitete jetzt eben noch mehr.

Ein neuer graduierter Student belegte den Dramakurs, und wenn Jake abends nach Hause kam, saß der Neue oft mit Liz am Küchentisch, und sie redeten über »Kunst« und »Realität«. Eines Abends überraschte er sie im Bett. Der graduierte Student war nicht wie Jake auf der Straße groß geworden, daher dauerte der Kampf nicht lange. Lizzie weinte und bettelte, Jake solle ihr verzeihen. Sie habe sich einsam gefühlt, sagte sie. Es war so schwer, sich an die Armut zu gewöhnen. Er hatte ein schlechtes Gewissen, weil er in ihr Leben eingegriffen und es so drastisch verändert hatte. Und er verzieh ihr. Zwei Wochen später fand er sie auf den Knien vor einem seiner Teamkameraden, den sie mit der Zunge bearbeitete. Das war das Ende aller religiösen Erfahrungen. Ihre Unschuld hatte er, wie er bald entdeckte, mit einer Legion anderer Männer geteilt.

Er nahm ihren Wagenschlüssel, fuhr nach Columbus und meldete sich freiwillig. Hinterher ließ er den Mustang in den Olentangy River rollen. Die Scheidungspapiere wurden ihm in der Nähe von Da Nang zugestellt. Daddy hatte die Scheidung bezahlt.

Wenn er aus einem Abstand von fast zehn Jahren auf das zurückblickte, was damals geschehen war, wußte er, daß er darüber lachen sollte, aber er konnte es nicht. Vietnam, so bald nach Lizzies Betrug, hatte ihm jeden Gedanken an ein Lachen gründlich ausgetrieben.

Liz' Geist war zurückgekehrt und hatte ihn heimgesucht, als er *Sunday Morning Eclipse* schrieb. Während er die Themen von Unschuld und Korruption entwickelte, hatte er das Gefühl gehabt, Liz sitze ihm auf der Schulter und flüstere ihm die Worte ins Ohr, die er schreiben mußte. Im Drehbuch war aus Liz Lizzie geworden — Lizzie mit dem offenen, unschuldigen Gesicht und dem Herzen einer Hure. Lizzie, die überhaupt keine Ähnlichkeit mit der schönen kindlichen Riesin hatte, die an seiner Seite lief.

Er schaute zu ihr hinüber und merkte, daß sie ihn beobachtete. In seinem Kopf klingelte es leise Alarm, als er den zärtlichen Ausdruck in den grün-goldenen Augen entdeckte. Tu das nicht, Fleur! dachte er. Trau dich ja nicht!

Er streckte die Hand aus und zupfte sie an den Haaren. »Du bist ein feiner Kerl, weißt du das? Wenn ich eine Schwester hätte, wünschte ich mir, sie sollte so sein wie du. Nur nicht so häßlich.«

13

Die Dreharbeiten eines Films entwickeln mit der Zeit eigene Gesetze, und *Sunday Morning Eclipse* war keine Ausnahme. Johnny Guy war ein disziplinierter Regisseur, daher hatten die Mitglieder der Crew auch keinen Grund, wie sonst üblich über Unfähigkeit zu motzen. Das Essen war gut, es gab nicht viele Temperamentsausbrüche, und alles begann sich einem bestimmten Rhythmus anzupassen. Die Crew wirkte mit der Zeit irgendwie schmuddelig und zerknautscht, als schlafe sie in den Kleidern. Die Männer rasierten sich nicht mehr, die Frauen gingen nachlässig mit dem Make-up um. Nachdem sie eine Woche lang nachts gedreht hatten, waren alle erkältet, und auf dem Eßtisch stand neben Kaffee und dänischem Blätterteiggebäck eine überdimensionale Flasche mit Vitamin-C-Pillen. Trotzdem blieb die Atmosphäre positiv. Alle wußten, daß sie an einem besonderen Film arbeiteten, einem Projekt, von dem sie in den nächsten Jahren stolz sagen würden: »Ja, ich war Anno '76 bei *Eclipse* dabei.«

Belinda war eine der wenigen, die Zwistigkeiten verschuldeten. Sie schaffte es, sich einige Frauen zu Feindinnen zu machen, besonders jene, die für Fleurs Make-up und ihre Garderobe zuständig waren, aber die Männer liebten sie. Sie brachte ihnen Kaffee, zog sie mit ihren Frauen und Freundinnen auf und interessierte sich für die Dodgers. In einem Zeitalter, in dem die Frauen öffentlich ihre BHs verbrannten, sahen die Männer in Belinda Savagar ein kostbares Relikt, jemanden, der die Überlegenheit des Mannes über die Frau noch anerkannte und sich ihr unterwarf.

Jake beobachtete, wie sie die abgebrühten Mitglieder der Crew mit ihrem Zauber umgarnte, und neckte sie damit, aber wenn er sich über Johnny Guy ärgerte oder eine Szene ihm beim Umschreiben Schwierigkeiten machte, ging auch er zu ihr. Es hatte etwas Tröstliches und Beruhigendes, mit so viel Bewunderung bedacht zu werden. Außerdem verlangte sie nie etwas von ihm.

Als ihm die Idee zu einem neuen Stück kam, erzählte er ihr davon. Durch ihre Begeisterung schien die Idee sich auszuweiten, sich mit knisterndem Leben zu füllen und sogar noch besser zu werden, als er ursprünglich geglaubt hatte. An diesem Abend lud er sie zum Essen ein. Sie lehnte ab, sagte, sie müsse mit Fleur die Szenen durchgehen, die am nächsten Tag gedreht werden sollten; sie würde sich aber gern einmal mit ihm treffen, wenn Fleur nicht da war und sie nicht brauchte.

Er verstand, wie das gemeint war, und es gefiel ihm nicht. Heimlichkeiten waren nicht seine Sache.

Anders als Belinda, graute es Fleur seit einiger Zeit, jeden Morgen zur Arbeit zu müssen. Das ist die Routine, sagte sie sich. Als sie Werbespots gedreht hatte, war die ganze Geschichte immer schnell vorbei gewesen, aber dieser Film schien sich Ewigkeiten hinzuziehen.

Sie wußte jedoch, daß es nicht nur die Routine war, die sie störte. Sie war nicht besonders gut in ihrer Rolle. Nicht schrecklich oder unmöglich, nein, aber vor allem im Vergleich zu Lynn einfach nicht gut. Belinda sagte ihr, sie sei zu kritisch, sie leide an einem Perfektionisten-Syndrom, doch wenn Fleur zurückdachte, war es für sie immer wichtig gewesen, die Mutigste, Schnellste und Stärkste zu sein.

Und es ging auch um Jake. Er zauste ihr das Haar, zerrte sie hinaus, um mit ihr am Korb zu trainieren, schrie sie an, wenn sie ihm widersprach, und behandelte sie so wie eine nicht allzu intelligente kleine Schwester. Sie fand es abscheulich. Noch abscheulicher fand sie es, als er ein zierliches junges Ding mit großem Busen und Stupsnase ins Studio einlud und am Ende des Drehtags mit ihm verschwand. Als Fleur den beiden nachsah, hatte sie das Gefühl zu sterben, so einfach war das. Sie tat alles nur Erdenkliche, um ihr Spiel zu verbessern. Vielleicht könnte er mehr für sie empfinden, wenn sie eine bessere Schauspielerin wäre.

Hin und wieder, wenn sie am nächsten Tag nicht zu früh ins Studio mußte, nahm sie Einladungen von einigen mehr oder weniger akzeptablen Junggesellen an. Ein paar waren Langweiler, aber einer war alles andere als das, und nachdem sie mit ihm ausgegangen war, beschloß sie, ihre Verliebtheit auf ihn zu übertragen. Er war nicht nur unglaublich intelligent und einer der interessantesten Männer, denen sie je begegnet war, es machte ihr auch einen Riesenspaß, mit ihm zusammenzusein. Er sah besser aus als Jake und war viel höflicher. Sein Ruf als Ladykiller störte sie nicht im geringsten, da sie ein Gegengift brauchte und keine feste Beziehung suchte. Als sie sich das drittemal trafen, fragte sie ihn, ob er Lust hätte, mit ihr ins Bett zu gehen. Er lachte nicht, aber er ging auch nicht mit ihr ins Bett. Er sagte, er habe das Gefühl, sie sollte es sich noch einmal überlegen, und sie war insgeheim erleichtert. Warren Beatty war wirklich ein feiner Kerl. Nur eins stimmte nicht an ihm — er war nicht Jake Koranda.

An einem Freitagabend, als sie mit dem Drehen fertig waren, gaben die Spanos eine Party für das gesamte Filmteam. Johnny Guy betrank sich und versuchte Fleur die Zunge bis in den Hals zu stecken. Sie wehrte sich, Jake kam dazu und ging mit den

Fäusten auf Johnny Guy los. Erst Dick Spano gelang es, Frieden zu stiften.

Belinda meinte zu dem Zwischenfall nur wegwerfend: »Jungs sind nun mal so«, aber Fleur fühlte sich gedemütigt — wütend auf Johnny Guy, der sie in diese Situation gebracht hatte, doch noch wütender auf Jake, der etwas beschützen wollte, woran er selbst nicht interessiert war. Sie war erleichtert, als sie zu den Außenaufnahmen fuhren. Wenigstens die Szenerie würde anders sein.

Spano hatte in der Nähe von Iowa City für die Schauspieler und die Crew ein Motel gemietet, das zugleich Produktions-Kommandostelle war. Die einzigen Vorteile, die es bot, waren seine Lage und die Tatsache, daß es eine Bar hatte. Fleurs Zimmer war in »motel-modern« möbliert, mit häßlichen Hängelampen, Papierkörben aus Plastik und einer Reproduktion von Seurats *Sonntagnachmittag auf der Grande Jatte*, die mit Reißzwecken an die Wand geheftet war und sich in der Mitte wellte wie ein Kartoffelchip. Belinda rümpfte die Nase, als sie das Bild betrachtete. »Hast du ein Glück!« sagte sie. »Ich habe die *Sonnenblumen*.«

»Beklag dich nicht«, sagte Fleur schärfer als beabsichtigt. »Du hättest ja zu den Außenaufnahmen nicht mitkommen müssen.«

»Sei nicht so miesepetrig, Liebling. Du weißt, daß keine zehn Pferde mich zu Hause gehalten hätten. Wenn ich an die vielen unglücklichen Jahre in Paris denke, in denen ich nichts Besseres zu tun hatte als zu trinken, weiß ich nicht, wie ich das durchgestanden habe. Das ist jetzt das schönste Jahr meines Lebens.«

Fleur blickte von dem Stapel BHs auf, den sie eben in die oberste Schublade ihrer Kommode geschichtet hatte. »Belinda, ich habe mir überlegt, was ich machen will, wenn der Film abgedreht ist.«

»Zerbrich dir nicht allzusehr den Kopf, Liebling, dazu sind Gretchen und Parker Dayton da.« Belinda kramte in Fleurs Kosmetikkoffer und zog eine Bürste heraus. Sie fuhr sich durch das Haar und betrachtete dann das Ergebnis im Spiegel. »Aber eine Entscheidung werden *wir* treffen müssen — und zwar wegen der Sache mit Paramount. Sie ist wirklich verlockend, und Parker meint, sie sei auch das richtige für dich, aber Gretchen ist der Ansicht, wir sollten zuerst mit Estee Lauder abschließen.«

Fleur nahm ein Paar Laufschuhe aus dem Koffer. Sie hatte lange nachgedacht, und obwohl sie wußte, daß es Belinda nicht gefallen würde, war sie überzeugt, ihre Mutter überreden zu können, wenn sie es richtig anfing. »Vielleicht sollten wir einfach eine Weile warten, bevor wir überhaupt was tun«, sagte sie beiläufig. »Ich hätte nichts gegen längere Ferien. Du könntest ein bißchen reisen und ein paar Partys geben.«

Belinda musterte sich noch immer im Spiegel, legte den Kopf von einer Seite auf die andere. »Sei nicht albern, Baby.« Sie zupfte an einer Locke. »Vielleicht sollte ich das Haar heller tragen? Wenn ich mich nur entscheiden könnte.«

Fleur gab es auf, so zu tun, als gebe es für sie im Moment nichts Wichtigeres als auszupacken. Sie konnte sich nicht sofort wieder in einen Film stürzen, und der Gedanke, erneut als Fotomodell zu arbeiten, war für sie genauso bedrückend. »Ich brauche wirklich Ferien, Belinda. Zwei Jahre lang habe ich ununterbrochen gearbeitet und möchte eine Pause machen.«

Belinda legte die Bürste aus der Hand, und die Atmosphäre im Raum war plötzlich zum Zerreißen gespannt. »Das kommt nicht in Frage. Wenn du jetzt von der Bildfläche verschwindest, ist das beruflicher Selbstmord.«

»Ich brauche aber ein bißchen Zeit für mich, Belinda.« Fleur war zu unbekümmert vorgeprescht und versuchte sich jetzt zurückzuziehen. »Alles ist so schnell geschehen. Ich hatte nie Zeit nachzudenken. Ich meine, es war alles ganz wundervoll und so, aber woher weiß ich denn, daß es wirklich das ist, was ich mit meinem Leben anfangen möchte?«

Belinda sah sie an, als seien ihr auf einmal blaue Haare gewachsen. »Du kannst doch nicht noch mehr wollen, als du schon hast?«

Sie machte ein so verblüfftes und ungläubiges Gesicht, daß Fleur unsicher wurde. »Ich weiß es nicht«, gab sie zu.

»Du weißt es nicht? Also das verstehe ich natürlich. Es ist schwer, etwas noch Besseres zu finden, wenn man schon ganz oben ist.«

»Bitte, versuch mich doch zu verstehen, Belinda. Ich sage nicht, daß ich einen anderen Beruf will. Ich brauche nur ein bißchen Zeit, um herauszufinden, was für Möglichkeiten ich noch hätte, und um mich davon zu überzeugen, daß ich das, was ich tue, auch wirklich tun will.«

Belinda kam ihr mit einemmal wie eine Fremde vor, kalt und

abweisend. »Hast du schon irgendeine Vorstellung? Eine Karriere, die noch aufregender ist als die des berühmtesten Models der Welt? Eine Karriere, die glanzvoller ist als die eines Filmstars? Was würdest du denn gern werden, Fleur? Grundschullehrerin?«

»Nein.«

»Wie wär's dann mit Krankenschwester? Du könntest Fieber messen und Bettschüsseln scheuern. Das wäre bestimmt aufregend. Gut genug für dich?«

»Nein, ich . . .«

»Was dann? Was willst du dann?«

»Ich weiß es nicht!« Unglücklich und verwirrt ließ Fleur sich aufs Bett sinken.

Belinda strafte sie mit Schweigen. Als sie endlich wieder sprach, klang ihre Stimme vorwurfsvoll. »Du bist verwöhnt, Fleur — zu sehr verwöhnt. Alles, was du dir wünschen konntest, wurde dir auf einem silbernen Tablett serviert, und du hast dir nie etwas erarbeiten und erkämpfen müssen. Merkst du denn nicht selbst, wie albern sich alles anhört, was du sagst? Es wäre anders, wenn du ein bestimmtes Ziel hättest, aber du hast ja nicht einmal das. Als ich in deinem Alter war, habe ich genau gewußt, was ich vom Leben wollte, und war bereit, alles zu tun, um es zu erreichen. Ein bißchen von dieser Entschlossenheit würde dir guttun.«

Fleur ertrug es nicht, wenn Belinda sie so mißbilligend und fast verächtlich ansah. »Es tut mir leid. Vielleicht hast du recht.«

Doch so leicht kam sie Belinda nicht davon. »Ich bin von dir enttäuscht. Zum erstenmal, seit du auf der Welt bist, muß ich dir leider sagen, daß ich von dir enttäuscht bin.« Sie ging zur Tür und legte die Hand auf die Klinke. »Denk an das, was du wegwerfen willst, Fleur, und wenn du bereit bist, vernünftig darüber zu reden, komm zu mir.« Ohne ein weiteres Wort marschierte sie hinaus.

Fleur mußte sich selbst daran erinnern, daß sie kein Kind mehr war. Sie war nicht mehr im Kloster de l'Annonciation und sah dem Wagen ihrer Mutter nach. Doch schon ein paar Minuten später rannte sie über den Flur zu Belindas Zimmer. Als auf ihr Klopfen niemand antwortete, mußte sie gegen eine schreckliche Angst ankämpfen. Belinda holt sich bestimmt nur eine Zeitung aus der Halle, sagte sie sich. Bloß eine Zeitung, nichts sonst. In der Halle saßen aber nur ein paar Mitglieder der Crew herum, und keiner hatte Belinda gesehen. Fleur ging zurück, erkundigte sich beiläufig bei jedem, den sie traf, nach ihrer Mutter. Jemand erwähnte die Bar.

Innerlich ganz krank vor Sorge, ging Fleur wieder hinunter. Ihre Augen brauchten ein paar Sekunden, um sich an das Dämmerlicht in der Bar zu gewöhnen, und noch ein paar, ehe sie Belinda entdeckte, die allein an einem Tisch saß und mit einem Sektquirl in dem Glas herumrührte, das vor ihr stand. Nach zwei Jahren hatte ihre Mutter wieder zu trinken angefangen, und sie war schuld. »Warum bist du ausgerechnet hierhergegangen, Belinda?« fragte sie und legte die Hand auf das Glas, das wie Scotch aussah. »Komm, fahren wir ein bißchen weg.«

»Ich würde gern mein Glas austrinken, Fleur. Bin im Moment ohnehin nicht die vergnüglichste Gesellschaft.«

Fleur setzte sich ihr gegenüber. »Bitte, tu das nicht!« Sie griff nach der Hand ihrer Mutter, die auf dem Tisch lag. »Bitte, laß dich von der Tatsache, daß deine Tochter ein verzogenes Gör ist, nicht zu einem Drink verleiten, den du gar nicht willst. Ich brauche dich zu sehr.«

»Du brauchst mich nicht, Baby. Es ist mir ziemlich klar, daß ich dich zu etwas dränge, was du gar nicht willst.«

»Das ist nicht wahr. Es ist, wie du mir einmal vor langer Zeit gesagt hast. Zwischen uns ist ein Band, als wären wir nicht zwei Menschen, sondern einer.« Fleur begann zu weinen. »Was dich glücklich macht, wird auch mich glücklich machen. Ich war nur ein bißchen durcheinander, mehr nicht.« Sie versuchte zu lächeln, schaffte es jedoch nicht ganz. »Komm, fahren wir ein Stück. Wir müssen über das Angebot von Paramount entscheiden.«

Belinda ließ den Kopf sinken. »Sei mir nicht böse, Baby. Ich könnte es nicht ertragen, wenn du mir böse wärst.«

»Das wird nie der Fall sein. Komm! Wir müssen hier raus.«

Sie waren schon bei ihrem Mietwagen angelangt, als Belinda merkte, daß sie ihre Handtasche in der Bar vergessen hatte. Fleur lief zurück, um sie zu holen. Als sie sich bückte und die Tasche vom Fußboden aufheben wollte, merkte sie, daß Belindas Drink noch auf dem Tisch stand. Das Glas war voll. Belinda hatte keinen einzigen Schluck getrunken.

Obwohl Belinda nicht offiziell zum Filmteam gehörte, war sie immer da, wenn jemand sie brauchte. Sie gab den Schauspielern die Stichworte, wenn sie ihren Text lernten, erledigte Telefongespräche und massierte Johnny Guys steifen Nacken. Die meiste Zeit war sie jedoch mit Fleur zusammen, auch wenn ihre Blicke sehr häufig Jake Koranda suchten.

Am Ende der ersten Woche drehte Johnny Guy eine Szene mit Lynn und Fleur, und Jake hatte einen Tag frei. Er hatte lange geschlafen und kam eben aus der Dusche, als es an seiner Tür klopfte. Er schlang sich ein Badetuch um die Hüften und machte auf.

Vor ihm stand Belinda mit einer weißen Papiertüte in der Hand. »Hallo! Frühstück gefällig?«

»Haben Sie Kaffee mitgebracht?«

»Selbstverständlich.«

»Dann herein mit Ihnen.«

Sie stellte die Tüte auf den Fernseher und holte zwei Styroporbecher heraus. Sie reichte ihm einen, nahm den anderen, setzte sich in den einzigen Sessel, der im Zimmer stand, und schlug die Beine übereinander, so daß ihr der schmale Kostümrock bis weit über die Knie hinaufrutschte. »Ich hatte heut morgen Kopfschmerzen und bin deshalb nicht mitgefahren.«

Er löste den Deckel vom Becher und warf ihn in den Papierkorb. »Geht's Ihnen jetzt besser?«

»Wie haben Sie das erraten?«

»Reine Intuition.« Er setzte sich aufs Bett, schob sich ein paar Kissen in den Rücken und lehnte sich zurück.

»Halten Sie sich für einen Rebellen, Jake?«

»Nein, eigentlich nicht. Warum?«

»Ich glaube schon, daß Sie einer sind. Sie hätten genausogut die Hauptrolle in *Denn sie wissen nicht, was sie tun* spielen können. Sie sind ein Mann, der die Gesetze selbst geschaffen hat, nach denen er lebt. Das ist eins von den Dingen, die ich an Ihnen so aufregend finde.«

»Gibt es noch mehr?« Er lächelte, merkte jedoch, daß sie es absolut ernst meinte.

»O ja. Erinnern sie sich noch an Ihre Flucht in *Devil Slaughter?* Einfach phantastisch. Ich bin immer ganz hingerissen, wenn es heißt, Sie gegen den Rest der Welt. Solche Filme hätte auch Jimmy gedreht, wenn er nicht gestorben wäre.«

»Jimmy?«

»James Dean.« Sie stand auf und hängte das Schild *Bitte nicht stören* außen an die Türklinke. Als sie die Tür wieder geschlossen hatte, sagte sie: »Sie haben mich schon immer an ihn erinnert.«

»Komm her«, sagte er.

Sie trat ans Bett, ihr Atem ging schnell und flach. Ihre Hände zitterten, als er sie ergriff und Belinda zu sich aufs Bett zog. »Soll ich mich für dich ausziehen?« fragte sie.

»Willst du es denn?«

»Was willst du, Jake? Laß dich von mir verwöhnen.«

Er beugte sich vor und küßte sie. Bei der ersten Berührung seiner Lippen öffnete sie den Mund, und ihre Hände begannen seinen Rücken zu streicheln. Er küßte sie leidenschaftlicher und legte ihr die Hand um die Brust. Sofort löste sie sich von ihm und begann sich die Bluse aufzuknöpfen.

»He, nicht so hastig, laß dir Zeit«, sagte er freundlich.

Verwirrt blickte sie zu ihm auf. »Willst du mich nicht sehen?«

»Ja, aber es brennt doch nirgends. Wir haben den ganzen Tag Zeit.«

»Ich möchte dich nur verwöhnen.«

»Das beruht doch auf Gegenseitigkeit, Belinda. Man nimmt und gibt.« Er stieß sie sanft um, so daß er sich auf sie legen konnte, und öffnete langsam ihren vorn verschließbaren BH. Sie fühlte die Wärme seines Mundes auf dem ihren und erinnerte sich an die Szene in *Devil Slaughter*, in der Bird Dog sich mit der schönen Engländerin eingelassen hatte. Sie erinnerte sich, wie er die andere vom Pferd in seine Arme gerissen und ihren Körper nach dem Messer abgetastet hatte, das sie, wie er wußte, bei sich trug. Als Jake sie jetzt auszog, spielte sie sich selbst vor, daß er sie durchsuchte.

Ihr Mund war bereit für seine wundervoll leidenschaftlichen Küsse. Das Feuer breitete sich in ihrem ganzen Körper aus. Sie öffnete die Beine, um sich ihm darzubieten, und als er endlich in sie eindrang, tat er es mit einem heftigen, besitzergreifenden Stoß, wie sie es von einem so besonderen Mann wie ihm erwartete. Sein Bart war rauh auf ihrer Haut, kratzte sie, tat ihr auf angenehme Weise weh. Sie öffnete die Augen und betrachtete das Gesicht, das ihr so nah, das Wirklichkeit und nicht Einbildung war. Aber aus dieser Nähe sah es nicht richtig aus, weil sie nur Teile und nicht das ganze Gesicht sehen konnte. Sie wollte sein ganzes Gesicht sehen, also machte sie die Augen wieder zu und stellte sich ihn so vor, wie sie ihn von der Leinwand her kannte.

So. Besser. Viel, viel besser. O ja. Ja.

Bei den Außenaufnahmen hatten sie mit den üblichen Tücken zu kämpfen — eine Dreherlaubnis war nicht eingeholt, eine Straße nicht rechtzeitig gesperrt worden, und als sie gutes Wetter brauchten, regnete es eine Woche lang. Sie drehten die letzte Szene bei einem heruntergekommenen *root-beer*-Stand, den sie mitten im Nirgendwo aufgebaut hatten, und fuhren dann zurück, um nachzudrehen, was sie versäumt hatten.

Ein paar Tage vor der schon fest geplanten Rückkehr nach Kalifornien saß Jake auf einem Traktor, in Jeans, mit nacktem Oberkörper, die Brust mit unechtem Schweiß bedeckt. Es war empfindlich kühl, und er hatte eine Garderobenfrau um ein Hemd gebeten, das er anziehen konnte, während er auf den nächsten Take wartete. Er entdeckte Belinda, die mit einer Zeitschrift in der Nähe eines Trailers saß, und runzelte unmutig die Stirn. Belinda schien allgegenwärtig.

Obwohl er mit vielen Frauen zusammengewesen war, hatte er noch nie etwas Ähnliches erlebt wie mit Belinda Savagar. Mit ihr zu schlafen, war, wie er festgestellt hatte, ein verwirrendes Erlebnis — manchmal hätte er am liebsten dicht vor ihren Augen mit den Händen gewedelt, um festzustellen, ob sie noch da war. Er hatte sich entschlossen, die Beziehung zu beenden. Obwohl er ihre grenzenlose Bewunderung am Anfang genossen hatte, war jetzt etwas hinzugekommen, das ihm Unbehagen einflößte. Außerdem hatte er jedesmal ein schlechtes Gewissen, wenn er Fleur ansah. Er wußte, daß das völlig unlogisch war, doch er konnte nichts dagegen tun.

»Hier ist dein Hemd.«

»Nanu?« sagte er überrascht, denn die Überbringerin war Lynn Davids. »Seit wann arbeitest du in der Garderobe?«

»Ich wollte mit dir reden. Gehst du mir eigentlich aus dem Weg, Jake?«

»Aber nein, wie kommst du denn darauf?«

»Weil du jedesmal verschwindest, wenn ich versuche, dich allein zu erwischen.«

»Du hast eine allzu lebhafte Phantasie, Herzchen.« Er zog das Hemd an und knöpfte es zu.

»Klar.« Sie faltete die Arme über dem ihre Schwangerschaft vortäuschenden Kissen unter dem Umstandskleid. »Was, zum Teufel, ist los mit dir? Wie lange kann es deiner Ansicht nach noch dauern, bis hier alle wissen, daß ihr's miteinander treibt, Belinda und du?«

Er fand, daß er ihr keine Erklärung schuldig sei. »Wir sind beide erwachsen. Warum die Aufregung?«

Er sprang vom Fahrersitz des Traktors und wollte auf und davon, doch Lynn stellte sich ihm in den Weg. »Lauf nicht wieder weg, Jake. Ich kann das heute genausowenig leiden wie früher. Du solltest dich nicht mit Belinda einlassen, das weißt du genau. Sie ist nichts anderes als ein gutangezogener Betthase für Berühmtheiten.«

»Na und? Wir beide sind doch schon lange genug im Geschäft, um zu wissen, daß es Frauen wie sie überall gibt.«

Lynn schob sich eine Haarsträhne hinters Ohr. »Und was ist mit Fleur?«

»Was soll mit ihr sein?«

»Sie ist meine Freundin, Jake. Und obwohl sie dich nicht anhimmelt, glaube ich, daß sie dich wirklich gern hat. Aber du benimmst dich ihr gegenüber sehr seltsam.«

»Ich verstehe nicht, was du meinst, zum Teufel!«

»Du verstehst mich sehr gut. Mimst den großen Bruder. So hast du noch nie eine Frau behandelt.«

»Sei friedlich, Lynn. Sie ist doch noch ein Kind.«

»Das habe ich schon einmal von dir gehört. Mehr als einmal, um genau zu sein, und ich verstehe es heute nicht besser als das erstemal. Du bist mit Frauen in ihrem Alter aus- und, wenn ich mich nicht sehr irre, auch ins Bett gegangen. Fleur hat mehr Klasse als alle zusammen.«

»Was versuchst du mir zu sagen? Soll ich mit Fleur ins Bett gehen? Soll ich die Hände von Belinda lassen — die verdammt genau weiß, was sie tut — und mir statt dessen das Kind mit den großen Augen anlachen? Das schlag dir aus dem Kopf, Lynn.«

»Du weißt genau, daß es so nicht gemeint ist. Mit Belinda zu schlafen, hinterläßt bei dir vielleicht keine Spuren, aber Fleur liebt dieses Miststück, und ihr setzt Fleur etwas sehr Häßlichem aus, falls sie je erfahren sollte, was ihre liebe Mami treibt. Ich will nicht, daß sie verletzt wird.«

»Denk nicht mehr in sie hinein, als tatsächlich da ist, Lynn. Selbst wenn du recht haben solltest, was ich bezweifle, ist Fleur nur ein Kind mit einer Schulmädchenschwärmerei.«

»Mit einer Schulmädchenschwärmerei? Ist dir denn nicht selbst peinlich, was du so daherredest? Sie ist eine schöne junge Frau, und sie hat dich sehr gern.«

»Das geht dich nichts an, Lynn. Kümmere dich nicht darum.«

»In Ordnung. Thema abgeschlossen. Aber ich möchte, daß du mir eins versprichst.«

»Und das wäre?«

»Ich möchte, daß du darüber nachdenkst, warum es so verdammt wichtig für dich ist, in Fleur Savagar das ewige Schulmädchen mit Zöpfen zu sehen.«

Die Gesellschaft kehrte nach Kalifornien zurück. Belinda wußte, daß es mit Jake vorbei war, das brauchte man ihr nicht eigens zu sagen. Sie akzeptierte es mit derselben fatalistischen Resignation, mit der sie vor so vielen Jahren hingenommen hatte, daß Flynn sie verließ. Jake Koranda war ein Star, unsterblich wie Jimmy. Es war dumm von ihr gewesen, auch nur einen Augenblick zu glauben, sie sei bedeutend genug, um ihn zu halten.

Fleur wurde während des letzten Abschnitts der Dreharbeiten immer unglücklicher. Sie wünschte sich nichts sehnlicher, als daß endlich alles vorbei wäre, doch zugleich konnte etwas in ihr den Gedanken nicht ertragen, Jake nie wiederzusehen.

Die beiden hatten eben eine Szene abgedreht, als Johnny Guy sie beiseite nahm. »In zwei, drei Tagen drehen wir diese letzte große Liebesszene, und ich möchte, daß ihr schon anfangt, euch damit zu beschäftigen. Ihr sollt sie nicht zu oft probieren — sie muß ganz spontan sein. Und ich möchte auch keinen choreographierten Ballettanz. Ich will Sex, dreckig und gemein.« Er wandte sich an Fleur. »Wir schicken alle weg, die wir nicht brauchen, Schätzchen, damit du dich nicht gehemmt fühlst. Nur ich, der Regieassistent, der Ton und die Kamera werden im Studio sein. Weniger geht wirklich nicht. Wir hängen einen Vorhang auf, und ich hole mir eine Frau an den Mikrogalgen.«

Fleur überkam eine erste leichte Unruhe. »Johnny Guy, du solltest vorher das Kleingedruckte in meinem Vertrag lesen. Ich brauche nichts zu tun, wozu man einen Vorhang oder eine reduzierte Crew benötigt. Wir nehmen ein Double, weißt du das nicht mehr?«

»Scheiße!« Jake schob die Hände in die Hosentaschen und wandte sich ab.

Johnny Guy schüttelte den Kopf. »Ich weiß nicht, woher du das hast, Schätzchen, aber du solltest es lieber nachprüfen. Ein Körperdouble war im Gespräch, aber wir waren damit nicht einverstanden und hätten dir den Vertrag nicht gegeben, wenn du auf der Bedingung bestanden hättest. So was funktioniert nicht. Das haben deine Leute gewußt.«

»Das ist ein Irrtum, Johnny Guy«, blieb Fleur hartnäckig. »Ich rufe meinen Agenten an.«

»Tu das, Schätzchen. Geh in Dicks Büro, dort hast du Ruhe.«

Fleur rief Parker Dayton an. Als sie auflegte, war sie kalkweiß und völlig durcheinander und verließ wortlos das Studio. Sie fand Belinda in einem der schicksten Nobelrestaurants, wo sie mit der dritten Frau eines beliebten Fernseh-Talkmasters bei einem Lunch aus Lachs in Sauerampfersoße saß. Belinda warf einen Blick auf Fleurs Gesicht und stand auf. »Liebling, was, um Himmels willen ...«

»Du hast mich belogen«, sagte Fleur.

Belindas Gesichtsausdruck änderte sich nicht. Sie nahm Fleurs Arm und lächelte ihrer Lunchpartnerin zu. »Entschuldigen Sie uns einen Moment, meine Liebe. Es dauert nur ein paar Minuten.« Sie zog Fleur in den Vorraum der Toilette, verriegelte die Tür und sagte kalt: »Also! Was gibt's?«

»Ich habe vorhin mit Parker Dayton telefoniert. Er hat mir erklärt, in meinem Vertrag habe es nie eine Klausel wegen eines Körperdoubles gegeben, weil du ihm gesagt hast, ich hätte es mir anders überlegt und sei einverstanden, die Szene selbst zu spielen.«

Belinda zuckte mit den Schultern. »Sie wollten nicht darauf eingehen, Baby. Ich habe versucht, mit ihnen zu sprechen, ich habe ihnen deinen Standpunkt erklärt. Auch Parker hat es versucht, aber sie haben sich stur gestellt. Sagten, die Szene könne mit einem Double nicht gedreht werden.«

»Also hast du gelogen, obwohl du wußtest, daß ich keine Nacktszenen drehen würde. Du hast mir gesagt, es sei alles in Ordnung.«

Belinda riß gereizt am Verschluß ihrer Handtasche und nahm ihre Zigaretten heraus. »Wenn du die Wahrheit gewußt hättest, hättest du nicht unterschrieben. Ich mußte so handeln, um dich zu schützen. Das siehst du doch inzwischen ein, oder?«

»Nein, ich sehe es nicht ein. Ich sehe nur, daß man uns verklagen wird, wenn ich die Szene am Freitag nicht drehe.«

»Aber selbstverständlich wirst du die Szene drehen.« Zum erstenmal wirkte Belinda leicht erschrocken. »Mein Gott, nach einem Vertragsbruch wärst du in Hollywood ein für allemal erledigt. Du wirst doch wegen einer albernen bourgeoisen Prüderie nicht deine Karriere aufs Spiel setzen?«

Schweigen. Und nach einer Weile die Frage, die Fleur ihrer Mutter schon seit langem stellen wollte: »Ist es eigentlich meine Karriere, Belinda, oder ist es die deine?«

»Wie gemein und undankbar! Und wie charakteristisch!« Belinda warf die Zigarette, die sie sich eben angezündet hatte, auf den Boden und trat sie mit der Fußspitze aus. »Jetzt hör mir zu, Fleur, und paß genau auf, was ich dir sage — wenn du irgend etwas tust, das diesen Film gefährdet, wird es zwischen uns nie wieder wie früher sein. Du weißt es, und ich weiß es, also können wir's auch ruhig zugeben.«

Fleur starrte ihre Mutter an, unfähig zu glauben, was sie hörte. Belinda meinte es nicht so. Das konnte nicht sein. Aber als sie ihr ins Gesicht sah, entdeckte sie darin keine Spur von Nachgiebigkeit.

Sie bekam die Tür des Waschraums nicht sofort auf, doch als sie es endlich geschafft hatte, rannte sie aus dem Restaurant und achtete nicht auf Belinda, die ihr etwas nachrief. Sie erinnerte sich, auf der Melrose Avenue eine Telefonzelle gesehen zu haben. Sie fand sie auch, aber es dauerte fast eine Stunde, ehe sie Alexi in seiner Suite im Connaught-Hotel aufspürte. Als sie ihn endlich erreichte, klebte ihr das Kleid am Körper, und sie hatte sich die Unterlippe blutig genagt.

»Ist etwas passiert, *enfant?*«

Unglücklich und empört, schüttete sie ihm ihr Herz aus. Als sie fertig war, strömten ihr die Tränen übers Gesicht und tropften auf den Hörer. »Belinda hat mich belogen, Alexi.«

»Heißt das, daß du einen Vertrag unterschrieben hast, ohne ihn vorher zu lesen?«

»Das besorgt immer Belinda.«

In der Leitung blieb es so lange still, daß sie schon glaubte, die Verbindung sei unterbrochen. »Ich fürchte, *enfant*«, sagte er endlich ruhig, »daß du eben eine sehr harte Lektion über deine Mutter gelernt hast.«

Als Fleur nach Hause kam, erfuhr sie von der Haushälterin, daß ihre Mutter sie gesucht habe, aber wieder weggegangen sei. Sie reichte Fleur einen Stapel telefonischer Nachrichten, die sie notiert hatte. Fleur warf sie in den Papierkorb, ohne sie anzusehen, zog einen Badeanzug an und sprang in den Pool.

Als sie wieder herauskletterte, kam Jake gerade an. Er trug

Shorts und ein so verwaschenes T-Shirt, daß auf der Brust nur noch die dunkleren Konturen von Beethovens Gesicht sichtbar waren. Sein Haar war zerwühlt, er war schmuddelig und zerknittert, ein Cowboy mit harten Fäusten, nach Beverly Hills verpflanzt, wohin er nicht gehörte.

Sie war lächerlich unvernünftig glücklich, ihn zu sehen. »Hauen Sie ab, Koranda! Niemand hat Sie eingeladen.«

»Zieh deine Schuhe an, wir laufen ein Stück.«

»Das können Sie vergessen.«

»Mach mich ja nicht sauer, Fleur. Du hast anderthalb Minuten Zeit, um dich umzuziehen.«

»Oder?«

»Oder du kriegst es mit Bird Dog zu tun.«

Sie nahm das Badetuch, das sie auf die Liege geworfen hatte, und fing an, sich ganz langsam trockenzureiben. Er sollte ja nicht denken, er könne sie herumkommandieren. Dann ging sie ins Haus und zog sich um. Warum glaubte sie eigentlich, daß Jake ihr helfen werde? Von Anfang an hatte er sie nur immer unglücklicher gemacht. Von Tag zu Tag fiel es ihr schwerer, sich einzureden, es sei nur kindische Verliebtheit, was sie für ihn empfand.

Er wartete vor dem Haus auf sie. Sie liefen los, kamen jedoch kaum einen Block weit. Dann blieb sie schon nach Atem ringend stehen. »Tut mir leid, Jake, ich kann heut nicht. Sie müssen allein weiterlaufen.«

Bei anderer Gelegenheit hätte er sie geneckt, heute tat er es nicht. Er blieb stehen und nahm ihren Arm. »Vorschlag: Wir fahren in den Park und trainieren ein bißchen an den Körben. Um diese Zeit ist es dort leer, so daß wir bestimmt keine Autogramme geben müssen.«

Sie hatte eigentlich keine Lust, aber auch nicht genug Energie, um zu protestieren. Sie gingen zum Haus zurück, und er öffnete die Beifahrertür des Trucks, den er fuhr. Es war ein 66er Chevy, ein Halbtonner, in den er, wie sie wußte, den Rennmotor einer Corvette eingebaut hatte. Er sagte nichts, als er im Rückwärtsgang die Zufahrt hinunterfuhr, und sie ertappte sich bei dem Gedanken, daß sie es mit einem anderen Schauspieler vielleicht geschafft hätte. Sie wäre vielleicht imstande gewesen, die Szene rein professionell anzupacken und sich innerlich davon zu distanzieren. Mit Jake war ihr das unmöglich.

»Ich will diese Szene nicht spielen, Jake.«

»Das weiß ich.« Er parkte den Truck, griff hinter den Sitz und holte unter seiner Windjacke einen Basketball und ein zweites Paar Turnschuhe heraus. Dann stieg er aus und kam auf ihre Seite, um ihr die Tür aufzumachen. Sie gingen über den Rasen zum Basketballfeld. Auf dem Asphalt begann er sofort mit dem Ball zu dribbeln. »Die Szene ist nicht obszön, Fleur, sie ist notwendig.« Er warf ihr den Ball zu.

Sie dribbelte zum Korb, warf und traf nur den Rand. »Das weiß ich, aber ich will sie trotzdem nicht spielen. Ich lehne Nacktszenen ab.«

»Das scheinen deine Leute nicht zu verstehen.«

»Sie verstehen es.«

»Wieso ist es dann passiert?«

»Weil ich zu dumm bin, Verträge zu lesen, bevor ich unterschreibe.«

Er sah sie einen Moment an, sprang dann schnell von der Seite her auf den Korb zu und traf sauber hinein. »Wir sind nicht auf die Leute aus, die in Peep-Shows laufen, Fleur. Bei uns gibt es keine Geschmacklosigkeiten, alles soll sehr dezent . . .«

»Dezent?« brauste sie auf. »Was, zum Teufel, heißt bei euch dezent?« Sie nahm den Ball und warf ihn zornig nach ihm. »Ich will Ihnen sagen, was es bedeutet, Koranda. Es bedeutet, daß es nicht Ihre Nudel sein wird, die jeder sieht.« Wütend marschierte sie davon.

»Fleur!« Es klang, als ob er lache. Sie fuhr herum und ertappte ihn tatsächlich dabei. Hastig wischte er sich das Grinsen vom Gesicht und kam, den Ball unter den Arm geklemmt, auf sie zu. »Tut mir leid, die Sache an sich ist nicht zum Lachen. Nur deine Ausdrucksweise war so urkomisch.«

Er legte ihr den Zeigefinger unter das Kinn. »He, Schätzchen, wahrscheinlich kriegt das Publikum nicht einmal deine Brüste, sondern nur dein Hinterteil zu sehen. Meins übrigens auch. Hängt davon ab, wie Johnny Guy die Szene geplant hat.«

»Aber Sie werden meine Brüste sehen.«

»Also das wäre eigentlich nichts Brandneues für mich. Natürlich kenne ich nicht die deinen, aber so viele Varianten gibt es ja nicht. Ich meine, wenn du's dir richtig überlegst, müßte ich derjenige sein, der sich beschwert. Wie viele Nudeln hast du schon gesehen?«

Sie hätte ihm am liebsten eine gescheuert. »Sie halten das wohl für sehr komisch, wie?«

»Für ein bißchen komisch schon. — Nicht die Tatsache, daß man dich reingelegt hat — offen gesagt, an deiner Stelle würde ich jemandem ganz schön in den Hintern treten. Lustig find ich nur, daß du so eine Riesensache draus machst. Die Szene ist wichtig für den Film.«

Er legte ihr die Hand um den Nacken und sah ihr in die Augen. Sie hatte das schreckliche Gefühl, daß sie die gleiche Geste schon einmal bei ihm gesehen hatte, daß sie aus einem seiner Filme stammte, in dem er versucht hatte, irgendein dummes Frauenzimmer zu überreden, das zu tun, was er wollte. Und wenn es nicht aus einem Film war? Wenn die Zärtlichkeit, die sie in seinen Augen sah, echt war? Sie wollte es glauben. Noch nie hatte sie sich etwas so sehr gewünscht.

»Es ist wichtig für mich, Fleur«, sagte er leise. »Wirst du es machen? Wirst du's für mich machen?«

Sie riß sich mit einem Ruck von ihm los. »Hören Sie bloß auf, so zu tun, als bliebe mir was anderes übrig. Sie wissen, ich hab einen Vertrag unterschrieben. Sie wissen, daß ich die Szene spielen muß.« Sie rannte zum Fahrradweg. Ihn kümmerte nur sein verfluchter Film, sie war ihm verdammt egal.

Jake sah ihr nach, und in seinem Innern verkrampfte sich etwas. Mein Gott, war sie schön! Ihr Haar sah aus, als habe jemand auf ihrem Rücken goldene Farbe vergossen. Sie bog auf den Weg ein, die einzige Frau, mit der er laufen konnte. Ihre langen, schlanken Beine mit den weitausgreifenden, sauberen Schritten hatten ihn von Anfang an begeistert und perfekt zu den seinen gepaßt. So viel an ihr paßte perfekt zu ihm — ihr großzügig geschwungener Mund, ihr manchmal schrulliger Humor, ihre grenzenlose Energie. Alles — nur nicht das zerbrechliche Kleinmädchenherz.

14

Johnny Guy rief das gesamte Team zusammen, während Fleur in der Maske war. »Der erste, der heute hier einen blöden Witz reißt oder was anderes tut, was ihr peinlich sein könnte, wird von mir höchstpersönlich mit einem Tritt hinausbefördert. Ist das klar? Und soweit es mich betrifft, kann die Gewerkschaft mich am Arsch lecken.«

Dick Spano zuckte zusammen.

Nachdem das Studio bis auf die wichtigsten Leute geräumt war, nahm Johnny Guy Jake beiseite. »Und du verkneif dir gefälligst auch deine witzigen Anspielungen.«

Die Bemerkung machte Koranda wütend. »Ich bin nicht derjenige, der sie bei jeder möglichen und unmöglichen Gelegenheit betatscht, Johnny Guy.«

Sie funkelten sich gegenseitig noch zornig an, als Fleur in der Dekoration erschien. Sie schaute an beiden vorbei. Sie trug ein gelbes Baumwollkleid und weiße Sandalen. Das Haar hing ihr, von einem Band gehalten, über den Rücken hinunter. Es war das Kostüm, das sie schon seit ein paar Tagen trug, während sie den Dialog aufgenommen hatten, der zu der Liebesszene führte, aber heute war es soweit, und sie hatte das Gefühl, etwas ganz anderes anzuhaben.

»Laß dir erklären, was wir jetzt hier tun werden, Herzchen.« Johnny Guy führte sie hinter den mit einem Vorhang versehenen Teil der Dekoration in das Zimmer des alten Farmhauses mit der verblaßten Tapete und einem eisernen Bett. »Du stehst hier und schaust zu Matt hinüber. Schaust ihn ununterbrochen an, während du dir das Kleid aufknöpfst und ausziehst. Wenn wir das im Kasten haben, werde ich, während du BH und Schlüpfer ablegst, von hinten filmen. Es ist wirklich einfach. Laß dir Zeit. Wenn sie die Unterwäsche auszieht, mache ich einen Schwenk zu dir, Jako. Fragen?«

Jake schüttelte den Kopf.

Fleur räusperte sich. »Ich hätte gern ein Glas Wasser.«

Daß es so still war, störte sie. Ihr fehlte das übliche Stimmengewirr. Niemand schimpfte, niemand schrie etwas Anzügliches, niemand sah sie an. Sie war unsichtbar geworden. Sie trank einen Schluck aus dem Glas, das man ihr reichte, und gab es zurück.

»Bist du okay, Fleur?« fragte Jake.

»Ja, nur ein bißchen weich in den Knien.«

Jake verließ seine Markierung und kam zu ihr. »He, das ist nicht das Ende der Welt, Kindchen. Das schwierige Zeug kommt nicht vor heut nachmittag dran.«

»Sie haben leicht reden. Sie tragen keine Unterhose mit Teddybären drauf.« Das war zwar ihre geringste Sorge, im Augenblick jedoch die beste Antwort, die ihr einfiel.

»Machst du Witze?«

»Angeblich ist das bezeichnend für Lizzies Charakter.«

»So was Blödes habe ich meiner Lebtag noch nicht gehört!«

»Genau das hab ich auch gesagt.«

Jake schob sich an ihr vorbei. »Johnny Guy, irgendein Arschloch hat Fleur in Schlüpfer gesteckt, die mit Teddybären bedruckt sind.«

»Das Arschloch bin ich. Du hast ein Problem.«

»Da hast du verdammt recht. Lizzie sollte die aufreizendste Unterwäsche tragen, die es gibt. Äußerliche Unschuld, demonstriert durch das brave gelbe Kleidchen, und darunter Verworfenheit. Du verdirbst mir meine Metapher.«

»Scheiß auf deine Metapher.«

Die beiden Männer begannen zu streiten, und Fleur ließ sich auf den steifen Stuhl neben dem Bett sinken. Sie versuchte alle Tricks — gähnte, kniff sich ins Bein, biß sich in die Innenseite der Wange, aber es half nichts. Sie hatte immer noch das Gefühl, gleich losheulen zu müssen. Jake und Johnny Guy merkten es jedoch sehr bald und waren sofort zerknirscht. Johnny Guy schickte sie in die Maske, weil ihr Make-up nicht mehr tadellos war. Außerdem sollte sie sich aus dem Fundus andere Unterwäsche holen. Man gab ihr beigefarbene Spitze, die nichts verbarg, und sie wünschte, sie hätte den Mund gehalten.

Endlich war es soweit. Johnny Guy rief sein »Action!«, und Fleur begann sich langsam das Kleid aufzuknöpfen.

Schnitt. Sie sollte Matt dabei ansehen.

Sie sagte sich, sie müsse vergessen, daß sie Fleur war. Sie müsse an Lizzie denken. Lizzie hatte sich schon ein paar dutzendmal vor einem Mann ausgezogen. Und der Mann, der jetzt vor ihr stand, war Matt. Aber als die Kamera zu surren anfing, war sie nicht Lizzie und er nicht Matt.

Sie brauchten noch eine Stunde, doch endlich fiel das gelbe Kleid auf den Boden, und sie stand in einem Nichts von beigefarbener Spitze vor ihm. Es waren nur Werbeaufnahmen für Unterwäsche. Sie hatte unzählige gemacht. Es war nichts Besonderes.

Sie schlüpfte in einen weißen Frotteemantel, während die Crew die Kamera in Position brachte. Wenn sie BH und Slip auszog, sollte sie von hinten gefilmt werden. Dann sollte sie nur noch undeutlich zu sehen sein, weil die Kamera sich auf Matts Reaktion konzentrierte. Aber Jake würde sie nicht undeutlich, sondern im Gegenteil sehr genau sehen.

Beim ersten Take kriegte sie den BH nicht auf. Dann mußte Johnny Guy sie daran erinnern, daß sie den Kopf nicht senken durfte. Sie wünschte sich ein bißchen Betrieb. Es herrschte eine Atmosphäre wie in einem Leichenschauhaus. Die Crew starrte stur auf die eigenen Zehenspitzen. Johnny Guy und der Regieassistent flüsterten nur miteinander. Als sie ihre Markierung für den dritten Take suchte, war sie plötzlich sicher, daß sie gleich weinen würde. Verzweifelt sah sie zu Jake hinüber.

Statt ihr zu helfen, musterte er sie jedoch von Kopf bis Fuß und sagte gähnend: »Du hast einen hübschen Körper, Kindchen, aber ich möchte hier gern bald Schluß machen, im Fernsehen übertragen sie heut abend ein Spiel mit dem Doktor.«

Johnny Guy warf ihm einen Blick zu, in dem reine Mordlust stand, doch Fleur fühlte sich ein bißchen besser und lächelte sogar schwach. Es beruhigte sie irgendwie, weil endlich jemand zur Kenntnis nahm, daß sie praktisch nackt dastand, anstatt so zu tun, als passiere überhaupt nichts Ungewöhnliches.

Seine Bemerkung hatte das Eis gebrochen, und die Leute fingen an zu reden. Beim nächsten Take schaffte sie es, den BH zu öffnen. Jake betrachtete ihre Brüste — nur war es nicht Jake. Jetzt war es Matt. Sie beugte sich vor, wie Johnny Guy es verlangte, und schob die Daumen auf beiden Seiten unter den Gummizug ihres Schlüpfers. Ein leichtes Zupfen, und dann zog sie den Schlüpfer hinunter. Sie dachte an die Nonnen und fühlte sich wie eine Hure. Sie schaute dem Schlüpfer nach und dann auf das, was er bedeckt hatte. Sie haßte es. Sie haßte jede Minute, und sie haßte sich selbst, weil sie sich verkaufte. Bei anderen Schauspielerinnen war so etwas möglicherweise ganz in

Ordnung, aber sie war eine lausige Schauspielerin, und für sie war es nicht richtig. Mehr als alles andere auf der Welt wünschte sie, sich Jake in Liebe zu schenken. Statt dessen war es ein Geschäft, für das sie sich bezahlen ließ.

Die Kamera sah nicht den Ausdruck ihres Gesichts, aber Jake sah ihn. »Schnitt«, sagte er. »Schnitt, hab ich gesagt, verdammt!« Mit steifen Schritten verließ er die Szene, und die Garderobiere warf Fleur den Bademantel um.

Belinda hatte Freunde bei der Crew, die ihr sehr bald hinterbrachten, was passiert war. Rastlos marschierte sie im Wohnzimmer auf und ab und versetzte der hochstehenden Ecke des weißen Teppichs jedesmal einen Tritt, wenn sie ihr im Weg war. Seit vier Tagen hatte Fleur kaum mit ihr gesprochen; sie hätte nie geglaubt, daß ihre Tochter so nachtragend sein könnte. Und jetzt das.

Es war schon dunkel, als draußen der Porsche vorfuhr. Fleur betrat das Haus und ging wortlos an ihr vorbei, und als Belinda ihr folgen wollte, stellte sie fest, daß Fleur sich in ihrem Zimmer eingeschlossen hatte. Belinda holte ihre Handtasche und die Schlüssel des Mercedes. Irgend etwas Schreckliches ging vor, dem sie ein Ende bereiten mußte, ehe sich alles in Luft auflöste, wofür sie so lange gearbeitet hatte.

Im Studio stellte sie den Wagen auf Fleurs Platz ab, nickte dem Wachmann zu und ging hinein. Unbemerkt schlüpfte sie in den Projektionsraum. Alle konzentrierten sich ausschließlich auf das, was auf der Leinwand geschah.

»Sie heimst das ganze verdammte Mitgefühl ein, das eigentlich Matt zusteht.« Johnny Guy steckte eine Magentablette in den Mund. »Jake Koranda schändet Schneewittchen. Und ich schwöre zu Gott, Jako, wenn du jetzt sagst, ich hab's dir prophezeit, prügle ich dich windelweich.«

»Sag ihre Aufnahmen für morgen ab«, antwortete Jake müde. »Ich fahr nach Hause und schreibe übers Wochenende einiges um. Wir werden eine Menge Filmmeter mit ihr rausschneiden müssen.«

Im Hintergrund des Raums bohrte sich Belinda die Fingernägel in die Handteller. Die Rolle verkleinern. Wie konnte Fleur nur so etwas zulassen?

»Also, wir sollten nichts überstürzen«, sagte Dick Spano.

»Vielleicht hat sie nur einen schlechten Tag gehabt. Geben wir ihr morgen noch eine Chance.«

Johnny Guy schüttelte den Kopf. »Du warst nicht dabei, Dicky. Sie wird die Szene, wie sie da steht, nie spielen können. Jake hat recht. Wir müssen eine Menge ändern. Es ist nicht das Ende der Welt, aber es wird uns weh tun.«

Belinda schlüpfte wieder hinaus und ging zu ihrem Mercedes. Sie fuhr auf den Stellplatz neben Jakes Kleinlaster und wartete. Es war schon fast eins, als er über den Parkplatz kam. Sie stieg aus dem Mercedes und blieb in dem Lichtkreis stehen, der auf den Truck fiel.

Jake runzelte die Stirn, als er sie sah. Sie sagte sich, sie dürfe sich von diesem Stirnrunzeln nicht verletzen lassen. Es war vorbei, sie hatte es ja gewußt, aber für kurze Zeit hatte er ihr ein Stückchen von sich selbst gegeben und ein Stückchen von Jimmy. Damit mußte sie zufrieden sein.

»Ich muß mit dir reden, Jake.«

»Hat das nicht Zeit bis Montag? Ich will mir aus meiner Wohnung nur eine Schreibmaschine und ein paar Sachen zum Wechseln holen, und dann fahre ich weg.«

»Du brauchst nichts umzuschreiben«, sagte sie. »Es ist unnötig. Fleur kann diese Szene spielen.«

»Du horchst wohl an Türen?« Er zog einen Schlüsselbund aus der Tasche.

»Ich habe die Schnellkopien gesehen und euch reden gehört. Es muß nichts umgeschrieben werden.«

»Wenn du die Kopien gesehen hast, dann weißt du auch, daß Johnny Guy von dem, was wir heute gedreht haben, kaum etwas verwenden kann. Glaub mir, ich will das nicht, aber wenn übers Wochenende mit Fleur kein Wunder geschieht, werden wir die neuen Szenen brauchen.« Er suchte unter seinen Schlüsseln nach dem richtigen.

»Vollbring das Wunder, Jake.«

Er blickte auf. »Wie meinst du das?«

Sie kam näher, blieb ganz dicht vor ihm stehen. Ihr Mund war strohtrocken. »Ich glaube, daß Fleur vielleicht in dich verliebt ist. Sie ist sensibel, Jake, und sehr zurückhaltend. Ich denke, sie hat Angst davor, sich in dieser Szene gehenzulassen. Sie hat Angst, die Mauer einzureißen, die sie um sich gezogen hat, um sich sicher zu fühlen.«

»Was schlägst du vor, Belinda?«

»Reiß die Mauer ein«, sagte sie leise. »Fahr mit ihr übers Wochenende weg, und reiß die Mauer ein.«

Er rührte sich nicht. »Jetzt mußt du mir aber auch näher erklären, was du damit meinst.«

Sie lachte leise und nervös auf. »Ist das nicht sonnenklar? Fleur ist neunzehn, also kein unmündiges Kind mehr.«

Er schob die Hände in die Taschen seines Anoraks. »Ich verstehe immer noch nicht, worauf du hinauswillst. Sag es, Belinda. Sag es so, daß ich es auch bestimmt verstehe.«

»Na schön. Ich denke, du solltest mit ihr schlafen.«

Er explodierte. »Mit ihr schlafen soll ich? Das meinst du also? Wenn zwei Menschen miteinander schlafen, dann tun sie es zum Vergnügen. Sie tun's, weil es ihnen Freude macht. Du spielst Kupplerin bei deiner eigenen Tochter? Verschacherst sie an einen ehemaligen Liebhaber?«

»Jake . . .«

»Was du meinst, meine Liebe, ist ficken. Fick meine Tochter, Koranda, damit sie ihre Filmkarriere nicht in den Sand setzt. Fick sie, damit sie *meine* Karriere nicht kaputtmacht.«

»Hör auf! So ist es nicht. Aus deinem Mund klingt es häßlich und gemein.«

»Dann mach es doch hübscher für mich.«

Sie mußte nachdenken. Sie mußte ihn überzeugen. »Du hast sie doch gern, Jake, das weiß ich. Ich fühle es, wenn ihr zusammen seid. Ist das so furchtbar? Sie wird sich nicht gegen dich wehren. Es wird ihr guttun.« Sie sah ihn an, ihre Augen ganz hyazinthblaue Unschuld. »Schließlich ist sie keine Jungfrau mehr. Sie hat schon Männer gehabt. Der Film wird besser werden, und das ist für mich wichtig. Das habe ich mir mein Leben lang gewünscht. Ist dir der Film gleichgültig, Jake?«

Er zerrte sie von der Tür seines Trucks weg, fühlte die Knochen unter dem Fleisch und packte fester zu. Er wollte ihr weh tun. »Verschwinde! Laß mich in Ruhe! Scher dich zum Teufel, verdammt!« Er riß die Tür auf, kletterte in den Wagen und knallte sie wieder zu. Schwer atmend fuhr er los.

Bei ihrer Rückkehr fand Belinda das Haus dunkel. Fleurs Tür war nicht mehr abgeschlossen. Belinda schlüpfte ins Zimmer und blickte auf ihre schlafende Tochter hinunter. Ein Locke klebte an ihrer Wange, und Belinda strich sie ihr zärtlich aus dem Gesicht. Fleur rührte sich.

»Belinda?« murmelte sie verschlafen.

»Es ist alles gut, Liebling. Schlaf weiter.«

»Hab dein Parfüm gerochen«, sagte Fleur und war still.

Belinda blieb die ganze Nacht wach. Aus Eifersucht war sie jedem Gedanken an Fleur und Jake ausgewichen, aber jetzt sah sie ein, wie lächerlich das war. Jake brauchte eine Frau wie Fleur, eine Frau, die selbst berühmt war. Sie konnten eines der großen glanzvollen Paare von Hollywood werden, Stars wie Gable und Lombard oder Liz Taylor und Mike Todd. Und ihr Abglanz würde auch auf sie fallen.

Je länger sie darüber nachdachte, um so überzeugter war sie, daß Fleur nur so starr und steif geworden war, weil sie sich in Jake verliebt hatte. Das wäre typisch für ihre alberne Klosterprüderie. Ein Teil des Problems war, daß sie sich Belinda nie anvertraut hatte. Sie hatte zu große Angst, jemand könnte dahinterkommen, und sie würde lächerlich aussehen, obwohl es etwas ganz Natürliches war, sich in ihn zu verlieben. Welche Frau aus Fleisch und Blut tat das nicht?

Immer sicherer wurde Belinda, daß Fleur die Szene richtig spielen könnte, wenn sie etwas von ihrer Abwehr aufgäbe, wenn man sie davon befreite. Und gab es einen besseren Platz, diese Abwehr loszuwerden, als Jake Korandas Bett? Die Frage war: Wie brachte sie die beiden zusammen? Sie rauchte noch eine Zigarette und kam zu dem Schluß, daß sie Jake zwar nicht zwingen konnte, mit Fleur zu schlafen — aber leichtmachen konnte sie es ihm.

Sie schrieb im Kopf ein Drehbuch, verwarf es, schrieb ein neues und verwarf auch das. Dann aber fiel ihr eins ein, das möglicherweise funktionieren würde. Es war ein bißchen unwahrscheinlich und so simpel, daß man es beinahe sofort durchschaute, und genau das machte es so reizvoll. Schließlich war man hier in Hollywood, wo das Unglaubliche gewissermaßen in der Luft hing und das Unmögliche alltäglich war.

Sie holte sich einen unlinierten Schreibblock und benutzte ein paar handgeschriebene Notizen als Vorlage, die Jake während der Dreharbeiten in Fleurs Script gekritzelt hatte. Nach ein paar Stunden war sie zufrieden mit ihrem Werk. Einer genauen Untersuchung würde es natürlich nicht standhalten, aber der allgemeine Eindruck war in Ordnung. Um sechs Uhr morgens rief sie bei Dick Spano an und bekam, was sie wollte, ohne preisgeben zu müssen, wozu sie es brauchte. Dann kehrte sie zu ihrem Schreibblock zurück.

Fleur kam um neun Uhr in die Küche und nahm sich eine Tasse Kaffee. Belinda saß schon am Frühstückstisch. Sie trug ein elegantes muschelrosa Seidenkleid von Fernando Sanchez, sah aber auch darin müde aus, als habe sie nicht sehr gut geschlafen.

»Wie lange willst du mich noch bestrafen, Fleur?«

»Ich bestrafe dich nicht.«

»Wirklich nicht? Nennst du ein vier Tage dauerndes Schweigen normal?«

Fleur holte sich einen Karton Milch aus dem Kühlschrank. »Du hast mir großes Unrecht angetan, hast mich ganz gemein hintergangen.«

»Das weiß ich jetzt auch.«

Überrascht, daß ihre Mutter es zugab, drehte Fleur sich zu ihr um.

»Ich bin nicht vollkommen, Baby. Manchmal bin ich zu ehrgeizig für dich, lasse mich von diesem Ehrgeiz fortreißen. Aber du bist etwas Besonderes, und ich werde nie zulassen, daß du das vergißt. Berühmtheiten leben nach einem anderen Gesetz als der Mann von der Straße. Dein Schicksal wurde dir bei deiner Empfängnis vorgezeichnet, es liegt dir im Blut. Ich liebe dich von ganzem Herzen und will nur das Beste für dich, Baby. Verzeih mir.«

Belinda wirkte plötzlich sehr zart und zerbrechlich. Ihre Augen schwammen in Tränen, und Fleur fragte sich, warum sie ausgerechnet den Menschen immer wieder verletzte, den sie am meisten liebte? Eine Woge der Panik schlug über ihr zusammen. Was hätte sie denn, wenn Belinda nicht wäre? Ohne recht zu wissen, wieso sie es tat, streckte sie auf einmal die Arme nach ihr aus. »Selbstverständlich verzeih ich dir. Ich liebe dich.«

Belinda lächelte bebend und zog Fleur an sich. »Laß uns heute den ganzen Tag hierbleiben. Wir hängen das Telefon aus, setzen uns an den Pool und lassen es uns richtig gutgehen — wie immer. Rosa wird uns einen besonderen Lunch zaubern und braucht zur Abwechslung beim Kochen einmal nicht an die Kalorien zu denken.«

Fleur wäre gern ausgeritten, nickte jedoch gegen ihre eigene Überzeugung und sagte: »Ja, das wäre nett.«

Am späteren Nachmittag, nach einem Artischockensoufflé und einigen Partien Rommé, bemühte sich Belinda zu erfahren, was am Tag vorher passiert war, aber Fleur wollte nicht darüber sprechen. Sie konnte nicht daran denken, und es graute ihr, an das zu denken, was sie am Montagmorgen erwartete, wenn sie sich ganz nackt ausziehen und mit Jake die Liebesszene spielen mußte — und das so realistisch wie nur möglich.

Nachdem es ihnen am Pool schließlich doch zu langweilig wurde, beschlossen sie, ins Kino zu gehen. Als Fleur aus der Dusche kam, stand Belinda mit einem Stapel Post mitten im Bad.

»Komisch«, sagte sie, »hier ist ein an dich adressierter Brief ohne Marke und Stempel. Jemand muß ihn in den Briefkasten geworfen haben.«

Fleur wickelte sich in ihr Badetuch und griff nach dem Kuvert. Sie riß es auf und zog zwei Blätter heraus. Das obere war mit einer unordentlichen Handschrift bedeckt.

Liebe Fleur,

es ist nach Mitternacht und Euer Haus dunkel, also werfe ich Dir diese Nachricht in den Briefkasten. Ich muß mit Dir sprechen und kann nicht bis Montag warten. Bitte, Fleur, wenn ich Dir ein bißchen was bedeute, komm am Samstagmorgen so früh wie möglich zu mir. Du kannst in etwa drei Stunden hier sein. Ich habe einen Plan gezeichnet und beigelegt. Enttäusch mich nicht, Kindchen. Ich brauche Dich.

Jake

»Was ist es denn?«

Fleur reichte Belinda den Brief.

»Du meine Güte, was, in aller Welt, könnte passiert sein?«

»Ich weiß es nicht, aber ich wünschte, wir hätten früher in den Postkasten geschaut. Jetzt kann ich nicht vor Einbruch der Dunkelheit dort sein.«

»Ich pack dir ein paar Sachen ein.«

Bei beiden kein Gedanke daran, daß Fleur nicht fahren könnte.

Achtlos zog sie das an, was Belinda ihr reichte. Ein fleischfarbenes Spitzenunterkleid, einen fleischfarbenen Slip, ein einfaches, sehr kurzes hafergelbes Kleid und bonbonbunte Sandalen mit Knöchelriemchen. Als sie schon hinausging, befestigte Belinda noch große goldene Reifen an ihren Ohren und tupfte ihr

Parfüm in die Halsbeuge. Fleur war schon auf der Autobahn, als sie merkte, daß sie keinen BH trug.

In Santa Barbara mußte sie tanken und wünschte, sie hätte Jake vor der Abfahrt angerufen, doch seine Nachricht hatte so dringend geklungen, und sie hatte sich so beeilt, daß sie überhaupt nicht daran gedacht hatte zu telefonieren. Als sie wieder hinter dem Steuer saß, fragte sie sich vielleicht zum hundertstenmal, warum er sie unbedingt sehen wollte. Bisher hatte sie nur eine Antwort gefunden, die natürlich reines Wunschdenken war: Jake hatte endlich begriffen, daß er sie liebte, und wollte nicht länger warten, um es ihr zu sagen. Es gab eine ganze Reihe anderer Erklärungen, das war ihr klar, aber diese gefiel ihr am besten.

Es war spät, als sie durch Morro Bay fuhr und die auf dem Plan eingezeichnete Abzweigung fand. Es war eine einsame Straße, und es dauerte noch eine ganze Weile, ehe sie die Kurve und den Briefkasten sah, die ihre nächsten Anhaltspunkte waren. Sie bog in eine steile gekieste Straße ein, die sich als tückisch schmal erwies. Hinter den Kiefern und dem Dickicht aus immergrünen Zwergeichen auf beiden Seiten schien es keine anderen Häuser zu geben. Fleur fuhr etwa eine Meile steil bergauf und sah dann endlich ein paar Lichter.

Das Haus war eine moderne Struktur aus Beton und Glas und schien aus dem kahlen Hügel herauszuwachsen. Fleur hielt auf der beleuchteten Zufahrt und stellte den Motor ab. Als sie aus dem Wagen stieg, fuhr ihr der Wind ins Haar und wehte es ihr ins Gesicht. Die Luft roch nach Salz und Regen.

Er mußte den Wagen gehört haben, denn er öffnete schon die Haustür, bevor sie klingeln konnte. Das Licht, das von hinten auf ihn fiel, hob seine Silhouette deutlich hervor, ließ sein Gesicht jedoch im Dunkeln.

»Fleur?«

»Hallo, Jake. Hier bin ich.«

15

Fleur wartete darauf, daß er sie ins Haus bat, aber er stand nur da und starrte sie finster an. Er trug Jeans und ein schwarzes Sweatshirt mit der Innenseite nach außen und in Ellbogenhöhe abgeschnittenen Ärmeln. Er sah erschöpft aus. Seine Gesichtsknochen traten stärker hervor denn je, und er war unrasiert. Doch außer der Erschöpfung sah Fleur in seinem Gesicht noch etwas anderes — etwas, das sie an ihren ersten Tag im Studio erinnerte, als sie zuschauen mußte, wie er Lynn schlug. Er sah wütend und brutal aus.

»Darf ich Ihr Bad benutzen?« fragte sie nervös.

Im ersten Moment glaubte sie, er werde sie nicht ins Haus lassen. Endlich zuckte er mit den Schultern und trat beiseite. »Ich lehne mich nie gegen das Schicksal auf.«

»Was?«

»Bitte bedien dich.«

Ein Haus wie dieses hatte Fleur noch nie gesehen. Es war ein von äußeren Glaswänden umschlossener offener freier Raum. Große Betonblöcke grenzten die einzelnen Wohnbereiche gegeneinander ab, und anstelle von Stufen oder Treppen gab es schräge Rampen. Alles schien gestaltet, um den Übergang zwischen drinnen und draußen zu verwischen. Aus den Wänden wuchsen mit grauem Noppenstoff überzogene Couchen, den Boden bedeckten Webteppiche. Nichts war getan worden, um das Innere des Hauses weich und gefällig zu machen, und sogar die Farben waren die der freien Natur: das Zinngrau des Ozeans, das Weiß und Grau von Fels und Gestein.

»Es ist sehr schön, Jake.«

»Ins Bad kommst du über diese Rampe.«

Fleur sah ihn nervös an. Irgend etwas stimmte offensichtlich ganz und gar nicht, aber sie mußte ein paar Minuten allein sein, ehe sie sich damit auseinandersetzen konnte. Als sie in die Richtung ging, die er ihr gezeigt hatte, entdeckte sie auf der linken Seite einen Arbeitsraum mit einer Bücherwand und einem alten Bibliothekstisch, auf dem eine Schreibmaschine stand. Zerknülltes Papier bedeckte den Boden und lag sogar hoch oben auf dem Bücherregal, als sei es im Zorn fortgeschleudert worden.

Fleur schloß die Tür und schaute sich leicht verwirrt in dem größten Badezimmer um, das sie je gesehen hatte, einer Höhle aus schwarzen und bronzefarbenen Fliesen, mit einer riesigen versenkten Wanne und einer Glaswand, die über den Klippenrand hing. Alles in diesem Raum hatte Übergröße: die Wanne, die Duschkabine, das Doppelwaschbecken, das mindestens fünfzehn Zentimeter höher war als üblich.

Sie sah sich selbst im Spiegel und vergaß das Badezimmer. Sie konnte kaum glauben, was sie sah, wie sie aussah. Das fleischfarbene Unterkleid ließ sie unter dem weitmaschigen Strickkleid nackt aussehen, was sie ganz bestimmt nicht war. Warum hatte sie nicht besser darauf geachtet, was für Sachen Belinda ihr reichte? Doch als sie sich genauer betrachtete und daran dachte, wie furchterregend Jake vorhin dreingeschaut hatte, war es vielleicht doch richtig, daß sie gerade diese Sachen trug. Heute abend sah sie ganz bestimmt nicht wie eine kleine Schwester aus. Es schien, als sei Glitter-Baby zu Bird Dog Caliber gekommen.

Als sie aus dem Bad kam, saß Jake im Wohnzimmer und hatte ein Glas in der Hand, dessen Inhalt verdächtig nach Whiskey pur aussah.

»Ich habe gedacht, Sie trinken nur Bier«, sagte sie.

»Das stimmt. Alles andere macht aus mir einen übellaunigen Trunkenbold.«

»Dann frage ich mich, warum ...«

»Hättest du was dagegen, mir zu sagen, was du hier tust?«

In ihr verkrampfte sich alles. Blöd. Wie konnte sie so blöd sein? Wenn sie doch nur überlegt hätte, bevor sie diese Wahnsinnsfahrt unternahm. Ihre Wangen glühten vor Verlegenheit. Sie griff in ihre Handtasche und reichte ihm den Brief.

Während er las, tickten die Sekunden vorüber, jede eine Ewigkeit. Plötzlich knüllte er das Papier zu einem festen Ball zusammen und warf es quer durch den Raum in den leeren Kamin. Was ist los mit mir? dachte sie. Ich hätte wissen müssen, daß er so etwas nie geschrieben hätte. Es war ein schlechter Scherz. Aber wer hatte es geschrieben? Plötzlich fiel ihr Lynn ein; Lynn mit ihren gutgemeinten, aber irregeleiteten Versuchen, sie und Jake zu verkuppeln. Sie würde sie umbringen. Als Jake zu ihr herübersah, hätte sie sich am liebsten in einem Loch verkrochen.

»Verdammter Von-Tür-zu-Tür-Botendienst«, murmelte er vor sich hin.

»Was?«

»Man hat dich zum Narren gehalten. Das ist nicht meine Schrift.«

»So weit bin ich auch schon.« Sie fuhr mit den Fingern den Schulterriemen ihrer Handtasche hinauf und herunter. »Es tut mir leid. Irgend jemand muß das für einen Riesenwitz gehalten haben. Keinen sehr guten.«

Hastig leerte er sein Glas, dann glitt sein Blick über das kurze Strickkleid, blieb auf ihren Brüsten und dann auf den Beinen haften. Plötzlich war sie überhaupt nicht mehr verlegen und von einer Selbstsicherheit, als habe irgendein subtiles Gleichgewicht zwischen ihnen sich zu ihren Gunsten verlagert.

»Erklär mir, was am Freitag schiefgelaufen ist«, sagte er. »Ich kenne Schauspielerinnen, die nicht unbedingt verrückt danach sind, sich vor der Kamera auszuziehen, aber was mit dir passiert ist, habe ich noch nie erlebt.«

»Ziemlich unprofessionell, nicht wahr?«

»Sagen wir mal so — du hast dir eine Chance, als Stripperin Karriere zu machen, für ewige Zeiten vermasselt.« Er ging hinter die Bar und füllte sein Glas bis zur Hälfte mit Wild Turkey. »Warum erzählst du mir nicht, was los war?«

Sie setzte sich auf die Couch und zog einen Fuß unter sich. Das kurze Kleid rutschte weit hinauf. Jake musterte ihre Beine, nahm einen ausgiebigen Schluck aus seinem Glas und kam hinter der Bar hervor.

»Da gibt es nicht viel zu erzählen«, sagte sie. »Ich hasse es, das ist alles.«

»Dich auszuziehen oder das Leben im allgemeinen?«

»Ich mag dieses Geschäft nicht, Jake. Ich will keine Schauspielerin sein, und ich will auch keine Filme drehen.«

»Warum tust du's dann?« Er lehnte sich mit dem Rücken an die Bar und stützte den abgewinkelten Arm auf. Fehlten nur noch ein staubiger Cowboyhut und ein poliertes Messinggestell, auf das er den Fuß setzen konnte.

»So einfach ist das nicht.«

»Es ist dein Leben.«

»Wirklich? Leben verflechten sich miteinander.«

»Belinda nutzt dich aus.«

»Belinda liebt mich. Sie versteht nur nicht, daß Menschen unterschiedliche Träume haben. Sie will das Beste für mich.«

»Glaubst du das wirklich? Glaubst du wirklich, daß sie nur an dein Wohlergehen denkt?«

»Ja. Ja, genau das glaube ich.« Sie sah ihn mit funkelnden Augen an. Er sollte ja nicht probieren, ihr etwas anderes einzureden, aber er sagte nichts. »Hören Sie, ich werde es Montag ehrlich versuchen. Ich weiß, wie wichtig die Szene ist. Ich denke, wenn ich mir aufrichtige Mühe gebe . . .«

»Hast du's denn am Freitag nicht ehrlich versucht? Komm schon, Kindchen. Es ist dein lieber Onkel Jake, mit dem du redest.«

»Lassen Sie das!« rief sie. »Ich finde es scheußlich, wenn Sie das tun. Ich bin kein Kind, und Sie sind nicht mein Onkel.«

Plötzlich bekam er ganz schmale Augen und biß die Zähne zusammen, so daß seine Wangenknochen noch schärfer hervortraten. »Wir hätten für Lizzie eine Frau gebraucht«, sagte er. »Aber wir haben uns ein Kind aufgehalst.«

Seine Worte hätten sie auslöschen sollen. Hätten sie in tausend Splitter zerbersten lassen und tränenüberströmt aus dem Haus treiben sollen. Statt dessen sah sie in die zusammengekniffenen Augen, betrachtete das harte, verbissene Gesicht, und Kraft durchflutete sie. Egal, was er sagte, er sah sie nicht an, als sei sie ein Kind. Unter der abweisenden Miene entdeckte sie etwas, das sie erkannte, weil sie selbst es schon so lange empfand. Seine Feindseligkeit war nur oberflächlich, in Wahrheit begehrte er sie. Plötzlich verstand sie all das, was auch Lizzie verstand, und wußte ganz genau, woher Lizzie ihre Macht hatte.

»Das einzige Kind hier sind Sie«, sagte sie leise.

Das gefiel ihm überhaupt nicht. »Spiel dich nicht als Miststück auf, Kleine«, fauchte er. »Das haben schon die Besten versucht. Ich bin mit ihnen fertiggeworden. Und glaub mir, du bist nicht einmal unter ferner liefen.«

Jetzt hatte sie ihn gepackt, sie wußte es. Sie fuhr sich mit den Fingern langsam durchs Haar und sah durch die Wimpern zu ihm auf. »Ach, tatsächlich?«

»Vorsicht, Fleur. Tu nichts, was du später bereuen würdest, zumal du dieses Kleid trägst, das man als Herausforderung auffassen könnte.«

»Eine Herausforderung — wozu?« Sie senkte die Stimme, die nun tief und rauchig klang.

Er zögerte. »Ich denke, ich fahre dich jetzt am besten nach Morro Bay. Dort gibt es ein paar hübsche Gasthäuser, wo du übernachten kannst.«

Noch zwei Wochen, und der Film war abgedreht, dann sah sie Jake vielleicht nie wieder. Wenn sie ihm beweisen wollte, daß sie eine Frau war, dann war dies der richtige Moment. Trotz seiner Worte sah sie das Verlangen in seinen Augen. Sie stand auf und ging zum Fenster hinüber, das Haar wie Goldgespinst auf dem Rücken, die goldenen Ohrringe schwangen hin und her, das kurze, weitmaschige Strickkleid umspielte mehr ent- als verhüllend ihre Hüften.

»Wie kommen Sie darauf, daß ich Sie herausfordern will?« Verführerisch an einem ihrer Ohrringe zupfend, drehte sie sich zu ihm um, und ihr Herz hämmerte wie rasend.

»Weil ich dich heut abend nicht ganz so häßlich finde wie sonst«, antwortete er mit belegt klingender Stimme. »Deshalb denk ich, du solltest lieber gehen, Fleur.«

Sie lehnte sich mit den Schultern an das Glas, so daß ihre Hüften hervortraten und ihre Beine ganz gestreckt waren. »Wenn Sie wollen, daß ich gehe« — sie beugte ein Knie, bis die Innenseite ihres Oberschenkels zu sehen war —, »müssen Sie mich schon dazu zwingen.«

Er knallte das Glas auf die Bar und fuhr sich mit dem Handrücken über den Mund, wie er es in Dutzenden seiner Filme getan hatte. »Du möchtest spielen? Okay, Baby. Dann spielen wir eben.«

Langsam kam er auf sie zu, und etwas in seinem Gesicht machte ihr angst. Sie fürchtete, ihn zu weit getrieben zu haben. Das war kein Film und er nicht Bird Dog. Jake hatte die Beherrschung verloren.

Sie prallte mit den Hüften gegen die Scheibe, als sie auf und davon wollte, doch er hatte sie schon gepackt, ehe sie einen einzigen Schritt tun konnte, und zog sie an sich. »Komm, Kindchen. Zeig mal, was du drauf hast.«

Er bückte sich, und seine geöffneten Lippen schlossen sich um ihren Mund. Sie hatte das Gefühl zu ersticken. Seine Zähne gruben sich in ihre Unterlippe, als er ihr gewaltsam den Mund öffnete. Sie schmeckte Whiskey auf seiner Zunge und versuchte sich einzureden, daß es ja Jake war und sie keine Angst zu haben brauchte. Er schob die Hände unter ihr Kleid, strich an ihren Hüften entlang, griff dann in ihren Schlüpfer und umspannte ihre nackten Hinterbacken. Als er sie noch fester an sich preßte, verflog ihr neu entdecktes Machtgefühl, und sie kam zu dem Schluß, daß er vielleicht recht hatte. Vielleicht war sie noch ein Kind, das das Spiel einer erwachsenen Frau ausprobierte, und vielleicht war sie einfach kopfüber hineingesprungen. Seine Hände schoben sich höher, nahmen ihr Kleid mit. Seine Jeans fühlten sich auf ihrer empfindlichen Bauchhaut kratzig an, und seine Zunge stieß tiefer in ihren Mund, während sein Daumen ihre Brustwarze fand.

So sollte es nicht sein — so nicht. Er war zu brutal, jagte ihr Angst ein... Sie wollte Musik und Blumen, wollte zärtliche Körper, verschwommen, wie mit dem Weichzeichner aufgenommen. Sie preßte ihm die Hände auf die Brust und fing an, sich zu wehren. »Jake«, stieß sie schluchzend hervor.

»Was ist los?« Sein keuchender Atem traf heiß ihr Ohr. »Das hast du doch gewollt, nicht wahr? Du wolltest, daß ich dich wie eine Frau behandle.«

»Wie eine Frau, nicht wie eine Hure!« Sie riß sich los und rannte an ihm vorbei zur Haustür, vor Enttäuschung fast benommen, weil er nicht der Liebhaber war, den sie sich erträumt hatte, und gepeinigt vom Gefühl ihrer eigenen Unzulänglichkeit. Was stimmte nicht mit ihr? Wie hatte sie sich in ihm so täuschen können? Sie wollte schon nach der Klinke greifen, als sie sich erinnerte, daß ihre Handtasche mit den Wagenschlüsseln noch auf der Couch lag. Langsam ging sie zurück. Er nahm gerade den Telefonhörer von der Gabel, und ihr wurde klar, daß etwas nicht stimmte. Er war zu ruhig. Zu traurig. Sie zwang sich, ihn mit dem Herzen zu sehen, nicht mit dem Verstand, und auf einmal wurde er durchsichtig wie eine gläserne Wand.

»... eine Suite frei für heute nacht? Gut. Ja, das ist in Ordnung. Nein, nur eine Na...«

Fleur ging zu ihm, drückte die Telefongabel hinunter und unterbrach die Verbindung.

Er sprang von der Armlehne der Couch auf. »Was, bei allen verdammten Teufeln, tust du da?« schrie er. »Hast du noch nicht genug für heute?«

Sie hob das Kinn und sah ihm direkt in die Augen. »Nein, Jake, ich will viel mehr.«

»Verdammt!« Er warf den Hörer auf die Gabel.

»Warum versuchst du mich abzuschrecken? Warum tust du so, als wärst du ein Monster?«

»Ich versteh nicht, was du meinst.«

»Zwar hat noch niemand behauptet, du seist der größte Schauspieler der Welt, aber selbst für deine Verhältnisse war das eine lausige Vorstellung.«

Er fuhr sich mit der Hand durch das Haar. »Jetzt ist es aber genug, Fleur.«

»Du bist ein Feigling. Hast keinen Mumm.«

»Ich fahre dich in den Gasthof . . .«

»Du willst mich. Ich weiß es.«

Er biß die Zähne zusammen, seine Stimme blieb jedoch ruhig. »Wenn du's eine Nacht überschlafen hast . . .«

»Ich will hier schlafen.«

». . . hol ich dich ab, und wir frühstücken zusammen. Wie klingt das?«

Sie lächelte verächtlich. »Prima, Onkel Jake, das klingt super. Kaufst du mir auch einen Dauerlutscher?«

Sein Gesicht färbte sich dunkel vor Zorn. »Was soll ich mir denn noch alles von dir gefallen lassen?« schrie er. »Was, zum Teufel, willst du von mir?«

»Du sollst zugeben, daß ich eine Frau bin. Zugeben, daß du mich willst.«

»Du bist ein gottverdammter Fratz! Ein Kind, verdammt noch mal! Und ich will dich nicht!«

Sie sah ihn lange und fest an, überzeugt, daß er log. Fast überzeugt. Was er sagte, mußte gelogen sein. Oder nicht? Plötzlich war sie nicht mehr sicher, und sie litt zu sehr, um weiterzumachen. Sie würde ihn nicht darum bitten, sie zu lieben, so viel Stolz hatte sie noch. »Ich hasse dich!« schrie sie albern und kindisch.

Sie nahm ihre Handtasche und rannte zur Tür, doch wieder packte er ihren Arm und riß sie herum. Die Wildheit in seinen Augen ließ sie erschrocken zusammenzucken. »Dein Abgang ist zu spät gekommen, Baby. Du hast deine Chance gehabt und hast sie verspielt.«

Er begann sie durchs Haus zu zerren, und sie mußte mit, sonst wäre sie gestürzt. Eine Rampe hinunter, dann eine zweite, durch einen Türbogen, eine nächste Rampe hinauf . . .

»Jake . . .«

»Halt den Mund!«

»Mein Arm ist . . .«

»Mir egal!«

Er schleppte sie in ein Schlafzimmer mit dem größten Bett, das sie je gesehen hatte. Eine grau und schwarz gemusterte Tagesdecke war darübergebreitet, und es stand auf einer Plattform, direkt unter einem riesigen Oberlicht. Jake hob Fleur auf die Arme, stieg mit ihr die zwei Stufen hinauf und ließ sie auf das Bett fallen.

»Bist du bereit, Fleur?« fragte er schroff. »Hast du dich auch entsprechend vorbereitet?«

Soweit es sie betraf, war sie auf gar nichts vorbereitet, aber seine Miene war so grimmig, daß sie beschloß, den Mund zu halten und einfach zu nicken.

»Okay, Kindchen.« Er kreuzte die Arme über der Brust und zog das Sweatshirt aus. »Jetzt darfst du mit den großen Jungs spielen.«

Fleur fröstelte innerlich, und sie klammerte sich noch fester an die Tagesdecke. »Jake?«

»Ja?«

»Du machst mir angst.«

Er öffnete den Verschluß seiner Jeans. »Dein Pech.«

Warum sah er sie nicht an? Sie starrte zu den durch das Oberlicht sichtbaren Sternen hinauf, hörte das Rascheln, als er aus den Jeans stieg, wandte den Kopf und sah ihn, nur noch mit einer schwarzen Unterhose bekleidet, am Fußende des Bettes stehen. Sie biß sich in die Innenseite ihrer Unterlippe. Die Unterhose war falsch. Sie sollte aus freundlicher weißer Baumwolle sein. Oder ausgebleicht und beutelnd wie seine Badehose. Fleur hatte noch nie so viel von seinem Bauch gesehen und sich ihn nicht so flach und muskulös vorgestellt. Sie konzentrierte sich auf seinen Bauch, auf die einzelnen Muskelstränge, und tat alles, was sie nur konnte, um die Blicke nicht tiefer schweifen zu lassen zu dem gefährlich aussehenden steif aufgerichteten Penis, der die kleine, viel zu knappe Unterhose beinahe sprengte. Er wollte sie. Das war der Beweis. Warum also war er so gemein zu ihr?

Sie fuhr zusammen, als er sich einen ihrer Fußknöchel griff, an der Schleife ihrer Sandale riß und ihr den Schuh auszog. Dann hielt er den anderen Knöchel fest und warf den zweiten Schuh auf den Boden. Er bemühte sich nicht mehr, sein Begehren zu verbergen. Als seine Blicke ihre Haut trafen, hatte sie das Gefühl, eine Hitzewelle schlage über ihr zusammen. Aber warum war er so wütend? So grob?

»Nein. Bitte ...« Er hob den Kopf, um ihr ins Gesicht zu sehen. Sie hatte die Augen fest geschlossen, ihre Lippen waren leicht geöffnet, nicht vor Schmerz, wie ihm plötzlich klar wurde, sondern vor Leidenschaft. Er hob seine Hüften an, streichelte sie, tief und lange. Einmal ... zweimal ... Und beobachtete dann entzückt, wie sie unter ihm zu beben begann.

Er beruhigte sie, während ihr Körper nachzitterte. Endlich öffnete sie ganz langsam die Augen, matt und leer der Blick im ersten Moment, dann allmählich klarer. Sie murmelte etwas, das er nicht verstand, und sah lächelnd zu ihm auf. »Das war wundervoll«, flüsterte sie.

Seine Augen funkelten belustigt. »Freut mich, daß du zufrieden bist.«

»Ich hab mir nicht vorgestellt, daß es so — so ...«

»Langweilig ist?«

Sie lachte.

»Anstrengend?« schlug er vor.

»Das sind eigentlich nicht die Worte, die ich suche.«

»Wie wäre es mit ...«

»Gewaltig«, meinte sie, »kolossal.«

»Fleur?«

»Ja?«

»Ich weiß nicht, ob du's bemerkt hast, aber wir sind noch nicht ganz fertig.«

»Wir sind nicht ...« Plötzlich weiteten sich ihre Augen. »Oh ...«

Er beobachtete, wie ihr Begreifen sich in Verlegenheit verwandelte. »Es — es tut mir leid«, stammelte sie. »Ich w-wollte nicht gemein sein oder so. Ich hab nicht gewußt — ich meine ...« Unglücklich verstummte sie.

Er verbarg ein Lächeln, indem er an ihrem Ohrläppchen knabberte. »Du kannst jetzt einschlafen, wenn du willst«, flüsterte er. »Lies ein Buch, oder tu sonst etwas. Ich werde versuchen, dich nicht zu stören.« Wieder begann er sich in ihr zu bewegen. Er fühlte, wie sich ihr Körper entspannte und dann wieder spannte, als ihre Finger sich in seine Seiten gruben. Sie war so weich, so lieb, so süß ...

»Oh«, flüsterte sie. »Es wird noch einmal geschehen, nicht wahr?«

»Darauf kannst du wetten«, antwortete er heiser. Sekunden später stürzten sie gemeinsam über den Rand der Welt.

16

»Es war eine Riesendummheit. Überlebensgroß.«

»Halt die Klappe, Koranda.« Sie war kurz nach zwei aufgewacht und hatte festgestellt, daß sie allein im Bett lag. Sie zog den Schlüpfer und Jakes schwarzes Sweatshirt an und machte sich auf die Suche nach ihm. Sie fand ihn in der Küche, wo er sich die größte Portion Eiscreme einverleibte, die sie je gesehen hatte. Er schrie sofort los, als er sie erblickte, die heitere Zärtlichkeit ihrer Liebesstunde war vergessen, und seither hatten sie nur noch gestritten.

Ein Teil seines Zorns war sicherlich gerechtfertigt, aber woher hätte sie wissen sollen, daß er von Geburtenkontrolle sprach, als er sie fragte, ob sie richtig vorbereitet war? Sie sagte ihm, daß in drei Tagen ihre Periode fällig sei und sie daher kaum etwas zu befürchten hatte. Trotzdem hatte er weitergetobt. Sie hatte sehr schnell erraten, was ihn wirklich so wütend machte — daß er ihr erster Mann gewesen war.

»Du hättest es mir sagen müssen, bevor wir's getan haben.« Er stellte die Schüssel in die Spüle und drehte fast gewalttätig den Wasserhahn auf.

»*Getan haben?* Du verfügst wirklich über eine erstaunliche Kraft des Ausdrucks. Hast du schon mal daran gedacht, Schriftsteller zu werden, wenn du erwachsen bist?«

»Sei nicht so vorlaut. Es war nicht recht, Fleur, daß du's mir nicht vorher gesagt hast.«

Sie lächelte freundlich. »Hast du Angst, ich würde dich morgen früh nicht gebührend respektieren?« Allmählich bekam sie Übung darin, wurde genauso schlagfertig wie er und war nur noch selten um eine Antwort verlegen. Die Welt, wie Koranda sie sah. Wie war es nur möglich, daß sie ihn so sehr liebte, da er nicht bereit schien, etwas zurückgeben zu wollen? Und warum hörte er nicht einfach auf zu reden und küßte sie?

»Verdammt, Fleur, ich wäre nicht so grob gewesen.«

Sie hielt es nicht mehr aus und begann auf der Suche nach einem Gummiband Schubladen herauszuziehen. »Hör zu, ich bin dir keine Erklärungen schuldig«, sagte sie. »Aber halt jetzt bitte den Mund!« Sie fand, was sie gesucht hatte, und band sich das Haar zu einem Pferdeschwanz zusammen. Dann ging sie ins Wohnzimmer und packte mit beiden Händen das Bündel dicker Kerzen, das sie auf dem Tisch gesehen hatte.

»Und was wird das, wenn's fertig ist?« fragte er.

»Ich nehme ein Bad, wenn du nichts dagegen hast.«

»Es ist kurz vor drei Uhr morgens.«

»Es muß leider sein. Ich fühle mich hundsmiserabel.«

Zum erstenmal, seit sie die Küche betreten hatte, schien er sich zu entspannen, und schaffte es auch fast, das eitle Grinsen aufzusetzen, bei dem sie sich regelmäßig wünschte, ihn gleichzeitig zu küssen und zu schlagen. »Ach, wirklich? Und warum?«

»Du bist der Fachmann. Sag du's mir.« Sie wußte, daß sein Sweatshirt nicht ganz ihren Schlüpfer verdeckte, und wackelte, als sie hinausging, ein bißchen mehr als gewöhnlich mit dem Hinterteil.

Sie stellte die Kerzen am Rand der versenkten Wanne auf und zündete sie an, bevor sie den Hahn aufdrehte und aus einer Flasche, die neben der Wanne stand, großzügig Badeschaum im Wasser verteilte. Jakes Badeschaum? Das glaubte sie eigentlich nicht. Wahrscheinlich gehörte er einem seiner kleinen Mädchen. Sie haßte sie alle.

Während die Wanne sich füllte, drehte sie sich das Haar auf dem Scheitel zu einem Dutt zusammen und steckte ihn mit ein paar Haarnadeln fest, die sie ganz unten in ihrer Handtasche fand. Obwohl Jake von einer Stimmung in die andere fiel, bereute sie nicht, was zwischen ihnen geschehen war. Als er in sie eindrang, hatte sie geglaubt, ihr Herz müsse vor Liebe zerspringen. Sie hatte sich ihm aus freien Stücken geschenkt. Zum erstenmal hatte sie ganz frei und selbständig etwas für sich entschieden. Sie zog sich aus, ließ sich ins Wasser gleiten und dachte dabei an den kurzen Schmerz, den sie gefühlt hatte, als er sie nahm — ein süßer Schmerz, ein unvergeßlicher Augenblick, gekrönt von seiner Zärtlichkeit hinterher. Die Kerzenflammen spiegelten sich in der Glaswand, und sie hatte das Gefühl, im All zu schweben.

»Ist das eine private Party, oder darf man mitmachen?«

Sie fand, daß seine Frage nur rein rhetorisch gemeint sein konnte, da er schon dabei war, den Reißverschluß seiner Jeans zu öffnen. »Kommt drauf an.«

»Worauf?«

»Ob du zu Ende gepredigt hast oder nicht.«

»Predigt ist zu Ende.« Er murmelte etwas, als er in die Wanne stieg und sich neben ihr niederließ.

»Was hast du gesagt?« fragte sie.

»Nichts.«

»Verdammt noch mal, Jake!«

»Na schön!« brüllte er. »Ich hab gesagt, es tut mir leid!«

»Was tut dir leid? Das möchte ich aber jetzt genau wissen!« Sie stützte sich auf die Ellbogen und sah ihn an. Ihre Stimme zitterte, und sie fürchtete, daß sie gleich wieder anfangen würde zu weinen.

Er mußte es auch gemerkt haben, denn er kniete nieder und nahm sie in die Arme. »Nichts tut mir leid, Baby, außer einem — daß ich so grob zu dir war.«

Und dann küßte er sie, und sie erwiderte den Kuß, und ihr Haar löste sich, ohne daß sie es merkten. Sie umschlangen sich gegenseitig mit Armen und Beinen, rutschten in den Schaum zurück, und Fleur wickelte ihr Haar um sie beide. Jake zog den Wannenstöpsel heraus, damit das Wasser abfloß und sie wieder atmen konnten. Dann begann er ihren ganzen Körper mit Küssen zu bedecken, liebte sie, bis sie vor Entzücken aufschrie und immer wieder aufschrie und beruhigte sie wieder mit Küssen.

Danach wickelte er sie in ein Badetuch. »Wie wäre es, wenn du mir jetzt etwas zu essen gäbst, nachdem du mich meiner Kraft beraubt hast?« sagte er, sich ebenfalls ein Badetuch um die Hüften schlingend. »Ich habe, seit ich hier bin, nur ein paar Kartoffelchips und die Eiscreme gegessen und bin ein lausiger Koch.«

»Schau mich nicht so an. Ich bin ein verwöhntes reiches Mädchen, vergiß das nicht.«

»Heißt das, du kannst nicht kochen?«

»Pfannkuchen aus Fertigteig.«

»Du liebe Güte, da kann ich's ja noch besser.«

In der nächsten Stunde brachten sie die Küche gründlich in Unordnung, grillten Steaks, die unverschämt genug waren, in der Mitte nicht aufzutauen, verbrannten ein französisches Weißbrot auf dem Rost und mischten aus einem welken Salatkopf und gummiartigen Karotten einen Salat. Es war die beste Mahlzeit, die Fleur je gegessen hatte.

Am Morgen hatten sie die feste Absicht zu laufen, gingen jedoch statt dessen wieder ins Bett. Am Nachmittag spielten sie Karten, erzählten sich fürchterliche Witze und nahmen noch ein Bad. Am Montagmorgen weckte Jake sie kurz vor Tagesanbruch. Sie mußten nach Los Angeles zurück. Er hatte veranlaßt, daß der Porsche am Nachmittag abgeholt wurde, damit sie zusammen fahren konnten, aber Fleur fragte sich schon nach kurzer Zeit, warum er sich diese Mühe gemacht hatte, da er auf der ganzen Fahrt ins Studio kaum ein Wort verlor.

Als sie mit ihrem Make-up fertig war und die Dekoration betrat, merkte sie, daß seine Laune noch schlechter geworden war. Er stritt sich mit Johnny Guy, weil er am Wochenende mit dem Umschreiben der Szene nicht fertig geworden war, und benahm sich gegen alle abscheulich, die seinen Weg kreuzten. Als er Fleur sah, wurde seine Miene noch düsterer.

In gewisser Weise freute sie sich sogar über seine schlechte Laune. Obwohl er nichts gesagt hatte, konnte er von dem, was zwischen ihnen geschehen war, nicht unberührt geblieben sein. Außerdem würde er sich nicht so benehmen, wenn er sich nichts aus ihr machte — oder?

Johnny Guy kam zu ihr. »Also, Schätzchen, ich weiß, daß es am Freitag für dich etwas schwierig war, aber wir versuchen, es dir heute zu erleichtern. Ich hab ein bißchen was geändert . . .«

»Vergiß es, Johnny Guy. Machen wir's richtig.«

Er sah sie überrascht an, und sie streckte übermütig den Daumen in die Höhe, als sei sie Amelia Earhart, die erste Frau, die im Alleinflug den Pazifik überquert hatte. Es war ihr Leben. Wenn sie diese Szene spielen wollte, dann konnte sie es auch. Sie würde Jake nicht vergessen lassen, daß sie eine Frau war und kein Kind.

Jake war nicht einverstanden. »Ich dachte, wir haben uns geeinigt, das meiste davon rauszuschneiden. Zum Teufel, wir wissen doch, daß sie's nicht schafft. Warum also noch mehr Zeit vergeuden?«

»Die kleine Dame sagt, sie will's versuchen, und sie bekommt ihre Chance. Showtime, meine Herren, meine Damen. Gehen wir an die Arbeit.«

Die Kameras liefen. Jake starrte vom anderen Ende des winzigen Schlafzimmers finster zu Fleur herüber. Sie grinste ihn an und griff nach ihren Knöpfen. Er war zu selbstgefällig, und sie wollte es ihm zeigen. Sie zog das Kleid aus und sah ihn dabei unverwandt an. Sie hatten jetzt Geheimnisse, sie beide. Und nur um sie beide ging es. Er war komisch und lieb, und sie liebte ihn von ganzem Herzen. Ganz bestimmt liebte auch er sie — ein kleines bißchen wenigstens —, sonst hätte er nicht so unendlich zärtlich zu ihr sein können.

Sie öffnete ihren BH. Jake runzelte die Stirn und verließ seine Markierung. »Schluß, aus, Ende, Johnny Guy.«

»Verdammt noch mal, Jako, ich bin derjenige, der hier Schluß, aus, Ende sagt. Sie war großartig. Was, zum Teufel, ist mit dir los?« Die Predigt ging minutenlang weiter, und Jake wurde immer mürrischer. Als er sich schließlich beschwerte, daß ein Stuhl nicht da stand, wo er stehen sollte, schlug Johnny Guy um ein Haar zu.

»Schon gut, Johnny Guy«, sagte Fleur, ganz die Frau, die über den Dingen stand. »Ich bin bereit.«

Die Kameras liefen. Jakes Gesicht war eine Gewitterwolke. Der BH fiel. Sie zog sich ganz langsam aus, quälte ihn mit ihrer wunderbaren, neu entdeckten Macht. Sie bückte sich, stieg aus dem Schlüpfer und ging auf Jake zu.

Sein Körper war starr und steif, als sie sein Hemd aufknöpfte und die Hände drunterschob. Sie berührte die Stelle, die sie noch heute morgen nach dem Aufwachen geküßt hatte. Sie drängte die Hüften an die seinen, und dann tat sie etwas, das nicht geprobt worden war. Sie beugte sich vor und strich ihm mit der Zunge rasch über eine Brustwarze.

»Schnitt und kopieren!« schrie Johnny Guy und kam wie ein jubelndes Stehaufmännchen um die Kamera herumgehüpft.

Jake riß der Garderobiere, die hinter dem Vorhang erschien, den weißen Frotteemantel aus der Hand und warf ihn Fleur zu. »Was, zum Teufel, ist mit dir los?« fragte er zornig.

Die Arbeit ging zügig weiter, und bis zum Mittag hatten sie das ganze Material vom Freitag nachgedreht und näherten sich allmählich der Schlußszene. Wenn die Kameras nicht liefen, redete Jake kaum mit Fleur, doch sie hatte sich fest vorgenommen, sich dadurch nicht verunsichern zu lassen. Er benimmt sich wie ein eifersüchtiger Liebhaber, dachte sie. Er will nicht, daß mich jemand anders sieht.

Johnny Guy registrierte alles — Jakes innere Anspannung, sein schlechtes Gewissen, den Schmerz, der dicht unter der Oberfläche schwelte; all das und Fleurs unbarmherzige Verführung. Er registrierte es und beglückwünschte sich selbst zu einer wohlgelungenen Arbeit.

Fleur klammerte sich so lange wie möglich an ihren Optimismus, aber als die Woche sich dahinschleppte und Jake immer noch Abstand wahrte, spürte sie die ersten Vorboten der Verzweiflung. Er mußte sie lieben; er mußte es einfach ... Anstatt der Tage, begann sie die Stunden bis zum Ende der Dreharbeiten zu zählen. Sie wollte mit ihm sprechen, ihn anschreien, sich in seine Arme werfen und ihn bitten, sie zu lieben, wie sie ihn liebte. Als am Donnerstag der letzte Take abgedreht war, verschwand Jake jedoch wortlos.

»Hat er denn gar nichts zu dir gesagt, Liebling?« fragte Belinda. »Aber bestimmt kommt er am Wochenende zu Johnny Guys Party.«

»Keine Ahnung. Jake weiht mich nicht in seine Pläne ein.«

Belinda lächelte kokett. »Vielleicht solltest du etwas dagegen unternehmen, Baby.«

Fleur wandte sich ab. Sie wollte von ihrer Mutter in dieser Sache keine Ratschläge. Jake ging nur sie etwas an. Nur sie allein.

Auf der Gästeliste der Party, mit der man das Ende der Dreharbeiten von *Sunday Morning Eclipse* feierte, standen nur die glanzvollsten Namen, und sie erschienen alle, was nicht erstaunlich war, da Marcella Kelly zu den erfolgreichsten Gastgeberinnen der Stadt zählte. Es war bestimmt nicht ihre Schuld, daß Fleur unglücklich war. Sie hatte buchstäblich bis zum letzten Augenblick gewartet, ehe sie Dick Spano als Begleiter akzeptierte und sich damit abfinden mußte, daß Jake nicht angerufen hatte.

Fleur hatte sich sorgfältiger angezogen als sonst, trug ein Kleid aus Ekrüseide mit schimmernden horizontalen mokka-, beige- und terrakottafarbenen Streifen. Das Kleid war röhrenförmig und erinnerte leicht an ägyptische Gewänder, einen Eindruck, den sie durch goldene Armreifen und flache Sandalen mit einer juwelengeschmückten Spange noch betont hatte. Ihr Haar hatte sie am Abend vorher naß zu einem Zopf geflochten und es, als es trocken war, ausgebürstet, so daß es ihr jetzt in winzigen Wellen über den Rücken fiel. Marcella Kelly sagte, sie sehe wie eine blonde Kleopatra aus.

Marcella war ganz anders als ihr Mann. Mager und weltgewandt, betrachtete sie sich als Trendsetterin, die in den sechziger Jahren als erste Fondue auf ihre Speisekarte setzte. Sie wies ihre Gäste immer wieder auf ganz besondere Hors d'œuvres hin — in Tequila geräucherten Lachs, mit Feigenkaktusblättern dekorierte Kanapees, *Beignets* aus auf Hydrokultur gezogenen Gemüsen. Und die ganze Zeit über ging Johnny Guy mit einer Dose Orangensaft umher. Fleur wünschte sich Jake herbei, der die Komik der Situation auch gesehen und mit ihr darüber gelacht hätte; doch außer diesem gab es natürlich noch eine ganze Reihe von Gründen, warum sie Jake gern hiergehabt hätte.

Sie bemühte, sich so auszusehen, als konzentriere sie sich auf das, was Dick Spano sagte, tatsächlich jedoch beobachtete sie über seinen Kopf hinweg die Menge. Sie sah, daß Belinda Kirk Douglas, der irgendwie benommen und verwirrt wirkte, in eine Ecke gedrängt hatte und ihn dort unbarmherzig festhielt. Wahrscheinlich bombardierte sie ihn mit der Geschichte jedes Films, den er je gemacht hatte und von denen er einige bestimmt liebend gern vergessen hätte.

Fleur nippte an ihrem Drink und nickte, ohne zuzuhören, zu allem, was Dick Spano sagte. Eine neue Gruppe umringte sie, und ein paar Männer begannen vor ihr Rad zu schlagen wie die Pfauen. Das Glitter-Baby. Der Name kam ihr heute abend besonders lächerlich vor.

Sie hatte schon die Hoffnung aufgegeben, ihn zu sehen, als er doch noch kam. In Begleitung von Lynn Davids und ihrem derzeitigen Liebhaber, einem arbeitslosen Dokumentarfilmregisseur. Fleurs Herz machte einen Sprung, und ihr wurde schwindlig. Bevor er sie entdeckt hatte, stürzte sich Marcella Kelly auf ihn und führte ihn an allen Gästen vorbei, damit sie sahen, wen sie sich eingefangen hatte. Fleur merkte plötzlich, daß sie ihm vor so vielen Menschen nicht gegenübertreten konnte. Sie entschuldigte sich, verschwand im Bad und setzte sich auf den Wannenrand. War ihm denn nicht klar, daß sie einander vielleicht nie wiedersehen würden?

Als schließlich jemand an die Tür klopfte, schlüpfte sie hinaus zum Pool. Was sollte sie ihm sagen, wenn sie ihn sah? Warum liebst du mich nicht so wie ich dich? Idiotisch. Sie bekam ein paar Regentropfen ab und ging mit einigen anderen Gästen, die sich ebenfalls im Freien aufgehalten hatten, ins Haus zurück. Als sie sich nach ihm umsah, stellte sie fest, daß er verschwunden war. Dann merkte sie, daß er nicht der einzige war, der sich weggestohlen hatte.

Es hatte nichts zu bedeuten. Konnte nichts zu bedeuten haben. Und selbst wenn Belinda und Jake zusammen waren, war doch nichts dabei. Aber ihr Herz hämmerte, und immer wieder hörte sie ihre Mutter sagen: »Ich tu nur, was für dich am besten ist, Baby.« Sie begann die beiden jetzt ernsthaft zu suchen, ging von einem Raum in den anderen, schlängelte sich durch die Gäste. Sie ertrug es nicht, wenn Belinda sich einmischte. Das würde sie ihr nie verzeihen. Nie.

Sie ging hinauf, überraschte aber nur Lynn und ihren Liebhaber, was ihr sehr peinlich war. Sonst war niemand zu sehen. Wo waren sie? Als sie eben wieder hinuntergehen wollte, drangen aus Marcella Kellys Schlafzimmer gedämpfte Stimmen zu ihr. Zwar hatte sie schon einmal hineingeschaut, aber sie ging dennoch zurück und entdeckte, daß es ein angrenzendes Ankleidezimmer gab, das sie vorher übersehen hatte. Sie ging darauf zu, blieb jedoch wie festgewurzelt stehen, als sie Jakes Stimme erkannte.

»... mich hier heraufgeschleppt, Belinda? Wir haben nichts mehr zu besprechen. Gehen wir zur Party zurück.«

»Noch zwei Minuten um der alten Zeiten willen.« Belindas Stimme wurde so leise, daß Fleur sie kaum noch verstehen konnte. »Wir hatten viel Spaß miteinander, Jake. Weißt du noch? Erinnerst du dich noch an Iowa? An das gräßliche Motel?«

Fleur fühlte eine schreckliche Trockenheit im Mund. In Belindas Stimme war eine so entsetzliche Vertrautheit. Wieso redete sie so mit Jake? Sie machte einen Schritt vorwärts, und die beiden Gestalten schienen sie aus dem Nichts anzuspringen. Ihr stockte der Atem, doch dann merkte sie, daß die Wand des Ankleidezimmers verspiegelt war und sie ihre Spiegelbilder sah.

Mit vor der Brust gekreuzten Armen lehnte Jake an einem Sims. Belinda streckte die Hand aus und berührte seinen Arm, einen weichen, einen furchtbaren Ausdruck im Gesicht. Warum sah sie ihn so an? »Ich glaube, du bist nur auf der Welt, um den Savagar-Frauen das Herz zu brechen«, sagte sie. »Für mich ist es natürlich nicht so schwer, weil ich dich verstehe. Ich habe Verständnis für Rebellen, und ich glaube, ich wußte von Anfang an, daß ich dir nicht genug sein konnte. Aber Fleur ist für dich geschaffen. Begreifst du das denn nicht? Ihr beide gehört zusammen, und du brichst ihr das Herz.«

Jake schüttelte sie unwillig ab. »Um Himmels willen, Belinda...«

»Ich habe sie zu dir geschickt!« rief sie. »Ich habe sie zu dir geschickt, und so verletzt du mein Vertrauen.«

Zornig drehte er sich zu ihr um. »Vertrauen? Daß ich nicht lache! Du hast sie zu mir geschickt, um ein paar Meter Film zu retten, die du nicht auf dem Fußboden des Schneideraums sehen wolltest. Fünf Minuten von der Karriere deines kostbaren Glitter-Babys. Bums meine Tochter, Koranda, damit sie ihre Karriere rettet, das hast du zu mir gesagt. Gib das doch wenigstens vor dir selber zu.«

»Tu nicht so scheinheilig! Ich habe gewiß keine Dankbarkeit von dir erwartet, aber daß du mir Vorwürfe machen würdest, hätte ich auch nicht gedacht. Schließlich habe ich dir möglicherweise deinen Film gerettet.«

»Mach dich nicht lächerlich. Der Film war nie in Gefahr.«

»Da bin ich aber anderer Meinung. Ich hab nur getan, was ich tun mußte.«

»Tatsächlich? Legst mir deine Tochter auf die Schwelle für Mutters Schlafzimmerzauberkur — war es das, was du tun mußtest? Sag mir eins, Belinda: Willst du's jetzt dein Leben lang so halten, daß du die Liebhaber deiner Tochter zuerst ausprobierst? Wirst du mit allen probeschlafen, um festzustellen, ob sie für Babys Bett gut genug sind? Was für eine Frau bist du eigentlich, zum Teufel?«

»Eine, die ihre Tochter über alles liebt.«

»Scheiße. Der einzige Mensch, den du liebst, das bist du selber. Du kennst deine Tochter nicht einmal.« Er fuhr herum und sah vor sich im Spiegel plötzlich Fleurs Gesicht.

Fleur konnte sich nicht rühren. Der Schmerz in ihrem Innern schien sie zu zerfleischen wie ein wildes Tier, raubte ihr den Atem, brachte sie um, verwandelte ihre Welt in ein schwarzes, häßliches Loch. »Jesus!« Jake war schon im nächsten Moment an ihrer Seite. »Tut mir leid, Fleur. Es ist nicht so, wie du denkst.«

Belinda stöhnte leise auf. »O mein Gott, mein Baby!« Sie rannte auf Fleur zu und faßte sie an den Armen. »Es ist gut, Baby. Es ist alles gut.«

Tränen strömten Fleur über die Wangen und tropften ihr vom Kinn. Sie riß sich los, taumelte ein paar Schritte zurück, um der Reichweite der furchtbaren Bestie zu entkommen. »Faß mich nicht an! Faßt mich ja nicht an, alle beide!«

Belindas Gesicht zuckte. »Laß mich erklären. Ich mußte dir helfen. Ich mußte . . . Siehst du das denn nicht? Du hättest uns alles zerstören können — deine Karriere, unsere Pläne, unsere

Träume. Du bist jetzt eine Berühmtheit, lebst nach anderen Gesetzen. Verstehst du das denn nicht?«

»Halt den Mund!« schrie Fleur. »Ihr seid Dreck, Abschaum — beide!«

Belinda machte einen Schritt auf sie zu. »Bitte, Baby . . .«

Fleur holte mit der Hand aus und schlug ihrer Mutter mit aller Kraft ins Gesicht. Belinda schrie laut auf und fiel zurück aufs Bett.

»Fleur!« Jake wollte auf sie zugehen.

»Bleib, wo du bist!« Sie ballte die Hände.

»Hör mir zu, Fleur . . .« Er griff nach ihr, und sie rastete aus, schlug mit den Fäusten auf ihn ein, schrie ihn an, trat nach ihm . . . O Gott, ich will ihn töten! Er versuchte, ihre Arme festzuhalten, aber sie riß sich auch von ihm los und rannte hinaus. Dutzende verstörter Gesichter starrten sie an, als sie die Treppe hinunter- und aus dem Haus stürzte.

Es goß in Strömen, und sie war im Handumdrehen naß bis auf die Haut. Den Rock zusammenraffend, damit sie schneller vorwärtskam, rannte sie die Zufahrt hinunter. Die Riemen ihrer Sandalen schnitten ihr in die Füße, und die Sohlen begannen auf dem nassen Asphalt zu rutschen, aber sie lief nicht langsamer, überquerte den Rasen und hielt auf das Tor zu.

Sie hörte ihn hinter sich, hörte ihn ihren Namen rufen und lief noch schneller. Dann ein Fluch, ein tiefer, grollender Laut, er packte sie bei der Schulter, und sie verlor das Gleichgewicht. Sie stolperte über die nasse Seide, und sie fielen beide der Länge nach hin, wie beim erstenmal.

»Hör auf, Fleur, hör bitte auf!« Er nahm sie in die Arme, preßte ihren Rücken an seine Brust, hielt sie auf dem vom Regen aufgeweichten Boden fest und atmete ihr nach Luft ringend keuchend ins Ohr. »Du darfst so nicht gehen«, sagte er. »Ich bring dich nach Hause. Ich muß dir alles erklären.«

Sie hatte geglaubt, er habe in dieser Nacht *sie* gewollt. Das kurze hafergelbe weitmaschige Strickkleid, das fleischfarbene Unterkleid und die glänzenden goldenen Reifen, die an ihren Ohren schaukelten. Alles inszeniert. Belinda hatte sie im Kostüm zu ihm geschickt, und sie hatte sich die ganze Zeit eingebildet, er liebe sie. »Nimm deine Hände weg!«

Er packte noch fester zu, als er sie umdrehte, so daß sie ihn ansehen mußte. Sein Jackett war durch und durch naß und schlammverschmiert, das Haar klebte ihm an der Stirn, und Regen rann ihm übers Gesicht. »Hör mir nur eine Minute zu! Was du mitbekommen hast, war nicht die ganze Geschichte.«

Sie fletschte die Zähne wie ein kleines Tier. »Warst du der Liebhaber meiner Mutter?«

»Ja, aber ...«

»Hat sie diese Nachricht geschrieben, mich zu dir geschickt, damit du mit mir schläfst?«

»Welche Motive Belinda auch gehabt haben mag, sie haben nie etwas mit den meinen zu tun gehabt.«

Sie schlug mit der Faust zu. »Du Scheißkerl! Erzähl mir nicht, daß du mit mir ins Bett gegangen bist, weil du dich in mich verliebt hast.«

Er umklammerte ihre Handgelenke, drückte sie fest, tat ihr weh. »Es gibt verschiedene Arten von Liebe, Fleur. Vielleicht ist das, was ich für dich fühle, nicht das, was du für mich empfindest, aber ...«

Fleur wollte wieder nach ihm schlagen. »Halt den Mund! Ich habe dich geliebt, mit allem, was in mir ist. Und ich will nichts von Bruder und Schwester und Onkel hören. Ich will überhaupt nichts hören von deiner Scheiße. Laß mich ganz einfach gehen.«

Langsam lockerte er seinen Griff und ließ sie los. Sie stand taumelnd auf und stieß dann abgehackt hervor: »Wenn du — mir — wenn du mir wirklich — helfen willst — dann hol Lynn. Und — und halt mir Belinda vom Leib — laß sie nicht zu mir.«

»Fleur ...«

»Verschaff mir eine Stunde Ruhe, du Mistkerl. Die hab ich mir verdient.«

Sie standen im Regen, schwer atmend, Haare und Kleidung klatschnaß. Dann nickte er und ging zum Haus zurück.

Lynn fuhr, ohne Fragen zu stellen, ließ Fleur dann aber nur sehr ungern allein, obwohl diese versicherte, sie gehe sofort ins Bett. Als Lynn abgefahren war, lief Fleur in ihr Zimmer und begann hastig den größten Koffer und eine Reisetasche zu packen. Jake und Belinda. Intrigierten gegen sie, benutzten sie ... Sie hatte es ihnen ja so leicht gemacht. Hatten sie im Bett über sie gesprochen? Doch der Gedanke war zu schrecklich, und sie verdrängte ihn rasch.

Sie machte den Koffer zu und rief die Fluggesellschaft an. In der nächsten Maschine nach Paris waren noch Plätze frei. Jetzt blieb ihr, bevor sie ging, nur noch eines zu tun ...

Als Jake Belinda endlich gehen ließ, war sie halb verrückt vor Sorge — und ihr Zustand verschlimmerte sich, als sie nach Hause kam und sah, daß der Porsche nicht da war. Sie lief in Fleurs Zimmer. Auf dem Bett lag ein Berg aussortierter Kleider. Sie nahm Fleurs Nachthemd vom Kissen und vergrub das Gesicht in dem weichen Nylon. Fleur kam bestimmt bald zurück. Sie brauchte nur ein bißchen Zeit zum Nachdenken. Manchmal brauchten Kinder Abstand von den Eltern. Das hatte nichts zu bedeuten. Sie und Fleur waren unzertrennlich, das wußten alle. Zwei Hälften, die zusammengesetzt zu einer Person wurden. Sie kam bestimmt bald zurück. Sie mußten Pläne machen.

Belinda merkte, daß im Bad das Licht brannte, und ging hinein, um es abzudrehen. Zuallererst sah sie die Schere auf dem weißen Waschbecken, und dann schrie sie leise und schmerzlich auf. Der Fliesenboden war mit einem dicken Teppich nasser blonder Haare bedeckt.

Jake fuhr ziellos umher und versuchte nicht zu denken, aber der eisige Knoten in seiner Brust wollte nicht schmelzen. Der Regen wurde zu einem dünnen Nebel, und er schaltete die Scheibenwischer auf die erste Stufe zurück. Scheiße. Als die Charakterstärke verteilt wurde, hatte er wohl nur einen kümmerlichen Rest erwischt. Er hatte sie abschrecken wollen, damit sie von selbst weglief. Warum hatte er es nicht getan? Es wäre so verdammt einfach gewesen. Er wußte, was sie für ihn empfand, und war trotzdem nicht imstande gewesen, sie wegzuschicken.

Er merkte, daß er die eleganten Vorstädte hinter sich gelassen hatte und jetzt im Zentrum von Los Angeles war. Die nassen Straßen waren menschenleer. Mit einigen Verrenkungen zog er das ruinierte Jackett aus und fuhr hemdsärmelig weiter. Wie schön sie gewesen war! Sinnlich, aufregend ... Er krümmte sich innerlich, als ihm einfiel, wie weh er ihr beim erstenmal getan hatte, und doch hatte sie ihm weiterhin vertraut ...

Der Spielplatz lag in einer Straße voller Unrat. Ein paar kaputte Turn- und Sportgeräte, das rostige Skelett eines Schaukelgestells und die Reste eines Basketballnetzes. Nur ein Kind war naiv genug, so zu vertrauen wie sie. Ein reiches, verwöhntes Kind, das vom Leben nicht genug herumgestoßen worden war, um gerissen zu sein.

Ohne auf die Pfützen zu achten, überquerte er die Straße und betrat den leeren Spielplatz. Jetzt hatte sie ihre Prügel weg. Hatte so verdammt viel Prügel bezogen, daß sie nie wieder naiv sein würde. Er begann mit dem Ball zu dribbeln. Der Ball sprang hoch, er ließ ihn von der Hand abprallen, fing ihn auf. Er fühlte sich gut an, fühlte sich wie etwas an, das er verstand. Er wollte sie nicht in seinem Leben haben, verdammt! Er wollte nicht an ihre feuchten, verträumten Augen denken, wollte nicht daran denken, wie sie, von brennenden Kerzen eingerahmt, in der Badewanne gelegen hatte. Er wollte nicht daran denken, wie trostlos sein Leben ohne sie sein würde.

Er dribbelte auf den Korb zu, machte, als er näher kam, schnellere und kürzere Schritte, warf und traf. Der Rand zitterte, und die Hand tat ihm weh, doch er merkte es kaum, als die Menge um ihn herum zu schreien begann. Er beschloß, den Leuten zu zeigen, was er konnte. Sie sollten so laut schreien, daß er die Stimmen in seinem Innern nicht mehr hörte.

Er lief um einen gegnerischen Spieler herum und brachte den Ball bis zur Mitte des Spielfelds. Er war ein einsamer Wolf. Es war der Lebensstil, der ihm zusagte — die sicherste Art zu leben. Er täuschte nach rechts, nach links, hörte dann auf zu dribbeln, schraubte sich hoch und warf. Die Menge geriet in Raserei, schrie seinen Namen.

Doc! Doc! Doc!

Er packte den Ball und entdeckte Kareem, der ihn erwartete, eine kalte Killermaschine. Kareem, kaum menschlich, das Gesicht seiner Alpträume. Er mußte ihn täuschen. Er drehte sich nach links, aber Kareem war kein Mensch. Er war eine Maschine, die Gedanken lesen konnte. Schnell, bevor er es in deinen Augen sieht, es durch seine Poren spürt, bevor er deine dunkelsten Geheimnisse kennt. Jetzt. Er schwenkte blitzschnell nach rechts, sprang, flog durch die Luft ... Der Mensch kann nicht fliegen, ich aber schon ... An Kareem vorüber, in die Stratosphäre ... Wumm!

Doc! Sie waren aufgesprungen. *Doc!* schrien sie.

Kareem sah ihn an, und sie zollten sich schweigend gegenseitig den Respekt, den nur Legenden einander entgegenbringen können. Dann war der Augenblick vorbei, und sie waren wieder Gegner.

Der Ball wurde unter seinen Fingerspitzen lebendig. Er dachte nur an den Ball, erlaubte sich nicht, an etwas anderes zu denken. Diese Welt war vollkommen. Eine Welt, in der ein Mann sich wie ein Riese über alles hinwegsetzen konnte, ohne Scham zu empfinden. Eine Welt mit Schiedsrichtern, die einem genau sagten, was richtig war und was falsch. Eine Welt, in der es keine zarten Babys mit gebrochenem Herzen gab.

Jake Koranda. Schauspieler. Stückeschreiber. Pulitzerpreisträger. Er wollte alles aufgeben und nur für seine Phantasie leben.

Die Schreie der Menge verhallten, und er stand allein in einem Tümpel trüben Lichts am Ende von Nirgendwo.

Baby auf der Flucht

»Ich brauche keine Schablone für mein Leben;
niemand soll mir sagen, wie ich leben muß.
Ich nehme alles, wie es kommt,
von einem Tag zum anderen.«

Errol Flynn:
My Wicked, Wicked Ways

17

Fleur schob sich den Riemen ihrer Reisetasche über die Schulter und nahm ihren Koffer vom Band. Sie hatte seit mehr als sechsunddreißig Stunden nicht mehr geschlafen, und ihr Gepäck schien eine Tonne zu wiegen. Sie hatte versucht, im Flugzeug zu schlafen, doch wenn sie die Augen schloß, hörte sie Jakes und Belindas Stimmen, immer und immer wieder. *Bums meine Tochter, Koranda, damit sie ihre Karriere rettet.*

»Mademoiselle Savagar?« Ein livrierter Chauffeur kam auf sie zu.

»Ja?«

Er nahm ihren Koffer. »Ihr Vater erwartet Sie.«

Sie trottete durch das überfüllte Flughafengebäude von Orly hinter ihm her, hinaus zu einer Limousine, die am Straßenrand parkte. Der Chauffeur öffnete ihr die Tür, und sie glitt in den Wagen und in Alexis Arme. »Papa.«

Er zog sie an sich. »Nun, *chérie*, hast du dich endlich entschlossen, zu mir nach Hause zu kommen?«

Sie vergrub das Gesicht in dem teuren Stoff seiner Anzugjacke und fing an zu weinen. »Es war so schrecklich ... Ich war so dumm.«

»Nun, nun, *enfant*, sei ganz ruhig. Alles wird wieder gut.«

Er streichelte sie, und das war so tröstlich, daß sie es wagte, die Augen zu schließen, nur für einen Moment ...

Zu Hause angekommen, half Alexi ihr in ihr Zimmer. Sie bat ihn, bei ihr sitzen zu bleiben, bis sie eingeschlafen war, und er tat es.

Am nächsten Morgen wachte sie erst sehr spät auf. Ein Hausmädchen brachte ihr Kaffee und einen Teller aus feinstem Limoges-Porzellan mit Croissants und süßen Semmeln, aber sie schob ihn weg. Der Gedanke, etwas Eßbares in den Mund zu nehmen, war unvorstellbar für sie.

»*Bon jour*.« Alexi betrat das Speisezimmer, beugte sich über sie und küßte sie auf die Wange. Er runzelte die Stirn, als er die Jeans und den Pullover sah, die sie nach dem Duschen angezogen hatte. »Hast du nichts anderes zum Anziehen mitgebracht, *chérie?* Dann müssen wir dir heute etwas kaufen.«

»Nein, nein, ich hab noch andere Sachen dabei, aber ich hatte einfach nicht die Energie, mich mit meiner Garderobe zu beschäftigen.« Sie merkte, daß er mit ihr unzufrieden war, und wünschte, sie hätte sich mit ihrem Aussehen mehr Mühe gegeben.

Er betrachtete sie kritisch. »Dein Haar ist schrecklich. Wie konntest du nur so etwas tun? Man könnte dich für einen Jungen halten.«

»Es war ein Abschiedsgeschenk für Mutter.«

»Ich verstehe.«

»Ich hab vorhin versucht, es ein bißchen zuzuschneiden, aber viel ist dabei nicht herausgekommen, fürchte ich.«

»Macht nichts. Wir lassen es noch heute in Ordnung bringen.«

Er winkte dem Hausmädchen, ihm Kaffee einzuschenken. Als das Mädchen das Zimmer verließ, nahm er eine Zigarette aus der silbernen Tabatiere, die er in der Brusttasche trug. »Und jetzt erzähl mir, was passiert ist.«

»Hat Belinda dich angerufen?«

»Ein paarmal. Sie ist außer sich. Heute morgen habe ich ihr gesagt, du hättest dich endlich mit mir in Verbindung gesetzt und seist unterwegs auf eine griechische Insel — auf welche, hast du mir nicht verraten. Ich habe ihr auch gesagt, daß du allein und in Ruhe gelassen werden willst.«

»Ich bin sicher, sie ist schon unterwegs nach Griechenland.«

»*Naturellement*.«

Sie schwiegen eine Zeitlang, und dann fragte Alexi: »Hat das Ganze mit einem bestimmten Matinee-Idol zu tun?«

»Woher weißt du das?«

»Ich sorge dafür, daß ich über alles, was mich irgendwie angeht, auf dem laufenden bleibe. Und natürlich auch über alles, was die Menschen betrifft, die zu mir gehören.«

Fleur griff nach ihrer Kaffeetasse und schaute hinein, wollte verbergen, daß ihre Augen schon wieder voller Tränen standen. Sie hatte es so satt zu weinen, hatte den peinigenden Schmerz in ihrem Innern satt. »Ich habe mich in ihn verliebt«, sagte sie undeutlich. »Wir haben zusammen geschlafen.«

»Das ist wohl unvermeidlich.«

Seine Gleichgültigkeit verletzte sie. »Mutter hat es vor mir getan«, sagte sie zornig.

Alexi stieß den Rauch in zwei dünnen Spiralen durch die Nase aus. »Auch das war unvermeidlich, fürchte ich. Deine Mutter ist eine Frau, die kaum noch einen eigenen Willen hat, wenn es um Filmstars geht.«

»Sie hatten einen Handel abgeschlossen.«

»Das mußt du mir erklären.«

Alexi hörte aufmerksam zu, als Fleur den Teil der Auseinandersetzung zwischen Belinda und Jake wiedergab, den sie gehört hatte. »Die Motive deiner Mutter scheinen klar zu sein«, sagte er, als sie geendet hatte. »Doch wie sieht es mit denen deines Liebhabers aus?«

Bei dem Wort Liebhaber zuckte sie zusammen. »Ich denke, seine Motive waren es auch. Es war der erste Film, zu dem er das Drehbuch geschrieben hatte, und ihm daher sehr wichtig. Die Liebesszene war der Höhepunkt, und als ich plötzlich stocksteif wie eine Holzpuppe war, hat er das ganze Ding in Rauch aufgehen sehen.«

Alexis Erfahrung nach wurde kein Film durch eine einzige Szene verdorben, doch das sagte er seiner Tochter nicht. »Pech, *chérie*, daß du dir für das erstemal den falschen Mann ausgesucht hast.«

»Ich glaube, ich bin keine besonders gute Menschenkennerin.«

Er lehnte sich im Sessel zurück und schlug die Beine übereinander. »Ich hoffe, du hast vor, eine Weile bei mir zu bleiben. Es wäre das beste für dich.«

»Eine Zeitlang auf jeden Fall«, antwortete sie, »bis ich weiß, was ich will. Das heißt natürlich, wenn du mich haben willst.«

»Es wäre eine große Freude für mich, *chérie*. Darauf warte ich schon länger, als du dir vorstellen kannst.« Er stand auf. »Bevor wir uns um dein Haar kümmern, möchte ich dir aber etwas zeigen.«

Er führte sie zu seinem Museum hinter dem Haus, schloß auf und sagte: »Mach die Augen zu.«

Sie tat ihm den Gefallen, und sie betraten den großen, kühlen, ein bißchen muffig riechenden Raum. Unwillkürlich mußte sie an den Tag denken, an dem sie hier ihren Bruder kennengelernt hatte. Sie hätte Alexi fragen sollen, ob er Michel gefunden hatte, doch sie hatte es nicht getan. Michel war das einzige Thema, über das sie nicht mit ihm sprechen würde.

»Ich scheine eine Glückssträhne zu haben«, sagte Alexi. »Alle meine Träume werden wahr.« Sie hörte, wie er das Licht einschaltete. »Jetzt darfst du die Augen aufmachen.«

Die Halle war noch immer dunkel, nur in der Mitte brannte ein ganzes Scheinwerferbündel. Sein Licht fiel auf die Plattform, die noch leer gewesen war, als sie sich das erstemal hier hereingewagt hatte. Jetzt stand dort eines der größten und schönsten Automobile, die sie je gesehen hatte, schwarzglänzend, mit einer endlos langen Kühlerhaube, die wie die Karikatur eines Millionärswagens aussah. Trotz dieser Motorhaube hatte das Automobil herrliche Proportionen, und Fleur hätte es auch erkannt, wenn es nicht auf dem Ehrenplatz gestanden hätte. Sie schrie leise auf und lief darauf zu. »Es ist der Royale, nicht wahr? Du hast ihn endlich gefunden. Er ist phantastisch.«

»Ich hatte ihn seit 1940 nicht mehr gesehen.« Alexi kam auch näher und blieb neben Fleur stehen.

»Aber wie hast du ihn gefunden? Was ist passiert?«

»Das ist unwichtig — jahrzehntelange Fragen, ein bißchen Geld da und ein bißchen Geld dort.« Er nahm das Ziertuch aus seiner Brusttasche und wischte ein unsichtbares Stäubchen von der Stoßstange. »Entscheidend ist, daß ich jetzt die bedeutendste Sammlung von *pur sang* Bugattis der Welt besitze, und der Royale ist die Krönung.«

Nachdem sie den Royale gebührend bewundert hatte, ließ sie sich von Alexi die anderen Stücke seiner Sammlung erklären und ging dann in ihr Zimmer, wo ein Friseur sie erwartete. Er war offensichtlich gut dafür bezahlt worden, daß er den Mund hielt, denn er stellte keine Fragen. Er schnitt Fleur das Haar nur ganz kurz und sagte, mehr könne er nicht tun, ehe es nicht nachgewachsen sei. Als er fort war, betrachtete Fleur sich im Spiegel. Sie sah entsetzlich aus, hatte dunkle Ringe unter den Augen, und ihr Haar war fast so schlimm wie vorher; nur kürzer. Man konnte glauben, sie sei einem mittelalterlichen Verlies entkommen — große Augen, übergroßer Kopf, kein Haar. Ihr Spiegelbild bereitete ihr eine perverse Freude. Denn genauso fühlte sie sich.

Alexi runzelte die Stirn, als er sie sah, schickte sie in ihr Zimmer und trug ihr auf, sich zu schminken. Aber es half nicht viel. Sie machten einen langen Spaziergang die Rue de la Bienfaisance entlang und besprachen, was sie alles unternehmen wollten, wenn es Fleur wieder besser ging. Am Nachmittag schlief sie eine Weile, dann aßen sie zu Abend und hörten in Alexis Arbeitszimmer Sibelius. Er hielt ihre Hand, und sie fühlte, von der Musik bezaubert, wie der Schmerz in ihr sich ein wenig löste. Wie dumm sie gewesen war zu dulden, daß Belinda sie all die Jahre von ihrem Vater ferngehalten hatte. Typisch. Sie hatte sich immer von ihrer Mutter manipulieren lassen, weil sie fürchtete, Belindas Liebe zu verlieren, wenn sie auch nur im geringsten rebellierte.

In dieser Nacht konnte sie nicht schlafen. Sie knipste im Bad das Licht an und nahm zwei von Belindas Schlaftabletten, die sie eingepackt hatte. Dann ließ sie sich auf dem Toilettendeckel nieder.

Das Schlimmste war, daß sie alle Selbstachtung verlor. Sie hatte sich an der Nase herumführen lassen und wie ein eifriger junger Hund alles getan, was ihre Mutter wollte. Hab mich lieb, Mami. Bleib bei mir, Mami. Ihr wurde übel, wenn sie nur daran dachte. Und dann Jake. Sie hatte ihn mit den Augen verschlungen, von ihm geträumt, ihn so sehr geliebt und sich eingeredet, daß auch er sie liebe.

»Bist du krank, *chérie?*«

Den Gürtel seines Morgenmantels verknotend, stand Alexi auf der Schwelle. Sein stahlgraues Haar war so ordentlich gekämmt, als komme er eben vom Friseur, und Fleur fragte sich, ob es je zerzaust war. Sie schüttelte den Kopf.

»In diesem Hemd und mit dem gräßlich zugerichteten Haar siehst du wie ein kleiner Junge aus«, sagte Alexi. »*Pauvre enfant*. Geh jetzt ins Bett.«

Sie gehorchte, und er packte sie ein, als sei sie wirklich noch ein kleines Kind. »*Je t'aime, papa*«, sagte sie leise und drückte seine Hand, die auf der Decke lag.

Seine Lippen streiften ganz leicht ihren Mund. Sie waren trocken und überraschend rauh. »Dreh dich um. Ich werde dir den Rücken massieren, dann kannst du bestimmt besser einschlafen.«

Sie legte sich auf den Bauch, und die Massage tat ihr wirklich gut. Seine Hand glitt unter ihr Hemd, und sie fühlte, wie ihre innere Anspannung allmählich nachließ. Die Schlaftabletten begannen zu wirken, und sie fing an, von Jake zu träumen — von Jake, der sie liebte, ihren Hals küßte und sie durch das seidige Material ihres Schlüpfers berührte.

Nach den ersten Tagen in Paris bekam ihr Leben ganz von selbst einen gewissen Rhythmus. Sie stand spät auf, zog Jeans an und aß dann ein kleines Frühstück. Hinterher las sie oder hörte Musik. Am Nachmittag schlief sie wieder, ließ sich aber von einem der Hausmädchen rechtzeitig genug wecken, um zu duschen und sich umzuziehen, damit sie fertig war, wenn Alexi nach Hause kam. Manchmal gingen sie zusammen spazieren, doch sie ermüdete schnell, und sie kamen daher gewöhnlich nicht weit. Nach dem Abendessen hörten sie Musik, und da sie nachts noch immer schlecht schlief, massierte Alexi ihr gewöhnlich den Rücken.

Sie wußte, daß sie aufhören mußte, den Kopf hängenzulassen und Trübsal zu blasen, und versuchte Pläne zu machen, aber der einzige Entschluß, den sie faßte, war der, daß sie nicht sofort in die Vereinigten Staaten zurückkehren konnte.

Belinda rief immer wieder an, und Alexi wimmelte sie ab. Fleur müsse es sich anders überlegt haben, in Griechenland sei sie jedenfalls nicht. Der Detektiv, den sie beauftragt habe, Fleur zu suchen, vermute sie auf den Bahamas. Dann kanzelte er Belinda ab, weil sie auch als Mutter eine Versagerin sei, und brachte sie zum Weinen.

Fleur kam zu dem Schluß, daß es jetzt, da Belinda wieder fort war, vielleicht wirklich am besten wäre, wenn sie nach Griechenland ginge. Sie hatte die griechischen Inseln immer geliebt. Sie sagte Alexi, daß sie über das Geld reden müßten, das er für sie angelegt habe, denn sie denke daran, ein Haus in Griechenland zu mieten.

Alexi sagte jedoch, sie könne ihr Geld nicht haben. Der Großteil sei in langfristigen Investitionen festgelegt.

Sie sagte ihm, er solle die Gelder kündigen.

Er antwortete, sie müsse verstehen, daß das nicht so einfach sei. Und dann sagte er, Geld solle ihre geringste Sorge sein, er werde ihr alles kaufen, was sie sich wünsche.

Nach diesem Gespräch blieb in Fleur ein gewisses Unbehagen zurück. Es war so einfach gewesen, Alexi die Verwaltung ihres Vermögens zu überlassen, daß sie schon lange nicht mehr zugehört hatte, wenn er diese oder jene Investition vorschlug. Sie unterschrieb die Papiere, die er ihr schickte, und sandte sie zurück. Die Rechnungen wurden bezahlt, sie und Belinda hatten immer gehabt, was sie brauchten, und ihr war es sehr angenehm gewesen, daß sie sich um ihre komplizierten finanziellen Angelegenheiten nicht kümmern mußte. Da sie nicht wußte, was sie jetzt tun sollte, ging sie wieder in ihr Zimmer und schlief.

An einem Sonntag, als niemand da war, besuchten sie Alexis Büro, und er zeigte ihr einige seiner Schätze: einen Schreibtisch, den er bei einer Auktion in London für zweihunderttausend Pfund ersteigert hatte, einen Basrah-Ghiordes-Gebetsteppich aus Kleinasien und eine Knochennetsuke, an der ein Samurai aus dem 18. Jahrhundert seine Rauchutensilien befestigt hatte. Das T'ang-Pferd, das ihr besonders gut gefiel, schenkte er ihr.

In dieser Nacht wachte sie nach kurzem Schlaf mit völlig durchschwitztem Nachthemd auf. Sie hatte von Jake geträumt. Sie war wieder im Kloster de l'Annonciation gewesen, und er hatte sie dort zurückgelassen. Sie zog das Nachthemd aus, schlüpfte in den Morgenmantel und ging ins Bad, um eine Schlaftablette einzunehmen. Das Glas war leer, und ihr fiel ein, daß sie am Abend vorher die letzte Tablette geschluckt hatte.

Sie wollte sich von Alexi eine holen, aber er war nicht in seinem Zimmer. Und dann sah sie am Ende des Flurs ein schwaches Licht, das von der Treppe kam, die ins Dachgeschoß führte. Sie stieg die Treppe hinauf und fand die Tür offen.

Es war das merkwürdigste Zimmer, das sie je gesehen hatte. Die Decke war blau, mit flaumigen weißen Wolken bemalt. Ein schmutziger Fallschirm, auf einer Seite abgerissen, hing über dem schmalen Eisenbett. Alexi saß in einem steiflehnigen Stuhl neben dem Bett, mit hängenden Schultern, ein Glas in der Hand.

»Alexi?«

»Laß mich in Ruhe!« fuhr er sie an. »Verschwinde!«

Da begriff sie, daß das Michels Zimmer war und daß sie, versunken in ihren eigenen Schmerz, den ihres Vaters nicht einmal wahrgenommen hatte.

Sie kniete neben dem Stuhl nieder. Seit sie bei ihm war, hatte sie noch nie erlebt, daß er zuviel getrunken hätte, aber jetzt roch er nach Alkohol. Er hatte offenbar eine schlechte Nacht, und das war etwas, das sie nun viel besser verstand. »Du vermißt ihn, nicht wahr?« fragte sie leise.

»Was verstehst du davon?«

»Ich weiß, wie sehr ein Mensch einem fehlen kann, Alexi. Ich weiß, wie es ist, jemanden zu vermissen, den man liebt.«

Er hob den Kopf, und sie sah etwas Kaltes und Leeres in seinem Blick, das sie erschreckte. »Deine Sentimentalität ist rührend, aber unnötig. Michel ist ein Schwächling, und ich habe ihn aus meinem Leben verstoßen.«

Wie mich, dachte sie. So wie du mich einmal verstoßen hast.

»Was machst du dann in seinem Zimmer?«

»Ich habe zuviel getrunken und bade in Selbstmitleid. So einfach ist das.«

»Wie meinst du das?«

»Du müßtest es verstehen, Fleur. Du vor allem.«

Sie war verletzt. »Du denkst, ich bemitleide mich selbst?«

»Aber natürlich. Du hast Belinda auf ein Podest erhoben ... Hast mich im Handumdrehen im Geist zu dem Vater umfunktioniert, den du immer haben wolltest.«

Es fröstelte sie, und sie stand auf und rieb sich die Arme. »Ich habe dich nicht erst umfunktionieren müssen. Du warst in den letzten Jahren wunderbar zu mir.«

»Ich wußte, wie du mich haben wolltest, und habe mich danach verhalten.«

Sie wollte plötzlich in ihr Zimmer zurück. »Gute Nacht, Alexi. Ich geh jetzt schlafen.«

»Warte.« Er stellte das leere Glas auf den Tisch. »Achte nicht auf das, was ich sage. Ich habe meine eigenen Phantasien, sollte also über die deinen nicht spotten. Ich habe einfach vor mich hingeträumt, mir vorgestellt, was möglich gewesen wäre, wäre Michel kein perverser Schwächling, sondern ein Sohn, der meiner würdig ist.«

»Das ist lächerlich!« fauchte sie. »Und mittelalterlich. Millionen Männer sind homosexuell. Da ist doch nichts dabei.«

Er sprang vom Stuhl auf, und einen Sekundenbruchteil glaubte sie, er werde sie schlagen. »Was verstehst du davon?« stieß er bösartig hervor. »Nichts verstehst du! Michel ist ein Savagar.« Er marschierte im Zimmer auf und ab, und seine unbeherrschten Bewegungen erschreckten sie. »Eine solche Obszönität ist bei einem Savagar undenkbar. Es ist das Blut deiner Mutter. Ich hätte sie nie heiraten dürfen. Sie war der einzige Fehler meines Lebens, und ich habe mich nie von ihm erholt. Weil sie ihn vernachlässigt hat, ist er pervers geworden. Wärst du nicht geboren, wäre sie ihm eine gute Mutter gewesen.«

Der Alkohol sprach aus ihm. Es war nicht ihr Vater. Sie wußte, daß sie nicht länger bleiben durfte, gehen mußte, bevor sie noch mehr zu hören bekam, das sie nicht hören wollte. Sie machte kehrt, aber er war schon neben ihr.

»Du kennst mich nicht besonders gut, nicht wahr?« Er strich ihr mit der Hand über den Arm. »Ich glaube, wir müssen jetzt miteinander reden. Ich habe mich bemüht, geduldig zu sein, du solltest Zeit haben, dich zu erholen, aber die hast du ja jetzt gehabt.«

Sie versuchte an ihm vorbeizukommen, doch er ließ sie nicht los. »Morgen, Alexi«, bat sie. »Wenn du nüchtern bist.«

»Ich bin nicht betrunken, nur melancholisch.« Er legte ihr die Hand auf den Nacken und strich ihr mit dem Daumen zart über das Ohr. »Du hättest deine Mutter sehen sollen, als sie noch jünger war als du jetzt. So voller Optimismus — so leidenschaftlich. Und so selbstsüchtig wie ein Kind. Ich habe Pläne gemacht, was dich betrifft, *chérie*. Pläne, die ich schon am ersten Tag gemacht habe, an dem ich dich sah.«

»Was für Pläne?«

»Du hast Angst. Leg dich auf Michels Bett und laß dir den Rücken massieren, damit wir reden können.«

Sie wollte sich nicht auf Michels Bett legen. Sie wollte in ihr Zimmer gehen, zusperren und sich die Decke über den Kopf ziehen.

»Komm, *chérie*, ich seh doch, daß ich dich aufgeregt habe. Ich will es wiedergutmachen.« Lächelnd führte er sie zum Bett.

Sie streckte sich auf der nackten Matratze aus und legte die Hände unter die Wange. Das Bett sackte durch, als Alexi sich neben sie setzte und ihr durch den dünnen Stoff des Morgenmantels den Rücken zu massieren begann. »Ich habe geduldig auf dich gewartet, *chérie*«, sagte er. »Zwei Jahre habe ich dir gegeben. Ich habe geduldet, daß du dich verliebst. Ich habe dir und deiner Mutter erlaubt, den Namen Savagar durch die Zeitungen zerren und durch deine vulgäre Karriere besudeln zu lassen.«

Sie schien zu erstarren. »Was meinst du ...«

»Schschsch! Jetzt rede ich, *chérie*. Als ich an dem Abend sah, wie du deinen ganzen Mut zusammennahmst und deine Großmutter auf den Mund küßtest, begriff ich, daß ein großes Unrecht begangen worden war. Ich begriff, daß du alles warst, was mein Sohn sein sollte, aber ich mußte dich einige Zeit bei deiner Mutter lassen, damit du sie richtig kennenlernen konntest, damit keine falsche Sentimentalität zwischen uns stand. Es war eine schmerzliche, aber notwendige Lektion für dich, denn jetzt weißt du um die Fehler und Schwächen deiner Mutter. Du bist endlich bereit, deinen Platz an meiner Seite einzunehmen.«

Sie drehte sich um und sah ihn an. »Alexi, du machst mir

angst. Ich verstehe dich nicht. Was meinst du mit ›meinen Platz an deiner Seite einnehmen‹?«

Er legte ihr die Hände nun auf die Schultern und begann sie dort zu massieren. Seine Augen waren halb geschlossen, fast schläfrig. Sie wollte nicht, daß er ihr die Schultern massierte. Sie wollte aufstehen und gehen, bevor etwas Schreckliches passierte.

»Du gehörst zu mir, *chérie*. An meine Seite. Gehörst zu mir, wie deine Mutter es nie tat.« Er schob seine Hände unter den offenen Kragen ihres Morgenmantels. »Ich werde dich zu einer wunderbaren Frau formen, denn ich habe große Dinge mit dir vor.« Seine Hände glitten tiefer, öffneten ihren Morgenmantel ein bißchen weiter — glitten noch tiefer ...

»Alexi!« Sie packte ihn bei den Handgelenken.

Er lächelte weich, weil sie so bestürzt und verlegen war über das, was er, wie sie glauben mußte, im Begriff war zu tun. Guter Gott!

»Wir tun nichts Verbotenes, *chérie*. Merkst du es denn nicht selbst, wenn du dich siehst? Blickt dir denn nicht jedesmal, wenn du in den Spiegel schaust, die Untreue deiner Mutter entgegen?«

Untreue. Im ersten Moment konnte sie sich nicht vorstellen, was er damit meinte.

»Es ist höchste Zeit, daß du die Wahrheit erfährst. Wach endlich auf, *enfant*. Die Wahrheit wird viel besser sein als die Scheinwelt, in der du lebst.«

»Nein ...«

»Du bist nicht meine Tochter, *chérie*. Deine Mutter war schwanger, als ich sie heiratete.«

Die Bestie war zurückgekommen. Die große, häßliche Bestie, die ihr Herz und Seele aus dem Leib reißen wollte. »Ich glaube dir nicht. Du lügst.«

»Du bist das uneheliche Kind von Errol Flynn.«

Es war ein Scherz. Sie versuchte sogar, ihm zuzulächeln, um ihm zu zeigen, daß sie einen Scherz verstand. Aber ihr Lächeln erstarb, und die gemalten Wolken an der Decke verschwammen ihr vor den Augen, als sie sich an die Bemerkung erinnerte, die Johnny Guy über Belinda und Errol Flynn und den Garden of Allah gemacht hatte.

Alexi beugte sich vor und preßte die Wange an die ihre. »Wein doch nicht, *enfant*. Es ist besser so. Siehst du das nicht?«

Die Wolken über ihr wurden noch undeutlicher, und die Bestie nagte an ihr. Sie fühlte, wie seine Hände sie durch den Morgenmantel hindurch ganz leicht berührten.

»So schön. Klein und zart. Nicht so plump wie deine Mutter.«

»Nein! Nein! Sei verdammt, du ...« Sie stieß seine Hände weg und versuchte aufzustehen, aber die Bestie schien ihr alle Kraft genommen zu haben.

Alexi ließ sie sofort los. »Es tut mir leid, *chérie*. Ich habe mich sehr dumm benommen, und es ist mir sehr peinlich. Ich muß dir Zeit lassen, umzudenken, die Dinge so zu sehen wie ich und zu begreifen, daß wir nichts Verbotenes tun. Wir sind nicht blutsverwandt. Du bist nicht *pur sang*.«

»Du bist mein Vater«, flüsterte sie. *»Bitte sei mein Vater!«*

»Nie«, sagte er schroff. »Ich habe mich nie als dein Vater gefühlt. Während der letzten Jahre habe ich um dich geworben. Das hat sogar deine Mutter begriffen. Aber denk jetzt nicht mehr dran. Ich habe mich unverzeihlich tölpelhaft benommen. Es bleibt alles beim alten, bis du bereit bist.«

»Bereit?« Ihre Stimme klang dumpf, als spreche sie unter Wasser. »Wozu bereit?«

»Wir reden später darüber.«

»Jetzt! Ich will es jetzt wissen.«

Er schien eher ein bißchen verärgert als zornig. »Du bist viel zu erregt, Fleur.«

»Ich will jetzt alles hören.«

»Es wird dir merkwürdig vorkommen, weil du keine Zeit hattest, dich der neuen Situation anzupassen.«

»Was willst du von mir, Alexi?«

Er seufzte. »Ich möchte, daß du bei mir bleibst, dich von mir verwöhnen läßt. Ich möchte, daß du dir das Haar wachsen läßt, damit du wieder so schön bist wie früher.«

Da war noch mehr. Sie wußte, das war nicht alles. »Sag es mir, Alexi!«

»Du hattest nicht genug Zeit.«

»Sag es mir!« Ich weiß, was du sagen willst, aber sag es bitte nicht! betete sie. Sag nicht, daß ich deine Geliebte werden soll!

Er sagte es nicht.

Er sagte, sie solle ihm ein Kind gebären.

18

Sie stand an dem schmutzstarrenden Fenster von Michels Zimmer und schaute auf das Dach. Etwas Rosafarbenes lag auf den Schindeln — die federlose Leiche eines jungen Vogels, der aus einem Nest in einem der Kamine gefallen war. Alexi erklärte ihr seine Pläne. Er ging umher, die Hände in den Taschen seines Morgenmantels, und setzte sie ihr bis ins kleinste auseinander. Sobald sie schwanger wurde, würde er sie irgendwohin bringen, wo sie niemand kannte, und später erklären, er habe ein Kind adoptiert. Das Baby würde sein Blut, ihr Blut und Flynns Blut in sich haben.

Sie starrte auf die kleine federlose Leiche. Das Vögelchen hatte nie eine Chance gehabt, hatte nicht einmal lange genug gelebt, um Federn zu bekommen. Sie hatte das Gefühl, genauso leblos zu sein wie das winzige Ding dort draußen. Alexi versicherte ihr, seine Motive seien nicht die eines lüsternen alten Mannes. Wenn alles vorüber war, könnten sie sofort ihre alte Beziehung wiederaufnehmen, würde er wieder der liebende Vater sein, den sie sich wünschte.

»Ich nehme mir einen Anwalt«, sagte sie, aber ihre Stimme klang so erstickt, daß er sie kaum verstehen konnte und sie wiederholen mußte, was sie gesagt hatte. »Ich nehme mir einen Anwalt. Ich will mein Geld, Alexi.«

Er lachte. »Eine ganze Armee von Anwälten, wenn du willst. Du hast die Papiere selbst unterschrieben. Ich habe dir sogar alles haarklein erklärt. Es ist alles ganz legal.«

»Ich will mein Geld.«

»Mach dir doch wegen des Geldes keine Sorgen, *chérie*. Morgen kaufe ich dir Smaragde und Saphire, die zu deinen Augen passen. Ich kaufe dir alles, was du willst.«

»Nein.«

»Deine Mutter war einmal ganz allein«, sagte er. »Ohne einen Sou in der Tasche, ohne Zukunftsaussichten — und schwanger, aber das wußte ich damals natürlich noch nicht. Du brauchst mich jetzt genauso wie deine Mutter damals.«

Sie mußte ihn fragen. Bevor sie dieses Zimmer verließ, mußte sie ihn fragen — nur weinte sie schon wieder und glaubte, an jedem Wort zu ersticken. Endlich drehte sie sich um und umklammerte das schmutzige Fensterbrett hinter sich. »*Was weißt du von mir?*« rief sie.

Ihre Frage verwirrte ihn offensichtlich.

»Was siehst du in mir, das dir den Gedanken eingibt, ich würde etwas so Gräßliches tun? Wo liegt meine Schwäche? Du bist kein dummer Mann. Du hättest mir diesen obszönen Vorschlag nicht gemacht, wenn du nicht glaubtest, daß ich ihn vielleicht annehmen werde. Was stimmt nicht mit mir?«

Er zuckte mit den Schultern. Es war eine elegante, aber auch ein wenig bemitleidende Geste. »Es ist nicht deine Schuld, *chérie*. Die Umstände haben es dir aufgezwungen, aber du mußt begreifen, daß du allein auf dich gestellt ein Niemand bist. Du bist eine hübsche Dekoration, ziemlich groß natürlich, aber du hast keinen Eigenwert — du holst nichts aus dir heraus.«

Sie wischte sich mit dem Handrücken über die Nase. »Du bist doch dumm, weißt du das? Ich bin das berühmteste Model der Welt.«

»Das Glitter-Baby ist Belindas Schöpfung. Ohne sie hättest du es nicht geschafft. Und wenn doch, wäre es nicht dein Erfolg, nicht wahr? Ich biete dir eine Aufgabe an und das Versprechen, immer für dich dazusein. Wir wissen beide, daß das für dich am wichtigsten ist.«

Er glaubte wirklich, daß sie es tun würde. Sie sah es seinen Augen an, merkte es an seiner arroganten Selbstsicherheit. Er hatte in sie hineingeschaut, ihr Inneres analysiert und war zu dem Schluß gekommen, daß sie schwach genug war, etwas so Obszönes zu tun.

Sie lief aus dem Zimmer, die Treppe hinunter und schloß sich in ihrem eigenen Zimmer ein. Dann verkroch sie sich unter der Bettdecke. Bald darauf hörte sie seine Schritte auf dem Flur. Vor ihrer Tür hielt er inne, ging dann jedoch weiter. Sie lag wach, lauschte dem Hämmern ihres Herzens und wartete bis kurz vor Tagesanbruch.

Lautlos drehte sich der Schlüssel im Schloß, sie betrat das Museum, setzte ihre Umhängetasche ab und schaltete das Licht ein. Ihre Hände schwitzten, und sie wischte sie an den Jeans ab, während sie auf den kleinen Raum am Ende der Halle zuging. Nur ruhig, sagte sie sich. Halt nur noch ein bißchen durch.

An einer Wand der Werkzeugkammer zog sich ein exakt gebautes Regal hin, während an der anderen eine große Aufhängeplatte für Werkzeuge und andere Utensilien befestigt war. Alles war so peinlich ordentlich wie er selbst. Wieder fühlte sie seine Hände und kreuzte die Arme über ihren Brüsten, als müsse sie sich selbst schützen. Sie zwang sich, sich auf die Werkzeuge zu konzentrieren, und hakte im Geist eins nach dem anderen als unbrauchbar ab, bis sie endlich doch fand, was sie wollte. Sie wog es in den Händen, ob es das richtige Gewicht hatte. Dann nahm sie es zum Royale mit.

Belinda irrte. Die Regeln galten für alle. Menschen, die diese Regeln nicht befolgten, verloren ihre Menschlichkeit. Sie ließ die Augen über die langen, eleganten Konturen des Royale schweifen. Die Deckenlichter spiegelten sich wie Sterne im Lack, kleine weiße Sterne auf glänzendschwarzer Fläche. Sie dachte an den Wagen, so behütet, so gut verpackt in Segeltuch und Stroh, damit ihm ja nichts passierte. Und dann hob sie das Brecheisen hoch über den Kopf und begann die glänzende schwarze Fläche mit den kleinen weißen Sternen darauf zu zertrümmern ...

Die mächtigen Kiefer der Bestie waren zugeschnappt.

19

Fußgängermassen eilten am Büro des American Express vorbei zur Metrostation Opéra. Fleur schaute über die Schulter zurück und mischte sich unter die Menge. Sie hielt den Kopf gesenkt, und ihr rechter Arm hing schwer an ihrer Seite. Er schmerzte von den Vibrationen des Brecheisens. Sie hatte den Royale zerstört, systematisch die Motorhaube zerschmettert, die Windschutzscheibe, den Grill, die Scheinwerfer, hatte die Schutzbleche und die Seiten eingebeult und dann das Herz des Wagens vernichtet, Ettore Bugattis einzigartigen Motor. Die dicken Steinmauern hatten den Lärm geschluckt, und niemand war hereingestürzt und hatte sie daran gehindert, Alexis Traum zu vernichten. Vielleicht würde sie eines Tages bereuen, was sie getan hatte, aber im Moment hatte sie nur Angst.

Wieder schaute sie über die Schulter zurück, erwartete fast, daß Alexi sie verfolgte, obwohl es vermutlich noch Stunden dauern würde, bis man ihr Zerstörungswerk entdeckte. Niemand schien auf sie zu achten, aber sie lief trotzdem wie gejagt die Treppe zur Metro hinunter. Ihre Umhängetasche schlug gegen den Oberschenkel, und sie preßte sie fester an sich. Es waren ungefähr neuntausend Franc, zweitausend Dollar, darin versteckt. Man hatte Fleur bei American Express einen Scheck eingelöst, nachdem sie ihre Gold Card vorgezeigt hatte.

Die Fahrt zum Gare de Lyon schien ewig zu dauern. Auf dem Bahnhof angekommen, drängte sie sich durch die Menge zu dem Aushang mit den Abfahrtszeiten und Fahrtzielen und bemühte sich, aus dem Wirrwarr von Städtenamen und Zahlen klug zu werden. Endlich hatte sie herausgetüftelt, daß der nächste Zug, der abfuhr, nach Nîmes ging, und sie kaufte eine Fahrkarte. Nîmes war vierhundert Meilen von Paris entfernt — vierhundert Meilen von Alexi Savagars Vergeltung.

Die einzigen anderen Reisenden in dem Abteil zweiter Klasse waren ein altes Paar, das sie mißtrauisch musterte. Sie drehte das Gesicht weg, schaute aus dem Fenster und wünschte, sie hätte sich im Waschraum ein bißchen gesäubert, damit sie nicht so verdächtig aussah. Der Schnitt in der Wange, wo ein umherfliegender Glassplitter sie getroffen hatte, tat weh, und wahrscheinlich war ihr Gesicht blutig. Es war nur ein winziger Schnitt, doch sie sollte ihn säubern, damit er sich nicht entzündete und eine Narbe zurückließ.

Kurz vor Abfahrt des Zuges stiegen noch zwei junge Frauen ein. Die eine hatte einen Reiseführer in der Hand: *Europa für fünfzehn Dollar pro Tag*, und die andere trug einen ganzen Stapel amerikanischer Zeitschriften unter dem Arm. Fleur beobachtete im Fenster ihre Spiegelbilder, während sie es sich bequem machten und ihre Mitreisenden nach Touristenart prüfend musterten. Endlich begannen sie sich mit den beiden älteren Leuten zu unterhalten, da Fleur die Augen zumachte. Es kam ihr so vor, als habe sie seit Wochen nicht mehr geschlafen, und sie war so erschöpft, daß sie zu schweben glaubte. Sie konzentrierte sich auf den Rhythmus des Zuges, aber alles, was sie hörte, als sie in einen ruhelosen Schlaf abdriftete, war das Bersten von Metall und das Splittern von Glas.

Als sie aufwachte, sprachen die beiden jungen Frauen über sie. »Sie ist es bestimmt«, flüsterte eine Stimme. »Vergiß das Haar, schau dir nur ihre Brauen an.«

»Sei nicht albern«, flüsterte die zweite Stimme zurück. »Warum sollte Fleur Savagar zweiter Klasse reisen. Außerdem hab ich gelesen, daß sie in Kalifornien einen Film dreht.«

Panik packte sie und hämmerte gegen ihre Rippen wie das Dröhnen eines Brecheisens. Sie sagte sich, daß man sie schon so oft erkannt hatte und daß dies nichts anderes war, aber allein der Gedanke, daß jemand sie mit Glitter-Baby in Verbindung bringen könnte, erregte Übelkeit in ihr. Sie drehte das Gesicht wieder zum Fenster und machte die Augen auf.

Auf den Knien der kleineren der beiden jungen Frauen lag aufgeschlagen eine Zeitschrift. Fleur konnte mit Hilfe der Spiegelung im Fenster die Seite erkennen — eine Werbung für Sportkleidung, die sie für Armani gemacht hatte. Sie trug einen großen Schlapphut, und ihr Haar wehte unter der Krempe in alle Richtungen.

Eine der beiden jungen Frauen nahm die Zeitschrift und beugte sich leicht nach vorne. »Entschuldigen Sie, hat man Ihnen schon einmal gesagt, daß sie Fleur Savagar zum Verwechseln ähnlich sehen?«

Sie konnte sich nicht umdrehen. Sie hatte die Frage erwartet, so etwas war ihr schon oft passiert, aber jetzt brachte sie es nicht fertig, sich umzudrehen und sie anzusehen. Neugierig warteten die beiden Frauen auf ihre Reaktion.

»Sie kann nicht Englisch.«

»Ich hab dir ja gesagt, daß sie es nicht ist.«

In Nîmes nahm sie sich ein billiges Zimmer in einem Hotel in Bahnhofsnähe. Als sie an diesem Abend im Bett lag, fiel die Benommenheit von ihr ab, die sie innerlich gelähmt hatte. Sie begann zu weinen, schluchzte herzzerreißend. Sie war einsam, war verraten und betrogen worden und grenzenlos verzweifelt. Sie hatte alles verloren. Belindas Liebe war ein Traum, war Lüge gewesen, und Alexi hatte sie für immer und ewig besudelt. Wie hatte sie nur so blind sein können, daß sie nicht sah, was er von ihr wollte. Und dann Jake ... Sie hatte geglaubt, er sei ein Teil von ihr — ihre Ergänzung —, aber er hatte ihre Seele geschändet.

Der Verrat dieser drei Menschen hatte ihr die Scheuklappen von den Augen gerissen, und sie sah jetzt sich selbst in ihrer ganzen Häßlichkeit, ihrer Schwäche. Menschen überleben mit Hilfe ihres Urteilsvermögens, ihrer Entschlußkraft, sie aber hatte immer falsch geurteilt, nie eine richtige Entscheidung getroffen.

»Du bist ein Niemand«, hatte Alexi gesagt. Als die Nacht sank, begriff sie, was er wirklich gemeint hatte. Die Hölle war, in der Welt verloren zu sein und sich auch selbst verloren zu haben.

»Tut mir leid, Mademoiselle, aber dieses Konto wurde gesperrt.« Fleurs Gold Card verschwand wie durch einen Zaubertrick in der Hand des Angestellten. Panik stieg in ihr auf. Das einzige, das ihr nach einer schlaflosen Nacht klar gewesen war, war die Tatsache, daß sie mehr Geld brauchte. Wenn sie Geld hatte, konnte sie sich irgendwo vor Alexi verstecken, wo niemand sie erkennen würde und Fleur Savagar aufhören konnte zu existieren. Jetzt war das nicht mehr möglich. Während sie durch die Straßen von Nîmes lief, vermochte sie das Gefühl nicht abzuschütteln, daß Alexi sie beobachtete. Sie sah ihn in Torwegen, in den Gesichtern der Vorübergehenden, in Schaufensterscheiben gespiegelt. Ihre Umhängetasche fest an sich gepreßt, flüchtete sie zum Bahnhof.

Als Alexi das Wrack des Royale sah, bekam er zum erstenmal seine eigene Sterblichkeit zu spüren — in Form einer leichten Lähmung der rechten Seite, die fast zwei Tage lang anhielt. Er schloß sich in seinem Zimmer ein und ließ niemanden zu sich.

Die meiste Zeit lag er still da und hielt ein Taschentuch in der linken Hand. Manchmal betrachtete er sich in dem Spiegel, der gegenüber vom Bett an der Wand angebracht war.

Seine rechte Gesichtshälfte hing schlaff herunter.

Eigentlich merkte man es kaum, außer am Mund. Egal, was er versuchte, er konnte den Speichelfluß aus seinem rechten Mundwinkel nicht aufhalten. Jedesmal, wenn er das Taschentuch hob, um den Speichel abzuwischen, dachte er, daß der Mund es war, den er ihr nie verzeihen würde.

Die Lähmung verging, und als er auch den Mund wieder unter Kontrolle hatte, rief er die Ärzte. Sie sagten, es sei ein leichter Schlaganfall. Eine Warnung. Sie rieten ihm, kürzerzutreten, nicht mehr zu rauchen und nur noch Diät zu essen. Sie behaupteten außerdem, er habe erhöhten Blutdruck. Alexi hörte geduldig zu und schickte sie dann weg.

Anfang Dezember ließ er seine Automobilsammlung versteigern, und das Ereignis zog Interessenten aus aller Welt an. Man riet ihm, fernzubleiben, doch er beachtete den Rat nicht. Er wollte zusehen, wie ein Wagen nach dem anderen unter den Hammer kam, die Gesichter der Käufer studieren, sich ihren Ausdruck einprägen, damit er ihn nie wieder vergaß.

Als die Versteigerung vorüber war, ließ er das Museum Stein für Stein abtragen.

Fleur saß an einem stark abgenutzten Tisch im Hintergrund eines Studentencafés in Grenoble und aß ihr zweites Stück Torte, das genauso klebrig und viel zu süß war wie das erste. Trotzdem aß sie jeden Krümel, schob sich jeden widerlichen Bissen in den Mund, bis ihr Teller leer war. Seit mehr als einem Jahr fand sie Trost im Essen, das wie eine Droge auf sie wirkte, und als ihre Jeans eng geworden waren und sie zum erstenmal unter dem Rippenbogen eine Speckfalte fühlen konnte, hatte sie auf eine geradezu perverse Weise das Gefühl gehabt, etwas geleistet zu haben. Glitter-Baby war verschwunden. Sie stellte sich vor, was Belinda für ein Gesicht machen würde, wenn sie ihre kostbare Tochter jetzt sähe — übergewichtig, mit Kurzhaarschnitt, häßlichen Kleidern. Und Alexi . . . Er würde seine Verachtung in einen honigsüßen Kosenamen verpacken — ein Bonbon mit giftiger Füllung.

Sorgfältig zählte sie das Geld ab und verließ das Café. Draußen zog sie sich den Kragen ihres Männerparkas enger um den Hals. Am Morgen hatte es geschneit, und der Gehsteig war dunkel und eisig. Sie drückte sich auch die Wollmütze tiefer in die Stirn, aber nur, um sich gegen die Kälte zu schützen, nicht etwa, weil sie fürchtete, erkannt zu werden. Das war seit Monaten nicht mehr passiert. Vor dem Kino hatte sich schon eine Warteschlange gebildet, sie stellte sich ans Ende, und nach ihr kam noch eine lebhafte Gruppe amerikanischer Mädchen. Ihrer Unterhaltung entnahm sie, daß sie Austauschschülerinnen waren. Ihr eintöniger Akzent tat Fleurs Ohren weh. Wann sie zum letztenmal Englisch gesprochen hatte, wußte sie gar nicht mehr.

Obwohl es sehr kalt war, hatte sie schweißfeuchte Hände. Sie schob sie tiefer in die Taschen ihres Parkas. Ein Jahr auf der Flucht war genug. Heute abend wollte sie sich endlich allem stellen, was ihr widerfahren war. Soviel Mut hatte sie wohl noch, oder? Trotzdem, ihr wurde schon übel, wenn sie das Kinoplakat sah, wie sollte sie da den ganzen Film durchstehen?

Anfangs hatte sie sich gesagt, sie werde nicht einmal die Kritiken lesen, war dann aber nicht imstande gewesen, auch nur eine auszulassen. Die Kritiker behandelten sie gnädiger, als sie erwartete. Einige schrieben sogar, sie sei ein »vielversprechendes Talent«. Und einer hatte gemeint, »zwischen Koranda und Savagar hat es ganz ordentlich geknistert«. Dieser Kommentar hatte sie am meisten gestört, weil nur sie wußte, wie einseitig dieses »Knistern« gewesen war.

Während sie im Foyer wartete, sagte eine junge Französin neckend zu ihrem Freund: »Hast du keine Angst, daß ich heute abend nicht mehr an dir interessiert sein könnte, nachdem ich zwei Stunden lang Jake Koranda bewundert habe?«

Er warf einen Blick auf das Plakat und sah dann wieder das Mädchen an. »Du bist diejenige, die sich Sorgen machen sollte. Während du Koranda anhimmelst, konzentriere ich mich ganz auf Fleur Savagar. Jean-Paul hat den Film vorige Woche gesehen und schwärmt noch jetzt von ihrem Körper.«

Fleur zuckte zusammen und verkroch sich tiefer in ihren Parka, schob sich an den beiden vorbei in den Zuschauerraum und setzte sich in die letzte Reihe. Allmählich wurde es dunkel im Saal. Alles in ihr drängte sie dazu, aufzuspringen und zu rennen, aber wenn sie jetzt weglief, würde sie nie wieder stehenbleiben können.

Der Vorspann lief, die Kamera schwenkte langsam über weites, flaches Bauernland in Iowa, staubige Stiefel gingen über eine Schotterstraße. Plötzlich Jakes Gesicht in Großaufnahme. Ihre Hände verkrampften sich, als sie sich zwang, ihn anzusehen, sich zu erinnern, wie er sie verraten und betrogen hatte. Doch alles, woran sie sich erinnern konnte, waren Glück und Zärtlichkeit, die sie empfunden hatte, wenn sie bei ihm war. Dann stand Jake vor einem Farmhaus, und ein junges Mädchen sprang von einer Schaukel ...

Die Tortenstücke ballten sich in ihrem Magen zu einem Kloß zusammen, als sie sich selbst zusah — zusah, wie sie ihm in die Arme stürzte. Sie erinnerte sich an die Festigkeit seiner Brust, die Berührung seiner Lippen. Sie erinnerte sich an sein Lachen, seine Witze, an seine Art, sie an sich zu pressen, als wolle er sie nie wieder loslassen, und ihr wurde klar, daß sie es nie schaffen würde. Den Parka enger um sich ziehend, stand sie schwankend auf. Lieber würde sie in alle Ewigkeit vor sich selbst weglaufen, als noch einen einzigen schmerzlichen Augenblick mit dem Filmbild des Mannes zu verbringen, den sie geliebt hatte.

Das letzte, was sie hörte, als sie aus dem Kinosaal floh, war Jakes Stimme. »Wann bist du so hübsch geworden, Lizzie?«

Die Berichte wurden pünktlich jeden Freitagnachmittag um drei in Alexis Büro abgeliefert, doch erst am Abend, wenn er allein in seinem Arbeitszimmer saß, gestattete er es sich, sie zu lesen.

Er war so sicher gewesen, daß sie nach New York zurückkehren und ihre Karriere fortsetzen werde, doch sie hatte ihn dadurch überrascht, daß sie in Frankreich geblieben war. Zuerst in Lyon, dann in Aix-en-Provence, danach in Grenoble, Bordeaux, Montpellier — alles Städte mit großen Universitäten. Sie war töricht genug zu glauben, sie könne sich in der Masse der Studenten vor ihm verstecken. Als ob das überhaupt möglich wäre.

Nach einem Jahr hatte sie angefangen, an dieser oder jener Universität Vorlesungen zu hören. Zuerst war er über die Zusammenstellung der Fächer verblüfft gewesen — sie hörte Mathematik, Vertragsrecht, Anatomie und Soziologie, und er wußte sich keinen Reim darauf zu machen. Er hatte Monate gebraucht, um hinter ihr System zu kommen, und dann war ihm aufgegangen, daß sie nur Vorlesungen wählte, die in großen Sälen abgehalten wurden, denn dort lief sie kaum Gefahr, als nicht immatrikulierte Zuhörerin entlarvt zu werden. Ein offizielles Studium beginnen konnte sie nicht, da sie kein Geld hatte. Dafür hatte er gesorgt.

Er ließ die Augen über die Liste lächerlicher Handlangerarbeiten gleiten, die sie verrichtete, um sich ihren Lebensunterhalt zu verdienen. Sie hatte Ställe ausgemistet, Pferde gepflegt, in Lokalen bedient. Manchmal arbeitete sie für Fotografen — nicht als Model — jetzt ein wahrhaft grotesker Gedanke —, aber sie stellte die Scheinwerfer auf und kümmerte sich um die Ausrüstung. Er las den Bericht zweimal, klappte den Ordner zu und legte ihn in den Wandsafe. Im Augenblick besaß sie nichts von Wert, das er ihr wegnehmen konnte, aber die Zeit würde kommen, und wenn sie da war, würde er bereit sein. Er war ein geduldiger Mann und konnte warten.

Als Fleur eben die letzte Filmkassette ins Regal legte, schlug die Klingel über der Eingangstür an, und sie fuhr zusammen. Unerwartete Geräusche erschreckten sie immer noch. Zwei Jahre waren vergangen. Wenn Alexi gewollt hätte, hätte er sie inzwischen aufgespürt. Sie warf einen Blick auf die Wanduhr. Ihr Arbeitgeber hatte Babyfotos zu einem Sondertarif im Angebot, und sie hatten schon die ganze Woche viel zu tun, aber sie hatte gehofft, der Ansturm sei für heute nachmittag vorbei, damit sie pünktlich in ihre Wirtschaftsvorlesung kam. Sie wischte sich die staubigen Hände an den Jeans ab und schob den Vorhang zur Seite, der den kleinen Empfangsraum vom Studio trennte.

Vor ihr stand Gretchen Casimir. »Du guter Gott!« stieß sie hervor.

Jeder Muskel in Fleurs Körper spannte sich, und sie hatte das Gefühl, jemand habe ihre Brust in einen Schraubstock gepreßt.

Fleur versuchte sich einzureden, es sei unvermeidlich gewesen, daß jemand sie fand — sie sollte dankbar sein, daß es so lange gedauert hatte —, aber sie war nicht dankbar. Sie fühlte sich in der Falle, nahe daran, in Panik zu geraten. Warum war sie nur so lange in Straßburg geblieben. Vier Monate waren zuviel.

Gretchen nahm ihre Sonnenbrille ab. »Du siehst wie eine Qualle aus. So kann ich unmöglich etwas mit dir anfangen.«

Sie trug das Haar länger als früher, und das Kastanienbraun glänzte dunkler. Ihre Pumps sahen nach Mario of Florence aus, das beigefarbene Leinenkostüm war unverkennbar Perry Ellis und das Tuch *de rigueur* eindeutig von Hermès. Vom Gegenwert von Gretchens Garderobe konnte sie sechs Monate leben.

»Du hast wenigstens dreißig Pfund zugenommen. Und dieses Haar! Ich könnte dich nicht einmal an *Feld und Wald* verkaufen.«

Fleur versuchte, ihr altes »Ach-leck-mich-doch-Grinsen« aus der Mottenkiste zu holen, um zu zeigen, daß es ihr verdammt egal war, was Gretchen dachte, doch es paßte nicht mehr in ihr Gesicht. »Niemand hat dich darum gebeten«, sagte sie gepreßt. »Hau ab, Gretchen!«

Gretchen ignorierte sie. »Diese Eskapade hat dich schon Tausende gekostet. Du hast Verträge gebrochen. Es laufen Verfahren gegen dich. Sie könnten dich alles kosten, was du hast.«

Fleur versuchte eine Hand in die Tasche zu stecken, aber die Jeans saßen so prall, daß sie nur einen Daumen hineinbekam. Doch wenn sie noch ihr altes Gewicht von hundertdreißig Pfund hätte, hätte sie nicht dieses angenehm sichere Gefühl, das sie jetzt mit sich herumtrug. »Schick die Rechnung an Alexi«, sagte sie. »Er hat zwei Millionen Dollar von mir, die eigentlich reichen müßten. Aber ich könnte mir vorstellen, daß du das schon weißt.«

»Ich nehme dich nach New York mit«, sagte Gretchen, »und bringe dich auf eine Gesundheitsfarm, wo du ordentlich abspecken wirst. Es wird Monate dauern, bis du wieder so in Form bist, daß du arbeiten kannst, aber vielleicht kann ich ein paar Gerichtsverfahren verhindern, wenn sie wissen, daß du wieder im Land bist. Das gräßliche Haar wird dir natürlich schaden, also glaub bitte nicht, daß ich für dich den alten Preis erzielen kann, und bilde dir nicht ein, Parker könne dir sofort wieder eine Filmrolle verschaffen.«

»Ich gehe nicht zurück«, sagte Fleur.

»Mach dich nicht lächerlich! Schau dir doch diesen Laden an. Ich kann kaum glauben, daß du wirklich hier arbeitest. Mein Gott, nachdem *Sunday Morning Eclipse* rauskam, wollten dich gleich mehrere von Hollywoods Topregisseuren haben.« Sie schob einen Bügel ihrer Sonnenbrille in die Brusttasche ihrer Kostümjacke, so daß die Gläser heraushingen. »Dieser alberne Streit zwischen Belinda und dir hat lange genug gedauert. Mütter und Töchter haben immer Probleme. Das ist kein Grund, eine so große Sache daraus zu machen.«

»Das geht dich nichts an.«

»Werde erwachsen, Fleur. Wir leben im 20. Jahrhundert, und kein Mann ist es wert, daß sich seinetwegen zwei Frauen in die Haare kriegen, die sich lieben.«

Man glaubte also allgemein, daß es bei dem Streit zwischen Belinda und ihr um Jake gegangen war. Nun, ein Grund war so gut wie der andere.

Gretchen gab sich keine Mühe, ihre Verachtung zu verbergen. »Schau dich doch an! Versteckst dich, wo sich die Füchse gute Nacht sagen, lebst wie eine Bettlerin. Dein Gesicht ist alles, was du hast, und du hast dir größte Mühe gegeben, es zu zerstören. Wenn du nicht auf mich hörst, wirst du eines Tages aufwachen, alt und allein, und für die Krümel dankbar sein, die man dir zuwirft. Ist es das, was du willst? Ist dein Selbstzerstörungstrieb so groß?«

Fleur begannen die Augen zu brennen. Gretchen wollte ihr Angst einjagen, das war alles. Sie würde sich schon wieder aufrappeln. Bald. Es war nur eine Frage der Zeit, bis es ihr besserging und alles wieder in Ordnung kam.

Gretchen sah sie einen Moment an, ihre Augen glitten über das häßliche Männerhemd, über die Jeans, forschend, abschätzend ... Fleur wußte haargenau, wann Gretchen Casimir zu dem Schluß kam, es sei nicht mehr der Mühe wert, sich mit ihr zu befassen.

»Du bist eine Verliererin«, sagte sie verächtlich. »Du bist dick und jämmerlich, lebst in einer Sackgasse. Aber das überrascht mich nicht. Wenn du Belinda nicht hinter dir hast, bist du ein Nichts.«

Fleur versäumte ihre Wirtschaftsvorlesung. Ihre Umhängetasche hatte sie schon gepackt. Sie floh aus Straßburg.

Ein weiteres Jahr verging. Alexi mußte sich sehr anstrengen, um auch fernerhin geduldig zu bleiben. Sie hatte, ohne es zu ahnen, die einzige Möglichkeit entdeckt, sich gegen ihn zur Wehr zu setzen. Was konnte er einem Menschen nehmen, der nichts hatte?

Er machte es sich im Arbeitszimmer in seinem Lieblingssessel bequem und zündete sich eine Zigarette an, die letzte der fünf, die er sich jeden Tag selbst gestattete. Die Fotografien, die er vor sich hatte, sahen genauso aus wie die anderen, die man ihm im Lauf der Jahre zugeschickt hatte. Eine unmögliche Frisur aus einem billigen Friseurladen, fadenscheinige Jeans, schäbige Lederstiefel. Nach alltäglichen Maßstäben konnte man sie kaum fett nennen, sie wog vielleicht vierzig Pfund mehr als früher, aber bei einer Frau, die im Zenit ihrer Schönheit stehen sollte, wirkte das zusätzliche Gewicht obszön.

Er hörte Schritte und schob die Fotografien schnell in die Ledermappe zurück. Dann ging er zur Tür und sperrte auf.

Belinda sah ihn an, das Haar vom Schlaf zerzaust, einen Mascarafleck unter dem rechten Auge. »Ich habe wieder von Fleur geträumt«, sagte sie. »Warum träume ich noch immer von ihr, Alexi? Warum wird es nicht besser?«

»Weil du dich an sie klammerst«, sagte er. »Du läßt sie nicht los.«

Belinda streckte die Hand aus und umschloß seinen Arm. »Du weißt, wo sie ist. Sag es mir, bitte!«

»Ich beschütze dich nur, *chérie*.« Sein kalter Finger strich ihr über die Wange. »Ich möchte dich nicht dem Haß deiner Tochter aussetzen.«

20

An ihrem dreiundzwanzigsten Geburtstag betrachtete Fleur sich in einem mit Fliegendreck besudelten Spiegel und fand widerwärtig, was sie dort sah — ein fettes maskulines Gesicht mit ungepflegter Haut, weil keine Kosmetika daran verschwendet wurden, eine häßliche Haarkrause ohne jeden Glanz. Sie zupfte an den drahtigen Spitzen über den Ohren und erinnerte sich an die streifig blonde Mähne, die sie berühmt gemacht hatte.

Der schlimmste Schmerz war jetzt überwunden. Manchmal verging ein ganzer Tag, ohne daß sie an Jake dachte. Sie konnte sich sogar mit einem gewissen inneren Abstand ein Zeitungsfoto von Alexi und Belinda ansehen. Natürlich lebte Belinda wieder bei ihm in Paris. Alexi war einer der bedeutendsten Männer Frankreichs, und ihre Mutter brauchte Scheinwerferlicht wie andere Menschen Sauerstoff.

Manchmal dachte sie daran, nach New York zurückzugehen, aber was sollte sie dort? Sie war jetzt sicher. Das Fett verschaffte ihr Sicherheit, und ihr akademisches Zigeunerleben schützte sie. Sie brauchte die Liebe anderer Menschen nicht mehr. Sie brauchte nur noch sich selbst.

Eine Woche vor Weihnachten warf sie ihre gesamten Habseligkeiten in ihren Matchsack, nahm ihren Eurailpaß und bestieg den Zug nach Wien. Sie mußte in Frankreich bleiben, weil es das einzige Land in Europa war, in dem sie legal arbeiten durfte, doch wenn sie es sich irgendwie leisten konnte, verreiste sie. Sie hatte Wien aus einer Laune heraus gewählt, nachdem sie den Roman *Garp und wie er die Welt sah* gelesen hatte. Ein Ort, wo es Bären auf Einrädern gab und einen Mann, der nur auf den Händen gehen konnte, schien genau der richtige für sie zu sein.

Sie fand ein billiges Zimmer in einer alten Wiener Pension mit einem Lift, der wie ein vergoldeter Vogelkäfig aussah, aber im Krieg von den Deutschen kaputtgemacht worden war. Als sie ihren Matchsack sechs Stockwerke hinaufgeschleppt hatte, öffnete sie die Tür zu einem winzigen Zimmerchen mit zerkratzten Möbeln und fragte sich, welchen Krieg der Hausmeister gemeint hatte.

Nachdem sie hastig etwas gegessen hatte, nahm sie einen Bus zur Spanischen Hofreitschule und stellte fest, daß sie bis März geschlossen war. In die Pension zurückgekehrt, zog sie Jacke und Jeans aus, setzte sich im Schlüpfer auf das Bett und packte sich in die Bettdecke ein, um in dem kalten, zugigen Zimmer wenigstens ein bißchen warm zu werden. Der Wind rüttelte an den Fenstern, und der Heizkörper klopfte. Sie griff nach einer amerikanischen Zeitschrift, die sie auf dem Bahnhof gekauft hatte, und blätterte darin.

Plötzlich waren ihre Hände wie gelähmt, und sie starrte auf ein Foto, das Jake neben einer hübschen dunkelhaarigen Frau zeigte.

Jedesmal, wenn sie ein Foto von ihm sah, schlug ihr Magen einen Purzelbaum. Es war, als stolpere sie ganz unerwartet über eine tote Katze oder einen toten Vogel — die Logik sagte einem, daß das Tier harmlos war, aber wenn man die Leiche sah, erschrak man trotzdem. Sie blätterte um. Auch auf dieser Seite ein Foto — Jake und dieselbe Frau, als sie ein Theater verließen. Zwar blickte Jake finster in die Kamera, aber trotzdem machten die beiden als Paar einen harmonischen Eindruck. Fleur konnte nicht anders. Sie blätterte zurück und begann zu lesen:

Seit dem vergangenen Sommer sind die Schauspielerin Diana Brennan und der Schauspieler und Stückeschreiber Jake Koranda Hollywoods neuestes Duo. Obwohl beide erklären, sie seien nur gute Freunde, kann das den interessierten Beobachter nicht überzeugen. »Jake und Diana haben viele Gemeinsamkeiten«, sagte die Schauspielerin Lynn Davids, die früher mit Koranda zusammenlebte.

Für den Stückeschreiber Koranda waren die vergangenen Jahre Ödland, seine Karriere als Schauspieler hingegen zeigt mit Hits wie Blue Commando *und dem neuen Caliber-Film* Disturbance at Blood River *steil nach oben. Seit er 1977 für das Drehbuch von* Sunday Morning Eclipse *den Oscar gewonnen hat, hat er keine Zeile mehr geschrieben. Freunde hoffen, daß seine neue Partnerin ihn an die Schreibmaschine zurückbringt . . .*

Mehr konnte Fleur nicht lesen. Sie klappte die Zeitschrift zu und warf sie in den Papierkorb.

Am nächsten Morgen besichtigte sie Schloß Schönbrunn und aß dann im Leopold in der Nähe des Rooseveltplatzes sehr preiswert zu Mittag. Sie bestellte Salzburger Nockerln, die köstlich schmeckten, und trotzdem bekam sie das Essen kaum hinunter. Die Reise nach Wien hatte nicht das erhoffte Ergebnis. Es existierten keine Bären auf Einrädern und kein Mann, der nur auf den Händen laufen konnte, nur dasselbe alte Problem, für das es keine Lösung gab, und wenn sie noch so weit weglief.

Ein Burberry-Trenchcoat und ein Louis-Vuitton-Aktenkoffer wanderten an ihrem Tisch vorbei, kamen zurück. »Fleur? Fleur Savagar?«

Sie brauchte ein paar Sekunden, ehe sie in dem Mann, der vor ihr stand, Parker Dayton, ihren ehemaligen Agenten, erkannte. Er war jetzt Mitte Vierzig und hatte eines jener Gesichter, die aussahen, als habe ein begnadeter Bildhauer ihnen vollkommene Züge gegeben und sie dann, bevor der Ton noch ganz trocken war, mit einem Faustschlag eingedellt und wieder zerstört. Nicht einmal der sorgfältig gestutzte rötlichbraune Bart, den Parker seinerzeit noch nicht getragen hatte, konnte sein fliehendes Kinn ganz verbergen oder von der platten Nase ablenken.

Ohne ihre Aufforderung abzuwarten, setzte er sich ihr gegenüber und stellte den Aktenkoffer auf den Boden.

»Ich mache jetzt hauptsächlich Fernsehen und Musik«, erklärte er und zündete sich eine Zigarette an. »Unter anderem manage ich auch die Neon Lynx. Deshalb bin ich in Wien.« Er fummelte in seinen Taschen herum und brachte schließlich eine Eintrittskarte zum Vorschein. »Komm heut abend ins Konzert, als mein Gast selbstverständlich. Wir sind seit Wochen ausverkauft.«

Sie hatte die Plakate in der ganzen Stadt gesehen, die Amerikas heißeste Popgruppe auf ihrer ersten Europatournee ankündigten. Sie nahm die Karte, obschon sie bezweifelte, daß sie die benutzen würde. Es war durchaus möglich, daß sie die Karte auf dem schwarzen Markt verkaufte. »Irgendwie sehe ich dich nicht als Rockmanager. Wie bist du denn dazu gekommen?«

»Durch reine Gier, Fleur. Wenn eine Rockband einschlägt, ist das so, als hättest du eine Lizenz dafür, dir dein Geld selbst zu drucken. Die Lynx spielten in einem drittklassigen Club am Strand von Jersey, als ich sie entdeckte. Ich wußte, sie hatten was, packten es aber nicht richtig an. Sie hatten keinen Stil, du weißt, was ich meine? Ich hätte sie an einen anderen Manager weiterreichen können, aber das Geschäft ging damals nicht allzu gut, also beschloß ich, die Sache selber in die Hand zu nehmen. Ich will dir die Wahrheit sagen, Fleur, ich hab zwar erwartet, daß sie einschlagen würden, aber nicht so. Auf unserer letzten Tournee kam es in zwei Städten buchstäblich zu Tumulten. Du glaubst ja nicht . . .«

Plötzlich stand er auf, winkte jemandem hinter ihr zu, und gleich darauf kam ein zweiter Mann an ihren Tisch. Er war Anfang Dreißig, mit buschigem Haar und einem Fu-Manchu-Bart. Parker stellte ihn als Stu Kaplan, den Tourneemanager der Band, vor. Zu Fleurs größter Erleichterung schien er sie nicht zu erkennen. Die Männer bestellten Kaffee, und dann wandte Parker sich an Stu. »Hast du dich um die Sache gekümmert?«

Stu ließ sich auf einen Stuhl fallen. »Ich habe eine Stunde auf diesem Arbeitsamt verbracht, und dann haben sie mir gesagt, daß sie vielleicht nächste Woche ein Mädchen für mich hätten. Du lieber Himmel, nächste Woche sind wir längst in Deutschland.«

Parker runzelte die Stirn. »Das ist dein Problem, Stu, und ich mische mich nicht ein. Du bist derjenige, der ohne Tourneesekretärin arbeiten muß.«

Sie redeten noch ein paar Minuten miteinander, und dann entschuldigte sich Parker, um zur Toilette zu gehen. Stu wandte sich an Fleur. »Ein Freund von Ihnen?«

»Das weniger. Eher ein Bekannter.«

»Er ist ein verdammter Diktator. ›Es ist dein Problem, Stu.‹ Zum Teufel, schließlich hab nicht ich ihr ein Kind gemacht.«

»Ihrer Tourneesekretärin?«

»Ja.« Er starrte traurig in seinen Kaffee. »Ich habe ihr gesagt, wir bezahlen die Abtreibung und alles, aber sie wollte unbedingt in die Staaten, damit es auch richtig gemacht wird.«

»Was hat eine Tourneesekretärin zu tun?« Die Frage kam selbst für Fleur überraschend, gewissermaßen aus heiterem Himmel. Sie wußte nicht einmal, warum sie sie gestellt hatte. Neugier, das war alles. Eine höfliche Frage, wie man sie im Gespräch eben stellte — mehr nicht.

Stu Kaplan sah sie mit einem ersten Anzeichen von Interesse an. »Es ist eigentlich ein ruhiger Job — sie muß telefonieren, die Reisevorbereitungen und Termine nachprüfen und ein bißchen mit der Band helfen. Nichts allzu Schwieriges.« Er trank einen Schluck Kaffee. »Sie — eh — Sie sprechen Deutsch?«

»Ein bißchen. Auch ein bißchen Italienisch und Spanisch. Französisch fließend.« Ihr Herz hämmerte, aber ihre Stimme klang gelassen. Sie wußte nicht wieso, aber sie hatte das Gefühl, daß man ihr eine dünne Rettungsleine zugeworfen hatte.

Stu lehnte sich auf dem Stuhl zurück und sah sie an. »Der Job bringt zweihundert die Woche, Unterkunft und Verpflegung frei. Sind Sie interessiert?«

Es war verrückt; sie hatte einen Job in Lille; sie besuchte Vorlesungen und Seminare, und sie hatte ihr Zimmer. Außerdem tat sie nie mehr etwas aus einem Impuls heraus. Doch das war etwas Sicheres, etwas, das sie ungefähr einen Monat tun konnte, während sie sich überlegte, was sie mit dem Rest ihres Lebens anfangen sollte. »Ich bin dabei.«

Stu lächelte und nahm eine Geschäftskarte aus der Tasche. »Pack deinen Koffer und melde dich in anderthalb Stunden im Interconti bei mir.« Er kritzelte etwas auf die Karte und stand auf. »Hier ist die Nummer der Suite. Sag Parker, daß ich dort auf ihn warte.«

Als Parker an den Tisch zurückkam und Fleur ihm berichtete, was passiert war, begann er den Kopf zu schütteln. »Tut mir leid, Fleur, aber du kannst den Job nicht haben.«

Nachdem sie sich einmal entschlossen hatte, wehrte sie sich dagegen, daß man ihr den Job wieder wegnehmen wollte. »Warum nicht?«

»Weil du nicht durchhalten würdest. Ich weiß nicht, was Stu dir erzählt hat, aber als Tourneesekretärin für irgendeine Band zu arbeiten, ist immer hart, doch bei einer Band wie Neon Lynx ist es noch härter.«

Hier war sie wieder, die unterschwellige Andeutung, daß sie nicht viel wert war. »Ich hatte schon ein paar Jobs, die mir einiges abverlangt haben«, sagte sie rasch. »Die letzten Jahre waren nicht unbedingt ein Zuckerschlecken für mich.«

Er streckte die Hand aus und tätschelte väterlich die ihre. »Davon bin ich überzeugt. Aber laß dir etwas erklären. Einer der Gründe, warum Neon Lynx sich so lange an der Spitze halten konnte, ist der, daß sie alle miteinander verwöhnte, arrogante Miststücke sind. Das gehört zu ihrem Image, und um die Wahrheit zu sagen, ich unterstütze es. Ihrer Arroganz haben sie es ganz wesentlich mit zu verdanken, daß sie auf der Bühne so gut sind. Aber man hält es kaum durch, für sie zu arbeiten, und es handelt sich nicht um einen Job mit hohem Prestige. Seien wir doch ehrlich: Du bist es gewohnt, Leute rumzukommandieren, nicht selber rumkommandiert zu werden.«

Mann, hast du eine Ahnung, dachte Fleur und sagte: »Ich kann sehr gut auf mich aufpassen.«

Der Mann, der keinen Sinn für Humor hatte, lachte. »Als Tourneesekretärin würdest du keine zwei Stunden durchhalten. Hör zu, Fleur, ich weiß nicht, was mit dir passiert ist, aber es sieht mir ganz so aus, als hättest du dich so richtig in die Scheiße hineinmanövriert. Ich gebe dir einen kleinen Rat, der dich nichts kostet. Verzichte eine Weile auf Brot und Kuchen und dann ruf Gretchen an, und du bist wieder im Geschäft.«

Fleur stand auf. »Ist es richtig, daß Stu Kaplan berechtigt ist, eine Tourneesekretärin einzustellen?«

»Unter normalen Umständen . . .«

»Ja oder nein?«

»Ja.«

»Stu hat mir den Job gegeben, Parker, und ich nehme ihn.«

Sie hatte das Restaurant verlassen, bevor er noch etwas sagen konnte, aber auf der Straße wurde ihr plötzlich schwindlig, und sie mußte sich an eine Hausmauer lehnen.

Als sie eine Stunde später die Suite im Interconti betrat, hatte sie das Gefühl, in ein Tollhaus geraten zu sein. In einer Ecke drängten sich Reporter, die mit Parker und zwei extravagant gekleideten jungen Männern, vermutlich Mitgliedern der Band, redeten. Kellner fuhren mit Servierwagen herum, und drei Telefone klingelten gleichzeitig. Stu griff sich gleich zwei Hörer und winkte ihr, das dritte Gespräch anzunehmen.

Es war der Direktor des Münchner Hotels, in dem die Gruppe die nächste Nacht verbringen wollte. Er sagte ihr, er habe gehört, daß in London eine Hotelsuite völlig zerstört worden sei, und bedaure, ihr mitteilen zu müssen, daß die Neon Lynx in seinem Haus nicht mehr willkommen seien. Sie legte die Hand auf die Hörmuschel und berichtete Stu, was der Mann aus München gesagt hatte.

Das war der Augenblick, in dem ihr klar wurde, daß der Stu Kaplan aus dem Restaurant nicht der war, für den sie arbeitete. »Sag ihm, das war Rod Stewart, um Himmels willen!« schrie er sie an. »Benutz dein verdammtes Hirn und belästige mich nicht mit solchem Scheißkleinkram.« Er warf ihr ein Klammerbrett mit mehreren Papieren zu. »Überprüf die einzelnen Arrangements, wenn du ihn schon am Apparat hast! Überprüf alles, und dann prüf es noch einmal!«

Sie fühlte, wie ihr Magen sich verkrampfte. Sie schaffte es

nicht, sie konnte nicht mit jemandem arbeiten, der sie anbrüllte und von ihr erwartete, daß sie Dinge wußte, die er ihr nicht erklärt hatte. Parker Dayton sah zu ihr herüber, und sein Lächeln sagte: Ich hab's dir prophezeit. Ihre Handflächen wurden feucht, und sie drehte sich halb um, um diesem Lächeln auszuweichen. Gleichzeitig erblickte sie sich in einem Spiegel von Fenstergröße, der auf der anderen Seite des Raumes hing. Der Spiegel war genauso groß wie die Riesenfotos, mit denen Belinda die Wände ihres Apartments vollgepflastert hatte, die schönen, überlebensgroßen Gesichter, die Fleurs Gefühl nach nichts mit ihr zu tun hatten. Aber als sie jetzt das blasse, erschrockene Gesicht anstarrte, hatte sie ebenfalls das Gefühl, es gehöre nicht ihr.

Sie wandte ihre Aufmerksamkeit wieder dem Telefon zu. »Es tut mir leid, daß ich Sie warten lassen mußte, aber Sie können die Neon Lynx nicht für einen Schaden verantwortlich machen, der nicht auf ihr Konto geht.« Ihre Stimme klang höher als gewöhnlich, dünn, weil sie zuwenig Luft bekam. Sie holte schnell Atem und begann dann Rod Stewarts Charakter systematisch auseinanderzunehmen. Als sie damit fertig war, ging sie daran, die einzelnen Punkte wie Zimmerverteilung, Essen und Getränke zu kontrollieren; auch müsse dafür gesorgt werden, daß genügend Gepäckkarren zur Verfügung stünden, fügte sie hinzu. Als der Direktor alles bestätigte, was sie ihm vortrug, wurde ihr klar, daß es ihr tatsächlich gelungen war, ihn zu überzeugen, und er es sich wieder anders überlegt hatte. Sie empfand eine geradezu überschwengliche Begeisterung für ihre Leistung.

Sie hatte kaum aufgelegt, als das Telefon schon wieder klingelte. Einer der »Roadies« war wegen Drogenbesitzes festgenommen worden. Diesmal war sie darauf vorbereitet, daß Stu sie anbrüllte, und brachte es sogar fertig, ihn zu fragen, was ein Roadie sei. Er verstummte unvermittelt.

»Ja, um Himmels willen, weißt du denn gar nichts? Die Roadies sind die Leute, die für die Ausrüstung verantwortlich sind. Sie bauen die Anlage auf, um Gottes willen.« Er schnappte sich sein Jackett. »Halte hier die Festung, während ich ihn aus dem Knast hole. Das heißt, falls einer von den Typen Englisch spricht.«

Er warf ihr ein zweites Klammerbrett zu. »Der Terminplan und alle Auftritte sind hier verzeichnet. Vergiß nicht, die Bühnenpässe für die VIPs zu stempeln, dann ruf München an und erkundige dich, ob man sich dort um ausreichende Transportmittel vom Flughafen in die Stadt gekümmert hat — das letztemal waren zu wenig Limousinen da. Und check den Charterflug nach Rom! Sie sollen für alle Fälle eine Ersatzmaschine bereitstellen.« Als er schon zur Tür hinausging, rief er ihr noch immer Anweisungen zu.

Sie erledigte acht Telefonate und verbrachte eine halbe Stunde damit, mit den Fluggesellschaften zu verhandeln. Als Parker Dayton die Suite verließ, lächelte er überheblich und fragte, ob sie noch nicht genug habe. Sie lächelte zurück und erklärte, es gehe ihr prächtig, doch sobald sich die Tür hinter ihm geschlossen hatte, sackte sie in ihrem Sessel zusammen. Drei Tage mußte sie durchhalten. Stu hatte ihr gesagt, Parker gehe nicht mit auf Tournee, sondern fliege nach New York zurück, so daß sie sich sein »Ich hab's dir prophezeit« nicht anhören mußte, wenn sie das Handtuch warf. Drei Tage waren gar nichts. So lange schaffte sie es.

Peter Zabel, der Lead-Gitarrist der Neon Lynx, kam hereingeschlendert. Zwar war sie ihm noch nie begegnet, hatte jedoch die paar Minuten zwischen den einzelnen Telefongesprächen dazu benutzt, sich die Namen und Fotos der Musiker einzuprägen, die sie in der Pressemappe gefunden hatte. Zabel war Anfang Zwanzig, hatte eine kleine, kompakte Figur und schulterlanges lockiges schwarzes Haar. Im rechten Ohrläppchen trug er, soviel sie sehen konnte, zwei Ohrringe: einen riesigen Diamanten und eine lange weiße Feder. Er bat sie, ihn mit seinem Makler in New York zu verbinden, weil er sich wegen seiner Kupferaktien Sorgen machte.

Nachdem er wieder aufgelegt hatte, lehnte er sich auf der Couch zurück und legte die Stiefel auf den Couchtisch. Sie hatten fast acht Zentimeter hohe durchsichtige Absätze, in die Goldfische eingebettet waren. »Ich bin der einzige von der Band, der für seine Zukunft sorgt«, sagte er plötzlich. »Die anderen denken, es geht immer so weiter, aber ich weiß, daß es das nicht gibt, daher stecke ich einiges von meinem Geld in einen Sparstrumpf.«

»Das ist wahrscheinlich eine gute Idee.« Fleur griff nach den Bühnenpässen und begann sie zu stempeln.

»Da liegst du verdammt richtig, es ist eine gute Idee. Wie heißt du übrigens?«

»Fleur.«

»Du kommst mir irgendwie bekannt vor. Bist du 'ne Lesbe?«

»Nein.« Sie knallte den Stempel heftiger als nötig auf den Paß. Wollte sie sich eigentlich selbst zum Narren halten? Drei Tage waren eine Ewigkeit.

Peter stand auf und ging zur Tür. Plötzlich blieb er stehen und drehte sich zu ihr um. »Ich weiß jetzt, wo ich dich schon gesehen hab. Du warst ein Model oder so was Ähnliches. Mein kleiner Bruder hatte ein Poster von dir in seinem Zimmer, und ich hab dich in dem Film über Vietnam gesehen. Fleur — und wie weiter?«

Sie zögerte. »Savagar. Fleur Savagar.«

»Genau. Das stimmt.« Sie merkte, daß er nicht sehr beeindruckt war.

Er zupfte an dem weißen Federohrring. »Hör mal, ich hoffe, du nimmst mir nicht übel, daß ich das sage, aber wenn du was in deinen Sparstrumpf gesteckt hättest, säßest du nicht auf dem trockenen, nachdem man dich abserviert hat.«

»Das werde ich das nächstemal beherzigen«, sagte sie ernst.

Die Tür fiel zu, und sie merkte, daß sie zum erstenmal seit Tagen lächelte. Bei dieser Crew gehörte Glitter-Baby ganz offensichtlich schon zu den Gestrigen. Sie lehnte sich zurück und dachte darüber nach. Es war ein gutes Gefühl, als könne sie plötzlich freier atmen.

Die Tournee wurde an diesem Abend in einem Sportstadion nördlich von Wien eröffnet, und nachdem Stu mit dem verlorenen Roadie zurückgekommen war, blieb ihnen keine Minute zum Denken, und das war gut so. Zuerst gab es ein Mißverständnis mit den Eintrittskarten, und dann wurde der Band mitgeteilt, daß es in einer Stunde soweit war. Fleur mußte vor allen anderen in der Hotelhalle sein, um die Transportmittel zu überprüfen und Trinkgelder zu verteilen; dann mußte sie die Mitglieder der Band noch einmal einzeln anrufen und ihnen sagen, die Limousinen stünden bereit. Stu brüllte ununterbrochen mit ihr, aber er schien außer den Musikern alle anzubrüllen, also versuchte sie, es zu ignorieren. Es gab, soweit sie das jetzt schon überblickte, nur zwei Kardinalregeln: Stell die Band zufrieden und prüf alles zweimal nach!

Als die Mitglieder von Neon Lynx in die Halle kamen, erkannte sie alle. Peter Zabel war sie natürlich schon begegnet. Kyle Light war der Bassist, und auch er war leicht zu erkennen; er hatte schütteres blondes Haar, tote Augen und sah verlebt aus.

Frank LaPorte, der Schlagzeuger, war ein kriegerischer Rotschopf mit einer Dose Budweiser in der Hand. Vierter im Bund war Simon Kale, der Keyboardspieler. Simon Kale sah wild aus und war der schwärzeste Mann, der ihr je über den Weg gelaufen war. Sein Kopf war kahlrasiert und glänzte ölig. Er trug Silberketten auf der überentwickelten Brust und um den Hals ein Sklavenhalsband; an seinem Gürtel hing etwas, das verdächtig nach einer Machete aussah.

»Wo ist dieser verdammte Barry?« rief Stu. »Fleur, geh rauf zu diesem Hurensohn und hol ihn runter! Und tu um Himmels willen nichts, was ihn aufregen könnte!«

Widerstrebend marschierte sie zum Lift und fuhr in die Penthousesuite des Lead-Sängers Barry Noy hinauf. In der Pressemappe wurde er als der neue Mick Jagger gepriesen. Er war vierundzwanzig, und die Fotos zeigten ihn mit langem blonden Haar, das er entweder offen oder als Pferdeschwanz trug, und fleischigen Lippen, die ständig zu einem höhnischen Grinsen verzogen schienen. Sie hatte schon dieser oder jener Bemerkung entnommen, daß Barry »schwierig« war, es jedoch vermieden, darüber nachzudenken, was das bedeuten mochte.

Sie klopfte und drückte, als keine Reaktion kam, die Klinke herunter. Die Tür war nicht abgeschlossen. »Barry?«

Er lag auf der Couch und bedeckte seine Augen mit dem Unterarm. Er trug die gleiche Satinhose wie die anderen Musiker der Band, nur war die seine leuchtend orange, mit einem strategisch über dem Schritt aufgenähten großen roten Metallstern.

»Barry? Stu hat mich heraufgeschickt, ich soll dich holen. Wir sind abfahrbereit.«

»Ich kann heute abend nicht auftreten.«

»Ein besonderer Grund?«

»Ich habe eine Depression.« Er seufzte übertrieben tief und lange. »Eine so furchtbare Depression wie noch nie, ich schwör's. Ich kann nicht singen, wenn ich depressiv bin.«

Fleur warf einen Blick auf ihre Uhr. Es war eine goldene Herren-Rolex, die Stu ihr am Nachmittag nach einem exakten Zeitvergleich mit seiner Uhr geliehen hatte. Ihr blieben noch fünf Minuten. Fünf Minuten und zweieinhalb Tage.

»Willst du mir erzählen, was dich so bedrückt?«

Zum erstenmal sah er sie an. »Wer bist du?«

»Fleur. Die neue Tourneesekretärin.«

»O ja, Peter hat mir von dir erzählt. Warst mal ein großer

Filmstar oder so was Ähnliches.« Er legte den Unterarm wieder über die Augen. »Ich kann dir sagen, das Leben ist wirklich beschissen. Ich meine, ich bin jetzt *richtig* heiß, bin top, ich kann jede Frau haben, die ich will. Aber dieses kleine Miststück Kissy hat mich total am Wickel — und wie. Ich wette, ich hab heut wenigstens hundertmal New York angerufen, doch entweder bin ich nicht durchgekommen, oder sie hat sich nicht gemeldet.«

»Vielleicht ist sie ausgegangen.«

»Ja. Klar ist sie ausgegangen. Mit irgendeinem Kerl.«

Ihr blieben noch vier Minuten.

»Ja, glaubst du denn wirklich, eine Frau, die noch bei Verstand ist, würde mit einem anderen Mann ausgehen, wenn sie dich haben kann, Barry?« *Na, und ob sie würde, Kumpel. Jede Frau, die noch bei Verstand ist, würde lieber mit einem Känguruh ausgehen als mit dir.* »Ich wette, du hast die falsche Zeit erwischt. Die Zeitzonen sind ja auch zu verwirrend. Warum versuchst du's nicht nach dem Konzert? Dann ist es in New York früher Morgen, und du erreichst sie bestimmt.«

Jetzt zeigte er tatsächlich Interesse. »Meinst du wirklich?«

»Ich bin ganz sicher.« Dreieinhalb Minuten — wenn sie auf den Lift warten mußten, saß sie in der Patsche. »Ich mach dir auch die Verbindung.«

»Du kommst nach dem Konzert mit mir rauf und machst mir die Verbindung?«

»Aber klar doch.«

Er grinste. »He, das ist großartig. He, ich glaub, ich werde dich mögen.«

»Gut. Ich bin sicher, daß ich dich mögen werde.« *Von wegen, du degenerierter Schwachkopf.* Noch drei Minuten. »Okay, und jetzt gehen wir runter.«

Sie lieferte Barry dreißig Sekunden vor der Zeit in der Halle ab. Im Lift versuchte er sie zwischen zehnter und neunter Etage anzumachen, und als sie ihn abwies, wurde er störrisch. Da sagte sie ihm, sie könnte es nicht verantworten, da sie möglicherweise eine Geschlechtskrankheit habe.

21

Als sie im Sportstadion ankamen, warf Stu ihr ein Klammerbrett zu und wies sie an, alles, was draufstand, noch einmal zu checken. Sie wurde gerade rechtzeitig fertig, bevor das Spektakel losging, und beschloß, sich die Show von hinter der Bühne aus anzusehen.

Ein Ende des Eishockey-Spielfelds war zur Sicherheit der Musiker abgesperrt worden, und als sie um die hohen Bühnenaufbauten herumkam, sah sie, warum das sein mußte. Die Vorgruppe, die sich auf der Bühne abzappelte, völlig ignorierend, drängten ein paar hundert Fans gegen die dichte Postenkette und die hölzernen Barrieren. Alle schrien nach Barry Noy und seiner Gruppe.

Der Bühnenmeister winkte Fleur zu sich herüber und reichte ihr zwei rosafarbene Ohrstöpsel. »Tu die rein«, sagte er. »Alle tragen sie, sogar die Musiker. Du hörst die Musik noch, aber die Dinger verhindern, daß dir das Trommelfell platzt.«

Sie steckte sich die Stöpsel in die Ohren, und zugleich wurde es im Stadion dunkel. Die Schreie bildeten eine feste Geräuschkulisse, und aus dem Lautsprecher bellte eine Stimme: »Meine Damen und Herren . . . Aus Amerika . . . In ihrem ersten europäischen Konzert — die Neon Lynx!«

Die Schreie steigerten sich zur Hysterie, und die Strahlen von vier Scheinwerfern knallten auf die Bühne. Man hörte ein Krachen, die Lichtstrahlen prallten aufeinander, und die Neon Lynx stürmten nach vorn. Die Menge explodierte. Barry sprang in die Luft, seine Haare flogen, und dann stieß er die Hüften nach vorn, so daß der rote Stern auf seiner Hose Feuer zu fangen schien. Frank LaPorte wirbelte mit den Trommelstöcken, und Simon Kale hämmerte auf die Tasten des Keyboards. Fleur sah, daß ein Mädchen, höchstens zwölf oder dreizehn Jahre alt, ohnmächtig über der Barriere zusammenbrach. Die Menge drängte weiter, das Mädchen beachtete niemand.

Die Musik kam aus dem Bauch, war rauh, wild, aufdringlich sexuell aufgeheizt, und Barry Noy machte mit der Menge auf Teufel komm raus, was er wollte. Als der Song zu Ende war, brandete eine neue Welle gegen die Barrieren, und Fleur merkte, daß die Posten nervös wurden. Die Scheinwerfer stachen mit blauen und roten, sich kreuzenden Schwertern auf die Bühne ein, und die Band begann mit ihrer nächsten Nummer.

Fleur befürchtete, daß es Tote geben könnte. Einer der Roadies stellte sich neben sie, und sie fragte ihn, ob es immer so sei.

»Ne«, antwortete er. »Kommt wahrscheinlich daher, daß wir an die Staaten gewöhnt sind. Ist die reinste Beerdigung heut abend. Diese Leute sind ja tot.«

Nach der Show stand sie mit Stu in der von der Polizei mit Seilen abgesperrten Tiefgarage und zählte Limousinen. Die Band kam, alle fünf klatschnaß geschwitzt. Barry streckte die Hand aus und packte sie beim Arm. »Muß mit dir reden.«

Sie begann zu protestieren, als er sie zur ersten Limousine zog. Dann sah sie, daß Stu sie wütend anfunkelte, und sie erinnerte sich an Regel Nummer eins: Der Band sind alle Wünsche zu erfüllen, um sie bei Laune zu halten. Sie hatte schon eine bestimmte Vorstellung, was diese Regel wirklich besagte: Halte Barry Noy bei Laune — was wahrscheinlich gar nicht so schwierig gewesen wäre, hätte sie nicht schon eine Gänsehaut bekommen, wenn sie ihn nur ansah.

Sie stieg in den Wagen, und er zog sie auf den Sitz neben ihm. Dann ein Schatten an der Tür, das Klirren von Ketten, und Simon Kale gesellte sich zu ihnen. Sie erinnerte sich, wie er auf der Bühne seine Machete herumgewirbelt hatte, und warf ihm einen nervösen Blick zu. Er steckte sich einen Zigarillo an, wandte sich ab und schaute aus dem Fenster.

Die Limousine verließ die Garage, am Ausgang hielt die Polizei eine Gruppe schreiender Fans in Schach. Plötzlich durchbrach ein junges Mädchen den Polizeikordon, stürzte auf die Limousine zu, riß im Laufen sein Hemd aus dem Hosenbund und entblößte seine noch kaum knospenden Brüste. Ein Polizist fing die Kleine auf, bevor sie am Wagen war, aber Barry bemerkte den Vorfall nicht einmal.

»Und wie war ich heut abend, was meinst du?« fragte er, einen kräftigen Schluck aus der Dose Budweiser nehmend, die er mitgebracht hatte.

»Großartig«, antwortete Fleur mit soviel Aufrichtigkeit wie möglich. »Einfach großartig.«

»Du meinst also nicht, daß ich nicht gut drauf war? Dieses elende Volk war tot.«

»Also ich fand, daß du sogar verdammt gut drauf warst.«

»Ja, ich glaub, du hast recht.« Er leerte die Bierdose und zerdrückte sie dann in der Faust. »Ich wünschte, Kissy wäre hier. Sie wollte nicht mit mir nach Europa kommen, kapierst du das? Ich meine, was sagt dir das über dieses verrückte Frauenzimmer?«

»Es sagt mir sehr viel, Barry.« Sie hörte aus der anderen Ecke des Wagens einen Laut, der wie ein verächtliches Schnauben klang, und fragte schnell: »Was macht sie eigentlich?«

»Sie sagt, sie ist Schauspielerin, aber ich hab sie noch nie im Fernsehen oder so gesehen. Verdammt, ich bin schon wieder depressiv.«

Wenn Fleur etwas nicht brauchen konnte, dann war es ein depressiver Barry Noy. »Na ja, dann ist das wahrscheinlich der Grund. Schauspielerinnen, die sich um Arbeit bemühen, können es sich nicht leisten, jederzeit zu verreisen. Sie könnten ihre große Chance verpassen.«

»He, da hast du vielleicht recht. He, tut mir leid wegen deines Trippers — oder was du dir da eingefangen hast.«

Zum erstenmal sah Simon Kale sie voll an, und ein Funken von Interesse blitzte in seinen Augen auf.

Obwohl sie heute ja schon einiges erlebt hatte, war sie auf den Höllenlärm in der Hotelhalle nicht gefaßt. Zwar war die Telefonzentrale angewiesen worden, keine Informationen herauszugeben, aber da es von Frauen nur so wimmelte, mußte es doch irgendwie durchgesickert sein, daß die Neon Lynx hier abgestiegen waren. Als die fünf Musiker auf den stark bewachten Lift zugingen, sah Fleur, wie Peter Zabel den Arm ausstreckte und sich einen vollbusigen Rotschopf aus der Menge griff. Frank LaPorte begutachtete eine sommersprossige Blondine und winkte dann ihr und ihrer Kaugummi kauenden Freundin zu. Nur Simon Kale ignorierte die Frauen.

»Das kann ich einfach nicht glauben!« murmelte Fleur vor sich hin.

Stu hörte sie trotzdem. »Ja, wir hoffen alle, daß sie nicht Englisch können. Dann brauchen wir wenigstens nicht mit ihnen zu reden.«

Sie warf ihm einen finsteren Blick zu. »Das ist das Widerwärtigste, das mir je zu Ohren gekommen ist.«

»So ist die Welt des Rock 'n' Roll. Rocker sind Könige, solange sie an der Spitze bleiben können.« Er legte den Arm um eine der Frauen und ging mit ihr zum Lift. Bevor die Tür sich schloß, rief er Fleur noch zu: »Bleib in Barrys Nähe! Er hat mir gesagt, er mag dich. Und prüf die Ausweise der beiden Mädchen, mit denen Frank abgezogen ist! Sie sind mir ziemlich jung vorgekommen, und ich möchte nicht noch mehr Schwierigkeiten mit der Polizei. Dann häng dich ans Telefon und sieh zu, daß du diese verdammte Kissy überreden kannst, uns morgen in München zu treffen! Sag ihr, wir zahlen ihr zweihundertfünfzig die Woche.«

»He, das sind ja fünfzig mehr, als ich bekomme.«

»Du bist entbehrlich, Kleine.«

Fleur ließ sich gegen eine Säule sinken. Die Welt des Rock 'n' Roll. Es war ein Uhr morgens, sie war erschöpft, und wenn sie nicht bald ins Bett kam, schlief sie im Stehen ein. Sie wollte Frank und seine Groupies vergessen, sie wollte auch nicht mehr an Barry und seine blöde Kissy denken, sondern schnurstracks ins Bett gehen. Morgen früh würde sie Parker sagen, er habe recht gehabt. Der Job war nichts für sie.

Aber als sich die Lifttür schloß, drückte sie automatisch den Knopf für das Stockwerk, in dem Franks Suite lag. Nachdem sie die beiden Mädchen überprüft hatte, sagte sie so höflich sie konnte gute Nacht und ging. Dann nahm sie den Lift zu Barrys Suite, schleppte ihren Körper den Flur entlang und dachte an das schöne Hotelzimmer, das auf sie wartete. Saubere Laken, Wärme, kein klopfender Heizkörper, heißes Wasser . . .

Der Posten ließ sie ein, und erleichtert stellte sie fest, daß hier oben wenigstens noch alle vollständig angezogen waren. Die drei Mädchen, von denen keins besonders glücklich aussah, spielten Karten. Barry hatte sich auf der Couch ausgestreckt und sah fern. Seine Augen leuchteten auf, als er Fleur erblickte. »He, Fleur, wollte eben dein Zimmer anrufen. Dachte schon, du hast mich vergessen.« Er nahm seine Brieftasche vom Couchtisch und holte einen zerrissenen Zettel heraus, den er ihr reichte. »Das ist Kissys Nummer. Wie wär's, wenn du sie aus deinem Zimmer anrufst? Ich muß ein bißchen schlafen. Und nimm zwei von diesen Bimbos mit, wenn du gehst.«

Sie biß die Zähne zusammen. »Und welche beiden? Hast du da einen besonderen Wunsch?«

»Keine Ahnung. Auf alle Fälle die, die eventuell Englisch können.«

Als Fleur eine Viertelstunde später ihr Hotelzimmer betrat,

fragte sie sich, ob normalen Menschen, die mit dieser Bande von Menschenaffen zu tun hatten, nicht manchmal eine Sicherung durchbrannte. Sie zog sich aus, warf einen wehmütigen Blick auf das Bett und griff dann zum Telefon. Während sie wartete, bis die Verbindung zustande kam, betrachtete sie das Fetzchen Papier in ihrer Hand. Christie. Kissy Sue Christie. Du guter Gott.

Nach dem fünften Klingeln wurde abgenommen, und die Stimme, die sich meldete, klang unverkennbar nach den Südstaaten und sehr verärgert. »Barry, ich schwöre dir ...«

»Hier spricht nicht Barry«, unterbrach Fleur hastig. »Miss Christie?«

»Ja.«

»Ich bin Fleur, die neue Tourneesekretärin der Neon Lynx.«

»Hat Barry Ihnen gesagt, daß Sie mich anrufen sollen?«

»Eigentlich ...«

»Egal. Richten Sie ihm nur was aus.« Mit leiser, kehliger Stimme, aus der Generationen damenhafter Südstaatenerziehung sprachen, rasselte Kissy Sue Christie eine Liste von Anweisungen herunter, die alle Barry Noy und seine Anatomie betrafen. Der Gegensatz zwischen Stimme und Ausdruck war einfach zuviel für Fleur, und noch bevor Kissy Sue Christie geendet hatte, begann sie aus voller Kehle zu lachen.

»Sie finden mich wohl sehr lustig?« fragte die Stimme, ganz unverkennbar eisiger Südstaatenstolz.

»Ja!« stieß Fleur hervor. »Oh, es tut mir leid. Aber um die Wahrheit zu sagen, haben Sie mir eben aus dem Herzen gesprochen und Wort für Wort gesagt, was ich schon den ganzen Tag denke. Der Mann ist ...«

»Krötendreck«, schloß Kissy.

Das brachte Fleur wieder zum Lachen, und bald fiel auch Kissy ein. Als sie sich schließlich beruhigt hatten, entschuldigte sich Fleur für den frühen Anruf. »Das ist schon okay«, sagte Kissy. »Was bietet Stu mir diesmal, wenn ich komme? Bei der letzten Tournee waren es zweihundert die Woche.«

»Diesmal sind es zweihundertfünfzig.«

»Ist das wahr? Schiet, ich käme furchtbar gern nach Europa, und ich hab sogar Urlaub. Bisher kenne ich außer South Carolina auf der ganzen Welt nur New York und Atlantic City, aber um ehrlich zu sein, Fleur — lieber schwöre ich für immer und ewig allen Männern ab, bevor ich noch einmal mit Barry Noy ins Bett gehe.«

Fleur dachte eine Weile nach und legte sich dann zurück. »Wissen Sie was, Kissy, es gibt eine Möglichkeit.« Sie erklärte ihr die Idee, sie diskutierten diese, und schließlich legten beide mit einem Gefühl tiefer Befriedigung auf.

Am nächsten Morgen wurde Fleur um halb sieben telefonisch geweckt, und als sie den Kopf vom Kissen hob, wartete sie auf die vertraute Schwere, die sich jeden Morgen auf sie senkte. Doch heute blieb sie aus. Sie fühlte sich ... Ja, wie fühlte sie sich denn? Sie hatte weniger als fünf Stunden geschlafen, müßte daher erschöpft sein, aber sie war es nicht. Ihr Schlaf war tief und geruhsam gewesen, sie hatte sich nicht von einer Seite auf die andere geworfen, ihr Herz hatte nicht plötzlich zu rasen angefangen, und sie hatte nicht von Menschen geträumt, die sie einmal geliebt hatte. Sie fühlte sich ...

Kompetent.

Sie lehnte sich bequem zurück und versuchte den Gedanken auszuloten. Sie hatte einen schrecklichen Job. Die Leute waren gräßlich — verwöhnt, unverschämt, unsensibel, rücksichtslos und schamlos unmoralisch —, aber trotz allem hatte sie den ersten Tag überlebt und unter fast unhaltbaren Umständen gute Arbeit geleistet. Großartige Arbeit sogar. Hatte alles gemeistert, war sogar mit Barry Noy fertiggeworden. Sie wollte es Parker Dayton schon zeigen ... Sie unterbrach sich mitten im Gedanken. Verdammt, was ging Parker Dayton sie an? Ihr war auch egal, was Alexi über sie dachte oder Belinda oder sonst jemand. Der einzige Mensch, dem sie etwas beweisen mußte, war sie selbst.

Bei der Ankunft der Band in München herrschte genau die Hektik, die Fleur vorhergesehen hatte, und Stu schob alles auf sie ab und brüllte sie an. Diesmal brüllte sie zurück, was ihn dazu brachte, schmollend den Mund zu verziehen und zu sagen, er wisse gar nicht, warum sie so sauer sei. Die Konzerte an den beiden nächsten Abenden waren eine Wiederholung des Konzerts in Wien, mit Mädchen, die in der Olympiahalle über den Barrieren ohnmächtig zusammenbrachen, und Groupies, die im Hotel warteten. Vor dem letzten Konzert schickte Fleur eine Limousine zum Flughafen Riem hinaus. Sie sollte die sehnlichst erwartete Miss Christie abholen, kam jedoch zu Fleurs Bestürzung leer zurück. Sie erklärte Barry, die Maschine habe Verspätung und bemühte sich während der nächsten beiden Stunden vergeblich, Kissy aufzuspüren. Als Stu erfuhr, was passiert war, brüllte er los und sagte, den Schlamassel müsse sie Barry schon selbst erklären — nach dem Konzert.

Barry gebärdete sich wie erwartet.

Als sie ihn mit ein paar halbgaren Versprechungen vertröstet hatte, von denen sie nicht wußte, ob sie die halten konnte, schleppte sie sich todmüde in ihr Zimmer.

Sie schlief sofort ein, wurde jedoch vom Telefon jäh wieder geweckt; das Büro des Hoteldirektors rief an, um ihr mitzuteilen, daß die Gäste sich über Lärm aus der fünfzehnten Etage beschwerten. Er könne Herrn Kaplan nicht erreichen, daher sei es ihre Aufgabe, hinaufzugehen und für Ruhe zu sorgen.

Sie bekam einen Vorgeschmack dessen, was sie erwartete, schon im Lift, denn als sie einstieg, lag Herr Kaplan sternhagelvoll in einer Ecke — eine leere Flasche in der Hand, den Fu-Manchu-Bart halb abrasiert. Sie mußte eine halbe Stunde lang betteln und schmeicheln, ehe es ihr gelang, die Party in der Suite auf fünfundzwanzig Leute zu dezimieren; mehr tun konnte sie nicht, das war ihr klar. Über Frank LaPorte hinwegsteigend, trug sie das Telefon in eine kleine Kammer und rief in der Halle an, man solle wieder Posten an die Lifttüren stellen. Als sie aus der Kammer herauskam, bemerkte sie, daß Barry mit ein paar Frauen weggegangen war, und sagte sich, daß sie jetzt wohl ruhig in ihr Zimmer gehen könne. Dann fand sie jedoch, daß sie eigentlich gar keine Lust dazu hatte. Morgen war ein freier Tag, und sie war es sich selbst schuldig, sich auch ein bißchen zu amüsieren oder wenigstens einen Schluck zu trinken, bevor sie ins Bett ging.

Nach einem kurzen Kampf mit dem Korken schenkte sie sich ein Glas Champagner ein, und dann rief Peter sie, um sich mit ihr über die OPEC zu unterhalten; sehr zum Unwillen der Mädchen, die sich von ihm vernachlässigt fühlten. Als Fleur sich eben ihr zweites Glas Champagner holte, trommelte draußen jemand wütend an die Tür. Aufstöhnend stellte sie ihr Glas ab und durchquerte die Suite. »Die Party ist zu Ende«, sagte sie durch den Türspalt.

»Lassen Sie mich rein!« Eine weibliche Stimme im Ton leichter Verzweiflung. »Fleur, sind Sie das?«

»Woher wissen Sie ...« Plötzlich kam es Fleur zu Bewußtsein, daß die Stimme da draußen einen starken Südstaatenakzent hatte, und öffnete die Tür.

Kissy Sue Christie stolperte in den Raum.

Sie sieht, dachte Fleur, wie ein zerdrückter Bonbon aus — kurze Lakritzenlöckchen, eine Zuckerschnute und Augen wie große Geleebonbons. Sie trug eine schwarze Lederhose und ein pinkfarbenes Mieder mit abgerissenem Träger. Mit Ausnahme üppig quellender Brüste war alles an ihr winzig. Aber auch ein bißchen einseitig, da sie einen ihrer hochhackigen Schuhe verloren hatte. Kissy Sue Christie sah genauso aus, wie Fleur, seit sie denken konnte, gern selbst ausgesehen hätte.

Kissy schob den Riegel vor und begann nunmehr ihre Inspektion. »Fleur Savagar«, sagte sie. »Du hattest mir zwar deinen Familiennamen nicht genannt, aber ich hatte schon am Telefon das sonderbare Gefühl, daß du es bist. Ich bin ein bißchen hellseherisch veranlagt.« Sie drehte sich um und überzeugte sich, daß die Tür auch richtig abgeschlossen war. »Es gibt da nämlich einen Lufthansa-Piloten, dem ich um jeden Preis aus dem Weg gehen möchte. Ich wäre früher hiergewesen, wurde aber ganz unerwartet aufgehalten.« Zum erstenmal sah sie sich die anderen Leute im Raum an. »Sag mir, daß ich Glück habe und Barry nicht hier ist.«

Fleur lächelte. »Du hast Glück.«

»Ich nehme aber an, daß er nicht entführt wurde oder sich das Bein gebrochen hat oder so? Das wäre wohl zuviel verlangt.«

Einen Augenblick genoß Fleur die Vorstellung, dann schüttelte sie den Kopf. »Du hast recht, so viel Glück kann kein Mensch haben.« Dann erinnerte sie sich an ihre Pflichten. »Wo ist dein Gepäck? Ich rufe hinunter, damit dich jemand in dein Zimmer bringt.«

»Nun ja«, sagte Kissy, »mein Zimmer ist bereits besetzt.«

Fleur mußte die Neugier deutlich ins Gesicht geschrieben stehen, denn Kissy zupfte an dem abgerissenen Träger ihres Mieders und sagte: »Könnten wir irgendwo in Ruhe miteinander reden? Und ich wäre auch nicht böse, wenn ich einen Drink bekäme.« Fleur nahm ihre Champagnerflasche, zwei Gläser und Kissy und machte sich auf die Suche nach einem ruhigen Plätzchen.

Der einzige freie Raum, den sie fand, war das Badezimmer; sie verriegelte die Tür und setzte sich auf den Boden. Während sie Champagner einschenkte, zog Kissy sich auch den zweiten Schuh aus. »Also, um ganz ehrlich zu sein«, sagte sie, »muß ich zugeben, daß es wahrscheinlich ein Fehler war, ihn in mein Zimmer mitzunehmen.«

»Den Lufthansa-Piloten?« fragte Fleur auf gut Glück.

Kissy nickte. »Von meiner Seite aus hat es als leichter Flirt angefangen, und dann ist mir die Sache ein bißchen über den Kopf gewachsen, schätze ich.« Sie nippte vom Champagner und fuhr sich dann mit der Zungenspitze über die Oberlippe. »Es mag dir natürlich merkwürdig vorkommen, Fleur, aber wie ich schon sagte, bin ich leicht hellseherisch veranlagt und habe das starke Gefühl, daß wir uns gut verstehen werden. Deshalb sag ich es dir lieber gleich — ich bin ein ganz, ganz kleines bißchen mannstoll.«

Das konnte eine interessante Unterhaltung werden, also lehnte Fleur sich bequem mit dem Rücken an die Badewanne. »Wie ganz klein ist dieses bißchen?«

»Kommt auf deinen Standpunkt an.« Kissy zog die Beine unter sich und lehnte sich an die Tür. »Magst du Kerle, Fleur?«

Fleur schenkte sich nach und überlegte. »Ich denke, ich hab im Moment mit Männern nichts am Hut. Bin irgendwie neutral, verstehst du?«

Kissys Geleebonbonaugen wurden riesengroß. »Du meine Güte, nein! Ach, tut mir das aber leid.«

Fleur mußte lachen. Ob es nun der Champagner war oder Kissy oder die späte Stunde, wußte sie nicht, aber sie hatte die Tragödien ihres Lebens plötzlich satt, und das Lachen tat ihr gut. Sie merkte, daß Kissys Glas leer war und füllte es frisch.

»Manchmal denke ich, die Kerle haben fast mein Leben zerstört«, sagte Kissy traurig. »Ich nehme mir fest vor, mich zu ändern, aber dann steht mir plötzlich wieder so ein phantastisches Mannsbild mit mächtig breiten Schultern und ganz schmalen Hüften im Weg, und ich bring's nicht fertig, es einfach stehenzulassen.«

»Wie Lufthansa?«

Kissy leckte sich fast die Lippen. »Er hat ein Grübchen — genau hier.« Sie zeigte auf eine Stelle in der unteren Hälfte ihrer Wange. »Dieses Grübchen hatte es mir angetan, obwohl alles übrige an ihm nicht so besonders war. Siehst du, das ist mein Problem, Fleur — ich finde immer irgend etwas an den Typen. Das hat mich schon viel gekostet.«

»Wie meinst du das?«

»Die ›höheren Weihen‹, zum Beispiel.«

»Die höheren Weihen?«

»Hmmm. Miss America. Mom und Daddy haben mich praktisch von der Wiege an auf Atlantic City vorbereitet.«

»Und du hast es nicht geschafft?«

»Aber ja doch. Miss South Carolina bin ich ganz ohne Schwierigkeiten geworden. Aber in der Nacht vor der Wahl zur Miss America hab ich Mist gebaut.«

»Kerle?«

»Ja. Zwei. Und beide waren Preisrichter. Nicht gleichzeitig, natürlich — nun ja, wenigstens nicht ganz. Einer war ein US-Senator, der andere spielte bei den Dallas Cowboys.« Sie schloß die Augen in seliger Erinnerung. »O Fleur, der hatte vielleicht einen!«

»Man hat dich erwischt?«

»Ja, in flagranti. Ich kann dir sagen, ich bin heute noch so was von sauer. Mich haben sie rausgeschmissen, die beiden Jungs durften bleiben. Findest du das richtig? Solche Männer als Preisrichter beim größten Schönheitswettbewerb der Welt?«

Das fand auch Fleur unglaublich unfair, und sie hielt damit nicht hinter dem Berg.

»Aber irgendwie hat sich dann doch alles zum Guten gewendet. Auf dem Rückweg nach Charleston habe ich einen Lkw-Fahrer kennengelernt, der so aussah wie John Travolta. Er hat mir geholfen, nach New York zu kommen und eine Wohnung in einer Gegend zu finden, in der ich keine Angst zu haben brauchte, auf der Schwelle überfallen und verstümmelt zu werden. Ich bekam Arbeit in einer Kunstgalerie, verdiene recht gut und kann in Ruhe auf meinen großen Durchbruch warten. Aber ich muß dir leider sagen, Fleur, das zieht sich und zieht sich.«

»Die Konkurrenz ist hart«, sagte Fleur mitleidsvoll.

»Es hat nichts mit der Konkurrenz zu tun«, erwiderte Kissy entrüstet. »Ich bin wirklich ungewöhnlich talentiert. Unter anderem bin ich geradezu dazu geboren, Tennessee Williams zu spielen. Manchmal glaube ich, er hat diese verrückten Frauen nur für mich geschrieben.«

»Wo liegt dann das Problem?«

»Sie geben mir einfach keine Vorsprechtermine. Die Regisseure werfen einen einzigen Blick auf mich und lassen's mich nicht einmal versuchen. Sie sagen, ich sei äußerlich nicht der richtige Typ, womit sie umschreiben, daß ich zu klein bin, meine Titties zu groß sind und ich alles in allem zu frivol aussehe. Und das ärgert mich nun wirklich. Ich sag dir, Fleur, schöne Frauen wie du, mit langen Beinen und Wangenknochen und allen anderen von Gott verliehenen Gnaden können sich nicht einmal vorstellen, wie das ist.«

Fleur erstickte beinahe. »Kissy, du bist das absolut hübscheste weibliche Wesen, das ich je gesehen habe. Mein Leben lang habe ich mir gewünscht, klein, zierlich und reizend zu sein — wie du.«

Nachdem sie eine Weile nachgedacht hatten, kam ihnen das wahnsinnig komisch vor, und sie lachten sich schief. Dann stellte Fleur fest, daß ihre Champagnerflasche leer war, und sie begab sich auf die Suche nach einer neuen. Als sie mit ihrer Beute zurückkam, war das Badezimmer leer.

»Kissy?«

»Ist er weg?« Die Stimme kam hinter dem Duschvorhang hervor.

»Wer?«

Kissy kam herausgeklettert. »Einer mußte aufs Töpfchen. Es war Frank, glaube ich. Meiner Meinung nach ein Paradeschwein.«

Sie nahmen wieder ihre alten Plätze ein. Kissy steckte ein paar vorwitzige Lakritzenlöckchen hinter die Ohren und sah Fleur dann nachdenklich an. »Hast du schon Lust zu reden?« fragte sie.

»Wie meinst du das?«

»Ich meine, daß mir sehr bewußt ist, mit wem ich in diesem Badezimmer sitze — mit einer Frau, die einmal eins der berühmtesten Models der Welt und eine vielversprechende neue Schauspielerin war; mit einer Frau, die vom Antlitz der Erde verschwunden schien, nachdem man ein paar interessante Gerüchte über ihre Beziehung zu einem der hervorragendsten Männer unseres großen Landes gehört hatte. Ich bin nicht beschränkt, Fleur.«

»Das habe ich auch nicht angenommen.« Fleur zupfte mit den Fingernägeln an der Badematte herum.

»Nun?«

»Nun was?«

»Nun, sind wir Freundinnen oder nicht? Ich hab dir ein paar der saftigsten Kapitel meiner Lebensgeschichte erzählt, und dir kann doch wohl nicht entgangen sein, daß du kein Wort über die deine verloren hast.«

Fleur dachte an die vielen Geheimnisse, die sie so lange in sich verschlossen hatte, und auf einmal war ihr, als betrachte sie die letzten drei Jahre ihres Lebens durch ein Weitwinkelobjektiv. Sie hatte vor Selbstmitleid getrieft, hatte sich gehenlassen, war ununterbrochen vor sich selbst davongelaufen. Sie sah auch, wie vereinsamt sie innerlich war; und daß sie sich diese Einsamkeit selbst auferlegt hatte, machte sie nicht leichter. Kissy zeigte ihr einen Ausweg, den sie aufgreifen konnte, aber es waren Risiken dabei, und sie war schon sehr lange kein Risiko mehr eingegangen. Jedenfalls nicht bewußt.

Bedächtig griff sie nach der Flasche und trank ausgiebig.

»Es ist eine komplizierte Geschichte«, sagte sie endlich. »Und eigentlich hat sie schon vor meiner Geburt begonnen ...«

Fleur brauchte beinahe zwei Stunden, um alles zu erzählen. Irgendwann zwischen Bunny Gruben und ihrer ersten Begegnung mit Jake zogen sie in Fleurs Zimmer um, weil die Leute, die auf die Toilette wollten, ständig an die Tür donnerten. Kissy rollte sich auf der einen Seite des Doppelbetts zusammen, und Fleur lehnte sich an das Kopfbrett auf der anderen Seite. Auf der Brust balancierte sie den Champagner, der ihr beim Erzählen half. Kissy unterbrach sie immer wieder mit kurzen, drastischen Bezeichnungen für die anderen Protagonisten des Dramas, aber Fleur blieb gelassen, beinahe gleichgültig. Champagner hilft wirklich, wenn man seine schmutzigen Geheimnisse enthüllt, dachte sie.

»Das ist ja eine furchtbare Geschichte!« rief Kissy, als Fleur geendet hatte. »Ich begreife nicht, wie du sie erzählen kannst, ohne zusammenzubrechen.«

»Ich habe keine Tränen mehr, Kissy. Wenn man lange genug damit lebt, wird sogar eine Tragödie banal.«

Nachdem sie am nächsten Morgen sehr spät geduscht, ein paar Aspirin genommen und den Kaffee getrunken hatten, den ihnen der Zimmerservice gebracht hatte, klopfte es an der Tür. Kissy öffnete und quietschte laut auf. Fleur wandte hastig den Kopf, eben noch rechtzeitig genug, um zu sehen, wie sich die Schönheit des amerikanischen Südens Simon Kale in die dunkelbraunen Arme warf.

Sie frühstückten zu dritt in dem sich langsam um die eigene Achse drehenden Restaurant auf dem Olympiaturm, wo sie einen herrlichen Ausblick auf die etwa hundert Kilometer entfernten Alpen genossen. Während sie aßen, erfuhr Fleur die Geschichte von Kissys und Simons uralter Freundschaft. Sie waren einander kurz nach Kissys Ankunft in New York von einem gemeinsamen Freund vorgestellt worden, der in der Juilliard School of Music in New York dieselbe Klasse wie Simon besucht hatte. Simon Kale war, wie Fleur feststellte, ungefähr genauso gefährlich wie der Nikolaus.

Lachend tupfte er sich mit der Serviette die Mundwinkel ab. »Du hättest erleben sollen, wie Fleur unseren King Barry mit der Geschichte von ihrer Geschlechtskrankheit kleingekriegt hat«, berichtete er Kissy. »Sie war phantastisch.«

»Und ich nehme an, du hast ihr überhaupt nicht geholfen, oder?« Kissy boxte ihn nicht allzu sanft an den Arm. »Wie ich dich kenne, hast du sie mit deinem berüchtigten Ich-fresse-weiße-Mädchen-zum-Frühstück-Blick angesehen, weil du deinen Spaß haben wolltest.«

Simon war tief verletzt. »Ich habe seit Jahren kein weißes Mädchen zum Frühstück gegessen, Kissy, und es tut mir weh, daß du überhaupt so etwas sagst.«

»Simon ist schwul, doch das weiß hier keiner«, sagte Kissy zu Fleur. Und fügte laut flüsternd hinzu: »Ich weiß nicht, wie es dir geht, Fleurinda, aber ich betrachte Homosexualität als persönliche Beleidigung.«

Schon während dieses Frühstücks stellte Fleur fest, daß sie Simon Kale mochte. Unter seiner zynischen Fassade war er empfindsam und sanft. Wenn sie seine verfeinerten Gesten sah und seine pedantischen Manierismen beobachtete, hatte sie den Eindruck, daß er sich im Körper eines neunzig Pfund schweren Weichlings wohler gefühlt hätte. Vielleicht war er ihr deshalb so sympathisch. Sie lebten beide mit Körpern, in denen sie sich nicht zu Hause fühlten.

Ins Hotel zurückgekehrt, wollte Simon ein paar Telefonate erledigen, und Kissy und Fleur machten sich auf in Barrys Suite. Sie war nach der Party der vergangenen Nacht einigermaßen in Ordnung gebracht worden, und ihr inzwischen wieder anwesender Bewohner marschierte nervös auf dem Teppich auf und ab. Er war so glücklich, Kissy zu sehen, daß er ihrer atemlos vorgebrachten Lüge über den Grund ihrer Verspätung kaum Beachtung schenkte, und es dauerte ein paar Minuten, ehe er Fleur auch nur bemerkte. Dann gab er ihr mit mehreren deutlichen Blicken zur Tür zu verstehen, daß sie hier überflüssig sei, doch sie tat so, als kapiere sie nicht, was er meinte.

Kissy beugte sich vor und flüsterte ihm etwas ins Ohr. Barry hörte zu, und seine Miene verriet immer größeres Entsetzen. Als Kissy zu Ende gesprochen hatte, blickte sie wie ein unartiges Kind zu Boden. Barry sah Fleur an. Dann Kissy. Und dann wieder Fleur. »Was ist das?« rief er. »Eine beschissene Epidemie?«

Kissys vierzehntägiger Urlaub war zu Ende; sie mußte wieder an ihre Arbeit in der Galerie. Sie und Fleur nahmen in Heathrow tränenreichen Abschied voneinander, und Fleur versprach, sie noch am selben Abend auf Parker Daytons Kosten in New York anzurufen. Zum erstenmal niedergeschlagen, seit sie für die Neon Lynx arbeitete, kehrte Fleur ins Hotel zurück; Kissys manchmal schrulliger Humor und ihre Art, das Leben anzupacken, fehlten ihr schon jetzt.

Ein paar Tage später fehlte sie ihr noch mehr, als Parker Dayton anrief und ihr für das Doppelte ihrer jetzigen Bezüge eine Stellung in seiner Agentur anbot. Von panischem Schrecken ergriffen, legte sie nach dem Gespräch mit ihm auf und rief Kissy in der Galerie an.

»Ich versteh gar nicht, wieso du so überrascht bist, Fleurinda. Du telefonierst zwei- oder dreimal täglich mit ihm, und er ist von dem, was du leistest, genauso beeindruckt wie alle anderen. Er mag ein Schleimer sein, aber dumm ist er nicht.«

»Ich — ich bin noch nicht bereit, nach New York zurückzugehen, Kissy. Es ist noch zu früh.«

Ein unverkennbar verächtliches Schnauben überbrückte per Unterwasserkabel dreitausend Meilen. »Du willst mir doch hoffentlich nicht wieder etwas vorjammern, oder? Die Zeit, in der du Vogel Strauß spielen durftest, ist vorbei, Fleurinda. Du mußt endlich in die Arena zurück.«

Bei Kissy hörte sich alles so einfach an, doch Fleur wußte, daß es komplizierter war. Wie lange konnte sie sich in New York aufhalten, bis die Presse sie entdeckte? Und wenn ihr der Job bei Parker nicht zusagte — was dann? Ihr knurrte der Magen, und ihr fiel ein, daß sie seit vergangenem Abend nichts mehr gegessen hatte — noch eine Veränderung, die dieser Job in ihr Leben gebracht hatte. Die Jeans waren ihr am Bund zu weit geworden, das Haar reichte ihr schon über die Ohren, alles veränderte sich.

Sie legte auf, trat ans Fenster der Hotelsuite, schob den Vorhang beiseite und schaute auf die nasse Straße hinunter. Unten flitzte ein Jogger im Regen an den Taxis vorbei. Einmal war auch sie so ehrgeizig gewesen und jeden Tag gelaufen, ohne Rücksicht auf das Wetter. Die Mutigste, die Schnellste, die Stärkste ... Jetzt konnte sie wahrscheinlich nicht einmal einen Häuserblock weit laufen, ohne stehenzubleiben und nach Atem zu ringen.

»He, Fleur, hast du Kyle gesehen?« Es war Frank, schon um neun Uhr morgens mit einer Dose Budweiser in der Hand. Fleur nahm ihren Parka, drängte sich, ohne zu antworten, an ihm vorbei und lief durch den Flur zum Lift.

Der Regen war ein eisiges Januarnieseln, und als sie bis an die Ecke gekommen war, tropfte es von ihren Haaren unter den Kragen ihres Parkas. Beim Überqueren der Straße quietschten ihre nassen Turnschuhe. Es waren billige Turnschuhe, die Schnürsenkel ausgefranst, und über jedem großen Zeh war ein Loch. Sie waren nicht weich — kein dickes Futter stützte das Fußgewölbe oder schützte die Fußballen.

Auf der anderen Seite der Straße nahm sie die Hände aus den Taschen und sah zum stahlgrauen Himmel auf. Dann schaute sie den langen Block entlang, der sich vor ihr erstreckte. Ein einziger Block. Sie begann zu rennen.

22

Fleur nahm am Flugplatz ein Taxi zu Kissys Wohnung, die im Village über einem italienischen Restaurant lag. Ihr früherer Mitbewohner war vor ein paar Monaten ausgezogen, und Kissy suchte jemanden, den sie um sich ertragen konnte und der sich an der Miete beteiligte. Für beide war es selbstverständlich, daß Fleur dieser »Jemand« sein würde, wenigstens eine Zeitlang.

Die Inneneinrichtung der Wohnung sah Kissy total ähnlich — Dauerlutscherfarben, eine Sammlung von Teddybären und ein Poster von Tom Selleck an der Badezimmertür. Als Kissy ihr erklärte, wie ihre provisorische Dusche funktionierte, entdeckte Fleur auf dem Poster den knallroten Abdruck eines Lippenpaares. »Kissy Sue Christie, ist das auf Tom Selleck dein Lippenstift?«

»Und wenn?«

Fleur klickte mit der Zunge. »Dann hättest du wenigstens auf seinen Mund zielen sollen, Magnolienblüte.«

Parker hatte ihr eine Woche Zeit zum Eingewöhnen gegeben, und sie nutzte sie, um sich mit New York von neuem anzufreunden. Es war Anfang Februar und die Stadt in ihrem schlimmsten Zustand, aber in Fleurs Augen war sie schön. Sie hatte endlich das Gefühl, nach Hause gekommen zu sein.

Sie lief jeden Morgen, mußte aber schon nach ein paar Blocks stehenbleiben und verschnaufen. Dennoch glaubte sie zu fühlen, daß sie von Tag zu Tag kräftiger wurde. Manchmal kam sie irgendwo vorbei, wo sie mit Belinda gewesen war, und dann gab es ihr einen so scharfen, so bittersüßen Stich, daß sie gezwungen war, vor sich selbst zuzugeben, wie sehr sie ihre Mutter noch immer vermißte. In den vergangenen dreieinhalb Jahren hatte Belinda nicht ein einzigesmal versucht, sich mit ihr in Verbindung zu setzen. Sie war natürlich froh, daß Belinda sie in Ruhe ließ, doch es bewies auch, was ihre Mutter für eine Heuchlerin war mit ihrer vorgetäuschten, erstickenden Liebe.

Ihre eigene Schwäche, wenn sie an Belinda dachte, machte sie zornig. In ihrem neuen Leben war für solche Sentimentalitäten kein Platz. Sie wollte sich jetzt eine eigene Karriere aufbauen, eine unabhängige Zukunft, und sie nahm keine schmutzige Wäsche aus der Vergangenheit mit. Von jetzt an würde sie so egoistisch und rücksichtslos sein, wie man offenbar sein mußte, um vorwärtszukommen.

Sie testete sich selbst, indem sie sich zwei Tage lang eine Errol-Flynn-Retrospektive anschaute und sich bemühte, für den blendend aussehenden, verwegenen Kerl auf der Leinwand etwas zu empfinden. Doch Flynn bedeutete ihr gar nichts, und auf Phantasien ließ sie sich nicht mehr ein. Sie würde immer nur in Alexi Savagar ihren Vater sehen, auch wenn er ein Lump war.

Als sie einen Tag, bevor sie ihren neuen Job antreten mußte, nach Hause kam, stellte sie fest, daß Kissy ihre gesamte Garderobe in den Müll geworfen hatte. »Du wirst diese gräßlichen Lumpen nicht mehr anziehen, Fleur Savagar. Du siehst darin wie 'ne Pennerin aus.«

»Verdammt, Kissy, dazu hattest du nicht das Recht!« Aber sie konnte der Freundin nicht lange böse sein, und schließlich tauschte sie ihre alten Jeans für Designerjeans ein, die viel besser saßen, zumal sie inzwischen erheblich schlanker geworden war. Außerdem erstand sie eine Kollektion schicker Oberteile — ein mexikanisches Bauernhemd, ein paar Sweater, ein paar Rollkragenpullis und eine hellblaue Tunika mit Gürtel, falls sie auf jemanden besonderen Eindruck machen wollte.

Es dauerte gar nicht lange, und sie merkte, daß Parker eine horrende Gegenleistung für das großzügige Gehalt verlangte, das sie ihm abgerungen hatte. Von Anfang an reichten ihre Arbeitsstunden bis tief in den Abend hinein und fraßen oft auch ihr Wochenende. Sie besuchte Barry Noy in seinem purpurfarbenen Tudorschloß in den Somerset Hills, um ihn darüber hinwegzutrösten, daß er Kissy verloren hatte. Sie schrieb Pressenotizen, studierte Verträge und führte telefonische Verhandlungen mit Veranstaltern. Als sie immer dünner wurde, wehrte sie wiederholt Parkers Vorschlag ab, sich mit seinen Freunden in Hollywood in Verbindung zu setzen und zu fragen, ob jemand eine Rolle für sie habe. Nach und nach wuchs ihr Aufgabenbereich, bis sie für einige von Parkers anderen Klienten ganz selbständig arbeitete. Sie lernte die Plattenproduzenten kennen und behielt die Fernsehgewaltigen im Auge, die für die Musiksendungen der einzelnen Sender verantwortlich waren. Sie war zuverlässig und pflichtbewußt, und bald begannen die Leute nach ihr zu fragen. Im Sommer wußte sie, daß sie mit dem faszinierenden Geschäft, Stars zu »machen«, eine große und ewige Liebe verband.

Fleur war mit Max Shaw, einem jungen Schauspieler, verabredet, der zur Zeit in der off-off-Broadway-Produktion eines Stücks von Tom Stoppard auftrat. Als sie angefangen hatte, sich wieder zu verabreden, hatte sie sich in Gesellschaft junger Schauspieler ohne Engagement am wohlsten gefühlt. Die waren so absolut ichbezogen, daß sie kaum einmal nach ihrem Woher und Wohin fragten. Max war ein netter Kerl, sah gut aus und war der Mann, den sie dazu bestimmt hatte, ihr jahrelanges Zölibat zu beenden. Noch hatte sie es nicht beendet. Aber sie wollte es tun. Heute nacht.

Der Gedanke an sexuelle Nähe war ihr so lange widerwärtig gewesen, daß sie überrascht war, als sie wieder anfing, an Sex zu denken. Aber das Training festigte ihre Muskeln, die überflüssigen Pfunde schmolzen, und ihre Sexualität erwachte aus ihrem langen Winterschlaf. Wasser, das über ihren Körper strömte, die weiche Wolle eines Pullis auf ihrer Haut — ganz alltägliche Verrichtungen wurden von einer Sinnlichkeit überlagert, die sie nervös machte. Sie ertappte sich dabei, daß sie mitten in einer beruflichen Konferenz oder auf einem schmutzigen Bahnsteig der Subway an Sex dachte. Das ist Kissys Einfluß, sagte sie sich, gestand sich aber schließlich ein, daß ihr Körper nach einem Mann hungerte.

Sie wollte berührt, gestreichelt, umarmt werden. War das so schlimm? Sie wollte von jemandem festgehalten werden, der sich rasierte, jemandem mit Bizeps und behaarter Brust; vor allem wollte sie jemanden, der die Erinnerung an Jake in ihr abtötete, denn seit sie wieder sexuelle Wünsche hatte, waren auch Sehnsüchte in ihr neu aufgelebt, die längst gestorben sein sollten.

Als Max Shaw sie am Abend abholte, trug sie Jeans und eine ärmellose, tief ausgeschnittene schwarze Bluse mit breiten Trägern. Sie hatten vorgehabt, zu einer Party zu gehen, aber Fleur meinte, sie habe eine schwere Woche hinter sich und brauche ein bißchen Ruhe. Max war nicht dumm. Kurze Zeit später waren sie in seinem Apartment.

Er war ein schlaksiger Blondschopf, der in Fleurs Augen nur zwei Fehler hatte — eine Leidenschaft für alte Mel-Tormé-Platten und die Neigung zu hochtrabenden Redewendungen. Sie konnte sich nicht vorstellen, daß sich eins von beiden störend auf seine Fähigkeiten als Liebhaber auswirken könnte, außer er liebte Sex mit Musikbegleitung, doch dann wollte sie ihn um Rod Stewart oder Burt Bacharach bitten, das hing davon ab, was lief. Als er ihr ein Glas Wein einschenkte, versuchte sie die sexuellen Regungen wiederaufleben zu lassen, die sie auf den Bahnsteigen der Subway überkamen, doch statt dessen dachte sie darüber nach, ob sie die Musik schon jetzt oder erst später erwähnen sollte. Dann fragte sie sich, ob sie auch die richtige Unterwäsche anhatte. Vielleicht hätte sie etwas weniger Eindeutiges als Schwarz nehmen sollen. Er setzte sich neben sie auf die Schaumgummimatratze, die ihm als Couch und Bett diente, und sie rutschte nervös ein Stückchen von ihm weg.

»Du törnst mich richtig an, Fleur«, flüsterte er, strich ihr mit der Außenseite seiner Finger über den Arm und preßte ihr die Lippen auf den Hals.

Sie überlegte, ob sie sich bei ihm bedanken sollte, und kam dann zu dem Schluß, daß sein Kompliment rein rhetorisch war. Wenn sie nur nicht so nervös gewesen wäre. Was war nur aus der zügellosen Lust geworden, die sie seit Monaten verrückt gemacht hatte?

»Ich wollte schon mit dir schlafen, seit ich dich das erstemal sah«, sagte er und zog mit den Fingerspitzen den tiefen runden Ausschnitt ihrer Bluse nach. Dann umschloß seine Hand ihre Brust, und sie zuckte zusammen.

»Stimmt was nicht?«

»Nein, nein, alles in Ordnung. Küß mich, Max.« Sie legte ihm die Arme um die Schultern, hatte jedoch Schwierigkeiten, sich auf den Kuß zu konzentrieren. Statt dessen dachte sie an die Stellung ihrer Lippen zueinander und daran, daß es nicht besonders bequem war, den Hals so verdrehen zu müssen.

Nach diesem unwillkommenen Gedanken widmete sie sich wieder dem Kuß. Max stöhnte. Er ließ die Hände über ihre Hüften gleiten und preßte sie an sich. Sie fühlte seine Erektion, und ihr wurde bewußt, daß sie sich ihm bald hingeben würde, einem Mann, den sie kaum kannte. Körperliche Liebe war ein Sichschenken, ein Sichdarbringen, war etwas ganz Besonderes. Warum schenkte sie sich einem Mann, der ihr gleichgültig war?

Trotzdem ließ sie sich von ihm berühren, ausziehen, duldete seine Zärtlichkeiten, ließ es zu, daß er ihren Körper nahm. Die Mutigste, die Schnellste, die Stärkste ... Sie hatte sich etwas vorgenommen, und sie hielt durch, obwohl sie sich auf die Lippen beißen mußte, um nicht zu weinen, so billig und schrecklich fühlte sie sich, weil sie mit einem Mann schlief, den sie nicht liebte.

Hinterher wollte er mit ihr reden, doch sie sagte ihm, sie habe schon sehr früh eine Konferenz. Als sie sich hastig anzog, merkte sie, daß sie ihn verletzt hatte. Er war ein rücksichtsvoller, selbstloser Liebhaber gewesen, und sie war ihm alles schuldig geblieben. Als sie sein Apartment verließ, zitterte sie am ganzen Körper. Überall auf der Welt trieb man es miteinander, ohne Liebe, einfach zum Spaß. Was war mit ihr los? Was stimmte nicht? Warum hatte sie das Gefühl, als habe sie eben etwas Kostbares verloren?

Ihre Stimmung wurde nicht besser, als am nächsten Morgen die *Daily News* in die Welt posaunte, das einstige Glitter-Baby Fleur Savagar sei wieder in New York und arbeite bei der Agentur Parker Dayton.

Sie hatte gewußt, daß sie nicht lange anonym bleiben würde, aber gehofft, ihr Glück werde noch ein Weilchen anhalten.

Als sie ins Büro kam, wartete schon ein ganzer Stapel telefonischer Nachrichten auf sie. Sie machte die Tür hinter sich zu und verbrachte den ganzen Morgen damit, die Anrufe höflich zu erwidern. Sie erklärte allen, sie gebe keine Interviews mehr, und legte auf, bevor sie Fragen stellen konnten. Die Aggressiveren erschienen persönlich. Sie wollten Glitter-Baby wiederhaben, sie sollte Verträge für Parfüms unterschreiben, sich mit berühmten Männern treffen und über ihre angebliche Affäre mit Jake Koranda sprechen. Das einzige, was sie zu hören bekamen, war: »Kein Kommentar.« Der Rummel dauerte eine Woche, dann ging die Story an Langeweile ein.

Nach ihrem Erlebnis mit Max Shaw hatte Fleur wieder genug von Verabredungen. Gegen Weihnachten fing Kissy an zu nörgeln. »Dein Übereifersyndrom macht dich verletzlich, Fleurinda. Wenn du nicht aufpaßt, endest du wie eine dieser harten New Yorker Karrierefrauen, die außer Geld und Macht nichts haben. Du brauchst einen Mann.«

Fleur funkelte sie finster an. »Das ist absolut mittelalterlich und gegen jede Emanzipation. So was hast du noch nie gesagt.«

»Emanzipation ist mehr als nur eine Karriere, Fleurinda. Es ist eine innere Haltung.«

»Besten Dank, Doktor. Und jetzt halt die Klappe.«

Schließlich begann Fleur sich wieder mit Schauspielern zu verabreden, doch da sie nun wußte, daß Sex ohne Liebe für sie nicht in Frage kam, blieb es bei ganz oberflächlichen Beziehungen. Eines Tages würde sie einem Mann begegnen, den sie wirklich liebte, dann würde sie auch mit ihm schlafen; bis dahin mußte sie eben arbeiten und aufhören, ständig an Sex zu denken.

Sie widmete sich ihrem Job mit immer größerer Energie, doch mit der Zeit hatte sie das Gefühl, daß Parker sie bremste. Er tat es nicht absichtlich, aber je länger sie miteinander arbeiteten, um so offenkundiger wurde es, daß sie fast alles aus verschiedenen Perspektiven sahen. Olivia Creighton war ein solcher Fall. Olivia war in den fünfziger Jahren die Königin der sogenannten »B«-Filme und darauf spezialisiert gewesen, sich die Kleider zerreißen und von Rory Calhoun retten zu lassen. Da diese Tage längst dahin waren, hatten Parker und Olivias persönlicher Manager, ein Mann namens Bud Sharpe, beschlossen, das, was von ihrem Namen noch übrig war, in der Werbung zu vermarkten, obwohl ihre Klientin noch Theater spielen wollte.

»Was haben Sie jetzt für mich?« fragte Olivia müde aufseufzend, nachdem Fleur sich am Telefon zu erkennen gegeben hatte. »Einen Werbespot für Abführmittel?«

»Eigentumswohnungen in Florida. Die Leute wollen ein glanzvolleres Image und wissen, daß sie es durch Sie bekommen.« Fleur versuchte es, aber mehr Begeisterung als Olivia brachte auch sie nicht auf.

Kurzes Schweigen am anderen Ende der Leitung; dann: »Hat sich mit dem neuen Stück von Mike Nichols etwas getan?«

»Es war keine Hauptrolle, Olivia, und Bud meinte, sie komme für Sie nicht in Frage. Nicht genug Geld. Tut mir leid.« Sie erzählte Olivia nichts von dem Streit, den sie mit Bud und Parker wegen dieser Sache gehabt hatte. Parker zu überzeugen, wäre ihr fast gelungen, aber Bud hatte nicht mitziehen wollen, und sie hatte sehr schnell begriffen, daß bei derartigen Auseinandersetzungen der persönliche Manager den Agenten immer überstimmte.

Nachdem sie aufgelegt hatte, blieb sie ein paar Minuten nachdenklich sitzen, schlüpfte dann in ihre Turnschuhe, die sie unter dem Schreibtisch ausgezogen hatte, und ging zu Parker. Nach anderthalb Jahren gemeinsamer Arbeit war ihre Beziehung noch genauso schwankend wie früher. Er brauchte sie, weil sie mehr leistete als seine anderen Angestellten, aber sie hielt ihn nicht für unfehlbar und wollte auch nicht mit ihm ins Bett gehen, und beides verletzte seinen Stolz.

Je länger sie bei ihm arbeitete, um so deutlicher sah sie, was sie anders machen würde. Er konzentrierte sich viel zu sehr auf die Neon Lynx und vernachlässigte seine anderen Klienten, was ihrer Meinung nach sehr kurzsichtig war. Das letzte Album der Lynx hatte sich nicht so gut verkauft wie erwartet. Rockgruppen waren nun einmal nicht so langlebig wie Heliumballons, aber Parker benahm sich, als werde es die Lynx ewig geben, und überließ es Fleur, seine anderen Klienten zu beschwichtigen.

»Parker, ich habe eine Idee, die ich mit dir besprechen möchte.« Sie setzte sich seinem Schreibtisch gegenüber auf die Couch und stellte fest, daß sein eingedelltes Gesicht nicht gerade freudig aufleuchtete.

»Warum schickst du mir nicht eins deiner Memos, Fleur?«

»Weil ich denke, daß ein persönliches Gespräch diesmal nützlicher wäre.«

»Ich bin enttäuscht. Ich freue mich schon immer auf deine Memos — diese klugen Collegemädchen-Vorschläge. Sie eignen sich großartig als Toilettenpapier.«

Der Herr war also heute schwierig. Wahrscheinlich hatte er Krach mit seiner Frau gehabt.

»Was ist es diesmal?« sagte er. »Wieder einmal der Unsinn mit dem Computersystem? Ein neues Ablagesystem? Beschi... bescheuerte Hausnachrichten für unsere Klienten?«

»Die Hausnachrichten waren eine gute Idee, Parker, und ich habe dir gesagt, ich würde die Arbeit übernehmen.« Sie sprach so kühl, daß er merkte, seine schlechte Laune kam bei ihr nicht an. »Tatsächlich ist es diesmal etwas Fundamentaleres.«

Sie versuchte es mit der bewährten Mit-Speck-fängt-man-Mäuse-Methode und fuhr mit wärmerer Stimme fort: »Was passiert, wenn wir für einen unserer größeren Klienten einen Vertrag aushandeln?« Ein Blick in sein Gesicht sagte ihr, daß er ihr nicht den Gefallen tun würde zu antworten, also beantwortete sie ihre Frage selbst: »Zuerst müssen wir alles mit dem persönlichen Manager des Klienten klären. Als nächstes prüft unser Hausjurist das Papier, dann sieht der persönliche Manager es sich genau an, gibt es weiter an einen Finanzberater, der es an einen zweiten Anwalt weiterreicht. Ist der Vertrag abgeschlossen...«

»Glaubst du, du könntest endlich zu Sache kommen, Fleur?«

Sie stand auf und zeichnete mit der Hand Säulen in die Luft. »Hier ist der Klient. Hier sind wir. Wir bekommen zehn Prozent dafür, daß wir für den Klienten einen Job finden. Der persönliche Manager bekommt fünfzehn Prozent dafür, daß er die Karriere des Klienten lenkt, der Finanzberater fünf Prozent dafür, daß er sich um die Finanzen kümmert, der Anwalt weitere fünf dafür, daß er das Kleingedruckte kontrolliert, und der Presseagent bekommt zwei- oder dreitausend im Monat, damit er für eine anständige PR sorgt. Jeder schneidet sich ein Stückchen vom Kuchen ab.«

»Ein Klient, der groß genug ist, um ein solches Team hinter sich zu haben, ist sowieso in der höchsten Steuerklasse, und Onkel Sam sahnt bei ihm fünfzig Prozent ab; automatisch übernimmt Onkelchen auch die Hälfte dieser Provisionen, und niemand endet im Armenhaus.«

»Aber vergleich das doch einmal mit dem, was du bei den Lynx kassierst. Du bist ihr Agent und ihr persönlicher Manager. Wir erledigen ihre PR von unserem Büro aus, und essen daher diesen Kuchen allein. Wenn wir ein bißchen expandieren und noch ein paar gute Leute einstellen, könnten wir für unsere besten Klienten ein solches Servicepaket anbieten und dafür zwanzig Prozent Provision kassieren, Parker, und das wären genau zehn mehr als jetzt. Der Klient wiederum würde fünfzehn Prozent sparen, weil er es nicht mehr mit vier oder fünf Leuten zu tun hätte. Wir verdienen mehr, der Klient bezahlt weniger, und alle sind glücklich.«

»Mit den Lynx ist das was anderes, Fleur. Ich habe von Anfang an gewußt, daß ich auf eine Goldmine gestoßen bin, und wollte sie keinem anderen überlassen. Aber eine Sache in dieser Größenordnung, die du vorschlägst, wäre zu kostspielig. Außerdem wären die meisten Klienten nicht damit einverstanden, ihre Geschäfte in eine Hand zu legen, auch wenn es sie billiger käme. Sie hätten nämlich die Befürchtung, übers Ohr gehauen zu werden, wenn sie ihre Angelegenheiten nur einem einzigen Mann anvertrauen sollten. Betrügereien großen Stils wären Tür und Tor geöffnet.«

»Das derzeitige System ist auch nicht narrensicher. Du weißt genausogut wie ich, daß viele Manager mehr ihr eigenes Wohl im Auge haben als das ihrer Klienten. Wie viele gute Abschlüsse sind uns schon durch die Lappen gegangen, weil der betreffende Manager auf schnelle Kohle aus war.«

Parker hatte angefangen, auf die Uhr zu sehen, aber sie sprach unbeirrt weiter: »Richtig gehandhabt ist mein System für die Klienten wesentlich günstiger, und wir verdienen mehr. Natürlich müßten wir die Zahl unserer Klienten auf fünfzehn oder zwanzig reduzieren, aber wenn wir sehr wählerisch sind, wird es zum Statussymbol werden, sich von Parker Dayton vertreten zu lassen. Wir würden zur ›Kaviar-Agentur‹, die Klienten würden uns die Tür einrennen.«

»Fleur, ich versuch's jetzt noch einmal, und diesmal bitte ich dich, mir genau auf die Lippen zu sehen. Ich will nicht William Morris, und ich will nicht ICM sein. Ich bin glücklich und zufrieden und will bleiben, was ich bin.«

Sie hatte geahnt, daß er das sagen würde, und wußte nicht, warum sie überhaupt ihren Atem verschwendet hatte. Doch auf dem Weg in ihr Büro spielte sie die Idee noch einmal durch, und jetzt gefiel sie ihr sogar noch besser. Wenn jemand ihre Interessen vertreten hätte, als sie neunzehn gewesen war, hätte sie ihre zwei Millionen Dollar noch — und mehr.

Den ganzen Tag und auch noch in der nächsten Woche dachte sie über die Kaviar-Agentur nach, betrachtete den Plan aus jedem Blickwinkel. Er war nicht ohne Risiken. Wenn man die einzelnen Sparten des Managements zusammenlegte, würde ein solches Unternehmen natürlich kostspieliger sein als eine Standardagentur. Man brauchte eine »richtige« Adresse und Büros, deren Monatsmiete so hoch war, daß man von dem Geld ein ganzes unterentwickeltes Land ernähren konnte. Man brauchte einen größeren Mitarbeiterstab vom Feinsten, also würden auch die Gehälter entsprechend hoch sein. Man benötigte also bestimmt fast hunderttausend Dollar Startkapital. Doch je länger sie darüber nachdachte, um so sicherer wurde sie, daß das Projekt mit der richtigen Person an der Spitze funktionieren würde. Unglücklicherweise hatte diese richtige Person im Moment nur ein bißchen was über sechstausend Dollar auf dem Bankkonto.

Am Abend traf sie sich zum Essen mit Simon Kale. »Was würdest du tun, wenn du nicht stinkreich wärst und einen Haufen Geld brauchtest?« fragte sie ihn.

»Ich würde Wohnungen putzen. Wirklich, Fleur, es ist unmöglich, eine gute Hilfe zu finden. Ich zum Beispiel würde ein Vermögen dafür bezahlen, wenn ich jemanden finden könnte, der mir die Fußböden richtig pflegt.« Er pickte ein paar Fenchelkörner aus der Schüssel vor ihm und schob sie in den Mund.

»Ich meine es ernst, Simon. Was würdest du tun, wenn du ungefähr sechstausend Dollar hättest, aber viel, viel mehr brauchtest?«

»Wenn ich davon ausgehe, daß Drogenhandel flachfällt, würde ich sagen, der schnellste Weg wäre, sich das Telefon zu greifen und das Miststück Gretchen Casimir anzurufen.«

»Das ist keine Lösung, Simon.« Daran hatte sie natürlich selbst schon gedacht, aber sie konnte nicht mehr als Model arbeiten. Diesmal mußte sie es ganz allein schaffen. Simon schien das auch zu wissen, denn er ging nicht näher darauf ein.

»Schließen wir jede Form der Prostitution aus?« Sie funkelte ihn wütend an, und er hob die Hand. »Ich möchte nur Grenzen abstecken, Schatz, flipp nicht gleich aus. Der beste Weg wäre wahrscheinlich, einen stinkreichen alten Freund um ein Darlehen zu bitten, meinst du nicht auch?«

Sie lächelte ihn liebevoll an. »Du würdest es tun, nicht wahr?«
Er legte den Kopf in den Nacken und spitzte die Lippen. »Du natürlich nicht.«

»Ganz bestimmt nicht. Hast du noch irgendeine andere Idee?«

»Mmmm. Peter, würde ich sagen. Er wäre, wenn man sich an die lächerlichen künstlichen Restriktionen hält, auf denen du bestehst, deine beste Möglichkeit.«

»Peter Zabel? Wie könnte er mir helfen?«

»Sag mal, willst du mich eigentlich zum Narren halten, Schatz? Du hast doch alle Telefonate für ihn in die Wege geleitet. Ich kenne niemanden, der soviel von Geld versteht wie Peter. Er hat mit Edelmetallen und neu emittierten Aktien ein Vermögen für mich verdient. Ich kann nicht glauben, daß er dir nie einen Tip gegeben hat.«

Fleur warf fast ihr Wasserglas um. »Meinst du damit, ich hätte ihn ernst nehmen sollen?«

»Hat man dir schon einmal gesagt, daß du eine himmelschreiend schlechte Menschenkennerin bist?«

»Aber er ist ein solcher Idiot.«

»Sein Banker würde dir sehr energisch widersprechen.«

Fleur rief Peter am nächsten Tag an und setzte ihm ihr Problem auseinander. »Ich möchte mir ein paar Dollar zusätzlich verdienen, in Schwarzarbeit sozusagen — Termine für Bands abschließen und mit Veranstaltern zusammenarbeiten — so in etwa, aber das dauert noch ein bißchen. Was glaubst du? Kann ich mit sechstausend Dollar Startkapital was anfangen?«

»Hängt davon ab, ob du bereit bist, es zu verlieren oder nicht. Hohe Gewinne bedeuten ein hohes Risiko, Fleur, bedeuten Spekulationen an der Warenbörse — Währungen, Heizöl, Weizen. Wenn Zucker auch nur einen Penny pro Pfund runtergeht, verlierst du deine Spargroschen. Sehr riskant. Du könntest am Ende schlimmer dran sein als jetzt.«

Sie überlegte einen Moment. »Es ist mir egal. Sechstausend Dollar allein helfen mir überhaupt nichts. Sag mir, was ich tun muß.«

Danach steckte sie jede freie Minute den Kopf in Bücher und Broschüren über die Warenbörse, die Peter ihr empfohlen hatte. Sie las das *Journal of Commerce* in der Subway und schlief mit *Barron's* auf dem Kopfkissen ein. Peters Rat befolgend, investierte sie zweitausend in Sojabohnen, kaufte einen Vertrag für flüssiges Propan und gab den Rest für Orangensaft aus. In Florida erfror die Ernte, die Sojabohnen verfaulten, weil es zuviel regnete, aber das flüssige Propan sprengte das Dach. Fleur hatte am Ende siebentausend. Diesmal teilte sie ihr Kapital zwischen Kupfer, Hartweizen und noch mehr Sojabohnen auf.

Im April bekam Kissy in der Produktion einer Theaterwerkstatt die Rolle der Maggie in *Die Katze auf dem heißen Blechdach*. Um zwei Uhr morgens knipste sie in Fleurs Schlafzimmer das Deckenlicht an, um ihr die große Neuigkeit zu verkünden.

»Ich hatte schon aufgegeben, Fleurinda, ehrlich. Ich hatte wirklich und wahrhaftig aufgegeben. Und dann ruft mich dieses Mädchen an, das mit mir auf der Schauspielschule war, und sagt mir, daß sie in einer Theaterwerkstatt in SoHo die Regie macht und mit ihrer Gruppe die *Katze* einstudiert. Und stell dir vor, sie hat sich an eine Szene erinnert, die ich in der Schauspielschule gespielt habe und . . . O Gott, ich kann's noch kaum glauben! Wir haben bis jetzt zusammengesessen und alles festgelegt. Nächste Woche fangen wir mit den Proben an. Wir haben natürlich kein Geld, und die Produktion ist auch nicht bedeutend genug, um Aufsehen zu erregen, aber es ist eine Rolle, und ich kann wieder spielen.«

Nachdem die Proben begonnen hatten, bekam Fleur die Freundin manchmal tagelang nicht zu Gesicht, und wenn Kissy da war, war sie zerstreut und wortkarg. In der Wohnung tauchten auch keine Typen mehr auf, und als Fleur ihr einmal vorwarf, jetzt lebe sie wie eine Nonne, antwortete Kissy: »Ich speichere meine sexuelle Energie.«

Am Premierenabend war Fleur nervöser als Kissy. Irgendwie fiel es ihr schwer, sich dieses Flaumfederchen in einer so schwierigen und anspruchsvollen Rolle vorzustellen, und was sollte sie sagen, wenn Kissy ihr als Maggie nicht gefiel? Sie hatte schon festgestellt, daß Kissys Behauptung, sie sei »ein bißchen hellseherisch veranlagt«, nicht übertrieben war. Sie zu belügen, würde praktisch unmöglich sein.

Ein Frachtenaufzug brachte sie in einen ungenügend geheizten Speicher mit klopfenden Rohren und abblätternder Farbe. Auf der Bühne stand nur ein großes Messingbett. Fleur versuchte sich einzureden, daß das Bett, soweit es Kissy betraf, ein gutes Omen war, und setzte sich auf einen ein wenig abseits stehenden zerbeulten Metallstuhl. Innerhalb weniger Minuten fand sie sich umringt von einer Gruppe junger Männer in Jeans, die alle wie Schauspieler ohne Engagement oder wie Maler aussahen. Enttäuscht stellte sie fest, daß kein Regisseur und kein Agent gekommen war, obwohl sie mindestens zwanzig angerufen und persönlich eingeladen hatte. Kein sehr gutes Zeichen für jemanden, der eine eigene Agentur gründen wollte.

»Bist du jetzt 'ne Freundin der Braut oder des Bräutigams?« Einer der jungen Männer aus der Reihe hinter ihr beugte sich über die benachbarte Stuhllehne vor.

»Eh — der Braut«, antwortete Fleur.

»Das hab ich mir schon gedacht. He, ich steh auf dein Haar.«

»Danke.« Es reichte ihr jetzt schon über die Schultern und war so lang, daß sie es aufstecken konnte. Es war auffallender, als ihr lieb war, und sie hatte schon daran gedacht, es wieder abzuschneiden, brachte es jedoch nicht fertig.

»Dürfte ich's vielleicht einmal malen?« fragte er. »Ich mache wilde Acrylbilder.«

»Tut mir leid, aber Sie dürfen nicht.«

An Zurückweisungen gewöhnt, bedrängte er sie nicht weiter. »He, du bist mir vielleicht cool.«

Das Stück begann. Hinter der Bühne hörte man Duschwasser prasseln. Als Kissy auftrat, holte Fleur tief Atem und preßte die Fingernägel in ihre Handflächen. Kissy trug ein altmodisches Spitzenkleid. Ihr Akzent war so stark wie der Duft des Jasmins, und ihre Stimme klang gepreßt, aufgeladen mit der ganzen inneren Anspannung von Maggie, der Katze. Sie zog sich das Kleid aus und streckte sich, ihre Finger bildeten winzige Krallen in der Luft.

Einer der Männer neben Fleur wurde unruhig.

Zwei Stunden lang sah Fleur wie gebannt zu, während Kissy auf der Bühne umherstrich, fauchte und kratzte und mit jeder Geste Maggies sexuelles Unbefriedigtsein signalisierte. Ihre Erotik war düster und verzweifelt, ihre Stimme so rauh wie Puder vom billigen Jakob und Sex auf dem Rücksitz eines Autos. Es war eine der atmosphärisch dichtesten Aufführungen, die Fleur je gesehen hatte, direkt aus der Seele von Kissy Sue Christie, und als das Stück zu Ende war, verstand Fleur endlich Kissys Problem. Wenn nicht einmal ihre beste Freundin sie als Schauspielerin ernst genommen hatte, wie sollte sie je einen Regisseur überzeugen?

Fleur drängte sich durch die Menge, die sich um Kissy versammelt hatte. »Du warst unglaublich!« rief sie und umarmte die Freundin. »So etwas habe ich noch nie erlebt.«

»Das weiß ich«, sagte Kissy mit einem leisen Auflachen. »Komm mit, und während ich mich umziehe, erzählst du mir, wie großartig ich war.«

Fleur folgte ihr in die provisorische Garderobe, wo sie die anderen Mädchen und Frauen der Theatergruppe kennenlernte. Sie schwatzte mit allen, setzte sich dann auf einen Stuhl neben Kissys Garderobenplatz und sagte ihr noch ein dutzendmal, wie phantastisch sie gewesen war.

»Habt ihr alle was an?« erkundigte sich eine männliche Stimme vor der Garderobe. »Ich muß die Kostüme einsammeln.«

»Ich bin die einzige, die noch übrig ist, Michael!« rief Kissy. »Komm rein. Hier ist jemand, den du kennenlernen mußt. Fleur, ich habe dir schon von unserem brillanten Designer und zukünftigen Modeschöpfer der Schönen und der Reichen erzählt, oder? Michael Anton — Fleur Savagar.«

Es war einer jener Momente, in denen alles stillzustehen scheint, erstarrt wie eine kaputte Filmrolle in einem Projektor. Er trug ein purpurnes Bowlinghemd und eine weitgeschnittene Wollhose mit Hosenträgern, und er war nicht viel größer als bei ihrer letzten Begegnung, vielleicht einssiebenundsechzig, mit glänzenden blonden Haaren, kinnlang und leicht gewellt. Er hatte schmale Schultern und ein feingezeichnetes Gesicht. Sie vermied es, ihm in die Augen zu sehen. Sogar ein kurzer Blick in dieses ganz besondere Blau tat ihr weh.

»Hallo, Fleur.« Er machte ein paar Schritte auf sie zu, reichte ihr jedoch nicht die Hand.

Es dauerte ein paar Sekunden, ehe Kissy merkte, daß etwas nicht in Ordnung war. Sie sah zuerst Fleur, dann Michael und schließlich wieder Fleur an. »Kennt ihr euch?«

Michael Anton nickte. Fleur erholte sich und versuchte, möglichst natürlich und vergnügt zu lächeln. Sie war nicht mehr siebzehn und brauchte sich ihre wahren Gefühle nicht mehr anmerken zu lassen. »Jetzt hast du tatsächlich einen ganz lichten Augenblick, Kissy«, sagte sie. »Michael ist mein Bruder Michel.«

»O Junge! Ich bin erschlagen. Sollten jetzt Orgelklänge ertönen oder so?«

Michel schob eine Hand in die Hosentasche. »Vielleicht ein paar Takte auf der Kazoo*.«

* Zigarrenförmiges Musikinstrument aus Metall oder Plastik mit einer Membrane aus dünnem Papier, in das hineingesummt wird.

Fleur gefiel seine Feindseligkeit nicht. Es war ihr Recht, sich feindselig zu verhalten, nicht das seine. »Hast du gewußt, daß ich in New York bin?« fragte sie.

»Ich wußte es.«

Sie wollte gelassen bleiben und dieses Wiedersehen von einer höheren und reiferen Warte betrachten, aber sie schaffte es nicht. Sie packte ihre Handtasche, drückte Kissy hastig einen Kuß auf die Wange und verließ die Garderobe.

Kissy holte sie an der Haustür ein. »Fleur! So warte doch! Lieber Gott, tut mir das leid. Ich hatte doch keine Ahnung ...«

»Schon gut, Kissy. Es ist nur der Schock, sonst nichts.«

»Fleur, Michael ist wirklich ... Er ist wirklich ein großartiger Kerl.«

Fleur wandte sich ihr zu. »Du findest mich schrecklich, nicht wahr?«

»Natürlich nicht. Ich meine nur, du solltest ihn ein bißchen kennenlernen, bevor du dich entschließt, ihn aus deinem Leben zu streichen.«

Fleur entdeckte ein Taxi und winkte dem Fahrer. »Geh du zu deiner Premierenfeier, Magnolia, und trink ein Glas für mich. Ich fahre nach Hause und leg mich ins Bett.«

Aber es dauerte lange, ehe sie in dieser Nacht einschlief.

In den nächsten Wochen versuchte sie, Michel zu vergessen, doch eines Abends wanderte sie durch die West Fifty-fifth Street und studierte die über die Haustüren gemalten Nummern. Es war kurz vor sieben, und die Läden hatten geschlossen. Das war gut, denn wären sie noch offen gewesen, wäre sie bestimmt nicht durch diese Straße gegangen.

Sie fand die Nummer, die sie suchte, und stellte fest, daß er kein großer Geschäftsmann war. Er hatte eine gute Adresse, aber die Schaufenster waren zu klein und schlecht beleuchtet. Darin ausgestellt waren jedoch die schönsten Modelle, die Fleur je gesehen hatte.

Zwar hatte Kissy ihr gesagt, Michels Entwürfe seien phantastisch, doch da Kissy gern übertrieb, hatte Fleur sie nicht ernstgenommen, vor allem weil sie den Eindruck hatte, daß die Freundin sie und Michel gern »wiedervereint« sehen wollte.

Michel schwamm ganz offensichtlich gegen den Strom und widersetzte sich dem Trend der großen Couturiers, die Frauen wie Männer aussehen lassen wollten. In den kleinen Schaufenstern seiner Boutique zeigte er ein Quartett betont femininer

Kleider, die Erinnerungen an Renaissancegemälde bis zu Busby-Berkeley-Musicals heraufbeschworen. Als sie die Seiden, Jerseys und den anmutig drapierten Crêpe de Chine betrachtete, begann sie sich zu fragen, wie lange es eigentlich her war, daß sie ein Kleid oder eine hübsche Bluse getragen hatte? Viel zu lange. Seit sie angefangen hatte, an der Warenbörse zu spekulieren, hatte sie sich nichts Kostspieligeres als Lippenstift und Tampax gekauft.

Der Frühling wurde zum Sommer, der Sommer ging in den Herbst über. Kissys Theatergruppe machte dicht, bevor sie die Chance bekam, eine zweite große Rolle zu spielen. Sie schloß sich daher einer anderen an, die unglücklicherweise fast ausschließlich in New Jersey spielte. Fleur feierte ihren fünfundzwanzigsten Geburtstag, indem sie Parker zu einer weiteren Gehaltserhöhung überredete und damit groß bei Kakao einstieg.

Sie verlor häufiger, als sie gewann, doch sie hatte gelernt, daß das auf dem Warenmarkt normal war. Wenn sie Gewinne machte, waren sie hoch. Peter beriet sie gut, sie bemühte sich, aus ihren Fehlern zu lernen, und ihre ursprünglichen sechstausend waren inzwischen zu fünfunddreißigtausend angewachsen. Unglücklicherweise fiel es ihr immer schwerer, ihr gesamtes Kapital in die riskanten Spekulationen zu investieren, die ihr so große Gewinne einbrachten. Sie zwang sich jedoch dazu, die Schecks auszuschreiben. Fünfunddreißigtausend waren für sie genauso nutzlos, wie es die sechs gewesen waren.

Der Winter kam. Sie verließ sich jetzt nicht mehr so sehr auf Peter und begann eigene Entscheidungen zu treffen. Rindfleisch legte zu, Schweinefleisch fiel. Sie begeisterte sich für Kupfer und machte innerhalb von sechs Wochen zwanzigtausend Dollar, bekam jedoch allmählich Magenschmerzen. Aber sie hörte nicht auf, holte sich jeden Monat ihren Gehaltsscheck ab und investierte jeden Penny, den sie erübrigen konnte.

Am ersten Juni, anderthalb Jahre nachdem sie auf die finanzielle Achterbahn aufgesprungen war, gab sie ihren Job bei Parker auf, verkaufte alles, was sie hatte, und legte das Geld sicher auf ein Konto der Chase-Manhattan-Bank. In achtzehn Monaten hatte sie dreiundneunzigtausend Dollar gemacht und außer Magenschmerzen und einer leichten Taubheit in den Fingerspitzen keinen Schaden davongetragen. Sie begann sich nach Büroräumen umzusehen und unterschrieb drei Wochen später den Mietvertrag für ein dreistöckiges Haus an der Upper East Side.

Das Telefon klingelte, als sie die Tür des Apartments aufschloß. Da sie annahm, es sei Kissy, weil sie die Möglichkeit ins Auge gefaßt hatten, sich am Abend in der Kunstgalerie zu treffen und dann zum Essen zu gehen, warf sie ihre Handtasche auf einen Stuhl und griff nach dem Telefonhörer. »Hallo?«

»Hallo, *enfant*.«

Trotz der Stimme und trotz des vertrauten Kosenamens begriff sie nicht sofort. Dann nahm sie den Hörer fester in die Hand und holte tief und bedächtig Atem. »Was willst du, Alexi?«

»Keine gesellschaftlichen Liebenswürdigkeiten?«

»Du hast genau eine Minute, dann lege ich auf.«

Er seufzte, als habe sie ihn tief verletzt. »Nun gut, *chérie*, ich rufe nur an, um dir zu deinen jüngsten finanziellen Gewinnen zu gratulieren. Ziemlich leichtsinnig, was du da gemacht hast, doch mit dem Erfolg hadert man nicht. Soviel ich weiß, hast du heute einen Dreijahresmietvertrag für ein Haus unterschrieben.«

Ihr wurde kalt. »Und woher weißt du das?«

»Ich habe dir schon einmal gesagt, *chérie*, daß ich es mir zur Pflicht gemacht habe, alles über die Menschen zu erfahren, um die ich mich sorge.«

»Du — und dich um mich sorgen!« sagte sie eisig. »Da kann ich nur lachen. Spiel nicht mit mir, Alexi.«

»Natürlich sorge ich mich um dich. Sehr sogar. Auf diesen Tag habe ich lange gewartet, *chérie*. Ich hoffe, du enttäuschst mich nicht.«

»Worauf hast du lange gewartet? Wovon redest du?«

»Hüte deinen Traum, *chérie*. Hüte ihn besser als ich den meinen.«

23

Fleur stemmte die Absätze gegen das Verandageländer und sah dem Dünengras zu, das sich der Brise entgegenneigte und im schwindenden Abendlicht seine Farbe veränderte. Sie war froh, daß sie gekommen war. Das Haus hinter ihr war eine eckige Glasskulptur mit abgeschrägtem Schindeldach und Sonnenkollektoren, die auf den Strand der Schickeria-Stadt Quogue auf Long Island hinausblickten. Als Kissy ihr vorgeschlagen hatte, das Wochenende um den 4. Juli auf einer Strandparty zu verbringen, hatte sie zuerst abgelehnt, doch dann hatte die Hitze sie umgestimmt — die Hitze und der Gedanke, daß das vermutlich für lange Zeit ihre letzten freien Tage sein würden. Sie brauchte auch eine Ablenkung von dem kleinen Tonband in ihrem Kopf, auf dem ununterbrochen ihr Gespräch mit Alexi abgespielt wurde. »*Hüte deinen Traum*«, hatte er gesagt. Es war keine allzu subtile Warnung, und es fiel ihr nicht schwer, sie zu interpretieren. Nach so langer Zeit wollte Alexi sich wegen des Royale noch immer an ihr rächen, und er bedrohte ihre Agentur.

Sie versuchte sich abzulenken, indem sie sich ihr neues Zuhause vorstellte. Die ganze letzte Woche hatte sie mit dem Innenarchitekten verbracht, dem sie die Ausstattung des Hauses übertragen hatte, das in Zukunft das neue Heim von »Fleur Savagar and Associates, Celebrity Management« sein sollte. Das Gebäude hatte ihr besonders zugesagt, weil es senkrecht und nicht waagrecht unterteilt war. In den vorderen Räumen der drei Etagen und des Erdgeschosses sollten die Büros untergebracht werden, während Fleur die nach hinten hinaus gelegenen Zimmer zu ihrem privaten Domizil bestimmt hatte. Der Architekt hatte versprochen, daß sie Mitte August einziehen konnte. Bis dahin mußte sie ihr Personal eingestellt und die ersten Verträge mit Klienten abgeschlossen haben.

Sie hatte errechnet, daß ihr Kapital, wenn nichts dazwischenkam und sie vielleicht ein paar gute Abschlüsse tätigen konnte, bis Februar reichen würde, doch dann mußte alles laufen, dann war sie ganz auf sich selbst angewiesen, hatte keinen Notgroschen mehr. Sie versuchte, sich nicht allzu ausgiebig mit dem Gedanken zu beschäftigen, daß ein solches Unternehmen wenigstens ein Jahr brauchte, um schwarze Zahlen zu schreiben. Da sie kein Jahr hatte, mußte sie einfach um so härter arbeiten. Und sie durfte ihre Zeit nicht damit vergeuden, sich über Alexi den Kopf zu zerbrechen. Sie mußte nur die Augen offenhalten, mehr konnte sie ohnehin nicht tun.

Sie sagte sich, daß nichts schiefgehen konnte. Seit sie Parker das Konzept der Kaviar-Agentur vorgetragen hatte, war ihr klar gewesen, daß es eine Riesenidee war, einer kleinen, handverlesenen Gruppe berühmter Leute das gesamte Management gewissermaßen in einem Paket anzubieten. Sie hatte beschlossen, sich nicht auf Musiker und Schauspieler zu beschränken. Sie wollte auch bildende Künstler, Schriftsteller, Sportgrößen vertreten — jeden, von dem sie glaubte, er habe das Potential, an die Spitze zu kommen. Sie hatte sogar schon drei gute Klienten, Rough Harbor, die Rockgruppe, die Simon Kale gegründet hatte, nachdem der Stern der Neon Lynx gesunken war, Olivia Creighton, die sie Bud Sharpes gierigen Fingern entrissen hatte, und Kissy. Das reichte zwar nicht, um sie über den Februar hinaus über Wasser zu halten, doch alle drei hatten das Potential, das sie suchte.

Bei dem Gedanken an Kissy runzelte sie die Stirn und schob sich die Sonnenbrille ins Haar. Mehr als eine hypnotisch beklemmend gespielte Anja in Anton Tschechows *Der Kirschgarten*, abermals von einer Theaterwerkstatt produziert, und eine winzige Rolle in einer Seifenoper der CBS-Fernsehgesellschaft hatte sich für Kissy nach *Die Katze auf dem heißen Blechdach* nichts ergeben, und sie hatte wieder aufgehört, zum Vorsprechen zu gehen. Es hatte in letzter Zeit auch viel zu viele Männer gegeben, der nächste immer muskelbepackter und ein bißchen dümmer als sein Vorgänger.

Der Gedanke an Kissy und ihre Männer erinnerte Fleur an ihren Gastgeber. Charlie Kincannon war der Sponsor der Workshop-Produktion von *Der Kirschgarten* und ein Mann mit der geradezu schmerzlich offensichtlichen Hoffnung, Kissys Männersammlung einverleibt zu werden. Da er klein, intellektuell und das genaue Gegenteil der Typen war, die Kissy bevorzugte, hatte Fleur berechtigte Zweifel, daß er sein Ziel je erreichen würde. Was sie bedauerte, da Charlie ihrer Meinung nach viel besser zu Kissy paßte als der Eintopf aus Muskelfleisch, mit dem sie sich abgab.

Hinter Fleur glitt die Patiotür auseinander, und als sie sich umwandte, sah sie, daß es Kissy war, die auf die Veranda kam. Sie trug, schon für die Party angezogen, einen einteiligen hellblau und bonbonrosa gestreiften Spielanzug, große herzförmige Ohrringe aus Silber und mit unechten Perlen besetzte rosafarbene Riemchensandalen mit flachen Absätzen. Sie hatte sich ein Band in die Locken geflochten, und Fleur fand, daß sie wie eine Siebenjährige mit Busen aussah.

Kissy saugte etwas von ihrer Piña Colada durch den am Ende mit Lippenstift verschmierten Trinkhalm. »Es ist acht Uhr, und die Gäste von Herrn Sowieso treffen nach und nach ein. Willst du dich nicht umziehen?«

Fleur warf einen Blick auf die weißen Shorts, die sie über ihrem einteiligen schwarzen Badeanzug trug. Sie sollte sich wirklich umziehen, und außerdem mußte sie irgend etwas für ihr Haar tun, das sie jetzt zum Pferdeschwanz gebunden hatte, statt dessen gähnte sie nur und griff nach Kissys Piña Colada. »Ich glaube, ich gehe jetzt unter die Dusche. Und es wäre mir lieb, wenn du ihn nicht immer Herr Sowieso nennen würdest. Charlie Kincannon ist ein sehr netter Mann.«

Kissy rümpfte die Nase. »Dann verabrede dich doch mit ihm.«

»Vielleicht tu ich das sogar. Ich mag ihn, Kissy, ehrlich. Er ist seit längerer Zeit der erste Mann in deinem Umkreis, der sich nicht ausschließlich von Bananen ernährt und sehnsüchtig zum Empire State Building hinaufstarrt.«

»Süß hast du das gesagt, Fleurinda. Ich schenke ihn dir, nimm ihn hin mit meinem Segen.« Kissy forderte ihre Piña Colada zurück.

»Ich werde stocksauer, wenn du dich so aufführst!« rief Fleur. »Charlie Kincannon sieht in dir nicht nur den Betthasen, und das weißt du. Wenn du schon den überwältigenden Drang hast, die Sexbombe zu spielen, dann tu's auf der Bühne, wo du damit wenigstens für dich und mich ein bißchen Geld verdienst.«

»Aus dir spricht schon der wahre Blutsauger. Du wirst eine phantastische Agentin sein. Übrigens möchten dich alle hier anwesenden Typen kennenlernen, die nicht in Begleitung sind.«

Ein paar Gäste kamen auf die Veranda, Fleur stand widerwillig auf und klopfte sich den Sand von den Beinen. Noch einen Schluck von Kissys Drink, dann verschwand sie im Haus.

Das Haus war im »Long-Island-Strandschick« eingerichtet, wie sie es bei sich nannte — Fliesenböden und minimalistische* japanische Möbel, die mit der Persönlichkeit des Besitzers überhaupt nichts gemeinsam hatten. Im Augenblick saß er auf der Couch und ignorierte die eintreffenden Gäste, indem er trauervoll in sein Glas starrte, das mindestens einen doppelten Bourbon enthielt. »Kann ich Sie einen Moment sprechen, Fleur?« fragte er, als sie von der Veranda hereinkam.

»Aber selbstverständlich.« Sie setzte sich zu ihm. Charlie Kincannon erinnerte sie im Aussehen und im Temperament an einen jener Charaktere, wie Dustin Hoffman sie spielte, einen Mann, der trotz seines Geldes nie ganz mit der übrigen Welt Schritt halten kann. »Ist was passiert?«

Er sah sie ernst an. »Es ist mir etwas peinlich, weil sich das wahrscheinlich wie von einem Halbwüchsigen anhört, Fleur, aber wie schätzen Sie meine Chancen bei Kissy ein?«

»Das ist ein bißchen schwer zu sagen«, antwortete sie ausweichend.

»Mit anderen Worten, sie sind gleich null.«

Fleur hätte der Freundin mit Wonne den Hals umgedreht. »Sie müssen verstehen, daß das nichts mit Ihnen zu tun hat, Charlie. Kissy ist im Moment auf einem kleinen Selbstzerstörungstrip, und es fällt ihr schwer, Männer als Menschen zu sehen.«

Er dachte über ihre Worte nach. »Es ist ein interessanter Rollentausch im soziologischen Sinn, aber ziemlich unangenehm für denjenigen, den es betrifft. Mir ist klar, daß ich zum Sexobjekt nicht tauge, aber das übersehen die Frauen meistens, weil ich reich bin.«

Das war eine Feststellung, wie sie nur Charlie Kincannon treffen konnte, und genau der Grund, warum sie ihn mochte. Von einer Sekunde zur anderen beschloß sie, ihm zu helfen. »Ich habe keine Ahnung, ob es funktionieren wird oder nicht, Charlie, aber außer Simon, der eigentlich nicht zählt, sind Sie der einzige Mann in Kissys Leben, der eine Ahnung davon hat, wie intelligent sie ist. Vielleicht könnten Sie ihr Interesse wecken, wenn Sie ihren Körper ignorierten und sich statt dessen auf ihren Verstand konzentrierten.«

Er warf ihr einen vorwurfsvollen Blick zu. »Ich möchte jetzt

* Amerikanische Kunstrichtung

wirklich nicht wie ein Chauvi daherreden, Fleur, aber es ist ein bißchen schwierig, Kissys Körper zu ignorieren, besonders für jemanden, der in sie verliebt ist.«

Sie lächelte mitfühlend. »Tut mir leid, aber einen besseren Rat habe ich nicht für Sie.« Im selben Moment hörte sie eine bekannte Stimme und hob gerade rechtzeitig den Kopf, um Michel in elegantem Madrasblazer, einem gelben Fischnetz-T-Shirt und Shorts aus der Küche ins Wohnzimmer kommen zu sehen. Ihre Freude über das bevorstehende Wochenende schwand.

Seit sie sich vor einem Jahr getroffen hatten, waren sie sich zwei- oder dreimal zufällig begegnet und hatten sich jedesmal nur kühl zugenickt, aber auch dann war sie noch Stunden später schlecht gelaunt und nervös gewesen. Warum hatte sie nicht vorhergesehen, daß er mit den anderen aus Kissys Theatergruppe bei Charlies Party sein würde? Sie musterte seinen Begleiter, einen muskulösen jungen Mann mit dunklem Haar, das ihm immer wieder in die Augen fiel. Ein Tänzer, dachte sie, als sie sah, daß sich, als er stehenblieb, seine Füße automatisch zur ersten Position öffneten.

Obwohl das Haus sich jetzt schnell mit Gästen füllte und sie noch nicht umgezogen war, entschuldigte sie sich bei Charlie und schlüpfte hinaus, um einen langen Strandspaziergang zu machen. Warum mußte Michel hier auftauchen? Bis vor ein paar Minuten hatte sie sich auf die Party gefreut. Charlie Kincannon hatte mehrere Off-Broadway-Stücke finanziert, und es bestand durchaus die Möglichkeit, daß er außer Kissys wildem Haufen noch größere Eisen im Feuer hatte. Eigentlich sollte sie jetzt auf der Veranda sein, mit Kissy Piña Coladas trinken und ein paar neue Kontakte knüpfen.

Während ihre Füße durch den kühlen, nassen Sand pflügten, wurde ihr klar, daß sie sich nicht so leicht aus dem Tritt bringen lassen durfte. Sie schob die Hände in die Taschen und machte sich auf den Rückweg ins Strandhaus.

Sie dachte über Kissy und Charlie nach, als ungefähr fünfzig Meter vor ihr ein Mann hinter den Dünen hervorkam, sich zu ihr umdrehte und ihr entgegensah. Völlig reglos stand er da — dies und die unleugbare Tatsache, daß außer ihnen weit und breit kein Mensch am Strand war, lösten sofort ein Alarmsignal in ihr aus. Seine Silhouette hob sich deutlich vom abendlich dunklen Himmel ab. Es war ein großer Mann, und er sah so kräftig aus, daß Fleur absolut keine Lust hatte, sich mit ihm auf ein Handgemenge einzulassen. Er beobachtete sie gespannt und bemühte sich nicht einmal, so zu tun, als habe er keinerlei Interesse an ihr. Sie sah zum Strandhaus hinüber, doch es war zu weit weg. Niemand würde sie hören, und wenn sie noch so laut um Hilfe schrie.

Aber warum sollte sie Hilfe brauchen? Das Leben in New York machte offenbar paranoid. Wahrscheinlich gehörte er zu Charlies Gästen, war einer, der ein bißchen allein sein wollte, genau wie sie. Doch ihre Zweifel waren immer noch so groß, daß sie schneller ausschritt und näher ans Wasser ging. Aus den Augenwinkeln hinüberschielend, sah sie undeutlich zottiges Charles-Manson-Haar und einen noch zottigeren Bart.

Der Mann bewegte sich, und in ihrem Körper spannte sich jeder Muskel. Plötzlich warf er die Bierdose weg, die er in der Hand gehalten hatte, und kam rasch und mit langen Schritten auf Fleur zu. Paranoid oder nicht, sie wartete nicht länger. Sie grub die Füße in den Sand und sprintete an ihm vorüber.

Anfangs ging ihr Atem so laut, daß sie nichts anderes hörte, doch dann verrieten ihr dumpf klingende, rhythmische Schritte, daß er hinter ihr herkam. Ihr Herz hämmerte. Sie wußte, daß sie davonziehen konnte; ihre Muskeln waren kräftig und nach dem Spaziergang locker und warm. Sollte sie es riskieren, sich vom Uferrand zu entfernen, wenn er näher kam? Wenn sie auf die Dünen zulief, würde sie in den tieferen Sand einsinken und zwangsläufig langsamer werden. Vielleicht sollte sie im nassen Sand bleiben und weiterlaufen. Sie war eine erfahrene Läuferin, und er konnte nicht ewig mit ihr Schritt halten. Früher oder später mußte er zurückbleiben.

Aber er blieb nicht zurück. Er blieb ihr auf den Fersen. Furcht erschwerte ihr das Atmen, und sie konnte ihren Rhythmus nicht finden. Ihre Lungen brannten, und sie atmete viel zu kurz, hastig und keuchend. Vergewaltigung. Das Wort ging ihr ständig im Kopf herum und ließ sich nicht verdrängen. Was hatte sie über Vergewaltigungen gelesen? Sie erinnerte sich, daß man versuchen sollte, mit dem Mann ein Gespräch anzufangen, aber sie hatte nicht genug Luft, um zu reden. Und wenn das nicht funktionierte, hatte sie gelesen, sollte man dafür sorgen, daß der Mann sich vor einem ekelte, indem man ihn im wahrsten Sinn des Wortes ankotzte. Das war bestimmt nicht schwierig, aber was erzählte man den Leuten hinterher? Ich war so widerlich, daß es selbst einem Sexualverbrecher vor mir grauste?

Das war doch verrückt! Was war nur los mit ihr? Warum blieb der Kerl nicht zurück?

Doch er blieb nicht nur nicht zurück, er verringerte den Abstand zwischen ihnen sogar.

»Lassen Sie mich in Ruhe!« schrie sie. Die Worte kamen erstickt heraus, kaum mehr als eine Reihe von Tönen.

Er rief etwas. Ganz nah. Fast an ihrem Ohr. Sie hörte nicht, was er sagte. Wollte es nicht hören. Und dann fühlte sie etwas auf der Schulter. Was war auf ihrer Schulter? Plötzlich wirbelte sie herum und fiel, der Sand kam ihr entgegen, und der Mann fiel mit ihr. Seine Hand grub sich in ihre Schulter, sein Körper preßte den ihren herunter, und dann begriff sie, was sie gehört hatte. Fünf Wörter nur:

»So bleib doch stehen, Kraftpaketchen!«

Ihre Brust hob und senkte sich mühsam unter seinem Gewicht, und sie rang nach Atem. Sie spürte Sand zwischen den Zähnen, ballte mit letzter Kraft die Hand, holte aus und traf mit einem gewaltigen Schwinger seinen Rücken. Er schrie auf, heftig und zornig, aber sein Gewicht wurde leichter, und seine Haarspitzen streiften ihre Wange, als er sich über ihr auf die gestreckten Arme stützte. Sie fühlte seinen Atem im Gesicht und schlug ein weiteres Mal zu.

Der Schlag zwang ihn, sich noch mehr zurückzuziehen, und sie folgte ihm, erhob sich auf die Knie und schlug mit der Faust wie von Sinnen auf ihn ein, wieder und immer wieder, ziellos, traf einen Arm, seinen Hals, seine Brust, und jeder Schlag wurde von einem kleinen erstickten Schluchzen begleitet.

Plötzlich riß er sie an sich, und seine Arme wurden zu Schraubstöcken, die ihr den Atem aus den Lungen quetschten. »Hör auf, Fleur! Ich bin es, Jake.«

»Ich weiß, daß du es bist, du Lump. Laß mich los.«

»Erst wenn du dich beruhigt hast.«

»Ich bin ganz ruhig.«

Er ließ sie langsam los. »Wenn du mich wieder schlägst, schwöre ich bei Gott, daß ich dir ein blaues Auge verpasse.« Er sagte das so, als meine er es tatsächlich ernst, und sie blieb kraftlos auf den Fersen hocken.

Im Sand kauernd, hatte er ein Bein unter sich gezogen, ein Knie hochgestellt und starrte Fleur feindselig an. Das ungepflegte Haar hing ihm zottig bis auf die Schultern, und der Bart verdeckte fast seinen ganzen Mund, bis auf diese unmögliche mürrische Unterlippe. Er trug ein zu kurzes Nike-T-Shirt zu ausgeblaßten braunen Shorts, genauso unordentlich, wie sie ihn in Erinnerung hatte, doch früher hatte er in den schlampigen Sachen nett und freundlich ausgesehen. Der Jake Koranda von heute hatte ganz und gar nichts Freundliches an sich.

»Warum hast du nicht gleich gesagt, daß du es bist?« schrie Fleur ihn an.

»Weil ich nicht auf die Idee kam, daß du mich nicht erkennen könntest.«

»Du siehst wie Charles Manson aus.« Sie stand ein bißchen schwerfällig auf. Auch er erhob sich.

»Ich drehe einen neuen Caliber-Film. Bird Dog erblindet und muß lernen, seine Colts nach dem Gehör zu benutzen. Es ist ein Stück Scheiße, bringt mir aber bestimmt ein paar Millionen ein.«

»Wie viele Frauen schändest du diesmal?«

»Was ist los? Tut's dir leid, daß du nicht eine von ihnen bist?«

Sie hielt den Atem an. Er reizte sie absichtlich, wollte sie wütend machen. Sein Blick war eine unverhohlene Beleidigung. Er ließ ihn an ihrem Körper hinuntergleiten.

»Diese Chorus-Girl-Beine sind wirklich ellenlang, nicht wahr?« Irgendwie klang das nicht nach einem Kompliment. Er kam näher, berührte ihre Schulter, packte sie fest am Arm.

»Ich finde, Sie sollten sie jetzt loslassen!« rief jemand von den Dünen herüber, und sie drehten sich beide um und blickten der kleinen Gestalt entgegen, die auf sie zukam.

»Das ist eine private Party, wie wär's also, wenn Sie sich nicht einmischen würden?« entgegnete Jake, lockerte seinen Griff, ließ Fleurs Arm jedoch nicht los.

Michel kam näher. »Komm, gehen wir ins Haus, Fleur.«

Sie sah ihren Bruder an, und ihr wurde klar, daß er sich zu ihrem Beschützer ernannt hatte. Sie ließ das Wort auf der Zunge zergehen, genoß es einen Augenblick. Beschützer ... Einen Kopf kleiner als sie, bestimmt nicht sehr kräftig, elegant bis in die Fingerspitzen, das feine blonde Haar vom Wind verweht, forderte Michel einen Mann heraus, der ihn heimtückisch blinzelnd musterte.

»Warum bringst du deinen knackigen Hintern nicht dahin zurück, wo du herkommst?« fragte Jake mit näselnder Stimme. »Es sei denn, du sehnst dich nach einem Tritt.«

Es klang wie eine Dialogzeile aus einem seiner schlimmsten

Filme, und fast hätte Fleur der Szene schon jetzt ein Ende gemacht. Sie hätte ihr ein Ende machen können, sie wußte, sie sollte es tun, aber sie tat es nicht. Michel, ihr Beschützer ... Sie würde nicht zulassen, daß Jake ihn verletzte, aber sie mußte sehen, wie weit ihr Bruder bereit war, sie zu verteidigen. Und es war einfacher, sich auf Michels Ritterlichkeit zu konzentrieren, als daran zu denken, wie widerlich Jake Koranda geworden war.

Auf Michels Gesicht zeigte sich keine Regung. »Ich gehe gern«, sagte er leise, »aber Fleur geht mit mir.«

»Damit würde ich an deiner Stelle nicht rechnen.«

Michel schob die Hände in die Taschen seiner Shorts. Ihm war offensichtlich klar, daß er körperlich gegen Jake nichts ausrichten konnte, also war er bereit, so lange zu warten, bis es Jake zu dumm wurde. Fleur sah auf und merkte, daß Jake sich schon nicht mehr ganz wohl fühlte. Das war keiner jener Schurken, mit denen Bird Dog es sonst zu tun hatte.

»Ein Freund von dir?« wandte er sich an Fleur.

»Mein Bruder, Michel An...«

»Ich bin Michel Savagar«, fiel Michel ihr ins Wort.

Jake musterte sie beide forschend und ließ Fleur dann langsam los. »Ich habe es mir zur Regel gemacht, nie mehr als einen Savagar auf einmal in meiner Nähe zu dulden. Wir sehen uns wieder, Fleur.« Er machte kehrt und entfernte sich in entgegengesetzter Richtung.

Fleur sah Michel einen Moment an, aber sie sagten beide nichts. Sie gingen auf die Dünen zu. Dort angekommen, nahm er ihre Hand, um ihr hinüberzuhelfen. Sie blieb stehen. »Warum hast du das getan, Michel? Jake hätte dich auseinandernehmen können.«

»Du bist meine Schwester«, sagte er einfach. »Es ist meine Pflicht als Mann.«

Alexi hätte die gleiche Antwort gegeben, aber Alexi wäre nie und nimmer imstande, so wunderbare Kleider zu entwerfen wie die im Schaufenster der Boutique in der West Fifty-fifth Street. Sie schlenderten zum Haus zurück, und ihre Hände ließen sich auf dem ganzen Weg nicht los. »Könnten wir irgendwohin gehen und miteinander reden?« fragte Fleur.

»Aber gern.«

Schweigend fuhren sie in ein Gasthaus in Hampton Bays, wo Willie Nelson in der Jukebox sang und die Kellnerin ihnen frische Muscheln mit Pommes frites und Bier brachte. »Tut mir leid, daß ich so gemein war«, sagte Fleur, die wollte, daß er ihr verzieh. »Ich kann nicht einmal erklären . . .«

»Vergiß es.« Er lehnte sich auf der zerschrammten Sitzbank zurück und zündete sich eine Zigarette an. Das Neonschild vor dem Fenster tönte seine Haare blau, und Fleur versuchte es trotzdem mit einer Erklärung. Sie erzählte ihm ein bißchen über das Kloster und wie verlassen und ausgestoßen sie sich gefühlt hatte. Als sie geendet hatte, sagte er eine Zeitlang gar nichts und sprach dann über sich selbst — die Schulen, in die man ihn geschickt hatte, seine Homosexualität, Alexi. Er redete über alles sehr zynisch, nur nicht über seine Großmutter, und Fleur erfuhr, daß Solange ihm das Geld hinterlassen hatte, das er zum Aufbau seines Geschäfts brauchte. Als er schwieg, berichtete sie ihm von Belinda und Errol Flynn.

Er zündete sich eine neue Zigarette an. Wieder sagte er eine Zeitlang nichts, und als er endlich sprach, war es etwas ganz anderes, als Fleur erwartet hatte. »Ich möchte Kleider für dich entwerfen. Das wollte ich schon immer.«

Am nächsten Morgen erwachte sie sehr spät und ging endlich unter die Dusche, was sie am Abend vorher nicht geschafft hatte. Sie steckte das Haar zu einem lockeren Knoten auf und schlüpfte dann in einen Bikini und einen marineblauen Bademantel. Im Wohnzimmer war niemand, aber durch die Fenster sah sie Charlie, Michel und ein paar andere Gäste, die sich Kaffee trinkend und die Sonntagszeitungen lesend auf der Veranda rekelten.

Sie ging in die Küche, schenkte sich eine Tasse Kaffee ein und dachte über Michel und die Tatsache nach, daß er sie gern zu haben schien, obwohl sie ihm wirklich keinen Anlaß dazu gegeben hatte. Als sie gestern abend aus dem Gasthaus zurückgekommen waren, hatten sie sich auf den Stufen vor dem Haus umarmt.

»Schenkst du mir auch eine Tasse ein?«

Sie fuhr herum und sah Jake auf der Schwelle stehen. Michel hatte ihr gesagt, daß ihre gestrige Begegnung mit Jake kein komischer Zufall gewesen war. Er gehörte zu Charlies Hausgästen, hatte erfahren, daß sie auch da war, und war sie suchen gegangen.

»Nimm dir deinen Kaffee doch selbst.«

Er sah sie einen Moment starr an und holte sich dann eine der gelben Tassen. Aus den Augenwinkeln zu ihm hinüberschielend, bemerkte sie, daß er ein sauberes T-Shirt und eine ausgebleichte Badehose trug. Sie hätte schwören können, daß es die war, die er vor etwas mehr als sechs Jahren angehabt hatte, als er, von Belinda eingeladen, zum Barbecue gekommen war. Obwohl sie den Kaffee schwarz trank, beschäftigte sie sich mit Sahnekännchen und Zuckerdose, weil sie ein paar Sekunden brauchte, um sich zu beruhigen. Jake mußte begreifen, daß er es nicht mehr mit einer Neunzehnjährigen zu tun hatte, die ihn anhimmelte. Das war ihr sehr wichtig.

Er streckte die Hand nach der Kaffeekanne aus, und sein Arm streifte den ihren. Der Geruch von Seife und Pfefferminzzahncreme stieg ihr in die Nase. »Ich wollte dich gestern abend nicht erschrecken«, sagte er ruhig. »Ich war nicht ganz nüchtern, und die letzte Zeit war nicht gerade die beste meines Lebens. Es tut mir leid, Fleur.«

Sie zog sich so weit wie möglich von ihm zurück und kreuzte die Arme vor der Brust. »Mit deinen Millionen im Hintergrund kann es nicht leicht sein, sich unglücklich zu fühlen, Jake. Ich denke, ich spar mir mein Mitleid lieber für die Opfer der Erdbebenkatastrophe auf.«

»Na wunderbar«, murmelte er vor sich hin.

»Was hast du erwartet? Ich mag es nicht, wenn man mich rumkommandiert. Auf Machomaschen bin ich mit neunzehn das letztemal reingefallen.«

Er lehnte sich an die Küchentheke und trank einen Schluck Kaffee. »Und das bedeutet?«

»Zerbrich dir selber den Kopf.«

»Bist mit den Jahren ganz schön hart geworden, nicht wahr, Kindchen?«

»Darauf kannst du wetten.«

Er schaute in seine Tasse. »Du warst gut in *Eclipse*. Besser als ich erwartet hatte.«

»Oh! Vielen Dank«, antwortete sie sarkastisch.

»Machst du einen Strandspaziergang mit mir?«

»Nein.«

»Ach, komm schon«, sagte er. »Wovor hast du Angst? Daß ich beiße? Oder daß ich nicht beiße?«

»Also ehrlich, Koranda . . .«

»Du traust dich nicht.«

Sie fluchte wenig damenhaft und knallte ihre Tasse auf die Theke. Jake grinste. Es war dasselbe überhebliche Gockellächeln, an das sie sich noch so gut erinnerte.

Sie schlüpften zur Seitentür hinaus, um nicht an der Gruppe auf der Veranda vorbei zu müssen, und gingen dann lange schweigend nebeneinander her. »Dein Bruder gefällt mir«, sagte Jake. Der Wind zerrte an seinen zottigen Haaren und wehte sie ihm ins Gesicht. »Wir haben uns heute morgen unterhalten. Er ist ein netter Kerl.«

Sie wollte ihn nicht freundlich und höflich, wollte nicht, daß er versuchte, mit ein paar Worten die Jahre auszulöschen. »Ein netter Kerl für einen Modeschöpfer?« fragte sie sarkastisch.

»Was, zum Teufel, soll das wieder heißen?«

»Das heißt, ich will nicht, daß du Michel herablassend behandelst.«

Er sah sie voller Widerwillen an. »Leck mich, meine Dame!« sagte er, machte kehrt und ging.

»Jake!« Er blieb nicht stehen, wurde aber so langsam, daß sie ihn einholen konnte, ohne zu laufen, was sehr gut war, denn nachgelaufen wäre sie ihm nicht — um keinen Preis der Welt. Sie wußte jedoch, daß sie an Boden verloren hatte und das wiedergutmachen mußte. »Tut mir leid«, sagte sie. »Bin spät ins Bett gekommen.«

Er ließ sich in den Sand fallen. »Also sind wir quitt.«

»Kommt nicht in Frage.«

»Okay, Fleur, dann wollen wir die Sache bereinigen. Spielen wir das Script durch — Anfang, Mitte, Schluß —, damit wir es weglegen und ein neues Projekt angehen können.«

Sie sah den Strand entlang. Ein Stück weiter unten ließen Vater und Sohn einen Drachen mit einem blau-gelben Schwanz steigen. »Es ist ein bißchen albern, wenn zwei Erwachsene über die verlorene Unschuld einer Neunzehnjährigen diskutieren. Wir leben im Zeitalter der sexuellen Befreiung, Jake. Nach dir hat es viele Männer gegeben«, log sie. »Das ist keine große Sache.«

»Ach ja?« Er blinzelte in die Sonne. »Warum hast du dann eine Karriere aufgegeben, die dir ein Vermögen einbrachte? Und warum konnte ich nach *Sunday Morning Eclipse* keine Zeile mehr schreiben?«

Sie fühlte eine ganz tiefe, ganz gemeine Befriedigung. »Ist das wahr?«

»Ist dir vielleicht zu Ohren gekommen, daß ich inzwischen ein paarmal den Pulitzerpreis eingeheimst habe?«

»Du schreibst überhaupt nicht mehr?« fragte sie, sich neben ihm in den Sand niederlassend.

»Ich bin blockiert, stehe wie vor einer Betonmauer. Eine gottverdammte Blockade, die einen Schriftsteller überfällt wie eine Krankheit.« Er fischte eine Muschel aus dem Sand und warf sie weit hinaus ins Wasser. »Und weißt du was, Kindchen? Ich habe ganz prima geschrieben, bevor ihr daherkamt — du und deine Mutter.«

»Du gibst mir die Schuld?«

»Ich mag's nicht, wenn man mich rumschubst.«

»Wie überzeugend du den Märtyrer spielst! Das gefällt mir nicht.«

»In den unsterblichen Worten von Rhett Butler . . .«

»Tu nicht so überheblich!« fauchte sie.

»Okay«, sagte er, »jetzt ganz ohne Ironie und Winkelzüge. Was an jenem Wochenende zwischen uns geschehen ist, hatte nichts mit *Eclipse* zu tun, und das weißt du selbst verdammt genau.« Er blickte aufs Wasser hinaus. »Ich glaube, du hast damals nur einen passenden Vorwand gebraucht, um zu Daddy nach Hause laufen zu können.«

Sie wurde wütend. »Ach wirklich? Dann sag mir etwas, Jake. Warum die Blockade, wenn du überhaupt keine Schuldgefühle hattest? Ich will nicht behaupten, daß ich in die düsteren Tiefen deines Geistes und deiner Seele schauen kann, aber man braucht nicht viel, um das zu begreifen.«

»Du weißt überhaupt nichts.«

»Na schön, sprechen wir nicht mehr über *Eclipse*. Sehen wir uns nur einmal die Tatsache an, daß ich ein Kind mit einer absurd irregeleiteten Jugendschwärmerei war, und du warst ein erwachsener Mann. Ich denke, es ist völlig klar, bei wem in einer solchen Situation die Verantwortung liegt.«

Er sprang auf die Füße und hüllte sie in eine Sandwolke ein. »Seit wann ist es mir bestimmt, einen Heiligenschein zu tragen? Und hör auf mit dem Quatsch, daß du ein Kind warst. Mit neunzehn und wie du aussahst, warst du alles andere als das.«

Er zerrte sich das T-Shirt über den Kopf und rannte ins Wasser, warf sich hinein, tauchte unter einer Welle durch und schwamm hinaus. Seine Form war noch genauso lausig wie früher, und sie behielt ihn im Auge, damit sie ihn notfalls retten konnte. Großer Macho-Filmstar. Scheißkerl. Es freute sie, daß sie ihn dazu gebracht hatte, die Beherrschung zu verlieren. Aber was hatte er gemeint, als er sagte »und wie du aussahst«? Was stimmte heute nicht mit ihrem Aussehen?

Als er aus dem Wasser kam, stand sie auf, löste den Gürtel ihres Bademantels und ließ den Mantel auf den Boden gleiten. Darunter trug sie ein Nichts von orangefarbenem Bikini, und sie sorgte dafür, daß Jake sie sehr genau sah. Wortlos ging sie an ihm vorbei, tänzelte so perfekt wie auf dem Laufsteg, indem sie immer einen Fuß direkt vor den anderen setzte, so daß ihre Hüften hin und her schwangen. Als sie am Wasser war, wandte sie ihm das Profil zu, hob die Arme, um ein paar Haare festzustecken, und streckte sich dabei ganz lässig, damit ihre Beine noch länger wirkten. Verstohlen schielte sie aus den Augenwinkeln zu ihm hin, um zu sehen, ob er sie beobachtete. Er tat es. Gut. Sollte er sich doch vor Gram verzehren.

Sie sprang ins Wasser und schwamm ein paar Minuten, dann ging sie zu ihm zurück. Er saß im Sand, ihren Bademantel gefaltet auf den Knien. Als sie sich danach bückte, grinste er. »Gönn einem Kerl auch mal was, Fleur«, sagte er und zog den Bademantel weg, daß sie ihn nicht erreichen konnte. »Ich habe drei Monate mit Pferden gearbeitet.«

»Danke für das Kompliment«, erwiderte sie sarkastisch. »Freut mich zu hören, daß ich besser aussehe als ein Pferd.« Kaum waren die Worte ausgesprochen, hätte sie sich am liebsten selbst einen Tritt versetzt, weil sie sich von ihm noch immer aufstacheln ließ. Auf keinen Fall würde sie sich mit ihm in ein Geplänkel um den Bademantel einlassen. Als sie sich aufrichtete, geriet sie jedoch unglücklicherweise ein bißchen aus dem Gleichgewicht, taumelte leicht, und ihre Brust streifte seinen Arm.

Auf die Ellenbogen gestützt, lehnte er sich zurück und grinste — ein idiotisches, pubertär-lüsternes Chauvigrinsen. Sie warf ihm nur einen einzigen Blick zu und ging — wortlos.

Jake sah ihr nach, und das Grinsen verschwand. Er hatte das Gefühl, einen Hieb in den Magen bekommen zu haben. Er hatte gedacht, er werde nie wieder etwas so Schönes sehen wie das neunzehnjährige Mädchen, das ihn ins Trudeln gebracht hatte. Jetzt war ihm klar, daß das ein Irrtum gewesen war. Dieses Mädchen konnte der Fleur von heute nicht das Wasser reichen. Es ist eine rein sexuelle Anziehungskraft, die sechs Jahre überdauert hat, sagte er sich. Schon damals, als sie noch völlig unerfahren war, hatte sie ihn umgeschmissen; heute, da sie wie der Traum eines jeden Mannes aussah, mußte es noch schlimmer werden.

Er ging zum Wasser, um sich abzukühlen, und schaute zu dem Mann hinüber, der mit seinem Jungen beim Drachensteigen war, weil er sich überzeugen wollte, daß man ihn nicht erkannt hatte. Aber der Typ hatte Fleur entdeckt, als sie über die Dünen kam, und ließ um ein Haar die Drachenschnur los.

Jetzt watete er rücklings ins Wasser, um sie besser sehen zu können. So war es immer gewesen — die Männer stolperten fast über ihre eigenen Füße, doch sie segelte an ihnen vorüber, ohne zu merken, wieviel Unruhe sie schuf, das häßliche Entlein, das nie lange genug in einen Spiegel schaute, um zu entdecken, daß es zum Schwan geworden war.

Jake ging zu dem Platz zurück, an dem er gesessen hatte, und hob ihren Bademantel auf. Er duftete leicht nach einem Blumenparfüm, das er nicht kannte. Es war jedoch dasselbe, das er gestern abend gerochen hatte, als sie sich von ihm losreißen wollte. Er hatte sich gestern wirklich widerlich benommen, doch sie hatte ihm Paroli geboten. Das hatte sie eigentlich immer getan, auf diese oder jene Weise. Das war ja sein Pech. Bevor sie in sein Leben getreten war, war für ihn alles wunderbar glatt gegangen, doch sie hatte dem ein Ende bereitet. Sie hatte Mauern niedergerissen, die stehenbleiben sollten, und er hatte aufgehört zu schreiben, weil er fürchtete, daß die letzten auch noch stürzen könnten.

Wenn es also nur Begierde ist, mit der wir's hier zu tun haben, flüsterte eine Stimme in seinem Innern, warum hast du dann solche Angst, daß Mauern stürzen könnten? Und wie kommt es, daß jedesmal, wenn du sie ansiehst, in deinem Kopf Creedence Clearwater spielen? Beantworte mir diese Fragen, du junges Genie.

24

Fleur bekam Jake nicht mehr zu Gesicht. Er kehrte kurz nach ihr ins Haus zurück und fuhr weg, ohne sich zu verabschieden. Als sie wieder in der Stadt war, zuckte sie jedesmal zusammen, wenn das Telefon klingelte; halb erwartete sie, daß er anrief, hoffte es beinahe, damit sie ihm sagen konnte, er solle sich zum Teufel scheren. Sie schlief unruhig, von dunklen erotischen Träumen gepeinigt, und wenn sie aufwachte, war sie völlig verschwitzt. Sie mußte sich einen Liebhaber suchen. Sie konnte so nicht weiterleben — nach der Berührung eines Mannes hungernd, die Wünsche ihres Körpers verleugnend. Warum brachte sie es nicht fertig, flüchtige sexuelle Beziehungen zu haben? Sie fühlte sich wie in einer Falle, hin und her gerissen zwischen ihrer lächerlichen gutbürgerlichen Moral und einem Körper, der vor sexuellem Verlangen brannte. Wieder vergrub sie sich in ihre Arbeit und die Pläne für die Renovierung ihres Hauses.

»Michel, ich hab mir gestern abend deine Geschäftsbücher angesehen. Sie sind ein Sauhaufen.« Sie setzte sich auf einen Stuhl in der Nähe des Tresens, während Michel die Boutique abschloß. Anfangs hatten sie und Michel allerlei Vorwände gebraucht, um miteinander zu reden. Er hatte angerufen, um sich zu erkundigen, ob sie auf der Rückfahrt von Quogue in einen Verkehrsstau geraten war, und dann hatte sie ihn wegen eines Kleides um Rat gefragt, das sie Kissy zum Geburtstag schenken wollte. Am Ende hatten sie alle Ausreden weggelassen und offen zugegeben, daß sie gern zusammen waren.

Sie war eben von einer Besprechung mit ihrem Innenarchitekten gekommen, und an ihren Jeans hingen noch Sägespäne. Sie klopfte sie ab und sah Michel vorwurfsvoll an. »Wie hast du's nur zulassen können, daß deine Finanzen so in Unordnung geraten sind? Kein Wunder, daß du soviel Geld verlierst.«

Er schaltete die Schaufensterbeleuchtung aus und ging dann zu Fleur. »Ich bin Künstler, kein Geschäftsmann. Deshalb habe ich dich ja angeheuert.«

»Mein neuester Klient«, sagte sie lächelnd. »Ich bin richtig aufgeregt, weil ich dich vertreten darf, Michel. Ehrlich. Deine Mode ist die schönste und kreativste, die diese Stadt seit Jahren gesehen hat, und ich brauche die Leute nur dazu zu bringen, sie zu kaufen.« Sie strich mit den Händen über eine imaginäre Kristallkugel. »Ich sehe Ruhm, Reichtum und ein brillantes Management in deiner Zukunft. Und«, fügte sie hinzu, »ich sehe auch einen neuen Liebhaber.«

Er trat hinter sie und zog die Nadeln aus ihrem Haar. »Halte du dich an Ruhm und Reichtum, und laß die Liebhaber aus dem Spiel. Ich weiß, daß du Damon nicht magst, aber . . .«

»Er ist ein kleiner winselnder Idiot. Wirklich, Michel, du suchst dir noch gräßlichere Männer aus als Kissy. Ihre Kerle sind nur dumm. Deiner ist ein Neurotiker.« Damon war der dunkelhaarige Tänzer, der Michel zu Charlies Strandparty begleitet hatte, und Fleur hatte kein Hehl daraus gemacht, daß sie fand, Michel verdiene etwas Besseres.

»Gib mir deine Haarbürste«, sagte er. »Du siehst wie die böse Bette Davis aus. Und diese Jeans machen mir eine Gänsehaut. Wirklich, Fleur, ich glaube nicht, daß ich's noch lange aushalte, dich in diesen Sachen zu sehen. Ich habe dir die Entwürfe gezeigt . . .«

»Beeil dich mit meinen Haaren. Ich treffe mich mit Kissy und bin nur vorbeigekommen, um dich für morgen abend in mein neues Haus zum Essen einzuladen.«

Er schob ihr die letzte Nadel ins Haar. »In dein neues Haus? Aber du bist doch noch gar nicht eingezogen. Fehlen dir nicht ein paar für eine Dinnerparty unerläßliche Kleinigkeiten? Wände und Möbel zum Beispiel?«

»Es ist ganz zwanglos.« Sie sprang auf, gab ihm einen Kuß und ging. Als sie auf die Straße trat, hoffte sie, daß er nicht gespürt hatte, wie nervös sie wegen des morgigen Abends war. Sie hätte ihm gleich sagen können, was sie vorhatte, doch sie wollte eine kleine Zeremonie daraus machen. Durch eine Zeremonie wurden Dinge offiziell — und außerdem würde eine Zeremonie es ihr erschweren, sich aus dem, was sie zu tun hatte, herauszuwinden.

»Kein Mensch wird das mit La Grenouille verwechseln«, sagte Michel am nächsten Abend, als er sich vorsichtig in einen Klappsessel niederließ, der vor dem Tisch stand, den Fleur aus zwei Sägeböcken und einigen Sperrholzplatten dort aufgebaut hatte, wo eines Tages die Mitte ihres Büros sein würde.

Kissy musterte Michels weiße Hose und das grüne griechische Bauernhemd mit einem spitzen Blick. »Sie würden dich gar nicht ins La Grenouille reinlassen, also hör auf, dich zu beschweren.« Sie betrachtete den Bauschutt um sie herum. »An deiner Stelle, Fleurinda, hätte ich keine große Hoffnung, bald einziehen zu können. Hier herrscht noch das reinste Chaos.«

»Der Architekt hat mir beim Grab seiner Mutter geschworen, daß ich Mitte August einziehen kann. Ich schätze, das gibt mir gute Chancen für September.« Fleur verteilte großzügige Portionen Zitronenhuhn und würzige Szechuan-Krabben aus Papierbehältern. »Ich wünschte, du würdest es dir überlegen und im September mit mir einziehen, Kissy. Wenn du allein sein willst — das Dachgeschoß ist fertig, und es ist doppelt so groß wie dein Apartment. Es hat eine moderne Küche, Wasser, Strom und Gas funktionieren, und du hättest sogar einen eigenen Eingang vom Flur, so daß ich über deine Spielgefährten nicht die Nase rümpfen könnte.«

»Danke, Fleurinda, aber ich mag meine Wohnung, ich mag sie wirklich. Ein Umzug macht mich verrückt, das hab ich dir doch schon gesagt. Ich ziehe nur um, wenn ich unbedingt muß.«

Fleur wußte, daß sie nicht weiter zu drängen brauchte. Obwohl Kissy sie mit ihrem »erspekulierten« Geld aufzog, würde sie nie etwas in Anspruch nehmen, von dem sie das Gefühl hatte, sie habe es nicht verdient.

Kissy tupfte mit der Papierserviette an ihrem Mund herum. »Was sollte die Geheimniskrämerei, Fleurinda? Du hast gesagt, du wolltest Michel und mich hier haben, weil du etwas bekanntgeben willst. Also — was gibt es?«

Fleur zeigte auf den Wein. »Schenk ein, Michel. Wir wollen einen Toast ausbringen.«

»Beaujolais zu chinesischem Essen? Also wirklich, Fleur!«

»Mecker nicht, schenk einfach ein.« Die Gläser wurden gefüllt, und Fleur hob das ihre. »Heute abend«, sagte sie, »trinken wir auf meine ersten Klienten und auf den Genius, der euch beide an die Spitze bringen wird.« Sie stieß mit ihnen an und trank einen Schluck.

Die Idee war ihr in der Nacht gekommen, in der sie und Michel in dem Gasthaus in Hampton Bays miteinander geredet hatten, aber sie hatte eine ganze Weile gebraucht, um sich selbst zu überzeugen, daß sie wirklich bereit war, sie in die Tat umzusetzen.

Sie setzte das Glas ab und sah ihren Bruder an. »Michel, warum hast du eigentlich nie eine eigene Modenschau veranstaltet?«

Er zuckte mit den Schultern. »Ich hatte eine, im ersten Jahr, aber sie hat ein Vermögen gekostet, und es ist kaum jemand erschienen. Meine Sachen sind eben ganz anders als die auf der Seventh Avenue.«

Fleur wandte sich an Kissy. »Und du hast nie die Rollen bekommen, in denen du gut bist, weil du diese Rollen kaum einmal vorsprechen darfst. Ist das richtig?«

Kissy nickte und schob sich noch eine Krabbe in den Mund.

Fleur sprach weiter, das Essen auf ihrem Teller wurde kalt. »Was ihr beide braucht, um eure Karriere in Schwung zu bringen, ist Publicity, und mir ist endlich eingefallen, wie wir es machen werden, um sie zu kriegen. Ein bißchen Glück und die richtige Werbung, die aber nicht nach Werbung aussehen darf, und ihr beide werdet einen Haufen Geld verdienen. So. Wer von uns dreien hat wohl die besten Chancen, die Aufmerksamkeit der Medien zu erregen?«

»Du mußt es uns nicht unter die Nase reiben«, brummte Kissy. »Du natürlich.«

Fleur schüttelte den Kopf. »Ich bin seit fast zwei Jahren in New York, und kein Hahn hat nach mir gekräht. Die Presse ist an Fleur Savagar nicht interessiert. Sie will Glitter-Baby.« Sie reichte ihnen die Abendzeitung, die bei Adelaide Abrams' Klatschspalte aufgeschlagen war.

Kissy las laut vor.

Wißt ihr was, Leute? Eben ist uns zu Ohren gekommen, daß Superstar Jake Koranda am Wochenende des 4. Juli mit keiner anderen als Glitter-Baby Fleur Savagar in Quogue lange Strandspaziergänge unternommen hat. Koranda, der in Arizona Eyes That See Not, *den neuesten Caliber-Film, dreht, hatte sich ein paar Tage Urlaub genommen. Gemeinsam mit GB war er Gast im Ferienhaus des Millionärs und Erben eines pharmazeutischen Konzerns Charles Kincannon. Freunde behaupten, JK und GB hätten nur Augen füreinander gehabt. Bisher war weder von Korandas Büro an der Westküste noch von Glitter-Baby ein Kommentar zu bekommen, die sich in den letzten Jahren in New York in aller Stille einen Namen als Mitarbeiterin einer Künstleragentur gemacht hat.«*

Kissy blickte betroffen auf. »Tut mir leid, Fleurinda. Das ist schrecklich. Sobald die Abrams von so was Wind bekommt, läßt sie nicht mehr aus. Ich weiß nicht, wer mit ihr gesprochen hat, aber ...«

»Das war ich.«

Sie starrten sie mit unverhohlener Überraschung an. »Würde es dir etwas ausmachen, uns deine Gründe zu nennen?« fragte ihr Bruder.

Fleur holte tief Atem und hob ihr Glas. »Laß die Sachen nähen, die du für mich entworfen hast, Michel. Glitter-Baby kommt zurück.«

Schmerzen waren schwerer zu ertragen, wenn man sich nicht betrinken konnte. Das hatte Belinda entdeckt, als sie sich gezwungen hatte, mit dem Trinken aufzuhören. Sie schob die Kassette in den Recorder und drückte auf die Abspieltaste. Als Barbra Streisands Stimme mit *The Way We Were* den Raum füllte, schob Belinda die zerknüllte Zeitung beiseite, legte sich in die Kopfkissen aus Satin zurück und ließ die Tränen fließen.

Alle Rebellen waren jetzt tot. Als erster war Jimmy auf der Straße nach Salinas gestorben, dann Sal Mineo, brutal ermordet — und jetzt Natalie Wood. Die drei Hauptdarsteller aus *Denn sie wissen nicht, was sie tun* hatten lange vor ihrer Zeit den Tod gefunden, und sie fürchtete, daß sie die nächste sein würde.

Natalie und sie waren fast gleich alt gewesen, und Natalies Tod erschreckte Belinda besonders deshalb, weil auch sie Jimmy geliebt hatte. Es hieß, daß er sie geneckt habe, als sie *Denn sie wissen nicht* ... drehten. Sie war für ihn nur ein Kind, und er spielte mit ihren Gefühlen. Böser Junge Jimmy Dean. Und jetzt war Natalie tot.

Der Tod jagte Belinda entsetzliche Angst ein, und trotzdem bewahrte sie ganz unten in einer alten Schmuckschatulle bei dem Talisman, den Errol Flynn ihr geschenkt hatte, einen geheimen Tablettenvorrat auf. Wenn sie nur sicher gewesen wäre, was es mit dem Himmel auf sich hatte, dann hätte sie vielleicht entscheiden können, ob sie diese nehmen sollte oder nicht. Sie glaubte nicht, daß sie das Leben, das sie jetzt führte, noch lange ertrug, aber sie hatte ihren Optimismus noch nicht ganz verloren, und der sagte ihr, daß es vielleicht besser werden würde. Vielleicht starb Alexi.

Belinda vermißte ihr Baby so sehr. Alexi drohte ihr, sie in ein Sanatorium zu stecken, wenn sie mit Fleur Verbindung aufnahm. In ein Sanatorium für chronische Alkoholiker, und obwohl sie seit fast zwei Jahren keinen Tropfen Alkohol mehr getrunken hatte, fürchtete sie, daß er trotzdem dazu imstande wäre.

Barbra Streisand verstummte. Belinda hob die Zeitung mit der Nachricht von Natalie Woods Tod vom Boden auf, ging zum Recorder, drückte auf die Rücklauftaste, und das Lied begann von neuem. Sie hörte die Tür nicht gehen, und daß Alexi hereingekommen war, merkte sie erst, als sie sich umdrehte.

Er war seit fast einem Monat nicht mehr in ihren Räumen gewesen, und sie wünschte, sie wäre frisiert und ihre Augen nicht verweint. »Ich — ich bin ein Wrack«, sagte sie und spielte nervös mit dem Gürtel ihres Morgenmantels.

»Aber immer schön«, antwortete er. »Mach dich hübsch für mich, *chérie*, ich warte.«

Während er es sich im bequemsten Sessel gemütlich machte, suchte sie zusammen, was sie brauchte, und ging ins Bad. Als sie herauskam, hatte er alle Lampen ausgeschaltet bis auf eine und lag auf dem Bett. Das gedämpfte Licht verbarg seine Altersrunzeln und seine ungesunde graue Haut, war aber auch gnädig zu den Fältchen in ihren Augenwinkeln.

Als sie auf ihn zuging, erinnerte sie sich an ihre Hochzeitsnacht, in der er einen Morgenmantel in dem gleichen mattgoldenen Farbton getragen hatte wie heute, und auch ihr Nachthemd war fast das gleiche gewesen wie das, das sie heute anhatte. Doch jetzt waren ihre Fußnägel unlackiert, ihr Gesicht blankgeschrubbt, ohne eine Spur von Make-up, und sie hatte sich ein Band ins Haar geflochten.

Wortlos legte sie sich neben ihn, und er kam zu ihr und schob ihr das Nachthemd bis zur Taille hinauf. Während er sie streichelte, hielt sie die Beine fest geschlossen. Dann zog er ihr langsam den Schlüpfer aus. Als er ihre Knie auseinanderdrücken wollte, wimmerte sie, als habe sie Angst, und er belohnte sie dafür mit einer seiner Zärtlichkeiten, die sie so sehr liebte. Sie wollte ihm zu Gefallen die Beine wieder schließen, aber er hatte begonnen, die Innenseiten ihrer Schenkel zu küssen, und ihr fielen langsam die Augen zu. Es gehörte zu ihrem unausgesprochenen Pakt. Seit er keine halbwüchsigen Geliebten mehr hatte, spielte sie die Kindsbraut für ihn, und er erlaubte ihr, die Augen zu schließen und von den Zeiten zu träumen, in denen Jake Koranda sie geliebt hatte — sich an Flynn zu erinnern —, und an James Dean zu denken.

Gewöhnlich verließ er sie, wenn es vorbei war, doch heute blieb er still liegen, und ein Schweißfilm bedeckte die schlaffe Haut auf seiner Brust. »Geht es dir gut?« fragte sie.

»Gibst du mir bitte meinen Morgenmantel, *chérie?* In der Tasche habe ich ein paar Pillen.«

Rasch reichte sie ihm den Morgenmantel und wandte sich ab, als er das Glasröhrchen mit den Pillen herausnahm. Sie machte sich über seine Krankheit keine Illusionen mehr. Sie schien ihn nicht geschwächt, sondern ihm eine noch größere Macht verliehen zu haben. Mit seiner Festung im ersten Stock und einer Armee von Assistenten, die seine Befehle ausführten, war er unverwundbar geworden.

Sie ging ins Bad, um zu duschen. Zu ihrer größten Überraschung war er noch da, als sie wiederkam, saß im Sessel und hatte ein Glas in der Hand. »Ich habe Whiskey für dich kommen lassen«, sagte er und zeigte mit seinem Glas auf eine Karaffe, die auf einem Silbertablett stand.

Eine seiner typischen Grausamkeiten. Die Grausamkeit nach der Zärtlichkeit; ein fest miteinander verwobenes Muster von Gegensätzen beherrschte seit mehr als fünfundzwanzig Jahren ihr Leben. »Du weißt, ich trinke nicht mehr.«

»Also wirklich, *chérie*, du solltest mich nicht belügen. Glaubst du, ich weiß nichts von den leeren Flaschen, die dein Mädchen zuunterst in den Papierkörben findet?«

Es gab keine leeren Flaschen. Das war seine Art, sie zu bedrohen, dafür zu sorgen, daß sie sich willfährig zeigte und seine Wünsche befolgte. Ihr fielen die Fotos des Sanatoriums ein, die er ihr gezeigt hatte, eine kleine Gruppe häßlicher grauer Gebäude im abgelegensten Teil der Schweizer Alpen. »Was willst du von mir, Alexi?«

»Du bist eine dumme Frau, weißt du das? Eine hilflose, dumme Frau. Ich kann mir gar nicht vorstellen, wieso ich dich je geliebt habe.« An seiner Schläfe begann ein kleiner Muskel zu zucken. »Du mußt aus dem Haus«, sagte er abrupt.

Ihr wurde eiskalt. Sie dachte an die häßlichen grauen Gebäude, die wie Felsbrocken im Schnee hockten, und an die Tabletten, die sie in ihrer Schmuckschatulle versteckt hatte. Alle Rebellen waren schon tot.

Er kreuzte die Beine und trank einen Schluck. »Dein Anblick deprimiert mich. Ich will dich nicht mehr in meiner Nähe haben.«

Der Tod durch Tabletten würde schmerzlos sein. Nicht wie das Salzwasser, das über Natalies Kopf zusammengeschlagen, oder das Blut, in dem Jimmy gestorben war. Sie konnte sich im Bett zurücklegen und langsam in den Schlaf hinübergleiten.

Alexi Savagars harte Augen drangen ihr durch die Haut bis ins Innerste. »Ich schicke dich nach New York«, sagte er. »Was du dort tust, geht mich nichts mehr an.«

Babys Auferstehung

»Jetzt war ich eine leichte Beute.«

Errol Flynn:
My Wicked, Wicked Ways

25

In dem ärmellosen Samtkleid mit dem hohen Kragen und dem geschlitzten Rock fühlte sie sich phantastisch. Sie wollte ihr Haar in der Mitte scheiteln und zu einem tiefen spanischen Knoten zusammennehmen wie eine Flamencotänzerin, aber das ließ Michel nicht zu. »Die lange, streifige Mähne ist Glitter-Babys Markenzeichen. Diesmal mußt du das Haar lang tragen.«

Kissy steckte den Kopf durch den Türspalt. »Der Wagen ist da.«

»Wünscht mir Glück«, sagte Fleur.

»Nicht so schnell.« Kissy nahm ihr das Täschchen aus der Hand und drehte sie zum Spiegel. »Schau dich an, Fleurinda.«

»Laß mich, Kissy, ich hab keine Zeit . . .«

»Hör auf, dich zu drehen und zu winden und schau in den Spiegel!«

Fleur betrachtete ihr Spiegelbild. Das Kleid war schön. Anstatt ihre Größe herunterzuspielen, hatte Michel sie durch ein schmales Design und einen diagonalen Schlitz im Rock noch betont; der Schlitz begann hoch über dem Knie und reichte bis zum Knöchel. In die Öffnung hatte Michel wasserfallartige Volants aus durchsichtigem schwarzem *point d'esprit* eingearbeitet, durch die man immer wieder einen Blick auf Fleurs Beine erhaschen konnte.

Langsam hob sie die Augen. Es war dasselbe neunzehnjährige Gesicht und doch irgendwie verändert. Es hatte mehr Charakter und eine gewisse Reife. Sie musterte die einzelnen Züge — die weit auseinanderstehenden grünen Augen, die wie mit dem Stift nachgezogenen Brauen, den großzügig geschnittenen Mund — und dann fügten sich für eine Sekunde alle Teile zusammen, und das Gesicht schien endlich ihr zu gehören.

Der Moment verging, der Eindruck verwischte sich, und sie wandte sich ab. »Nur ein Beweis dafür, was ein gutes Make-up kann«, sagte sie.

Kissy machte ein enttäuschtes Gesicht. »Du siehst dich nie selbst.«

»Sei nicht albern«, sagte Fleur, nahm ihre Handtasche und lief hinunter, vorbei an dem italienischen Restaurant und zum Wagen. Aber bevor sie einstieg, warf sie noch einen Blick zum Fenster hinauf, an dem Michel und Kissy standen, und bedachte sie mit ihrem zuversichtlichsten Lachen. Glitter-Baby war wieder da.

Mit Belinda hatte sie allerdings nicht gerechnet.

Langsam ließ Adelaide Abrams Fleurs Arm los und nickte zum Eingang der Galerie Orlani hinüber. Da stand Belinda im goldfarbenen Zobel, so zart und schön wie ein Schmetterling. Während ihre Mutter durch die Reihen der Gäste schritt, bemühte sich Fleur, den Wirbelsturm von Gefühlen zu beherrschen, der in ihr tobte und außer Kontrolle zu geraten drohte. Sie holte einmal tief Atem und dann ein zweitesmal. Niemand würde sehen, daß sie innerlich in Tausende eiskalter Splitter zerborsten war.

Belinda streckte eine Hand aus und preßte die andere auf das Oberteil ihres Kleides, als berühre sie etwas, das darunter verborgen war. »Die Leute beobachten uns, Liebling«, sagte sie. »Wahren wir wenigstens den Schein.«

»Ich spiele niemandem mehr etwas vor, Mutter.« Fleur wandte sich ab und ging.

Auf ihrem Weg durch die Galerie lächelte Fleur automatisch, wechselte ein paar Worte hier und ein paar Worte dort mit Leuten, die sie von früher kannte. Sie schaffte es sogar, der Reporterin von *Harper's* ein kurzes Interview zu geben. Die ganze Zeit jedoch fragte sie sich, warum es ausgerechnet heute geschehen war. Sechs Jahre hatte Belinda sie in Ruhe gelassen. Warum tauchte sie ausgerechnet heute abend wieder im Leben ihrer Tochter auf? Kissy und Michel sollten in einer knappen halben Stunde hier erscheinen. Es war der Höhepunkt des ganzen Abends, und Belinda würde ihn verderben.

»Fleur Savagar?« Ein junger Mann in olivgrüner Botenuniform stand vor ihr. Sie nickte, und er reichte ihr einen langen Blumenkarton. »Der Typ an der Tür hat gesagt, daß ich sie Ihnen reinbringen darf.«

Sie gab ihm ein Trinkgeld und nahm den Karton entgegen. Adelaide Abrams tauchte an ihrer Seite auf wie hergezaubert. »Ein Verehrer?«

»Keine Ahnung.« Fleur hob den Deckel von der Schachtel und schob das Seidenpapier auseinander. Darunter lagen ein paar Dutzend langstielige weiße Rosen ... Sie hob den Blick, und ihre Augen trafen sich über die gesamte Breite der Galerie hinweg mit denen von Belinda. Langsam zog sie eine Rose aus der Schachtel.

Als Belinda sah, was Fleur in der Hand hielt, flatterten ihre Finger zum Mantelkragen, und ihre Schultern schienen nach vorn zu fallen. Einen Moment stand sie völlig reglos da, dann sagte sie etwas zu den Leuten, mit denen sie sich unterhalten hatte, und flüchtete aus der Galerie.

Adelaide suchte in der Schachtel herum. »Keine Karte dabei«, sagte sie.

»Ich weiß, wer sie geschickt hat«, antwortete Fleur, den Blick starr auf die Tür gerichtet, durch die ihre Mutter verschwunden war.

»Seine Anfangsbuchstaben lauten nicht zufällig J. K., oder?«

Fleur konzentrierte sich wieder auf sie und zauberte ein ebenso strahlendes wie falsches Lächeln auf ihr Gesicht. »Also wirklich, Adelaide, heimliche Verehrer sollten auch geheim bleiben. Besonders solche, die darauf erpicht sind, ihr Privatleben um jeden Preis zu schützen.«

»Sie sind ein nettes Mädchen, Fleur, trotz Ihrer gelegentlichen Fehler und Irrtümer.« Adelaide blinzelte ihr listig zu und ging weiter.

Fleur legte die Rose, die sie in der Hand hatte, zu den anderen zurück. Sollte Adelaide ruhig glauben, sie seien von Jake. Er war ein großer Junge und konnte auf sich selbst aufpassen. Außerdem wäre es viel schlimmer gewesen, wenn Adelaide erraten hätte, daß die Rosen eine Botschaft von Alexi Savagar waren.

Seit er sie angerufen hatte, hatte Fleur etwas Ähnliches erwartet. Der Rosenduft war unangenehm, irgendwie klebrig in Nase und Hals, und das Atmen fiel ihr schwer. Sie drückte den Deckel auf die Schachtel und stellte sie auf einer Bank ab. Am liebsten hätte sie alles in den nächsten Abfallkübel gestopft, aber diese Geste durfte sie sich nicht erlauben, solange Adelaide Abrams in der Nähe war, die ihre Augen überall hatte. Was für eine Bedeutung hatten diese Rosen für Belinda gehabt, und warum hatte sie, als sie sie sah, die Galerie so überstürzt verlassen? Alexi schickte eine Botschaft, aber wie lautete sie? War es wieder eine Warnung?

Plötzlich standen Michel und Kissy unter dem bogenförmigen Eingang und lenkten Fleur von ihren Gedanken ab. Michel, im weißen Smoking mit schwarzem Nylon-T-Shirt, hatte Kissy in eine kleine rosa- und silberfarbene Version eines Collegeballkleides gesteckt, das für ihre Größe perfekt proportioniert war. Sie hing an seinem Arm, feminin, hilflos, die Lippen zu einem Schmollmund verzogen. Kein Wunder, dachte Fleur, daß die Regisseure sie nur Sexbomben spielen lassen wollen.

Fleur tauschte mit beiden Luftküsse und flüsterte Michel ins Ohr, daß Belinda eben gegangen war. Als ihre Köpfe sich trennten, sah sie ihn mitleidig an. Er hatte beschlossen, sich nicht mehr hinter einem Pseudonym zu verstecken, und mußte jetzt, genau wie sie, den verschiedensten Spekulationen die Stirn bieten.

Kissys und Michels Eintritt, gekoppelt mit Fleurs herzlicher Begrüßung, hatte Aufmerksamkeit erregt. *Women's Wear Daily* reagierte am schnellsten. Fleur übernahm die Vorstellung. Michel und Kissy benahmen sich beide wie alte Hasen; Michel mimte gelangweilte Gleichgültigkeit und Kissy rosa- und silberfarbenen Überschwang. Als sie *WWD*, *Harper's* und Adelaide Abrams hinter sich hatten, schlenderten die drei durch den Raum und schwatzten mit diesem und jenem. Michel blieb zurückhaltend, Kissy schnatterte wie ein Eichhörnchen, und Fleur spielte den griechischen Chor, der für beide dolmetschte.

»Ich freu mich, daß Ihnen mein Kleid gefällt«, sagte sie. »Mein Bruder hat es entworfen. Er ist wirklich begabt, nicht wahr? Ich versuche ihm einzureden, daß er seine Arbeit ernster nehmen müßte.«

Auf Fragen nach Kissy reagierte sie mit einem Lächeln. »Ist sie nicht hinreißend? Eine von den Christies aus Charleston, natürlich. Michel hat auch ihr Kleid entworfen. Was sie macht? Eigentlich nicht viel. Spielt ein bißchen Theater, aber mehr als Hobby, nicht professionell, obwohl sie eine Riesenbegabung ist.«

Abwechselnd bewunderte die anwesende Weiblichkeit Fleurs schwarze Samtrobe und Kissys rosafarbene und silberne Création, und Fleur erklärte mit geheimnisumwitterter Stimme: »So viele Frauen haben ihn schon gebeten, auch für sie etwas zu entwerfen, doch im Moment arbeitet er nur für Kissy und mich. Ich hoffe zuversichtlich, daß ich das ändern kann.«

Die meisten Leute waren zu wohlerzogen, um die Fragen zu

stellen, vor denen Adelaide nicht zurückgeschreckt war. Trotzdem erwähnten einige Belindas Erscheinen, und ihre Bemerkungen waren manchmal unangenehm persönlich. Fleur antwortete so kurz wie möglich und wechselte dann das Thema. Sie erzählte allen von ihrer neuen Agentur und lud auch den oder jenen schon zu ihrer Einweihungsparty ein. Ein berühmter Herzchirurg revanchierte sich mit einer Einladung zum Dinner am nächsten Abend. Sie atmete tief ein und nahm an. Eine gute Gelegenheit für sie, Michels irisblaues Etuikleid zu tragen.

Um Mitternacht war sie völlig erschöpft. Als sie sich im Fond des Wagens müde in die Ecke kuschelte, nahm Michel ihre Hand. »Du brauchst das nicht zu tun, Fleur.«

»Ich weiß nicht, aber ich habe das Gefühl, es tun zu müssen. Es wird Zeit, daß ich lerne, mich selbst zu akzeptieren und mit mir zu leben. Und dazu gehört, wie mir scheint, auch Glitter-Baby. Ich war nur nicht darauf gefaßt, daß sich bei meiner Auferstehung so viele Gespenster aus der Vergangenheit auf mich stürzen würden.«

Als der Wagen sich in den Verkehr einfädelte, fielen Fleur die Rosen ein, die sie in der Galerie Orlani »vergessen« hatte, und plötzlich verstand sie Alexis Botschaft. Mit den Rosen wollte er ihr sagen, daß er für Belindas Auftauchen verantwortlich war. Er hatte Fleur mit ihr verschont, jetzt schickte er sie zurück.

Die Telefonanrufe begannen ungefähr eine Woche danach. Sie kamen gewöhnlich spätabends, manchmal sogar zwischen elf und zwei Uhr morgens. Wenn Kissy an den Apparat ging, wurde sofort aufgelegt, meldete sich Fleur, blieb die Verbindung bestehen. Ab und zu hörte man in der Ferne eine Sirene jaulen oder leise Musik — Barbra Streisand, Neil Diamond, Simon and Garfunkel —, doch der Anrufer sagte nie ein Wort.

Anfangs ignorierte Fleur die Anrufe, doch nach einiger Zeit kam sie zu der Überzeugung, daß es Belinda war. Sie hatte keinen Beweis, aber sie hatte es trotzdem im Gefühl. Sie legte wortlos auf, allmählich fingen die Anrufe jedoch an, ihr auf die Nerven zu gehen. Sie erwartete ständig, hinter der nächsten Ecke Belinda auftauchen zu sehen, und seit dem Auftritt ihrer Mutter in der Galerie Orlani bestand diese Möglichkeit durchaus.

Innerhalb weniger Wochen waren Fleur und Kissy, die nur Michels wundervolle Créationen trugen, aus der New Yorker Gesellschaft nicht mehr wegzudenken. Sie lunchten im Orsini oder schauten kurz bei David Webb herein und nahmen einen achtzehnkarätigen Klunker zur Ansicht mit, den sie allerdings wieder zurückbrachten, weil er nicht ganz lupenrein war. Sie kauften Abendschuhe bei Helene Arpels und tanzten dann bis zum Morgengrauen im Club A oder im Regine in Seidenkleidern, die wie Meeresgischt zu schäumen schienen, einem kurzen, schmalen Kleid aus blauem Jersey mit geraffter Seitennaht, einem Abendkleid, in Bahnen geschnitten, die abwechselnd matt und mit funkelnden tomatenroten Ziermünzen besetzt waren. Sehr bald wollte jeder modebewußte gesellschaftliche Schmetterling in New York ein von Michel Savagar entworfenes Kleid haben, und genau wie Fleur vorhergesehen hatte — als die Frauen erfuhren, daß die Modelle unverkäuflich waren, wurden sie für sie um so begehrenswerter.

Als Fleur sich im Lauf derselben Woche im exklusivsten Lederwarenladen von Manhattan einen Aktenkoffer kaufte, den sie sich nicht leisten konnte, vertraute sie der klatschsüchtigen Ehefrau eines Kaufhauserben an: »Er hat Angst, seine Kreativität könnte leiden, wenn er sein Talent kommerzialisiert. Natürlich arbeitet er an einer Art Sommerkollektion, und ich selbst habe auch ein paar Pläne ...«

Kissy machte es mit weniger Raffinesse. »Ich bin fast sicher, daß er heimlich eine Kollektion zusammenstellt«, teilte sie allen Leuten mit. Dann verzog sie schmollend das Kirschenmündchen und strich sich über den Rock der bonbonfarbenen Création, die sie an diesem Tag anhatte. »Ich finde es einfach nicht richtig, daß er sich mir nicht anvertraut, schließlich bin ich seine allerbeste Freundin. Ich kann genauso verschwiegen sein wie alle anderen.«

Während sie über seinen Idealismus schwatzten und immer wieder betonten, wie gleichgültig ihm kommerzieller Erfolg sei, schuftete Michel sechzehn Stunden täglich, um jedes Detail an einer Frühlingskollektion zu überwachen, die mit dem letzten Rest von Großmutter Solange Savagars Geld bezahlt wurde. Das Geschäft in der West Fifty-fifth Street war wegen Renovierung geschlossen. Fleur hatte sich den Architekten geholt, der die Boutique Kamali umgebaut und eingerichtet hatte; er hatte den Auftrag, eine imposantere Schaufensterfront und innen großzügigere Räume zu schaffen, in denen die ausgestellten Modelle besser zur Geltung kamen. Über dem Eingang stand auf perlgrauem Hintergrund in kühnen roten Lettern der Name Michel Savagar.

Bald hatte Fleur das Gefühl, wieder mit den Lynx auf Tournee zu sein, und versuchte mit vier Stunden Schlaf pro Nacht auszukommen. Jede Minute, in der sie nicht wie ein Schmetterling von Party zu Party, von Veranstaltung zu Veranstaltung flatterte, hielt sie sich in ihrem neuen Haus auf, schlängelte sich um Maler und Wandtapeten herum, telefonierte, stürzte zu Besprechungen und bemühte sich, ganz New York davon in Kenntnis zu setzen, daß der Weg zum sicheren Erfolg in New York City nur über Fleur Savagar and Associates, Celebrity Management führte.

»Du mußt langsamer treten«, sagte Kissy. »Dieses Tempo hältst du nicht mehr lange durch, ohne krank zu werden.«

»Langsamer treten kann ich — so oder so — ab März, Kissy. Im Moment geht es nicht, es steht zuviel auf dem Spiel.«

»Du solltest lieber mal darüber nachdenken, warum du dich selber so hetzt, Fleur Savagar.«

Fleur ignorierte sie und raste zu einer anderen Besprechung. Nachdem sie Dutzende von Leuten interviewt hatte, stellte sie zwei Mitarbeiter ein: Will O'Keefe, einen fröhlichen Rotschopf aus North Dakota, der ein erfahrener Publizist, Talentsucher und Agent war, und David Bennis, ein grauhaariger Professorentyp, der für Verträge und Finanzen verantwortlich sein sollte. Zwar hatte sie noch nicht annähernd genug Klienten, um die beiden voll zu beschäftigen, doch zusammen mit ihren stilvollen Büros und ihrer eleganten Garderobe waren sie ein Teil der Fassade, die sie errichten und aufrechterhalten mußte.

»Sie haben es wieder geschafft, in die Presse zu kommen«, sagte Will und ging um einen farbverschmierten Lappen herum, »aber ich glaub nicht, daß Sie diesmal sehr glücklich darüber sein werden. Der Artikel wurde nicht von uns lanciert.«

Fleur mußte nicht fragen, was er meinte. Obwohl sie Belinda seit jenem Abend in der Galerie Orlani nicht mehr gesehen hatte, war Adelaide eifrig bemüht, sie über die Aktivitäten ihrer Mutter auf dem laufenden zu halten. Während der vergangenen Monate hatte es eine Reihe von Zeitungsnotizen gegeben, aber sie hatten mehr oder weniger immer von denselben Leuten gehandelt.

Fleur überflog Adelaides jüngste Notiz:

Belinda Savagar und ständiger Begleiter Shawn Howell werden dieser Tage mit Gott und der Welt zusammen gesehen — außer mit Tochter Fleur. Alte Fehden sterben schwer. Vielleicht versöhnen sich Mom und Glitter-Baby unterm Weihnachtsbaum. Friede auf Erden, Mädels.

Fleur knüllte die Kolumne zusammen und warf sie in den Papierkorb.

Das Heer der Handwerker beendete seinen Rückzug aus Fleurs Haus erst fünf Tage vor der Einweihungsparty, doch nachdem sie die Räume in Ruhe besichtigt hatte, kam sie zu dem Schluß, daß sich das Warten gelohnt hatte. Das großzügige Design der vorderen Hälfte des Hauses entsprach bis ins Detail dem, was sie erreichen wollte — alles wirkte üppig, fast protzig, roch nach frischer Farbe und neuem Geld.

Die Büros waren hauptsächlich in Weiß gehalten, mit perlmuttfarbenen Ledermöbeln, einem weichen stahlblauen Teppichboden und einigen malvenfarbenen, stark kontrastierenden Einzelstücken. Der Empfang und ihr eigenes Büro lagen in der ersten Etage, die anderen Büros einen Halbstock höher an einer umlaufenden Galerie mit einer Schiffsreling, die in regelmäßigen Abständen von schwarzen Art-deco-Säulen mit Chromeinfassungen unterbrochen und gehalten wurde. Die Galerie erreichte man über eine geschwungene Treppe, die so aussah, als warte sie nur darauf, daß Fred Astaire und Ginger Rogers auf ihr hinauf- oder heruntertanzten.

Fleur ging in ihr Büro und begann die Schubladen ihres weißen Schreibtischs mit Marmorplatte einzuräumen. Da das Büro in den nächsten Tagen offiziell geschlossen hatte, trug sie Jeans und ein orangefarbenes Mickymaus-Sweatshirt statt der Garderobe der erfolgreichen Geschäftsfrau. Als sie ein Schubfach schloß und das nächste herauszog, steckte Will O'Keefe den Kopf durch den Türspalt. »Wir haben ein großes Problem, Fleur. Gestern hat mich Olivia Creighton angerufen und zur Schnecke gemacht, weil sie keine Einladung zur Einweihungsparty bekommen hat. Ich habe nicht mehr daran gedacht, bis mich vor ein paar Minuten Adelaide Abrams anrief und das gleiche behauptete. Fleur, ich hab's nachgeprüft. Niemand hat deine Einladung erhalten.«

»Das ist lächerlich!« rief sie und wischte sich die Hände an den Jeans ab. »Wir haben sie vor Urzeiten verschickt.«

»Offenbar nicht. Meine Sekretärin hatte sie in einem Kasten auf dem Schreibtisch. Als sie an dem bewußten Tag vom Lunch zurückkam, waren sie nicht mehr da, und sie nahm an, ich hätte sie aufgegeben. Unglücklicherweise hat sie es unterlassen, mich zu fragen.«

Fleur sank in ihren Schreibtischsessel und überlegte, was sie tun konnte.

»Soll ich die Leute der Reihe nach anrufen?« fragte er. »Erklären, was passiert ist, und die Einladung telefonisch wiederholen? Oder sollen wir einen neuen Termin bestimmen? Wir haben nur noch vier Tage, und das ist wahnsinnig wenig.«

Fleur wußte eine bessere Lösung. »Keine Anrufe und keine Erklärungen. Neue Einladungen, heute nachmittag persönlich überbracht mit Blumen von Ronaldo Maia.« Es würde sie ein Vermögen kosten, aber es mußte sein. Wenn sie zu erklären versuchte, was passiert war, würde man sie nur für unerfahren und unfähig halten. Als Will das Büro verlassen wollte, rief sie ihm nach: »Überprüf bitte alles noch einmal, meinem Seelenfrieden zuliebe! Wir müssen sicher sein, daß es nicht noch andere Pannen gegeben hat.«

Er war wieder da, bevor sie mit der nächsten Schublade fertig war. »Ich habe eben mit dem Partyservice telefoniert. Jemand hat unsere Bestellungen schon vor Wochen rückgängig gemacht, und sie haben jetzt für unseren Termin eine andere Party gebucht.«

Fleur überlegte nicht lange. Sie verbrachte den restlichen Nachmittag damit, einen Partyservice zu suchen, der ihren Ansprüchen genügte und bereit war, so kurzfristig einzuspringen. In den kommenden vier Tagen saß sie ständig wie auf heißen Kohlen, wartete förmlich auf die nächste Katastrophe. Nichts Ungewöhnliches geschah, aber sie konnte sich trotzdem nicht entspannen, und am Nachmittag ihrer Einweihungsparty mit *open house* hatte sie das Gefühl, ihre Nerven bestünden aus lauter Knoten und Knötchen.

Sie sagte Will, sie sei in einer Stunde wieder da, warf einen Blick auf die Leute vom Partyservice, die eben weiße Tischtücher über die langen Tische breiteten und Servietten auslegten, verließ das Haus und ging spazieren. Bei ihrer Rückkehr erwartete Will sie an der Haustür, und als sie seine rauchgeschwärzten Arme und rußigen Kleider sah, wußte sie, daß die Katastrophe eingetreten war, auf die sie gewartet hatte.

»Fleur, es hat gebrannt.«

Ihr krampfte sich der Magen zusammen. »Ist jemand verletzt? Wie groß ist der Schaden?«

»Wir haben das Feuer noch rechtzeitig entdeckt«, sagte er. »David und ich waren hinten im Flur und rochen plötzlich Rauch aus dem Keller. Wir schnappten uns zwei Feuerlöscher und löschten die Flammen, bevor sie großen Schaden anrichteten.«

»Ist dir auch nichts passiert? Wo ist David?«

»Wir sind beide in Ordnung. Er säubert sich gerade.«

»Gott sei Dank!«

»Fleur . . .« Er sah tief beunruhigt aus. »Da ist etwas, das du meiner Meinung nach sehen solltest.«

Sie ging mit ihm in den Keller und bemühte sich, nicht daran zu denken, wie nahe sie dem Ruin gewesen war. Was wäre geschehen, wenn das Feuer am Abend ausgebrochen und das Gebäude voller Menschen gewesen wäre? Will zeigte auf das Fenster über einem Haufen verkohlter Holzspäne, die der Brandherd gewesen waren. Die Scheibe war zerbrochen, und im Rahmen steckten noch dreieckige Glasscherben.

Fleur ging näher. »Das Fenster wurde von außen eingeschlagen«, sagte sie und stieß mit der Fußspitze gegen eine Scherbe, die auf dem Boden lag.

Will nickte. »Ich war heute morgen hier unten, und alles war in Ordnung, Fleur. Im Keller war nichts leicht Entzündliches. Ich vermute, daß ein paar Punks nur so zum Spaß das Fenster eingeschlagen und eine Fackel auf das Holz geworfen haben.«

Es klang nicht unlogisch, außer daß die Punks um fünf Uhr nachmittags gewöhnlich nicht ihr Unwesen trieben. »Mach die übrigen Fenster hier unten auf«, sagte sie. »Ich kümmere mich um die oberen Räume.«

Eine Stunde später war das verkohlte Holz aus dem Keller entfernt, das Büro mit Opiumparfüm besprüht, die letzten Spuren des Rauchgeruchs getilgt. Will wollte gerade nach Hause fahren, um sich für die Party umzuziehen, da fiel ihm der Bote wieder ein. »Fast hätt ich's vergessen. Als du weg warst, sind ein paar Blumen gekommen. Ich hab sie ins Wasser gestellt. Eine Karte war nicht dabei.«

Die Chromvase stand mitten auf ihrem Schreibtisch. Sie enthielt ein Dutzend weiße Rosen.

26

Trotz der späten Einladungen, trotz des Feuers und trotz der Tatsache, daß Fleur ein Wrack war, schien die Party ein Erfolg zu sein. Sie nahm ein Glas Dom Perignon vom Tablett eines Kellners und trank, während sie ihre Gäste kritisch betrachtete, langsam Schluck um Schluck. Es war eine gute Mischung mit ausreichend berühmten Gesichtern, um die zahlreichen Reporter und Fotografen zu beschäftigen, die Will eingeladen hatte. Dina Merrill und Gay Talese steckten die Köpfe zusammen. Kissy tat so, als höre sie Olivia Creighton aufmerksam zu, interessierte sich in Wirklichkeit aber nur für Jim Palmer, der eben hereinkam.

Vor einer Weile hatte Fleur das Datum bekanntgegeben, an dem Michel seine Frühjahrskollektion vorstellen wollte, und er löste sich gerade aus der Gruppe derer, die ihn beglückwünscht hatten. Sie sah ihm nach, als er durch den Raum zu einer anderen Gruppe ging, die ihm winkte. Er kam an Simon vorbei und nickte ihm zu. Die beiden Männer hatten sich erst heute abend kennengelernt, und Fleur hatte sie gespannt beobachtet, doch bisher hatten sie noch keine Notiz voneinander genommen.

Jim Palmer unauffällig im Auge behaltend, kam Kissy zu ihr. »Ich habe meine Pflicht getan, aber mit Olivia Creighton halte ich es keine Minute länger aus. Sie redet wie ein Wasserfall über ihre neue Rolle in *Dragon's Bay*. Dabei spielt sie nur in zwei Folgen mit, und es ist nicht mal eine Hauptrolle.«

»Aber es könnte eine werden, bevor Olivia damit fertig ist«, antwortete Fleur. »Das war ja einer der Gründe, warum ich sie als Klientin haben wollte. Serien im Abendprogramm sind jetzt heiß, Kissy, und Olivia ist fürs Fernsehen einfach perfekt. Ich glaube, sie könnte eine zweite Joan Collins werden.«

Fleur war bei Bloomingdale in der Fernsehabteilung gewesen, als Olivias Werbung für Eigentumswohnungen simultan über ein Dutzend Mattscheiben geflimmert war. Und sie hatte beobachtet, daß die Frauen mittleren Alters, die sich in der

Nähe eines Fernsehers aufhielten, ausnahmslos alles andere liegen- und stehenließen, um sich Olivia Creighton anzusehen. Fleur studierte ihre Reaktionen und stellte fest, daß Olivias reife, sinnliche Schönheit ihnen eine unterschwellige Botschaft vermittelte, die nichts mit dem schönen Leben in Florida zu tun hatte. Olivias Schönheit und Haltung sagte ihnen, daß das Beste noch vor ihnen lag. Fleur hatte fast einen ganzen Monat gebraucht, bevor sie die Produzenten überzeugt hatte, aber ihre Hartnäckigkeit wurde schließlich mit einem befristeten Vertrag belohnt. Die Gage war alles andere als beeindruckend, aber das wollte sie beim nächstenmal ändern.

Jim Palmer verschwand hinter einer Gruppe von Frauen, und Kissy wandte ihre Aufmerksamkeit jetzt ungeteilt Fleur zu. »Du siehst heut abend unglaublich aus. Ein bißchen einschüchternd, würde ich sagen.«

»Was meinst du damit?«

»Ach, irgendwie wie die ›andere‹ in Liebesromanen. Die weltläufige blonde Göttin, das Miststück, das der rosenwangigen Heldin den Helden ausspannen will.«

»Meine Fingernägel sind zu kurz«, wandte Fleur ein, insgeheim jedoch hoch erfreut. Ein blondes Miststück von Göttin brauchte sich wegen der kleinen Dinge im Leben nicht den Kopf zu zerbrechen — zum Beispiel nicht darüber, daß Alexi versuchte, sie zu vernichten.

Zwar hatte sie Kissy und Michel von dem Brand erzählt, nicht aber von Alexis Rosen, vor allem deshalb nicht, weil sie nichts tun konnten und sie die beiden nicht belasten wollte. Alexi spielte Katz und Maus mit ihr, ein Spiel, das seinen Anfang genommen hatte, als Belinda in der Galerie Orlani erschienen war. Dann hatte er die Einladungen verschwinden lassen, um ihr zu zeigen, daß er sich noch immer rächen wollte. Heute nachmittag hatte er Ernst gemacht.

Kissy stieß sie leicht an, und sie zwang sich, ihre Aufmerksamkeit wieder der Party zuzuwenden. »Hast du Michel und Simon mal beobachtet?« fragte Kissy. »Die beiden haben, was Männer betrifft, einen so schlechten Geschmack, daß sie sich bisher nicht einmal bemerkt haben, obwohl beide aus jeder Menge hervorstechen.« Simon mit seinem rasierten Kopf und der massigen Figur war vermutlich unter den Anwesenden die auffallendste Erscheinung. Er schien sich auch mit allen unterhalten zu haben, außer mit Michel, den Damon den ganzen

Abend wie ein Schatten verfolgte. »Wenn man bedenkt, daß Simon und Michel so phantastische Typen sind«, fuhr Kissy fort, »kann man der Versuchung, ein bißchen die Kupplerin zu spielen, kaum widerstehen.«

»Es geht uns nichts an«, sagte Fleur.

»Da hast du absolut recht.«

»Michel mischt sich nicht in mein Privatleben, und ich werde mich nicht in das seine mischen.«

»Du bist eine gute Schwester.«

Michel lachte über etwas, das Damon gesagt hatte, und Fleur beugte sich näher zu Kissy. »Wie wär's mit einem kleinen intimen Abendessen?«

»Das wäre perfekt.«

Nachdem das erledigt war, trank Kissy einen Schluck Champagner. »Hast du mir nicht gesagt, daß du Charlie Kincannon eingeladen hast?« Sie bemühte sich, die Frage ganz beiläufig klingen zu lassen, aber Fleur konnte sie nicht täuschen.

»Stimmt, das hab ich.«

»Hattest du den Eindruck, daß er kommen wollte?«

»Keine Ahnung. Soll ich Will fragen?«

»Nein, ist nicht so wichtig.«

»Probleme?«

Kissy zuckte mit den Schultern. »Ich schätze, er ist schwul oder so.«

Fleur zog eine Braue in die Höhe. Kissy wußte ganz genau, daß Charlie Kincannon nicht schwul war. Was wollte sie sich selbst vormachen? »Ich habe gehört, daß man ihn jetzt häufig mit Christie Brinkley sieht«, erwähnte sie wie nebenher. Es war gemein, das ihrer besten Freundin anzutun, aber in diesem besonderen Fall heiligte der Zweck die Mittel. Charlie und Kissy paßten wunderbar zusammen, ob sie es wahrhaben wollte oder nicht.

»Christie Brinkley. Die ist wenigstens einen Viertelmeter größer als er.«

»Charlie ist hinter der Fassade des zerstreuten Wissenschaftlers sehr selbstsicher. Ich glaube nicht, daß er sich über Äußerlichkeiten allzusehr den Kopf zerbricht.«

»Also ich habe Christie nie besonders attraktiv gefunden.« Kissy schnaubte verächtlich.

Fleur nickte ernst. »Na ja, das ist sie auch nicht.«

»Du findest, ich hab's nicht besser verdient, nicht wahr?«

»Göttliche Gerechtigkeit, Magnolia.«

Kissy zerbrach sich den Kopf über eine möglichst bissige Antwort, als Will Fleur mit einer Geste aufforderte, sich den Reportern zu stellen. Sie umarmte Kissy rasch und liebevoll und ging; posierte für die Fotografen und beantwortete Fragen nach ihrer Agentur und Michels Modenschau. Als sie fertig war, wandte sie sich ab und stieß mit jemandem zusammen, der dicht hinter ihr stand. Es war Shawn Howell.

»Hallo, Schönheit!« Seine Lippen zielten an ihrer Wange vorbei auf ihren Mund. Bevor sie ausweichen konnte, schnellte seine Zungenspitze gegen ihre Unterlippe. »Du hast doch nichts gegen zwei ungeladene Gäste, oder?« fragte er.

Seitlich von ihnen flammte ein Blitzlicht auf. »Um etwas dagegen haben zu können, ist es wohl ein bißchen zu spät, nicht wahr?« Sie stellte fest, daß Shawns jungenhaftes Teenageridol-Gesicht dem Neunundzwanzigjährigen nicht mehr so gut stand wie damals dem Zweiundzwanzigjährigen, und nach allem, was sie gehört hatte, war es auch mit seiner Karriere nicht mehr weit her. Angeblich schuldete er dem Finanzamt eine Viertelmillion Dollar, und es fiel ihm schwer, genug Arbeit zu finden, um sie zu bezahlen.

»He, es geht um Geschäfte, in Ordnung?« Er grinste und ließ die Hand ihr Rückgrat hinauf und hinunter gleiten wie ein pubertärer Halbwüchsiger auf der Suche nach einem BH. »Wie ich höre, brauchst du noch Klienten für deine Agentur, und ich brauche einen neuen Agenten. Vielleicht können wir miteinander reden?«

»Ich glaube nicht.« Sie wollte sich an ihm vorbeischlängeln, doch dann wurde ihr plötzlich bewußt, was er gesagt hatte. »Was hast du gemeint, als du von zwei ungeladenen Gästen sprachst, Shawn? Wen hast du mitgebracht?« Noch während sie die Frage stellte, fürchtete sie, die Antwort zu kennen, hoffte jedoch von ganzem Herzen, daß sie sich irrte.

»Belinda wartet in deinem Büro. Sie hat mich gebeten, dir Bescheid zu sagen.«

Nicht heut abend! dachte sie. Für heute ist es genug! Im ersten Moment hätte sie am liebsten ihre eigene Party im Stich gelassen, aber dann wurde ihr klar, daß sie sich auch dieser Begegnung endlich stellen mußte.

Belinda kehrte der Tür den Rücken und betrachtete eine Lithographie von Louise Nevelson, die Fleur im März von ihrem Spekulationsgewinn erstanden hatte. Als Fleur den schmalen, aufrechten Rücken ihrer Mutter vor sich sah, stiegen ihr Tränen in die Augen. Sehnsucht durchdrang sie wie ein scharfer Schmerz, und sie mußte daran denken, wie sie sich ihrer Mutter in die Arme geworfen und das Gesicht in ihrer Halsbeuge vergraben hatte, wenn sie an der Klosterpforte erschienen war. Belinda war ihr ein und alles gewesen, hatte sie gegen die Nonnen verteidigt und ihr gesagt, sie sei das wunderbarste Baby der Welt ...

»Es tut mir leid, Baby«, sagte Belinda jetzt, die Augen noch immer starr auf das Bild gerichtet. »Ich weiß, du willst mich hier nicht haben.«

Fleur setzte sich an ihren Schreibtisch und verschanzte sich hinter ihrer Autorität, um sich vor der Flut schmerzlicher Gefühle zu schützen, die sie drängten, zu dem Menschen hinzustürzen, den sie von kleinauf am meisten geliebt hatte. »Warum bist du dann gekommen?« fragte sie.

Belinda drehte sich um. »Ich habe versucht, mich fernzuhalten.« Sie war, wie Fleur fand, für eine Frau von fünfundvierzig viel zu jugendlich gekleidet, und trotzdem — an ihr wirkte alles perfekt. »Seit ich damals bei Orlani die Rosen gesehen habe, habe ich versucht, mich von dir fernzuhalten, aber jetzt hab ich's nicht mehr geschafft.«

»Was haben dir diese Rosen bedeutet, Belinda?«

»Du hättest den Royale nie zerstören dürfen«, antwortete Belinda, nahm eine Zigarette aus ihrem Abendtäschchen und zündete sie mit einem goldenen Feuerzeug an. Ihre Finger zitterten dabei. »Alexi haßt dich.«

»Warum auch nicht?« Fleur blickte auf die Schreibtischplatte hinunter und hätte sich ohrfeigen können, weil die Stimme ihr nicht ganz gehorcht hatte. »Er ist nicht mein Vater.«

Einen Augenblick herrschte Schweigen, dann sagte Belinda leise: »Ich wollte es dir erzählen. Du ahnst ja nicht, wie oft ich dir von deinem richtigen Vater erzählen wollte.« Ihr Blick bekam etwas Fernes. »Wir waren drei Monate im Garden of Allah zusammen. Errol Flynn war ein großer Star, ein Unsterblicher. Du siehst ihm sehr ähnlich.«

Fleur schlug mit der flachen Hand auf den Schreibtisch. »Wie konntest du mich nur so anlügen! So viele Jahre. Warum konntest du mir nicht die Wahrheit sagen, warum hast du zugelassen, daß ich mich jahrelang mit der Frage quälte, warum mein Vater mich ins Kloster gesteckt hatte?«

»Ich wollte dich nicht verletzen, Baby.«

»Mich nicht verletzen? Deine Lügen haben mich mehr verletzt, als die Wahrheit es je vermocht hätte. So viele Jahre habe ich geglaubt, es sei meine Schuld, daß mein Vater mich aus der Familie ausgestoßen hatte. Verstehst du das denn nicht?«

»Aber, Baby, wenn ich dir die Wahrheit gesagt hätte, hättest du mich gehaßt.«

Ihre Mutter sah so zerbrechlich und hilflos aus, und Fleur ertrug es nicht, noch mehr zu hören. Sie lehnte sich in ihrem Sessel zurück und bemühte sich, äußerlich ruhig und gelassen zu bleiben. »Erzähl mir von den Rosen. Warum hat Alexi dich zu mir geschickt? Er hat dich doch geschickt, oder?«

Belinda lachte leise und nervös auf. »Er glaubt, ich würde dir schaden. Ist das nicht albern, Baby? Mir war nicht klar, daß er das dachte — bis ich die Rosen sah. Ich wußte, er wollte, daß ich zu dir gehe. Also habe ich mich ferngehalten.«

»Bis heute abend.«

»Ich habe mein Bestes getan. Es tut mir leid, aber länger habe ich es nicht fertiggebracht. Ich mußte sehen, ob wir noch einmal von vorn beginnen können. Du fehlst mir so sehr, Baby.«

Fleur blieb stocksteif sitzen, sagte nichts und starrte ihre Mutter an, bis Belinda zu schrumpfen schien. »Ich gehe jetzt«, sagte sie und wandte sich zur Tür. »Hüte dich vor Alexi, und vergiß nicht, daß ich dich noch liebe. Ich wollte dir nicht weh tun.«

Fleur rieb sich die Schläfen. Belinda verstand nichts. Auch nach so langer Zeit begriff sie nicht, was sie ihrer Tochter angetan hatte. »Du hast mich auf mieseste Art verkuppelt«, sagte sie und konnte die Tränen jetzt nicht mehr zurückhalten.

Belinda sah sie völlig verwirrt an. »Der Mann war doch Jake Koranda. Einem anderen hätte ich dich nie gegeben.« Sie zögerte einen Moment und schlüpfte dann zur Tür hinaus.

Die Party war ein Riesenerfolg, aber als der letzte Gast fort war, war Fleur völlig erschöpft. Sie ging in ihre im hinteren Teil des Hauses gelegene Wohnung, in der es würzig nach Eukalyptus roch. Die Pflanzen in großen Körben waren der einzige Schmuck, den ihr Bankkonto ihr derzeit gestattete. Sie betrat das Wohnzimmer, machte Licht und ließ sich auf die Couch aus zweiter Hand fallen, deren Schäbigkeit nur notdürftig von einem Tuch mit Muschelmuster und Fransen verdeckt wurde. Der

Raum war so friedlich, daß ihre innere Anspannung sich allmählich löste.

Sie stellte sich vor, wie das fast leere Zimmer eines Tages aussehen würde — gediegene dunkle Nußbaummöbel und orientalische Teppiche, eine Zuflucht vor der rein auf Show ausgerichteten Protzigkeit der Büros. Sessel mit loser Polsterung, Couchen mit tiefgrünem Stoff bezogen, neben antiken Tischchen, auf denen Messinglampen und Schalen aus Waterfordkristall standen.

Sie löschte das Licht im Wohnzimmer und die Außenbeleuchtung für den Garten und stieg die Treppe zu ihrem Schlafzimmer hinauf. Unterdessen öffnete sie den Reißverschluß ihres Kleides und zog es aus. In BH und spitzenbesetztem Schlüpfer ging sie zu dem begehbaren Einbauschrank, in dem die schönsten Modellkleider von New York hingen. Es war wirklich zum Lachen — Haute Couture in einem Schlafzimmer, das kein anderes Mobiliar enthielt als eine abgestoßene Kommode vom Sperrmüll, einen quietschenden und ächzenden Stuhl und ein Doppelbett ohne Kopfteil. Als sie im Schrank das Licht anknipste, geriet seitlich etwas in ihr Blickfeld, und sie fuhr erschrocken aufstöhnend herum.

Auf ihrem Bett lag Jake. »Bist du das, Fleur?« fragte er verschlafen.

Mit einem zornigen Aufschrei ließ sie ihr Kleid fallen und stürzte ans Bett. »Was machst du in meinem Schlafzimmer? Raus hier, Koranda! Wie bist du hereingekommen? Ich schwöre . . .«

»Deine Sekretärin hat mich im Flur entdeckt und hereingelassen, bevor sie ging.« Er gähnte. »Sie findet, daß ich ein besserer Schauspieler bin als Bobby DeNiro.«

»Das bist du nicht! Du kannst nur die Zähne fletschen und die Augen zusammenkneifen. Und ich will, daß du von hier verschwindest. Das ist mein Haus. Du hast kein Recht, hereinzuplatzen und meiner Sekretärin mit deinem billigen Charme den Kopf zu verdrehen.« Sie wußte, daß sie sinnloses Zeug plapperte, aber das war immer noch besser, als mit den Füßen aufzustampfen oder mit Sachen zu schmeißen. Denn danach war ihr eigentlich zumute. Warum ausgerechnet heute? Gab es ein Komplott gegen sie? Warum ließ man sie nicht in Ruhe? Warum konnte Jake . . .

Er knipste die Lampe neben dem Bett an, und ihr Körper —

derselbe Körper, der sich den Männern, mit denen sie ausging, hartnäckig verweigerte, erwachte plötzlich schmerzhaft zum Leben. Nicht jetzt! wollte sie schreien, aber es war zu spät. Sie fühlte, daß ihre Haut empfindlicher wurde, empfänglicher für eine Berührung, fühlte Wärme in jedem Zentimeter ihres Körpers. Obwohl er keinen Bart mehr trug und auch die wilde Charles-Manson-Mähne verschwunden war, sah Jake jetzt nicht viel zivilisierter aus als bei ihrer letzten Begegnung. Er sah grob und männlich und unendlich begehrenswert aus. Plötzlich wurde ihr bewußt, daß er sie ebenso eingehend musterte wie sie ihn und daß sie nur in einem tief ausgeschnittenen BH und vanillefarbenem Satinschlüpfer vor ihm stand.

»Trägst du nur solche Unterwäsche?«

»Das geht dich nichts an.«

Er setzte sich auf und schwang die Beine über den Bettrand. »Könntest du dir vielleicht einen Morgenrock anziehen? Irgendwas Unförmiges aus Flanell, das nach gebratenem Speck riecht?«

»Nein.« Er war ein Eindringling und sie nicht bereit, ihm irgend etwas zu Gefallen zu tun, aber es war mehr als das. Ihr gefiel, daß sein Mund einen harten, unfreundlichen Zug bekam, denn das bewies ihr, daß er nicht gelassener war als sie.

»Bist du sauer, weil ich nicht auf deiner Party war?« fragte er. »Tut mir leid, aber das ist nicht meine Szene. Das habe ich deinem Public-Relations-Mann auch am Telefon gesagt. Trotzdem fand ich's nett, daß du mich eingeladen hast.«

Sie war so frustriert, daß sie fast zu weinen anfing. Jake hatte auf keiner Gästeliste gestanden, die sie zu sehen bekommen hatte. Will hatte seine Befugnisse überschritten, und sie würde sich ernsthaft mit ihm unterhalten müssen. Sie nahm ihren Morgenmantel vom Stuhl neben dem Bett und schlüpfte mit den Armen hinein.

»Ist es zu spät, mir die Sache mit dem gebratenen Speck anders zu überlegen?« fragte er.

»Vergiß es und sag mir, was du willst.« So muß man's machen, sagte sie sich. Man muß die eiskalte blonde Miststück-Göttin spielen. Und was man auch tut, der andere darf nicht merken, wie's wirklich um einen steht.

Er erhob sich. »Ich habe dir einen geschäftlichen Vorschlag zu machen, aber ich sehe, daß du nicht in der Stimmung bist. Du kannst mir morgen früh das Frühstück ans Bett bringen.«

Einen geschäftlichen Vorschlag. Die Enttäuschung schmerzte. Wieso bildete er sich ein, sich so wieder in ihr Leben drängen zu können? Sie wandte sich ihm zu und begann die Nadeln aus ihrem Haar zu ziehen. »Was für einen Vorschlag?« fragte sie. Er sah zu, wie ihr Haar sich löste und auf ihre Schultern fiel. Sie schüttelte es und kämmte es dann mit den Fingern durch.

»Morgen früh«, sagte er und ließ den Blick tiefer über den offenen Ausschnitt ihres Morgenmantels gleiten. »Wo soll ich schlafen?«

»In einem Hotel.«

Er setzte sich wieder aufs Bett. »Danke, aber mir gefällt es hier. Die Matratze ist schön fest ...«

»Nein!« Sie hatte plötzlich Angst davor, sich auf weitere Wortgefechte mit ihm einzulassen. »Nimm das Zimmer am Ende des Flurs. Dort steht ein Doppelbett, aber es ist für dich zu kurz. Also sag mir morgen nicht, ich hätte dich nicht gewarnt.«

Er stand auf. »Bist du sicher, daß du dich hier nicht zu einsam fühlen wirst?«

»Im Gegenteil, ich freue mich darauf, mein Bett einmal für mich allein zu haben.« Guter Gott! Warum hatte sie denn das gesagt?

Seine Miene schien zu erstarren, als er zur Tür ging. »Tut mir leid, daß ich deine erfolgreiche Serie unterbreche.«

Sie marschierte ins Bad und stellte die Dusche an. Während das heiße Wasser auf ihren Körper prasselte, versuchte sie die lächerlich pubertären Gedanken zu verdrängen, indem sie überlegte, was für einen Vorschlag Jake für sie haben mochte. War es möglich, daß er sich von ihr vertreten lassen wollte? Schon der Gedanke, was das für ihre Agentur bedeuten würde, war ungeheuer aufregend. Die Vernunft riet ihr, die Erwartungen nicht zu hoch zu schrauben. Sie erlaubte sich, darüber nachzudenken, was es für sie bedeuten würde, Jake Koranda zu ihren Klienten zu zählen. Sobald durchsickerte, daß sie ihn repräsentierte, würden ihr alle Prominenten die Tür einrennen, und sie hätte die Qual der Wahl. Sie würde ihr magisches Dutzend komplettieren und dann die Türen der exklusivsten Agentur der Stadt schließen.

Die Augen fielen ihr zu, während sie nachdachte. Sie würde alles haben können, wovon sie träumte. Fleur Savagar and Associates würde zum Modell für das Management berühmter Leute werden. Die Mutigste, die Schnellste, die Stärkste ...

Am nächsten Morgen wurde sie nach neun Uhr wach, und bei Tageslicht kamen ihr die nächtlichen Träume unglaublich töricht vor. Wieder einmal hatte sie sich, weil es um Jake ging, mitreißen lassen — wie gehabt. Der Duft von frisch aufgebrühtem Kaffee wehte aus der Küche herauf. Sie zog ihren ältesten grauen Trainingsanzug an und band ihr Haar zum Pferdeschwanz. Doch dann machte sie an der Schlafzimmertür wieder kehrt, zog sich die Lippen leicht nach und trug ein bißchen Rouge auf. Ihr Haar sah gräßlich aus. Nachdem sie es durchgekämmt hatte, nahm sie eine anthrazitgraue Leinenhose und einen weichen grauen Pullover aus dem Schrank und zog sich um. Aber, beschwichtigte sie sich, es ist ja ein sehr alter Pullover.

Jake saß am Küchentisch und trank Kaffee. Sie ging an ihm vorbei zum Kühlschrank und schenkte sich ein Glas Orangensaft ein. »Ich mache den Toast, wenn du die Eier brätst.«

»Bist du sicher, daß du das schaffst?« erwiderte er. »Ich erinnere mich, daß Kochen nicht gerade deine starke Seite war.«

Sie ignorierte ihn und holte Teller, Eier und Bratpfanne. Dann nahm sie eine Grapefruit aus dem Kühlschrank und schnitt sie in zwei Hälften.

»Stell nichts Verrücktes damit an«, sagte er, ging zum Herd und schlug die Eier in eine Schüssel.

»Schwebt dir da was Besonderes vor?«

»Ach, du weißt schon — du bist imstande, sie auf den Bratrost zu legen oder in Olivenöl zu braten oder so. Ich finde, man sollte den Dingen ihren natürlichen Geschmack lassen.«

»Du kannst ganz sicher sein, daß ich an deiner Grapefruit keine subversiven Handlungen ausführen werde«, sagte sie.

Sie setzten sich einander gegenüber an den Küchentisch, und die Szene wirkte plötzlich warm und gemütlich, wurde so stark zum häuslichen Idyll am Samstagmorgen, daß sie fürchtete, das Stück Toast nicht hinunterschlucken zu können, das sie eben abgebissen hatte. »Ich hab gedacht, du hättest ein Penthouse in der Stadt«, sagte sie hastig.

»Das hab ich auch, aber dort belästigen mich zu viele Leute. Nach einer Weile halte ich's nicht mehr aus und verschwinde. Das, zum Beispiel, ist eines der Dinge, über die ich mit dir reden wollte.«

»Oh?« Erwartungsvoll hielt sie den Atem an. Falls sie eine geschäftliche Verbindung eingehen sollten, mußte sie auf der Hut sein und Abstand wahren. Probleme und Komplikationen hatte sie mehr als genug, und Jake war die letzte, die sie brauchte.

»Ich interessiere mich für dein Dachgeschoß«, sagte er.

»Für mein Dachgeschoß?« Sie konnte nicht fassen, was sie da hörte.

»Ich habe gestern abend deine Sekretärin gebeten, es mir zu zeigen. Es ist phantastisch, abgeschlossen, mit eigenem Eingang. Ich brauche einen Ort, wo ich mich verkriechen und arbeiten kann.«

Ihre Hoffnungen stürzten ein wie ein Kartenhaus. Am liebsten wäre sie über den Tisch gesprungen und hätte Jake erwürgt. Er wollte sie nicht als Agentin — er suchte eine Hauswirtin. Sie warf ihre Serviette auf den Tisch und schrie ihn an: »Ja, bist du denn von allen guten Geistern verlassen? Sag mir, warum du dir einbildest, daß ich so etwas auch nur in Erwägung ziehen würde? Bist du so daran gewöhnt, daß die Leute den Boden küssen, über den du schreitest, daß du wirklich glaubst, ich ließe dich in meinem Haus wohnen?« Sie sprang vom Stuhl auf und zeigte auf die Tür. »Raus hier, Koranda! Ich hab's satt, dich ansehen zu müssen. Hab's satt, dir zuzuhören! Ich hab dich in Bausch und Bogen satt!«

Er kreuzte die Arme hinter dem Kopf. »Soll ich das als endgültiges Nein verstehen?«

»Spiel hier nicht das ›Cleverle‹. Ich mein es ernst, ich . . .«

»Vielleicht läßt du mich zu Ende sprechen, bevor du dich entscheidest. Ich hatte etwas für dich sehr Lohnendes im Sinn.«

»So helfe mir Gott, Koranda, aber wenn du es wagst, mir Geld anzubieten . . .«

Er hob die Hand. »Setz dich, Fleur. Ich habe dir schon heute nacht gesagt, daß ich was Geschäftliches mit dir besprechen möchte. Trink deinen Kaffee und hör mir zu.«

Sie setzte sich, doch den Kaffee rührte sie nicht an.

»Ich muß wieder anfangen zu schreiben«, sagte er. »Wenn ich diese Blockierung nicht jetzt durchbreche, werde ich nie wieder schreiben. Ich habe beschlossen, sechs Monate lang keine Rolle anzunehmen, mich zurückzuziehen und die Zeit zum Schreiben zu nutzen. Ich möchte, daß du mich vertrittst.«

Sie versuchte, sich ihre Erregung nicht anmerken zu lassen. Jake ihr Klient — sie hatte doch recht gehabt. Es war ein bißchen schwierig, kühle Sachlichkeit zu mimen, nachdem sie die Beherrschung verloren hatte, doch sie tat ihr Bestes. »Ich würde mich freuen, dich zu vertreten, und ich denke, du wirst sehen, daß ich dir das Leben sehr erleichtern kann.« Sie lehnte sich auf dem Stuhl zurück, wie sie es immer tat, wenn sie ihre Agentur anpries. »Wie du weißt, biete ich einer kleinen Gruppe von Klienten als Servicepaket das totale Management an. Das bedeutet, daß ich deine gesamten geschäftlichen und juristischen Angelegenheiten übernehme und selbstverständlich in Zukunft auch deine Filmverträge abschließe ...«

»Dafür«, unterbrach er sie, »habe ich gute Leute. Sie vertreten mich schon lange, und ich habe nicht die Absicht, sie zu feuern.«

Sie fühlte sich wie ein Ballon, aus dem alle Luft entwichen war, und ihr Zorn gewann wieder die Oberhand. »Und was«, fragte sie spitz, »bietest du dann mir an?«

»Du sollst dich um die Sachen kümmern, die ich schreibe.«

»Da werde ich mich ja wohl vor Arbeit zerreißen müssen.«

»Aber mein Name wird in deiner Klientenkartei stehen, und alles, was du riskierst, ist ein kleiner Teil deines Hauses.«

»Jake, du hast seit sechs Jahren keine Zeile mehr geschrieben. Wenn du nur als Autor in meiner Klientenkartei erscheinst, bringt mir das höchstens Hohn und Spott ein.«

»Du bist an meiner Blockierung schuld, Kindchen. Brauchst jetzt nur dafür zu sorgen, daß sie aufgehoben wird.«

Sie nahm ihren Teller, trug ihn zum Spülbecken und drehte zornig am Wasserhahn. »Warum sagst du das dauernd? Warum gibst du ständig mir die Schuld?«

»Weil ich, wie ich bereits erwähnte, super schreiben konnte, ehe du daherkamst.«

»Das ist keine Antwort, das weißt du ganz genau.«

Sein Stuhl scharrte über den Boden, und Jake kam zu ihr. »Vielleicht ist das aber die einzige, die du im Augenblick bekommst«, sagte er gepreßt.

Sie konnte ihre Bitterkeit nicht ganz unterdrücken. »Und wie, bitte, soll ich dich ›entblockieren‹? Auf dem Rücken liegend?«

»Haben wir's hier mit einem Fall von Wunschdenken zu tun?«

Ihre Hand umklammerte den Stiel der Bratpfanne. »Du Mistkerl!«

Er packte sie bei den Schultern, drehte sie zu sich herum und sah sie zornig an. »Du kennst mich besser.«

»Ich kenne dich überhaupt nicht.«

»Ich brauche ein bißchen Hilfe. Ist das so schwer zu verstehen? Was auch schiefgegangen sein mag, es passierte in dem Frühling, in dem wir *Eclipse* drehten, und ich möchte es verarbeiten.«

»Warum ist das so wichtig für dich? Du brauchst das Geld nicht. Du brauchst nicht zu schreiben.«

»Aber ich will es.« Seine Hände faßten noch fester zu. »Der Beruf des Schauspielers ist sehr befriedigend und hat mich reich gemacht, aber wenn ich schreibe, lebe ich.« Es klang so widerborstig, als fühle er sich durch dieses Geständnis erniedrigt.

Noch immer der alte Jake, dachte sie. Wirft mir ein paar Brocken hin, und schnappt sie mir wieder weg, bevor ich sie mir genau ansehen kann.

»Hör zu«, sagte er und senkte die Arme, »ich habe nicht die Absicht, mich an deinen Rockzipfel zu hängen, und vielleicht brauche ich nur ein bißchen Abgeschiedenheit, aber das ist etwas, das ich tun muß. Ich muß dir ja nicht lange erklären, daß du anständig verdienen wirst, wenn ich wieder zu schreiben beginne.«

Ihre Auseinandersetzung wurde noch hitziger, bevor sie endlich nachgab. Sie mußte sich darauf einlassen, und das wußte er. Trotzdem, es war ein echtes Risiko für sie, nicht nur persönlich, sondern auch beruflich. Wenn es durchsickerte, daß sie mit einem Autor abgeschlossen hatte, der nicht mehr schrieb, würde der Klatsch sich wie ein Buschfeuer ausbreiten. Alle würden sagen, Jake erlaube ihr, seinen Namen zu benutzen, weil sie miteinander schliefen, vertraue ihr aber nicht genug, um sie seine Filmkarriere managen zu lassen. Sie wünschte plötzlich, sie hätte nicht so viele Storys über sich und ihn in Umlauf gesetzt, denn jetzt wurde ihr die Rechnung präsentiert. Sie hatte so hart gearbeitet, um sich das Image einer selbstsicheren, mit allen Wassern gewaschenen Managerin zu geben, doch wenn die Leute davon erfuhren, würde sie wie eine Frau aussehen, die versuchte, über das Bett zu geschäftlichen Erfolgen zu kommen.

Aber was, wenn sie ihn tatsächlich dazu bringen könnte, wieder zu schreiben, wenn es ihr gelänge, die Blockierung zu durchbrechen, und sie ihn inspirierte, ein neues Stück herauszubringen? Wenn Jake wieder anfinge zu schreiben, brauchte sie sich weder über den Klatsch noch über den Februar den Kopf zu zerbrechen. Es war ein Glücksspiel, auf das sie sich einlassen mußte, und sie weigerte sich, über den Preis nachzudenken, den sie bestimmt dafür bezahlen würde, daß sie noch einmal dem einzigen Mann eine Chance gab, gegen den sie sich nicht wehren konnte.

Doch der Klatsch, der wirklich aufkam, hatte nichts mit Jake

Koranda zu tun. Sie erfuhr am Montagmorgen davon, zwei Tage nachdem sie und Jake ihre Abmachung getroffen hatten und lange bevor etwas von dieser Abmachung an die Öffentlichkeit dringen konnte. Kurz bevor sie das Büro verließ, um sich mit einem brasilianischen Fußballstar zu treffen, den sie zu managen hoffte, rief der Vizepräsident eines Senders an; sie kannte ihn seit Jahren und mochte ihn sehr gern. »Ich habe in letzter Zeit einigen Klatsch über dich gehört, über den du meiner Meinung nach Bescheid wissen solltest«, sagte er. »Jemand hat die Leute recht nachdrücklich daran erinnert, daß du vor ein paar Jahren eine Reihe von Werbeverträgen gebrochen hast.«

»Gibt es keine lohnenderen Themen für Klatsch und Tratsch?« gab sie sich sorglos. »Das ist doch Schnee von gestern.«

»Nicht, wenn du versuchst, eine eigene Firma zu gründen. Es ist eine ganz lausige PR, Fleur.«

Das brauchte er ihr nicht zweimal zu sagen. Sie hatte früher Verträge gebrochen, wieso sollte sie es in Zukunft nicht wieder tun? Aber warum wurden diese Geschichten nach so langer Zeit wieder ans Licht gezerrt? Fast als sei es Absicht ... Und dann begriff sie, daß das Alexis nächster Zug war.

Der Fußballstar erschien nicht zum Lunch, was sie nicht wunderte, und sie kam eben rechtzeitig ins Büro zurück, um einen Anruf von Olivia Creighton entgegenzunehmen. Genau vor einer Woche hatte Olivia ihr ein halbes Dutzend antiker Baccarat-Becher und einen Kasten feinster Pralinen geschickt, um den Abschluß des Vertrags für *Dragon's Bay* zu feiern. Jetzt war sie schrecklich aufgeregt. »Ich habe ein paar furchtbare Geschichten über Sie gehört, Fleur«, sagte sie. »Natürlich bin ich überzeugt, daß sie alle verlogen sind, und Sie wissen, wie sehr ich Sie bewundere, aber nach dem, was mit der armen Doris Day und ihrem vielen Geld passiert ist, kann man nicht vorsichtig genug sein. Ich fühle mich einfach nicht wohl, wenn jemand nicht hundertprozentig zuverlässig ist.«

»Das verstehe ich«, antwortete Fleur beschwichtigend. »Das geht uns allen so.« Sie dachte rasch nach und schlug Olivia dann vor, sich am nächsten Tag mit David Bennis zum Lunch zu treffen. Mit den Lederflecken auf den Ellenbogen seines Jacketts und seiner übelriechenden Pfeife strahlte er mehr Zuverlässigkeit aus als sonst jemand, den sie kannte, und sie hoffte, er würde Olivia dementsprechend beruhigen. Als sie jedoch die Treppe zur Galerie hinaufstieg, an der Davids Büro lag, wallte leichter Zorn in ihr auf. Sie hatte geglaubt, sie könne in Zukunft ihre Probleme selbst lösen und brauche nie wieder jemand anders dazu.

Am Abend streckte sie schon die Hand nach dem Telefonhörer aus, um Alexi anzurufen, überlegte es sich dann jedoch anders. Welchen Vorteil hatte sie davon, wenn sie ihn direkt beschuldigte, die Klatschgeschichten über sie in Umlauf gebracht zu haben? Es war besser, wenn er im unklaren darüber blieb, wie sie seinen Angriff parierte; vielleicht machte ihn das sogar ein bißchen unsicher.

Sie lehnte sich zurück und zwang sich, die Situation logisch zu betrachten. Sobald die Gerüchte über die gebrochenen Verträge abflauten, würde die Neuigkeit ihrer Abmachung mit Jake die Runde machen und ein nicht minder verheerender Klatsch die Stadt überschwemmen, diesmal ohne freundliche Unterstützung von Alexi. Sie konnte sich vorstellen, wie entzückt er sein würde, während er über seinen nächsten Schachzug nachdachte. Er würde nicht lange brauchen, um zu begreifen, wie wichtig Michels Kollektion für sie war. Er wußte, daß sie für das Zustandekommen dieser Kollektion und der Modenschau verantwortlich zeichnete, und ihm würde auch klar sein, daß ein Erfolg sehr viel dazu beitragen würde, ihren geschäftlichen Ruf wiederherzustellen. Wenn die Kollektion aber ein Mißerfolg wäre ... Sie brauchte keine Kristallkugel, um zu wissen, wo Alexi das nächstemal angreifen würde, und das bedeutete, daß sie Michel über das, was geschah, nicht länger im dunkeln lassen durfte.

Sie fand ihn in seiner Werkstatt im zweiten Stock einer aufgelassenen Fabrik in Astoria, wo italienische Schneiderinnen eifrig an seinen hinreißenden Schöpfungen stichelten. Er war von der Anstrengung erschöpft, alles so schnell über die Bühne bringen zu müssen, und Fleur wünschte, sie müßte ihm nicht noch zusätzliche Sorgen aufbürden.

»Dieser Schweinehund!« rief er, nachdem sie ihm alles erzählt hatte. »Was sollen wir jetzt tun, Fleur? Wie bringen wir ihn dazu, uns in Ruhe zu lassen?«

»*Wir* tun gar nichts«, sagte sie. »Ich bin für alles verantwortlich, und du wirst die Sache mir überlassen. Von heute abend an wird deine Werkstatt rund um die Uhr bewacht. Ich werde auch in die Boutique eine Wache stellen, aber ich nehme an, er wird es auf die Modelle abgesehen haben.«

Michel sah richtig krank aus. »Glaubst du wirklich, daß er das tun würde? Meine Modelle vernichten?«

»Ich bin dessen sicher, Michel«, sagte sie weich. »Auf diese Weise könnte er mir am meisten schaden. Ich glaube, nicht einmal Alexi würde es wagen, den Hotelsaal während der Modenschau niederzubrennen, also wäre es nur logisch, die Modelle vorher zu zerstören.«

Automatisch glättete er das Tuch, das den Kragen ihres weißen Kaschmirkleides zierte. Er mußte sich strecken, weil sie die Schuhe mit den hohen Bleistiftabsätzen trug, die zum festen Bestandteil ihrer »Berufskleidung« geworden waren, seit sie gemerkt hatte, daß ihre Größe zuweilen ein Vorteil für sie war. »Alexi wird sich durch nichts abhalten lassen«, sagte Michel. »Wenn wir es diesmal schaffen, wird ihm etwas anderes einfallen. Das weißt du auch, nicht wahr?«

»Ja, das weiß ich.« Sie zuckte mit den Schultern. »Ich muß es nehmen, wie es kommt, eins nach dem anderen, und kann nur hoffen, daß es ihn eines schönen Tages langweilt.«

Jake hatte sich im Dachgeschoß niedergelassen, und manchmal hörte Fleur spätnachts vor dem Einschlafen seine Schritte. Ab und zu hörte sie auch Wasser rinnen oder die Toilettenspülung — aber nie eine Schreibmaschine. Die Stille machte sie wütend. Genau wie sie befürchtet hatte, hatte die Geschichte ihrer geschäftlichen Abmachung allen anderen Klatsch überflügelt. Sie hatte kurz vor dem Vertragsabschluß mit einem Broadway-Schauspieler und einer Sängerin gestanden, aber beide hatten im letzten Moment abgesagt, und Olivia wurde von Tag zu Tag nervöser. Sie ertappte sich dabei, daß sie, sobald sie ihre Wohnung betrat, die Ohren spitzte und horchte, ob sie die Schreibmaschine hörte; und jedesmal, wenn alles so totenstill war, mußte sie sich zurückhalten, um nicht die Treppe hinaufzustürmen und ihm Vorwürfe zu machen. Sie konnte Jake nicht zwingen zu schreiben. Sie konnte ihn nur ermutigen, wußte jedoch nicht so recht, wie sie das anstellen sollte.

Auf die Theorie bauend, daß körperliches Training ein Heilmittel für fast alles ist und sie ihn damit wenigstens morgens aus dem Bett holen konnte, begann sie Zettel unter seiner Tür durchzuschieben und lud ihn ein, mit ihr zu laufen, und eines frischen Oktobermorgens, ein paar Tage vor Michels Modenschau, saß er tatsächlich auf den Stufen vor dem Haus und wartete auf sie. Er trug ein graues UCLA-T-Shirt, Marinetrainingshosen, ausgelatschte Adidas und blickte lächelnd zu Fleur auf.

Ihr Herz machte einen Sprung, was einfach albern war, und sie fühlte sich wieder wie neunzehn. Sie nahm die drei Stufen mit einem Satz und rannte an ihm vorbei. Lachend lief er hinter ihr her.

»Glaubst du, du schaffst es, mit mir Schritt zu halten, Cowboy?« rief sie über die Schulter zurück.

»Hab noch nie 'ne Frau getroffen, die schneller war als ich«, antwortete er schleppend.

»Bist du sicher? Meiner Meinung nach hast du in letzter Zeit ziemlich gefaulenzt.«

»Dreimal in der Woche mit einem Haufen schwarzer Kids, die mich Mister nennen, Basketball zu spielen, ist nicht unbedingt geruhsam.«

»Ich bin überrascht, daß du in deinem fortgeschrittenen Alter noch mithalten kannst.«

»Wer sagt denn, daß ich's kann. Meine Knie sind kaputt, und ich kann nicht mehr springen, also nehmen sie mich meist schon im ersten Drittel aus dem Spiel. Sie dulden mich nur, weil ich ihnen die Dress gekauft habe.«

Fleur liebte seinen Humor und die Art, wie er über sich selbst lachen konnte. Sein Körper und sein Humor waren das Beste an ihm. Sein Körper und seine sachliche Männlichkeit. Und sein Gesicht. O Gott, wie sehr liebte sie sein Gesicht! Plötzlich war sie wütend auf sich selbst. Und wie stand es um seine doppelte Moral? Liebte sie die auch? Und seine Manipulationen, seine Verrätereien — die Tatsache, daß er sie auf den Gipfel des Berges mitgenommen und dann ohne Reue hinuntergestoßen hatte ...

»Ich habe über mir noch kein einziges Mal eine Schreibmaschine klappern gehört«, sagte sie scharf.

»Dräng mich nicht, Fleur. Okay?« Seine Miene wurde abweisend, und sie kam zu dem Schluß, daß sie es im Moment lieber dabei bewenden lassen sollte. Aber nur im Moment. Wenn Jake glaubte, er könne alles zerstören, wofür sie arbeitete, indem er den lieben Gott einen guten Mann sein ließ, dann wartete eine Überraschung auf ihn. Sie mußte nur noch dahinterkommen, wie sie ihn bewegen konnte, anzufangen, ohne daß sie sich selbst dabei die Finger verbrannte. Impulsiv lud sie ihn zu dem

Abendessen ein, das sie und Kissy für dieses Wochenende planten, damit Michel und Simon einander näher kennenlernten. Vielleicht half es ihm, wenn er mit anderen kreativen Menschen zusammenkam.

»Tut mir leid, Fleur, aber formelle Abendeinladungen sind nicht mein Fall.«

»Es ist nichts Formelles«, sagte sie. »Die Gäste kochen selbst. Es kommen nur Michel, Simon Kale und Kissy. Ich hatte auch Charlie Kincannon eingeladen, aber er ist nicht in der Stadt.«

»Kennst du wirklich jemanden, der Kissy heißt?«

»Du hast sie wahrscheinlich auf Charlies Strandparty nicht kennengelernt. Sie ist meine beste Freundin. Obwohl« — sie zögerte — »es ganz gut wäre, wenn du mit ihr nicht in dunkle Zimmer gingst.«

Jake hielt das offensichtlich für eine interessante Bemerkung über jemanden, den man seine beste Freundin nannte, denn er wollte unbedingt Einzelheiten wissen. Fleur sagte, sie müsse an die Arbeit, und er solle doch gefälligst ein bißchen schneller laufen.

Sie liefen eine Zeitlang Seite an Seite, ohne zu sprechen, und dann schaute Jake zu ihr hinüber. »Mein Büro hat mir mit der Post einen Haufen Zeitungsausschnitte geschickt. Wir beide scheinen vor einiger Zeit in den New Yorker Klatschspalten ein ziemlich heißes Thema gewesen zu sein.«

»Du hast eben erst davon gehört? Liest du keine Zeitungen, Koranda?«

»Erste Seite, Sport und Ann Landers. Mehr zu lesen, lohnt sich nicht.«

»Du machst Witze. Du liest *Doonesbury* nicht?«

»Nur, wenn ich's nicht vermeiden kann.«

Sie wich einer mit Eis überkrusteten Pfütze aus. »Wie kannst du bloß ohne *Doonesbury* durchs Leben gehen?«

»Warum hab ich nur das Gefühl, daß du das Thema wechseln willst?« Er streckte die Hand nach ihrem Arm aus und zwang sie anzuhalten. Einen Moment stand er schwer atmend da und musterte sie forschend. Endlich schüttelte er ungläubig den Kopf. »Ich kann das verdammt noch mal einfach nicht glauben! Du hast die Geschichten lanciert, nicht wahr? Sie stammen aus deinem Büro.«

Sie dachte daran zu lügen, beschloß dann aber, es nicht zu tun. Doch sie reckte herausfordernd das Kinn, damit er begriff, daß er sie nicht einschüchtern konnte. »Damals habe ich die Publicity gebraucht. Es wird nicht wieder vorkommen.«

»Du weißt doch, wieviel mir an meinem Privatleben liegt!«

»Ja, das weiß ich.«

»Ich mag keine billigen Tricks.«

»Wie komisch«, fauchte sie. »Ich hab gedacht, du hast sie erfunden.«

Er stützte die Hände in die Hüften. »Was ist eigentlich mit dir los? Willst du Erfolg um jeden Preis? Ist Geld für dich so wichtig, daß du alles tust, um es zu kriegen?«

»Wie rührend, besonders wenn das von einem kommt, der ungefähr coole fünf Millionen schwer ist.«

Seine Wangenmuskeln spannten sich. »Du willst was davon abhaben, ja? Du willst, daß ich dir einen Scheck ausstelle? Ist das der Preis dafür, daß du meinen Namen aus den Zeitungen raushältst?«

»Geh zum Teufel! Ich hab gesagt, daß es mir leid tut.«

»Nein, das hast du nicht.«

»Gut, denn in Wirklichkeit tut es mir nicht leid.«

Er sah sie einen Augenblick an. »Weißt du was? Als du neunzehn warst, hab ich dich viel lieber gemocht.«

Er lief wie ein Verrückter los, und Fleur blieb stehen und sah ihm nach. Natürlich hast du mich damals lieber gemocht, dachte sie. Als ich neunzehn war, war ich deine Marionette, wenn du mich nur ansahst, war ich ganz weg, konnte nur daran denken, wie sehr ich dich wollte. Jetzt bin ich erwachsen, und jetzt ...

Jetzt war es genauso schlimm.

27

Am Samstag ging Fleur für ihre Dinnerparty einkaufen. Nachdem sie die Lebensmittel eingeräumt hatte, stellte sie ein paar Flaschen mexikanisches Bier in den Kühlschrank, obwohl sie nicht erwartete, daß Jake kam. Seit dem Morgen, an dem sie zusammen gelaufen waren, hatte sie nichts mehr von ihm gehört und vermutete, daß er wieder in sein Penthouse gezogen war oder vielleicht sogar die Stadt verlassen hatte. Was scherte es ihn? Sie war diejenige, die sich mit dem Klatsch, den Anspielungen und ihrem Bankkonto auseinandersetzen mußte, das von Tag zu Tag weniger wurde.

Zu ihrer größten Überraschung erschien Jake jedoch als erster, klopfte Punkt neun an ihre Tür. Er erwähnte ihren letzten Streit mit keiner Silbe, und sie kam auch nicht darauf zurück. Sie schwatzten ein paar Minuten miteinander, und dann musterte er die elfenbeinfarbene Wollhose und die stumpfrosa Seidenbluse, die sie trug. »Siehst du eigentlich nie schlecht aus?« fragte er und drückte ihr ein in Geschenkpapier gewickeltes Paket in die Hand.

Sie packte es aus. Es war ein Buch. *Freude am Kochen.* »Verrückt, Koranda«, sagte sie und wandte sich ab, um das Buch wegzulegen. Tief Atem holend schwor sie sich, daß sie sich heute auf keinen Fall zum Narren machen wollte, nur weil König Filmstar sich herabgelassen hatte, ihre Party zu beehren.

»Hm.« Er seufzte. »Du hast wahrscheinlich recht. Es ist absolut verrückt.«

Sie hörte ihn hinter sich näher kommen, roch sein sauberes Hemd, seine Zahncreme, und fuhr zusammen, als seine Hände ihr Haar hoben. »Was willst du ...«

»Entspann dich! Himmel, bist du schreckhaft.« Unter dem Kragen der Bluse berührte er ihre Haut, und dann fiel ihr etwas Kleines und Kaltes zwischen die Brüste. Sie schaute hinunter und sah, daß er ihr eine dünne Goldkette um den Hals gelegt hatte. Daran hing eine trompetenförmige Blüte aus blauem und grünem Email, mit winzigen Brillanten wie mit Tautropfen benetzt.

Die Blüte zwischen den Fingern haltend, drehte sie sich zu ihm um. Sein Gesicht wirkte irgendwie weich und schutzlos, und sie spürte wieder den alten, schon vertrauten Kloß in der Kehle. Sie sahen sich einen Moment an, und die Gegenwart schien zu versinken, bis sie sich in jene Zeit zurückversetzt glaubte, in der zwischen ihnen alles so leicht gewesen war. »Es ist wunderschön, Jake, aber es war doch nicht ...«

»Es ist eine Purpurwinde. Sie soll dich morgens ein bißchen aufheitern, weil ich gemerkt habe, daß der Morgen nicht deine beste Zeit ist.«

»Wirklich lieb von dir ...«

»Mach keine große Sache draus, um Himmels willen.« Schroff bereitete er der weichen Stimmung ein Ende, machte kehrt und marschierte, ihre Freude gewissermaßen mit Füßen tretend, in die Küche.

Die kleine Purpurwinde entglitt ihren Fingern. Warum hatte sie sich ihm preisgegeben, wenn auch nur für einen Moment? Sie müßte es inzwischen doch besser wissen.

»Wie kommt es, daß weder Topf noch Tiegel auf dem Herd stehen und ich auch kein Essen rieche?« rief er. »Ich betrachte das als böses Omen.«

»Der Koch ist noch nicht da«, antwortete sie, so unbeschwert sie konnte. Im selben Moment schnarrte der Summer. Michel war gekommen.

»Ich habe meine eigenen Messer mitgebracht«, verkündete er, eilte in die Küche und stellte eine große Tüte mit Lebensmitteln auf die Theke. »Hast du die Muscheln auf dem Fischmarkt geholt, wie ich's dir gesagt habe?«

»Aye, aye, Sir.« Er sah schrecklich müde aus, und sie war froh, daß sie diesen Abend für ihn geplant hatte.

Ein wenig später kam Simon, und Fleur machte die Männer miteinander bekannt. Wie das Pech es wollte, hatte Simon jeden Caliber-Film gesehen, den Jake je gedreht hatte. Von Michel, der seine Lebensmittel auspackte, nahm er überhaupt keine Notiz. Und auch Michel beachtete Simon nicht, er war viel zu beschäftigt, Fleur eine ellenlange Liste von Mißgeschicken aufzuzählen, die, davon war er überzeugt, seiner Kollektion drohten. Als sie ihrem Bruder ein Schneidbrett reichte, sagte sie sich, daß die Sache wohl nicht so laufen würde, wie sie es sich wünschte.

Kissy kam zu spät. »Tut mir leid«, entschuldigte sie sich, »aber Charlie hat mich, grade als ich gehen wollte, aus Chicago angerufen.«

»Herzlichen Glückwunsch. Das ist ja ein echter Fortschritt.«

Kissy kam mit düsterer Miene in die Küche hinunter. »Ich glaube, ich habe den Anschluß verloren. Es ist, als ob ...« Und dann erblickte sie Jake, der an der Theke lehnte ...

Fleur machte auch die beiden miteinander bekannt. Jake schaute auf Kissy hinunter und begann zu grinsen. Kissy sah aus wie eine Torte beim Kinderfest. Sie blickte starr zu ihm auf, ganz riesengroße Geleebonbonaugen und süßer rosiger Kirschenmund, und Fleur hatte das Gefühl, eine Schlange rolle sich in ihrer Magengrube zusammen, etwas Häßliches und Gräßliches, das ihr das Gefühl gab, wieder dreizehn zu sein, größer als alle anderen, tolpatschig und linkisch, mit aufgeschlagenen Ellenbogen, verbundenen Knien und einem Gesicht, das für ihren Körper zu groß war.

Kissy verzog den Kirschenmund zu einem naiven, schmalzigen Lächeln, und Jake wölbte die Brust vor wie ein Gockel. Ihre Lippen bewegten sich, daher wußte Fleur, daß sie miteinander sprachen, aber sie hatte keine Ahnung, was sie sagten. Sie sah nur Jakes Gesicht, auf dem sich das lächerlich pubertäre Grinsen eines Halbwüchsigen ausbreitete, und Kissy, die ihn anhimmelte, als sei er der Traum aller Teenager. Und dann war Kissy wieder bei Fleur, murmelte etwas Idiotisches von einem Buch, das sie sich ausleihen wollte, und zerrte Fleur am Handgelenk in ihr Schlafzimmer. Sie schloß die Tür, lehnte sich mit dem Rücken dagegen und machte die Augen zu. »Dieser Mensch«, sagte sie seufzend, »gehört in die Ruhmeshalle für Kerle.«

»Er hat schiefe Zähne«, fauchte Fleur.

»Ich wette, alles übrige an ihm ist ganz gerade.«

»Was meinst du damit?«

Langsam schlug Kissy die Augen auf. »Ich meine, daß du nicht dreinschaun sollst wie ein geprügelter junger Hund, sonst — ich schwöre es, Fleurinda — geh ich in die Küche hinunter und nehme alle Teller und Schüsseln zurück, die ich dir geliehen habe.«

»Ich habe keine Ahnung, wovon du redest.«

Kissy sah sie empört an. »Also jetzt geb ich's wirklich bald auf, weißt du das? Du bist vor kurzem sechsundzwanzig geworden, das heißt, du bist alt genug, um dich besser zu kennen.« Sie machte die Tür auf und war weg, ehe Fleur auch nur ein Wort sagen konnte.

Mit Ausnahme von Fleur schienen sich alle großartig zu amüsieren. Michel kochte lange dünne flache Nudeln zu weißer Muschelsoße, während Kissy und Simon den Salat machten und Jake den Barmann spielte. Zuerst ignorierten sich Michel und Simon, doch später lieferten sie sich eine hitzige Auseinandersetzung über die Vorzüge verschiedener Gewürze. Das führte zu einer Diskussion über ihre Lieblingslokale, und bald verabredeten sie, sich in einem schicken Restaurant zum Essen zu treffen, von dem sie beide gehört hatten und das wegen seiner Wildspezialitäten gerühmt wurde. Kissy versuchte Fleurs Blick einzufangen, um ihr beglückwünschend zuzuzwinkern, aber Fleur tat so, als merke sie es nicht, und bald konzentrierte Kissy sich wieder ganz auf Jake. Die beiden benahmen sich, als kennten sie sich schon seit Jahren, lachten miteinander und erzählten sich zweideutige Witze. Warum gehen sie nicht zusammen ins Bett und bringen es hinter sich? dachte Fleur.

Als es Zeit für das Dessert war, servierte sie eine Torte mit Nüssen, Buttercreme und Schokolade. Sie hatte fast den ganzen Nachmittag gebraucht, um sie zu machen, und sie war ein bißchen schief geraten, doch sie schmeckte köstlich, und alle waren hell begeistert. Fleur selbst brachte kaum einen Bissen hinunter.

Hinterher brauten sie Irish Coffee und nahmen ihre Tassen ins Wohnzimmer mit. Als Kissy sich auf die Couch setzte, wich Fleur absichtlich auf ein Bodenkissen aus und fühlte sich mies und unglücklich. Was stimmte nicht mit ihr? War das nicht genau das, was sie wollte? Niemand, der hier hereinkam, würde je glauben, daß Jake heimliche private Gründe haben könnte, sich von ihr vertreten zu lassen. Ein Jammer, daß sie in diesem Augenblick nicht die ganze Stadt in ihr Wohnzimmer bitten konnte. Auf diese Weise könnte sie den Gerüchten in dreißig Sekunden den Garaus machen.

Ihr Jammer verhärtete sich zusammen mit ihrer Torte im Magen zu einem Klumpen. Sie sah auf und begegnete Kissys mitleidig auf sie gerichteten Blick; und auf einmal begriff sie, was mit ihr los war.

Es gelang ihr, Kissy wieder ins Schlafzimmer zu lotsen, während die Männer sich stritten, welches die fünf besten Rock'-n'-Roll-Gruppen aller Zeiten waren. »Entschuldige«, sagte Fleur, »ich habe mich unmöglich benommen, und ich ahne nicht mal, warum. Der Himmel weiß, daß er ungefähr der letzte Mensch ist, den ich zur Zeit in meinem Leben haben möchte. Ich meine, ich habe Olivia praktisch verloren, und es wollen sich von mir nur Leute vertreten lassen, die ich nicht vertreten will, und er schreibt nicht einmal ...«

»Du warst ganz grün vor Eifersucht, Fleur Savagar, und ich finde, es ist höchste Zeit, daß du dir endlich über deine Gefühle für dieses hinreißende Mannsbild klar wirst, das in deinem Wohnzimmer sitzt.«

»Meine Gefühle für ihn sind ein Mischmasch aus alter Gewohnheit und frustrierten Hormonen, nichts sonst. Tut mir leid, Kissy, ich war ganz schrecklich zu dir. Verzeih mir.«

»Das muß ich. Ich empfinde nämlich jedesmal haargenau so, wenn ich dich und Charlie zusammen sehe.«

»Charlie und mich? Das glaube ich dir nicht.«

Kissy seufzte. »Er hat dich so gern, und ich weiß, ich kann es, was das Aussehen anbelangt, nicht mit dir aufnehmen. Jedesmal, wenn ich euch miteinander sprechen sehe, komme ich mir vor wie Pik sieben.«

Fleur wußte nicht, ob sie weinen oder lachen sollte. »Scheint so, als sei ich nicht die einzige, die sich selbst nicht kennt.« Sie umarmte Kissy hastig und verlegen und warf dann einen Blick auf die Uhr. »Heut abend gibt es im Fernsehen *Zwei Banditen* mit Newman und Redford. Wenn meine Uhr richtiggeht, könnten wir kurz mal reinschauen, bevor wir wieder runtergehen. Sollen wir?«

»Na, und ob!« Kissy schaltete das Schwarzweißgerät ein. »Lieber Gott, wie ich Redford liebe! Glaubst du, wir werden dafür langsam zu alt?«

»Wahrscheinlich. Wir werden das Gelöbnis ablegen, es in der Fastenzeit aufzugeben.«

Anfangs beachteten sie die Vorgänge auf dem Bildschirm kaum und unterhielten sich statt dessen über Michel und Simon, bis die berühmte Szene kam, in der Sundance Kid Redford bei der Lehrerin Etta Place eindringt, sie mit drohenden Worten und vorgehaltener Pistole zwingt, sich vor ihm auszuziehen und sie, als er besitzergreifend wie Harald der Harte vor ihr steht, lächelnd sagt: »Weißt du, was ich mir wünsche?«

»Was?«

»Daß du nur ein einzigesmal pünktlich wärst.«

Als Etta Redford die Arme um den Hals warf, stand Fleur auf und schaltete den Fernseher aus. Sie seufzte. »Kaum zu glauben, daß diese Szene von einem Mann geschrieben wurde, nicht wahr?«

Kissy blickte starr auf den leeren Bildschirm. »William Goldman schreibt großartige Drehbücher, doch ich hatte seit jeher das Gefühl, daß seine Frau diese Szene geschrieben hat, während er unter der Dusche war.«

»Hmmm. Es ist das Nonplusultra aller weiblichen Sexualphantasien. Diese ungezügelte männliche sexuelle Gewalttätigkeit, die von einem Geliebten ausgeht, von dem man genau weiß, daß er einen nie verletzen würde. Solche Männer gibt es einfach nicht mehr.«

Jake stand vor der nur halbgeöffneten Tür und hörte ihnen zu. Er hatte nicht lauschen wollen, aber Fleur hatte schon den ganzen Abend so merkwürdig ausgesehen, und die beiden waren so lange weggeblieben, daß er nachsehen wollte, ob ihr etwas fehle. Jetzt bedauerte er es. Das war eines der typischen Frauengespräche, die ein Mann nicht hören sollte. Was, zum Teufel, wollten die Frauen eigentlich? In der Öffentlichkeit predigten sie über männliche Sensibilität und gleichberechtigte Partnerschaft, aber wenn sie unter sich waren, kriegten zwei intelligente Frauen wie diese beiden einen Orgasmus beim Anblick eines Höhlenmenschen-Macho. Du liebe Güte!

Er wollte nicht zugeben, daß er auch eifersüchtig war. Er, einer der größten Kinomagnete des Jahrzehnts, lebte direkt über Fleur Savagar, doch das schien ihr nicht mehr zu bedeuten als die Möglichkeit, ihn gelegentlich zur Zielscheibe ihrer scharfen Zunge zu machen. Ob Redford sich auch mit solchem Unsinn abfinden mußte? Aber wenn es irgendeine Gerechtigkeit in der Welt gab, dann saß Redford in Sundance, Utah, vor seinem Fernseher und mußte zusehen, wie seine Frau bei den rauhbeinigen Liebesszenen von Bird Dog Caliber dahinschmolz. Er empfand kurze Befriedigung bei dem Gedanken und machte dann, daß er unbemerkt von der Tür wegkam. Aber wie man es auch drehte und wendete, es war zur Zeit nicht leicht, ein Mann zu sein.

Am nächsten Morgen wartete Jake wieder auf Fleur, um mit ihr zu laufen, aber er sagte kaum ein Wort, während sie ihre Runde durch den Park machten. Wieder zu Hause, lud sie ihn impulsiv zum Frühstück ein, doch er lehnte so schroff ab, daß sie gekränkt war. »Entschuldige«, sagte sie sarkastisch, »ich weiß, daß du dich in letzter Zeit vor Arbeit nicht retten kannst. Diese endlosen Stunden an der Schreibmaschine müssen unglaublich anstrengend sein.«

»Halt darüber freundlicherweise den Mund, ja?«

»Versuchst du überhaupt zu schreiben, Jake, oder hältst du dich nur selbst zum Narren, weil du den Tatsachen nicht ins Gesicht sehen willst?«

»Welchen Tatsachen?« Er zerrte am Reißverschluß seines Sweatshirts. »Zu deiner Information — ich habe jeden Tag geschrieben.« Sie warf ihm einen Blick zu, der ihm sagte, daß sie ihm kein Wort glaubte. Er runzelte die Stirn und polterte die Treppe hinauf.

Sie blieb lange unter der Dusche, schlüpfte dann in Jeans und ihren Lieblingspullover und stellte fest, daß sie immer zorniger wurde. Sie verließ sich zu sehr auf Michels Kollektion und kümmerte sich nicht um ihr größtes Problem. Jake Koranda hatte mit ihr die Abmachung getroffen, daß er wieder schreiben werde, und jetzt drückte er sich und verschaukelte sie, so daß sie wie eine unfähige Närrin aussah.

Um zehn Uhr ging sie in den vorderen Flur, marschierte dort zweimal auf und ab und öffnete dann die Tür, die zur Dachgeschoßwohnung führte. Sie stieg die Treppe hinauf und klopfte. Als sich niemand meldete, zögerte sie nur einen Augenblick und steckte dann den Schlüssel ins Schloß.

Sie betrat den großen Raum, der ein Oberlicht und eine Reihe kleiner rechteckiger Fenster hatte. Seit Jake eingezogen war, war Fleur nicht mehr hier oben gewesen. Er hatte sein Domizil nur spärlich mit ein paar bequemen Sesseln, einer langen Couch und einer L-förmigen Kombination von Schreibtisch und Tisch eingerichtet. Auf dem Tisch stand eine Schreibmaschine, und daneben lag noch verpackt Papier. Jake saß am Schreibtisch, hatte die Füße hochgelegt und warf lässig einen Basketball aus einer Hand in die andere. »Ich kann mich nicht erinnern, dich hereingebeten zu haben.«

»Das hast du auch nicht.«

»Ich habe dir gesagt, daß ich zu tun habe. Ich mag es nicht, wenn man mich beim Arbeiten stört.«

»Es würde mir nicht mal im Traum einfallen, einen kreativen Prozeß zu stören. Tu einfach so, als sei ich nicht hier.« Sie ging in die kleine Küche, suchte in den Schränken nach Kaffee und schaltete die Kaffeemaschine ein.

»Verschwinde, Fleur, ich will dich hier nicht haben.«

»Ich will auch nicht bleiben. Aber bevor ich gehe, müssen wir etwas Geschäftliches besprechen.«

»Ich bin nicht in Stimmung für Besprechungen.«

Sie hockte sich nahe bei seinem Sessel auf die Schreibtischkante. »Die Ferien sind zu Ende, Jake«, sagte sie. »Als du den Vertrag mit mir unterschriebst, hast du mich praktisch zu deinem Boß gemacht. Ich mag kein totes Holz, besonders nicht, wenn es mich unter sich begräbt. Die ganze Stadt denkt, du hast bei mir unterschrieben, weil wir miteinander schlafen, und nur ein neues Stück von dir kann diesem Klatsch ein Ende bereiten.«

»Dann zerreiß den Vertrag!«

»Hör auf, dich selber zu bemitleiden, du Heulsuse!« Sie schlug nach dem Basketball, der quer durch den Raum flog und an die Wand prallte.

Seine Miene verhärtete sich, der unbekümmerte, witzige Jake Koranda verschwand, und an seine Stelle trat Bird Dog. »Raus hier!« stieß er wütend hervor. »Was ich tue oder nicht, geht dich verdammt nichts an!«

Sie wich keinen Schritt. »Du solltest wirklich mit dir ins reine kommen, Jake. Zuerst erzählst du mir, ich sei daran schuld, daß du blockiert bist, und jetzt behauptest du, es gehe mich nichts an. Also entweder — oder, beides geht nicht.«

»Dräng mich nicht!« Er nahm die Füße vom Tisch, stand auf, packte ihren Arm und schubste sie vor sich her zur Tür. »Raus!«

Sie war plötzlich außer sich vor Zorn. Nicht weil er gewalttätig wurde oder weil er ihre Agentur ruinierte, sondern weil er sein wunderbares Talent vergeudete. Und wegen der Stücke, die ungeschrieben blieben. »Als Dramatiker bist du wahrhaftig ein As!« schrie sie. »Auf dieser Schreibmaschine haben sich ungefähr zwei Zentimeter Staub angesammelt.«

»Ich bin noch nicht soweit.« Er stieß sie von sich weg, stolzierte durchs Zimmer, zerrte ein Jackett von einem Haken und zog es an.

»Was ist schon dabei, Jake?« Sie lief zum Schreibtisch, riß die Packung Papier auf und spannte ein Blatt in die Maschine. »Ist das vielleicht eine Kunst? Das kann doch jeder. Siehst du? Ich hab's grad getan. Keine große Sache.«

Sie setzte sich auf den Stuhl, von dem er eben aufgestanden war, und schaltete die Maschine ein, die leise zu summen begann. »Schau zu, wie man's macht. Erster Akt. Erste Szene.« Sie tippte die Worte. »Wo sind wir, Jake? Wie sieht die Szenerie aus?«

»Du verdammtes kleines Miststück.«

»Du verdammtes — kleines — Miststück«, wiederholte sie tippend. »Okay, so fangen wir an. Ein typischer Koranda-Dialog — grob, realistisch und frauenfeindlich. Was kommt jetzt?«

»Hör auf, Fleur!«

»Hör — auf — Fleur. Nein, der Name ist nicht gut. Erinnert zu sehr an jemanden, den du kennst.«

»Hör auf!« Er knallte die Hand auf die ihre, es tat weh. »Das ist wohl ein Riesenwitz für dich, wie? Du findest es umwerfend komisch.«

Sie blickte zu ihm auf. Bird Dogs Gesicht war verschwunden, hinter dem Zorn wurden Bitterkeit und Schmerz sichtbar, und sie schämte sich plötzlich. Sie drehte ihre Handfläche unter seiner Hand nach oben, senkte impulsiv den Kopf und berührte seine Fingerknöchel mit den Lippen. »Nein«, sagte sie leise, »komisch finde ich es nicht.«

Er stand sehr still, und dann fühlte sie ganz kurz seine Hand auf ihrem Haar, bevor er sich abwandte. Gleich darauf hörte sie, daß er in der Küche einen Schrank öffnete, Porzellan klirrte, Kaffee plätscherte in die Tasse. Langsam zog sie mit zitternden Fingern das Papier aus der Schreibmaschine. Als Jake mit der Kaffeetasse hereinkam, spannte sie eben ein neues Blatt ein.

»Was machst du da?« fauchte er.

»Du wirst heute schreiben«, sagte sie, tief Atem holend. »Ich lasse nicht zu, daß du's noch länger hinausschiebst. Punkt.«

»Unser Vertrag ist gelöst, Fleur. Ich ziehe hier aus.«

»Mir ist egal, wohin du ziehst. Aber unser Vertrag bleibt bestehen.«

»Du hast dich wirklich zu einem geldgierigen Biest entwickelt, nicht wahr? Dir ist alles egal, außer deiner zweitklassigen Agentur.«

»Du wirst heute schreiben«, wiederholte sie.

Er trat hinter sie, stellte die Kaffeetasse ab und legte ihr leicht die Hände auf die Schultern. »Das glaube ich nicht.«

Sie blieb reglos sitzen, als er ihr Haar hob, sich bückte und den Mund dicht unter dem Ohr auf ihren Hals preßte. Sie fühlte seinen warmen Atem auf der Haut, und die Berührung seiner Lippen weckte alle ihre Sinne. Sie gab sich dem Gefühl hin, nur einen Augenblick. Wem schadete es denn? Nur einen einzigen Augenblick ...

Langsam schloß sie die Augen, seine Hände glitten auf ihrem Pullover nach unten, schlüpften darunter, berührten ihre Haut. Fast sofort bewegten sie sich wieder nach oben zu den Spitzenkörbchen ihres BHs und spielten durch die Seide mit ihren Brustwarzen. Ihr Atem kam in kurzen, unregelmäßigen Stößen. Es war so lange her, und es war so schön. Er öffnete den Verschluß ihres BHs ...

Eine innere Stimme sagte ihr, daß etwas falsch war, aber als er ihren Pullover nach oben schob und ihre Brüste entblößte, konnte sie nur an die Wärme denken, die ihren Körper überschwemmte. Er drängte ihre Schultern gegen die Stuhllehne zurück, so daß ihre Brüste aufrecht standen, und begann die Brustwarzen mit den Daumen zu streicheln. Hinter ihr stehend, beugte er sich zu ihr hinunter, nahm ein Ohrläppchen zwischen die Lippen und bedeckte dann ihren Hals mit Küssen. Er war ein meisterhafter Verführer, spielte mit ihrem Körper, ging von einer erogenen Zone zur anderen, als folge er der Anleitung eines Sexualhandbuchs. Ganz plötzlich wurde ihr klar, daß seine Zärtlichkeiten reine Berechnung waren, daß er sie mit Sex bestechen wollte.

»Nein!« Sie stieß seine Hände weg, sprang auf und zog ihren Pullover wieder herunter. Tränen brannten in ihren Augen, als sie sich zu ihm umdrehte. »Du bist doch ein richtiger Mistkerl, Koranda, das weißt du hoffentlich? Ein vierundzwanzigkarätiger Mistkerl! Ist dir außer Sex nichts eingefallen, um mich zum Schweigen zu bringen?«

Er starrte an ihrem Kopf vorbei auf einen Punkt irgendwo hinter ihr. »Ich habe keine Ahnung, wovon du redest.«

»Aber natürlich nicht!« Sie war wütend auf ihn und wütend auf sich, weil sie so leicht nachgegeben hatte.

Zum zweitenmal packte er ihren Arm und hielt ihn wie in einem Schraubstock fest. »Du bist zu lange geblieben, Kindchen. Verschwinde jetzt, zum Teufel!«

»Faß mich ja nicht an!« Sie versuchte sich loszureißen, doch er hielt sie fest. Sein Gesicht war pure Feindseligkeit. »Der Kreis hat sich jetzt geschlossen, nicht wahr?« rief sie. »Du hast so lange Bird Dog gespielt, daß er jetzt ganz von dir Besitz ergriffen hat. Ist dir nicht klar, daß alles, was gut an dir ist, von ihm verschlungen wird? Du kannst zwar keine Stücke mehr schreiben, aber es macht dir, wie ich merke, nicht die geringsten Schwierigkeiten, diese Scheißfilme zu drehen.«

»Halt den Mund!« Er griff nach der Türklinke.

»Mister Rauhbein! Mister Superrauhbein!« Außer sich vor Empörung, holte sie aus und boxte ihn mit aller Kraft in die Seite. Er ließ ihren Arm los, mehr vor Überraschung, wie sie vermutete, denn wirklich weh getan hatte sie ihm bestimmt nicht. Sie nutzte den Vorteil, den sie sich erkämpft hatte, warf sich wieder auf den Stuhl und legte die Hände auf die Tasten der Schreibmaschine, obwohl sie so heftig zitterten, daß sie ihr kaum gehorchten. »Erster Akt. Erste Szene, verdammt!«

»Du bist verrückt!« brüllte er. »Du hast deinen verdammten Verstand verloren!«

»Los, komm! Du weißt, um was es in deinem Stück geht. Also fangen wir an.«

»Es ist kein Stück!« Mit einem Riesenschritt war er bei ihr, und er sah so wütend aus, daß sie zusammenzuckte. »Es ist ein Buch. Ich muß ein Buch schreiben. Ein Buch über Vietnam.«

Sie atmete tief ein und schüttelte leicht angewidert den Kopf. »Ein Kriegsbuch. Paßt wunderbar zu Bird Dog, nicht wahr?«

»Wie schnell du mit deinem Urteil bei der Hand bist, du kleines Miststück«, sagte er, plötzlich sehr ruhig. »Was weißt denn du davon?«

Die Kraft seines Schmerzes traf sie wie ein Schlag, und wieder schämte sie sich. Sie streckte die Hand aus und legte sie leicht auf die seine. »Es tut mir leid. Du hast recht. Ich weiß nichts. Erklär es mir.«

Er wandte sich von ihr ab. »Du warst nicht dort. Du würdest es nicht begreifen.«

»Du bist einer der besten Autoren Amerikas. Mach es mir begreiflich.«

Es wurde still zwischen ihnen. Irgendwo weit weg jaulte eine Polizeisirene, auf der Straße donnerte ein Laster vorbei. »Man konnte sie nicht unterscheiden«, sagte er endlich. »Jeder war dein Feind. Jeder.«

Seine Stimme klang ruhig und beherrscht, schien jedoch aus weiter Ferne zu ihr zu dringen. Er drehte sich um und sah sie an, als wolle er sich überzeugen, daß sie ihn verstand. Sie nickte, obwohl sie nicht verstanden hatte, und legte die Finger wieder auf die Tasten der Schreibmaschine.

»Du gehst neben einem Reisfeld her«, fuhr er fort, »und entdeckst zwei kleine Kinder — vier oder fünf Jahre alt. Und im nächsten Moment wirft eins eine Handgranate. Scheiße. Was ist das für ein Krieg, zum Teufel?«

Wie betäubt begann sie zu tippen, versuchte festzuhalten, was er sagte, hoffte, daß sie das Richtige tat. Er schien gar nicht zu merken, daß sie mitschrieb.

»Das Dorf war eine Festung der Vietkong. Die Guerillas hatten uns viele Männer gekostet. Einige waren gefoltert, verstümmelt worden. Es waren unsere Kumpel — Jungs, mit denen uns eine Menge verband. Man erwartete von uns, daß wir das Dorf nahmen und dem Erdboden gleichmachten. Die Zivilisten kannten die Regeln — Gott, glaub ja nicht, sie hätten sie nicht gekannt. Wenn du unschuldig bist, dann lauf nicht weg! *Lauf um*

Himmels willen nicht weg! Die halbe Kompanie war besoffen oder mit Drogen vollgepumpt. Anders hätte man es nicht geschafft.« Er holte keuchend Atem. »Wir wurden mit Hubschraubern transportiert und auf einer Landebahn in der Nähe rausgelassen. Dann setzte Artilleriefeuer ein. Als schließlich alles klar war, stürmten wir das Dorf. Die Einheimischen hatten sich in der Dorfmitte zusammengedrängt. Sie rannten nicht weg, sie kannten die Regeln — aber ein paar von ihnen wurden dennoch erschossen ... Ein kleines Mädchen — es hatte ein zerlumptes Hemd an, das seinen Bauch nicht bedeckte, und dieses Hemd war mit kleinen gelben Enten bedruckt. Als alles vorbei war und das Dorf brannte, schaltete jemand den Armeesender Vietnam ein, und Otis Redding sang *Sittin' on the Dock of the Bay*, und der Bauch des kleinen Mädchens war schwarz von Fliegen.«

Zum erstenmal, seit er angefangen hatte, schien er zu merken, was Fleur tat. »Hast du das über die Musik mitgeschrieben? Die Musik ist wichtig. Jeder, der in 'Nam war, erinnert sich an die Musik.«

»Ich — ich weiß nicht, du sprichst so schnell.«

»Laß mich mal.« Er schob sie zur Seite, riß das Blatt aus der Maschine und spannte ein neues ein. Dann schüttelte er den Kopf, als sei er nicht ganz klar, und begann zu tippen.

Fleur setzte sich auf die Couch. Sie fühlte sich benommen und ausgelaugt. Sie sah ihm fast eine Stunde lang zu, wie er auf die Tasten hämmerte, leise fluchte, die Stirn schweißbedeckt, obwohl der Raum kühl war, kein einziges Mal den Blick von den Seiten hebend, die wie auf einem Fließband durch seine Schreibmaschine wanderten. Und während er arbeitete, bemühte sie sich, seinen Schmerz zu verstehen. Wenn ihn das blockierte, was er in Vietnam erlebt hatte, warum gab er dann ihr die Schuld? Doch der einzige Mensch, der diese Frage beantworten konnte, war Jake. Als sie ging, merkte er es nicht einmal.

Sie verbrachte den restlichen Tag damit, weitere Vorbereitungen für Michels Modenschau zu treffen und zog sich dann um, weil sie mit Kissy zum Abendessen verabredet war. Als sie kurz vor Mitternacht zurückkam, hörte sie durch die Decke noch immer das leise Klappern der Schreibmaschine. Sie ging in die Küche, machte ein Sandwich fertig und schnitt ein großes Stück von der Torte ab, die sie für die Dinnerparty gebacken hatte. Diesmal klopfte sie nicht an, sondern benutzte gleich ihren Schlüssel.

Er saß vornübergebeugt an der Schreibmaschine, und sein Gesicht war grau vor Müdigkeit. Der Schreibtisch war mit Papier bedeckt, und dazwischen standen Tassen, die zum Teil noch halbvoll waren. Er grunzte, als sie das Tablett absetzte und die Kaffeetassen einsammelte, die sie in der Küche abspülte. Dann bereitete sie alles so weit vor, daß er die Kaffeemaschine nur einzuschalten brauchte. Während sie arbeitete, dachte sie an das Massaker, das er geschildert hatte. War es möglich, daß Jake ... Sie schob den Gedanken hastig beiseite.

Ende der Woche kam ein Anruf von Dick Spano. »Ich muß Jake finden«, sagte er.

»Er ruft mich nie an«, antwortete sie, was die lautere Wahrheit war.

»Falls er es doch einmal tut, sag ihm bitte, daß wir ihn suchen.«

»Also, ich glaube wirklich nicht, daß er sich bei mir melden wird.«

Am Abend ging sie hinauf, um Jake von dem Anruf zu erzählen. Er hatte rotgeränderte Augen, ein Stoppelkinn und sah aus, als habe er nicht geschlafen. Nicht zum erstenmal fragte sie sich, ob es von ihr klug gewesen war, ihn zum Schreiben zu zwingen.

»Ich will mit niemandem sprechen«, sagte er. »Du hilfst mir dabei, nicht wahr, Fleur?« Sie versprach es, obwohl sie vermutete, daß es nicht leicht sein würde.

Bis Mitte nächster Woche hatte sie seinen Agenten von der Westküste, seinen Finanzberater und alle möglichen Sekretärinnen abgewimmelt. Dann wurde ihr klar, daß die Leute anfingen, sich aufrichtig Sorgen zu machen, und daß sie etwas dagegen tun mußte. Sie rief Dick Spano an. »Ich habe von Jake gehört«, sagte sie. »Es geht ihm gut. Er schreibt wieder und will eine Weile ungestört arbeiten.«

»Das genügt mir nicht, Schätzchen. Ich habe einen Vertrag für ihn, der nicht warten kann, und ich muß mit ihm sprechen. Sag mir, wo er ist.«

Sie zögerte nur einen Augenblick. »Irgendwo in Mexiko, denk ich. Er wollte es mir nicht sagen.«

Dick fluchte und gab einige allgemeingültige treffende Kommentare über Jakes Charakter von sich; anschließend bombardierte er sie mit einer endlosen Litanei, die sie ihm ausrichten sollte, wenn er wieder anrief. Sie schrieb alles auf und schob dann die Liste ganz weit nach hinten in ihre Schreibtischschublade.

Der Oktober ging, vom gedämpften Klappern der Schreibmaschine begleitet, in den November über. Fleur lag wach und horchte und sorgte sich in diesen dunklen Stunden um Jake, ihre Agentur und Michels Kollektion, von der so viel abhing, und sie machte sich auch ihretwegen Sorgen. Obwohl sie selten miteinander sprachen, war es ihr zur Gewohnheit geworden, abends bei Jake hineinzuschauen, und nach einiger Zeit wäre es schwierig gewesen zu entscheiden, wer von ihnen schlechter aussah.

Am Tag vor Michels Modenschau blieb sie im Hotel, wieselte zwischen Zimmerleuten und Technikern herum, die den Laufsteg aufbauten, und machte alle verrückt, weil sie hartnäckig auf Sicherheitspässen und Wachposten an den Türen bestand. Sogar Kissy verlor die Geduld mit ihr, doch Fleur beachtete sie nicht. Alexi hatte nur noch knapp vierundzwanzig Stunden Zeit, und diesmal sollte er sie nicht überrumpeln. Sie rief Michel zweimal in der Fabrik in Astoria an, um sich zu überzeugen, daß alle Wachen auf ihren Posten waren. Als sie am Spätnachmittag endlich das Hotel verließ, hörte sie fast die im Kollektiv ausgestoßenen Seufzer der Erleichterung, die die Zurückbleibenden zum Himmel schickten.

Willie Bonaduce rülpste, griff in die Tasche und holte eine Rolle Tums heraus. Die Magentabletten schmeckten ihm, und er lutschte manchmal eine nach der anderen, auch wenn er sie nicht brauchte. Sie halfen ihm, die Zeit zu überstehen, bis die Tagschicht ihn ablöste. Sie schoben jetzt seit einem Monat hier Wache, und diese Nacht war die letzte. Willie fand, das sei eine Menge Aufwand für einen Haufen Kleider, doch solange er seinen Gehaltsscheck bekam, war ihm alles andere egal.

Sie arbeiteten zu viert in einer Schicht und hatten alles dichtgemacht, so daß nicht einmal eine Maus unbemerkt hineinschlüpfen konnte. Willie saß unmittelbar hinter dem Vordereingang der alten Fabrik in Astoria, sein Partner Andy an der Hintertür, und zwei der jüngeren Männer hatten direkt vor der Werkstatt im zweiten Stock Posten bezogen, wo die Kleider eingeschlossen waren. Morgen früh würden die Jungs von der Tagschicht die großen Kleiderständer auf dem Transport ins Hotel begleiten, und dann war der Job erledigt.

Willie lehnte sich auf dem Stuhl zurück und nahm die *Daily News* zur Hand. In die Sportseite vertieft, merkte er nicht, daß draußen ein zerbeulter orangefarbener Lieferwagen mit der Aufschrift BULLDOG ELECTRONICS vorbeifuhr.

Der Mann, der am Steuer des Lieferwagens saß, bog in eine Seitenstraße ein, ohne auch nur einen Blick auf die Fabrik zu werfen. Das brauchte er auch nicht. Er war in der vergangenen Woche Abend für Abend mit einem anderen Auto vorbeigefahren und wußte genau, was er sehen würde. Er wußte über Willie Bonaduce Bescheid, ohne daß er seinen Namen kannte, natürlich, er wußte von der Wache am Hintereingang und von dem verschlossenen Raum im zweiten Stock, vor dem zwei weitere Männer postiert waren. Er wußte von der Tagschicht, die in ein paar Stunden kam, und auch, daß in der Fabrik eine schwache Nachtbeleuchtung brannte. Nur diese letzte Information war für ihn von Bedeutung.

Das Lagerhaus auf der anderen Straßenseite stand seit Jahren leer, und das rostige Vorhängeschloß am Hintereingang leistete dem Bolzenschneider keinen großen Widerstand. Der Mann ging zum Wagen zurück und holte einen Gerätekoffer heraus. Er war schwer, doch das Gewicht störte ihn nicht. Ohne Schwierigkeiten gelangte er in das Lagerhaus, knipste die kleine Taschenlampe an, die er in der Hand hielt, und richtete den Strahl auf den Boden, als er zur Frontseite des Gebäudes ging. Er ärgerte sich über die Taschenlampe. Je weiter ihr Strahl reichte, um so größer wurde der Lichtkreis, das Licht selbst aber immer schwächer. Der Lichtstrahl hatte keine feste Begrenzung, war ungenau. Ein schlampiges Licht.

Licht war die Spezialität des Mannes. Reine Strahlen bleistiftdünnen Lichts. Diszipliniertes Licht, das nicht wie der Strahl einer Taschenlampe zu verschwommenem Lachen zerlief.

Um seine Geräte aufzubauen, brauchte er fast eine Stunde. Normalerweise war er schneller fertig, doch diesmal war er gezwungen, seine Ausrüstung durch ein starkes Teleskop zu ergänzen, und die Montage war schwierig. Es machte ihm jedoch nichts aus, weil er Herausforderungen liebte, besonders solche, die so gut bezahlt wurden.

Als er mit der Montage fertig war, wischte er sich die Hände mit dem weißen Lappen ab, den er bei sich hatte, und säuberte dann einen kreisrunden Ausschnitt des schmutzigen Lagerhausfensters. In aller Ruhe stellte er das Teleskop auf die richtige Sehschärfe ein und überzeugte sich, daß alles genauso war, wie er es haben wollte. Er sah die kleinen Bleizapfen noch deutlicher, als stünde er in der Kleiderwerkstatt im zweiten Stock direkt davor.

Jetzt legte er vorsichtig den Schalter des Lasers um, richtete den reinen Strahl rubinroten Lichts auf den entferntesten der kleinen Bleizapfen. Er hatte einen Schmelzpunkt von nur hundertsechzig Grad, und schon nach ein paar Sekunden sah der Mann, daß das heiße rubinfarbene Licht des Lasers ganze Arbeit getan hatte. Er richtete den Strahl auf den nächsten Zapfen, und auch er löste sich innerhalb von Sekunden auf. Nach ein paar Minuten waren alle Zapfen geschmolzen, und die Brausen der automatischen Sprinkleranlage tränkten die Ständer, an denen die Kleider hingen, mit Wasser.

Zufrieden packte der Mann seine Siebensachen zusammen und verließ das Lagerhaus.

Fleur

»Was weißt du über dich
selbst, Flynn?«

Errol Flynn:
My Wicked, Wicked Ways

28

Der Anruf des Sicherheitsdienstes, der den Auftrag hatte, Michels Werkstatt zu bewachen, weckte Fleur um vier Uhr morgens. Wortlos hörte sie sich die umständliche Erklärung des Mannes an. »Wecken Sie meinen Bruder nicht«, sagte sie am Ende nur und legte auf. Dann drehte sie sich auf den Bauch und zog sich die Decken über den Kopf.

Als sie endlich wieder eingeschlafen war, klingelte es an der Haustür. Sie schaute blinzelnd auf die Uhr und fragte sich, ob Blumenhändler schon so früh morgens weiße Rosen lieferten. Dann beschloß sie, daß sie keine Lust hatte, ihr Bett zu verlassen, um das festzustellen. Das Klingeln hörte auf, begann nach ein paar Minuten jedoch von neuem. Sie steckte den Kopf unters Kissen und bemühte sich, wieder einzuschlafen, doch bevor es soweit war, zog ihr jemand das Kissen weg. Sie schrie auf und fuhr kerzengerade in die Höhe.

In Jeans und einem Sweatshirt mit Reißverschluß stand Jake vor ihr. Sein Haar war zottelig und ungepflegt, er war nicht rasiert, und seine Augen hatten einen seltsam gehetzten Ausdruck. »Was, zum Teufel, ist mit dir los?« schrie er. »Wo warst du? Warum hast du nicht aufgemacht?«

Fleur riß ihm das Kissen aus den Händen und schlug ihm damit auf den Magen. »Es ist halb sieben. Du hast mich erschreckt.«

»Du läufst sonst um sechs. Wo warst du?«

»Im Bett.«

»Warum bist du so sauer? Woher sollte ich wissen, daß du noch schläfst?« Er schob die Hände in die Taschen seines Sweatshirts. »Als ich aus dem Fenster schaute und dich nicht sah, hab ich gedacht, daß was passiert ist.«

Sie warf die Decke zurück. Es war sinnlos, den Tag noch länger hinausschieben zu wollen. Sie streckte sich, um den Schalter der elektrischen Heizdecke zu erreichen und auszuknipsen. Dann machte sie Licht. Dabei placierte sie ihre Beine so wie jenes Mädchen in der Matratzenreklame. Es ist, dachte sie, nicht unbedingt ein Zeichen von Charakter, daß ich trotz der Probleme, die ich heute zu bewältigen habe, nur daran denken kann, Jake Koranda meine Beine so vorteilhaft wie möglich zu präsentieren.

Ohne ihn anzusehen, stand sie auf und ging, über sich selbst empört, ins Bad. Wie konnte sie heute auch nur an Sex denken! Doch so früh am Morgen mochte sie sich nicht belügen und gestand sich ein, daß sie, seit Jake in ihrem Leben wieder eine Rolle spielte, auf diese oder jene Weise immer daran gedacht hatte. Wenn sie mit ihm ins Bett gehen wollte, sollte sie ehrlich genug sein, es offen zu sagen, anstatt sich selbst zu erniedrigen, indem sie archaische weibliche Spiele spielte. Sie sollte ihre eigene Männersammlung anfangen und wie Kissy alle attraktiven Männer ausprobieren, die ihr über den Weg liefen. Keine Bindungen, keine Verpflichtungen, einfach nur guten, handfesten Sex. Und sie sollte auf der Stelle mit Jake Koranda anfangen. Ging es bei der Emanzipation nicht ausschließlich darum? Frauen brauchten niemandem mehr etwas vorzuspielen. Sie sollten es nicht mehr tun.

Als sie Zahncreme auf die Bürste drückte, beschloß sie, ins Schlafzimmer zurückzumarschieren und Jake — wie jeder in vernünftigen Grenzen aggressive Mensch es tun würde — in die Augen zu schauen und ihm offen zu sagen, daß sie — ja, was denn wollte? Sie zögerte. Wie sollte sie sich ausdrücken? »Ins Bett gehen« war zu wischiwaschi; »sich lieben« zu verpflichtend; »vögeln« war altmodisch und »bumsen« einfach gräßlich.

Sie versuchte zu überlegen; sie hatte keine Lust, an der Sprachbarriere zu scheitern. Am besten war es wohl, sie ging ins Schlafzimmer zurück und küßte ihn. Sie würde sich vor ihm aufbauen, die Arme um ihn legen und ihn küssen. Dann sollte die Natur ihren Lauf nehmen.

Sie zog das Nachthemd aus, schlüpfte nackt in einen Morgenmantel, holte tief Atem und öffnete die Tür. Jake war nicht mehr da.

Aber er war auch nicht fort. Er war in der Küche, doch das merkte sie erst, nachdem sie Jeans, Turnschuhe und einen alten Skipullover angezogen hatte. Als sie hereinkam, schlug er gerade Eier in eine Pfanne. Vor dem Herd stehend, sah er noch größer aus als sonst. Seine Schultern waren so mächtig, daß sie fast die Nähte seines Sweatshirts sprengten. Er war ein Urbild aggressiver Männlichkeit, und sie sagte sich, daß sie die Initiative nicht ergreifen würde. Es war schließlich egal, ob ihr Widerstreben kulturell konditioniert oder biologischer Instinkt war, denn die Emanzipation der Frau geriet an der Schlafzimmertür ganz schön durcheinander. Wenn er sie wollte, mußte er sie sich holen — so einfach war das.

Etwas anderes fiel ihr ein. »Wie bist du hereingekommen?« fragte sie. »Ich weiß, daß die Türen abgeschlossen waren, weil ich das gestern, bevor ich ins Bett ging, zweimal überprüft habe.«

»Willst du Rühr- oder Spiegeleier?«

»Jake ...«

»Hör mal, Fleur, ich bin nicht der beste Koch der Welt und kann nicht gleichzeitig reden und Frühstück machen, okay? Du könntest mir helfen, anstatt rumzustehen wie die Königin von Saba.«

Das war ein typisch männlicher Gegenangriff, doch sie ließ ihn im Moment ungeahndet. Endlich saßen sie sich am Tisch gegenüber. »Du hast dich wieder an meine Sekretärin herangemacht, nicht wahr?« warf sie ihm vor. »Du hast dir von ihrem Schlüssel ein Duplikat anfertigen lassen.« Er stocherte in den Eiern herum und fühlte sich offensichtlich nicht wohl in seiner Haut. »Komm schon, gesteh's ein. Eine andere Möglichkeit gibt es nicht. Meine Sekretärin hat einen Schlüssel, ich habe einen und Michel auch. Wie sonst ...«

Er hörte auf zu essen und sah sie an. »Dein Bruder hat mir den Schlüssel gegeben«, sagte er. »Am Abend deiner Dinnerparty hat er mir erzählt, was dein Vater dir alles angetan hat. Michel macht sich große Sorgen um dich, Fleur, und ich kann nicht behaupten, daß mich die Sache kaltläßt. Als du heute morgen nicht zum Joggen gegangen bist und nicht aufgemacht hast, als ich klingelte ...«

Sie knallte die Gabel auf den Teller. »Alexi würde nie körperliche Gewalt anwenden, das müßte Michel wissen. Es ist nicht sein Spiel. Alexi möchte mich seelisch leiden sehen, und dich geht die ganze Sache verdammt überhaupt nichts an. Hast du zur Zeit nicht selbst genug zu tun?«

Er ignorierte ihren Zorn. »Es gefällt mir nicht, Fleur.«

»Na ja, mich macht es auch nicht gerade glücklich«, gab sie zu.

Sie aßen schweigend, und dann fragte Jake, ob sie im Büro immer Jeans und Turnschuhe trage.

»Ich fahre mit den Kisten ins Hotel«, sagte sie, »und die Männer holen sie erst in einer Stunde ab. Deshalb wollte ich heute morgen noch ein bißchen schlafen. Es wird ein langer Tag für mich.«

Jake zeigte auf die schmalen Lattenkisten, die fast die ganze Küche verstellten. »Willst du mir sagen, was da drin ist, oder soll ich raten?«

»Die Kleider von Michels Kollektion«, sagte sie. »Seine Modelle.« Dann erzählte sie ihm von der Fabrik in Astoria und dem Telefonanruf, der sie morgens um vier geweckt hatte. »Die Sicherheitsleute wissen nicht genau, wie die Sprinkleranlage in Gang gesetzt wurde, aber alle Kleider, die an den Ständern hängen, triefen vor Nässe.«

Jake nickte zu den Kisten hinüber. »Ich denke, die Kleider sind hier drin?«

»Das sind sie auch. In der Fabrik hängen Sachen aus einem Secondhandshop.« Als Fleur aufstand, versuchte sie ein wenig Befriedigung darüber zu empfinden, daß sie Alexi überlistet hatte, doch es gelang ihr nicht, denn ihr war klar, daß sie sich weiterhin den Kopf zerbrechen mußte, um Alexis nächstem Schachzug zuvorzukommen. »Entschuldige mich bitte, ich muß Michel anrufen, bevor er hergerast kommt und einen Herzinfarkt kriegt.«

»Warte eine Sekunde«, sagte Jake. »Hast du Michel denn nicht gesagt, daß du die Sachen hast herbringen lassen?«

»Es ist nicht sein Problem, Jake. Ich war es, die den Bugatti zu Brei geschlagen hat, und hinter mir ist Alexi her. Außerdem hat Michel selbst genug Sorgen.«

Jake war wütend. »Und angenommen, dein Vater hätte einen seiner Gangster hergeschickt? Was hättest du dann getan? Kannst du mir das verraten?«

»Warum sollte er? In der Fabrik wimmelte es von Wachposten. Er hatte keinen Grund zu vermuten, daß die Modelle hier sind.«

Jake stand abrupt auf, und die Tasche seines Sweatshirts schlug schwer gegen die Tischkante. Er steckte die Hand hinein, und ihr fiel zum erstenmal auf, daß die rechte Seite des Kleidungsstücks weiter hinunterhing als die linke. Vielleicht hätte sie nicht darüber nachgedacht, hätte er ihr nicht einen hastigen, fast erschrockenen Blick zugeworfen, bevor er seinen Teller nahm und zum Spülbecken trug.

Sie legte den Telefonhörer wieder auf. »Was hast du in der Tasche?«

»Vergiß es.«

Sie fühlte ein starkes Prickeln das Rückgrat hinunter. »Ich will es wissen!«

»Frag bitte nicht.«

»Sag es mir, Jake.«

Zuerst dachte sie, er werde gehen, ohne zu antworten, doch dann zuckte er mit den Achseln. »Es ist eine .22er Automatic.«

Sie sah ihn verständnislos an. »Eine was?«

»Eine Pistole.«

»Bist du verrückt?« rief sie. »Wie kannst du nur? Wie kannst du eine Waffe herbringen? Mein Gott, wir sind hier nicht in Vietnam, und — und es ist auch keiner deiner Filme. Es ist mein Haus.«

Er tat ihren Zorn mit einem Achselzucken ab. »Dein Vater ist auch nicht unbedingt ein Unschuldsengel, und als ich heute morgen hier reinkam, wußte ich nicht, was ich vorfinden würde.«

Er verließ ihre Wohnung, ohne noch etwas zu sagen, war jedoch eine Viertelstunde später in Parka und Kordsamthose wieder da. Inzwischen waren auch die weißen Rosen eingetroffen; Alexi wußte also nicht, daß sein Plan schiefgegangen war, doch das kümmerte Jake wenig. Er unterbrach ihr Telefonat mit ihrem Bruder und sagte grollend: »Michel, ich fahre mit dem Laster und der Wunderfrau ins Hotel. Danach bist du auf dich selbst angewiesen.«

Jake blieb bei Fleur, während die Kisten abgeladen wurden, stand ein wenig abseits in einer Ecke, hatte eine Baseballmütze tief in die Stirn gezogen und gab sich so unauffällig wie möglich. Trotzdem wurde er erkannt und war bald von Autogrammjägern umringt. Sie wußte, wie widerwärtig ihm das war, doch er harrte aus, bis sie mit den Kisten im Hotel war. Als sie wieder herauskam, um sich bei ihm zu bedanken, war er fort.

Zwischen dem Chaos hinter der Bühne und Michels Anfällen von Hysterie, weil ein paar Kleider ein bißchen zerdrückt waren, fiel es ihr schwer, ruhig zu bleiben, aber sie zwang sich zu lächeln und Zuversicht auszustrahlen. Zuviel hing von dem ab, was in den nächsten Stunden geschehen würde. Obwohl die Nachfrage überwältigend gewesen war, hatten sie beschlossen, die Kollektion nur zweimal zu zeigen; einmal am Nachmittag und dann wieder am frühen Abend. Ein Kamerateam, das einen Videofilm von der Kollektion drehen sollte, legte Kabel, stellte Kameras und Scheinwerfer auf und trug nicht wenig zu der allgemeinen Hektik bei; der Film sollte später vielfach kopiert und in Boutiquen und Kaufhäusern gezeigt werden.

Als es endlich so aussah, als würde alles klappen, zog Fleur ein Kleid an, das sie mitgebracht hatte. Ihre Hände zitterten so stark, daß sie mit dem Reißverschluß nicht zurechtkam. Das Kleid war eines der ersten, das Michel für sie entworfen hatte, und sie hatte sofort beschlossen, es für diesen Tag aufzuheben.

Kissy tauchte neben ihr auf, totenblaß und völlig verkrampft. »Das war eine schreckliche Idee. Wie konntest du dir nur einbilden, daß die Sache funktionieren würde. Ich muß die Grippe haben, fühl mich richtig fiebrig.«

»Das ist nur Lampenfieber. Atme ein paarmal tief durch. Du wirst es großartig machen.«

»Lampenfieber? Das ist kein Lampenfieber, Fleur Savagar. In meinem Magen hockt ein riesiger Truthahngeier.«

Fleur lachte und umarmte Kissy mit großer Vorsicht, um nicht ihr Make-up zu zerstören. »Hals- und Beinbruch, Magnolia.«

Sie ging hinaus, um sich unter die Menge zu mischen, die in den Ballsaal strömte, und war sofort von Menschen umringt. Nachdem sie mit ein paar Dutzend Leuten gesprochen, den Reportern Rede und Antwort gestanden und für die Fotografen posiert hatte, waren ihre Fingerspitzen vor Nervosität ganz taub. Sie setzte sich auf den kleinen vergoldeten Stuhl, der vorn am Laufsteg für sie reserviert war, und zerdrückte Charlie Kincannon fast die Hand.

Er beugte sich zu ihr hinüber und flüsterte: »Ich habe gelauscht, Fleur. Die anderen Designer mögen deinen Bruder nicht. Sie nennen seine Modelle *froufrou*, was immer das heißen mag.«

»Es heißt, daß sie vor Eifersucht schäumen, weil Michel Frauen wie Frauen aussehen läßt.« Sie wünschte, sie wäre so zuversichtlich, wie es sich anhörte. Die Wahrheit jedoch war, daß jeder neue Modeschöpfer, der den allgemeinen Modetrends so unverschämt eine lange Nase drehte wie Michel, damit rechnen mußte, von den mächtigen Modepäpsten abgeschlachtet zu werden. Fleur blickte zur Berichterstatterin von *Women's Wear Daily* hinüber, die unverkennbar feindselig aussah, und verstand plötzlich, was Kissy mit dem riesigen Truthahngeier gemeint hatte.

Traurige Bluesmusik ertönte und belastete Fleur mit einer neuen Sorge. Komplizierte szenische Darstellungen bei Modenschauen der Haute Couture waren out; der Trend zielte auf Einfachheit ab — nur der Laufsteg, die Models und die Kleider. Wieder schwammen sie gegen den Strom, und diesmal war es ihre Schuld. Die Musik war ihre Idee gewesen. Sie hatte Michel dazu überredet.

Nach und nach verstummten die Gespräche im Saal, und die Musik wurde lauter. Hinter dem Laufsteg flammten die Bühnenscheinwerfer auf; sie erleuchteten ein lebendes Bild hinter einem Gazevorhang, der der Szene etwas Filmähnliches, Traumhaftes gab. Die Szenerie — ein schmiedeeisernes Geländer, ein Laternenpfahl, die Schatten von Palmwedeln und zerbrochenen Fensterläden — beschwor das Bild eines verwilderten Hinterhofs in New Orleans an einem heißen Sommerabend herauf.

Allmählich wurden Gestalten sichtbar. Models in durchsichtigen Kleidern, Brüste, Ellenbogen und Knie übertrieben vorgestreckt und abgewinkelt wie die Gestalten auf einem Gemälde von Thomas Hart Benton. Einige hatten den Kopf zurückgeworfen und einen Arm ausgestreckt, in der Hand einen Fächerpalmenzweig; eines der Mädchen stand mit einer Bürste in der Hand weit vorgebeugt da und sein Haar hing hinunter wie die Zweige einer Trauerweide. Im Publikum wurde geflüstert, man sah sich verstohlen um, doch es war offensichtlich, daß niemand bereit war, sich zu seiner Meinung zu bekennen, solange er nicht wußte, in welche Richtung der Hase lief.

Plötzlich löste sich eine Gestalt aus der Gruppe, wurde deutlicher sichtbar und schien zu erschrecken, als sie in einen blauen Lichtkreis geriet. Sie musterte das Publikum einen Augenblick, blinzelte, als überlege sie, ob sie sich diesen Leuten anvertrauen sollte oder nicht, und begann dann zu sprechen. Sie erzählte ihnen von Belle Rêve, der Plantage, die sie verloren, und von Stanley Kowalski, dem Untermenschen, den ihre geliebte Schwester Stella geheiratet hatte. Ihre Stimme klang erregt, ihr Gesicht war müde und gequält. Endlich verstummte sie und hob die Hand mit einer Geste, als bitte sie wortlos um Verständnis. Es folgte ein Augenblick absoluter Stille, dann setzte die Musik wieder ein. Geschlagen verschmolz die Gestalt mit den Schatten.

Auch im Saal blieb es still, das Publikum war wie benommen,

aber schließlich kam Applaus auf; langsam und zögernd zuerst, doch dann immer stärker. Kissys Monolog der Blanche DuBois (aus dem Theaterstück *Endstation Sehnsucht* von Tennessee Williams) war eine hervorragende Leistung gewesen, das hatten alle Anwesenden begriffen. Fleur fühlte, daß Charlie neben ihr vor Erleichterung in sich zusammensank. »Sie finden sie phantastisch, nicht wahr?« flüsterte er.

Sie nickte und hielt dann den Atem an. Wenn sie Michels Modelle nur auch so phantastisch finden wollten! dachte sie. Egal, wie gut Kissys Auftritt gewesen war, an diesem Nachmittag ging es vor allem um Mode.

Die Musik wurde schneller, und ein Model nach dem anderen gab seine Pose auf, kam hinter dem Gazevorhang hervor und ging über den Laufsteg. Sie trugen dünne Sommerkleider, die Erinnerungen an duftende Blüten, heiße südliche Nächte und alte Straßenbahnen heraufbeschworen; an Straßenbahnen, die einer Endstation namens Sehnsucht entgegenfuhren. Die Linien waren weich und weiblich, ohne verspielt zu sein, einfühlsam für Frauen entworfen, die es satt hatten, wie Männer auszusehen. Ähnliches hatte New York seit Jahren nicht mehr erlebt.

Fleur horchte auf das Gemurmel um sie herum, auf das Geflüster, sah Kugelschreiber über weißes Papier tanzen. Bei den ersten Kleidern klatschte man höflich, doch als eins aufs andere folgte, bekam das Publikum den richtigen Blick für die Schönheit von Michels Entwürfen, und der Applaus steigerte sich, wurde lauter, länger, bis eine Woge der Begeisterung den ganzen Saal überschwemmte. Fleur spürte einen Krampf in den Fingern, und plötzlich merkte sie, daß sie die Fingernägel rücksichtslos in Charlies Knie gegraben hatte.

Als das letzte Kleid vom Laufsteg verschwand, seufzte Charlie tief und gepeinigt auf. »Ich habe das Gefühl, in der letzten Viertelstunde ein Leben durchlitten zu haben.«

Fleur lächelte kühl und überlegen. »Nur eines?« fragte sie und begann ebenfalls zu applaudieren.

Zwei weitere lebende Bilder folgten, und Kissy wurde immer frenetischer gefeiert; zuerst für den Monolog aus *Die Nacht des Leguans* und dann für die Szene der Maggie aus *Die Katze auf dem heißen Blechdach*. Nach dem *Leguan* zeigte Michel tropisch-bunte Freizeitkleidung, nach der *Katze* eine exotische Kollektion perlenbestickter Abendkleider mit Federboas und einem Hauch köstlicher Dekadenz, die das Publikum zu stehenden Ovationen hinrissen.

Als die Modenschau zu Ende war, bedankten sich Michel und Kissy, verbeugten sich, beide offensichtlich ein wenig benommen, weil sie noch nicht faßten, was hier geschah, doch Fleur, die sie beobachtete, wußte, daß für diese beiden das Leben nie wieder so sein würde wie bisher. Sie umarmte Charlie, und dabei kam ihr der Gedanke, daß auch für sie alles anders werden würde; sie brauchte sich wegen des Februars keine so großen Sorgen mehr zu machen, obwohl das im Moment völlig unwichtig zu sein schien. Sie war es den beiden schuldig gewesen, dafür zu sorgen, daß ihre Talente von der Öffentlichkeit endlich anerkannt wurden; Kissy als Dank für ihre unerschütterliche Freundschaft und Michel als Wiedergutmachung für die vielen Jahre, in denen sie ihn unverdienterweise gehaßt hatte.

Das Publikum verließ seine Plätze, Leute kamen auf sie zu, und als sie sich umdrehte, entdeckte sie ganz hinten im Saal in der Nähe der Tür ein Gesicht, das sie hier nicht erwartet hatte. Im letzten Moment, bevor er hinausschlüpfte, signalisierte ihr Jake Koranda mit in die Höhe gestrecktem Daumen: Das hast du prima gemacht!

Die nächsten Tage gingen in einem Wirbel von Telefonanrufen und Interviews unter. *Women's Wear Daily* brachte eine Titelgeschichte über Michels Kollektion unter der Überschrift *Die neue Weiblichkeit*, und Moderedakteure standen Schlange, um etwas über seine künftigen Pläne zu erfahren. Michel segelte mit fliegenden Fahnen durch die Pressekonferenz, die Fleur für ihn arrangierte, und führte sie hinterher in die Tavern on the Green zum Dinner aus. Sie saßen im Crystal Room vor einer Glaswand und grinsten sich über die Speisekarten hinweg übermütig an.

»Aus den Savagar-Bälgern ist am Ende doch noch was recht Anständiges geworden, nicht wahr, große Schwester?«

Sie lachte und legte die Hand auf seinen Arm. »Ich liebe dich, Michel. Liebe dich sehr. Nur vergeß ich immer wieder, es dir zu sagen.«

»Ich liebe dich auch. Noch mehr sogar.« Er schwieg einen Augenblick und legte dann den Kopf zur Seite, so daß sein Haar seine Schulter berührte. »Stört es dich, daß ich schwul bin?«

»Wenn ich mit einem Zauberstab winken könnte«, sagte sie, »sähe ich dich lieber glücklich vereint mit jemandem, der mich mit einem ganzen Stall voller Nichten und Neffen versorgen könnte, aber da das unmöglich ist, möchte ich, daß du eine feste Beziehung mit jemandem eingehst, der für dich gut genug ist.«

»Jemand wie Simon Kale.«

»Nun, da du es erwähnst . . .«

Er legte die Karte aus der Hand und sah sie mit traurigen Augen an. »Es geht nicht, Fleur. Ich weiß, du hast damit gerechnet, aber es funktioniert nicht.«

Sie war verlegen. »Hör zu, Michel, vergessen wir's, okay? Ich habe mich eingemischt. Tut mir leid. Es geht mich nichts an.«

Wieder lächelte er. »O doch, es geht dich was an. Du liebst mich, weißt du noch? Ahnst du überhaupt, wieviel es mir bedeutet, daß endlich jemand da ist, der sich dafür interessiert, ob ich glücklich bin oder nicht?«

»Sei vorsichtig, Michel. Das klingt so, als gäbst du mir einen Freibrief, mich in dein Leben einzumischen.«

»Ich riskiere es.« Er kreuzte die Arme vor der Brust, legte sie wieder auf den Tisch. Sie sah ihm an, daß er nervös war. »Simon ist ein feiner Mensch, und zwischen uns hat sich eine Freundschaft entwickelt, die uns beiden viel bedeutet, genau wie bei dir und Kissy. Aber mehr als eine wunderbare Freundschaft kann es nie werden. Simon ist eine starke Persönlichkeit, und das bin ich auch. Wir sind beide unabhängig und genügen uns selbst. Simon braucht niemanden.«

»Und für dich ist es wichtig, gebraucht zu werden, nicht wahr?«

Er nickte. »Ich weiß, du magst Damon nicht. Und du hast recht — er kann selbstsüchtig sein, und der Klügste ist er auch nicht. Aber Damon liebt mich, Fleur, und er braucht mich.«

Fleur unterdrückte ihre Enttäuschung. »Ich habe nie behauptet, Damon habe keinen guten Geschmack«, sagte sie.

Die Neuigkeit von Kissys Auftritten bei Michels so erfolgreicher Modenschau hatte sich wie ein Buschfeuer verbreitet, und gleich vier Produzenten boten ihr einen Vorsprechtermin an. Fleur merkte auch, daß ein paar Leute, die sie monatelang geschnitten hatten, plötzlich Zeit fanden, sie zurückzurufen, und sie vermutete, daß ihre Tage als Paria vorbei waren — zumindest so lange, bis Alexi sich eine neue Gemeinheit einfallen ließ.

Während der nächsten Wochen konzentrierte sie sich auf

Kissy, legte Vorsprechtermine und dann einen Termin für Probeaufnahmen fest. Um Thanksgiving herum hatte sich der Wirbel beruhigt, und Kissy hatte einen Vertrag für eine Rolle mit begrenzter Laufzeit in *The Fifth of July* in der Tasche; anschließend flog sie nach London, um in einem teuren Action-Abenteuerfilm eine Nebenrolle zu übernehmen, die, davon war Fleur überzeugt, der Beginn einer großen Karriere sein würde. Sie hatten beide so viel zu tun, daß sie nur hin und wieder kurz miteinander telefonieren oder sich zu einem hastigen Lunch treffen konnten, und erst eines späten Freitagabends kamen sie dazu, wieder einmal richtig miteinander zu reden. Kissy brachte eine Pizza und eine große Flasche Diätsoda mit.

Fleur steckte eine alte Kassette der Eagles in den Recorder und ging in die Küche, um Gläser zu holen, während Kissy die Pizzaschachtel im Wohnzimmer auf den neuen Couchtisch legte.

»Genau wie in alten Zeiten, nicht wahr, Fleurinda?« rief sie, die Klänge von *Tequila Sunrise* übertönend. »Doch vielleicht sollten wir, da wir jetzt reich und berühmt sind, statt Pizza Beluga-Kaviar speisen, wobei ich mir allerdings nicht vorstellen kann, eine amerikanische Peperonipizza gegen russische Fischeier einzutauschen.«

»Wir trinken unsere Diätsoda aus Baccarat-Weinkelchen!« rief Fleur aus der Küche. »Auf diese Weise haben wir das Beste aus beiden Welten.« Sie erschien mit zwei mit Eiswürfeln gefüllten Kelchgläsern und einem Stapel Papierservietten in der Tür. »Oder findest du, daß wir Pharisäerinnen sind, weil wir Diätsoda zur Pizza trinken? Ich meine, sollten wir uns nicht endlich so oder so entscheiden?«

»Du philosophierst, während ich esse. Ich habe seit dem Frühstück nichts mehr im Magen und bin halb verhungert.« Kissy biß in das Stück Pizza, das sie eben aus der Schachtel genommen hatte, und der Käse hing ihr wie ein Gummiband aus dem Mund. »Ich glaube nicht, daß ich schon mal so glücklich war wie jetzt«, murmelte sie.

»Du lieber Himmel, du bist deiner Pizza wirklich verfallen.«

»Es ist nicht die Pizza. Es ist das Stück, der Film, alles. Bob Fosse hat mich gestern begrüßt, und er hat nicht ›hallo, Kleine‹, sondern ›hallo, Kissy‹ gesagt. Bob Fosse, stell dir das vor!« Zwischen den einzelnen Bissen berichtete sie Fleur, was sich in den letzten Wochen ereignet hatte.

Während Kissy ihr die erste Probenwoche im Theater schilderte, stieg in Fleur prickelnde Freude auf. Obwohl die Freundin ein überragendes Talent war, wäre all das nicht passiert, wenn sie nicht gewesen wäre. Doch plötzlich tauchte Belindas Gesicht vor ihrem geistigen Auge auf, und ihre Freude verging, als sie sich fragte, ob ihre Mutter damals genauso empfunden hatte wie jetzt sie.

Dann kam Kissy auf den Film zu sprechen, den sie in London drehen sollte. Das Projekt machte sie nervös, und sie begann Fleur nach ihren Erfahrungen bei den Dreharbeiten von *Eclipse* auszufragen. Fast zwangsläufig war ihr nächstes Thema Jake. »Du hast in letzter Zeit kaum über ihn gesprochen«, stellte sie fest.

Fleur zuckte mit den Schultern. »Ich sehe ihn selten. Er arbeitet wie ein Besessener, und wenn ich zu ihm hinaufgehe, bemerkt er mich nicht einmal.«

»Übersetzt heißt das wohl, daß ihr nicht miteinander ins Bett geht.«

»Du meine Güte, in einer Beziehung geht es nicht nur um Sex.«

»Verschon mich damit, Fleurinda. Du sprichst mit deiner besten Freundin, vergiß das nicht.«

»Hör zu, ich will dich nicht belügen, er hat noch immer eine ungeheure Anziehungskraft auf mich — das wird sich wahrscheinlich nie ändern —, aber mehr ist nicht. Ich habe mir an ihm einmal die Finger — und mehr verbrannt, und das soll mir nie wieder passieren. Er ist nicht gut für mich.«

»Ist das deine ehrliche Überzeugung?«

»Um Himmels willen, er war der Liebhaber meiner Mutter.«

»Belinda mag ein bißchen auf krumme Touren stehen, aber sie ist auch schön und begehrenswert. Jake hat sie anziehend gefunden. Ihr wart damals weder ineinander verliebt, noch habt ihr miteinander geschlafen, und was Belinda und er im Bett gemacht haben, hat überhaupt nichts mit dir zu tun.«

»Sie hat wissen müssen, daß ich ihn liebte!« rief Fleur. »Aber sie ist trotzdem mit ihm in die Federn gekrochen.«

»Und was hat das mit ihm zu tun?« Kissy setzte sich auf der Couch bequemer zurecht und zog die Beine unter sich. »Hör zu, du glaubst doch nicht wirklich an diesen alten Quatsch, daß Jake dich nur wegen seines Films verführt hat, oder? Ich bin dem Mann nur ein paarmal begegnet, aber sogar da war mir klar, daß das nicht sein Stil ist. Ich bin sicher, daß er seine Fehler hat, aber blindwütiger Ehrgeiz gehört bestimmt nicht dazu.«

»Er hat seine Fehler, das stimmt. Er ist der emotional verlogenste Mensch, der mir je begegnet ist.«

»Wie meinst du das?«

»Er meidet alles und jeden, der ihm zu nahe kommt. Er läßt dich ab und zu einen flüchtigen Blick in sein Inneres werfen, und dann knallt er dir die Tür vor der Nase zu. Mit ihm oberflächlich befreundet zu sein, ist bestimmt okay, aber wehe der Frau, die ihn wirklich liebt.«

Kissy legte die Pizzakruste aus der Hand und starrte die Freundin an, und Fleur fühlte, daß sie feuerrot wurde. »Ich habe ganz allgemein gesprochen, habe nicht mich gemeint, um Gottes willen. Ich liebe ihn nicht, Kissy. Er hat verschiedene Eigenschaften, die ich sehr gern habe. Er ist klug, hat viel Humor, und wenn ich mit ihm zusammen bin, mag ich mich sogar selbst. Siehst du, was ich meine? Mit Jake zusammen zu sein, das ist — das ist, als wär ich mit dir zusammen.«

»Nur ist es nicht so sicher.«

»Stimmt. So sicher ist es nicht.« Sie schwiegen lange, und dann sagte Fleur: »Ich kann ihn mir nicht leisten. In meinem Leben hat es zu viele unzuverlässige, unaufrichtige Menschen gegeben, und ich brauche nicht noch einen dazu. Ich werde nie wieder jemanden um Liebe anbetteln. Das habe ich so oft getan, daß es für drei Leben ausreicht. Ich bin stolz auf das, was ich bin, Kissy. Ich habe etwas aus mir gemacht. Und ich habe es nicht nötig, jemanden zu bitten, daß er mich liebt.«

»Natürlich hast du's nicht nötig.«

Kissy spürte, wie aufgeregt Fleur war, und wechselte das Thema. Sie schwatzten über Olivia Creightons neueste Neurose und überlegten, was für Kleider Kissy nach London mitnehmen sollte. Am Ende schienen Kissy die Themen auszugehen, und Fleur merkte endlich, daß sie irgendwie verändert war, als unterdrücke sie irgend etwas. Plötzlich erinnerte sie sich auch, daß der Name Charlie Kincannon heute noch kein einzigesmal über Kissys Lippen gekommen war. »Okay«, sagte sie, »raus mit der Sprache. Du erstickst fast daran, also spuck's aus.«

»Was soll ich ausspucken? Also wirklich, Fleur, du drückst dich richtig vulgär aus!«

»Spiel mir nicht die Magnolienblüte aus dem tiefen Süden vor. Was ist los? Es geht um Charlie, nicht wahr?«

Kissy zögerte. »Na ja ... Also, ich hab dir nichts gesagt, weil ich fürchte, daß du mich für schrecklich albern halten wirst.« Sie wickelte eine Locke um ihren Finger und sah dann abwartend zu Fleur auf.

»Kissy, wir müssen Montag früh wieder zur Arbeit. Wie wär's, wenn du vorher mit deinem Geständnis loslegen würdest?«

»Tja, also, es ist so«, sprudelte Kissy heraus. »Ich denke, ich bin möglicherweise verliebt.«

»Warum sollte ich dich deshalb für albern halten?«

»Ist Charlie, wenn du an meine Vergangenheit denkst, nicht der absolut unwahrscheinlichste Partner für mich?«

Fleur lächelte. »Ich habe von Anfang an gefunden, daß ihr großartig zusammenpaßt. Du warst es, die das immer abgestritten hat.«

Nun, da Kissy sich Fleur endlich anvertraut hatte, schien sie alles erzählen zu müssen, bevor sie wieder den Mut verlor. »Ich komme mir so idiotisch vor, Fleurinda. Er ist der wunderbarste Mann, der mir je begegnet ist, aber es war so lange her, seit ich einen Typen kennengelernt hatte, der nicht nur Sex von mir wollte, daß ich nicht wußte, wie ich ihn behandeln sollte. Ich habe immer wieder versucht, ihn zu verführen, aber er wollte über Kierkegaard oder den Dadaismus oder so was mit mir reden. Und hör zu — egal, worüber wir uns unterhielten, nie wollte er das Gespräch an sich reißen oder mich belehren wie andere Männer. Ihn interessierte wirklich, was ich zu sagen hatte. Und je mehr wir miteinander redeten, um so klarer wurde mir, daß ich eigentlich intelligent bin. Ich hatte es fast ganz vergessen.« Kissys Augen füllten sich plötzlich mit Tränen. »Fleur, das hat mir so gutgetan.«

Fleur stellte fest, daß auch ihr die Augen brannten. »Ich freu mich für dich, Magnolia. Charlie ist ein ganz ungewöhnlicher Mensch. Und du auch.«

»Das Komische dabei ist, daß ich ihn zuerst nur ins Bett kriegen wollte — in mein Territorium. Ich preßte mich an ihn oder sagte ihm, ich hätte Rückenschmerzen, und er müsse mich massieren, und wenn er an die Tür kam, hatte ich kaum was an. Aber egal, was ich tat, er schien es nie zu merken. Dann vergaß ich, daß ich ihn verführen wollte, und fing an, seine Gesellschaft zu genießen. Und genau da wurde mir klar, daß ich ihn gar nicht so kalt ließ, wie er tat. Aber er brauchte trotzdem unglaublich lange, ehe er zur Sache kam.«

Fleur mußte lachen, als sie Kissys verträumte Miene sah.

»Wie ich Charlie Kincannon kenne, hat sich das Warten bestimmt gelohnt.«

Kissy lachte ebenfalls. »Ich habe ihm nicht erlaubt, mich anzufassen.«

»Ist das dein Ernst?«

»Fleur, er machte mir so hübsch den Hof. Vor zwei Wochen kam er dann eines Abends nach meiner Probe zu mir. Er fing an, mich zu küssen, und ich fand es wunderbar, aber dann bekam ich Angst — Angst davor, daß ich ihn enttäuschen könnte. Ich sah seinem Gesicht an, daß er wußte, wie mir zumute war, denn er lächelte lieb und verständnisvoll und sagte, wir sollten eine Partie Scrabble spielen.«

»Scrabble!« Man konnte Zurückhaltung auch zu weit treiben, und Fleur war von Charlie enttäuscht.

»Nun ja, kein reguläres Scrabble. Eine — Art Strip-Scrabble.«

Sehr gut, Charlie, dachte Fleur und fragte dann: »Darf man erfahren, wie diese besondere Perversion gespielt wird?«

»Sie ist im Grunde sehr einfach. Sobald dein Gegner dir um zwanzig Punkte voraus ist, mußt du ein Kleidungsstück ablegen. Und weißt du, Fleur, sosehr ich mir auch wünschte, mit ihm zu schlafen, es gefiel mir einfach zu gut, daß er mir ganz altmodisch den Hof machte. Und da ich eine wirklich außergewöhnlich gute Scrabblespielerin bin, hatte ich nicht die Absicht zu verlieren.« Sie malte mit der Hand einen dramatischen Bogen in die Luft. »Deshalb begann ich mit zwei besonders schwierigen Wörtern.«

»Ich bin beeindruckt.«

»Und das Glück blieb mir treu. Ich bekam immer Buchstaben, mit denen ich einen Haufen Punkte machen konnte.«

»Das muß ihn ganz schön geschlaucht haben.«

»Das hat es, aber am Ende kriegte er mich doch mit dem Wort *Quaid*.«

»Das gibt es doch gar nicht.«

»O ja, das gibt es sehr wohl. Es ist ein nordafrikanischer Stammesfürst, was im allgemeinen nur Weltklasse-Scrabblespieler und begeisterte Kreuzworträtsellöser wissen.«

»Und?«

»Begreifst du nicht? Das geliebte Miststück hatte mich die ganze Zeit nur in Sicherheit gewiegt. Dabei wollte er nichts anderes als mich aufs Kreuz legen.«

»Im doppelten Sinn, meinst du wohl?« fragte Fleur lachend. »O dieser Teufel!«

29

Anstatt kürzerzutreten und ihren Erfolg zu genießen, arbeitete Fleur mehr denn je und trieb ihre Leute so unbarmherzig an, bis sich alle nur noch gegenseitig anfauchten. Der überwältigende Erfolg von Michels Kollektion löste eine Lawine von Publicity aus, und Fleur fühlte sich sicher genug, Klienten abzulehnen, obwohl die magische Zahl zwölf noch nicht erreicht war, die sie sich ursprünglich zum Ziel gesetzt hatte. Rough Harbors erstes Album sollte in ein paar Wochen auf den Markt kommen, und sie sagte ihm ebenfalls großen Erfolg voraus. Kissys Stück hatte Premiere; sie erhielt überschwengliche Kritiken, und alle Welt wollte sie interviewen. Es kamen so viele Anfragen von Journalisten, daß es ihr nicht möglich war, vor ihrer Abreise nach London alle Termine wahrzunehmen. Fleur stand plötzlich vor der Tatsache, daß sie alles hatte, was sie sich wünschte. Seit dem Sabotageversuch an Michels Kollektion hatte Alexi nichts mehr gegen sie unternommen, die alten Geschichten von ihren Vertragsbrüchen waren vergessen, und obwohl man noch immer über ihre Beziehung zu Jake klatschte, litt sie, seit sie so erfolgreich war, nicht mehr darunter. Alles in allem florierte ihre Agentur viel besser, als zu erwarten gewesen war. Warum also war sie nicht glücklich?

In einer Freitagnacht, kurz nach Neujahr, erwachte sie mit dem merkwürdigen Gefühl, daß etwas im Raum verändert war. Sie bewegte sich, und Jake sagte leise: »Alles in Ordnung, Fleur. Ich bin's nur.«

Die Vorhänge, die sie am Abend geschlossen hatte, waren jetzt offen, und von der Straße fiel Licht herein. Jake saß in einem Sessel an ihrem Bett, die Hemdsärmel bis zu den Ellenbogen aufgerollt, die schlaksigen Beine lang ausgestreckt.

»Was machst du hier?« fragte Fleur.

»Ich hab dir beim Schlafen zugesehen. Das Licht ist wie ein heller Pinselstrich in deinem Haar. Erinnerst du dich noch, wie du dein Haar um uns herumgewickelt hast, als wir uns liebten?«

Ihr Herz begann zu hämmern, und das Blut pulste schneller durch ihren Körper. »Ich erinnere mich.«

»Ich wollte dich nicht verletzen, Fleur. Du bist nur ins Kreuzfeuer geraten.«

»Das ist lange her, und heute bin ich nicht mehr so naiv.«

Sie hatte es heftiger gesagt als beabsichtigt, und jetzt klang auch seine Stimme ein wenig schärfer. »Für jemanden, der mir einreden will, daß er die Promiskuität auf seine Fahnen geschrieben hat, war dein Schlafzimmer in letzter Zeit ziemlich leer.«

Warum mußte er jetzt damit anfangen? Warum konnte er nicht so lieb und sanft bleiben, über helle Pinselstriche und Licht in ihrem Haar reden? Sie wollte ihn bestrafen. »Ja, glaubst du vielleicht, ich bringe meine Freunde her, solange du über mir haust? Wir gehen natürlich zu ihnen.«

»Ach ja, tatsächlich?« Er kreuzte die Arme, und ihr war klar, daß er ihr kein Wort glaubte. Langsam stand er vom Stuhl auf und begann sein Hemd aufzuknöpfen. »Da du mit deinen Reizen so freigebig umgehst, bin jetzt ich mal an der Reihe, schätze ich.«

Sie fuhr bolzengerade in die Höhe. »Ich bin nicht freigebig mit meinen Reizen, das weißt du genau! Ich bin überhaupt nicht freigebig — und außerdem geht es dich nichts an. Was machst du da?«

Er zog das Hemd aus. »Das hätten wir schon vor Monaten haben können, aber du hattest nicht den Mumm, darum zu bitten.«

»Ich! Seit wann muß eine Frau darum bitten?« Er öffnete die Gürtelschnalle seiner Jeans. »Hör auf! Hör sofort auf, Jake!«

»Seit du mich beschuldigt hast, ich wollte mich mit Hilfe deines Körpers von meiner Schreibblockade befreien.« Der Reißverschluß öffnete sich und legte ein V-förmiges Stück nackter Haut bloß. Er stützte die Hände unter dem Hosenbund in die Hüften. »Da ich weiß, daß du immer um drei Ecken herum denkst, konnte ich dich nicht anfassen, solange mein Buch nicht fertig war. Weiß der Himmel, was du mir dann unterstellt hättest. Das Buch ist jetzt fertig, also Schluß mit den Spielchen.«

Sie wollte ihn. Oh, wie sehr sie ihn wollte, obwohl sie fast mit den Händen greifen konnte, daß irgend etwas furchtbar falsch war. Warum liebte sie ihn so, wenn er sich weigerte, auch nur ein kleines Stück von sich preiszugeben? Ihre Gefühle verwirrten sich. Sie dachte daran, daß sein Buch fertig war, und was das für ihre Agentur bedeutete, und dann wurde ihr klar, daß es ihr gleichgültig war. Nicht gleichgültig war ihr jedoch sein gehetzter Blick. Sie mußte wissen, was es damit auf sich hatte. »Mach deinen Reißverschluß zu, Cowboy«, sagte sie. »Zuerst müssen wir miteinander reden.«

»Den Teufel müssen wir.« Er schleuderte die Schuhe von den Füßen und riß ihr die Decke weg.

»Hör auf, Jake! Du machst dich lächerlich.«

»Sei still!« murmelte er und zog Jeans und Unterhose zugleich aus. »Sei bitte still, ja?«

Bevor ihr klar war, was er tat, stand er nackt vor ihr und griff nach ihrem Nachthemd. »Nein!« Sie rutschte auf die andere Seite des Bettes, fort von ihm. »Nein, Jake, zuerst will ich mit dir reden.«

»Reden können wir später.« Er packte den Saum ihres Nachthemds und hielt sie zurück.

»Sag mir, was los ist. Irgendwas stimmt doch nicht. Du mußt mit mir reden.«

»Ich muß gar nichts, verdammt noch mal!« rief er, das Gesicht zornig gespannt.

»Ich halte nichts von Sex als Sport und Spiel!« schrie sie.

Plötzlich schlug er mit der Faust an die Wand über ihrem Kopf. »Wie wär's, wenn du's aus Mitleid tätest? Hältst du was von Sex aus Barmherzigkeit? Wenn ja, hättest du nämlich einen verdammt bedürftigen Kandidaten.«

Das Herz brach ihr, weil er so offensichtlich litt. »O Jake . . .«

»Vergiß es!« Verschlossenes Gesicht, abweisend, fremd. Er bückte sich nach den Jeans und schlängelte sich hinein. »Vergiß es einfach! Vergiß, daß ich hier war.« Er schnappte sich sein Hemd und ging zur Tür.

»Jake, warte!« Sie lief ihm mit flatterndem Nachthemd nach, doch er polterte die Stufen zum Wohnzimmer hinunter. »Bleib einen Moment stehen! Reden wir doch darüber.«

»Du weißt, wohin du dir deine Redereien stecken kannst!« Er knallte die Tür hinter sich zu.

Fleur fühlte sich verloren und schuldbewußt. Schuldbewußt? Warum eigentlich, wenn er sich wie ein Neandertaler aufführte? Was verlangte er denn von ihr? Daß sie ihn nach all den Jahren in ihr Bett steigen und sich von ihm benutzen ließ, weil sie gerade zur Hand war? Sie hörte seine schweren Schritte auf der

Treppe zum Dachgeschoß und erinnerte sich an die Spannung in seinem Körper, die tiefen Schatten unter seinen Augen, die Verzweiflung, die von ihm ausgegangen war. Ohne zu überlegen, rannte sie hinter ihm her die Treppe hinauf, stellte jedoch fest, daß seine Tür abgeschlossen war. »Mach auf!«

Stille. Sie schlug mit der flachen Hand gegen die Türfüllung. »Ich meine es ernst, Jake! Mach sofort auf!«

»Verschwinde!«

»Wenn du nicht aufmachst, trete ich die Tür ein!«

Sie hörte ihn rauh auflachen. »Tut mir leid, Scarlett, aber Rhett Butler braucht seinen Schönheitsschlaf.«

Sie fluchte leise und lief die Treppe hinunter, um ihren Schlüssel zu holen. Als es ihr endlich gelungen war, aufzuschließen, zitterte sie am ganzen Körper.

Jake saß auf dem Bett, ans Kopfbrett gelehnt, eine Flasche Bier auf der nackten Brust, den Reißverschluß seiner Jeans noch offen. »Hast du noch nie was davon gehört, daß Mieter ihre Rechte haben?« fragte er feindselig.

»Du hast keinen Mietvertrag.« Über sein Hemd hinwegsteigend, das zerknüllt auf dem Boden lag, ging sie auf ihn zu. Als sie bei ihm war, musterte sie ihn kurz und versuchte seine Gedanken zu lesen, doch alles, was sie sah, waren die bitteren Linien der Erschöpfung um seinen Mund und die Verzweiflung, die sich in die Schatten unter seinen Augen eingegraben hatte. »Wenn jemand Barmherzigkeit nötig hat«, sagte sie ruhig, »dann bin ich das. Es ist so lange her.«

Seine Miene verhärtete sich, und sie verstand sofort, daß er es ihnen beiden nicht leichtmachen würde. Er hatte zuviel von seinem eigenen Verlangen preisgegeben und wollte es ihr jetzt heimzahlen. Er nahm einen ordentlichen Schluck aus der Flasche und sah sie an, als sei sie eine Schabe, die über den Fußboden kroch. »Vielleicht würde dich irgendso 'n armer Trottel in sein Bett lassen, wenn du nicht so 'ne taube Nuß wärst.«

Sie biß die Zähne zusammen, hätte ihm am liebsten einen anständigen Schwinger versetzt, doch ihr war klar, daß sie die Überlegene bleiben mußte, daß er im Augenblick nur zerstören wollte — vor allem sich selbst. »Ich hatte jede Menge anderer Angebote«, sagte sie so gelassen sie konnte.

»Aber klar doch«, höhnte er. »Laß mich raten. Stadtjungs mit schicken Bleiben und BMWs.«

»Unter anderem.«

»Wie viele?«

Sie hätte gern gewußt, warum er ihr nicht ganz einfach sagte, daß er sie brauche. Menschen brauchten einander, das war doch ganz normal. Warum mußte er sie beide solchen Szenen aussetzen? »Dutzende«, sagte sie. »Hunderte.«

»Darauf könnte ich wetten«, spottete er.

»Ich bin legendär gut.«

Er trank wieder und wischte sich den Mund mit dem Handrücken ab. »Und jetzt soll ich dir deine sexuelle Frustration austreiben und für dich den Deckhengst spielen?«

Der Mann war schamlos. Wie konnte er ihr in die Augen sehen und solches Zeug reden? »Hast du was Besseres zu tun?« erkundigte sie sich.

Er zuckte mit den Schultern und stieß mit den Füßen die Decke beiseite. »Ich glaub nicht. Zieh das Nachthemd aus.«

»Kommt nicht in Frage, Cowboy. Wenn du's ausgezogen haben willst, mußt du dich selbst bemühen. Und wenn du schon dabei bist, kannst du bei deinen Jeans weitermachen, damit ich sehe, wie du bestückt bist.«

»Wie ich bestückt bin?«

»Na klar, Kumpel. Betrachte es als offizielle Besichtigung.«

Er brachte es nicht einmal fertig zu lächeln, und sie wußte, daß er kurz vor einem Ausbruch stand. »Aber wenn ich's mir recht überlege«, fuhr sie fort, »kannst du genausogut ruhig liegenbleiben, ich bin in einer angriffslustigen Laune.« Ohne ihm die Möglichkeit zu einer Antwort zu geben, faßte sie den Saum ihres Nachthemds und zog es sich über den Kopf, aber ihr Haar verfing sich in einem Träger. Nackt und verletzlich stand sie vor ihm und versuchte sich zu befreien, doch ihre Finger zitterten, und sie hatte das Gefühl, daß sie alles nur noch schlimmer machte.

»Bück dich«, sagte er weich.

Sie gehorchte, tat aber noch immer, als bemühe sie sich, Haar und Träger zu entwirren, damit sie nicht sehen mußte, wie er sie betrachtete. Er nahm ihren Arm und zog sie neben sich auf die Bettkante.

»So«, sagte er nach ein paar Sekunden, »das wär's.«

Er reichte ihr das Nachthemd, aber dann kam nichts mehr. Er berührte sie nicht. Sie saß mit dem Rücken zu ihm, steif und starr, die Hände auf den Knien. Weiter konnte sie ihm nicht entgegenkommen, sie wußte es, und er schien es auch zu wissen,

gar nicht. Du bist derjenige, der das tut, der sich immer ein Hintertürchen offenhält.«

Er zuckte mit den Schultern. »Vergiß es! Vergiß es einfach!«

»Siehst du. Genau das habe ich gemeint. Schon wieder machst du dich davon.«

»Verdammt noch mal! Geh runter und pack ein paar Sachen in einen Koffer. Ich hole dich in einer halben Stunde ab.«

Zwei Stunden später saßen sie in einem gecharterten Jet und flogen Gottweißwohin. Jake schlief auf dem Sitz neben ihr. Woran lag es nur, daß sie einen Mann liebte, der ihre Liebe nicht erwidern konnte? Hatte sie einen heimlichen Todeswunsch in sich? Was stimmte nicht mit ihr? Sie machte die Augen zu, aber schlafen konnte sie nicht. Sie kam jetzt nicht mehr darum herum, sie mußte es zugeben — sie liebte Jake Koranda. Sie hatte sich mit neunzehn in ihn verliebt und liebte ihn noch immer. Er war der einzige Mann, der zu ihr zu gehören schien. Es kam ihr komisch vor, wenn sie daran dachte. Jake, der sich ihr immer wieder entzog, zugleich ein Teil von ihr? Meine bessere Hälfte. Sie hatte das immer für einen etwas seltsamen Ausdruck gehalten. Aber Jake war ihre bessere und gleichzeitig ihre schlechtere Hälfte. Er gab nichts. Jedesmal, wenn sie zusammen waren, ließ er sie emotional gestrandet an der Klosterpforte zurück und fuhr davon. Er wollte mit ihr nicht über Dinge sprechen, die für ihn wichtig waren — den Krieg, seine Ehe, Belinda oder was während der Dreharbeiten von *Eclipse* mit ihnen geschehen war. Er überschüttete sie mit Vorwürfen, wimmelte sie mit geistreichen oder witzigen Bemerkungen ab, wich vor ihr zurück, wenn er glaubte, sie komme ihm zu nahe. Und wenn sie ehrlich war, mußte sie sich eingestehen, daß sie das gleiche tat. Aber bei ihr war es etwas anderes. Sie mußte sich vor ihm schützen. Sie hingegen konnte ihm nicht gefährlich werden.

Um sieben Uhr morgens kalifornischer Zeit landeten sie in Santa Barbara; daß es Santa Barbara war, erfuhr Fleur allerdings erst, als sie über die Landebahn gingen und die Schilder sah. Es war kühl, und Jake hatte den Kragen seiner Lederjacke aufgestellt, vielleicht aber wollte er auch den forschenden Augen der Fans entgehen, die immer auf diesem Flugplatz herumlungerten und darauf lauerten, daß irgendein Star auftauchte. Er trug einen Diplomatenkoffer in der Hand und führte sie mit der anderen am Ellenbogen zum Parkplatz. Neben einer dunkelbraunen Jaguarlimousine blieb er stehen, sperrte auf und warf seinen Koffer und ihre Reisetasche in den Fond. »Wir haben noch eine lange Fahrt vor uns«, sagte er. »Versuch ein bißchen zu schlafen.«

Das weit über die Klippen hinausragende Glas- und Betonhaus sah noch fast genauso aus wie früher. Was für eine perfekte Kulisse für das große Lebewohl, das sie noch zu spielen hatten. »Eine Rückkehr an den Ort des Verbrechens, Jake?«

Er hielt vor dem Haus und stellte den Motor ab. »Ich weiß nicht recht, ob ich es ein Verbrechen nennen würde, aber wir müssen ein paar Gespenster begraben, und das schien mir der geeignete Ort dazu.«

Er nahm das Gepäck vom Rücksitz und stieg aus dem Wagen. Während er duschte, zog sie den Badeanzug an, den sie mitgenommen hatte, und einen warmen Bademantel und ging hinaus, um mit den Zehen die Wassertemperatur im Pool zu prüfen. Er war nicht genug geheizt und der Januar kühl, doch sie warf trotzdem den Bademantel ab und sprang hinein. Sie streckte sich und schwamm schnell ein paar Längen, aber die Spannung in ihrem Innern löste sich nicht. Sie stieg hinaus, wickelte sich in ein riesiges Badetuch, machte es sich auf einer Liege in der Sonne bequem und schlief sofort ein.

Eine kleine Mexikanerin mit einem goldenen Schneidezahn weckte sie und meldete, das Abendessen sei bald fertig. Fleur ging ins Haus, mied aber absichtlich das große Badezimmer mit der versenkten Badewanne, in der sie sich einmal geliebt hatten, und ging statt dessen in eines der kleinen Gästebäder. Nachdem sie geduscht und sich das Haar mit ein paar Kämmen seitlich und am Hinterkopf festgesteckt hatte, war sie nicht mehr schläfrig. Sie fühlte sich besser und schlüpfte in ihre elfenbeinfarbene Wollhose und eine zitronengelbe Sportbluse. Bevor sie ins Wohnzimmer ging, legte sie sich noch das Goldkettchen mit der Blüte um, das Jake ihr geschenkt hatte, klemmte sich den Anhänger dann jedoch zwischen die Brüste, damit er nicht sah, daß sie ihn trug.

Er hatte sich rasiert und sah in Kordhose und Marinepullover fast respektabel aus, aber die Linien der Erschöpfung um seinen Mund waren noch immer da. Sie stocherten beide nur in den Speisen herum, die ihnen vorgesetzt wurden, und Fleur spürte ganz deutlich seine innere Spannung. Die Mahlzeit war ein Alptraum. Sie sprachen kaum miteinander, und doch wußte sie, daß alles, was zwischen ihnen vorgefallen war, auf eine Klimax zusteuerte, die noch heute abend so oder so aufgelöst werden würde. Dann rief sie sich zur Ordnung. Nicht so oder so. Es gab kein Happy-End. Jake zu lieben war eine Einbahnstraße.

Bald darauf brachte die Haushälterin den Kaffee und setzte die Kanne härter auf als nötig, um gegen das Unrecht zu protestieren, das man ihren Kochkünsten angetan hatte. Jake schickte sie nach Hause und blieb reglos sitzen, bis er die Hintertür ins Schloß fallen hörte. Dann stand er auf und ging hinaus. Als er zurückkam, hatte er einen dicken braunen Umschlag in der Hand. Fleur sah zuerst den Umschlag und dann Jake an. »Dein Buch ist wirklich fertig.«

Er nickte. »Ich gehe eine Weile weg. Vielleicht hast du Lust, es inzwischen zu lesen.«

Sie nahm den Umschlag nur zögernd. »Bist du — bist du sicher, daß ich es lesen soll? Ich weiß, ich habe dich dazu gezwungen, und vielleicht war das falsch von mir. Vielleicht habe ich . . .«

»Verkauf bitte nicht die Nebenrechte, während ich nicht hier bin.« Er versuchte zu lächeln, aber er schaffte es nicht. »Es ist nur für dich. Für niemand sonst.«

Sie sah ihm nach, als er das Zimmer verließ, und ihr wurde übel. Er hatte sich die letzten drei Monate mit einem Manuskript abgequält, das nur sie lesen sollte. Mit einem Manuskript, das nicht veröffentlicht werden konnte. War der Inhalt so privat oder ganz einfach zu belastend? Vor ihrem geistigen Auge tauchte das Bild eines kleinen Mädchens in einem Hemd mit kleinen gelben Enten auf.

Sie trug ihre Kaffeetasse ans Fenster, blickte in den lavendelblauen Abend und versuchte den häßlichen Verdacht zu verdrängen, der sie peinigte, seit Jake ihr von dem Dorf erzählt hatte. Er hatte zweimal über Massaker geschrieben, in *Sunday Morning Eclipse* und jetzt wieder auf den Seiten, die in diesem Umschlag steckten. Jake Koranda mit den zwei Gesichtern. Sie wollte nur eins sehen, das Gesicht, das sie verstand, das Gesicht eines Mannes, der einem Unschuldigen nie etwas antun würde. Das Gesicht ihres fröhlichen Cowboys. Nur das.

Es dauerte lange, ehe sie es über sich brachte, zum Tisch zurückzugehen und das Manuskript aus dem Umschlag zu nehmen. Dann machte sie es sich in einem Sessel am Fenster bequem, schaltete das Licht ein und begann zu lesen.

Jake dribbelte auf den Korb zu, aber er trug Schuhe mit Ledersohlen und rutschte auf dem Asphalt aus. Der Ball traf nur den Korbrand und fiel wieder herunter. Einen Augenblick dachte er daran, ins Haus zu gehen und Turnschuhe anzuziehen, wußte jedoch von vornherein, daß er es nicht tun würde.

In der Garage stand noch sein alter '68er Chevy-Kleinlaster, und er erinnerte sich, daß im Handschuhfach eine ausgetrocknete Packung Winston lag, die vor langer Zeit irgend jemand dort vergessen hatte. Zwar hatte er seit zwanzig Jahren nicht mehr geraucht, aber jetzt holte er sich die Zigaretten und ging, mit dem Basketball unterm Arm, um die Garage herum zu der Steinmauer, die sein Haus vor einem Bergrutsch schützte. Als er sich auf den Boden setzte und mit dem Rücken an die Mauer lehnte, wünschte er sich eine Sechserpackung mexikanisches Bier herbei, aber nicht einmal deswegen ging er ins Haus zurück. Er wollte ihre Enttäuschung nicht ein zweitesmal mit ansehen müssen.

Die Augen schließend, überlegte er, ob es noch andere Möglichkeiten gegeben hätte zu beenden, was zwischen ihnen war, zum Beispiel die Möglichkeit, jetzt irgendwo anders zu sein, wo er ihren Ekel und ihre Verachtung nicht direkt zu spüren bekäme. Der Schmerz wurde zu stark, und er versuchte sich abzulenken, indem er auf das Toben der Menge in seinem Kopf hörte ... Er stellte sich vor, daß er im Philadelphia Spectrum auf dem Center-Court stand und den Dreß der Seventy-Sixer mit der Nummer sechs auf der Brust trug. *Doc ... Doc ... Doc ...* Er versuchte die richtigen Bilder abzurufen, aber sie blieben verschwommen.

Er stand auf, trat die Zigarette mit dem Absatz aus und ging wieder zum Korb. Er begann zu dribbeln. Er war Julius Erving, ein bißchen langsamer als früher, aber immer noch ein Riese, der fliegen konnte ... *Doc ...*

Es klappte nicht. Er hörte nicht den Jubel der Menge, eine andere Musik spielte in seinem Kopf.

Im Haus verging eine Stunde um die andere, die Manuskriptseiten waren um Fleurs Sessel herum auf dem Boden verstreut. Ihr Haar löste sich aus den Kämmen, Hose und Bluse waren vom langen Sitzen zerdrückt, und als Fleur am Ende der letzten Seite angelangt war, merkte sie, daß sie wieder weinte ...

Wenn ich heute an 'Nam denke, denke ich auch an die Musik, diese Musik, die nie aufhörte. Otis ... die Stones ... Wilson Pickett. Aber am häufigsten denke ich an die Creedence Clearwater Revival und ihren bösen Mond, der über diesem verfluchten Land aufging. Creedence spielte, als sie mich in Saigon in ein Flugzeug luden, das mich nach Hause brachte, und als meine Lungen sich mit dem letzten Atemzug monsunschwerer und drogengeschwängerter Luft füllten, wußte ich, daß der böse Mond mich vernichtet hatte. Heute, fünfzehn Jahre später, bin ich noch immer sein Gefangener.

30

Sie fand ihn bei der Garage auf dem Boden sitzend, vom Flutlicht weit genug entfernt, daß es ihn nicht mehr erreichte. Er lehnte an einer Steinmauer, einen Basketball auf den Knien, Zigarettenstummel um sich herum verstreut, und er sah aus, als sei er durch alle Höllenfeuer gegangen, was der Wahrheit ziemlich nahe kam.

Als sie neben ihm niederkniete, sah er sie starr an, das Gesicht hart, abweisend, fremd, in den Augen einen Ausdruck, der zu sagen schien: Wag es ja nicht, mich zu bemitleiden. Am liebsten hätte sie wieder geweint. »Du hast mir eine Irrsinnsangst eingejagt«, sagte sie. »Ich hatte deine verdammten Metaphern vergessen. Dieses ganze Gerede über Massaker und das kleine Mädchen in dem Hemd mit den gelben Enten ... Im Geist sah ich dich Dörfer mit unschuldigen Zivilisten dem Erdboden gleichmachen. Ich dachte, du hättest die Kleine vorsätzlich getötet. Ich dachte schon, ich könne meinem Instinkt nicht mehr vertrauen, dem nicht vertrauen, was ich für dich empfand. Ich dachte, du hättest bei einem dieser unmenschlichen Massaker mitgemacht.«

»Das hab ich doch auch. Dieser ganze beschissene Krieg war ein einziges Massaker.«

»Metaphorisch gesprochen — ja, vielleicht, aber ich bin ein nüchterner, prosaischer Mensch, der nichts von Gleichnissen hält.«

»Dann muß es eine Erleichterung für dich gewesen sein, die Wahrheit zu erfahren«, sagte er bitter. »Daß John Wayne seine militärische Karriere in einer psychiatrischen Abteilung beendete, mit Thorazin vollgepumpt, weil er den Streß nicht ertrug.«

Das war das Geheimnis, das ihn quälte; der Grund, warum er unübersteigbare Mauern um sich errichtet hatte. Er fürchtete, die Welt könnte erfahren, daß er einen Nervenzusammenbruch gehabt hatte. Sie trocknete sich die Wangen mit dem Ärmel ihrer Bluse. »Du warst nicht John Wayne, Freund. Du warst einundzwanzig, ein halbes Kind, ein Junge aus Cleveland, der noch nicht viel erlebt hatte und zuviel sah.«

»Ich habe durchgedreht, Fleur, verstehst du nicht? Habe die Wände angeschrien wie ein Tier.«

»Du kannst nicht beides haben, Jake. Du kannst nicht wunderschöne, empfindsame Stücke schreiben, die den Menschen ins Herz gehen, und erwarten, daß du ungerührt bleibst, wenn andere leiden.«

»Viele haben dasselbe gesehen wie ich, aber sie haben nicht den Verstand verloren.«

»Viele waren nicht du.«

Fleur streckte die Hand nach ihm aus, doch er stand auf und kehrte ihr den Rücken. »Es ist mir also gelungen, sämtliche mütterlichen Beschützerinstinkte in dir zu wecken, ja?« sagte er bitter. »Ich habe dich dazu gebracht, mich zu bemitleiden. Glaub mir, das war nicht meine Absicht.«

Auch Fleur stand jetzt auf. Doch diesmal machte sie nicht den Fehler, ihn berühren zu wollen. »Warum bist du so zornig auf mich? Du hast mir das Buch zwar zu lesen gegeben, aber du hast mir nicht gesagt, daß ich nicht darauf reagieren dürfe. Hast du erwartet, ich würde es mit deinen idiotischen Caliber-Filmen gleichsetzen? Das kann ich nicht. Ich hasse diese Filme. Ich ertrage es nicht, mit anzusehen, wie du Menschen abknallst oder ihnen den Schädel einschlägst. In diesem Krankenhausbett hast du mir viel besser gefallen, als du dir die Seele aus dem Leib geschrien hast, weil dein bester Freund in eine Falle lief und eine versteckte Sprengladung ihm beide Beine abriß. Dein Schmerz hat mich zum Weinen gebracht, Jake, und ich habe mit dir gelitten, und wenn du das nicht willst, dann möchte ich wissen, warum du mir das Buch überhaupt gegeben hast!«

»Du hast nichts verstanden! Überhaupt nichts!« schrie er, machte auf dem Absatz kehrt und stürmte davon.

Sie lief um das Haus herum zum Pool, zog sich aus, stand vor Kälte fröstelnd in BH und Schlüpfer am Beckenrand und beobachtete die Lichter, die unter Wasser zu schwimmen schienen. Sie sprang kopfüber hinein, keuchte, weil es so kalt war, schwamm zum tiefen Ende, drehte sich auf den Rücken und ließ sich treiben.

Sie war nicht verärgert, weil er sie wieder einmal stehengelassen hatte und weggegangen war. Wie konnte sie ihm, nach dem, was sie gelesen hatte, noch etwas übelnehmen? Sie hatte tiefes, herzzerreißendes Mitleid mit dem Jungen, der er gewesen war, der ohne Zärtlichkeit aufwachsen mußte, weil die Mutter, zu müde und zu zornig über die Unfairneß ihres eigenen Lebens, nicht fähig gewesen war, ihrem Kind Liebe zu schenken. Unter den Stammgästen der benachbarten Bars hatte er nach einem Vater gesucht und manchmal einen gefunden, manchmal aber auch nicht. Dann das Collegestipendium, das er ironischerweise nicht wegen seiner hervorragenden geistigen Fähigkeiten bekommen hatte, sondern weil er sich als Basketballspieler besonders hervortat.

Während sie sich im Wasser treiben ließ, zwang sie sich auch, an seine Ehe mit Liz zu denken. Er hatte Liz selbst dann noch geliebt, als es mit ihnen vorbei war, und Fleur fand, daß das für ihn ganz typisch war. Wenn er einmal liebte, dann hielt er an dieser Liebe fest, auch wenn der geliebte Mensch ihn enttäuscht, betrogen, verraten hatte. Wie betäubt vor Schmerz, hatte er sich freiwillig gemeldet und versucht, sich mit Krieg, Tod und Drogen abzulenken.

Es war ihm gleichgültig gewesen, ob er überlebte, und es erschreckte sie, wie tollkühn der Mangel an Liebe ihn gemacht hatte. Als er nicht länger vor sich selbst davonlaufen konnte, war er zusammengebrochen, und obwohl er so viele Monate in der Psychiatrie eines Militärkrankenhauses gelegen hatte, wußte Fleur, daß er nie ganz gesund geworden war.

»Das Wasser ist viel zu kalt zum Schwimmen, komm lieber raus.« Ein orangefarbenes Badetuch in der einen, eine Flasche Bier in der anderen Hand, stand er am Rand des Pools.

»Ich bin noch nicht soweit.«

Er zuckte mit den Schultern und setzte sich in einen Sessel.

»Warum hast du mir die Schuld an deiner Blockierung gegeben, Jake?«

»Weil ich, bevor ich dich kannte, nie Probleme mit dem

Schreiben hatte«, sagte er schroff. »Bevor du daherkamst, lief alles super.«

»Und hast du dir Gedanken darüber gemacht?«

»Ein paar.«

»Willst du damit rausrücken?«

»Nicht unbedingt.«

Sie lachte bitter. »Ich sag dir, warum du nicht schreiben konntest. Weil ich die Festung erstürmt hatte. Die Mauern niederriß. Du hattest sie dick und fest gebaut, aber dieses komische neunzehnjährige Ding, das dich mit den Augen auffraß, riß sie schneller nieder, als du sie hochziehen konntest, und du wußtest nicht, wie du dich dagegen wehren solltest, weil du eine Todesangst hattest, daß sie ganz einstürzen könnten, nachdem die erste Bresche geschlagen war.«

»Das ist lächerlich. Du komplizierst das Ganze. Als du fort warst, konnte ich nicht mehr schreiben, weil ich mich schuldig fühlte, das ist alles. Du hast mir ein schlechtes Gewissen eingeimpft.«

»Nein!« Sie richtete sich auf und begann Wasser zu treten. Sie hatte einen Krampf in der Kehle, der sie würgte. »Du hast dich nicht schuldig gefühlt. Das ist nur ein Vorwand für dich. Du hattest kein schlechtes Gewissen, weil es keinen Grund dafür gab. Du hast mit mir geschlafen, weil du mich wolltest, weil du mich sogar ein kleines bißchen liebtest.« Sie fühlte, daß ihr Tränen in die Augen traten und blinzelte sie weg. »Du hast mich ein bißchen lieben müssen, denn so viel Gefühl konnte nicht nur von mir ausgehen.«

»Du weißt nichts von meinen Gefühlen.«

Sie schwamm zum flachen Teil des Pools und stand zitternd im Wasser. Auf einmal sah sie alles so klar, daß sie sich wunderte, warum sie es nicht früher begriffen hatte. »Es hat was mit deinem Macho-Image zu tun, Jake. Nur damit. Als du *Sunday Morning Eclipse* schriebst, hast du zuviel von dir selbst preisgegeben, und zugleich kam ich daher, und dein inneres Alarmsystem schaltete auf Gefahrenstufe eins. Du hast aufgehört zu schreiben, weil du nicht noch mehr Schichten freilegen wolltest. Niemand sollte erfahren, daß der rauhe Kerl auf der Filmleinwand mit dem Mann Jake Koranda nichts — aber auch gar nichts — zu tun hatte.«

»Du redest wie so 'n verdammter Gehirnklempner, weißt du das?«

Ihr klapperten die Zähne, und deshalb kamen ihre Worte nur noch abgehackt. »Selbst wenn du dich über deine Schauspielerei lustig machst, scheinst du mit den Augen zu blinzeln, als wolltest du sagen: ›Wir wissen, daß es nur ein Film ist, aber bin ich nicht trotzdem ein Teufelskerl?‹«

»Du redest Scheiße.«

»Du hast dir diesen Kerl auf der Leinwand wahrscheinlich schon angelacht, bevor du deine erste Rolle spieltest. Vermutlich an dem Tag, an dem du das erstemal einen John-Wayne-Film gesehen hast.« Sie stieg aus dem Pool und zuckte fröstelnd zusammen, als die Luft sie traf. »Das ist macho, Jake. Du bist nicht Bird Dog. Bird Dog ist der Mann, der du in deinen Phantasien sein möchtest — ein emotional toter Mensch, ein Mensch, der keinen Schmerz fühlt. Ein Mann, dem nichts passieren kann.«

»Das ist Quatsch! Unglaublicher Quatsch! Hörst du?« Er knallte die Bierflasche auf den Terrassentisch.

Sie hielt sich am Geländer fest, die Schultern zusammengezogen, weil sie so fror, ihre Brust vor Schmerz verkrampft. »Bird Dog ist nicht halb der Mann, der du bist. Siehst du das denn nicht? Dein Zusammenbruch bedeutet gar nichts. Für mich ist er völlig unwichtig.«

»Du redest solchen Unsinn, daß es ein Jammer ist.«

Jetzt konnte sie die Tränen nicht mehr zurückhalten. »Wenn du dich selbst heilen willst, geh hinein und lies dein eigenes Buch . . .«

»Wie kannst du nur so unglaublich blöd sein!«

»Lies das Buch, und versuch ein bißchen Mitleid mit dem tapferen Jungen zu empfinden, dem man die Nerven bloßgelegt hatte . . .«

Er sprang aus dem Sessel auf, das Gesicht weiß vor Zorn. »Du bist so verdammt dumm, daß dir tatsächlich der Sinn des Ganzen entgangen ist! Jesus, bist du dumm — zu blöd, um zu begreifen, was sogar einem verdammten Schwachsinnigen klar gewesen wäre. Zu blöd, um zu sehen, daß das nichts mit Mitleid zu tun hat.«

»Lies dein Buch!« Sie warf sich gegen ihn, grub ihm die Finger in die Arme, wollte ihn rütteln, ihn zwingen, der Wahrheit ins Gesicht zu sehen.

»Warum kannst du denn nicht verstehen?« rief er und schüttelte sie ab. »Das Buch handelt nicht von Mitleid. Es handelt von Ekel.« Er beförderte einen Sessel, der ihm im Weg stand, mit einem Fußtritt in den Pool. »Ich will, daß du Ekel und Widerwillen fühlst, damit du endlich aus meinem verdammten Leben verschwindest!«

Als er ins Haus stürmte, schlug die Klosterpforte zum tausendstenmal zu. Er verließ sie, wie es alle getan hatten, zerstörte ihre Zuversicht, und sie blieb frierend und allein zurück. Warum nur hatte sie geglaubt, daß es anders sein werde? Vor Kälte zitternd und weinend, sank sie auf den Betonboden und schluchzte wie ein kleines Kind, weil sie so viele Dinge nicht haben konnte. Und je länger sie weinte, um so unmenschlicher klang ihre Stimme, bis sie sich anhörte wie der klagende Schrei einer Eule. Gefühllos vor Kälte, kroch sie zu dem orangefarbenen Badetuch und wickelte sich hinein. Dann streckte sie sich aus und stützte den Kopf auf das Kissen aus den Kleidern, die sie vorhin ausgezogen hatte und die inzwischen völlig ruiniert waren.

Jake stand im dunklen Wohnzimmer am Fenster und beobachtete Fleur. Das Herz tat ihm weh, weil sie so litt, und etwas Spitzes zerrte an der Innenseite seiner Lider wie die Krallen einer kleinen Katze. Doch er ging nicht zu Fleur hinaus — er verbot es sich. Er hatte ihr das Buch gegeben, hatte es für sie geschrieben, damit sie verstand, daß er ihr nicht bieten konnte, was er ihr so gern geboten und was sie tausendmal verdient hätte. Doch sie hatte die Schande seines Nervenzusammenbruchs abgetan wie etwas völlig Nebensächliches, hatte sie mit ihrem psychoanalytischen Scheiß übersimplifiziert.

Sie behauptete, sein Nervenzusammenbruch sei ihr völlig gleichgültig, doch er erinnerte sich noch genau an den Abend, an dem er zufällig mitbekommen hatte, wie sie und Kissy sich über den Film *Zwei Banditen* unterhielten. Was für eine Heuchlerin sie doch war! Er hatte schließlich selbst gehört, wie hingerissen sie Redfords starke Arme angehimmelt hatte. Jesus. Redford hätte in ’Nam nicht zusammengerollt wie ein Fötus auf einem Feldbett gelegen. Der Doc wäre nicht zusammengebrochen. Und Bird Dog genausowenig. Wie konnte sie einen Mann lieben, der der Welt ein solches Schauspiel geliefert hatte?

Er wünschte, er hätte sie nicht hergebracht, wünschte, er hätte ihr nicht noch einmal einen Platz in seinem Leben eingeräumt, wünschte, er liebte sie nicht so sehr. Wenn er aus seiner Beziehung zu Liz eine Lehre gezogen hätte, hätte es die sein müssen, daß er nicht zur Liebe taugte. Liebe machte ihn noch verletzlicher, als er ohnehin schon war. Warum konnte sie das nicht verstehen? Er war schwach. Ein Schwächling. Die anderen waren nicht zusammengebrochen. Er schon ...

Erst jetzt merkte er, daß in der Nähe des Sessels, in dem sie beim Lesen gesessen hatte, die Manuskriptseiten noch auf dem Boden lagen. Er ging hinüber, kniete nieder und sammelte die Seiten ein. Noch heute abend wollte er sie verbrennen. Sie glichen einer scharfen Handgranate, und solange er sie nicht vernichtet hatte, würde er keine ruhige Minute haben. Denn wenn ein Dritter je erfuhr, was auf ihnen geschrieben stand, konnte er sich eine Pistole an den Kopf halten und das Gehirn wegblasen.

Als er das ganze Manuskript beisammen hatte, legte er es ordentlich gestapelt auf den Sessel und trat wieder ans Fenster. Sie lag jetzt ganz still, als sei sie eingeschlafen. Er wandte sich vom Fenster ab, und sein Blick fiel auf die oberste Seite des Manuskripts. Er hob sie auf, betrachtete sie und stellte fest, daß er rechts zu weit hinausgeschrieben hatte, bemängelte noch ein paar Kleinigkeiten an der äußeren Form und begann dann zu lesen ...

1. Kapitel

Alles, was man in 'Nam in die Hand nahm, konnte Sprengstoff enthalten, eine Zeitbombe sein, und wir akzeptierten das. Eine Zigarettenpackung, die Hülle eines Schokoladenriegels — all das konnte dir unversehens ins Gesicht explodieren. Doch als wir bei Quang Tri das Baby am Straßenrand liegen sahen, erwarteten wir, nichts anderes als noch eine kleine Leiche zu finden. Nicht einmal dem Kong hätten wir zugetraut, die Leiche eines Babys als Zeitbombe zu präparieren. Hier wurde Unschuld auf noch nie dagewesene Weise geschändet ...

Fleur schlug die Augen auf, brauchte jedoch ein paar Sekunden, ehe sie begriff, daß sie im Gästezimmer lag. Dann erinnerte sie sich, daß Jake sie irgendwann in der Nacht von draußen hereingetragen hatte. Als er mit ihr durch die Tür wollte, schlug sie mit dem Kopf gegen den Türrahmen, und er fluchte leise. Sie murmelte etwas von Rhett Butler in seinen Pullover hinein, und er sagte, Scarlett O'Hara sei nicht einsachtzig gewesen, Fleur solle daher gefälligst den Mund halten. Seine Stimme klang jedoch nicht mehr so feindselig wie vorher. Im Gegenteil, aus seinen Worten hörte sie sogar eine unterschwellige Zärtlichkeit heraus, die für ihn so entsetzlich typisch war, daß sie, als er sie aufs Bett legte, die Augen schloß, um ihn nicht ansehen zu müssen. Er sei emotional verlogen, hatte sie zu Kissy gesagt, und sie hatte recht gehabt. Er war wie Alexi — eben noch fürsorglich und liebevoll, stieß er einem im nächsten Moment den Dolch ins Herz. Davon hatte sie endgültig genug, sie stieg jetzt aus. Der Schmerz, einen Mann zu lieben, der mit ihr umging wie mit seinem Basketball, war unerträglich geworden.

Sie mußte an die bösen Worte denken, die er ihr gestern nacht an den Kopf geworfen hatte. Sie waren das letzte Bollwerk, hinter dem er sich versteckte, um sich nicht etwas über sich selbst eingestehen zu müssen, was er nicht wahrhaben wollte — die Tatsache, daß er nicht unverwundbar war. Die Worte konnten sie nicht treffen, weil sie nichts mit ihr zu tun hatten; wie ein Kind hatte er in seinem Zorn blindlings um sich geschlagen. Aber sie hatte keine Lust, noch länger seine Zielscheibe zu sein.

Er schlief im Wohnzimmer auf einer Couch. Leise, um ihn nicht zu wecken, stellte sie ihre Reisetasche ab und begann die Schlüssel für den Jaguar zu suchen. Schließlich entdeckte sie sie auf der Schlafzimmerkommode unter seiner Brieftasche.

Der Wagen sprang sofort an, und sie legte den Rückwärtsgang ein. Als sie wendete, stach ihr die Sonne in die Augen, die noch ganz verschwollen waren. Sie setzte die Sonnenbrille auf. Die Zufahrt zum Haus war steil und hatte tiefe Furchen. Fleur kroch sie förmlich hinunter, um den Wagen nicht zu beschädigen. Zum Teufel mit Jack und seinen Unsicherheiten. Sie warf einen Blick auf den Tacho und verstand nicht, daß es ihr so schwerfiel, ihn abzulesen. Dann merkte sie, daß sie wieder weinte. Zehn Meilen die Stunde. Da kam sie ja schneller zu Fuß vorwärts.

Sie entdeckte eine undeutliche Bewegung im Rückspiegel, und als sie aufblickte, sah sie, daß Jake hinter dem Wagen herlief. Der Hemdzipfel hing ihm aus dem Pullover heraus, das Haar stand ihm an den Schläfen vom Kopf ab, und er machte ein Gesicht, als wolle er einen Mord begehen. Er brüllte etwas, aber sie verstand ihn nicht, und das war vermutlich ohnehin besser. Sie trat aufs Gas, nahm die nächste Kurve zu schnell, riß das Steuer zu weit nach rechts, und der Jaguar schleuderte leicht.

Bevor sie gegenlenken konnte, hing sie schon mit dem Vorderrad über dem rechten Straßengraben.

Sie schaltete die Zündung aus, kreuzte die Arme auf dem Lenkrad und wartete auf Jake und seinen Zorn oder auf Jake und seine geistreichen Spötteleien. Warum konnte er sie nicht gehenlassen? Warum gönnte er ihr nicht den leichten Ausweg?

Die Beifahrertür wurde aufgerissen, doch sie rührte sich nicht. Sie hörte seinen Atem, der schwer und keuchend ging.

»Du hast dein Halskettchen nicht mitgenommen.« Seine Stimme klang höher als gewöhnlich, und er schien überhaupt nicht zornig zu sein, doch sie fragte sich, warum er sich ununterbrochen räusperte. »Ich möchte, daß du die Kette trägst, Fleur.« Er ließ sie ihr in den Schoß fallen.

»Danke.«

»Ich — ich habe die Blüte eigens für dich machen lassen. Hab einen Freund, der so was kann. Den Entwurf habe ich selbst gezeichnet.«

»Sie ist sehr schön«, sagte sie, als habe er sie ihr eben erst geschenkt.

Sie hörte seine Füße im Sand scharren, blickte aber noch immer nicht auf. »Ich will nicht, daß du gehst, Fleur. Was ich gestern abend gesagt hab . . .« Wieder knirschte der Sand. Jake räusperte sich und fuhr fort: »Hör mal, es tut mir leid, okay?«

Ihre Nase lief, und sie spürte ein paar salzige Tränen auf ihren Lippen. »Mehr ertrage ich nicht«, sagte sie verzweifelt. »Laß mich gehen.«

Es folgten eine lange Pause, ein stockender Atemzug. Sie hörte, daß er die Hände auf die Motorhaube stützte. »Ich habe das Buch gelesen. Du hattest recht. Ich — ich war zu lange in mich selbst eingesperrt. Hatte Angst. Aber als ich dich heut nacht vom Pool hereinholte, wurde mir klar, daß ich mich viel mehr davor fürchtete, dich zu verlieren, als vor irgend etwas, das ich vor fünfzehn Jahren erlebte.«

Endlich wandte sie ihm das Gesicht zu und wollte ihn durch ihre Tränen ansehen, doch er hatte den Kopf zur Seite gedreht. Sie nahm die Sonnenbrille ab, hörte, daß er sich wieder räusperte, und begriff, daß sie nicht die einzige war, die weinte.

»Jake?«

»Verdammt noch mal, schau mich nicht an!«

Plötzlich umschlossen seine Hände ihre Arme, er zog sie aus dem Wagen und preßte sie so fest an die Brust, daß sie kaum

Luft bekam. »Verlaß mich nicht, Fleur«, stieß er erstickt hervor. »Ich war so lange allein — mein Leben lang. Bitte verlaß mich nicht. Ich liebe dich so sehr. Bitte bleib, Fleur!«

Sie fühlte, daß er aufgab, fühlte sein Verlangen nach ihr. Endlich hatte sie, was sie wollte — Jake Koranda, der seine Seele vor ihr bloßlegte, ohne Abwehr, sich völlig preisgab. Jake, der sich ihr auslieferte, wie er sich noch nie einem Menschen ausgeliefert hatte. Und es brach ihr das Herz.

Sie deckte seine Tränen mit ihren Lippen zu, trank sie, ließ sie verschwinden, versuchte ihn durch ihre Berührung zu heilen. Sie mußte ihn wieder ganz machen, so ganz, wie sie war. Nur war sie es in Wirklichkeit nicht. Er war jetzt der Starke. Er hatte den Mut gehabt, sich zu sehen, wie er wirklich war. Das hatte sie nie fertiggebracht. Sie hatte nicht einmal die Courage, in einen Spiegel zu schauen.

»Ist ja gut — alles ist gut, Cowboy«, sagte sie weinend. »Ich liebe dich. Nur schließ mich nicht aus deinem Leben aus. Ich kann alles ertragen, nur das nicht.«

Er ließ sie endlich los, trat einen Schritt zurück und sah sie an. Seine Augen waren rot gerändert, seine Großspurigkeit hatte er abgelegt. »Und was ist mit dir? Wie lange willst du mich noch ausschließen? Wann läßt du mich ein?«

»Ich weiß nicht, was du . . .« Sie unterbrach sich und legte die Wange an sein Kinn. Sie dachte an die Bollwerke, hinter denen er sich verschanzt hatte, und gestand sich ein, daß sie sich von den ihren gar nicht so sehr unterschieden. Ihr Leben lang hatte sie Selbstbestätigung in der Meinung anderer über sich gesucht — bei Belinda, Alexi, den Nonnen im Kloster. In letzter Zeit war es ihre Agentur gewesen. Natürlich wollte sie Erfolg haben, doch wenn sie es nicht schaffte, war sie selbst nicht weniger wert. Nicht sie war schuld an den Dingen, die ihr widerfahren waren. Sie war genauso Opfer gewesen wie Jake.

»Versuch Mitleid mit dem Kind zu empfinden, das du warst«, hatte sie ihm gesagt. Vielleicht war es höchste Zeit, daß sie Mitleid mit dem verängstigten Kind hatte, das sie gewesen war.

»Jake?«

Er murmelte etwas in ihren Nacken.

»Du wirst mir helfen müssen«, sagte sie.

Er zog sie an sich, und sie küßten sich lange genug, um jedes Zeitgefühl zu verlieren. Als sie sich endlich voneinander lösten, schaute er ihr in die Augen und sagte: »Ich liebe dich, Fleur. Ziehen wir den Wagen raus und fahren ans Wasser. Ich wünsche mir so sehr, das Meer zu sehen, dich in den Armen zu halten und dir alles zu sagen, was ich dir schon so lange sagen wollte. Und ich glaube, du hast mir auch einiges zu erzählen.«

Sie dachte an das Kloster und Alexi, an Belinda und Errol Flynn, an die Jahre in Frankreich und an ihren Ehrgeiz — und nickte.

Den Wagen auf die Straße zu ziehen war nicht schwierig. Jake fuhr, und während sie im Schneckentempo die Zufahrt hinunterkrochen, nahm er Fleurs Hand von seinem Schenkel und küßte ihre Fingerspitzen. Sie lächelte ihm zu, entzog sie ihm sanft, griff nach ihrer Handtasche und holte einen kleinen Spiegel heraus. Dann betrachtete sie eingehend ihr Gesicht. Es machte sie irgendwie verlegen, sie war verwirrt, weil sie so etwas tat, doch sie wandte sich nicht von ihrem Spiegelbild ab, wie sie es so viele Jahre lang getan hatte. Statt dessen musterte sie sich forschend, versuchte ihre Gesichtszüge mit dem Herzen und nicht mit dem Verstand zu sehen.

Ihr Gesicht war ein Teil von ihr. Vielleicht war es zu groß, um ihrem Schönheitsideal zu entsprechen, doch ihre Augen waren intelligent und sensibel, ihr Mund verriet Humor. Es war ein gutes Gesicht. Es gehörte zu ihr, und deshalb war es gut. »Jake?«

»Hmmm?«

»Ich bin wirklich hübsch, nicht wahr?«

Er grinste und wollte ihr eine seiner üblichen ironischen Antworten geben, denn wenn es eine dumme Frage gab, so war es diese. Dann sah er ihren Gesichtsausdruck und wurde ernst. »Ich denke, du bist die hübscheste Frau, die mir je begegnet ist«, sagte er einfach.

Seufzend und mit einem zufriedenen Lächeln lehnte sie sich zurück . . .

Der Jaguar bog in die Straße ein und verschwand hinter der Kurve. Ein paar Sekunden war alles still, als hielte die Welt den Atem an. Dann kam hinter einem Strauch auf der anderen Straßenseite ein staubiges Motorrad hervor. Der Fahrer hob das Helmvisier, schaute sich um und donnerte dann die holprige Zufahrt zu Jakes Haus hinauf.

31

Als Fleur eine Woche später aus dem Flugzeugfenster auf die City von Santa Barbara hinunterblickte, hatte sie das Gefühl, das größte Stück ihres Herzens zurückzulassen. »Wir müssen uns an Trennungen gewöhnen«, hatte sie Jake am Abend vorher gesagt. »Sie werden immer zu unserem Leben gehören.«

»Das bedeutet aber noch lange nicht, daß ich sie angenehm finden muß.« Er zupfte mit den Zähnen an ihrem Ohrläppchen und flüsterte: »Weißt du, daß du einen kleinen Leberfleck gleich neben . . .«

Sie lächelte in der Erinnerung. Nur noch drei oder vier Wochen, und Jake hatte alles erledigt, was er in letzter Zeit vernachlässigt hatte. Dann wollte er in New York mit der Arbeit an einem neuen Stück beginnen. Fleur dachte an den Tag, an dem sie durchfroren von ihrem langen Strandspaziergang zurückgekommen waren. Jake hatte Feuer gemacht, und sie hatten sich vor dem Kamin aneinandergekuschelt und sein Manuskript verbrannt. Als eine Seite nach der anderen Feuer fing und verkohlte, schien nach und nach eine Last von Jakes Schultern zu fallen. »Ich denke, ich kann es jetzt vergessen«, sagte er aufatmend.

»Vergiß nicht allzuviel«, sagte sie. »Es ist ein Teil von dir. Und auf seltsame Weise könnte es sogar der beste sein.«

Er nahm den Schürhaken und schob ein paar lose Seiten in die Flammen, aber er sagte nichts, und sie drängte ihn nicht. Jake brauchte Zeit. Sie beide brauchten Zeit. Für den Augenblick genügte es, daß er wieder schreiben wollte, daß sie miteinander über das sprechen konnten, was ihnen widerfahren war.

Ihr Glück schien in allen Regenbogenfarben zu schillern, ihre Umarmungen waren zärtlich und leidenschaftlich und erfüllten sie beide mit Staunen, und doch leuchtete, als er von Heirat sprach, in Fleurs Kopf eine gelbe Warnlampe auf. »Alles ist noch so neu zwischen uns«, sagte sie, »wir wollen deshalb nichts überstürzen. Wir müssen das Zusammensein erst lernen, und das wird eine Weile dauern. Wenn es mit uns schiefginge, würden wir es beide nicht ertragen. Unsere Seelen holen sich allzuleicht blaue Flecken. Sehen wir also, wie wir mit dieser Trennung, mit deiner und meiner Karriere und all den anderen Widrigkeiten fertigwerden, die bestimmt auf uns warten.«

»Lieber Gott, Fleur, das klingt ja schrecklich analytisch. Ich dachte immer, die Frauen sind die Romantikerinnen. Was ist nur aus Impulsivität und Leidenschaft geworden?«

»Die findest du in Las Vegas bei Engelbert Humperdinck.«

»Jesus, hast du ein vorlautes Mundwerk!« Er bückte sich und begann an ihrer Unterlippe zu knabbern. »Dafür gibt es nur ein Heilmittel . . .«

Sie sagte ihm nicht, daß sie ganz sicher sein mußte, ihn zu heiraten und nicht eine Version von Bird Dog, die noch in ihm steckte. Trotzdem hätte sie an dem Tag fast nachgegeben, an dem sie ihm sagte, sie wolle reiten gehen. Sie lag noch im Bett, hatte nur ein T-Shirt an, und er kam, ein Handtuch um die Hüften, aus dem Bad. »Hier gibt es keinen halbwegs anständigen Reitstall«, erklärte er.

»Wieso denn nicht? Wir sind erst gestern an einem vorbeigekommen, keine drei Meilen von hier. Der sah doch recht ordentlich aus. Komm schon, Jake, fahren wir hin. Ich hab seit Monaten nicht mehr im Sattel gesessen.«

Er griff nach seinen Jeans und begann sie aufmerksam zu inspizieren. »Warum fährst du nicht allein? Ich muß ein paar Sachen aufarbeiten. Schließlich hab ich's in meinen Filmen ständig mit Pferden zu tun. Ich käme mir vor wie ein Busfahrer, der mit dem Bus auf Urlaub fährt.«

»Ohne dich macht es mir keinen Spaß.«

»Es ist eben so, wie du gesagt hast, Fleur, wir müssen uns an Trennungen gewöhnen.«

Er machte zwei Schritte und stolperte über ihre Turnschuhe. Sie sah sich ihn näher an. Er war verlegen, nervös, und ihr kam plötzlich ein unglaublicher Verdacht. »Wie viele Western hast du schon gemacht?« fragte sie.

»Keine Ahnung.«

»Na, so ungefähr wirst du's doch wissen.«

»Sieben — acht.« Er schien sich auf einmal zu genieren, das Badetuch vor ihr abzulegen, schnappte sich eine Unterhose zu seinen Jeans und marschierte ins Bad zurück.

»Könnten es auch zehn sein?« rief sie vergnügt.

»Ja, vielleicht. Ja, ich glaube, das kommt hin.«

Er mußte den Wasserhahn aufgedreht haben, denn sie hörte

Wasser rauschen, dann begann er sich sehr gründlich und sehr laut die Zähne zu putzen. Endlich tauchte er wieder auf — den Oberkörper nackt, den Reißverschluß an den Jeans noch offen.

Sie lächelte ihm zu. »Zehn Western, hast du gesagt?«

Er fummelte an seinem Reißverschluß herum. »Mmm-m.«

»Da hast du aber viel Zeit im Sattel verbracht.«

»Der verdammte Reißverschluß klemmt.«

Sie nickte nachdenklich. »O ja, sehr, sehr viel Zeit.«

»Mist! Er ist kaputt, glaub ich.«

»Und jetzt beichte: Hattest du schon immer Angst vor Pferden, oder ist das neu?«

Er riß den Kopf hoch. »Na klar, schon immer!« sagte er spöttisch.

Sie sagte kein Wort, sie lächelte nur.

»Angst vor Pferden? Ich?«

Kein Wort.

Wieder riß er am Reißverschluß. »Wie klug du bist.«

Er war fest entschlossen, es nicht zuzugeben. Er schaffte es sogar, eine entsprechend rebellische Miene aufzusetzen, obwohl sie dahinter eine Spur von kindlichem Trotz zu entdecken glaubte. Ihr Lächeln wurde pures Saccharin, und er ließ den Kopf sinken. »Also ich würde nicht gerade sagen, daß ich Angst habe«, brummte er vor sich hin.

»Und was würdest du sagen?« schmeichelte sie.

»Wir verstehen uns ganz einfach nicht, die Pferde und ich, das ist alles.«

Brüllend vor Lachen ließ sie sich rücklings auf das Bett fallen. »Du hast Angst vor Pferden! Bird Dog hat Angst vor Pferden! O Gott, jetzt mußt du für alle Ewigkeit mein Sklave sein. Damit kann ich dich dein Leben lang erpressen mit Rückenmassagen, Kochen, verrücktem Sex ...«

Er sah gekränkt aus. »Ich mag Hunde.«

»Kleine, darauf könnte ich wetten.«

Er leugnete es nicht.

In diesem Augenblick hätte sie fast gesagt, daß sie ihn heiraten wolle.

Erfolg zieht Erfolg nach sich, sollte sie in den nächsten Wochen mehr als einmal denken, als sie für Olivia Creighton einen neuen Vertrag aushandelte; die Schauspielerin bekam in Zukunft für jede Folge von *Dragon's Bay* das Dreifache wie bisher. Dann wurde einer der vielversprechendsten Schauspieler von Hollywoods junger Welle ihr zehnter Klient. Nun, da es nicht mehr so wichtig war, schien sich alles, was sie anfaßte, in Gold zu verwandeln. Das Album von Simon Kales Rough Harbors versprach ein großer Hit zu werden, die Berichte, die über Kissy aus England kamen, waren sehr gut, und als sie eines Nachmittags von einer Besprechung zurückkam, fand sie — gewissermaßen als Sahne auf dem Kuchen — auf ihrem Schreibtisch ein langes Telegramm, dessen wesentlichster Wortlaut folgender war:

brennen morgen mittag durch stop melde mich nach den flitterwochen stop charlie hat mir eben gesagt wie reich er ist stop ist liebe nicht was tolles stop

Lachend lehnte Fleur sich im Sessel zurück. War Liebe nicht was Tolles? O ja, das war sie.

Sie telefonierte wenigstens zweimal täglich mit Jake. Er rief sie morgens sofort nach dem Aufwachen an; und sie rief abends zurück, bevor sie ins Bett ging. Sie freuten sich beide auf diese Zeit, in der sie sich erzählen konnten, was sie erlebt hatten. Diese Telefonate, erklärte sie ihm mit genau dem richtigen Maß an Pedanterie, um ihn mit den Zähnen knirschen zu lassen, seien wichtig für ihre Beziehung, weil sie keinen körperlichen Kontakt hätten; sie müßten daher lernen, sich auf einer geistigeren Ebene zu verstehen.

Er sagte ihr, sie solle kein dummes Zeug reden und ihm lieber verraten, welche Farbe der Schlüpfer habe, den sie heute trage.

Später sollte Fleur sich fragen, warum sie nicht gemerkt hatte, daß alles zu gut lief. Sie kam gegen ein Uhr von der Einweihungsparty bei Michel und Damon zurück, die zusammen in ein Haus gezogen waren, in dem jedoch jeder seine eigene Wohnung hatte, und wollte eben ihr Kleid in den Schrank hängen, als das Telefon klingelte. Lächelnd griff sie nach dem Hörer, schraubte ihre Stimme ein paar Töne tiefer und sagte heiser: »Hast du gedacht, ich hätte dich vergessen, mein Lustknabe?«

»Fleur? O Gott, Baby, du mußt mir helfen! Bitte, Baby . . .«

Unwillkürlich umklammerte Fleur den Hörer fester. »Belinda?«

»Laß es nicht zu — laß nicht zu, daß er mir das antut! Ich weiß, daß du mich haßt, aber bitte, du mußt verhindern . . .«

»Wo bist du?«

»In Paris. Ich — ich dachte, ich sei ihn los. Ich hätte wissen müssen...« Die Worte wurden undeutlich, und Belinda begann zu schluchzen.

»Er hat zwei seiner Kreaturen nach New York geschickt. Als ich gestern nach Hause kam, waren sie in meiner Wohnung und haben mich gezwungen, mit ihnen zu gehen. Sie wollen mich in die Schweiz bringen, ich weiß es. Er will mich einsperren lassen, Baby. Das hat er mir seit Jahren angedroht, aber jetzt...«

Plötzlich ein Klicken, und die Leitung war tot.

Mit dem Hörer in der Hand ließ Fleur sich auf den Bettrand fallen. Während die Minuten vorübertickten, sagte sie sich, daß sie ihrer Mutter nichts schuldete. Es war Belindas Entscheidung gewesen, ihre Ehe mit Alexi aufrechtzuerhalten. Sie hätte sich vor Jahren scheiden lassen können, doch sie hatte sich zu sehr in Alexis Glanz gesonnt, um ihn aufzugeben. Was jetzt auch mit ihr geschehen mochte, es war ihre eigene Schuld. Außer...

Sie war ihre Mutter.

Fleur legte den Hörer auf und begann über die Beziehung nachzudenken, an die sie so lange nicht zu rühren gewagt hatte. Als die Erinnerung an ihre gemeinsame Zeit an ihr vorüberglitt, sah sie mit neuen Augen, was sie bisher noch nie begriffen hatte. Sie sah ihre Mutter, wie sie war — eine labile, frivole Frau, die nur das Beste vom Leben wollte, aber nicht wußte, wie sie es sich aus eigener Kraft schaffen konnte. Und dann sah sie endlich auch die Liebe ihrer Mutter in einem richtigen Licht — selbstsüchtig, nur ihren eigenen Interessen dienend, intrigierend, manipulierend —, aber dennoch Liebe. Liebe, die so vom Herzen kam, daß Belinda nie verstanden hatte, wie Fleur daran zweifeln konnte.

Sie hatte Jake gesagt, daß sie von Michels Party vielleicht zu spät zurückkommen werde, um mit ihm zu telefonieren, und rief ihn daher wirklich nicht an. Statt dessen buchte sie den nächsten Flug nach Paris. Die Maschine ging gute drei Stunden bevor Jake sie am Morgen erreichen konnte. Sie wollte ihrer Sekretärin die Nachricht hinterlassen, daß sie überraschend nach London mußte und Jake sobald wie möglich anrufen werde. Sie mußte verhindern, daß er eventuell mit einer .22er, einem Schlagring oder irgendeiner anderen Waffe in Paris auftauchte und alles schlimmer machte, als es ohnehin werden würde. Denn daß es schlimm werden würde, war ihr klar. Sie zweifelte nicht daran, daß Belinda wieder einmal als menschlicher Lockvogel benutzt wurde, um die Tochter zu Alexi zurückzuholen.

Grau und schweigend stand das Haus in der Rue de la Bienfaisance in der Abenddämmerung. Es sah genauso unfreundlich aus, wie sie es in Erinnerung hatte, und unwillkürlich mußte sie daran denken, wie es gewesen war, als sie es zum erstenmal gesehen hatte. Damals war sie schrecklich verängstigt gewesen — hatte sich den Kopf zerbrochen, ob sie richtig angezogen war, hatte sich davor gefürchtet, ihren Vater kennenzulernen, und sich nach ihrer Mutter gesehnt.

Ein junger Mann im Dreiteiler, der ganz bestimmt kein Diener war, öffnete ihr. Eine von Alexis »Kreaturen«, wie Belinda gesagt hatte? Fleur fand, daß er wie ein Leichenbestatter mit einem Wirtschaftsdiplom von Harvard aussah, obwohl sein französischer Akzent den Eindruck wieder zunichte machte. »Guten Abend, Mademoiselle Savagar. Ihr Vater erwartet Sie.«

Natürlich erwartete er sie. Keine Sekunde hatte sie sich etwas anderes vorgestellt. Sie trat ein und reichte ihm ihr Abendcape. »Ich möchte meine Mutter sehen.«

»Hier entlang, bitte.« Sie folgte ihm in den vorderen Salon, ein bißchen überrascht, weil er ihrem Wunsch so leicht nachgegeben hatte, bis sie feststellte, daß der Raum kalt und leer war. Als sie die weißen Rosen sah, die wie ein Grabbukett auf dem Kaminsims standen, konnte sie ein Frösteln nicht unterdrücken.

»Das Abendessen ist jeden Moment fertig«, sagte der Leichenbestatter. »Möchten Sie vorher noch etwas trinken? Ein Glas Champagner vielleicht?«

»Ich will meine Mutter sehen.«

Er wandte sich ab, als habe sie nichts gesagt, und eilte hinaus. Sie kreuzte die Arme vor der Brust, um sich selbst ein bißchen zu wärmen, und wünschte, es wäre nicht so dunkel. Die wenigen Lampen, die eingeschaltet waren, warfen nur Schatten an die gräßlichen Deckenfresken, und sie fröstelte wieder.

Jetzt reicht es mir aber, dachte sie. Der Leichenbestatter hatte die Tür zugemacht, eine Symbolhandlung vermutlich; sie sollte sich eingeschlossen fühlen. Sie öffnete sie und ging an den großen Gobelins und Aubussons vorbei zur Treppe. Die Absätze ihrer Pumps klapperten laut über den Marmor, und sie hielt den Kopf hoch, um sich gegen die unsichtbaren Augen zu wappnen, die sie vielleicht beobachteten.

Als sie die oberste Stufe erreicht hatte, erschien ein zweiter junger Mann mit ordentlich frisiertem Haar und dunklem Anzug und verstellte ihr den Weg. »Sie haben sich verlaufen, Mademoiselle.« Es war eine Feststellung. Keine Frage.

Ihr wurde klar, daß sie ihren ersten Fehler begangen hatte und korrigierte ihn rasch mit ein paar nichtssagenden Bemerkungen und einem würdevollen Rückzug in den Salon. Der Leichenbestatter erwartete sie und führte sie ins Speisezimmer. Der riesige Mahagonitisch war ebenfalls mit weißen Rosen geschmückt und für eine Person mit erlesenem Silber und Kristall gedeckt. Alles war bis ins kleinste Detail organisiert, damit sie sich so machtlos fühlen sollte wie möglich. Sie mußte sich auf einen Nervenkrieg gefaßt machen. Sie wandte sich an den Leichenbestatter. »Ich hoffe, man hat die Speisen mit der gleichen Sorgfalt zubereitet, mit der der Tisch gedeckt wurde. Ich habe Hunger.«

Mit großer Genugtuung beobachtete sie, daß in seinem Gesicht Überraschung aufblitzte, bevor er nickte und sich entschuldigte. Was sind das für Männer? fragte sie sich. Dunkle Anzüge, steifes, förmliches Benehmen — wirklich seltsam. Wo war Belinda? Und wo Alexi?

Ein livrierter Diener erschien, um zu servieren, der erste, den sie sah, seit sie das Haus betreten hatte. Da saß sie nun allein in einem eleganten Samtkleid, Granatohrringe und Perlen funkelten im Kerzenlicht, und sie konzentrierte sich ganz darauf, so zu tun, als esse sie mit größtem Genuß, bat sogar um eine zweite Portion Kastaniensoufflé. Sie ließ sich Zeit, ließ sich eine zweite Tasse Tee und dann einen Brandy bringen, den sie allerdings nicht trinken würde. Alexi kann nur über seinen Spielanteil bestimmen, dachte sie. Darüber, wie ich mein Spiel gestalte, hat er keine Kontrolle.

Der Leichenbestatter tauchte wieder auf. Höflich ersuchte er »Mademoiselle«, ihn zu begleiten.

Sie kramte in ihrer Handtasche nach Puderdose und Lippenstift. Der Leichenbestatter war kein ausgebildeter Diener und ließ sich seine Ungeduld anmerken. »Ihr Vater wartet, Mademoiselle.«

»Sie haben mich mißverstanden«, entgegnete Fleur. »Ich bin hier, um meine Mutter zu besuchen, und wenn das nicht möglich ist, gehe ich. Ehe ich nicht mit meiner Mutter gesprochen habe, will ich auch Monsieur Savagar nicht sehen.«

Das hatte er offensichtlich nicht erwartet. Er zögerte und nickte dann. »Nun gut, ich bringe Sie zu ihr.«

»Ich kenne den Weg.« Sie fegte an ihm vorbei auf den Flur und lief die Treppe hinauf. Der Mann, dem sie schon vorher hier oben begegnet war, war zwar wieder zur Stelle, hielt sie diesmal jedoch nicht auf, und sie tat, als sei er unsichtbar.

Fast sieben Jahre waren vergangen, seit sie das letztemal im Haus in der Rue de la Bienfaisance gewesen war. Doch hier hatte sich nichts verändert. Die Madonnen aus dem 15. Jahrhundert richteten die Augen aus ihren vergoldeten Rahmen noch immer gen Himmel; die Perserteppiche verschluckten ihre Schritte so vollständig, als sei sie hier nie gegangen. In einem solchen Haus maß man die Zeit nach Jahrhunderten, Jahrzehnte verstrichen unbemerkt.

Sie dachte an das Haus, das sie mit Jake teilen wollte — ein großes, weitläufiges Haus, in dem mit den Türen geknallt wurde, das ächzende Dielen hatte und Treppengeländer, auf denen die Kinder herunterrutschen konnten. Ein Haus, das die Zeit nach lärmenden Dekaden zählte. Sie sah sich selbst am Samstagmorgen auf der obersten Treppenstufe stehen und hörte, wie sie den Kindern zurief: »Still, ihr Rasselbande! Daddy schläft noch.«

Daddy ... Es war, als blicke sie von der anderen Seite in einen Spiegel. Jake als Vater ihrer Kinder? So hatte sie noch nie an ihn gedacht. Wenn er wütend war, würde er sie anbrüllen, wie Alexi es nie getan hatte, und er würde sie an sich drücken und küssen und wenn nötig gegen die ganze Welt verteidigen.

Plötzlich wußte sie nicht mehr, warum sie je gezögert hatte, ihn zu heiraten. Noch nie hatte sie sich etwas so sehr gewünscht. Wenn es bedeutete, daß sie seine beiden Seiten akzeptieren mußte — nun, sie kannte inzwischen die meisten seiner Tricks, daher würde es ihm nicht mehr so leicht fallen, sie auszuschließen, wenn ihn etwas bedrückte. Und außerdem zog er ja auch nicht gerade das große Los. Sie würde zum Beispiel ihren Beruf nicht aufgeben, und nichts konnte sie je dazu bringen, sich echtes Interesse für die Hausarbeit abzuringen. Außerdem war er nicht der einzige, der dazu neigte, keinen Menschen an sich heranzulassen. Plötzlich fühlte sie eine so überwältigende Erleichterung, daß sie weiche Knie bekam. Auf der ganzen Welt gab es keinen anderen Mann, den sie sich als Vater ihrer Kinder vorstellen konnte. Das wollte sie ihm sagen, wenn sie heute abend mit ihm telefonierte.

Sie merkte, daß sie vor Belindas Zimmer angekommen war,

und zwang sich, alle Träume von Jake und lärmenden Kindern zu verdrängen und anzuklopfen. Es dauerte eine Weile, bis sie aus dem Zimmer Bewegung und Geräusche hörte, die Tür ein paar Zentimeter geöffnet wurde und Belindas Gesicht in dem Spalt erschien. Ihre Stimme zitterte, als sei sie längere Zeit nicht benutzt worden. »Baby? Bist du's wirklich?« Sie strich sich eine hellblonde Haarsträhne zurück, die ihr ins Gesicht gefallen war, und hob dann die Hand an die Wange. »Baby, ich — ich sehe entsetzlich aus. Ich habe nicht geglaubt...«

»... daß ich kommen würde?«

»Ich — ich wollte nicht damit rechnen...«

»Willst du mich nicht reinlassen?«

Belinda schien plötzlich zu merken, daß sie im Weg stand und trat beiseite. Als Fleur an ihr vorbeiging, stellte sie fest, daß ihre Mutter nach kaltem Zigarettenrauch roch und nicht mehr nach Shalimar duftete. Sie mußte an den bunten Paradiesvogel denken, der zweimal im Jahr ins Kloster gekommen war und einen so süßen Duft verbreitet hatte, daß der muffige Geruch von Kreidestaub und verlorenen Gebeten im Handumdrehen vertrieben worden war.

Belinda war ungeschminkt, nur in den Fältchen der Augenlider waren noch ölige Reste von blauem Lidschatten. Ihr Gesicht über dem zerdrückten chinesischen Hausmantel aus safrangelber Seide war völlig farblos. Auf dem Oberteil des Hausmantels war ein Fleck, und eine der beiden Taschen hing nach unten, ausgebeult von zu vielen schweren Feuerzeugen. Wieder hob Belinda die Hand an die Wange. »Ich will mir schnell das Gesicht waschen, wollte für dich immer hübsch aussehen, Baby. Du hast mich immer so hübsch gefunden.«

Fleur nahm die Hand ihrer Mutter, die sich in der ihren so klein wie die eines Kindes anfühlte. »Das finde ich auch jetzt. Bitte hör auf herumzuzappeln, setz dich hin und erzähl mir, was passiert ist.«

Belinda gehorchte, ein braves Kind, das sich dem Stärkeren unterwarf. Sie berichtete Fleur von Alexis Drohung, sie in ein Sanatorium zu stecken, obwohl sie seit langem nicht mehr trinke. »Die Drohung hängt wie ein Damoklesschwert über meinem Kopf. Solange ich tue, was er will, läßt er mich in Ruhe, aber kaum mache ich seiner Ansicht nach etwas falsch, bedroht er mich.« Sie griff in die Tasche, holte Zigaretten und Feuerzeug heraus. »Ihm hat nicht gefallen, wie sich in New York die Dinge zwischen dir und mir entwickelt haben. Er fand, ich hätte mich mehr anstrengen müssen. Ich sollte dich in Verlegenheit bringen, dich blamieren, aber blamiert habe ich nur ihn.«

»Mit Shawn?«

Belinda nickte. »Shawn hat mich wegen einer älteren Frau verlassen, hast du das gewußt? Komisch, nicht wahr? Alexi sperrte mir alle Konten, und die andere war reich.«

»Shawn Howell ist ein Kretin, Belinda.«

»Er ist ein Star, Baby. Es ist nur eine Frage der Zeit, bis er wieder ganz oben ist.« Sie sah Fleur vorwurfsvoll an. »Du hättest ihm helfen können, weißt du. Jetzt, da du eine große Agentin bist, hättest du einem alten Freund ruhig helfen können.«

Fleur sah den vorwurfsvollen Ausdruck in den Augen ihrer Mutter und wartete darauf, daß sie, wie früher, Schuldgefühle und ein schlechtes Gewissen bekam. Doch beides blieb aus. Statt dessen empfand sie nur den mit Nachsicht vermischten Ärger einer Mutter mit ihrem unvernünftigen Kind. »Sicher hätte ich ihm helfen können«, antwortete sie geduldig. »Aber ich wollte nicht. Ich finde, er hat kein Talent.«

Belinda zündete sich die Zigarette an. »Das ist nicht sehr fair, Fleur. Ich verstehe dich einfach nicht.«

Plötzlich hörte Fleur das Echo einer Kinderstimme in Belindas Worten. *Das ist nicht fair, Mommy. Du bist nicht fair.* Sie zuckte mit den Schultern. »Das Leben ist nicht immer fair. Wir müssen nur versuchen, das Beste daraus zu machen.«

Belinda zog noch einmal an ihrer Zigarette und musterte dann Fleurs Kleid. »Michel hat es entworfen, nicht wahr?« Fleur nickte. »Es ist schön. Ich hätte mir nicht einmal im Traum vorgestellt, daß er so begabt sein könnte. In New York war er Tagesgespräch.« Sie kniff auf eine ganz besondere Weise die Augen zusammen, und Fleur wußte, daß sie jetzt bestraft werden sollte, weil sie Shawn nicht geholfen hatte. »Ich habe Michel besucht, hat er es dir erzählt? Was für ein schöner Junge! Er sieht mir so ähnlich, das sagen alle.«

Mitleid durchzuckte Fleur. Michel hatte ihr von dem Besuch nichts gesagt, aber sie konnte sich seine Reaktion vorstellen.

»Wir haben uns wunderbar verstanden«, sagte Belinda trotzig. »Er hat mir versprochen, mich seinen berühmten Freunden vorzustellen und ganz neue Sachen für mich zu entwerfen.« Die Kinderstimme rief als Echo dazwischen: *Und du darfst mit uns spielen.*

»Ich freue mich, daß es mit dir und Michel so gut lief. Er ist ein ganz ungewöhnlicher Mensch.«

Belinda konnte die Fassade nicht länger aufrechterhalten, und ihr Gesicht schien plötzlich zu schrumpfen. Sie beugte sich vor und fuhr sich mit allen fünf Fingern ihrer linken Hand durch das Haar. »Er hat mich angesehen wie Alexi. Als wär ich ein lästiges Insekt. Du bist die einzige, die mich je verstanden hat. Warum machen mir nur alle das Leben so schwer?« *Es ist nicht meine Schuld, Mommy. Keiner hat mich lieb, und ich weiß überhaupt nicht, warum.*

»Dein Leben wäre wahrscheinlich ein bißchen leichter, wenn du dich von Michel fernhieltest.«

»Er haßt mich sogar noch mehr als Alexi. Warum will Alexi mich einsperren, Baby?«

Fleur legte der Mutter die Hand auf die Schulter. »Was Alexi jetzt plant, hat mit dir nicht viel zu tun. Er hat dich nur benutzt, um mich herzulocken. Er möchte eine alte Rechnung begleichen.«

Belinda hob hastig den Kopf. »Du guter Gott, wieso ist mir das nicht eingefallen? Selbstverständlich.« Sie stand abrupt auf. »Du mußt gehen. Sofort. Alexi ist gefährlich. Ich lasse es nicht zu, daß er dir etwas tut. Ich muß nur einen Moment überlegen.«

Fleur setzte sich auf den Rand von Belindas Bett und beobachtete ihre Mutter, die rastlos umherging, sich mit einer Hand das Haar aus dem Gesicht schob, in der anderen eine Zigarette hielt und überlegte, wie sie ihr Kind beschützen konnte ... Und Fleur konnte nur daran denken, wie einfach es war. Warum hatte sie das nicht schon früher begriffen? Wenn Mütter und Töchter älter wurden, verwischten sich die Grenzen ihrer Beziehung. *Jetzt bin ich an der Reihe, Mutter zu spielen. Nein, du bist das Baby. Nein, ich will die Mutter sein* ... Von einem bestimmten Punkt an mußten Töchter sich anscheinend an den Gedanken gewöhnen, elterliche Verantwortung zu übernehmen. Sogar jetzt, als Belinda sich den Kopf darüber zerbrach, wie sie ihre Tochter abschirmen konnte, wußte Fleur, daß ihre Zeit als Belindas Baby hinter ihr lag. Belinda bestimmte nicht mehr, wie sie die Welt oder sich selbst zu sehen hatte. Sie wußte jedoch auch, daß sie es sich leisten konnte, liebevolle Nachsicht zu üben, damit ihre Mutter nicht merkte, wie weit sie sich voneinander entfernt hatten.

Sie stand auf. »Ich fahre ins Hotel, um ein paar Stunden zu schlafen. Morgen früh besuche ich dich wieder. Mach dir keine Sorgen.« Sie hätte Belinda gern gesagt, sie nehme sie mit, fürchtete jedoch, daß der Leichenbestatter und seine Mannen sie daran hindern würden, und sie wollte ihre Position nicht schwächen, indem sie sich auf eine Auseinandersetzung einließ, bei der sie nur den kürzeren ziehen konnte. Sie hatte auch nicht die Absicht, Belinda zu sagen, daß sie Alexi aufsuchen wollte, bevor sie ging.

Belinda umarmte sie hastig und verzweifelt. »Komm nicht wieder, Baby. Ich hätte längst begreifen müssen, daß es ihm nur um dich ging. Mir wird schon nichts passieren. Bitte komm nicht wieder.«

Fleur sah ihrer Mutter forschend in die Augen und stellte fest, daß sie, zumindest im Moment, aufrichtig war. »Keine Sorge«, sagte sie, die Umarmung erwidernd. »Er wird mir nichts tun.«

Sie verließ Belinda, wanderte durch das Labyrinth aus Korridoren und fand am Fuß der Treppe den Leichenbestatter, der auf sie wartete. »Jetzt möchte ich mit Monsieur Savagar sprechen«, sagte sie.

»Tut mir leid, Mademoiselle, aber Sie müssen warten. Ihr Vater kann Sie im Augenblick nicht empfangen.« Er zeigte auf einen Rokokosessel neben der Tür zur Bibliothek.

Der Krieg ging also weiter. Ihr blieb keine andere Wahl, als Alexi einen vorläufigen Sieg zuzugestehen, doch kaum war der Leichenbestatter verschwunden, eilte sie in den großen Salon, nahm eine voll erblühte weiße Rose aus der Vase und steckte sie sich in den Ausschnitt. Sie kehrte in die Halle zurück. Als sie wieder vor der Tür zur Bibliothek stand, überlief sie ein Frösteln, das sie nicht unterdrücken konnte. Sie glaubte, Alexis Anwesenheit durch die dicken Paneele fast körperlich zu spüren. Er wartete auf sie, voller Bosheit und Zuversicht, zählte jede Minute, während er seinen Nervenkrieg bis zum Ende auskostete. Langsam drückte sie die Klinke hinunter und trat ein.

Eine einzige Lampe brannte. Ihr schwaches Licht reichte bis zur Mitte des Raums, alles übrige lag im Dunkel. Die Helligkeit genügte jedoch, um ihr zu zeigen, daß der kraftvolle Mann, den sie gekannt hatte, geschrumpft zu sein schien. Er saß hinter dem Schreibtisch, die rechte Hand auf der Marmorplatte, die linke Hand versteckt auf den Knien. Seine Kleidung war genauso makellos wie immer — dunkler Anzug, hervorragend geschnitten,

Platinnadel am Kragen seines Seidenhemdes —, aber alles schien ein bißchen zu groß zu sein. Der Hemdkragen stand im Nacken ab, die Schultern füllten das Jackett nicht aus. Sie sagte sich, sie dürfe aus diesen Anzeichen körperlicher Schwäche keine Schlüsse ziehen, denn selbst in diesem schattigen Raum entging seinen ein wenig schrägen russischen Augen nichts. Sie musterten sie, das Gesicht, das Haar, das Kleid und blieben schließlich auf der Rose an ihrer Brust haften. »Du hättest mir gehören sollen«, sagte er.

32

»Das wollte ich ja«, antwortete sie. »Aber du hast es nicht geduldet.«

»Du bist ein *bâtard.* Kein *pur sang.*«

»Wie konnte ich das vergessen!« Sie ging näher zum Schreibtisch, weil sie ihn deutlicher sehen wollte. »Das irische Flynn-Blut ist dir wohl ein bißchen zu unzivilisiert?« Sie hatte die Genugtuung zu sehen, wie er erstarrte. »Soviel ich weiß, wurde einer seiner Vorfahren gehängt, weil er Schafe gestohlen hat. Absolut schlechtes Blut, Alexi. Und er selbst? Er hat gesoffen und herumgehurt.« Sie machte absichtlich ein Pause. »Seine jungen Mädchen . . .«

Die Hand auf der Schreibtischplatte ballte sich. »Es ist dumm von dir, dich mit mir auf ein Spiel einzulassen, das du nicht gewinnen kannst«, sagte er.

»Machen wir eben Schluß damit. Hör auf, Belinda zu terrorisieren.«

»Und wie, wenn ich dir sage, daß ich die Absicht habe, deine Mutter in eine Anstalt zu stecken? In ein Sanatorium für unheilbare Alkoholiker?«

»Das halte ich für ziemlich schwierig, wenn man bedenkt, daß sie schon lange nicht mehr trinkt.«

Alexi lachte leise in sich hinein. »Wie naiv du noch bist. Nichts ist schwierig, wenn man Geld hat.«

Der Tag war lang gewesen, sie war müde und hatte Kopfschmerzen. Sie wollte in ihr Hotel und Jake anrufen, um das Gefühl zu haben, daß es auch noch ein normales Leben gab. »Glaubst du wirklich, ich würde ruhig zusehen? Ich würde so laut und so lange schreien, bis es die ganze Welt hört.«

»Natürlich würdest du das. Ich weiß nicht, warum Belinda das nie erkannt hat. Ich müßte zuerst dich zum Schweigen bringen, und das wäre unmöglich. Es sei denn, ich würde zu barbarischen Methoden greifen, die selbstverständlich nicht in Frage kommen.«

Fleur dachte an Jake mit seinen Colts und den schnellen Fäusten — Jake, der viel zivilisierter war, als dieser alte Mann es je sein konnte. Sie setzte sich ihm gegenüber und wünschte, die Schreibtischlampe wäre eingeschaltet, damit sie sein Gesicht deutlicher sah. »Kein großes Dilemma, nicht wahr? Zumal du nie wirklich die Absicht hattest, sie einzusperren.«

»Du bist eine würdige Gegnerin geworden. Aber eigentlich warst du das von Anfang an, *n'est-ce pas?* Ich hatte erwartet, daß du den Kellerbrand entdecken würdest, aber daß du die Kleider vertauscht hast, war ein Geniestreich.«

»Wenn man es lange genug mit einer Schlange zu tun hatte, lernt man im Staub zu kriechen. Jetzt sag mir, was du willst.«

»Du bist ganz amerikanisch geworden. Kommst direkt auf den Punkt, ohne Geduld für *nuance*. Das muß an den vulgären Freunden liegen, mit denen du verkehrst.«

Fleur begann innerlich zu frösteln. Wen meinte er? Kissy? Michel? Jake ... Alarmglocken schrillten laut in ihr, mahnten sie, kein Wort über Jake verlauten zu lassen, ihn vor Alexis skrupelloser Gerissenheit zu verbergen. Er wußte vielleicht, daß Jake über ihr im Dachgeschoß wohnte, vielleicht sogar auch, daß sie zusammen in seinem Haus gewesen waren, doch er konnte nicht ahnen, was sie für Jake empfand; und so mußte es bleiben.

Sie kreuzte die Beine und ging zum Gegenangriff über. »Zufällig bin ich mit meinen Freunden sehr glücklich«, sagte sie. »Ganz besonders mit meinem Bruder. Du hast dich sehr in ihm geirrt, weißt du das? Michel ist ein ganz außergewöhnliches Talent, und er hat eine brillante Karriere vor sich. Er ist natürlich ein miserabler Geschäftsmann, aber ich sorge schon dafür, daß er für uns beide viel Geld verdient.«

»Ein Schneider«, sagte Alexi verächtlich. »Wie kann er den Kopf hochtragen?«

Sie lachte. »Glaub mir, das fällt ihm ganz und gar nicht schwer. Die halbe Stadt macht ihm den Hof, und die andere

Hälfte wartet nur darauf, es auch tun zu können. Die Leute, die mit ihm zusammen sind, fühlen sich privilegiert. Er ist dir sehr ähnlich, weißt du das? Sein Gang, seine Manierismen. Wenn er jemanden nicht mag, sieht er ihn genauso an wie du, kneift die Augen zusammen und zieht eine Braue in die Höhe, bis derjenige buchstäblich schrumpft. Es wirkt sehr einschüchternd. Doch darüber hinaus hat er die Menschlichkeit, die dir fehlt. Er ist eine viel wertvollere Persönlichkeit als du.«

»Michel ist *homosexuell.*«

»Und dein geistiger Horizont zu eng, um darüber hinwegsehen zu können, ja? Armer Alexi! Vielleicht werde ich eines Tages sogar imstande sein, dich zu bemitleiden.« Sie hörte ihn scharf einatmen und konzentrierte sich darauf, ihn unverwandt anzusehen, ihren Blick keine Sekunde abirren zu lassen.

»Hast du deine Tat je bereut?« fragte er unvermittelt. »Tut es dir manchmal leid, einen Gegenstand von so großer Schönheit zerstört zu haben?«

Sie überlegte einen Moment. »Der Bugatti war ein Kunstwerk, und ich bin nicht stolz darauf, daß ich ihn vernichtet habe. Aber das ist nicht der eigentliche Sinn deiner Frage, nicht wahr? Du willst wissen, ob es mir leid tut.« Sie preßte die Hände auf die Perlenstickerei an ihrem Rock. Alexi beugte sich leicht vor, und sie hörte das Leder leise knarren, als er sein Gewicht verlagerte. »Nein«, sagte sie. »Nein, noch keine einzige Sekunde hat es mir leid getan.«

»Miststück«, sagte er.

»Du hast dich zum Herrscher deines privaten Königreichs gekrönt, hältst dich für einen Mann, der über den Gesetzen steht — wie Belindas Filmstars. ›*Er ist ein Star, Baby. Er braucht sich nicht wie ein gewöhnlicher Sterblicher nach den Gesetzen zu richten.*‹ Mit diesem Spruch bin ich aufgewachsen. Und weißt du was? Er ist falsch. Niemand steht höher als das Gesetz; alle müssen nach bestimmten Regeln leben. Und Menschen, die sie nicht befolgen, müßten bestraft werden. Was du mir angetan hast, war entsetzlich und widerwärtig, und ich habe dich bestraft. Zivilisierte Menschen müssen sich gegen Barbaren schützen, sonst werden sie selbst auch unmenschlich. Du kannst mich bekämpfen, solange du willst, Alexi. Du kannst Belinda weiterhin bedrohen und weiterhin versuchen, mein Geschäft zu ruinieren, aber du wirst mich nie dazu bringen zu bereuen, was ich getan habe. Ich glaube, ich bin inzwischen zu stark geworden, und du kannst mich nicht mehr vernichten, doch wenn ich mich geirrt habe — wenn du es doch irgendwie schaffst, meine Firma zu ruinieren —, dann soll es eben sein. Ich bereue nicht, was ich getan habe, und bin bereit, die Konsequenzen zu tragen. Du hast keine Macht mehr über mich.«

Das Leder seufzte, als Alexi sich wieder zurücklehnte. »Ich habe gesagt, ich würde *deinen Traum* zerstören, *chérie*, und dabei bleibt es. Dann sind wir endlich quitt.«

»Du bluffst. Du kannst nichts mehr tun, das mich verletzen könnte.«

»Ich bluffe nie.« Er schob ihr über die Schreibtischplatte einen kleinen Briefumschlag zu. Sie zögerte einen Moment, bevor sie ihn nahm. Er war schwer. »Ein Andenken«, sagte Alexi.

Das Herz schien ihr in die Kehle zu springen. Sie schlitzte den Umschlag auf, und ein zerbeultes Metallstück fiel ihr in den Schoß. Die darauf eingeprägten Buchstaben waren noch zu sehen: *BUGATTI.* Es war das rote Metalloval vom Kühler des Royale.

Sie blickte wieder auf und sah, daß er ihr noch etwas anderes zugeschoben hatte.

»Ein Traum für einen Traum, *chérie.*«

Sie begann innerlich zu zittern. Es war eine amerikanische Boulevardzeitung mit dem Datum von heute, und die Schlagzeile sprang ihr förmlich entgegen:

NEUE KORANDA-BIOGRAPHIE ENTHÜLLT ZUSAMMENBRUCH

»Nein.« Sie schüttelte den Kopf, als wolle sie die häßlichen Worte zwingen zu verschwinden. Alexi hatte sie durchschaut, mußte sich schwarzer Magie bedient haben, um ihre Gedanken zu lesen. »Lieber Gott — nein ...«

Schauspieler und Stückeschreiber Jake Koranda (36), bekannt geworden durch die Darstellung des Cowboys Bird Dog Caliber, hat im Herbst 1968 als Soldat in Vietnam einen Nervenzusammenbruch erlitten. Seine literarische Agentin und jüngste Gespielin Fleur Savagar hat heute in einer Pressenotiz enthüllt, daß Koranda wegen eines posttraumatischen Streß-Syndroms, das er nach dem Tod eines Freundes erlitt, längere Zeit in einem psychiatrischen Krankenhaus lag. Laut Fleur Savagar sollen Einzelheiten in Korandas neuer Autobiographie veröffentlicht werden. »Jake«, erklärte Fleur Savagar, »hat ganz offen über seine emotionalen und psychischen Probleme gesprochen, und ich bin überzeugt, die Öffentlichkeit wird ihn wegen seiner Ehrlichkeit respektieren und ihm das Mitgefühl entgegenbringen, das ihm zusteht.«

Der Artikel war noch nicht zu Ende, aber Fleur konnte nicht weiterlesen. Es waren auch Fotos dabei — eins von Jake als Bird Dog, zwei von ihm und ihr beim Morgenlauf im Park, ein drittes von ihr im Park mit dem Text: *Glitter-Baby hat große Erfolge als Agentin der Stars.* Sie legte die Zeitung auf den Schreibtisch zurück und stand auf.

»Ich habe sieben Jahre geduldig gewartet«, flüsterte Alexi. »Jetzt sind wir quitt. Jetzt hast auch du verloren, was du am meisten liebst. Dein größter Traum war nicht deine Firma, nicht wahr, *chérie?*«

Tränen schimmerten in ihren Augen, und ihr Herz schien zu einem kleinen, harten Klumpen geschrumpft, der nie wieder schlagen würde. Die ganze Zeit hatte sie geglaubt, Alexi habe es auf ihre Agentur abgesehen, aber er hatte etwas Besseres gewußt. Er hatte vielleicht schon früher als sie gewußt, daß Jake für ihr Leben so wichtig war wie Brot und Wasser. Jake war *der Traum.*

Irgend etwas in ihr weigerte sich jedoch, Alexi seinen Sieg voll auskosten zu lassen — etwas, das noch den Willen und die Kraft hatte, ihn zu bekämpfen, ihm zu beweisen, daß die Regeln für alle galten. »Jake wird das keine Sekunde lang glauben«, sagte sie mit einer Stimme, die nur noch ein Flüstern, aber ruhig war. Ruhig wie das Zentrum eines Sturms.

»Er ist es gewohnt, von Frauen verraten und betrogen zu werden«, antwortete Alexi. »Er wird es glauben.«

»Wie hast du das gemacht? Das Buch existiert nicht mehr. Wir haben es zusammen vernichtet.«

»Soviel ich weiß, hat ein Mann mit einer Spezialkamera gearbeitet. Derlei Dinge sind seit Jahren möglich.«

»Du lügst. Jake hat das Manuskript nie aus den Augen ...« Sie unterbrach sich. O doch, einmal. Als er ihr nachgelaufen war und sie den langen Strandspaziergang unternommen hatten. »Die Fakten in diesem Artikel sind falsch«, sagte sie. »Das wird Jake sofort merken. Er weiß, daß ich ihm so etwas nie antun würde.«

»Für jemanden, der verraten wurde, sind Fakten bedeutungslos. Und Koranda weiß, wie wichtig deine Firma für dich ist. Du hast seinen Namen schon früher aus Publicitygründen benutzt. Wieso sollte er glauben, du hättest es nicht wieder getan?«

Jedes Wort, das er sagte, entsprach der Wahrheit, doch daran zu denken, erlaubte sie sich jetzt nicht. »Du hast verloren«, sagte sie. »Du hast Jake unterschätzt und mich auch.« Sie streckte schnell die Hand aus — so schnell, daß er die Bewegung nicht voraussehen konnte — und knipste die Schreibtischlampe an.

Mit einem heiseren Schrei riß er den Arm hoch und warf die Lampe auf den Boden, wo sie wie verrückt hin und her schaukelte und grausame, zuckende Muster aus Licht und Schatten über ihn warf. Sie starrte ihn an, brauchte jedoch ein paar Sekunden, um zu begreifen, was mit ihm nicht stimmte. Er deckte die linke Gesichtshälfte mit der Hand zu, aber es war zu spät, sie hatte schon gesehen ...

Jemand, der ihn nicht gut kannte, hätte vielleicht gar nichts gemerkt. Die Schlaffheit war so geringfügig, daß sie möglicherweise nicht einmal ihr aufgefallen wäre, wenn sie nicht die rechte Seite zum Vergleich gehabt hätte. Unter dem Auge hatte er eine Hautfalte mehr, seine Wange hing ein bißchen herunter, und der Mundwinkel zeigte schräg nach unten. Ein anderer mit der gleichen Krankheit hätte kaum einen Gedanken daran verschwendet, aber für einen Mann, der so stolz und von einem Vollkommenheitswahn besessen war, war auch eine so kleine Unvollkommenheit unerträglich.

»Jetzt ist dein Gesicht genauso häßlich wie deine Seele«, sagte sie.

»Miststück!« Er wollte nach der Lampe treten, doch seine linke Körperhälfte reagierte langsamer als die rechte, und die Bewegung war unbeholfen. Die Lichtmuster der noch immer schaukelnden Lampe verzerrten seine Züge.

»Du hast einen fatalen Fehler begangen«, sagte sie. »Jake und ich lieben uns so, wie du es nie verstehen würdest. Du hast kein Herz, Alexi. Das einzige Gefühl, das du kennst, ist Herrschsucht. Wenn du etwas von Liebe und Vertrauen verstündest, wüßtest du, daß deine Intrigen und Komplotte keinen Wert haben. Jake vertraut mir bis in den Tod, er wird diesen Unsinn nie glauben.«

»Nein!« schrie er. »Ich habe dich geschlagen!« Seine schwache Gesichtshälfte hatte zu zittern begonnen, und sie entdeckte ein erstes Aufflackern des Zweifels.

»Du hast verloren«, antwortete sie, kehrte ihm den Rücken, verließ die Bibliothek, ging durch die Halle zur Haustür und trat hinaus in die kalte Januarnacht. Ihr Wagen war nicht mehr da — Alexi hatte vermutlich geplant, sie nicht gehen zu lassen —, doch sie dachte nicht daran, das Haus noch einmal zu betreten. Sie lief die Zufahrt hinunter zum Tor, und die Tränen rannen ihr über die Wangen. Jedes Wort, das sie zu Alexi gesagt hatte, war eine Lüge gewesen. Er hatte auf ihre schwächste Stelle gezielt und ins Schwarze getroffen. Das würde Jake ihr nie verzeihen. Sie konnte versuchen, es ihm zu erklären — er würde ihr vielleicht sogar glauben, daß ihr Vater dafür verantwortlich war —, aber er würde trotzdem ihr die Schuld geben. *Ein Traum für einen Traum.* Alexi hatte sie endgültig geschlagen.

Er stand am Fenster, die Finger der rechten Hand im Vorhang verkrampft, und sah ihre hohe, aufrechte Gestalt auf der Zufahrt immer kleiner werden. Es war eine kalte Nacht, doch obwohl sie keinen Mantel trug, ging sie nicht fröstelnd und geduckt, nahm von der Temperatur überhaupt keine Notiz. Sie war wunderbar.

Die kahlen Zweige der alten Kastanienbäume waren wie ein Gerippe über ihrem Kopf, und er erinnerte sich, wie die Bäume im Frühling aussahen und wie vor vielen Jahren eine andere Frau unter der Blütenpracht dieselbe Zufahrt hinuntergelaufen war. Keine der beiden war seiner würdig gewesen. Beide hatten ihn betrogen. Trotzdem hatte er sie geliebt...

Verzweiflung und Verlassenheit erfüllten ihn. Sieben Jahre war er von Fleur besessen gewesen. Jetzt war es vorbei. Er wußte nicht mehr genau, womit er seine Tage füllen sollte. Seine Assistenten waren tüchtig genug, um seine Geschäfte zu führen, und sein nach dem letzten Schlaganfall entstelltes Gesicht hinderte ihn daran, sich in der Öffentlichkeit zu zeigen. Ein dumpfer Schmerz klopfte in seiner linken Schulter, und er knetete sie mit der Hand. Ihr Gang war so aufrecht und stolz, und ihr Kleid schien winzige Funken zu schlagen, als das Licht der Autoscheinwerfer auf die Perlen traf. Jetzt hob sie die Hand und ließ gleich darauf etwas zu Boden fallen. Er war zu weit weg, um zu sehen, was es war. Doch er wußte es auch so. Eine weiße Rose.

In diesem Moment fiel der Schmerz über ihn her.

Belinda, außer sich vor Sorge um Fleur, fand ihn beim Fenster auf dem Boden. Sein Körper war verkrümmt wie ein halbes Fragezeichen. »Alexi?« Sie kniete neben ihm nieder. Sie sprach ganz leise, denn sie wußte, daß seine Kreaturen nicht weit waren, und es war ihr verboten, hierherzukommen.

»Belinda?« Seine Stimme klang belegt und kehlig. Sie hob seinen Kopf und legte ihn in ihren Schoß, und schrie erschrocken auf, als sie sah, daß sein Gesicht geradezu grotesk verzerrt war. »O Alexi«, jammerte sie und zog ihn an sich. »Mein armer, armer Alexi! Was ist mit dir geschehen?«

»Hilf mir! Hilf...« Die Qual in seiner Stimme war so entsetzlich, daß sie ihn am liebsten geschlagen und angeschrien hätte, er solle auf der Stelle damit aufhören. Sie fühlte etwas Feuchtes auf dem Oberschenkel und sah, daß der Speichel, der ihm aus dem Mund floß, ihren Morgenmantel durchnäßte. Das war zuviel für sie. Sie wollte in ihr Zimmer zurück, zu ihren Platten und ihren Zeitschriften. Es fiel ihr unendlich schwer, nicht aufzuspringen und aus der Bibliothek zu stürzen, doch sie zwang sich, an Fleur zu denken, und blieb, wo sie war. Er bewegte ein paarmal sinnlos die Lippen, bevor er die Worte formen konnte. »H-hol Hilfe! Ich — ich brauche Hilfe.«

»Pst... Schone deine Kräfte! Versuch nicht zu sprechen!«

»Bitte...«

»Sei ganz still, mein Liebling.« Sein Jackett klaffte auf, und ein Revers war umgedreht. Sie waren seit sechsundzwanzig Jahren verheiratet, und nie hatte sie ihn unordentlich gesehen. Sie strich das Revers glatt.

»H-hilf mir...«

Sie nahm den Oberkörper ein bißchen zurück, damit sie ihm ins Gesicht sehen konnte. »Versuch nicht zu sprechen, mein Liebling, ruh dich nur aus! Ich laß dich nicht allein. Ich halte dich, bis du mich nicht mehr brauchst.«

Zum erstenmal sah sie Angst in seinen Augen, zunächst war es nur ein winziger Funke, der jedoch langsam größer wurde, bis sie erkannte, daß er endlich verstand. Sie streichelte sein dünnes Haar mit zitternden Fingern. »Mein armes Baby«, sagte sie. »Armes, armes Baby. Ich habe dich geliebt, weißt du. Du bist der einzige, der mich wirklich verstand. Wenn du mir nur mein Kind nicht weggenommen hättest.«

»Tu — das nicht. Ich bitte dich...« Die Muskeln in seiner rechten Seite spannten sich, als versuche er, den Arm zu heben, aber er war zu schwach und gab bald auf. Seine Lippen färbten sich blau, sein Atem ging schwerer. Er litt furchtbar, und sie überlegte, wie sie ihn trösten könnte. Endlich öffnete sie den Hausmantel und bettete ihn an ihre bloße Brust, als sei er wirklich ein Baby, das sie nähren wollte.

Allmählich wurde er still. Sie blickte hinunter in das Gesicht des Mannes, der ihr Leben geformt und bestimmt hatte, und zwei Tränen lösten sich aus den hyazinthblauen Augen und blieben an den unteren Wimpern hängen.

Jake hatte das Gefühl, jemand habe ihm die Luft aus den Lungen gepreßt. Ein Basketball flog an ihm vorbei und landete auf der leeren Tribüne; er merkte es nicht. Sogar der Lärm des Spiels hinter ihm verhallte. Kalter Schweiß kroch durch seinen verschwitzten Dreß und drang ihm in die Knochen. Er rang nach Luft.

»Jake, es tut mir leid.« Seine Sekretärin stand neben ihm am Spielfeldrand, mit blassem Gesicht und sorgenvoll gerunzelter Stirn. »Ich — ich wußte, daß Sie das bestimmt sofort sehen wollten, deshalb hab ich's Ihnen rübergebracht. Die Telefone laufen heiß. Wir müssen eine Erklärung herausgeben . . .«

Er zerquetschte die Zeitung in der Faust und stürmte an ihr vorbei auf die zerschrammte Holztür zu, über der der Drahtkorb hing. Noch immer atmete er laut und schwer, als er die Stufen hinunter in die leere Kabine flüchtete. Hastig zog er Hemd und Jeans an und rannte dann wie von wilden Tieren verfolgt aus dem alten Backsteingebäude, wo er zehn Jahre lang hin und wieder Basketball gespielt hatte. Als die Tür krachend hinter ihm zufiel, wußte er, daß er nie wiederkommen würde.

Mit quietschenden Reifen bog der Jaguar vom Parkplatz in die Straße ein. Er hatte plötzlich die verrückte Idee, die Zeitung aufzukaufen. Jedes einzelne Exemplar. Er wollte Flugzeuge ins ganze Land schicken. In die ganze Welt. In jeden Laden, jeden Zeitungskiosk. Er wollte sie aufkaufen und verbrennen und . . .

Der Tag fiel ihm ein, an dem er nach Hause gekommen und Liz mit dem anderen überrascht hatte. Damals hatte er noch kämpfen können, hatte dem Schwein die Faust ins Gesicht gerammt, bis seine Fingerknöchel bluteten. Er erinnerte sich jetzt, daß Liz mit den Armen seine Beine umklammert hatte. Sie weinte und flehte ihn an, ihr zu verzeihen, während das arme Schwein auf dem Linoleumfußboden lag, die Unterhose um die Knöchel gewickelt, die Nase nicht mehr in der Mitte des Gesichts. Aber so schlimm wie heute war es nicht gewesen. Seine Wut hatte ein Ziel gehabt.

Schweiß tropfte ihm in die Augen, und er blinzelte ihn fort. Jesus. Wie oft würde er noch so verdammt idiotisch sein? Er hatte das Buch für sie geschrieben, sein Innerstes nach außen gekehrt . . . Sie hatte ihn schon vor sechs Jahren vernichten wollen, aber er hatte damals seine Lektion nicht gelernt. Statt dessen hatte er sie wieder in sein Leben eingelassen und ihr noch geholfen, zu Ende zu führen, was sie seinerzeit begonnen hatte.

Fester umklammerte er das Steuer, stellte sich vor, wie sie ihm zu Füßen auf dem Boden lag, die Arme um seine Beine geschlungen, das Gesicht tränenüberströmt, und ihn anbettelte, ihr zu verzeihen. Und er stellte sich vor, daß er sie an den Haaren in die Höhe zog — blindlings auf sie einschlug, sie verletzte, sie tötete.

Und dann hatte er auf einmal den vertrauten Metallgeschmack im Mund. Den Geschmack der Angst. Kalter, metallener Angst.

33

Belinda betrachtete den Koffer, der geöffnet auf Fleurs Bett lag, als sehe sie einen so merkwürdigen Gegenstand zum erstenmal. »Aber du darfst mich jetzt nicht allein lassen, Baby. Ich brauche dich.«

Fleur sah nach, ob sie den Flugschein in die Handtasche getan hatte und dachte: Wie gut, daß Belinda nicht weiß, wohin ich fliege. »Das haben wir doch schon ein dutzendmal besprochen«, sagte sie. »Die Beerdigung war vor zwei Wochen, und ich kann jetzt einfach nicht noch mehr Zeit erübrigen. Außerdem schaffst du alles bestens. Du brauchst mich wirklich nicht.«

»Das stimmt nicht. Ohne dich hätte ich es nicht geschafft. Und du weißt, daß mich dieser ganze rechtliche Kram verrückt macht. Ich bin dem nicht gewachsen.«

Es fiel Fleur schwer, sich zusammenzunehmen. Nur noch ein paar Minuten ... »Das erwarte ich auch nicht von dir. Deshalb habe ich mich um alles gekümmert. Alexis Personal ist jetzt das deine, und die Leute werden tun, was du ihnen sagst. Mit den anderen Problemen werde ich mich in New York befassen, so daß du kaum damit belästigt werden wirst.«

Belinda verzog schmollend den Mund, wie sie es während der vergangenen Wochen immer wieder getan hatte, wenn sie ihren Kopf nicht durchsetzen konnte. »Ich hasse dieses Haus«, sagte sie zänkisch. »Ich kann nicht über Nacht hierbleiben.«

»Dann zieh in ein Hotel.«

»Du bist kalt, Fleur. Weißt du das? Du bist sehr kalt und lieblos zu mir.«

»Du bist eine erwachsene Frau, Belinda, und kannst tun und lassen, was du willst. Außerdem hast du ein sehr üppiges jährliches Einkommen. Wenn du nicht hier leben willst, zieh woanders hin. Ich habe dir mehr als einmal vorgeschlagen, dir bei der Suche einer Eigentumswohnung zu helfen oder dich in einem Hotel unterzubringen, aber das hast du ja immer abgelehnt.«

»Nun, ich hab es mir anders überlegt. Wir können morgen damit anfangen.«

»Tut mir leid, morgen bin ich nicht mehr hier.«

»Aber Baby!« Belinda brach in Jammergeschrei aus. »Ich bin es nicht gewöhnt, allein zu sein.«

Da sie Belindas Schwäche für männliche Berühmtheiten kannte, bezweifelte sie, daß ihre Mutter lange allein sein würde. »Es wird dir sehr gut gehen«, sagte sie, während sie ihren Koffer zumachte. »Vergiß nicht, was ich dir gesagt habe. Ich habe in nächster Zeit eine Menge zu tun, kann also nicht jeden Tag anrufen. David Bennis wird sich mit dir in Verbindung setzen und dir jederzeit mit Rat und Tat zur Seite stehen.«

Belindas Augen füllten sich mit Tränen. »Ich kann nicht glauben, daß du mich im Stich läßt. Nach allem, was ich für dich getan habe.«

Fleur umarmte die Mutter tröstend. »Es wird dir sehr gut gehen.«

Auf der Fahrt zum Flughafen versuchte sie, sich zu entspannen, aber sie war viel zu nervös. Die Last von Alexis Tod hatte sie ganz allein getragen. Ein schwerer Schlaganfall, hatte der Arzt gesagt, nachdem einer von Alexis Assistenten seinen Chef in der Nähe eines Fensters auf dem Boden gefunden hatte. Es mußte kurz nach ihrem Aufbruch geschehen sein, und Fleur fragte sich unwillkürlich, ob er an diesem Fenster gestanden und ihr nachgesehen hatte, als er zusammenbrach. Sie empfand weder Triumph noch Bedauern, weil er jetzt tot war, hatte nur das vage Gefühl, daß etwas Wichtiges aus ihrem Leben verschwunden war.

Obwohl Michel jeden Tag anrief, um ihr moralische Unterstützung anzubieten, hatte er sich geweigert herüberzufliegen und war auch nicht zur Beerdigung gekommen. »Ich kann es nicht, Fleur«, hatte er ihr gesagt. »Ich weiß, ich bin ein Feigling, und mein Rückgrat besteht aus Zitronengelee, aber ich ertrag's einfach nicht, daß mich Belinda jetzt, da alle Leute meinen Namen wissen, mit ihren Kalbsaugen anschmachtet.«

Und wieso, glaubst du, kann ich es ertragen? wollte sie ihn fragen, doch sie hatte Verständnis für seine Gefühle und schwieg. Außerdem war es wahrscheinlich am besten so. Es hatte ihrer ganzen Energie bedurft, den Tag zu überstehen. Sich mit Michels und Belindas komplizierter Beziehung auseinandersetzen zu müssen, wäre zuviel des Guten gewesen. Es hatte Probleme mit Alexis Assistenten gegeben — die nicht sehr begeistert gewesen waren, von einer Frau Anordnungen entgegenzunehmen, bis sie ihnen klargemacht hatte, daß sie ihre Stellungen gefährdeten; hinzugekommen waren noch Belindas ständige Manipulationen und ihre eigene Schwäche, wenn sie am Telefon verlangt wurde. Diese Schwäche war der Grund dafür, daß sie beschlossen hatte, einige Zeit auf Mykonos zu verbringen, ehe sie nach New York zurückkehrte. Sie brauchte eine Chance, sich selbst zu heilen, und das konnte sie nicht, wenn sie ununterbrochen auf einen Telefonanruf wartete, der nicht kam. Wenn sie daran dachte, wie sie von Jakes Sekretärin gedemütigt worden war, wurde sie jetzt noch von brennendem Zorn erfüllt.

Die tüchtig klingende Stimme am anderen Ende der Leitung hatte jedesmal, wenn sie anrief, das gleiche gesagt: »Tut mir leid, Miss Savagar, aber er nimmt kein Gespräch an. Leider habe ich auch keine Nachricht für Sie.« Fleur versuchte es in Jakes kalifornischem Haus und bekam von einer Computerstimme zu hören, diese Nummer sei gelöscht, und in seinem New Yorker Penthouse meldete sich auch niemand. Nach jeder Enttäuschung hatte sie wieder seine Sekretärin angerufen und sie gebeten, das Gespräch durchzustellen. Nach drei Tagen wurde sie wütend und beschuldigte die Sekretärin, ihre Nachrichten nicht weitergeleitet zu haben.

Eisiges Schweigen am anderen Ende der Leitung und dann eine kleine, tödliche Explosion. »Haben Sie ihm nicht schon genug angetan? Jake hat mir aufgetragen, keine Anrufe von Ihnen zu ihm durchzustellen, und ich halte mich daran. Sie haben ihn gedemütigt; er wird von Reportern und Fernsehteams gehetzt. Warum kapieren Sie nicht endlich? Warum hören Sie nicht auf, ihn zu belästigen? Er will nicht mit Ihnen sprechen.«

Das war zehn Tage her, und Fleur hatte ihn seither nicht mehr zu erreichen versucht.

Der Wagen geriet in einen Verkehrsstau, und sie starrte blind in die Schaufenster, bis sich ein Cityrama-Bus neben sie schob und ihr die Sicht nahm. Der Wagen kroch ungefähr zehn Meter weiter, und sie fand sich plötzlich einer Reklametafel mit Jakes überlebensgroßem Gesicht gegenüber — einer Werbung für seinen Film *Eyes that See Not*. Die flache Hutkrempe beschattete seine Augen. Er hatte ein Stoppelkinn, und in seinem Mundwinkel klebte eine Zigarre. Fleur wollte sich zwingen wegzuschauen, doch sie schien sich nicht abwenden zu können. Dieses harte Gesicht sehen zu müssen, war wie ihr schlimmster Alptraum. Bird Dog Caliber — ein Mann ohne eine Spur von Weichheit, ein Mann, der auf der ganzen Welt keinen anderen Menschen brauchte. Wieso hatte sie nur geglaubt, sie könne ihn schlagen, obwohl es doch bisher noch keiner geschafft hatte?

Das Ferienhaus auf Mykonos war aus weißem Stuck und stand in einem Olivenhain im wilden, naturbelassenen Teil am Ende der Insel. Am Tag sonnte sich Fleur, machte am Abend lange Spaziergänge am Meer und wartete geduldig darauf, daß ihre Heilung begann. Doch statt sich besser zu fühlen, war sie nur merkwürdig benommen, als habe ihr Leben alles Farbige, Fröhliche verloren. Es war die reinste Ironie — ausgerechnet auf Mykonos, wo das Weiß so weiß war, daß es den Augen weh tat, und das Türkis der Ägäis so leuchtend, daß man ihm einen neuen Namen geben sollte —, ausgerechnet hier hatten Farben ihre Bedeutung verloren. Alle Empfindungen schienen gedämpft, verlangsamt. Sie hatte keinen Hunger, wenn sie zu essen vergaß, sie fühlte keinen Schmerz, wenn sie auf die scharfe Kante eines Felsstücks trat. Sie ging am Meer entlang, sah, daß ihr Haar flog, fühlte aber nicht den Wind auf ihrer Haut und fragte sich, ob die entsetzliche Leere je verschwinden würde.

Nachts quälte sie sich mit Erinnerungen an Jakes Mund — den schiefen Zahn, die Unterlippe, die sie gern zwischen ihren Lippen hielt, während sie sich liebten, sein Lächeln. Sie gaukelte sich Phantasien vor, in denen er zu ihr kam, sie in die Arme nahm und ihr sagte, daß er sie noch immer liebe.

Sie schüttelte die Phantasien ab, schaute in den Spiegel und sah sich dort sehr klar. Sie war kein kleines Mädchen mehr, und sie würde niemanden um Liebe bitten, nicht einmal Jake. Sie war wie betäubt und litt entsetzlich, aber sie war nicht gebrochen. Was geschehen war, war nicht ihre Schuld. Das hätte er wissen müssen, doch sein Selbstbewußtsein war so leicht zu erschüttern, er hatte eine viel zu schlechte Meinung von sich selbst. Er war schwach. Das war es, was sie befürchtet hatte, deshalb hatte sie gezögert, als er sie bat, ihn zu heiraten. Er hatte sie nicht genug geliebt, um standzuhalten.

Ein paar Tage später zwang sie sich, sich einzugestehen, daß Mykonos keinerlei heilende Wirkung auf sie hatte. Sie hatte ihre Firma schon viel zu lange vernachlässigt und David und Will mehr Arbeit und Verantwortung aufgebürdet als zulässig gewesen wäre. Es wurde Zeit für sie, nach New York zurückzukehren. Trotzdem zögerte sie noch ein paar Tage, ehe sie David anrief und ihm sagte, sie komme zurück.

Die Reise war lang und unbequem, und als sie auf dem Kennedy Airport aus dem Flugzeug stieg, war sie erschöpft. Ihr Magen hatte die zwei Stunden dauernden Turbulenzen über dem Atlantik übelgenommen. Leichter Schneefall und starker Luftverkehr machten es noch schwieriger als sonst, ein Taxi zu bekommen. Und in dem, das sie schließlich fand, funktionierte die Heizung nicht. Es war lange nach Mitternacht, als sie endlich ihre Tür aufschloß und das Wohnzimmer betrat.

Das Haus war feucht und fast so kalt wie das Taxi. Fleur stellte den Koffer ab und schaltete den Thermostat ein, dann setzte sie sich auf die Couch und schleuderte die Schuhe von den Füßen. Ohne den Mantel auszuziehen, ging sie in die Küche hinunter, füllte ein Glas mit Leitungswasser und löste zwei Alka-Seltzer darin auf. Sie wollte die elektrische Heizdecke einschalten, ins Bett gehen und sich bis morgen früh nicht rühren. Aber zuerst würde sie so heiß wie möglich duschen. In sechs Stunden mußte sie aufstehen, egal, wie schlecht es ihr ging, und ihren Morgenlauf durch den Park machen. Diesmal durfte sie nicht halb zugrunde gehen. Jeder Tag sollte nach festen Regeln ablaufen, und ehe sie sich's versah, würde sie drüber weg und alles wieder im Lot sein. Die Zeit heilte alle Wunden. Das hatte Belinda bei Alexis Beerdigung von allen Seiten zu hören bekommen.

Nachdem sie geduscht und sich abgetrocknet hatte, öffnete sie die Badezimmertür einen Spalt, um den Dampf hinauszulassen, und nahm dann ein spitzenbesetztes Satinnachthemd von einem Haken. Ihr fiel ein, daß sie vergessen hatte, die elektrische Heizdecke einzuschalten, und schlüpfte rasch in den zu dem Nachthemd passenden Morgenrock. Der Temperaturunterschied zwischen Mykonos und New York war zu kraß. Sie fing schon wieder an zu frieren, und die Bettwäsche würde sich wie Eis anfühlen.

Komisch. Sie hatte geglaubt, vorhin im Schlafzimmer Licht gemacht zu haben. Gott, war das kalt! Die Fenster ratterten, und draußen wütete der schönste Schneesturm. Warum hatte sich die Heizung nicht eingeschaltet ... Sie schrie.

»Bleiben Sie, wo Sie sind, Lady, und keine Bewegung!«

Er saß in einem Sessel am anderen Ende des Zimmers, und in dem Licht, das durch die Badezimmertür fiel, waren nur Umrisse zu sehen. »Wenn Sie tun, was ich will, passiert keinem was.«

Sie setzte einen Fuß nach hinten, machte einen Schritt zurück zum Bad und noch einen. Er hob den Arm, und dann sah sie vor sich nur noch das kleine schwarze Loch im langen silbernen Lauf eines Revolvers. »Das reicht jetzt«, sagte er.

Das Herz sprang ihr in die Kehle. »Bitte ...«

»Lassen Sie los!«

Zuerst verstand sie ihn nicht, dann wurde ihr klar, daß er die Kordel des Morgenmantels meinte, die sie mit schweißfeuchten Händen umklammerte. Rasch ließ sie die fallen.

»Jetzt den Mantel.«

Sie rührte sich nicht.

Er hob den Revolver, der nun auf ihre Brust zielte.

»Sie sind verrückt!« stieß sie hervor. »Sie sind ...«

Er spannte den Hahn. »Ziehen Sie'n aus!«

Mit ruckartigen Bewegungen knöpfte sie den Morgenmantel auf und ließ ihn über Arme und Rücken auf den Boden gleiten.

Der Lauf der Waffe zuckte kaum merklich. »Und jetzt lassen Sie Ihr Haar herunter.«

»Jesus ...« Sie fummelte ungeschickt mit den Klammern.

Mit ihrem Haar fielen ein paar Wassertropfen, die nach der Dusche darin hängengeblieben waren, auf ihre nackten Schultern.

»Das ist hübsch. Wirklich sehr hübsch. Und jetzt das Nachthemd.«

»Bitte nicht!« flehte sie.

»Schieben Sie die Träger runter, einen nach dem anderen.«

Sie schob einen Träger herunter und hielt dann inne.

»Machen Sie weiter!« Eine drohende Geste mit der Waffe. »Tun Sie, was ich sage!«

»Nein!« Sie schüttelte den Kopf.

Er setzte sich aufrecht hin. »Was haben Sie gesagt?«

»Du hast es genau gehört.«

»Reizen Sie mich nicht, Lady.«

Fleur kreuzte die Arme vor der Brust.

Scheiße! dachte Jake. Was soll ich jetzt machen?

34

»Nimm mich in die Arme, nur einen Augenblick, okay?« sagte Fleur.

Er legte den Colt mit dem Perlmuttgriff auf den Nachttisch und ging zu ihr. Ihre Haut war eiskalt. Er öffnete den Reißverschluß seines Parkas, und sie kroch zu ihm hinein, kuschelte sich an sein Flanellhemd. »Du verstehst keinen Spaß, ist dir das klar?« sagte er.

Sie schluchzte leise und erstickt auf.

»He, weinst du etwa?« Er fühlte, daß sie an seiner Wange nickte. »Tut mir leid, mein Herz. Ich wollte dich nicht zum Weinen bringen. Ich schätze, mein Timing war nicht besonders glücklich, oder?« Sie schüttelte den Kopf und versuchte nicht einmal herauszukriegen, woher er von ihrem persönlichen »Kultfilm« *Zwei Banditen* und ihren Phantasien wußte.

»Ich hielt es für eine recht gute Idee«, sagte er, »besonders da mir nicht klar war, was ich sagen sollte, wenn ich dich sah.«

»Du kannst es nicht Bird Dog überlassen, unser Problem im Bett zu lösen, Jake, das müssen wir schon selbst in Ordnung bringen.«

Er legte zwei Finger unter ihr Kinn und hob es hoch. »Du mußt lernen, Phantasie und Wirklichkeit zu unterscheiden, Kindchen. Bird Dog ist eine Filmrolle. Ich spiele sie gern — sie gibt mir Gelegenheit, meine Aggressionen loszuwerden. Aber Bird Dog ist nicht ich, und ich bin nicht er. Ich bin der, der sich vor Pferden fürchtet, weißt du das nicht mehr?«

Sie sah starr und wortlos zu ihm auf.

»Komm, sonst erfrierst du mir noch.« Er führte sie zum Bett und schlug die Decke zurück. Während sie hineinstieg, zog er Parka und Stiefel aus und legte sich in Hemd und Jeans neben sie. »Deine Heizung muß kaputt sein. Hier drin ist es ja kälter als am Nordpol.«

Sie knipste die Nachttischlampe an. »Warum wolltest du nicht mit mir sprechen, als ich anrief? Ich bin fast verrückt geworden . . .«

»Tut mir leid, Fleur. Die Presse war überall, und ich hatte das Gefühl zu ersticken. Das ganze alte Zeug kam wieder hoch und packte mich an der Kehle. Ich war nicht besonders menschenfreundlich gestimmt.«

»Du hast gewußt, daß Alexi dahintersteckte, nicht wahr?«

»Ich wünschte, ich könnte jetzt ja sagen, aber es dauerte ein paar Tage, ehe ich mich so weit beruhigt hatte, um mir darüber klarzuwerden. Ich weiß noch immer nicht, wie er es gemacht hat.«

»Jemand hat das Manuskript fotografiert, als wir am ersten Tag am Strand spazierengingen. Ich habe nach Alexis Tod die Negative gefunden.«

»Was hast du damit gemacht?«

»Sie verbrannt natürlich.«

»Ach, verdammt!«

Sie traute ihren Ohren nicht. »Wie bitte?«

»Nichts«, murmelte er. »Ich wünschte nur, du hättest vorher mit mir gesprochen.«

Sie konnte nicht anders. Sie rutschte im Bett hinunter, bis sie flach dalag, riß sich die Steppdecke über den Kopf und schrie. Als sie wieder still war, zog er ihr die Steppdecke vom Gesicht.

»Keine leichte Arbeit, das Ganze noch einmal zu schreiben.« Er schob die Unterlippe vor und sah noch mürrischer aus als sonst. »Du kannst nicht erwarten, daß mich das sehr fröhlich stimmt, oder?«

Sie zeigte auf den Colt. »Ist das Ding geladen?«

»Natürlich nicht.«

»Was für ein Jammer.« Ihr wurde plötzlich klar, daß er sie absichtlich abgelenkt hatte. »Wenn du wußtest, daß es Alexi gewesen war, warum hast du dann . . .«

Er zog sie an sich und vergrub die Lippen in ihrem Haar. »Du weißt doch, daß ich Experte darin bin, dir an allem die Schuld zu geben, mit dem ich nicht fertigwerde.«

»Und wieso hast du deine Meinung geändert?«

»Kissy wird dir sagen, daß sie mich dazu gebracht hat. Sie hat ihre Flitterwochen abgebrochen und ist hier erschienen. Gütiger Gott, kann die Frau fluchen! Simon hat mir gedroht, der Presse zu erzählen, ich sei schwul. Michel hat mich geschlagen.« Fleur sah ihn scharf an, und er warf die Hände in die Höhe. »Ich habe ihn nicht angefaßt, ich schwör's.« Er zog sie wieder in die Arme. »Sogar ein Kretin namens Barry Noy hat mir die Hölle heißgemacht.«

»Du machst Witze.«

»Gott ist mein Zeuge.« Er streichelte ihr Haar. »Ahnst du überhaupt, wie viele Menschen dich lieben?«

Fleur fing wieder an zu weinen, doch er sprach weiter und hörte nicht auf, ihr das Haar zu streicheln. »Ich war bereits ziemlich mürbe, als Belinda mich aufstöberte. Sie hat schon was, deine Mutter. Sah mich mit ihren blauen Augen an und erklärte mir, ich sei der aufregendste Star von Hollywood und werfe die einzige Frau weg, die auf der ganzen Welt für mich gut genug sei.« Er schüttelte den Kopf. »Aber hör dir das an, Fleur! Nicht einer — kein einziger von dieser Bande, die sich da in meine Angelegenheiten mischte, hatte eine Ahnung, wo ich dich finden könnte.« Ihn schauderte. »Bis David Bennis mich gestern anrief, habe ich geglaubt, ich hätte dich verloren, diesmal für immer. Mykonos, um Himmels willen! Wer, zum Teufel, geht schon nach Mykonos? Also, ich schwör's, wenn du mir noch einmal wegläufst . . .«

»Ich?«

Er preßte sie so fest an sich, daß sie glaubte, er breche ihr die Rippen. »Tut mir leid, Fleur. Tut mir schrecklich leid, Baby. Als die Story bekannt wurde, habe ich durchgedreht. Alle haben Jagd auf mich gemacht — wollten mir die Haut abziehen, an meinen Knochen nagen. Irgendwie kam ich mir geschändet vor. Ich sag dir, die Presse besteht aus nichts anderem als einem Haufen blutrünstiger Geier, und der einzige Mensch, dem ich die

Schuld an allem in die Schuhe schieben konnte, warst du. Aber obwohl ich dir die Schuld gab, brauchte ich dich so sehr, daß mir zumute war, als sei ein Teil von mir gestorben. Und da begriff ich, daß ich alles tun würde, um dich zurückzubekommen.«

Fleur trocknete sich das Gesicht an seinem Flanellhemd.

»Und dann kamen die Briefe, Fleur, aus dem ganzen Land sind sie gekommen. Männer, die in 'Nam waren und denen es noch immer auf der Seele liegt. Sie schrieben mir, was sie erlebt hatten. Lehrer, Banker, Männer von der Müllabfuhr und sehr, sehr viele, die es in keiner Stellung mehr aushalten. Ein paar von ihnen haben noch immer Alpträume; andere sagten, 'Nam sei die schönste Zeit ihres Lebens gewesen, und sie würden sich wieder freiwillig melden, wenn sie die Möglichkeit hätten. Sie berichteten mir von gescheiterten Ehen und guten Ehen, von ihren Kindern. Aber nicht alle tätschelten mir den Kopf. Einige warfen mir vor, ich wolle ›den Mythos des verrückten Vietnam-Veteranen verewigen‹. Scheiße. Wir waren nicht verrückt. Wir waren nur ein Haufen Kinder, die zuviel gesehen hatten. Aber als ich diese Briefe las, wurde mir klar, daß ich etwas habe, was dieses ganze Land unbedingt sehen sollte. Ich werde mein Buch noch einmal schreiben, Fleur, und darin auch diese Briefe veröffentlichen.«

»Bist du ganz sicher, daß du das willst?«

»Ich habe es satt, mit Schatten und im Schatten zu leben, Fleur. Ich möchte eine Weile die Sonne genießen. Aber das kann ich nicht ohne dich.«

Sie legte ihm die Arme um die Schultern und vergrub das Gesicht an seinem Hals. »Weißt du überhaupt, wie sehr ich dich liebe?«

»Genug, um mit mir über Kombiwagen und Ehen zu reden, in denen beide Partner berufstätig sind?«

Sie nickte. »Und über Kinder, Jake. Ich will Babys. Viele, viele Koranda-Babys.«

Er grinste, und seine Hand schlüpfte unter ihr Nachthemd. »Willst du gleich damit anfangen?« Ohne ihre Antwort abzuwarten, begann er sie zu küssen. Doch nach ein paar Sekunden lösten sich seine Lippen wieder von den ihren. »Fleur?«

»M-mmm?«

»Dieser Kuß macht mir aber gar keinen Spaß.«

»T-tut mir leid.« Sie bemühte sich verzweifelt, nicht mehr mit den Zähnen zu klappern, aber es war sinnlos. »M-mich friert nur so schrecklich. Ich sehe meinen Atem in der Luft.«

Er stöhnte und schlug die Decke zurück. »Komm mit, du mußt mir die Taschenlampe halten.«

Den Parka über ihr Nachthemd gezogen, die Füße in dicken Wollsocken, folgte sie ihm in den Keller. Während er auf dem Betonboden kniete, um nachzusehen, woran es lag, daß ihre Heizung nicht funktionierte, schob sie die freie Hand unter sein Hemd. »Jake?«

»Ja?«

»Sobald es im Haus wieder warm ist ...«

»Halte die Taschenlampe ruhig, ja? Ich glaube, ich hab's. Der Brennerzulauf ist verstopft.«

»Was hältst du davon, wenn wir, sobald das Haus wieder warm ist — ich meine, würdest du mich für sehr albern halten, wenn ...«

Er antwortete nicht, sagte nur nach einer Weile: »So, das wär geschafft«, und hielt ein Streichholz an den Brenner. Dann stand er auf und staubte sich die Knie ab. »Was hast du gesagt?«

»Was?«

»Du hast etwas gesagt. Würdest du bitte ...«

Sie schluckte. »Ich bin so vergeßlich.«

»Lügnerin.« Er schob die Hände unter den Parka, umfaßte ihre Taille und zog sie wieder an sich. »Weißt du denn nicht, daß ich nichts lieber täte?« Er nahm ihr Ohrläppchen zwischen die Lippen und ließ sie dann an ihrem Hals hinunter und über ihre Wange wandern, bis er an ihren Lippen flüstern konnte: »Aber du mußt dir das Haar wieder aufstecken. Das war für mich der schönste Teil.«

Epilog

Belinda beobachtete den Körper des jungen Mannes, der in einem perfekten Bogen in das türkisblaue Wasser des Pools hinter ihrem Bel-Air-Haus eintauchte. Er hieß Darian Boothe — das Endungs-E war ihre Idee gewesen —, und als er wieder an die Oberfläche kam, warf sie ihm eine Kußhand zu. »Wunderbar, Liebling!« rief sie. »Ich sehe dir so gern zu.«

Er antwortete mit einem Lächeln, das, wie sie vermutete, nicht ganz aufrichtig war. Er stemmte sich aus dem Becken, und seine Oberarmmuskeln schwollen, als sie sein ganzes Gewicht tragen mußten. Hoffentlich, dachte sie, als er mit federnden Schritten zum Sprungbrett ging, kauft der Sender seinen Pilotfilm. Wenn nicht, würde er unglücklich sein, und sie würde ihre ganze Energie nötig haben, um ihn wieder fröhlich zu stimmen. Wenn er den Film verkaufte, würde er wahrscheinlich ausziehen, aber auch das war in Ordnung. Es sollte ihr nicht schwerfallen, einen anderen hübschen jungen Schauspieler zu finden, der ihre Hilfe brauchte.

Sie spreizte die Beine ein bißchen mehr, damit die Sonne auch die Innenseite ihrer ölglänzenden Schenkel bräunen konnte, und schob sich die Sonnenbrille wieder über die Augen. Sie war müde. Sie war nach Jakes nächtlichem Anruf nur schwer wieder eingeschlafen. Fleur bekam ja auch nicht jeden Tag Zwillinge; zwei Jungen noch dazu. Daß es Zwillinge waren, hatten sie schon nach der Ultraschalluntersuchung gewußt, das war also keine Überraschung gewesen, doch fiel es Belinda noch schwer, sich an den Gedanken zu gewöhnen, daß sie jetzt dreifache Großmutter war. Es war auch peinlich. Fleur und Jake waren drei Jahre verheiratet, hatten schon drei Kinder und wollten so weitermachen. Ihre wunderschöne Tochter hatte sich in eine Bruthenne verwandelt.

Nicht zum erstenmal gestand Belinda sich ein, daß Fleur sie enttäuscht hatte. Es war nicht mehr so wie während der Jahre ihrer Trennung, wenigstens war sie jetzt sicher, daß ihre Tochter sie noch liebte — Fleur schickte ihr regelmäßig Geschenke und rief sie ein paarmal in der Woche an —, aber sie hörte nicht mehr auf Belinda. Sie achtete nicht mehr auf das, was ihre Mutter sagte. Belinda versuchte fair zu sein. Nicht einmal der eingefleischteste Skeptiker konnte behaupten, daß das Büro, das Fleur vor einem Jahr an der Westküste eröffnet hatte, ein Mißerfolg war, und sie war in Michels neuer Linie für exklusive Umstandsmode für *Vogue* fotografiert worden, aber sie schöpfte nicht ihr ganzes Potential aus. Soviel Schönheit, die hier vergeudet wurde — sie hatte es wirklich nicht nötig, sich hinter einem Schreibtisch zu verstecken —, und wenn sie nicht arbeitete, vergrub sie sich in dem gottverlassenen Farmhaus in Connecticut, anstatt in Manhattan zu bleiben, wo sie und Jake das strahlendste und am meisten umschwärmte Paar der Stadt gewesen wären.

Belinda erinnerte sich an ihren letzten Besuch auf der Farm vor zwei Monaten. Die Sommerhitze hatte sie wie ein Schlag getroffen, als sie aus ihrem vollklimatisierten Wagen gestiegen und direkt in einen Haufen Hundekot getreten war, den eins dieser unappetitlichen Tiere hinterlassen hatte, die sich ungehindert in Fleurs Haus tummeln durften. Sie klingelte. Da niemand öffnete, ging sie einfach hinein.

Im Haus war es kühl, und es duftete würzig nach gutem Essen, aber die Einrichtung entsprach gar nicht ihren Vorstellungen vom Wohnsitz zweier so berühmter Leute. Den Boden bedeckten keine dicken, zum Holz der Möbel passenden Teppiche, sondern bunte Läufer, die sie in Indianapolis Flickenteppiche genannt hatten. In einer Ecke des Flurs lag ein Basketball neben einer mit ganz gewöhnlichen Gartenblumen gefüllten Kupfervase. Zwischen zwei Pfosten des Treppengeländers steckte ein Buch, und auf dem Endpfosten hing eine Reitkappe. Belinda konnte nicht glauben, daß Jake Fleur im siebten Monat ihrer Schwangerschaft noch in den Sattel ließ. Sie wünschte, sie hätte angerufen und ihnen gesagt, daß sie früher eintreffen werde als geplant. Sie zog die verschmutzten Schuhe aus und tappte durch das stille Erdgeschoß ins Eßzimmer. Auf der Anrichte lag ein Manuskript, aber Belinda geriet nicht in Versuchung, hineinzuschauen, obwohl sie wußte, daß manche Leute Unsummen gezahlt hätten, um einen ersten Blick in ein neues Stück von Jake Koranda zu werfen. Wenn er auch ständig Preise bekam und geehrt wurde, interessierte Jakes schriftstellerische Arbeit sie kaum. Und sein Buch über Vietnam, für das er zum zweitenmal den Pulitzerpreis bekommen hatte, war das Deprimierendste, was sie je gelesen hatte. Tatsächlich hatte sie auch nur zwei Kapitel geschafft, aber die hatten ihr genügt.

Seine Filme gefielen ihr viel besser, leider machte er nicht mehr sehr viele. In den letzten drei Jahren hatte es nur einen Bird-Dog-Film gegeben, und Fleur war schon wegen dieses einen fast ausgerastet. Sie stritten tagelang, aber Jake gab nicht nach. Er sagte, er spiele die Rolle gern, und sie könne sich alle paar Jahre ruhig damit abfinden. Am Ende fuhr sie mit ihm zum Drehort und verbrachte ihre Freizeit bei den Pferden.

Als Belinda das Eßzimmer wieder verlassen wollte, hörte sie ihre Tochter vor dem offenen Fenster lachen. Sie schob den Spitzenvorhang zur Seite und schaute hinaus.

Da lag ihre Tochter, den Kopf auf dem Schoß ihres Mannes, und beide lang ausgestreckt unter einem knorrigen Kirschbaum, der wahrscheinlich von Insekten befallen war und vor Jahren hätte entfernt werden müssen. Fleur trug ausgeblaßte marineblaue Umstandsshorts und ein Hemd von Jake, dessen unterste Knöpfe offenstanden, damit ihr Bauch Platz hatte. Belinda hätte am liebsten geweint. Das wunderschöne blonde Haar hatte sie mit einem Gummiband auf dem Hinterkopf festgezurrt; ein langer Kratzer an ihrer linken sonnenverbrannten Wade und ein Mückenstich am Knöchel entstellten ihre Beine. Am schlimmsten jedoch war, daß Jake ihr mit einer Hand Kirschen in den Mund steckte, während er mit der anderen ihren Bauch streichelte.

Fleur legte den Kopf auf die Seite, und Belinda sah roten Kirschsaft auf ihrem Kinn. Und dann schob Jake die Hand unter das Hemd und streichelte Fleurs Brust. Er neigte den Kopf, um sie zu küssen, und Belinda wandte sich peinlich berührt ab.

Im selben Moment fiel eine Autotür zu, und ein hoher, glückseliger Schrei durchbrach die Stille des Nachmittags. Belindas Puls begann schneller zu schlagen, sie trat wieder ans Fenster und lehnte sich hinaus, um zum erstenmal nach Wochen wieder einen Blick auf Meg werfen zu können. Meg ...

Fleur und Jake blickten auf, als das Kind um das Haus herumgerannt kam, vorbei an einem grünen Plastikplanschbecken, und sich mit seinem kräftigen Körperchen auf die Eltern warf. Jake fing die Zweieinhalbjährige auf, bevor sie Fleur erreichte, und zog sie in die Arme. »Paß auf, Cookie Bird. Wenn du auf Mommys Bauch knallst, platzt sie vielleicht.«

»Wunderbar, wie du ihre Sexualerziehung anpackst, Cowboy«, sagte Fleur. Sie griff nach dem Gummizug von Megs baumwollenem Sonnenanzug und ließ die Hand einen Augenblick dort liegen. »Du bist naß, Baby. Hast du vergessen, der Nanny zu sagen, sie soll dich aufs Töpfchen setzen?«

Meg steckte den Zeigefinger in den Mund und saugte nachdenklich daran. Dann wandte sie sich zu ihrem Vater um und lachte ihn strahlend an. Er zog sie an sich und legte den Kopf an die weiche Haut ihres Halses.

»Du kleines Schlitzohr«, sagte Fleur lächelnd und nahm dann ein Stückchen von Megs Oberschenkel zwischen die Lippen, als wolle sie ihre Tochter nicht küssen, sondern beißen...

Das Sprungbrett federte, und Darian Boothe flog mit einem vorbildlichen Salto durch die Luft in den Pool. Belinda kehrte in die Wirklichkeit ihres Hauses in Bel Air und zu der Tatsache zurück, daß ihre Tochter jetzt noch zwei Babys hatte. Als sie so in der Sonne lag, vom Chlorgeruch des Wassers umweht, mußte sie daran denken, wie geringschätzig sich Alexi über Fleurs Fruchtbarkeit geäußert hätte. Armer Alexi. Sie hatten ihren Kindern Schreckliches angetan. Doch sie dachte nicht gern an Alexi, weil sie sich dann auch an die furchtbare Nacht erinnern mußte, in der er gestorben war. Sie dachte lieber an Darian Boothe und daran, ob der Sender seinen Pilotfilm kaufen würde oder nicht. Und dann dachte sie an Fleur, die noch immer so schön war, daß einem das Herz weh tat. Und Meg... Das war ihrer Meinung nach kein besonders attraktiver Name — viel zu simpel für ein schönes kleines Mädchen, das den Mund seines Vaters, die Augen seiner Mutter und Errol Flynns glänzendes kastanienfarbenes Haar hatte, das sich lockig um das süße Gesichtchen legte. Aber mit einem Nachnamen wie Koranda würde er sich auf jedem Filmplakat gut ausnehmen, dieser schlichte Name, und das Erbe von Megs Blut würde ein übriges tun.

Mehr als dreißig Jahre waren vergangen, seit James Dean auf der Straße nach Salinas gestorben war. Belinda dehnte und streckte sich in der kalifornischen Sonne. Alles in allem konnte sie mit ihrem Leben zufrieden sein.